京都大學文學部藏
興膳　宏　監修／横山　弘・齋藤希史　編

嘉靖本　古詩紀

第一卷

汲古書院

嘉靖本古詩紀のために

興膳　宏

　唐から宋への移行は、詩風の轉換期として文學史上に大きな意味を有するが、他方この時期はまた書物の形體の上で、抄本から版本へ、あるいは卷子本から册子本への轉換期として重要である。詩風の轉換と書物の形體の轉換は、一見無緣の事象のようだが、どこか深いところで關連しあっているように私には思える。

　唐の人にとって、六朝四百年はいわば時間的に地續きの時期である。唐の詩人たちは、六朝の詩に學びながら、同時にそれに反撥し、長い時間をかけて唐獨自の詩を釀成していった。だから、唐の人は好むと好まざるとにかかわらず、とにかく六朝人の詩集を讀んだ。もちろん『文選』という至便なアンソロジーは、六朝詩文のエッセンスを凝縮したものとして、次第にその權威を高めていたから、それに賴って六朝詩を讀むことが多かったにはちがいない。しかし、涉獵の範圍は決して『文選』のみに限定されるものではなかった。

　一方、宋の人にとって、六朝は唐三百年を經た遠い過去だった。唐の詩人が六朝詩に向きあったのと同じく、宋の詩人も唐詩に學びつつ、またそれに反撥しながら、新しい詩風を創成していった。彼らにとって、對峙する直接の對象はあくまで唐詩であって、六朝詩ではない。六朝詩は宋人にとって、もはや唐詩を介しての二次的な存在に過ぎなくなっていた。それに六朝の詩文は、唐人による淘汰を通して生きのこったものだった。關心の持てない六朝の詩文集など、ことさら板に刻んで世に傳えるまでもない。『新唐書』藝文志では、蔡邕から數えて隋末まで五百七十四種もあった六朝人の別集は、『宋史』藝文志では、十分の一以下のわずか五十一種が著錄されるにすぎなくなっていた。

宋の人によってよく讀まれていた六朝人の別集は、實際にはおそらくもっと少なかったのではないか。蘇東坡の題跋には、六朝人の詩文に言及したものが時折り見かけられる。彼は一般に六朝詩人に對しては、さして敬意を拂ったふしがないが、『文選』は、五臣注を「荒陋の愚儒」とこきおろしながらも、よく讀みこんでいたようである。だが、その蘇東坡も、『文選』以外に、六朝人の別集をどれだけ直接手にとって讀んでいたかとなると、かなり不透明なところが大きい。彼が唯一愛讀していたと確實にいえるのは、『陶淵明集』である。淵明に關する言及は彼の文集の隨所に見られるし、詩作の上ではあの「和陶詩」が何よりも雄辯に彼の淵明に對する敬愛の情を實證している。

他の六朝詩人についてはというと、東坡題跋中に鮑照の詩について觸れた文章がある。舟旅の途中で、鮑照の「字謎」三首という謎かけの詩を讀んだ記事がそれだ。鮑照には『文選』にも採錄されている「數詩」のような遊戯的な作品があるが、「字謎」詩は『文選』に採られていない。舟旅の無聊を慰めるために、謎かけを樂しんでいる東坡の姿が彷彿としてほほえましい。彼が舟中で手に取っていたのは、卷子本ではなく、冊子本の『鮑明遠集』であってこそ似つかわしいだろう。因みに、清末の學者嚴可均の『全上古三代秦漢三國六朝文』の凡例によれば、『鮑明遠集』は、唐以前の別集が元來の形で傳存する數少ない例外の一つである。東坡の同時代人にも、鮑照の詩の隱れた愛好家がいたのかも知れない。

東坡門下の黃山谷も、折り折りに六朝詩を讀んだことを記している。陶淵明はいわずもがなとして、鮑照もそうだし、謝靈運や謝朓についても述べられている。しかし、彼ら六朝詩人に言及した山谷の詩文を個別に檢證してみると、涉獵の範圍は『文選』所收の作品を多く出なかったような印象を受ける。もちろんその確證を得るためには、彼の詩文すべてについて逐一檢討してみなければならないが、彼はやはり『文選』を通じて六朝の詩文に接したのだろうと、私は今のところ想像している。黃庭堅といえば、宋の詩人中でも博識を以て聞こえる人だが、その彼にしてなお、『文選』の枠を超えて六朝の文學に親しむことは稀だったようである。宋の詩話などに照らして見た宋の人々の六朝詩への關心のあり方も、ほとんど同じ傾向を示している。

六朝詩人の中でも、例外は陶淵明である。宋の人々は六朝人の家集に言及することきわめて稀だが、陶淵明の作品だけは『文選』所收のものだけにとどまらず、もっと廣い範圍のものが讀まれている。おそらく『陶淵明集』全體が廣く當時の人々の關心を引いたのであろう。その一つの理由は、陶淵明の詩が六朝詩にあってはきわめて例外的に、日常生活に密着した眼を備えていて、むしろ宋詩の特質を先取りしたようなところがあるからではないだろうか。陶淵明に始まって、唐の杜甫から白居易を經て宋詩に至る詩風の展開を、その背景に認めておくべきである。

陶淵明に次ぐ存在は、おそらく鮑照であろう。朱熹は、齊・梁の詩がますます浮薄に赴く中にあって、鮑照のみは力強い資質を備えており、その詩は『文選』の中でも「變體」、すなわち小均的な『文選』の詩とは調子を異にするものだといい、「李太白は專らこれを學ぶ」と高く評價している（『朱子語類』論文篇下）。彼がいうように、李白は鮑照の文學から積極的に學ぶところがあり、ことに樂府の詩において強い影響を蒙っていたことはよく知られている。いいかえれば、鮑照は李白の詩において新たな蘇生を遂げたことによって、宋の人々の記憶にも長く遺ることになった。同じ趣旨で、李白が「中閒の小謝又た清發」（「宣州謝朓樓餞別校書叔雲」）と稱えた謝朓の詩も、李白を介在して宋代になお生命を保った。鮑照と謝朓の家集が、陶淵明のそれとともに數少ない例外として唐以前の形體を維持して生きのこった（嚴可均『全上古三代秦漢三國六朝文』凡例）背景にも、そうした事情を考えてよかろう。

『文選』や『玉臺新詠』以外に、六朝詩を蒐集する動きが宋代になかったわけではない。『文選』の後を承けて、六朝から唐に至る詩文の精華を網羅的に集めた『文苑英華』は、宋初の眞宗時代に成ったし、樂府の詩を總合的に集成した『樂府詩集』も十一世紀後半の神宗時代には完成していた。しかし、これらの書が北宋の時代にどの程度普及していたかはかなり疑問である。蘇東坡や黃山谷は、おそらくこの二書に接する機會を持たなかったのではないか。

南宋になると、いくぶん狀況が變わってくる。南宋末に著わされた嚴羽の『滄浪詩話』は、明らかに『文苑英華』や『樂府詩集』を資料として用いていたことが確認できる。南宋の人々は、もしその氣になれば、『文選』よりもいくらか廣い六朝詩の世界を窺う機會を有したはずである。だが、讀書の趨勢はやはり基本的に同じ流れにあった。それは何よりもまず、六朝詩への宋人の關心が冷めていたという事實に歸結しよう。『朱子語類』論文篇を見ても、朱熹の六朝詩の讀書範圍は、『文選』と『陶淵明集』を多く出るものではなかったようである。彼が讀むことのできた六朝詩は、我々がいま讀むことのできるこの時期の詩よりも、むしろかなり少ないものだったにちがいない。我々より八百年以上も六朝に近い時代に彼が生きていたからといって、六朝詩がそれだけ多く讀まれていたと考えるのは、單なる幻想に過ぎまい。讀者の需要の少ない六朝の家集は、必然的に淘汰を蒙らざるを得ない。かくて、抄本から刊本への移行期に、大多數の六朝人の別集は姿を消していったのである。

狀況が大きく轉回するのは、南宋の滅亡から二百五十年を經た、十六世紀前半の明の嘉靖年間である。このころ、李夢陽・何景明らいわゆる「前七子」による復古主義の提唱が世に迎えられ、「文は必ず秦漢、詩は必ず盛唐」のスローガンを掲げた强烈な文學改革運動が一世を風靡した。詩において排他的に尊ばれたのは盛唐であり、その對極にある宋詩は意圖的に强く排斥された。その復古主義の文學運動は十六世紀後半になっても、李樊龍・王世貞らの「後七子」によって繼承され、盛唐を絶對の範型とする詩作がほぼ百年間を通じて持續した。

前後七子が至上の典型とした李白・杜甫らの盛唐詩に次ぐ存在であったのが、建安詩人を頂點とする漢魏の詩である。時間的に彼らの後に續く西晉以降の六朝詩についていえば、この時期の詩が下降衰退期にあるという認識は宋人とほとんど變わらなかった。ただし、漢魏の興隆の後に六朝の衰退を經驗することによって、盛唐の極盛がありえたとする文學史の認識が新たに生まれた點が異なっている。いわば「物窮まれば必ず覆る」という發想にもとづく認識である。盛唐の詩は、漢魏の古典的な詩風の復活という側面を持つとともに、また過去の典型をより高い水準において祖述したという側面を持つものとして、明の古典主義者たちには意識されていたであろう。彼らの文學運動としての意氣ごみにおいて、漢魏と盛唐の關係は、盛唐と現代、すなわち前後七子自らの詩に潛在的に對置されるべきものでもあったにちがいない。

馮惟訥の『古詩紀』百五十六巻は、こうした時代の雰圍氣の中で編まれた。盛唐詩への回歸という形での過去への關心は、それに連鎖する形でより古い時代の詩への關心を呼びおこした。ただ、留意すべきは、編者馮惟訥の意識において、盛唐を以て詩の極致とする見解はなお持續していたにせよ、同時にそれを絕對の基準として他を峻拒する過剩な古典主義への反省も、この浩瀚な勞作を編むための潜在的な動機として併存していたのではないかということである。それは、編者自身のことばでこそないが、『古詩紀』冒頭に冠せられた張四維による序（嘉靖三十七年、一五五八年）の末尾に、次のような一節を見出すからである。

明興り、詩人は宋元の餘習を承けて、頗る遠調に乏し。弘治間に、北地の李先生獻吉（李夢陽）、始めて唐風を以て天下の爲に倡え、一時の人士 之を宗として、文體一振せり。其の弊に及ぶや、名家を株守して、其の步を學ぶを矜り、千金もて帚を享く。斯れ遠く覽ざるの過ちなり。余故に謂えらく 先生（馮惟訥）是に編せし集は、大いに雅道に功有らんと。

『古詩紀』編纂のために用いられた「引用書目」を見ると、別集の形體を備えるものとしては、『蔡中郎集』『陳思王集』『嵇中散集』『阮步兵集』などに始まり、『歷代帝王集』『蘭亭詩』『織錦回文』など總集と別集の線上にあるものまで加えても、六朝末の『庾肩吾集』『庾開府集』までわずかに十七種を數えるにとどまる。こと別集に關する限り、『宋史』藝文志の段階からさらに現存書の數は激減していたのである。馮惟訥はその缺を補うために、經・史・子・集各部の書から道經・佛經に至るまでのあらゆる典籍を搜求して、作品の蒐集に努めたのだった。開拓者の創意と苦心がしのばれる。

『古詩紀』の出現を見て、はじめて唐以前の詩を全體的に眺めわたすことが可能になった。明人は、木人の目にすることのなかった多くの六朝詩に直接親しむことができるようになった。そして、さらにそれ以後、さまざまな切り口による漢魏六朝詩の總集編纂が試みられるきっかけが生まれた。つとに『四庫全書總目提要』が指摘するように、臧懋循の『古詩所』五十六卷、張之象の『古詩類苑』百三十卷、梅鼎祚の『古詩乘』四十五卷が、それぞれ『古詩紀』のあと相繼いで世に出ている。また、『古詩紀』の編纂は、文を含めた漢魏六朝全體にわたる著作の集大成を促し、張溥『漢魏六朝一百三家集』に代表されるような總集編纂の事業が次々と現われたのだった。

その後、近代になって、『古詩紀』を增補してより完璧な漢魏六朝期の總集を目指す丁福保『全漢三國晉南北朝詩』百十八卷（一九一六年刊）が刊行された。この書は、馮惟訥が見るに及ばなかった『文館詞林』のような新發見の資料を補ってはいるものの、それは全體の割合からすればきわめて微々たる分量に過ぎず、古詩集成の功を馮惟訥から奪うものとは認めがたい。ごく近年になって編まれた逯欽立『先秦漢魏晉南北朝詩』（一九八三年刊）は、『古詩紀』の基礎の上に立って、より廣い逸詩・逸句の蒐集と精密な校勘を施した書であり、唐以前の詩の總集として一つの到達點を示す成果といってよい。しかし、この書の出現によって『古詩紀』の價値が無に歸したわけではなく、むしろ『古詩紀』に備わる明代の眼との對比によって、現代における古詩の資料的研究はその奧行きを深める機緣を得たといってもよいのではあるまいか。つまり『古詩紀』とはそれほどの書なのである。

『古詩紀』がはじめてわが國に紹介されたのは、その冒頭部の「古逸」十卷が、享和元年（一八〇一）に、尾張藩の儒者秦鼎（はたかなえ）（一七六一～一八三一）による頭注訓點を施して、尾張の書肆から刊行されたのが最初である（その景印本が、汲古書院の『和刻本漢詩集成　總集篇』に收載される）。秦鼎は、服部南郭の門下で、『春秋左氏傳校本』や『世說箋本』などを校刻し、一般にもかなりよく名を知られていた學者である。師の服部南郭といえば、つとに『唐詩選國字解』によって、盛唐詩を祖と仰ぐ古文辭盛行の波を揚げた人であり、弟子の秦鼎による『古詩紀』の刊行も、もちろんその流れと無緣ではなかったはずである。

その卷末には、「嗣出書目」として、『古詩紀漢魏至隋』百二十卷、『同外集』四卷、『同別集』十二卷の上梓が豫告されているが、それは結局頓挫したままになったらしい。『古詩紀』の精髓は漢魏以降にこそあり、「古逸」の部は最も問題の多いところだから、まずこの部分だけが先行して世に出たことに、この出版企畫の失敗した原因があったというべきだろう。『古詩紀』がわが國の學界の關心を集めるようになったのは、二十世紀も後半に入って、唐以前の詩史に對する研究の目覺ましい進展が見られるようになってからである。

『古詩紀』の總合的な研究は、すでに四十年以上前からわが國の研究者によって着手されていた。廣島大學の斯波六郎、京都大學の吉川幸次郎兩教授をはじめとする研究者たちが、東京・京都・廣島の各地において『古詩紀』全卷の考證・校勘の作業を分擔して進めてきたのである。その共同研究の中間的な成果については、鈴木修次・一海知義兩氏の「馮惟訥とその詩紀」（『日本中國學會報』第十二集、一九六〇年）に詳しい。作業は、一九七〇年代には基本的に完了の域に達し、それはさらに最終的な整理を經て、いずれ『古詩紀』のテクストと併せて出版される計畫であったが、種々の理由で果たされぬままになっていた。

今日、我々はすでに逯欽立『先秦漢魏晉南北朝詩』というすぐれた成果を手にしており、かつての共同研究の成果を從前に意圖されたそのままの形で公刊する必要はもはやないであろう。しかし、『古詩紀』そのものは依然として有用であり、逯欽立氏の書を利用する上でもなお大きな參照價値を失っていない。こうした意義に鑑み、『古詩紀』の四種の刊本中でも、馮惟訥の在世中に刊行された最古かつ最良のテクストである甄敬序（嘉靖三十九年、一五六〇年）刊本を、ここに景印して世に出すこととした。この刊本は、わが國では京都大學文學部に一本を備えるのみの稀覯本である。刊行に際しては、『先秦漢魏晉南北朝詩』を讀むための便宜も考慮して、かつての共同研究の成果を取り入れながら、多少の工夫を施した。

かくて、四十年前の共同研究の計畫といささか異なった形態ではあるが、こうして『古詩紀』の善本を江湖に供することができたのは、共同研究の一端に加わった者として喜びに堪えない。この書が中國文學史等の研究において、廣く活用されることを願っている。

最後に、長期にわたって『古詩紀』の共同研究を推進された方々の勞に心から敬意を表する。また、稀覯本の景印出版を承諾された京都大學文學部の關係者、缺葉の補充を快諾された南京圖書館・臺北故宮博物院、出版をお引き受けいただいた汲古書院に深謝申し上げる。

二〇〇四年七月

嘉靖本古詩紀　第一巻　目次

嘉靖本古詩紀　全三巻・別巻一　總目次

凡例

一、本書『嘉靖本 古詩紀』は、全三巻・別巻一巻で構成される。

一、影印本の底本は、京都大學文學部所藏の一百五十六卷本卽ち『京都大學文學部所藏漢籍目錄』「集部・總集類」に「詩紀前集十卷正集一百三十卷外集四卷別集十二卷 明馮惟訥輯嘉靖三十七年序刊本 三二册」と著録される版本である。

一、底本には錯葉若干箇所、缺葉若干葉がある。錯葉は本影印本では正しい順序に復し、缺葉は、南京圖書館藏明嘉靖三十九年甄敬刻本および臺北・故宮博物院藏明嘉靖三十九年甄敬刻一百五十六卷九十册本で補配した。その箇所は當該葉に明記した。

一、影印に際し、約五二％（表紙は約三七％）の縮小とした。

嘉靖本　古詩紀

第一巻

詩紀序

詩紀者北海馮氏輯也起上古迄隋末捜括靡遺矣又較其差謬次其紊亂詩以人分人以世繫斯亦勤且精也余讀之有慨焉夫自字畫始造文制聿興詩實昉焉其變可考也天下之事自本趨末猶從高而下必極所至而止是皆關乎否泰淳漓之運陞降循環之機非人為也昔孔子刪詩商周而尚槩無聞焉今其歌謡散見于稗官小說固多後人所附益然詞旨簡奥非秦漢士莫能為矣其最足徵者典謨在也舜命夔曰詩言志歌永言聲依永律和聲樂府權輿也命禹曰工以納言時而揚之風人觀採也勅天之命時幾交儆敘事體裁也則唐虞已備矣詩三百商周本文也風雅寖微離騷欝起炎漢改轍曹魏遵

軌沿及陳隋益以總襍雖善惡殊科妍媸異狀然月異歲殊愈趨愈下即其詩可知其世也古今之變凡不知幾也唐堯無名虞舜無為由洪荒趨焉必至此也夏俗尚忠忠必趨于質質必趨于文文之趨不至于刑名刻薄不已也漢興尚忠厚忠厚必趨于節義節義必趨于放達放達之趨不至于縱欲敗度滅禮弃倫不已也夫世變之趨有所必至乃其機微恒徵于詩古人採詩觀風良以此也今觀明良之歌渾渾灝灝如天覆地載莫可涯涘測也其太古之遺音乎五子之歌沉欝感嘆不失其正然去離黍北門無幾矣風雅頌之作時異人殊並具世變兼列美刺如五色相宜所以成彩也漢人含蓄古雅宏偉壯健其治世之流風乎陳思諸家慨慷激烈不詭前

哲情旨漸入微婉矣晉人清緻逸態雄渾氣格颯以衰焉其衰世之志乎宋暨于隋浮薄妖冶益靡靡矣其亡國之音乎夫詩緣于情人限于時情無古今時有代謝夏詩已不追虞矣況降而三代又降而漢魏六朝耶此高見遠識之士所以抱傷今思古之悲也夫太素無色五色形焉太音希聲五聲出焉太羹無味五味生焉極其變至于不可窮則厭者未嘗不思以反其初天時人事互運迭遷誰能違之故詩至桑間濮上弊斯極矣一變為漢又至玉樹後庭弊斯極矣一變為唐由古及今其始必善終趨于弊弊則必變然視其初焉亦又下矣又安知漢魏之視三代不猶後之視漢魏耶近世徐氏謂由質開文古詩所以擅巧由文求質晉格所以為衰文質襍興

本末並用斯醜失也固古今詩人之斷案也矧又由文求文者乎夫詩有萬端要惟情景二者情動于中浩然莫遏則足蹈手舞目視耳聞觸物成景即象識心故風雲月露之形則古詩之糟粕也是以其詞實其旨切其質厚非有程式自包體格譬元氣生物形色各殊也後世脉本逐末覩偶對者因為律體覩踈越者因為散體覩參

差者因為襍體按格求辭競奇矜巧推敲作勢模倣成形採潘陸之華謝園綺之實粧點愈繁本根益喪故閭巷歌謡最為近古者則以出于自然也又甚者乃立諸格諸勢諸忌之論神思氣勢之分内象外象之辯是何異鑽木得火遂執木求火指孟象日遂執孟為日耶此徐氏為得其要尚宜深探其本也然以今觀之三代之詩卒莫唐虞漢之詩卒莫三代六朝之詩卒莫漢魏則豈咸綴文之失哉夫世道之趨由上古極于唐虞夏承其變由夏極于秦漢承其變由漢極于六朝唐承其變即詩因之矣自唐以下可略而言覩是輯者其必有所感也夫其必有所感也夫肆命諸梓兼附衆評匪徒曰將資藝藪之博洽也

嘉靖歳次庚申孟春

賜進士第文林郎巡按陝西監察御史兼

提督學校事太原甄敬敘

詩紀序

右詩紀前集十卷詩紀百三十卷外集
四卷詩話及識遺為别集十二卷北海
少洲馮先生所纂輯也先生以雋才大
雅髙步一時見世之為詩者多根抵于
唐鮮能窮本知變以窺風雅之始乃溯
隋而上極于黄軒凡三百篇之外逸文
斷簡片辭隻韻無不具焉秦漢而下詞

客墨卿孤章浩帙樂府聲歌童謡里諺
無不括焉七略四部之所鳩藏齊諧虞
初之所志述無不蒐焉始事于甲辰之
冬集成于丁巳之夏歲凡十四稔先生
宦跡且徧四方矣遇通儒博士無不出
而訂焉驟見之編郡邑之載金石之刻
無不取而覈焉嗚呼先生之加意斯篇
其可謂勤且篤矣方甲辰始事先生時

守河中維與分讐之列茲當告成敢續
言于末簡曰詩之道尚矣夫人哀樂之
心感而歌詠之聲發永言嗟嘆成文諧
音蓋自結繩之代已固然矣然情以人
生文由代變古詩自宣尼刪後罕有存
者其軼文畧備于斯是以質文之變莫
得而詳焉漢風所宗造端蘇李東京揚
其流波建安備其氣質逮于江左托意

虚玄繼以齊梁綺靡陳隋輕艷而詩之
變極矣中間作者若張蔡曹劉潘陸顔
謝江沈徐庾莫不虎視蛟騰抗心特異
思以駕前賢之逸軌障當世之頽瀾然
而繁音曲節毎變益工品格風標沿時
遞下豈所謂聲音之道關乎世運者耶
代歷既遐流風寖沫後之學者莫得泝
其津涯先生于是會萃遺失裒為成書

詩以人系人以代分代以時次火齊明
月的皪錯陳鏞磬柷敔翕如並奏使藝
林之士因詩考人因人論世得以繹祖
述之淵源第古今之優劣獵皇王之菁
華而窮性術之變化也豈不偉哉
明興詩人承宋元餘習頗乏遠調弘治間
北地李先生獻吉始以唐風為天下倡
一時人士宗之文體一振焉及其敝也

株守名家矜其學步千金享帚斯不遠
覽之過爾余故請先生是編之集大有
功于雅道云

嘉靖戊午夏五月癸丑

賜進士出身翰林院
國史編脩承事郎河中張四維

詩紀凡例

一是編首自上古下迄陳隋唐宋以後詩人之作各有彙集世得共覩故不重錄

一上古迄秦別為前編以箴銘頌誄備載與後例頗不同又古作者多不詳名氏今故以類分凡為類十一為卷十其采錄之意已具本叙茲不重及先刻題云風雅廣逸今止云詩紀前集

一漢以後篇什廣矣覩史傳所載歷代作者其集動若干卷今所錄千百之一爾將以著詩體之興革

觀政俗之升降資文囿之博綜羅古什之散亡故備錄之不暇選擇若必云道本德之旨叶風雅之音參校論叙成一家之書尚有望於大雅君子焉

一樂府所載晉宋以後郊廟燕射樂歌舊輯詩者咸析入各家集內然此乃一代之典章非一人所得專也且其作之有宮徵其肄之有條貫似不宜分置今悉依郭茂倩舊次總列各代之末而以作者名氏系之題下云漢魏郊廟歌不多而無燕射之樂且已判布今不更易也

一鼓吹曲辭舞曲歌辭凡奏之公朝列在樂官者亦

如前例編錄於郊廟燕射之後其自相擬作不入樂府者仍存本集

一漢以後詩人先帝王次諸家以世次爲序次爵里無考者次方外次閨秀次無名氏

一詩人有歷數朝者從其所終之代若一人止一詩而知其爲何時之作則從其作詩之代操懿爲魏晉之祖故以冠二代不稱帝者未即位且非正也嵇阮入魏淵明入晉前賢已有定論至於劉杲蕭綜之奔魏蕭祗之奔齊蕭撝之歸周背本入夷咸

夷之矣其他亡國爲俘有可傷者焉

一作者氏系歷履行諡封謠俱查史傳書其要畧者於名氏之下庶觀者有考焉

一詩人有名氏而不知世代及樂府無名氏詩不可考其爲何代之作者别爲一卷附於末

一各家成集者編法先樂府次詩各分四言五言六言七言雜言齊梁以下諸體漸備（如四韻者律也二韻者絶句也）又有三韻（謂之半體）今各以體相從而諸體之中又各以類相附（或一人詩止數首者不能盡如此例或分其體裁要在均調倫類而已）

一藝文類聚初學記所載詩多係摘句今擇其闕文詩名載於後其雖似闕畧猶能成章者仍存正集闕疑也（闕文詩亦有附從各體之後者）

一各史列傳所載詩全文者入正集闕逸者入别集（曰志遺）

一詩互見各書而所載詩人名不同者擇其有證據者從之題下註云某書作某人今從某書作某人若無所考訂則二處並存之於甲乙互戔見所出之籍

一詩數見而句字不同者參校其義稍長者爲正文餘分註其下云一作某或某書作某

一聯句詩舊見某人集者因之同賦諸人集中不復錄也

一藝文類聚初學記二書所載其詩題明白者則仍其題如曹植鬭鷄陳琳燕會之類亦有引詩不明著其題則止云失題題下註見某書某部庶不失作者之意（如王粲從軍詩而藝文載遊覧部劉楨贈從弟而載松部明帝猛虎行而在桐部後人皆因其分部爲題誤矣）

一原係詩題而郭茂倩收入樂府者如王粲從軍梁元帝同王僧辯從軍江文通擬李都尉從軍庾開府同盧記室從軍樂府俱作從軍行又庾開府和樂儀同苦熱作苦熱行和江中買客作估客行及晝屏風詩俠客共周遊一首作俠客行皆是此類今並改正

一詩人有前賢品語俱采附各名氏下其舊有註釋或論詩及音叶者不能悉載亦有因文義難通采附數語者不足為例也

一樂府古辭不知何代之作以樂府起於漢又其辭多古雅故系之漢亦有不類漢語凡曰古辭亦得附焉

一漢魏詩集所載歌謠皆雜置詩中然既不知作者則亦古辭之類也今從樂府詩集作雜歌謠辭總為一編中分歌辭謠辭又有史傳所載諺語亦併附焉後皆倣此

一橫吹清商二部曲咸莫考作者今編橫吹入梁以樂府云梁鼓角橫吹曲也清商入晉以其始於晉也清商古辭舊亦有分繫各人名者如沈玩王厥臧質汝南王臨川王之類今並作無名氏其說已具卷中

一小說所載詩如陳後主小窻贈侍兒隋煬帝賜守宮女等詩望江南詞虞世南鞠司花女皆出大業拾遺迷樓海山等記疑多後人偽作今不入正集存各集之末曰附錄

一今所傳謝宣城何水部二集並附載他人之詩可以見當時並作及賡荅之意今於諸家集中可考

見者亦放此例附之然止及其明白有據者他如題雖偶同不明其為和某人則不附有和詩無倡詩者不附止於題下互戔之而已（凡附見他人之詩亞本詩一字）

一附載之詩如其人別有正集者不妨並載若一人止一二篇已載他人集中則不書特名止於所附卷中戔見其名

一符讖不經雖係韻語不載其稱詩歌者存之（如王子年釋寶誌陸法和之類）

一道家歌詩出列仙傳真誥雲笈七籤等書別為三

卷又鬼詩一卷總曰外集而仙詩止採其有名氏
可據者他如道經所載太上玉清眞文九天生神
章及道家科儀似五七言詩者尚多不能備錄也
一此書卷袠頗多今分前集○漢魏○晉○宋齊○
梁○陳○北朝○隋○外集○別集各爲目別爲
綱以屬之
一隋唐間人唐詩旣收之今不重錄虞世南止取其
在隋世應制之作數首爾其全集亦不及載
一漢以後箴銘頌贊各自爲體今不及載（詩彙所載今並刪去）

詩紀總目　六

一諸家品論詩話凡有關於詩紀者彙爲十二卷作別
集及史傳所載一二韻語不能成篇者別爲一卷
曰志遺附焉

詩紀凡例

引用諸書

前集

尚書　周禮　儀禮
禮記　左傳　國語
戰國策　孔子家語　汲冢周書
尚書大傳　穆天子傳　芉子
列子　荀子　管子
晏子春秋　愼子　韓非子
孔叢子（亦見正集）　白虎通　劉向說苑

詩紀總目　十一

新序　王充論衡　呂氏春秋
吳越春秋　群書鉤玄　華陽國志
金薤琳琅　琴苑要錄　陝西通志
風雅逸篇

正集

史記（亦見前集別集）　漢書（前別）　後漢書（前）
三國志（別）　晉書（別）　宋書（別）
齊書（別）　梁書（別）　陳書（別）
隋書（別）　南史（別）　北史（別）

北魏書 別　北齊書 別　北周書 別
唐書　越絶　文苑英華
藝文類聚　初學記　錦繡萬花谷
事類賦　玉臺新詠　玉臺續集
歳時雜詠　玉海　太平御覧
太平廣記　樂書　樂府詩集
古樂府　文選　文章正宗
古文苑　楚辭後語　選詩補註
文選補遺　文翰類選　乾坤清氣集

回文類聚　詩準詩翼 前　選詩外編
選詩拾遺　五言律祖　廣文選
周詩遺軌 前　詩雋　六朝聲偶
苑詩類選　六朝詩彙　古詩類苑
六朝詩集　歴代帝王集　蔡中郎集
陳思王集　嵇中散集　阮歩兵集
二陸集　支道林集　蘭亭詩
織錦回文 武功志附　陶淵明集　謝靈運集
三謝集　鮑明遠集　昭明文集

陰何詩集　庾肩吾集　庾開府集
鍾嶸詩品 別　困學紀聞 前 別　樂府解題
崔豹古今註 前　博物志 前　王子年拾遺記 前
齊諧記 外　山海經 前　水經
西京雜記　襄陽耆舊傳　大明一統志
金陵志　金華誌　維揚新誌
隋遺録　迷樓記　海山記
大業拾遺記　廣弘明集　釋氏古詩
禪藻集　高僧傳　續高僧傳

伽藍記 別　彤管集　彤管新編
外集
列仙傳　真誥　神仙傳
雲笈七籤　逍遥傳
別集
文章流別論　文心雕龍 亦見前集 正集
世說新語 正　續世說　何氏語林 正
顔氏家訓　東坡志林　法藏碎金録 正
文苑英華辨證　金石古文　陳繹曾詩譜

歷代吟譜　竹林詩評　吟窻雜録
苕溪漁隱叢話　詩話總龜
詩苑類格　滄浪吟巻　韻語陽秋 正
丹陽集　容齋隨筆 續筆 三筆 四筆 五筆
實積記　學齋佔畢　后山詩話
石林詩話　竹坡詩話　許彦周詩話 正
庚溪詩話　珊瑚鈎詩話　西清詩話
冷齋夜話　鶴林玉露　蜩笑外稿
西溪叢語 正　剡溪詩話　劉元城語録

談藝録 正　丹鉛餘録 續録 閏録 四録
譚苑醍醐　升菴詩話　詩話補遺
詞品　餘冬序録　陸文裕公外集
詩家直説　蘭莊詩話　過庭詩話
真珠船
右各集引用諸書自其大較著之互出者或於下

引用諸書

詩紀總目

前集

巻之一　歌上
巻之二　歌下
巻之三　謠　誦
巻之四　琴操
巻之五　銘
巻之六　箴　祝辭　繇　誄
巻之七　雜辭
巻之八

詩

卷之九

逸詩上　逸詩下

卷之十

古諺　附録

正集

卷之一

漢一西漢

高帝　武帝　昭帝

趙幽王友　朱虚侯章　淮南王安

燕剌王旦華容夫人附　廣陵厲王胥

廣川王去

卷之二

漢二西漢

項羽　四皓　韋孟

東方朔　霍去病　司馬相如

蘇武　李陵　李延年

揚惲　韋玄成　息夫躬

唐山夫人　戚夫人　烏孫公主

趙飛燕　班婕妤　虞美人

卓文君　王昭君

卷之三

漢三東漢

靈帝　東平憲王蒼　馬援

梁鴻　班固　傅毅

崔駰　張衡　李尤

朱穆　王逸　桓驎

高彪　蔡邕　趙壹

酈炎　仲長統　孔融

卷之四

漢四東漢○蜀漢附

秦嘉　應亨　辛延年

宋子侯　虎賁郎　白狼王唐菆

蔡琰　徐淑　蘇伯玉妻

竇玄妻　諸葛亮　龐德公

卷之五

漢五

郊廟歌辭以下古辭

鼓吹曲辭

卷之六

漢六

相和歌辭

相和曲　吟嘆曲　平調曲

清調曲　瑟調曲　楚調歌

大曲

舞曲歌辭

雜舞　散樂

卷之七

漢七

雜曲歌辭

卷之八

漢八

雜歌謠辭

卷之九

漢九

諺語　無名氏

卷之十

漢十

古詩　無名氏

卷之十一

魏一

曹操

卷之十二

魏二

文帝　甄皇后　明帝

卷之十三

魏三

陳思王植

卷之十四

魏四

陳思王植二

卷之十五

魏五

詩紀總目　十八

詩紀總目　十九

帛道猷　竺僧度 附若華　張奴

謝道韞　桃葉　謝芳姿

劉和妻王氏　傅充妻辛氏　陳新塗妻李氏

卷之三十八

晉十八

蘇若蘭

卷之三十九

晉十九

郊廟歌辭

傅玄　曹毗　王珣

燕射歌辭

傅玄　成公綏　荀勗　張華

卷之四十

晉二十

鼓吹曲辭

傅玄　張華

舞曲歌辭

傅玄　無名氏　荀勗　張華

卷之四十一

晉二十一

清商曲辭　古辭

卷之四十二

晉二十二

清商曲辭　古辭

卷之四十三

晉二十三

雜曲歌辭　古辭

雜歌謠辭　無名氏

卷之四十四

晉二十四

雜歌謠辭　無名氏　諺語　無名氏

卷之四十五

宋一

文帝　孝武帝　江夏王義恭

臨川王義慶　南平王鑠　王韶之

何承天

卷之八十四
梁二十一
何遜
卷之八十五
梁二十二
蕭子範　蕭子雲　蕭子暉
蕭鈞　蕭琛　蕭巡
蕭瑱
卷之八十六

梁二十三
王籍　王暕　王訓
王泰　王筠
卷之八十七
梁二十四
劉孝綽　劉孝儀　劉孝勝
卷之八十八
梁二十五
劉孝威　劉孝先　劉苞

劉孺　劉遵　劉邈
卷之八十九
梁二十六
陶弘景　曹景宗　宗夬
傅昭　周捨　徐勉
徐悱　徐怦　徐防
徐摛　徐君蒨
卷之九十
梁二十七

劉峻　劉霽　劉緩
劉瑗　劉顯　裴子野
陸倕　陸罩　荀濟
殷芸　何敬容　江從簡
劉之遴
卷之九十一
梁二十八
虞羲　虞騫　江洪
江祿　伏挺　高爽

謝微　謝舉　何思澄
何子朗　沈旋　沈趍

卷之九十二

梁二十九

費昶　到溉　劉溉
庾仲容　庾丹　鮑泉
鮑機　紀少瑜　褚翔
褚雲　張嵊　陸山才
朱异　王偉

卷之九十三

梁三十

王臺卿　王冏　李鏡遠
朱超道　朱超　朱越
戴暠　沈君攸　施榮泰
高允生　王循　房篆
裴憲伯　庾成師　車斅
姚翻　阮研

卷之九十四

梁三十一

鮑子卿　王樞　湯僧濟
楊皦　吳孜　任豫
劉臻　鄧鏗　聞人蒨
顧煊　王脩巳　王孝禮
謝頊　范筠　甄固
王環　江伯瑤　劉泓
王湜　李孝勝　談士雲
劉愔　賀文標　張騫

蕭若靜　蕭欣　桓法闓
釋寶誌　釋智藏　釋惠令
惠慕道士　僧正惠偘　王金珠
包明月　衛敬瑜妻王氏
王淑英妻劉氏　徐悱妻劉氏
范靜妻沈氏　吳興妓童

卷之九十五

梁三十二

郊廟歌辭　沈約

卷之一百二十四

隋五

崔仲方　于仲文　虞世基

虞茂　虞世南　虞綽

卷之一百二十五

隋六

諸葛頴　孫萬壽　王眘

王胄

卷之一百二十六

隋七

徐儀　庾自直　元行恭

尹式　劉斌　孔德紹

孔紹安　岑德潤　陳子良

陳良　庾抱　袁朗

崔信明　明餘慶　柳莊

杜公贍　杜之松　王衡

薛德音　李密

卷之一百二十七

隋八

李巨仁　孔執恭　王由禮

魯范　敫英童　胡師耽

陳政　周若水　薛昉

劉端　殷君彥　李那

呂讓　沈君道　魯本

劉夢予　陸季覽　鄭蜀賓

王謨　乙支文德

卷之一百二十八

隋九

釋法宣　釋慧淨　釋智炫

釋曇遷　釋玄逵　釋靈裕

釋智命　釋智才　曇延

沛大　釋慧輪　釋慧英

無名釋　大義公主　丁六娘

李月素　羅愛愛　秦玉鸞

蘇蟬翼　張碧蘭

卷之一百二十九

隋十

郊廟歌辭　牛弘等奉詔作

燕射歌辭　牛弘等奉詔作

鼓吹曲辭　牛弘等奉詔作

舞曲歌辭　牛弘等奉詔作

雜歌謠辭　無名氏

卷之一百三十

隋十一

樂府失載名氏

外集

卷之一

仙詩

卷之二

仙詩

卷之三

仙詩

卷之四

鬼詩

別集

卷之一

統論上

卷之二

統論下

明體　章句　雜體

聲律

卷之三

品藻一

卷之四

品藻二

卷之五

品藻三

卷之六

品藻四

卷之七

品藻五

卷之八

品藻六

卷之九　雜解上
卷之十　雜解下
卷之十一　辨証　駁異附
卷之十二　志遺

八　詩紀總目　四八

詩紀總目終

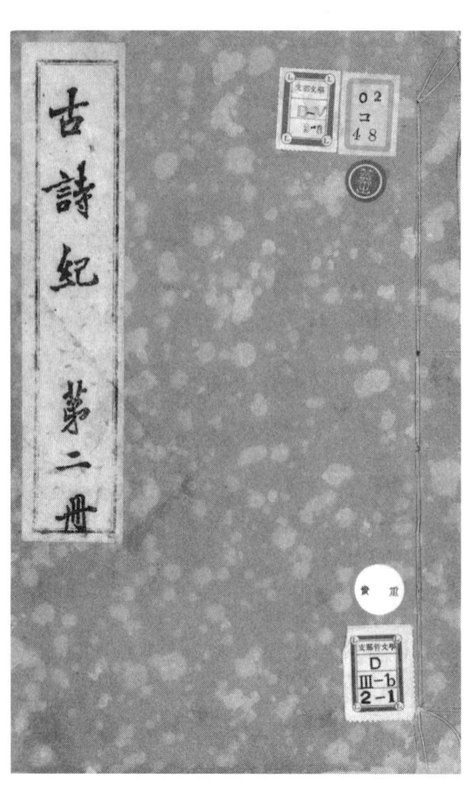

詩紀前集目録

巻之一

歌上

詩紀前集目録　一

卷之二

歌下

卷之三

謠

卷之四

卷之五

田者祝 二見　越群臣祝 二章
越王壽吳王辭　大夫種祝越王辭 二章
繇辭
夏后鑄鼎繇　懿氏繇
伐驪繇　驪姬繇
伯姬繇　鄖陵繇
孫文子繇
誄
孔子誄 二見　柳下惠誄

卷之七
雜辭
岣嶁碑　禹玉牒辭
投壺辭 二章　諢良夫譟
狐援辭 二章　士卒倡
成相雜辭 三章
卷之八
詩
石鼓詩 十首　蠶叢詩 四章

佹詩　荀卿與春申君書後賦
蘇秦上秦惠王詩　遊南岳讚
遊海詩　采藥詩
時俗四言詩
卷之九
逸詩 上
支　辟雍 二見凡三章
貍首 二見　黃竹詩 三章
祈招詩　徵招角招

無射　嶠
轡之柔矣　驪駒
白水 二見　鼓缶
逸詩 下
左傳 八章　論語 二章
禮記 二章　大戴禮 二章
孔子家語　管子
晏子春秋　墨子 二章
荀子 六章　列子

古諺古語 載籍通引十八章

附錄

逸詩篇名

詩紀前集目錄 終

詩紀前集卷之一

巡按陝西監察御史太原甄敬　裁正

陝西按察司僉事北海馮惟訥　彙編

古逸一

歌上

彈歌

吳越春秋曰越王欲謀復吳范蠡進善射者陳音音楚人也越王請音而問曰孤聞子善射道何所生音曰臣聞弩生于弓弓生於彈彈起于古之孝子不忍見父母爲禽獸所食故作彈以守之歌曰 劉勰云黄歌斷竹質之至也又曰斷竹黄歌乃二言之始○黄黄帝也

斷竹續竹飛土逐宍 宍古肉字今吳越春秋作害非

皇娥歌

王子年拾遺記曰少昊以金德王母曰皇娥處璇宮而夜織或乘桴木而晝遊經歷窮桑滄茫之浦時有神童容貌絕俗稱爲白帝之子卽太白之精降乎水際與皇娥讌戲並坐撫桐峯梓琴皇娥倚瑟而清歌——白帝子答歌——及

皇娥生少昊號曰窮桑氏

天清地曠浩茫茫萬象迴薄化無方涵天蕩蕩望滄滄
乘桴輕漾著日傍當期何所至窮桑心知和樂悦未央

白帝子歌

四維八埏眇難極驅光逐影窮水域璇宮夜靜當軒織
桐峯文梓千尋直伐梓作器成琴瑟清歌流暢樂難極
滄湄海浦來棲息

擊壤歌

帝王世紀曰帝堯之世天下太和百姓無事有

八九十老人擊壤而歌風土記壤以木爲之前廣後銳長三四寸形如履臘節童少以爲戲分部如摘博藝經云長尺四闊三寸將戲先側一壤于地遥于三四十步以手中壤敲之中者爲上古野老戲也

日出而作日入而息鑿井而飲耕田而食帝何力於我
哉力字爲韻一作帝力於我何有哉

箕山歌

古今樂録曰許由者古之貞固之士也堯時爲布衣以清節約聞於堯堯乃遣使禪爲天子由喟然嘆曰匹夫結志固如盤石採山飲河所以養性非以貪天下也堯既殂落乃作箕山之歌曰博物志曰司馬遷云無堯以天下讓許由事楊雄亦云誇大者爲之

登彼箕山兮瞻望天下虎古音山川麗崎萬物還普日月
運照靡不記睹游放其間何所却慮叶嘆彼唐堯獨自
愁苦勞心九州憂勤后土謂予欽明傳禪易祖我樂何
如盖不盼顧河水流兮緣高山叶甘瓜施兮葉綿蠻叶
高林肅兮相錯連居此之處傲堯君叶

賡歌三章

虞書帝庸作歌曰勑天之命惟時惟幾乃歌曰史記以勑天之命二句作歌辭風雅混篇曰乃歌曰乃者繼事之辭歌已復歌曰乃

股肱喜哉元首起哉百工熙哉

臯陶拜手稽首颺言曰念哉率作興事愼乃憲
欽哉屢省乃成欽哉乃賡載歌曰賡卽古文續字見說文

元首明哉股肱良哉庶事康哉

臯陶又歌曰史記作舜又歌曰

元首叢脞哉股肱惰哉萬事墮哉

卿雲歌三章○王海逸詩

樂府集載尚書大傳云舜將禪禹於是俊乂百

工相和而歌卿雲帝唱之八伯咸進稽首而和
帝乃再歌尚書大傳曰維五祀奏鐘石論人聲乃及鳥獸咸變於前秋養耆老春食孤子乃渟然招樂興於大麓之野報事還歸二年譈然乃作大唐之歌歌者二年昭然乃知乎王世明有不世之義招爲賓客而雍爲主人始奏肆夏納以孝成舜爲賓客而禹爲主人樂正進贊曰尚考大室之義唐爲虞賓至今衍於四海成禹之變垂於萬世之後帝乃唱之曰｜｜八伯咸進稽首曰｜｜帝乃載歌曰｜｜於時八風循道卿雲藂蕠蟠龍憤信於其藏蛟龍躍踊於其淵龜龍咸出於其穴遷虞而事夏也
卿雲爛兮糺今諸本作禮誤縵縵兮日月光華旦復一作或旦兮

八伯歌

明明上天叶爛然星陳日月光華弘于樂書作宏予一人
帝乃載歌曰
日月有常星辰有行叶四時順經叶萬姓允誠叶於予論樂配天之靈叶遷于賢善一作聖莫不咸聽叶鼚乎鼓之軒乎舞之菁華已竭褰裳去叶上聲之

塗山歌

吳越春秋曰禹年三十未娶行塗山恐時之暮失其度制乃辭云吾娶也必有應矣乃有白狐九尾造於禹禹曰白者吾之服也九尾者王之證也於是塗山之人歌之禹因娶塗山謂之女嬌
綏綏白狐九尾龐龐我家嘉夷來賓爲王成子室家我都攸昌一作成家成室我造彼昌天人之際於茲則行叶明叶矣哉
呂氏春秋曰禹年三十未娶行塗山有白狐九尾造禹塗山人歌曰綏綏白狐九尾龐龐成子家室乃都攸昌禹遂娶之

五子歌五章

夏書太康尸位以逸豫滅厥德黎民咸貳乃盤游無度畋于有洛之表有窮后羿因民弗忍距

于河厥弟五人御其母以從徯于洛之汭五子咸怨述大禹之戒以作歌
皇祖有訓民可近不可下民惟邦本本固邦寧予視天下愚夫愚婦一能勝予一人三失怨豈在明不見是圖予臨兆民懍乎若朽索之馭六馬爲人上者奈何不敬
訓有之內作色荒外作禽荒甘酒嗜音峻宇雕墻有一于此未或不亡
惟彼陶唐有此冀方今失厥道左傳作行亂其紀綱乃底滅亡

明明我祖萬邦之君有典有則貽厥子孫叶 關石和鈞
王府則有荒墜厥緒覆宗絶祀叶養里反
嗚呼曷歸予懷之悲萬姓仇予予將疇依鬱陶乎予心
顔厚有忸怩弗慎厥德雖悔可追

夏人歌

韓詩外傳云桀爲酒池糟隄縱靡靡之樂一鼓而牛飲者三千人群臣皆相持而歌尚書大傳曰夏人飲酒醉者持不醉者不醉者持醉者而歌曰盍歸乎薄薄亦大矣伊尹退而更曰覺兮較兮吾大命格兮去不善而從善何不樂兮薄湯之都也

江水沛叶兮舟楫敗叶兮我王廢兮趣音促歸於薄一作亳
薄亦大兮
樂兮樂兮四牡蹻叶兮六轡沃叶兮去不善而從善何
不樂兮

麥秀歌二見

史記箕子世家云箕子朝周過故殷墟感宮室毀壞生禾黍箕子傷之欲哭則不可欲泣爲其近婦人乃作麥秀之詩以歌之其詩曰琴集曰傷殷操微子所作也尚書大傳亦云微子作

麥秀漸漸兮禾黍油油古音又 彼狡童兮不與我好叶許候反
兮史記

麥秀蔪蔪蔪麥芒也 禾黍油油彼狡童兮不我好仇尚書大傳

採薇歌

史記曰武王已平殷亂天下宗周而伯夷叔齊恥之義不食周粟隱於首陽山採薇而食之及餓且死作歌其辭曰琴集作採薇操亦曰晨遊高舉

登彼西山兮採其薇矣以暴易暴兮不知其非矣神農
虞夏忽焉没兮我適安歸矣吁嗟徂兮命之衰矣史記伯夷傳睹軼詩可異焉即此詩也

哀慕歌

古今樂録曰周太伯者太王之長子也太王有子三人太伯虞仲季歷季歷之子昌即文王也太王寢疾欲傳季歷以及昌於是太伯與虞仲去被髮文身託爲王採藥後聞太王卒還奔喪哭於門示夷狄之人不得入王庭季歷謂太伯

長子也當立垂涕而留之終不肯止遂委而去
適於吳是後季歷作哀慕之歌章曰
先王既徂長黴(音允)異都哀喪腹心未寫中懷(懷音褱衘波傳人知其一不知其他子生三年然後免於父母之懷)追念伯仲我季如何梧桐萋萋
生于道周(周淳于切三國志李興表孔明閭文漢高歸寬于豐沛太公五世而反周想魍魎之彷彿冀形響之有餘)宮館(風雅逸篇作舒云舒古榭字一作觀)緋絗臺閣既除何為遠
去使此空虛支骨離別垂思南隅瞻望荊越涕淚交流
伯兮仲兮逝肯來遊自非二人誰訴此憂

夢歌(一作瓊瑰歌)

左傳曰聲伯夢涉洹或與已瓊瑰食之泣而為
瓊瑰盈其懷從而歌之｜｜懼不敢占也還自
鄭至於貍脤而占之曰余恐死故不敢占今衆
繁而從余三年矣無傷也言之之暮而卒
濟洹之水贈我以瓊瑰歸乎歸乎瓊瑰盈吾懷(叶乎)

去魯歌(一作師乙歌)

史記曰孔子相魯齊人遺女樂季桓子受之三
日不聽政郊又不致膰俎於大夫孔子遂行宿
乎屯而師已送曰夫子則非罪孔子曰吾歌可
夫歌曰｜｜桓子聞之曰夫子罪我以群婢故
也(史記樂書仲尼正樂以誘世作五章以刺時索隱曰孔子詩曰優哉游哉聊以卒歲此五章之刺)
彼婦之口可以出走彼婦之謁可以死敗(叶蒲昧反)盖(家語無盖字)優哉游哉維(家語作聊)以卒歲(王肅曰言婦人之口請謁足以憂使人死敗故可以出走也仕不遇故且優游以終歲)

臨河歌(見水經注)

孔子適趙臨河不濟歎而作歌
狄水衍兮風揚波(叶班麋反)舟楫顛倒更相加(叶居之反)歸來歸
來胡為斯(狄木名在臨濟舊作秋誤)

楚聘歌(一作大道歌)

孔叢子曰楚王使使奉金幣聘夫子宰予冉有
曰夫子之道至是行矣遂請見問曰太公勤身
苦志八十而遇文王孰與許由之賢子曰許由
獨善其身者也太公兼利天下者也然今世無
文王雖有太公孰能識之乃歌曰(楚昭王也)
大道隱兮禮為基賢人竄兮將待時天下如一兮欲何
之

丘陵歌 陸賈新語作丘公陵歌

孔叢子曰哀公使以幣如衛迎夫子而不能賞故夫子作丘陵之歌 註言昏主之道難且險若丘陵然故作是歌以託意

登彼丘陵岪施其阪 岪施崎嶇也丘陵既高且險其阪又崎嶇相屬丘陵謂王室也阪指諸侯 仁道在邇 一作近 求之若遠遂迷不復自嬰屯蹇喟然迴慮題彼泰山 題顧也泰山謂魯也言歷諸國既無所用復顧魯 鬱確其高梁甫迴連枳棘充路陟之無緣將伐無柯患茲蔓延惟以永嘆涕霣潺湲 言公室既鬱確而險大夫又亂如枳棘欲伐去又無斧柯梁甫太山之下小山指三桓也

蟪蛄歌

詩含神霧曰孔子歌曰丨丨政尚靜而惡譁也

違山十里蟪蛄之聲猶尚在耳

鶬鴰歌

衡波傳有鳥九尾孔子與子夏見之人以問孔子曰鶬也子夏曰何以知之孔子曰河上之歌云 羅端良曰鶬警霜鶴警露

鶬兮鴰兮逆毛衰兮一身九尾長兮

孤鸛歌

類要曰孔子遊于隅山見取薪而哭長梓上有孤鸛乃承而歌之

睆彼鳴鸛在巖山之陰 叶其淹反

獲麟歌

孔叢子曰叔孫氏之車子鉏商樵於野而獲麟焉衆莫之識以為不祥棄之五父之衢冉有告曰麕身而肉角豈天之妖乎夫子往觀焉泣曰麟也麟出而死吾道窮矣乃歌云

唐虞世兮麟鳳遊今非其時來何求麟兮麟兮我心憂

曳杖歌 一作夢奠歌 亦見家語

檀弓曰孔子蚤作負手曳杖消搖於門歌曰丨丨既歌而入當戶而坐子貢聞之曰泰山其頹則吾將安仰梁木其壞哲人其萎則吾將安放遂趨而入夫子曰予疇昔之夜夢奠於兩楹之間夫明王不興而天下其孰能宗予予殆將死也蓋寢疾七日而終

泰山其頹乎梁木其壞 叶 乎哲人其萎乎

原壤歌

禮記檀弓曰孔子之故人曰原壤其母死夫子助之沐槨原壤登木曰久矣予之不託於音也歌曰ㄧㄧ夫子爲弗聞也而過之或曰此卽射義所謂貍首逸詩也

貍首之斑叶甲連反然執女手之卷然貍首之斑言木文之華也卷與拳同如執女手之拳言沐槨之滑膩也

南蒯歌一作鄉人飲酒歌

左傳曰魯昭公十二年季平子立而不禮於南蒯南蒯以費叛將適費飲鄉人酒鄉人或歌曰

南蒯遺之子季氏費宰

我有圃生之杞乎從我者子乎去我者鄙乎倍其鄰者恥乎已乎已乎非吾黨之士乎圃以殖蔬菜枸杞非可食之物圃不宜生以喩蒯也從我謂爲魯不去也子男子之美稱鄰親也已乎夾絕之辭也

成人歌

禮記檀弓曰成人有其兄死而不爲衰者聞子皐爲成宰遂爲衰成人歌曰

蠶則績而蟹有匡范則冠而蟬有緌兄則死而子皐爲之衰成魯邑名匡蟹背殼似匡也范蜂也緌謂蟬喙長在腹下此言兄死者其衰之不爲兄也

黃鵠歌

列女傳曰魯陶嬰者陶明之女也少寡養幼孤無彊昆弟紡績爲產魯人或聞其義將求焉嬰聞之恐不得免乃作歌明己之不更二庭也魯人聞之遂不敢復求

悲夫黃鵠之早寡兮七年不雙叶鵷頸獨宿兮不與衆同夜半悲鳴兮想其故雄天命早寡兮獨宿何傷寡婦念此兮泣下數行嗚呼哀哉兮死者不可忘飛鳥尚然兮況於貞良雖有賢雄兮終不同行叶

宋城者謳卽華元歌

左傳鄭公子受命於楚伐宋宋華元樂呂御之戰於大棘宋師敗績囚華元獲樂呂宋人以兵車百乘文馬四馳以贖華元於鄭半入華元逃歸宋城華元爲植巡功城者謳以譏之華元亦作歌使驂乘者答之役人又復歌之宣公二年

睅其目皤其腹棄甲而復于思于思音腮或如字則來叶黎棄甲復來叶睅出目也皤大腹也于思多鬚貌思古腮字

驂乘答歌

牛則有皮（叶蒲波反）犀兕尚多棄甲則那（那猶何也 斷棄甲何害）

役人又歌

從其有皮（叶）丹漆若何（言雖有皮無丹漆亦不能成甲也 豈可棄之哉）

澤門之晳謳（一作築者歌）

左傳宋皇國父爲太宰爲平公築臺於門妨於農收子罕請俟農功之畢公弗許築者謳曰（襄公十七年）

澤門之晳實興我役邑中之黔（音琴）實慰我心（澤門宋東城南門也 皇國父白晳而居近此 子罕黑色而居邑中）

野人歌

左傳宋朝與衛夫人南子會于洮野人歌之

既定爾婁豬（古音遮）盍歸吾艾豭（婁豬求子豬以喻南子 艾豭喻宋朝艾老也 豭音加牡豕也）

烏鵲歌（二首見彤管集一作青陵臺歌見九域志止前一首）

韓憑戰國時爲宋康王舍人妻何氏美王欲之捕舍人築青陵臺何氏作烏鵲歌以見志遂自縊死

南山有烏北山張羅烏自高飛羅當奈何

烏鵲雙飛不樂鳳凰妾是庶人不樂宋王

韓憑妻答夫歌

其雨淫淫河大水深日出當心（康王得書以問蘇賀 賀曰雨淫淫愁且思也 河水深不得往來也 日當心有死志也 俄而憑自殺妻亦死）

飯牛歌（三見 ○一作南山歌）

淮南子曰甯戚欲干齊桓公困窮無以自達於是爲商旅將任車以商於齊莫宿於郭門外桓公郊迎客夜開門辟任車爝火甚衆越飯牛車下擊牛角而疾商歌桓公聞之曰異哉非常人也命後車載之因授以政（越一作戚 蜩笑外稿云此歌不類春秋時人語蓋後世所擬者 高誘註呂氏春秋謂戚所歌乃詩碩鼠之辭 雖未見所據亦可驗南山白石之歌誘出未之見也 然其辭亦激烈足以動人）

南山矸（音岸叶魚戰反）白石爛（叶郎旬反）生不逢堯與舜禪短布單衣適至骭（音幹叶同矸）從昏飯牛薄夜半（叶彼卷反）長夜漫漫何時旦（叶都卷反）

滄浪之水白石粲中有鯉魚長尺半敝布單衣裁至骭

清朝飯牛至夜半黃犢上坂且休息吾將捨汝相齊國

出東門兮厲石斑上有松柏青且闌麤布衣兮縕縷時

不遇兮堯舜主牛兮努力食細草（叶趖五反）大臣在爾側吾當與爾適楚國（此首見劉向别録）

齊民歌（見藝文類聚）

齊桓公飲酒醉遺其冠恥之管仲曰公不雪之以政公曰善因發倉賜貧窮三日而民歌之曰

公胡不復遺其冠乎

齊臺歌

晏子春秋曰景公起大臺之役歲寒不已國人望晏子晏子見公迺坐飲酒樂晏子曰君若賜臣臣請歌之歌曰庶民之言曰——歌終喟然

流涕公止之曰子殆爲大臺之役夫寡人將速罷之

凍水洗我若之何太上靡散（古轉入銑）我若之何（廣文選載此詩曰庶民之餒我若之何奉上靡弊我若之何）

穗歌

晏子春秋曰景公爲長庲（庲舍也）將欲美之有風雨作公與晏子入坐飲酒致堂上之樂酒酣晏子作歌曰——歌終顧而流涕張躬而舞公遂廢酒罷役不果成長庲

穗乎不得穫秋風至兮殫零落風雨之弗殺（叶所例反）也太上之靡弊也

齊役者歌

晏子春秋曰景公築長庲之臺晏子侍坐觴三行晏子起舞曰——舞三而涕下沾襟景公慙焉爲之罷長庲之役

歲已莫矣而禾不穫（叶胡化反）忽忽矣若之何歲已寒矣而役不罷惙惙矣如之何

萊人歌

左傳哀公五年秋齊景公卒冬十月公子嘉公子駒公子黚奔衛公子鉏公子陽生來奔萊人歌之曰

景公死乎不與埋（叶陵之反）三軍之士乎不與謀（叶謨杯反）師乎師乎何黨之乎（師衆也黨所也之往也此哀群公子失所）

齊人歌

左傳魯哀公二十一年公與齊侯邾子盟於顧齊人責稽首因歌之（責十七年齊侯爲魯公稽首不見答）

魯人之皐（叶居號反）數年不覺（去聲）使我高蹈唯其儒書以爲二國憂（叶衣虛反）○皐緩也高蹈猶遠行也言魯人皐緩數年不知答齊稽首使我高蹈來爲此會二國齊邾也言魯據周禮不肯答稽首令齊邾遠至

萊芑歌

史記田常成子與監止俱爲左右相相齊簡公田常心害監止監止幸於簡公權弗能去於是田常復脩釐子之政以大斗出貸以小斗收齊人歌之曰

嫗乎萊芑歸乎田成子（劉知幾史通曰田常見在而遽呼以謚此之不實昭然可見）

彈鋏歌（三章○一作長鋏歌）

史記孟嘗君傳馮驩見孟嘗君居傳舍十日孟嘗君問傳舍長曰客何所爲答曰馮先生甚貧惟有一劍耳又蒯緱彈其劍而歌曰｜｜孟嘗君遷之幸舍食有魚矣五日又問傳舍長答曰客復彈劍而歌曰｜｜孟嘗君遷之代舍五日孟嘗君復問傳舍長答曰先生又嘗彈劍而歌曰｜｜于是孟嘗君不悅（蒯苦怪反茅之類可爲繩言其劍把無物可裝以小繩纏之也緱音侯謂把劍之處也）

長鋏歸來乎食無魚

右一

長鋏歸來乎出無車

右二

長鋏歸來乎無以爲家（叶政乎反）

右三

松栢歌

戰國策秦使陳馳誘齊王建入秦遷之共處之松栢之間餓而死齊人怨建聽姦人賓客不蚤與諸侯合從以亡其國歌之曰

松邪栢邪建共者客邪（一本作住建共者客邪共地名屬河內）

詩紀前集卷之一　終

詩紀前集卷之二

古逸二

歌下

狐裘歌一作狐裘詩

左傳晉侯使士蔿爲二公子築蒲與屈不愼置薪焉夷吾訴之公使讓之士蔿對曰臣聞之無喪而慼憂必讐焉無戎而城讐必保焉寇讐之保又何愼焉詩曰懷德惟寧宗子維城君其脩德而固宗子何城如之三年將尋師焉焉用愼

退而賦曰

狐裘尨茸一國三公吾誰適從尨茸亂貌言貴服多也公與二子爲三適專主也言城不堅則爲公子所訴爲公所讓堅之則爲固讐不忠故不知所從

暇豫歌

國語曰晉優施通于驪姬姬欲害申生而難里克優施乃飲里克酒中飲優施起舞曰｜｜里克笑曰何謂苑何謂枯優施曰其母爲夫人其子爲君可不謂苑乎其母既死其子又有謗可不謂枯乎枯且有傷里克懼乃定中立之計

暇豫之吾吾讀如魚不如鳥烏人皆集於苑己獨集於枯暇閑豫樂也吾吾不敢自親之貌言里克欲爲暇豫事君之道反不敢自親吾吾然其智曾不如烏烏苑茂木也已里克也諭人皆與奚齊克獨與申生也

龍蛇歌五見

史記文公重耳奔狄其後反國賞從亡未及介子推子推欲隱從者憐之乃懸書宮門文公出見之曰此介子推也使人召之亡入緜上山中於是文公環緜上山而封之以爲介推田號曰介山琴集曰士失志操介子推所作也一曰龍

蛇歌呂氏春秋劉向新序皆以爲子推自作詩辭並小異皆録于後

有龍矯矯頃失其所五蛇從之周徧天下叶後五反龍饑無食一蛇割股龍返其淵安其壤土四蛇入穴皆有處所一蛇無穴號於中野見說苑

有龍矯矯遭天譴怒上聲三蛇從之一蛇割股二蛇入國厚蒙爵土餘有一蛇棄於草莽叶

有龍于飛周徧天下五蛇從之爲之承輔龍反其鄉得其處所四蛇從之得其露雨一蛇羞之橋死於中野叶上與反見呂氏春秋

龍欲上天五蛇爲輔龍已升雲四蛇各入其宇一蛇獨
怨終不見處所（見史記）
有龍矯矯將失其所有蛇從之周流天下龍旣入深淵
得其安所蛇脂盡乾獨不得甘雨（見新序）

舟之僑歌

說苑曰晉文公出亡舟之僑去虞而從焉文公反國擢可爵者而爵之擢可祿者而祿之舟之僑獨不與焉文公酌諸大夫酒酒酣文公曰二三子盍爲寡人賦乎僑曰君子爲賦小人請陳其辭辭曰｜｜遂歷階而去文公求之不得

有龍矯矯頃失其所一蛇從之周流天下龍反其淵安
寧其處一蛇耆乾獨不得其所

河激歌

列女傳曰女娟者趙河津吏之女也簡子南擊楚津吏醉卧不能渡簡子怒欲殺之娟懼持檝走前曰願以微軀易父之死簡子遂釋不誅將渡用檝者少一人娟攘拳操檝而請簡子遂與渡中流爲簡子發河激之歌簡子歸納爲夫人

升彼河兮而觀清水揚波兮冒冥冥禱求福兮醉不醒
誅將加兮妾心驚罰旣釋兮瀆乃清妾持檝兮操其維
蛟龍助兮主將歸呼來櫂兮行勿疑

段干木歌

呂氏春秋曰魏文侯過段干木之閭而軾之其僕曰君胡爲軾曰此非段干木之閭歟段干木蓋賢者也吾安敢不軾其僕曰然則君何不相之於是君請相之段干木不肯受則君乃致祿百萬而時往館之國人相與誦之曰

吾君好正段干木之敬吾君好忠段干木之隆

鄴民歌（一作魏河內歌　一作漳水歌）

史記曰魏襄王以史起爲鄴令引漳水漑鄴以富魏之河內而民作歌云（風雅逸篇云史起魏文侯時人）

鄴有賢令兮爲史公（叶姑黄反）決漳水兮灌鄴旁終古舃鹵
兮生稻粱

楚人誦子文歌

說苑曰楚令尹子文之族有干法者廷理聞其令尹之族也釋之子文召廷理而責之遂致其

族人於廷理曰不是刑也吾將死廷理懼遂刑
其族人國人聞之曰若令尹之公也吾黨何憂
乎乃與作歌曰
子文之族犯國法程廷理釋之子文不聽平聲恤顧怨萌
方正公平

楚人歌

說苑曰楚莊王築層臺延石千里延壤百里大
臣諫者七十二人皆死矣有諸御已者違楚百
里而耕謂其耦曰吾將入諫王委其耕而入見

莊王遂解層臺而罷民楚人歌之曰
薪乎萊叶此禮反乎無諸御已訖無子乎萊乎薪乎無諸御
已訖無人乎

優孟歌

史記滑稽傳楚相孫叔敖病且死屬其子曰若
貧困若往見優孟居數年其子窮困負薪逢優
孟曰我孫叔敖子也父死時屬我貧困往見優
孟孟卽爲孫叔敖衣冠抵掌談語歲餘像孫叔
敖楚王置酒優孟前爲壽莊王大驚以爲孫叔
敖復生也欲以爲相優孟曰楚相不足爲也孫
叔敖爲楚相盡忠爲廉王得以伯今死其子貧
困負薪以自飲食必如孫叔敖不如自殺因歌
曰｜｜莊王乃召孫叔敖子而封之寢丘
山居耕田苦難以得食起而爲吏貪鄙者餘財不顧恥
辱身死家室富又恐受賕枉法爲姦觸大罪身死而家
滅貪吏安可爲也念爲廉吏奉法守職竟死不敢爲非
廉吏安可爲也風雅逸篇曰按此無音韻章句而史以爲歌者不可曉豈當時隱括轉換借歌
聲以成之歟史不能述其音但記其義也又曰劉子玄
識此事之妄幻然此傳以滑稽名乃優孟自爲寓言爾

忼慨歌一作楚商歌

文章流別孫叔敖碑曰叔敖臨卒將無棺槨令
其子曰優孟曾許千金貸吾孟故楚之樂長與
相君相善雖言千金實不貸也卒後數年莊王
置酒以爲樂優孟乃言孫君相楚之功卽忼慨
高歌涕泣數行下若投首王王心感動覺悟問
孟孟具列對卽來其子而加封焉
貪吏而可爲而不可爲廉吏而可爲而不可爲貪吏而
不可爲者當時有汚名而可爲者子孫以家成廉吏而

可爲者當時有清名而不可爲者子孫困窮被褐而[illegible]

薪貪吏常苦富廉吏常苦貧（叶頻眠反）獨不見楚相孫叔敖

廉潔不受錢

接輿歌（二見）

論語楚狂接輿歌而過孔子曰（列仙傳曰陸通者楚狂接輿也好養生遊諸名山嘗遇孔子而歌曰——後入蜀在峨嵋山中也）

鳳兮鳳兮何德之衰往者不可諫來者猶可追已而已

而今之從政者殆而（殆叶養里切）

莊子曰孔子適楚楚狂接輿遊其門曰

鳳兮鳳兮何如德之衰也來世不可待往世不可追也

天下有道聖人成焉（謂可以成功）天下無道聖人生焉（全生而已）

方今之時僅免刑焉福輕乎羽（叶羽軌反）莫之知載禍重乎

地莫之知避已乎已乎臨人以德（叶都木反已止也以德自尊而臨人也）

殆乎殆乎畫地而趨（古音促）迷陽迷陽無傷吾行吾行

郤曲無傷吾足（困學紀聞曰胡明仲云荊楚有草叢生脩條野人呼爲迷陽其膚多刺故曰無傷吾行無傷吾足）

孺子歌（二見文章正宗作滄浪歌）

孟子曰有孺子歌曰——孔子曰小子聽之清

滄浪之水清兮可以濯我纓滄浪之水濁（叶厨主反）兮可以

濯我足

文子載滄浪歌

混混之水濁可以濯吾足乎泠泠之水清可以濯吾纓

乎

申包胥歌

吳越春秋曰子胥以吳兵伐楚入郢昭王出奔

申包胥乃之秦求救倚哭於秦庭七日七夜口

不絕聲哭已歌曰——桓公大驚曰楚有賢臣

若此吳猶欲滅之寡人無臣若斯者其亡無日

矣爲賦無衣之詩出師而送之

吳爲無道封豕長蛇以食上國欲有天下政從楚起寡

君出在草澤（叶直扎反）使來告急

被衣歌

莊子曰齧缺問道乎被衣被衣曰若正汝形一

汝視天和將至攝汝知一汝度神將來舍神將

爲汝美道將爲汝居汝瞳焉如新生之犢而無

求其故其言未卒齧缺睡寐被衣大說行歌而
去之（堯之師曰許由許由之師曰齧缺齧缺之師曰王倪王倪之師曰被衣）
形若槁骸心若死灰真其實知不以故自持媒媒晦晦
無心而不可與謀（叶蒲杯反）彼何人哉（叶戕西反故事也物不入於心故曰不以故自持媒媒晦晦若忽無見也）

楊朱歌

楊朱之友曰季梁疾大漸其子環而泣之請醫
季梁謂楊朱曰汝奚不爲我歌以曉之楊朱歌
曰丨丨俄而季梁之疾自瘳

天其弗識（叶施灼反）人胡能覺匪祐自天弗孽由人我乎汝
乎其弗知乎醫乎巫乎其知之乎

引聲歌

古今樂錄曰莊周者齊人也隱於山岳溍王遣
使齎金百鎰聘以相位周謝使者去引聲歌曰
天地之道近在胸臆呼噏精神以養九德渴不求飲饑
不索食避世守道志潔如玉（叶魚律反）卿相之位難可直當
巖巖之石幽而清涼枕塊寢處樂在其央寒涼回固（一作周）
可以久長

王子思歸歌（總錄）

楚之王子質于秦作
洞庭兮木秋涔陽兮草衰去千乘之家國作咸陽之布
衣（庾信哀江南賦灞陵夜獵猶是舊時將軍咸陽思歸無復當時王子蓋用此事）

漁父歌（一作渡伍員歌）

吳越春秋曰伍子胥逃楚與楚太子建奔鄭晉
頃公欲因太子謀鄭鄭知之殺太子建伍員奔
吳追者在後至江江中有漁父子胥呼之漁父
欲渡因歌曰丨丨子胥止蘆之漪漁父又歌曰

丨丨旣渡漁父視之有饑色曰爲子取餉漁父
去子胥疑之乃潛深葦之中父來持麥飯鮑魚
羹盎漿求之不見因歌而呼之曰丨丨子胥出
飲食畢解百金之劍以贈漁父不受問其姓名
不答子胥誠漁父曰掩子之盎漿無令其露漁
父諾胥行數步漁者覆船自沉於江
日月昭昭乎寖已馳與子期乎（一作兮）蘆之漪（越絕載漁父歌云日昭昭侵以施與子期甫蘆之碕）

右一

日已夕兮予心憂悲月已馳兮何不渡爲事寖急兮將柰何

右二

蘆中人蘆中人豈非窮士乎（合上章爲韻）

右三

庚癸歌

左傳魯哀公十三年公會單平公晋定公吳夫差于黃池吳申叔儀乞糧於公孫有山氏有山氏對曰粱則無矣粗則有之若登首山以

呼曰庚癸乎則諾（註軍中不得出糧故爲私隱庚西方主穀癸北方主水傳言吳子不與士共饑渴所以取亡也）

佩玉蘂兮余無所繫之旨酒一盛兮余與褐之父睨（去聲）之（蘂然服飾備也已獨無以爲繫佩言吳王不恤下一盛一器也褐寒賤之人言但視不得飲）

紫玉歌

搜神記曰吳王夫差小女名玉悦童子韓重欲嫁之不得乃結氣而死重游學歸知之往弔於墓側玉形見顧重延頸而歌曰

南山有烏北山張羅意欲從君讒言孔多悲結成疹殁命（一作身）黃壚命之不造寃如之何羽族之長名爲鳳凰一日失雄三年感傷雖有衆鳥不爲匹雙故見鄙姿逢君輝光身遠心近何曾暫忘

徐人歌

劉向新序曰延陵季子將聘晋帶寶劍以過徐君徐君觀劍不言而色欲之季子未獻也然其心已許之使反而徐君已死季子於是以劍帶徐君墓樹而去徐人爲之歌

延陵季子兮不忘故脫千金之劍兮帶丘墓（劉向新序曰季子以劍帶徐君墓樹徐人嘉而歌之曰延陵季子不忘舊故千金之劍以帶丘墓）

越人歌

劉向說苑曰鄂君子晳泛舟於新波之中乘青翰之舟張翠蓋會鐘鼓之音畢榜枻越人擁楫而歌於是鄂君乃揄脩袂行而擁之舉繡被而覆之（鄂君楚王母弟也）

今夕何夕兮搴洲中流今日何日兮得與王子同舟蒙羞被好兮不訾詬恥心幾煩而不絕兮得知王子山有木兮木有枝心說君兮君不知

越謠歌

風土記曰越俗性率朴初與人交有禮封土壇祭以犬雞祝曰

君乘車我帶笠他日相逢下車揖君擔簦我跨馬他日相逢爲君下 一本作卿雖乘車我戴笠後日相逢下車揖我步行卿乘馬後日相逢君當下

河上歌

吳越春秋曰楚白喜奔吳吳王闔閭以爲大夫與謀國事吳大夫被離問子胥曰何見而信喜子胥曰吾之怨與喜同子不聞河上歌乎

同病相憐同憂相救驚翔之鳥相隨而集瀨下之水因復俱流胡馬望北風而立越燕向日而熙誰不愛其所近悲其所思者乎

烏鳶歌 二首

吳越春秋曰越王將入吳與諸大夫別於浙江之上群臣垂泣越王夫人顧烏鵲啄江渚之蝦飛去復來因歌曰

仰飛鳥兮烏鳶淩玄虛兮號翩集洲渚兮優恣啄蝦矯翮兮雲間任厥性兮往還 音旋 妾無罪兮負地有何辜兮譴天飄獨兮西往孰知返兮何年心惙惙兮若割淚泫泫兮雙懸

彼飛鳥兮鳶烏已迴翔兮翕蘇心在專兮素蝦何居食兮江湖徊復翔兮游颺去復返兮於乎始事君兮去家終我命兮君都終來遇兮何辜離我國兮去吳妻衣褐兮爲婢夫去冕兮爲奴歲遙遙兮難極冤悲痛兮心惻腸千結兮服膺於乎哀兮忘食願我身兮如鳥身翱翔兮矯翼去我國兮心遙情憤惋兮誰識 風雅逸篇註曰吳越春秋作於後漢人所載事多不實此歌依託無疑

采葛婦歌

吳越春秋曰越王自吳還國勞身苦心懸膽於戶出入嘗之知吳王好服之被體使國中男女入山采葛作黃絲之布以獻之吳王乃增越之封賜羽毛之飾机杖諸侯之服越國大悅采葛之婦傷越王用心之苦乃作若之何詩曰

葛不連 一作延 蔓棻台台我君心苦命更之嘗膽不苦甘如飴令我采葛以作絲女工織兮不敢遲弱於羅兮輕霏霏號絺素兮將獻之越王悅兮忘罪除 叶魚羈反 吳王歡

兮飛尺書（叶商之切）增封益地賜羽奇机杖茵蓐諸侯儀群
臣拜舞天顔舒（書叶同）我王何憂能不移

若何歌（一作采葛婦歌）

嘗膽不苦味若飴令我采葛以作絲

離別相去辭

吳越春秋曰越王伐吳國人各送其子弟於郊
境之上作離別相去之辭曰

躒躁摧長恧兮擢戟馭殳所離不降兮以泄我王氣蘇
三軍一飛降兮所向皆殂一士判死兮而當百夫道祐

有德兮吳卒自屠雪我王宿耻兮威振八都軍伍難更
兮勢如貔貙行行各努力兮於乎於乎

河梁歌

吳越春秋曰越勾踐既滅吳覇諸侯號令於齊
楚秦晋皆輔周室秦厲公不如命勾踐乃選吳
越將士西渡河以攻秦秦人懼自引咎越乃還
軍軍人悅樂作河梁之詩曰

渡河梁兮渡河梁舉兵所伐攻秦王孟冬十月多雪霜
隆寒道路誠難當陳兵未濟秦師降（胡江反）諸侯怖懼皆

恐惶聲傳海内威遠邦稱伯穆桓齊楚莊天下安寧壽
考長悲去歸兮河無梁

渡易水歌（一曰荊軻歌）

史記曰燕太子丹使荊軻秦王太子及賓客知
其事者皆白衣冠以送之至易水之上既祖取
道高漸離擊筑荊軻和而歌爲變徵之聲士皆
垂淚涕泣又前而爲歌曰——復爲羽聲忼慨
士皆瞋目髮盡上指冠於是荊軻就車而去

風蕭蕭兮易水寒（叶）壯士一去兮不復還（音旋）

祠洛水歌（一作秦始皇歌）

古今樂錄曰秦始皇祠洛水有黑頭公從河中
出呼始皇曰來受天之寶乃與群臣作歌

洛陽之水其色蒼蒼祠祭大澤倏忽南臨（一作征征古轉入湯）洛
濱醊禱色連三光

秦始皇時民歌（見水經註）

楊泉物理論曰秦築長城死者相屬民歌曰（魏陳琳飲馬長城窟行内四語與此同）

生男愼勿舉生女哺用脯不見長城下尸骸相支拄

甘泉歌 二見

三秦記曰始皇作驪山陵周廻跨陰盤縣界水
背陵鄣使東西流運大石於渭北渚民怨之作
甘泉之歌曰

運石甘泉口渭水不敢流千人唱萬人謳金陵餘石大
如堰 亦見博物志

運石甘泉口渭水爲不流千人一唱萬人相鉤金陵下
餘石大如篋土屋 見關中記

巴謠歌

茅盈內傳曰秦始皇三十一年九月庚子茅盈
高祖濛於華山之中乘雲駕鶴白日昇天先是
時有巴謠歌曰||始皇聞謠歌而問其故父
老具對曰此仙人之謠歌勸帝求長生之術於
是始皇欣然乃有尋仙之志因改臘曰嘉平

神仙得者茅初成駕龍上昇入太清時下玄洲戲赤城
繼世而往在我盈帝若學之臘嘉平

詩紀前集卷之二 終

詩紀前集卷之三

古逸三

謠 附吟

康衢謠 一作康衢歌

列子曰堯治天下五十年不知天下治與不治
與億兆願戴已與乃微服遊於康衢聞童兒謠
||堯喜問曰誰教爾爲此言童兒曰聞之大
夫大夫曰古詩也

立我烝民莫匪爾極不識不知順帝之則

殷末謠

帝感妲己玉馬走 叶養里反

綏山謠

列仙傳曰葛由者羌人也周成王時好刻木羊
賣之一旦騎羊而入西蜀蜀中王侯貴人追之
上綏山隨之者不復皆得仙道故里諺曰

得綏山一桃雖不得仙亦足以豪

黃澤謠

穆天子傳曰天子東遊于黃澤使宮樂謠云

黃之池（一作陁）其馬歕沙（歕輪也普悶切沙叶音莎）皇人威儀（叶音莪俄）
之澤（叶達各反）其馬歕玉（叶音珏）皇人受（補註作壽）穀（叶同玉穀生也）

白雲謠（三章）

穆天子傳曰乙丑天子觴西王母于瑤池之上
西王母爲天子謠曰
白雲在天山陵（陵）自出（叶尺爲反）道里悠遠山川間（音諫）之將
子無死尚能復來（叶陵之反將請也尚庶幾也）
天子答之曰
予歸東土和治（一作洽）諸夏（叶後五反）萬民平均吾顧見女比
及三年將復而野（叶上與反顧還也復反此野而見汝也）

天子遂驅升于弇山（弇弇茲山日入所也）乃紀丌跡于弇
山之石而樹之槐眉曰西王母之山還歸丌世
民作憂以吟曰
比徂西土（徂往也）爰居其野虎豹爲群於鵲與處（於讀曰烏）嘉
命不遷（言守此一方）我惟帝（帝天帝也）天子大命而不可稱顧世
民之恩流涕芔隕吹笙鼓簧中心翔翔（憂無薄也）世民之子
唯天之望（所瞻望也）
西王母吟（見海外經）

徂彼西土爰居其所虎豹爲群烏鵲與處嘉命不遷我
惟帝女彼何世民又將去予吹笙鼓簧中心翔翔世民
之子維天之望

周宣王時童謠（史記作童女謠）

史記曰夏后氏之衰也有二龍止于帝庭而言
曰予褒之二君夏帝卜藏其漦歷夏殷莫敢發
至厲王之末發而觀之漦化爲玄黿以入后宮
童女遭之而孕生女懼而棄之宣王之時童女
謠曰｜｜適有夫婦賣是器者宣王使執之逃

于道見鄉者所棄妖子哀而收之犇於褒褒人
有罪請入棄女于王以贖是爲褒姒幽王嬖之
檿弧箕服（叶）實亡周國（山桑曰檿弧弓也箕木名服矢房也○列子良弓之子必學爲箕箕蓋矢房舊說以爲箕箕之箕非）

鸜鵒謠

漢書五行志曰左氏傳魯文成之世童謠也至
昭公時有鸜鵒來巢公攻季氏敗出奔齊居外
野次乾侯八年死於外歸葬魯昭公名裯公子
宋立是爲定公

鸜之鵒之公出辱之鸜鵒之羽公在外野(叶)往饋之馬
(叶牡)鸜鵒跦跦(音誅 叶周)公在乾侯徵褰與襦鸜鵒之巢遠哉
遥遥裯父喪勞宋父以驕鸜鵒鸜鵒往歌來哭(跦跦跳行貌褰袴也襦在外短衣也裯父昭公死外故喪勞宋父定公代立故以驕往歌來哭謂昭公生出歌死還哭也)

魯童謡

家語曰齊有一足之鳥飛集於公朝止於殿前
舒翅而跳齊侯怪之使使聘魯問於孔子子曰
此鳥名商羊水祥也昔童兒屈脚振肩而跳且
謠曰｜｜今齊有之其應至矣急告民趨治溝渠

修隄防將有大水爲災頃之大霖雨水溢泛諸
國傷害民人唯齊有備不敗

天將大雨商羊鼓儛

晉獻公時童謡

左氏傳曰晉獻公伐虢圍上陽問於卜偃曰吾
其濟乎偃以童謡對曰克之十月丙子旦日在
尾月在策鶉火中必是時也冬十二月丙子朔
晉滅虢虢公醜奔京師(漢書五行志曰周十二月夏十月也言天者以夏正)

丙之晨龍尾伏辰均服振振取虢之旂鶉之賁賁(音奔)天
策焞焞火中成軍虢公其奔(龍尾尾星也日月之會曰辰日在尾故尾星伏不見均同也戎事上下同服振振盛貌鶉鶉火星也賁賁鳥星之體也天策傳説星時近日星微焞焞無光耀也言丙子平旦鶉火中軍事有成功也)

晉惠公時童謡

漢書五行志曰晉惠公賴秦力得立立而背秦
内殺二大夫國人不説及更葬其兄恭太子申
生而不敬故詩妖作也後與秦戰爲秦所獲立
十四年而死晉人絶之更立其兄重耳是爲文

公遂伯諸侯

恭太子更葬(叶滋郎反)兮後十四年晉亦不昌昌乃在其兄(叶盧王反)

趙童謡

史記趙幽繆王遷五年代地大動六年大饑民
譌言曰｜｜七年秦人攻趙趙大將李牧將軍
司馬尚將擊之李牧誅司馬尚免趙忽及齊將
顏聚代之趙忽軍破顏聚亡去以王遷降(風俗通曰趙遷信秦反間之言殺其良將李牧而任趙括遂爲所滅)

趙爲號秦爲笑（平聲）以爲不信視地上（一作之）生毛

楚昭王時童謠

家語曰楚昭王渡江江中有物大如斗圓而赤直觸王舟舟人取之王恠之使使聘於魯問于孔子孔子曰此萍實也可剖而食之吉祥也唯覇者爲能獲焉使者反王遂食之大美使來以告魯大夫大夫因子游問曰夫子何以知其然曰吾昔之鄭過乎陳之野聞童謠｜｜此楚王之應也是以知之

楚王渡江得萍實大如斗赤如日剖而食之甜如蜜

楚人謠

史記曰楚懷王爲張儀所欺客死於秦到王負芻遂爲秦所滅百姓哀之爲之語曰

楚雖三戶亡秦必楚（亡秦漢高帝楚人也）

吳夫差時童謠

述異記吳王夫差立春宵宮爲長夜之飲造千石酒鍾又作天池池中造青龍舟日與西施爲水嬉又有別館在句容楸梧成林樂府云｜｜是也

梧宮秋吳王愁

靈寳謠

靈寳要畧曰昔太上以靈寳五篇真文以授帝嚳帝嚳將仙封之於鍾山至夏禹廵狩度弱水登鍾山遂得是文後復封之包山洞庭之室吳王闔閭出遊包山見一人自言姓山名隱居闔閭扣之乃入洞庭取素書一卷呈闔閭其文不可識令人賫之問孔子孔子曰丘聞童謠｜｜闔閭乃尊事之

吳王出遊觀震湖龍威丈人山隱居北上包山入靈墟

乃入洞庭竊禹書天地大文不可舒此文長傳百六初若強取出喪國廬

包山謠（見楊方吳越春秋）

沈懷遠南越志曰牛女之分楊州之末土也爰有太山寔曰秦望又有石簣峻起立內有金簡玉字

禹得金簡玉字書藏洞庭包山湖

攻狄謠

戰國策曰田單攻狄三月而不克齊嬰兒謠曰

大冠若箕脩劍拄頤攻狄不能（叶年題反）下壘（一有于字）枯丘（叶祛

其反大冠武冠也壘枯丘謂空守一丘爲壘說苑作梧丘地名也通鑑云攻狄不能下壘枯骨成丘

秦人謠 見張衡西京賦註

虞喜志林曰秦穆公夢之天帝所奏鈞天樂賜以金策祚世之業當時有謠曰

天帝醉秦暴金誤隕石墜 風雅逸篇註曰張平子曰昔者天帝說秦穆公而覲之饗以鈞天廣樂帝有醉焉乃爲金策賜用此土而翦諸鶉首卽此說也蓋憤亂疾世若詩所謂視天夢夢者

泗上謠

水經注周顯王四十二年九鼎淪沒泗淵秦始皇時見於泗水始皇大喜使數千人入水系而

行未出龍齒嚙斷其系故泗上爲之謠曰

稱樂太早絕鼎系

三秦記民謠

武功太白去天三百孤雲兩角去天一握山水險阻黃金子午蛇盤烏櫳勢與天通 水經註褒道謠褫溪赤木盤蛇七曲盤羊烏櫳勢與天通

河圖引蜀謠

汶阜之山江出其腹帝以會昌神以建福

列女傳引古謠

食石食金鹽可以支常久食石食玉豉可以得長壽

誦 文心雕龍曰頌主告神義必純美晉輿之稱原田魯民之刺裘鞸直言不詠短辭以諷丘明子高並諜爲誦斯則野誦之變體浸被乎人事矣

有焱氏頌

莊子天運篇北門成問於黃帝曰帝張咸池之樂於洞庭之野　帝曰天機不張而五官皆備此之謂天樂無言而心說故有焱氏爲之頌曰

聽之不聞其聲視之不見其形充滿天地苞裹六極 註此乃無樂之樂樂之至也

輿人誦

國語曰晉惠公入而背內外之賂輿人誦之曰 惠公獻公庶子夷吾也外秦內里丕也輿衆也不歌曰誦

佞之見佞 叶稱因反 果喪其田 音與陳同 詐之見詐 叶莊助反 果喪其賂得國而狃終逢其咎喪田不懲禍亂其興 佞謂里丕詐謂秦見佞見詐俱謂惠公也喪田喪賂謂不得其賂地狃忕也咎謂惠公敗與韓不懲謂丕鄭復欲與秦共納重耳惠公殺之

泰世子誦

國語晉惠公改葬共世子臭達于外國人誦之曰共世子申生也獻公時申生葬不如禮故改葬之惠公烝於獻公夫人賈君故申生臭達於外不欲爲無禮者所葬也

貞之無報叶敷救反也孰是人斯而有是臭也貞爲不聽信爲不誠國斯無刑媮居幸生不更厥貞大命其傾威兮懷叶胡威反兮各聚爾有以待所歸兮猗兮違兮心之哀叶於希反兮歲之二七其靡有徵兮若翟公子吾是之依兮鎮撫國家爲王妃兮貞正也以正葬之而不見聽也信心行之不見誠也刑法也言惠公偷竊居位徼幸而生威畏也懷思也言國人畏惠公思重耳也倘歎也遠去也二七十四歲也徵亡也靡有徵者亦亡謂子圉也翟公子指重耳時出居於翟也言重耳當霸諸侯爲王妃耦

輿人誦一作歌

左傳晉侯宋公齊國歸父崔夭秦小子憖次於城濮楚師背酅而舍晉侯患之聽輿人之誦曰酅尸圭反丘陵險阻名晉侯恐衆畏險故聽其歌誦

原田每每平聲舍其舊而新是謀音媒高平曰原喩晉軍美盛若原田之草每每然可以謀立新功不足念舊惠

朱儒誦一作歌

左傳襄公四年邾人莒人伐鄫臧紇救鄫敗于狐駘國人誦之曰

臧之狐裘叶渠之反敗我於狐駘叶盈之反我君小子朱儒是使朱儒朱儒使我敗於邾狐裘大夫之服襄公幼弱故曰小子臧紇短小故曰朱儒

子產誦二章○一作歌

左傳曰鄭子產從政一年輿人誦之曰

取我衣冠而褚之取我田疇而伍之孰殺子產吾其與之褚衣畜也衣冠非法者畜之不敢服

及三年又誦之曰

我有子弟子產誨叶古志之我有田疇子產殖叶時吏反之子產而死誰其嗣之

孔子誦二章○辭亦見家語孔叢子

呂氏春秋曰孔子始用於魯魯人鷖誦之曰鷖人

麛裘而韠叶毗賓反孔叢子作芾下同投之無戾韠之麛裘投之無郵麛鹿子也其皮以爲裘加褐衣以朝天子也芾小貌投棄也戾郵皆罪也

及三月政成化旣行又作誦曰

袞衣章甫實獲我所章甫袞衣惠我無私袞衣公侯服也章甫儒冠

齊人頌 七略作齊語

史記荀卿趙人年五十始來遊學於齊騶衍衍迂大而閎辯奭也文具難施淳于髡久與處時有得善言故齊人頌曰

天口駢談天衍雕龍奭炙轂過髡 史記無天口駢三字駢田駢也騶衍所言五德終始天地廣大故曰談天騶奭脩衍之文飾若雕鏤龍文故曰雕龍過字作輠輠者車之盛膏器也炙之雖盡猶有餘流言淳于髡智不盡如炙輠也

詩紀前集卷之三終

詩紀前集卷之四

古逸四

琴操

神人暢

古今樂錄曰堯郊天地祭神座上有響誨堯曰水方至爲害命子救之堯乃作歌謝希逸琴論曰神人暢堯帝所作 風俗通曰凡琴曲和樂而作命之曰暢憂愁而作命之曰操

清廟穆兮承予宗百寮肅兮于寢堂醊禱進福求年豐

有謈 響 在坐敕予爲害在玄中欽哉昊天德不隆承命任禹寫中宮 堂徒紅切吳才老韻引揚諫議銘太尉在漢四世以公於陵正直僕射於唐唐可叶公則堂亦當爲此叶○害一本作害

南風歌 玉海逸詩

家語曰昔者舜彈五絃之琴造南風之詩其詩曰|樂書舜歌南風而天下治太史曰南風者生長之音也舜樂好之樂與天地同意得萬國之驩心故天下治也

南風之薰兮可以解吾民之慍兮南風之時兮可以阜

吾民之財兮（慍叶平聲財叶前西反）

南風操

琴操以爲舜作

反彼三山兮商岳嵯峨天降五老兮迎我來歌有黃龍兮自出于河負書圖兮委蛇羅沙案圖觀讖兮閔天嗟嗟擊石拊韶兮淪幽洞微鳥獸蹌蹌兮鳳凰來儀凱風自南兮喟其增悲

思親操

古今樂錄曰舜遊歷山見鳥飛思親而作此歌

陟彼歷山兮崔嵬有鳥翔兮高飛瞻彼鳩兮徘徊河水洋洋兮清泠深谷鳥鳴兮嚶嚶設罝張罟兮思我父母力耕日與月兮往如馳父母遠兮吾將安歸

襄陵操

一曰禹上會稽書曰湯湯洪水方割蕩蕩懷山襄陵浩浩滔天古今樂錄曰禹治洪水上會稽山顧而作此歌

嗚呼洪水滔天下民愁悲上帝愈咨三過吾門不入父子道衰嗟嗟不欲煩下民（古音黎）

箕子操

一曰箕子吟古今樂錄曰紂時箕子佯狂痛宗廟之爲墟乃作此歌後傳以爲操

嗟嗟紂爲無道殺比干嗟重複嗟獨柰何漆身爲癘被髮以佯狂今柰宗廟何天乎天哉欲負石自投河嗟復嗟柰社稷何

岐山操

琴苑要錄曰岐山操者周太王之所作也太王居邠狄人攻之事之以珠玉犬馬皮幣狄侵不

止問其所欲得土地也太王曰土地所以養萬民也吾不爭所用養而害吾所養遂策杖而去之踰梁山而邑乎岐山喟然嘆息援琴而鼓之

狄戎侵兮土地遷移邦邑適於岐山烝民不憂兮誰者知嗟嗟柰何兮予命遭斯

拘幽操

古今樂錄曰拘羑里者謂紂拘文王於羑里也

殷道溷溷浸濁煩（叶汾沿反）兮朱紫相合不別分（叶膚眠反）兮迷亂聲色信讒言兮炎炎之虐使我愆兮（古今樂錄作閼之虎使我褰）

（兮虎盖謂崇侯也）幽閉牢穽由其言兮遘我四人憂勤勤（叶音虔）兮（四入謂大顛閎夭散宜生南宮适求美女寶玉白馬朱鼠以獻于紂紂乃出西伯○兩山墨談曰此操見通鑑外記詳其辭意怨誹淺激非文王語也）

文王操（玉海作文王鳳凰歌）

琴操曰紂為無道諸侯皆歸文王其後有鳳凰銜書于郊文王乃作此歌

翼翼翺翔（一作翔翔）彼鳳（一作鸞）凰兮銜書來遊以會（一作命）昌兮瞻天案圖殷將亡兮蒼蒼之（一作昊）天始有萌兮五神連精合謀房兮（一作精連神合謀於房兮）興我之業望來羊兮

克商操

一曰武王伐紂謝希逸琴論曰克商操武王伐紂時制

上告皇天兮可以行（古叶先韻）乎

越裳操（琴操作越嘗操）

琴操曰越嘗操周公所作也周公輔成王成文王之王道越嘗重九譯而來獻白雉周公乃援琴而歌之遂受之獻於文王之廟

於戲嗟嗟非旦之力也乃文王之德也（一無二也字）

神鳳操（玉海作周成王儀鳳歌）

一曰鳳凰來儀古今樂録曰周成王時鳳凰翔舞成王作此歌

鳳凰翔兮於（玉海云一作舞）紫庭予何德兮以感靈賴先人兮恩澤臻于胥樂兮民以寧（初學記引此宋符瑞記亦載此臻字作蓁）

履霜操

琴操曰尹吉甫之子伯奇無罪為母所讒而見逐乃集芰荷以為衣採楟花以為食晨朝履霜自傷見放于是以援琴鼓之而作此操（吉甫周宣王時人）

履朝霜兮採晨寒（叶胡千反）考不明其心兮聽讒言孤恩別離兮摧肺肝（叶經天反）何辜皇天兮遭斯愆痛沒不同兮恩有偏誰能流顧兮知我冤

別鶴操

崔豹古今註曰別鶴操商陵牧子所作也娶妻五年而無子父兄將為之改娶其妻聞之中夜起倚戶而悲嘯牧子聞之愴然而悲乃援琴而鼓之

將乖比翼兮隔天端山川悠遠兮路漫漫攬衣不寐兮食或作辰忘餐古今註無三兮字攬衣作攬衾

龜山操

琴操曰季桓子受齊女樂孔子欲諫不得退而望魯龜山作此曲以喻季氏之蔽魯也

予欲望魯兮龜山蔽之手無斧柯叶於離反柰龜山何叶寒喂反

息鄹操

孔叢子曰趙簡子使聘夫子將至焉及河聞鳴犢竇犨之見殺也迴輿而旋之衛息鄹爲操曰

——家語曰還息於鄒作槃琴以哀之即此歌也

周道衰微禮樂陵遲文武既墜吾將焉歸周遊天下靡邦可依鳳鳥不識珍寶梟鴟眷然顧之慘然心悲巾車命駕將適唐都黃河洋洋攸攸之魚臨津不濟還轅息鄹傷予道窮哀彼無辜翱翔于衛復我舊廬從吾所好其樂只且風雅逸篇曰按朱子曰孔叢子紀孔子事多失實非東漢人之書琴操一書載堯舜文武孔子之詞尤謬知者可一覽而悟也然其詞猶效古而僞撰者亦出於魏晉人之手相傳既久姑録之水經注又載臨河歌事與息鄹將歸存同其詞全異見前

將歸操

琴操孔子將西見趙簡子至河而返作將歸操

翱翔于衛復我舊居從吾所好其樂只且

槃操事與前同又名息陬操

乾澤而漁蛟龍不遊覆巢毀卵鳳不翔留慘予心悲還原息陬

猗蘭操

一曰幽蘭操琴操曰孔子歷聘諸侯諸侯莫能任自衛反魯隱谷之中見薌蘭獨茂喟然嘆曰

蘭當爲王者香今乃與衆草爲伍止車援琴鼓之自傷不逢時託辭於蘭云

習習谷風以陰以雨之子于歸遠送于野何彼蒼天不得其所逍遥九州無所定處時人闇蔽不知賢者年紀逝邁一身將老叶滿補反

歸耕操見二

琴操曰曾子事孔子十有餘年晨覺眷然年衰養之不備也于是援琴而歌之曰

竭來歸耕歷山盤兮以晏父母我心博兮琴操

戲歎歸耕來兮安所歸耕歷山盤兮 琴清英

雉朝飛操

崔豹古今注曰雉朝飛者犢沐子所作也齊處士泯宣年五十無妻出薪於野見雉雄雌相隨而飛意動心悲乃作雉朝飛之操以自傷焉其聲中絶 揚雄琴清英曰衛女傅母之所作也說見樂府詩集

雉朝飛兮鳴相和雌雄群遊於山阿我獨何命兮未有家 叶 時將莫兮可柰何嗟嗟莫兮可柰何

水仙操

琴苑要錄曰水仙操伯牙之所作也伯牙學琴於成連三年而成至於精神寂莫情之專一未能得也成連曰吾之學不能移人之情吾師有方子春在東海中乃賫糧從之至蓬萊山留伯牙曰吾將迎吾師刺船而去旬時不返伯牙心悲延頸四望但聞海水汨沒山林窅冥群鳥悲號仰天嘆曰先生將移我情乃援琴而作此歌

繄洞渭兮流澌濩舟楫逝兮仙不還移形素兮蓬萊山歍欽傷宮仙石還

伯姬引

琴苑要錄曰伯姬引者保母之所作也伯姬魯女也爲宋共公夫人公薨伯姬執節守貞魯襄公三十年宋宮災伯姬在焉有司請曰火將至矣伯姬曰吾聞婦人夜出不見傅母不下堂逮乎火而死其母自傷行遲悼伯姬之遇災援琴而歌曰

嘉名潔兮行彌彰托節鼓兮令躬喪歍欽何辜遇斯殃嗟嗟柰何罹斯殃

貞女引 彤管集作處女吟

琴苑要錄曰貞女引者魯次室女之所作也次室女倚柱悲吟而嘯鄰人謂曰欲嫁耶何吟之悲也次室女曰嗟乎吾傷民心悲而嘯豈欲嫁哉自傷懷潔而爲鄰人所疑於是褰裳而去之入山林之中見貞女之廟喟然歎息援琴而歌一一自縊而死繫骸骨於林兮附神霧於貞女故曰貞女引樂錄曰魯處女見女貞木而作歌亦謂之女貞木歌 山海經曰太山多貞木典術曰女貞木者少陰之精冬不

落葉

菁菁茂木隱獨榮兮變化垂枝含蕤英兮脩身養志建令名兮厥道不同一作積善惡并兮屈躬就濁一作去疑清兮一作屈身身獨去微清兮懷忠見疑何貪生兮

思歸引 見二

琴苑要錄曰思歸引者衛女之所作也昔衛侯有女邵王聞其賢請聘之未至而王薨太子欲留之女不聽拘於深宮欲歸不得援琴而歌曲終縊而死

涓涓泉水流及于淇兮有懷于衛靡日不思執節不移兮行不隳砎軻何辜兮離厥菑嗟乎何辜兮離厥菑 琴苑要錄

涓涓淇水流于淇兮有懷于衛靡日不思執節不移兮行不詭隨坎坷何辜兮離厥茨 風雅逸篇

霹靂引

琴苑要錄曰霹靂引楚商梁之所作也商梁出遊九皐之澤覽漸水之臺望周於荊山臨曲池而漁疾風霣雹雷電晦冥大水四起霹靂下臻瞿然而驚其僕曰孤虛詳張八宿相望熒惑于角五星失行此國之大變也君其返國矣於是商梁返室援琴嘆之韵聲激發象霹靂之聲故曰霹靂引楚商梁老或云楚莊王也聲之誤耳

疾雨盈河霹靂下臻洪水浩浩滔厥天叶鐵因反鑑趣隆愧隱隱闐闐國將亡兮喪厥年叶知林反

獻玉退怨歌

琴操曰卞和者楚野民得玉璞以獻懷王王使樂正子占之言玉石以為欺謾斬其一足懷王死子平王立和復獻之又以為欺斬其一足平王死子立為荊王欲獻之恐復見害乃抱玉而哭涕盡繼之以血荊王使剖之中果有玉乃封和為陵陽侯辭不受而作退怨之歌

悠悠沂水經荊山叶輪旃反精氣鬱洽谷岩岩中有神寳灼明明叶謨郎反穴山采玉難為功叶音光於何獻之楚先王遇王暗昧信讒言叶魚斤反斷截兩足離余身俛仰嗟嘆心摧傷紫之亂朱粉墨同叶徒黄反空山歔欷涕龍鍾叶諸良反

孔明竟以彰沂水滂沛流于汶（叶微句反）進寶得刖足離兮（叶方憎反）斷者不續豈不怨（叶紆云反○風雅逸篇曰此歌出琴操其敘述和事與正史亦異果和所作耶）

琴引

琴苑要錄曰琴引者秦時倡屠門高之所作也

秦爲無道奢淫不制徵天下美女以充後宮乃縱酒離宮作戲倡優宮女侍者千餘人屠門高見宮女幼妙寵麗於是援琴而歌之作爲離之操曲未及終琴折柱摧絃音不鳴舍琴而更援他琴以續之曰——

酒坐俱毋往聽吾琴之所言舒長袖似舞兮乃褕袂何曼奏章而却逢兮顧瞻心之所驩借連娟之寒態兮假危酒酌五般泣喻而妖兮納其聲聲麗顏歌長檎兮嘆曰騎美人旖旎紛嫿枻霜羅衣兮羽旄夜褒圭玉珠參差妙麗兮被雲髻登高臺兮望青挨常羊咲還何猒兮歸來（字訛不可讀俟再攷正）

偕隱歌

琴清英祝牧與妻偕隱作琴歌云

天下有道我黻子佩天下無道我負子戴

窮劫之曲（以下不入琴操以其琴歌故附於此）

吳越春秋曰楚樂師扈子非荊王信讒佞殺伍奢白州犁而寇不絕於境又傷昭王困迫乃援琴爲楚作窮劫之曲

王耶王耶何乖劣不顧宗廟聽讒孽任用無忌（費無忌也）多所殺誅夷白氏族幾滅二子東奔適吳越（二子謂伍子胥白起也）吳王哀痛助忉怛垂涕舉兵將西伐伍胥白喜孫武決三戰破郢王奔發留兵縱騎虜京闕楚荊骸骨遭掘發鞭辱腐屍恥難雪幾危宗廟社稷滅莊王何罪國幾絕卿士悽愴民惻悷吳軍雖去怖不歇願王更隱撫忠節勿爲讒口能謗褻

鼓琴歌（一作鼓瑟歌）

史記趙武靈王夢見處女鼓琴而歌詩曰——異日王飲酒樂數言所夢想見其狀吳廣聞之因夫人而內其女娃嬴孟姚也孟姚甚有寵於王是爲惠后

美人熒熒兮顏若苕之榮命乎命乎曾無我嬴（言有命祿生遇）

其時人莫知也
貴盛盈滿也

子桑琴歌

莊子曰子輿與子桑友而霖雨十日子輿曰子
桑殆病矣裹飯而往食之至子桑之門則若歌
若哭鼓琴曰｜｜子輿入曰子之歌聲何故若
是曰吾思夫使我至此極者而不得也父母豈
欲吾貧哉天地豈私貧我哉然而至此極者命
也
父邪母邪天乎人乎

相和歌

莊子曰子桑戶孟子反子琴張三人相與友子
桑戶死未葬孔子使子貢往待事焉或編曲或
鼓琴相和而歌曰
嗟來桑戶乎嗟來桑戶乎而已反其真而我猶爲人猗

琴女歌

燕丹子曰荆軻刺秦王右手執匕首左手把其
袖秦王曰乞聽琴聲而死琴女奏曲云｜｜王
從其計軻不解琴故及於難

羅縠單衣可掣而絕三尺屛風可超而越鹿盧之劍可
負而拔史記荆軻左手把王之袖而右手持匕首揕之未至身秦王驚自引而起袖絕拔劍劍長操其室時惶急劍堅故不可立拔左右乃曰王負劍負劍遂拔以擊荆軻

琴歌三首

風俗通曰百里奚爲秦相堂上樂作所賃澣婦
自言知音因援琴撫絃而歌問之乃其故妻還
爲夫婦也亦謂之扊扅歌
百里奚五羊皮憶別時烹伏雌炊扊扅今日富貴忘我
爲

百里奚初娶我時五羊皮臨當相別時烹乳雞今適富
貴忘我爲
百里奚百里奚母已死葬南谿墳以瓦覆以柴舂黃藜
搤伏雞西入秦五羖皮今日富貴捐我爲

琴歌見水經註

列女傳曰齊人杞梁殖襲莒戰死其妻哭於城
下七日而城崩故琴操云殖死其妻援琴作歌曰
樂莫樂兮新相知悲莫悲兮生別離

詩紀前集卷之四　終

古詩紀
第三册

詩紀前集卷之五

古逸五

銘

文心雕龍曰昔帝軒刻輿几以弼違大禹勒筍簴而招諫成湯盤盂著日新之規武王戶席題必戒之訓周公慎言於金人仲尼革容於欹器則先聖鑒戒其來久矣故銘者名也觀器必也正名審用貴乎盛德蓋臧武仲之論銘也曰天子令德諸侯計功大夫稱伐若乃飛廉有石槨之錫靈公有蒿里之謚銘發幽石吁可怪矣趙靈勒跡於番禺秦昭刻傳於華山夸誕示後吁可笑也

湯盤銘

苟日新日日新又日新

商銘

國語郭偃曰商之衰也其銘有之（謂銘鼎之戒也）嗛嗛之德不足就也不可以矜而祇取憂（叶於救反）也嗛嗛之食不足狃也不能爲膏而祇離咎也（嗛猶小也就歸就也食祿也狃貪也）

丹書

大戴禮曰武王踐祚三日召士大夫而問焉曰惡有藏之約行之萬世可以爲子孫常者乎皆曰未得聞也召師尚父而問焉曰黃帝顓頊之道存乎意亦忽不可得見與尚父曰在丹書王欲聞之則齋矣三日王端冕尚父亦端冕奉書道書之言曰丨丨王惕若恐懼退而爲戒書（記於物以自警戒也卽席机諸銘是也）

敬勝怠者吉怠勝敬者滅（叶莫筆反）義勝欲者從欲勝義者凶凡事不强則枉弗敬則不正枉者滅廢敬者萬世（冊書三十九字）

武王銘十七章（俱見大戴禮）

席四端銘（四章）

安樂必敬（前左端銘）無行可悔（前右端銘）一反一側亦不可不志（不志一作以志後左端銘）殷監（一作所監）不遠視爾所代（後右端銘）

几銘

皇皇惟敬口口生垢口戕口（盧氏曰几者人君出令所依故以言語爲戒）

鑑銘

見爾前慮爾後

盥盤銘

與其溺於人也寧溺於淵（叶一均反）溺於淵猶可游也溺於人不可救也（救叶居尤反盧曰日知所亡學者之功溺於民庶大人之禍故或以自新取戒或以游溺爲鑑也）

楹銘

毋曰胡殘其毀將然毋曰胡害叶暇憩反其毀將大叶特計反毋曰胡傷其毀將長真氏曰殘害也斯銘凡三反復蓋人情每忽於窈微而禍亂常生於隱伏銘之於楹朝夕見之以敬以戒保於未危

杖銘

惡乎危於忿疐惡乎失道於嗜慾惡乎相忘於富貴真氏曰忿疐怒也大易所貴懲忿窒慾逞忿者有危身之憂縱欲者有失道之辱杖之爲物干以自扶操之則安全有頼舍之則顛躓可虞富貴奢淫易忘兢畏於杖爲銘是戒此義

帶銘

火滅修容慎戒必恭恭則壽盧曰雖夜解怠其容不可以苟帶於寢先釋故因言之也王應麟曰非禮勿動闔不欺也莊敬日強壽之基也

屨履銘

愼之勞勞則富盧曰行愼躬勞躬勞終福論愼屨亦財不匱也呂氏曰勤勞者立身爲善之本不勤不勞萬事不擧

觴豆銘

食自杖食自杖戒之憍居妖反憍則逃盧曰無求醉飽自杖而已

戶銘

夫名難得而易失無勤弗志而曰我知之乎無懃弗及而曰我杖之乎擾阻以泥之若風將至必先搖搖叶夷周反雖有聖人不能爲謀也杖一作枝盧曰志識也杖立不能成其驁怠而自謂杖成功無可就故終失其名也搖搖無所託言有風則先困論人行亦然朱氏曰無懃弗志至擾阻以泥之皆所未詳要必有害於戶者若風將至此謂戶不固閉而動搖也

牖銘

隨天之時以地之財叶前西反敬祀皇天敬以先時盧曰先祭時而敬齋朱氏曰牖下齋祭之處也真氏曰天實生時地實生財而君用之敢聅自來祀以報本亦必先時匪物是貴將以敬之齋明盛服對越上帝於牖爲銘朝夕是戒

劒銘

帶之以爲服動必行德行德則興倍德則崩盧曰以順誅也

弓銘

屈申之義廢興之行無忘自過盧曰言得時也王應麟曰屈申之義以弓言廢興之行以身言脩身在知其過

矛銘

造矛造矛少閒弗忍終身之羞余一人所聞以戒後世子孫朱氏曰此本大戴禮然多闕衍舛誤姑存其舊

武王書銘二十章以下見困學紀聞并玉海

太平御覽引太公金匱武王曰吾隨師尚父之

言因爲書銘隨身自誡

書冠

寵以著首將身不正遺爲德咎

書履

行必慮正無懷僥倖

書劍

常以服兵而行道德行則福廢則覆

書車

自致者急載人者緩取欲無度自致而反

書鏡

以鏡自照則知吉凶　此與太公陰謀所載鏡銘畧同而彼義完美矣

書門

敬遇賓客貴賤無二

書戶

出畏之入懼之

書牖

闚望審且念所得可思所忘

書鑰

昏謹守深察訛

書硯

石墨相著而黑邪心讒言無得汙白

書鋒

忍之須臾乃全汝軀

書刀

刀利皚皚無爲汝開

書井

原泉滑滑連旱則絕取事有常賦歛有節

几銘　以下二章見後漢書崔駰傳註引太公金匱曰吾欲造起居之戒隨之以身

安無忘危存無忘亡孰惟二者後必無凶

杖銘

輔人無苟扶人無咎

衣銘　以下三章見後漢書朱穆傳注引太公陰謀

桑蠶苦女工難得新捐故後必寒

鏡銘

以鏡自照見形容以人自照見吉凶

觴銘

樂極則悲沉湎致非社稷爲危

筆銘 以下二章見太平御覽引太公陰謀

毫毛茂茂 叶房月反 陷水可脫陷文不活

箠銘

馬不可極民不可劇馬極則躓民極則敗 叶蒲昧反○困學記聞曰蔡邕銘論謂武王踐祚咨于太師作席几楹杖器械之銘十有八章恭攷金匱陰謀之書則不止於十八章矣書于篇後俾好古者有攷

周金版銘

玉海文選註曰太公金匱曰ㄧㄧ武王曰請著

金版

屈一人之下申萬人之上

銅盤銘

武王封比干墓而作也

左林右泉前岡後道萬世之靈於焉是保

周嘉量銘

考工記曰㮚氏爲量其銘曰

時文思索允臻其極嘉量既成以觀四國永啓厥後茲器維則 觀音貫時是也言惟是文德之君思索以求其理也極中也作爲此量使天下取信而至其中也觀示也

金人銘

家語曰孔子觀周入后稷之廟有金人焉三緘其口而銘其背曰ㄧㄧ孔子既讀斯文也顧謂弟子曰小子識之此言實而中情而信

古之慎言人也戒之哉無多言多言多敗無多事多事多患安樂必戒無行所悔勿謂何傷其禍將長勿謂何害其禍將大勿謂不聞神將伺人焰焰不滅炎炎若何涓涓不壅終爲江河綿綿不絶或成網羅毫末不札將

尋斧柯誠能慎之福之根也口是何傷禍之門也强梁者不得其死好勝者必遇其敵盜憎主人民怨其上君子知天下之不可上也故下 叶音戸 之知衆人之不可先也故後 叶下五反 之温恭慎德使人慕之執雌持下人莫踰之人皆趨彼我獨守此人皆惑之我獨不徙內藏我知不示人技我雖尊高人莫我害江海雖左長于百川以其卑也天道無親常與善人戒之哉

鼎銘

左傳云宋正考父佐戴宣武三命茲益其故其

鼎銘曰

一命而僂再命而傴三命而俯循墻而走（叶祖）亦莫余敢侮饘於是粥於是以糊余口（叶孔五切）

晉讒鼎銘

左傳晏嬰曰讒鼎之銘曰（服虔曰疾讒之鼎也明堂位所云崇鼎一云讒地名禹鑄九鼎於甘讒之地故云讒鼎）

昧旦丕顯後世猶怠（古音以）況日不悛其能久（叶苟起反）乎

叔邦父簠銘（見博古圖）

叔邦父作簠用征用行用從君王子子孫孫其萬年無疆

石槨銘

博物志曰衛靈公葬得石槨銘曰

不逢箕子靈公奪我里（一云不馮其子靈公奪而藏之）

泰山刻石銘（文心雕龍曰始皇勒岳政暴而文澤有疎通之美焉）

史記曰始皇二十八年東行郡縣上鄒嶧山與魯諸儒生議刻石頌秦德乃遂上泰山立石封祠祀刻所立石其辭曰

皇帝臨位作制明法臣下脩飭二十有六年初并天下罔不賓服親巡遠方黎民（宋大觀中汝陽劉跂至泰山見其碑模之乃作親輔遠黎）登茲泰山周覽東極從臣思迹本原事業祗誦功德治道運行諸產得宜皆有法式大義休明垂于後世順承勿革皇帝躬聖既平天下不懈於治夙興夜寐建設長利專隆教誨訓經宣達遠近畢理咸承聖志貴賤分明男女禮順愼遵職事昭隔內外（徐廣曰隔一作融）靡不清淨施于後嗣化及無窮遵奉遺詔永承重戒

嶧山刻石銘

皇帝立國維初在昔嗣世稱王討伐亂逆威動四極武

義直方戎臣奉詔經時不久滅六暴强（三晉楚燕齊六强國）二十有六年上薦高號孝道顯明（叶）既獻泰成（謂告成于天）乃降專惠親巡遠方登于嶧山群臣從者咸思攸長追念亂世分土建邦以開事理攻戰日作流血於野自泰古始世無萬數陁及五帝莫能禁止廼今皇帝一家天下兵不復起災害滅除黔首康定利澤長久（叶苟起反）群臣誦畧刻此樂石（石之堅精堪爲樂器者如泗濵浮磬之數）以著經紀

琅邪臺刻石銘

史記曰始皇二十八年既封泰山於是乃並勃

海以東過黃腄〈二縣名〉窮成山登之罘〈在腄縣〉立石
頌秦德焉〈史不載其文〉而去南登琅邪大樂之留三
月乃徙黔首三萬戶琅邪臺下復十二歲作琅
邪臺立石刻頌秦德明德意曰
維二十六年皇帝作始端平法度萬物之紀以明人事
合同父子聖智仁義顯白道理東撫東土以省卒士事
已大畢乃臨于海皇帝之功勤勞本事上農除末黔首
是富普天之下摶心揖志〈索隱曰摶古專字左傳云如琴瑟之專一揖音集〉器
械一量同書文字日月所照舟輿所載皆終其命莫不

得意應時動事是維皇帝匡飭異俗陵水經地憂恤黔
首朝夕不懈除疑定法咸知所辟方伯分職諸治經易
舉措必當莫不如畫皇帝之明臨察四方尊卑貴賤不
踰次行姦邪不容皆務貞良細大盡力莫敢怠荒遠邇
辟隱專務肅莊端直敦忠事業有常皇帝之德存定四
極誅亂除害興利致福節事以時諸產繁殖黔首安寧
不用兵革六親相保終無寇賊驩欣奉教盡知法式六
合之內皇帝之土西涉流沙南盡北戶東有東海北過
大夏〈叶音戶〉人迹所至無不臣者〈叶音渚〉功蓋五帝澤及牛

馬〈叶姥〉莫不受德各安其宇維秦王兼有天下立名爲皇
帝乃撫東土至于琅邪列侯武成侯王離列侯通武侯
王賁倫侯〈索隱曰爵卑於列侯無封邑者倫類也亦列侯之類〉建成侯趙亥倫侯
昌武侯成倫侯武信侯馮毋擇丞相隗林〈一作狀〉丞相王
館卿李斯卿王戊五大夫趙嬰五大夫楊樛從與議於
海上曰古之帝者地不過千里諸侯各守其封域或朝
或否相侵暴亂殘伐不止猶刻金石以自爲紀古之五
帝三王知教不同法度不明假威鬼神以欺遠方實不
稱名故不久長其身未歿諸侯倍叛法令不行今皇帝

并一海內以爲郡縣天下和平昭明宗廟體道行德尊
號大成群臣相與誦皇帝功德刻于金石以爲表經

之罘山刻石銘

史記二十九年始皇東遊登之罘刻石其辭曰
維二十九年時在中春陽和方起皇帝東游巡登之罘
臨照于海從臣嘉觀原念休烈追誦本始大聖作治建
定法度顯著綱紀外教諸侯光施文惠明以義理六國
回辟貪戾無厭虐殺不已皇帝哀衆遂發討師奮揚武
德義誅信行威燀旁達〈徐廣曰燀充善反〉莫不賓服烹滅彊暴

振救黔首周定四極普施明法經緯天下永為儀則大
矣哉宇縣之中承順聖意索隱曰協韻音憶群臣誦功請刻于
石表垂于常式

其東觀曰

維二十九年皇帝春游覽省遠方逮于海隅遂登之罘
昭臨朝陽觀望廣麗從臣咸念原道至明聖法初興清
清理疆内外誅暴強武威旁暢振動四極禽滅六王闡
并天下菑害絕息永偃戎兵叶逋旁反皇帝明德經理宇内
視聽不怠索隱曰怠協旗疑韻怠音銅綦反故國語范蠡曰得時不怠時不再來亦以怠與臺為韻

作立大義昭設備器咸有章旗職臣遵守各知所行事
無嫌疑黔首改化遠邇同度臨古絕尤叶盈之反常職既定
後嗣循業長承聖治群臣嘉德祗誦聖烈請刻之罘叶貧悲反

碣石刻石銘

史記三十二年始皇之碣石使燕人盧生求羨
門高誓刻石門徐廣云一作盟壞城郭決通隄防其辭
曰

遂興師旅誅戮無道為逆滅息武殄暴逆文復無罪徐廣曰復一作優庶心咸服惠論功勞賞及牛馬恩肥土域皇帝
奮威德并諸侯初一泰平墮壞城郭決通川防夷去險
阻地勢既定黎庶無繇天下咸撫男樂其疇女修其業
事各有序惠被諸産久並來田徐廣曰久一作分莫不安所群
臣誦烈請刻此石垂著儀矩

會稽山刻石銘

史記三十七年十月始皇出游上會稽祭大禹
望于南海而立刻石頌秦德其文曰

皇帝休烈平一宇内德惠攸長三十有七年親巡天下
周覽遠方遂登會稽宣省習俗黔首齋莊群臣誦功本

原事迹追首高明叶秦聖臨國始定刑名顯陳舊章初
平法式審別職任以立恒常六王專倍貪戾慠猛率衆
自強暴虐恣行負力而驕數動甲兵叶陰通間使以事
合從行為辟方内飾詐謀外來侵邊遂起禍殃義威誅
之殄息暴悖亂賊滅亡聖德廣密六合之中被澤無疆
皇帝并宇兼聽萬事遠近畢清運理群物考驗事實各
載其名貴賤並通善否陳前靡有隱情飾省宣義徐廣曰省一作非有子而嫁倍死不貞防隔内外禁止淫泆男女潔

誡夫為寄豭殺之無辠男秉義程妻為逃嫁子不得母咸化廉清大治濯俗天下承風蒙被休經皆遵軌度和安敦勉莫不順令 叶平聲 黔首修潔人樂同則嘉保太平後敬奉法常治無極輿舟不傾從臣誦烈請刻此石光垂休銘

詩紀前集卷之五 終

詩紀前集卷之六

古逸六

箴

文心雕龍曰箴者所以攻疾防患喩箴石也斯文興盛於三代夏商二箴餘句頗存及周之辛甲百官箴一篇體義備焉迄至春秋微而未絶故魏絳諷君於后羿楚子訓民於在勤

堯戒

淮南子人間訓堯戒曰

戰戰慄慄日謹一日人莫蹪於山而蹪於垤 叶徒吉反

夏箴

汲冢周書文傳解曰文王受命九年時維暮春

在鄗召太子發曰吾語汝所保所守厚德廣惠忠信愛人君子之行夏箴曰

中不容利民乃外次 孔晁注夏禹之箴戒書也利福業次舍于田

夏箴

汲冢周書文傳解曰開望曰土廣無守可襲伐土狹無食可圍竭二禍之來不稱之災天有四殃水旱饑荒非務積聚何以備之夏箴曰 開皇古書名也

小人無兼年之食遇天饑妻子非其有也大夫無兼年

年之食遇天饑臣妾輿馬非其有也國君無兼年之食
遇天饑百姓非其有也 注古者國家三年耕必有一年之儲非其有言流亡也 戒
之哉弗思弗行至無日矣 有十年之積者王有五年之積者霸無一年之積者亡

商箴 見玉海

呂氏春秋名類篇商箴云

天降災布祥並有其職 以言禍福人或召之也

虞箴

左傳曰魏莊子 魏絳 謂晉侯曰昔周辛甲之爲太
史命百官箴王闕於虞人之箴曰 按古史辛甲武王時太史也

芒芒禹跡畫爲九州經啓九道 叶徒口反 民有寢廟獸有茂
草 一作豐 叶此苟反 各有攸處德用不擾 叶忍九反 在帝夷羿冒于
原獸 叶如九反 冒貪也 忘其國恤而思其麀牡武不可重 去聲 用
不恢于夏家 叶攻乎反 獸臣司原敢告僕夫

大正箴

汲冢周書嘗麥解曰維四年孟夏之初祈禱於
于宗廟乃嘗麥于太祖即假于太宗少宗少祕
于社太史筴刑書九篇以升授太正 闕一字 箴太
正曰

欽之哉諸正敬功爾頌審三節無思民因順爾臨獄無
頗正刑有掇夫循乃德式監不遠以有此人保寧爾國
克戒爾服世世是其不殆維公咸若

楚箴 見玉海

民生在勤勤則不匱

弟子職 八章

困學紀聞曰弟子職漢志附于孝經朱子謂疑
是作內政時士之子常爲士因作此以教之又
曰大戴記之夏小正管子之弟子職孔叢
子之小爾雅古書之存者三子之力也

先生施教弟子是則溫恭自虛所受是極見善存之聞
義則服 叶 溫柔孝弟毋驕恃力志毋虛邪行必直正游
居有常必就有德顏色整齊中心必式夙興夜寐衣帶
必飭朝益莫習小心翼翼一此不懈是謂學則

右學則

少者之事夜寐蚤作既拚盥漱執事有恪攝衣共盥先
生乃作沃盥徹盥汎拚正席 叶祥籥反 先生乃作出入恭敬
如見賓客 叶恪 危坐鄉師顏色毋怍

右蚤作

受業之紀必由長始一周則然其餘則否叶鄙始誦必作
其次則已凡言與行思中以爲紀古之將興者必由此
始後至就席狹至則起若有賓客叶恪弟子駿作對客無
讓叶平聲應且遂行叶杭趨進受命所求雖不得必以反命
反坐復業若有所疑捧手問之師出皆起

右受業對客

至於食時先生將食弟子饌饋攝袵盥漱跪坐而饋置
醬錯集作醋食陳膳毋悖凡置彼食鳥獸魚鱉必先菜羹
叶郎羹胾中別胾在醬前其設要方飯是爲卒左酒右醬

叶漿告具而退捧手而立叶未三飯二斗左執虛豆右執挾
匕周旋而貳唯嗛之視同嗛以齒周而有始柄尺不跪
是謂貳紀先生已食弟子乃徹趨走進漱拚前板一作斂
祭一韻叶未

右饌饋

先生有命弟子乃食以齒相要坐必盡席飯必捧擥羹
不以手亦有據膝無有隱肘既食乃飽循咡覆手振袵
掃席叶若已食者作摳衣而降旋而鄉席叶上同各徹其餽
如於賓客既徹并器乃還而立叶未

右乃食

凡拚之道實水于盤攘臂袂及肘堂上則播灑室中握
手執箕膺揲厥中有帚入戶而立其儀不忒執帚下箕
倚于戶側凡拚之紀必由奧始俯仰磬折拚毋有徹拚
前而退聚於戶內坐板排之以葉適己實帚于箕先生
若作乃興而辭坐執而立遂出弃之既拚反立是協是
稽

右灑掃

暮食復禮昏將舉火執燭隅坐錯總之法橫于坐所叶疏

叶果反櫛之遠近乃承厥火居句如矩蒸間容蒸然者處下
叶戶捧椀以爲緒右手執燭左手正櫛有墮代燭交坐無
倍尊者叶渚乃取厥櫛遂出是去上聲○譚苑云此弟子執燭之禮也古者無燭
臺以人執燭檀弓曾子疾革童子執燭是也蒸薪也椀
楚辭所謂懸火令之提燈櫛舊本作卽叶音燼櫛卽皆
假借字正作㶳从火从収與脊賮同音㶳音
燼朕騰送字皆以㶳說文儆字解云㶳聲

右執燭

先生將息弟子皆起敬奉枕席問何所趾俶袵則起有
常則否叶鄙先生既息各就其友叶以相切相磋各長其儀
叶五何反周而復始謂弟子之紀

右退習或分有常則否以上爲請祚下爲退習今從管子今爲一章

祝辭

伊耆氏蜡辭

禮記郊特牲曰天子大蜡八伊耆氏始爲蜡蜡也者索也歲十二月合聚萬物而索饗之也炎帝神農氏其初國伊繼國耆合而稱之故又號曰伊耆氏或曰堯也○文心雕龍曰昔伊祈氏始蜡以祭八神其辭丨丨則上皇祝文爰在茲矣舜之祠田丨丨利民之志頗形於言矣

土反其宅叶遠各反水歸其壑昆蟲毋作草木歸其澤叶達各反

○此祝詞也宅猶安也土安則無崩圮水歸則無泛溢昆蟲謂螟蝗之屬草木各歸根於藪澤不得生於耕稼之土也

舜祠田辭見文心雕龍

荷此長耜耕彼南畝四海俱有

桑林禱辭

荀子大畧篇湯旱而禱曰丨丨何不雨至斯極也

政不節叶卽字與使民疾與宮室崇與婦謁盛叶平聲與苞苴行與讒夫興與

成王冠頌見二

家語孔子冠者武王崩成王年十三而嗣立周公攝政以治天下冠成王而朝于祖以見諸侯

周公命祝雍作頌曰

令月吉日王始加元服去王幼志服一作是袞職欽若昊命六合是式率爾祖考永永無極

大戴禮成王冠周公使祝雍祝王曰達而勿多也祝雍曰

使王近於民遠於佞叶禰因反嗇於時惠於財叶前西反親賢使能叶音泥

士冠辭八章

儀禮士冠禮始加祝曰儀禮士冠始加緇布冠服玄端爵韠

令月吉日始加元服叶蒲北反棄爾幼志順爾成德壽考惟祺介爾景福叶筆助反

再加曰再加皮弁服素積素韠

吉月令辰乃申爾服叶敬爾威儀淑愼爾德眉壽萬年永受胡福胡遐也

三加曰三加爵弁服纁裳韎韐

以歲之正以月之令咸加爾服叶兄弟具在以成厥德

黃耇無疆受天之慶叶墟羊反

醴辭曰三加畢賓醴冠者

甘醴惟厚嘉薦令芳拜受祭之以定爾祥承天之休壽考不忘

醮辭曰若不醴則醮注醴禮簡尚質也醮禮繁尚文也醮亦賓醴冠者冠有三加故三醮也

旨酒既清嘉薦亶時始加元服兄弟具來叶力之反孝友時格永乃保之

再醮曰

旨酒既湑嘉薦伊脯乃申爾服禮儀有序祭此嘉爵承天之祜

三醮曰

旨酒令芳籩豆有楚咸加爾服肴升折俎承天之慶叶受福無疆

字辭曰既醴冠者見母出賓字之

禮儀既備叶筆力反令月吉日昭告爾字叶茲爰字孔嘉叶居之反髦士攸宜宜之于假叶古永受保之曰伯某父仲叔季唯其所當

祭禮嘏辭

儀禮少牢饋食曰主人酳尸尸酢主人佐食取黍授尸尸執以命祝祝受以東北面嘏主人曰

皇尸命工祝承致多福無疆于女孝孫來讀曰釐賜也亦若賚女孝孫叶須因反使女受祿于天叶鐵因反宜稼于田叶地因反眉壽萬年叶禰因反勿替引之此諸侯之大夫祭禮也

周祭天辭以下三章俱見大戴禮

皇皇上天照臨下土集地之靈降甘風雨文心雕龍曰周之太祝掌六祀之辭是以庶物咸生陳於天地之郊旁作穆穆唱於迎日之拜禮運曰地秉陰竅於山川庶物群生各得其所靡今靡古言覆施均維予一人某敬拜

皇天之祜古祝辭則云嗣王某或曰一人某王者親告之辭也

祭地辭

薄薄之土承天之神薄旁薄也易曰乃順承天也興甘風雨庶卉百穀莫不茂者叶掌與反既安且寧維予一人某敬拜下土之靈

迎日辭困學紀聞曰迎日辭亦見尚書大傳

維某秊某月上日秊謂太歲所在月正月也其天地祝辭皆爾省文故日下明之也明光于上下勤施于四方旁作穆穆維予一人某敬拜迎于郊以正月朔日迎日於東郊古者帝王以正月朝聘率有司迎日于東郊也

所以爲萬品先而尊事天也

祭侯辭二見

考工記曰梓人爲侯張皮侯而棲鵠則春以功
張五采之侯則遠國屬張獸侯則王以息燕祭
侯之禮以酒脯醢其辭曰

惟若寧侯毋或若女不寧侯不屬于王所故抗而射女
强飲强食貽女曾孫諸侯百福考工記○若汝也寧安也侯之爲物捍内蔽外有諸侯之象焉故假以爲戒敕諸侯之辭言汝當安爲諸侯下若字訓如蓋責之曰毋如此等不寧之侯不服屬于天子之所故立而射之也强飲强食祝神之辭勉之使飲食也既飲食醉飽當以百福遺女曾孫之爲諸侯也

嗟爾不寧侯爲爾不朝于王所故亢而射女强食爾食
曾孫侯氏百福大戴禮

田者祝二見

史記淳于髡傳齊威王使髡于趙請兵禦楚齊
金百斤車馬十駟髡仰天大笑冠纓索絶王曰
先生少之乎髡曰臣從東方來見道傍有禳田
者操豚蹄酒一盂而祝曰丨丨臣見其所持者
狹而所欲者奢故笑之

甌窶滿篝叶斤敷叉汙邪滿車五穀蕃熟穰穰滿家叶攻乎叉○篝籠也汙邪下地田也
蠏螺者宜禾汙邪者滿車五穀蕃熟穰穰滿家荀子注載此事其辭全異蠏螺高地也

越群臣祝二章

吳越春秋曰越王勾踐五年與大夫種范蠡入
臣於吳群臣皆送至浙江之上臨水祖道軍陣
固陵大夫文種前爲祝其詞曰

皇天祐助前沉後揚禍爲德根憂爲福堂威人者滅服

從者昌王離牽致其後無殃君臣生離感動上皇衆夫
悲哀莫不感傷臣請薦脯酒行二觴
太王德壽無疆無極乾坤受靈神祇輔翼我王厚之祉
祐在側德銷百殃利受其福去彼吳庭來歸越國

越王壽吳王辭

吳越春秋曰吳王既釋越王之囚大縱酒於文
臺爲越王設北向之坐群臣皆以客禮事之於
是范蠡與越王俱起爲吳王壽其詞曰

皇在上令昭下四時并心察慈仁者太王躬親鴻恩立

義行仁九德四塞威服群臣於乎休哉傳德無極上感
太陽降瑞翼翼大王延壽萬歲長保吳國四海咸承諸
侯賓服觴酒既升永受萬福

大夫種祝越王辭 二章

吳越春秋曰越王既滅吳霸諸侯置酒文臺群
臣為樂大夫種進祝酒其辭曰

皇天祐助我王受福良臣集謀我王之德宗廟輔政鬼
神承翼君不忘臣臣盡其力上天蒼蒼不可掩塞觴酒
二升萬福無極

我王仁賢懷道抱德滅讎破吳不忘返國賞無所悋群
邪杜塞君臣同和福祐千億觴酒二升萬歲難極

繇辭

夏后鑄鼎繇

困學紀聞曰大卜三兆其頌皆千有二百夏后
鑄鼎繇曰丨丨懿氏占 見後 成季卜曰間于兩社
為公室輔驪姬繇 見後 衛侯繇曰如魚竀尾衡流
而方羊裔焉漢文兆曰大橫庚庚余為天王夏
啓以光皆龜繇也

逢逢白雲一南一北一西一東九鼎既成遷于三國

懿氏繇

左傳曰懿氏卜妻陳敬仲其妻卜之曰 懿氏陳大夫卜以女妻敬仲

鳳凰于飛和鳴鏘鏘有嬀之後將育於姜五世其昌並
於正卿 叶墟羊反 八世之後莫之與京 叶居良反○嬀陳姓姜齊姓並於正卿卽桓子大於齊莫之與京謂成子得政

伐驪繇

國語晉獻公卜伐驪戎史蘇卜之曰勝而不吉

公曰何謂也對曰遇兆曰

挾以銜骨齒牙為猾戎夏交捽 挾猶會也骨所以鯁刺入也猾弄也齒牙為猾以象讒口之為害也此為伐戎獲驪姬亂晉之兆

驪姬繇

晉獻公欲以驪姬為夫人卜之不吉筮之吉公
曰從筮卜人曰筮短龜長不如從長且其繇曰

專之渝 叶夷周反 攘公之羭 叶同 一薰一蕕十年尚猶有臭 叶丑鳩反渝變也攘除也羭美也言變乃除公之美十年有臭言善易消惡難除也

伯姬繇

左傳晉獻公筮嫁伯姬於秦遇歸妹之睽史蘇占之曰不吉其繇曰

士刲（苦圭反）羊亦無衁（音荒）也女承筐亦無貺也（周易歸妹上六爻辭上六無應所求不獲故下刲無血上承無實不吉之象也）西鄰責言不可償也（將嫁女於西而遇不吉之卦故知有責讓之言不可以償報）歸妹之睽猶無相也（睽乖離之象相助也）震之離亦離之震（二卦變而氣相通）爲雷爲火爲嬴敗姬（嬴秦姓姬晉姓火動熾而害其母故爲女嫁反害其家之象）車說其輹火焚其旗不利行師敗於宗丘（叶丘於反○震爲車離爲火上六爻在震則無應故車脫輹在離則失位故火焚旗言皆失車火之用也車敗旗焚故不利行師火還害母故敗在宗邑）歸妹睽孤寇張之弧（此睽上九爻辭也處睽之極失位孤絕故遇寇難而有弓矢之警）姪其從姑（震爲木離爲火火從木生離爲震妹於火爲姑謂子圉質秦）六年其逋逃歸其國而弃其家（叶攻乎反家謂子圉婦懷嬴）明年其死於高梁之虛（惠公死之明年文公入殺懷公於高梁高梁晉地）

鄢陵繇

左傳成公十六年晉侯將伐鄭鄭人使去於楚楚子救鄭六月晉楚遇於鄢陵公筮之史曰吉其卦遇復曰

南國蹴射其元王中厥目（復陽長之卦陽起於子南行催陰離受其咎離爲諸侯又爲自陽氣激南飛矢之象）

孫文子繇

左傳襄公十年衛侯救宋師於襄牛鄭皇耳帥師侵衛楚令也孫文子卜追之獻兆於定姜姜氏問繇曰｜｜姜氏曰征者喪雄禦寇之利也大夫圖之衛人追之獲鄭皇耳於犬丘（孫文子衛大夫定姜衛定公夫人）

兆如山陵（叶良中反）有夫出征而喪其雄

誄（文心雕龍曰尼父卒哀公作誄觀其慭遺之切嗚呼之歎雖非叡作古式存焉至柳妻之誄惠子則辭哀而韻長矣）

孔子誄（二見）

旻天不弔不慭遺一老（叶朗口反）俾屏余一人以在位煢煢余在疚嗚呼哀哉尼父（叶扶缶反）無自律（本傳註曰律法也言喪尼父無自以爲法）

天不遺耆老若相予位焉嗚呼哀哉尼父（檀弓）

柳下惠誄

列女傳柳下惠死門人將誄之妻曰將誄夫子之德耶則二三子不如妾知之也乃誄曰

夫子不伐（叶扶廢反）兮夫子之不竭（叶去例反）兮夫子之信誠而
與人無害（叶假憩反）兮柔屈從俗不強察（叶子例反）兮蒙耻救民
德彌大（叶徒帝反）兮雖遇三黜終不弊兮豈弟君子求能厲
兮嗟呼惜哉乃下世兮庶幾遐年今遂逝兮嗚呼哀哉
魂神泄（叶私吏反）兮夫子之謚宜爲惠兮

詩紀前集卷之六 終

詩紀前集卷之七

古逸七

雜辭

岣嶁碑

徐靈期衡山記云夏禹導水通瀆刻石書名山之高王象之輿地記云禹碑在岣嶁峯又傳在衡山縣雲密峯宋定嘉中蜀士因樵人引至其所以紙蹋其碑七十二字刻於夔門觀中後俱亡

承帝曰嗟翼輔佐卿州渚（一釋水處）與登鳥獸之門參身洪
流（一釋魚池）而明發爾興久旅忘家宿嶽麓庭智營形折心
罔弗辰往求平定華岳太衡宗疏事裒勞餘伸禋鬱塞
昏徙南瀆衍亨（一釋南暴昌言）衣制食備萬國其寧竄舞永奔

禹玉牒辭

祝融司方發其英沐日浴月百寶生

投壺辭（二章）

左傳晉侯以齊侯宴中行穆子相投壺晉侯先穆子曰——中之齊侯舉矢曰——亦中之（昭公十二年）

晉穆子

有酒如淮有肉如坻寡君中此爲諸侯師

齊景公

有酒如澠有肉如陵寡君中此與君代興

諢良夫譟

左傳衛侯夢于北宮見人登昆吾之觀被髮北面而譟曰（哀公十五年衛蒯聵爲太子與諢良夫盟曰苟使我入獲國服冕乘軒三死無與良夫與太子迫孔悝逐輒自立是爲莊公十六年衛侯謂諢良夫曰吾繼先君而不得其器若之何良夫代執火者而言曰疾與亡君皆君之子也召之而擇材焉可也若不材器可得也豎告太子太子使五人輿豭從己劫公而强盟之且請殺良夫公曰其盟免三死曰請三之後有罪殺之公曰諾哉十七年春衛侯爲虎幄於藉圃成求令名者而與之始食焉太子請使良夫良夫乘衷甸兩牡紫衣狐裘至袒裘不釋劍而食太子使牽以退數之以三罪而殺之）

登此昆吾之虛緜緜生之瓜余爲諢良夫叫天無辜（緜緜瓜初生也良夫善已有以小成大之功若瓜之初生謂使衛侯得國也本盟免三死而并數一時之事殺之故自謂無辜）

狐援辭　章二

呂氏春秋曰狐援說齊湣王王不受狐援出而哭五日其辭曰｜｜齊王問吏曰哭國之法若何吏曰斮王曰行法狐援乃言曰｜：

先出也衣絺（一作纑）紵後出也滿囹圄吾今見民之洋洋然東走而不知所處（一作吾見今之人洋洋東走而不知所處）

有人自南方來鮒入而鯢居使人之朝爲草而國爲墟

殷有比干吳有子胥齊有狐援已不用若言又斮之東閭每斮者以吾參夫二子者乎

士卒昌（一曰相十卒）

戰國策曰田單攻狄不克懼問魯仲連仲連曰將軍之在卽墨坐則織蕢立則杖鍤爲士卒倡曰｜｜當此之時將軍有死之心士卒無生之

氣聞若言莫不揮泣奮臂而欲戰此所以破燕也

無可往矣宗廟亡矣今日尚矣歸何黨矣（皆叶平聲戰國策註曰尚近也通鑑作無可往矣宗廟亡矣今日尚矣歸於何黨矣注曰尚幾幾也言单於其時蓋言曰今日之事尚庶幾焉黨類也言戰有勝負不死則降將歸於何類也）

成相雜辭　章三

朱子曰成相者楚蘭陵令荀卿子之所作也此篇在漢志號成相雜辭凡三章雜陳古今治亂興亡之效託聲詩以風時君相者助也舉重勸力之歌史所謂五羖大夫死而舂者不相杵是也卿學要爲不醇粹其言精神相反爲聖人意乃近於黄老而復後王君論工者或頗出入申

前聞此其所以傳不一再而爲督責坑焚之禍也
請成相世之殃愚闇愚闇墮賢良人主無賢如瞽無相
何倀倀相叶平聲墮許規反倀丑羊反狂惑之貌請布基愼聖人愚而自專
事不治主忌苟勝群臣莫諫必逢災愼讀爲順人叶兒治叶平聲災叶滋
論臣過反其施尊主安國尚賢義拒諫飾非愚而上同
國必禍過叶規義叶平聲禍叶許規反論論而治之也言治臣下之過者必當自省而反其所爲愚而
上同謂自愚暗又欲使人同己也曷謂罷國多私比周還主黨與施遠
賢近讒忠臣蔽塞主勢移罷讀爲疲還繞也曷謂賢明君臣上
能尊主愛下民主誠聽之天下爲一海內賓賢叶胡鄰反謂賢臣

也主之孽讒人達賢能遁逃國乃蹷愚以重愚闇以重
闇成爲桀世之災妬賢能飛廉知政任惡來卑其志
意大其園囿高其臺能叶奴來反惡來飛廉之子父子俱以材力事紂武王怒
師牧野紂卒易鄉啓乃下武王善之封之於宋立其祖
怒叶上聲野叶上與反鄉讀爲向啓微子名下叶音戶降也世之衰讒人歸比干見
刳箕子累武王誅之呂尚招麾殷民懷刳音枯累讀爲縲懷胡威反
世之禍惡賢士子胥見殺百里徙穆公得之強配五伯
六卿施禍叶許詭反六卿天子之制春秋時大國亦僭置六卿六卿施言施六卿也施叶上聲世
之愚惡大儒逆斥不通孔子拘展禽三絀春申道綴基

畢輸綴輟同止也輸傾委也請牧基賢者思堯在萬世如見之讒
人罔極險陂傾側此之疑陂與詖同言賢者必常見思雖久不忘但讒人必欲毀之
使人君疑於此人也基必施辨賢罷文武之道同伏戲由之者治
不由者亂何疑爲戲義同凡成相辨法方至治之極復後
王愼墨季惠百家之說誠不祥後王當時之王謂當自立後爲一王之法不必
泥古也愼愼到墨墨翟惠惠施季季梁季梁楊朱之友也祥善也一作詳治復一脩之吉君
子執之心如結衆人貳之讒夫棄之形是詰結叶吉衆人則不能
復一讒夫則兼棄之但詰問治之形狀言傲慢也或曰形當作刑如此之人皆當以形詰之也水至平
端不傾心術如此象聖人闕一字而有埶直而用抴必參

天抴余制反天叶鐵因反抴引也未詳世無王窮賢良暴人芻豢仁人糟
糠禮樂滅息聖人隱伏墨術行叶戶郎反治之經禮與刑君
子以脩百姓寧明德愼罰國家既治四海平治之志
後埶富君誠之好以待處之敦固有深藏之能遠思富叶
音費有讀爲又思叶去聲後權勢與富者則公道行而貨賂息誠之好以待者誠意好之以待用也處之厚固
又能深藏則能遠慮也思乃精志之榮好而一之神以誠精神相
反一而不貳爲聖人相反謂反覆不離散也治之道美不老君子
由之佼以好下以教誨子弟上以事祖考老休息也爲治當日新其
美無休息也成相竭辭不蹷君子道之順以達宗其賢良辨

其殃孽

右一章

請成相道聖王堯舜尚賢身辭讓許由善卷重義輕利行顯明(讓叶平聲卷音拳明叶音芒莊子堯讓天下於許由舜讓天下於善卷)堯讓賢以爲民氾利兼愛德施均辯治上下貴賤有等明君臣(賢叶形爲去聲)堯授能舜遇時尚賢推德天下治雖有賢聖適不遇世孰知之(能叶尼治叶平聲)堯不德舜不辭妻以二女任以事大人哉舜(句)南面而立萬物備(德叶音帝辭叶音似妻去聲不德不辭皆以至公也)舜授禹以天下尚德推賢不失序外不避仇內不

詩紀前集卷之七　六　山

阿親賢者子(序予並叶上聲仇謂殛鯀)禹勞心力堯有德干戈不用三苗服舉舜甽畝任之天下身休息(甽與畎同)得后稷五谷殖夔爲樂正鳥獸服契爲司徒民知孝弟尊有德禹有功抑下鴻辟除民害逐共工北決九河通十二渚疏三江(叶姑紅反抑遏也下治水使浸下也鴻洪水也)禹溥土平天下躬親爲民行勞苦得益皋陶橫革直成爲輔(溥讀爲敷下叶後五反呂氏春秋云得陶化益真窺橫革之交五人佐禹故功績銘乎金石著於盤盂陶即皋陶也化益即伯益也真窺即直成也橫革即横革也皆禹輔佐之名)契玄王生昭明居於砥石遷于商十有四世乃有天乙是成湯(明叶芒昭明契之子砥石卽砥柱也)天乙湯論舉當

身讓卞隨舉牟光道古賢聖基必張(當叶平聲牟與務同湯讓天下於卞隨務光)願陳辭世亂惡善不此治隱諱疾賢良由姦詐鮮無災患難哉阪爲先(災叶茲西反先叶前西反隱諱過惡疾害賢良用姦詐鮮無災也)(○此節有脫誤)聖知不用愚者謀前車已覆後未知更何覺時(聖上亦脫六字謀音摩後後車也更平聲改也)不覺悟不知苦迷惑失指易上下忠不上達蒙揜耳目塞門戶(悟叶上聲下叶音戶)門戶塞大迷惑悖亂昏莫不終極是非反易比周欺上惡正直(莫寞言闇也不終極無已時也)正是惡心無度邪枉辟回失道途已無郵人我獨自美豈無故(辟讀爲僻途叶去聲郵一作尤言不可尤責於人自美其身蓋此事之得失必有其故當自省也)不知戒後必恨後遂過不肯悔讒夫多

詩紀前集卷之七　七　工

進反覆言語生詐態　人之態不如備爭寵嫉賢利惡忌妬功毀賢下斂黨與上蔽匿(如當作知匿叶奴計反言人之詐態上若不知爲備則有疾忌蔽匿之患也利惡忌謂以惡忌賢者爲己利也)上壅蔽失輔勢任用讒夫不能制孰公長父之難厲王流于彘(孰當爲郭郭公長父皆厲王之嬖臣未詳其姓名)周幽厲所以敗不聽規諫忠是害嗟我何人獨不遇時當亂世　欲對衷言不從恐爲子胥身離凶進諫不聽剄而獨鹿棄之江(獨鹿罌鹿小罌也子胥自剄之後盛以小罌而棄之江也一說獨鹿與屬鏤同吳夫差賜子胥之劍名江叶工)觀往事以自戒治亂是非

亦可識託於成相以喻意戒叶計識如字讀如志

右二章

請成相言治方君論有五約以明君謹守之下皆平正國乃昌明叶苦君論有五謂臣下職一也君法明二也刑稱陳三也言有節四也上通利五也臣下職莫游食務本節用財無極事業聽上莫得相使一民力守其職足衣食厚薄有等明爵服利往卬上莫得擅與孰私得服叶蒲北反所與事業皆聽於上群下不得擅相役使則民力一也民不失職則衣食足利之所往皆仰於上擅與若齊田氏然耳君法明論有常表儀既設民知方進退有律莫得貴賤孰思王君法所以明在言論有常不二三也進人退入

皆以法律莅下不得以意貴賤則孰有能自相貴者乎君法儀禁不爲莫不說善名不移修之者榮離之者辱孰它師言爲君之法儀在自禁止不爲惡則民皆悅上之教而善名不移也說讀爲悅刑稱陳守其銀下不得用輕私門罪禍有律莫得輕重威不分稱謂當罪當罪之法施陳則各守其分銀與垠同請牧祺用有基主好論議必善謀五聽循領莫不理續主執持謀叶音縻祺吉也牧治吉祥之事也五聽見周禮折獄之五聽也循領謂修之使得綱領莫不有文理相續主自執持不使權歸於下也聽之經明其請參伍明謹施賞刑顯者必得隱者復顯民反誠請當爲情幽隱皆通則民不詐僞也言有節稽其實信誕以分賞罰必下不欺上皆以情言明若日節叶即上通利隱遠至觀法不法見不視耳目既顯吏敬法令莫敢恣上通利不壅蔽則幽隱遐遠者皆至也觀之法非法則雖見不視也君教出行有律吏謹將之無鈹滑下不私請各以宜舍巧拙鈹與披同滑與汩同音骨五倫既明則教令之出皆有法律而吏謹持之無使紛披滑骨者矣群下孰敢私情不守所宜而以巧拙爲強弱哉臣謹修君制變公察善思論不亂以治天下後世法之成律貫臣下但當謹守法度而君制其變公察而善思之則其論不亂天下後世皆得守之以成法律之條貫也或疑思當作惡

右三章

詩紀前集卷之七終

詩紀前集卷之八

古逸八

詩

石鼓詩十章

風雅逸篇曰石鼓詩周宣王獵碣也於詩體屬小雅或以爲周成王時詩以左傳成有岐陽之蒐證之亦一說也按古文苑所載石鼓文稱孫巨源得於佛書龕中蓋唐人所錄僅四百九十七言耳章樵爲之考正集釋之又薛尚功鄭樵潘迪諸家咸有音訓然於闕文靡所增益楊子用脩自言受學於李文正公得蘇文忠舊本蓋六百五十七言而訓釋亦簡要楊子易以今文傳之矣陝西志亦載此文其文悉與楊本同而字畫訓釋頗異今以二本參較著之其古文苑舊註有可采者亦間取附入註中姓氏薛鄭章潘已見前施謂施宿王王厚之蘇疑卽文忠也

避本音吾讀作我車既工籀文工讀作攻避馬既同避車既𢾅古文好避
馬既駐音皁與驊同馬肥貌一從走籀文駐音騊北野良馬也君子鼎鼎籀文員通作爰
邋邋讀作獵鼎斿通作游當讀作君子爰獵爰獵爰游麀鹿速速君子㞢之
求𢍰𢍰古文關讀作彎卣音條弓石本弓古及字舊作弓弓茲㠯以寺本寺字讀
作時古文省避歐驅其時音時止其來趩趩音亦楊曰讀作彳𧼮𧼮音憲
𨔶𨔶大來切今作炱音臺烟塵也郎遨音御與避小異即時麀鹿趚趚音即其
來大垐音茨大道也避歐其樸朴同楊曰讀作僕其來𧽊𧽊音獨弜古文

射其豬音堅獸三歲曰有楊作豚蜀讀作屬古省文

右一薛作辛文鄭作丙文重文十共七十六字文六十六一十九句

汧汧音牽水名殹王曰古也字見詛楚文楊云音繫沔沔音沔泛當作沔籀文反正爲乏今
從丏恐非丞與烝同皮籀文皮讀作彼淒古文苑作淖楊作潮淵鰋古文鰋鯉處上聲
叶作居㞢君子漁漁㞢瀟瀟瀟通作漫又通作有下皆同鮮古鮮字魚名其
斿游遨遨音散叶作蹦帛讀作白下同魚魚鱳鱳音洛白皃其盜盤與蒞同
氏古作底至也鮮黃帛其鯾鯿古文又鱄今作鮒又鮑即白字○志云與鮊
同叶音綿其胡乞反切孔庶䜌䜌㞢變變音夬獸似狌狌下當从夬楊從史註
云生巽切逞逞籀文洋趣趣音搏其魚隹讀作惟古文省下皆同可讀作何亦古省
文下隹鱮似呂切隹鯉可㠯橐普刀切楝作櫜又作櫜音托㞢隹楊及

柳柳古文

右二薛作戊文鄭作甲文重文七共六十八字文六十一一十七句

施云石鼓中唯此完好無一字磨滅然字多假借世既逾遠不能盡知故義亦有不通處更俟博雅君子辯而釋之庶可補雅頌之亡逸

田車孔安章作既鋚音條轡首銅也勒䮄䮄䮄與騂同馬行也六轡古文
師既簡左驂旛旛妙圓切旌旗總名旛旛取其輕舉皃右驂騝騝紀偃切壯健皃
避㠯陵古作䧘弓邋古字原邋避戎止石本作世陕古文陸宮車其寫
寫舍也讀如卸史記秦每破諸侯寫放其宮室秀弓秀通作繡繡弓也穀梁傳弓繡質寺時

孜麋豕孔庶麀鹿雉兎其遷又(有)旟(旆或作迪音緧)其戎𨘋𨘋
(音奔又作走音奏鄭本有囟字在大字上音遒古直字也)大車出各(洛)亞(古文惡)獸(揚作
亞獻)白臭(古文澤白澤獸名)避𨔝而勿孜(叶音杓)多庶𨘋𨘋(音力叶音約)
君子逌(音乃揚作攸)樂(音洛)

右三(薛作丙文　鄭作丁文　文六十九　重文五　共七十四字　一十八句)

帥(帥)㞕鑾車𨍭(音忽疾也下从本音吻)敕(音速)眞(讀作填古文省)如秀弓孔
碩(叶式畧切)彤矢𢎥𢎥(古字)鏃四馬其寫六轡(轡)沃若䢓(徒)騣
(駛从馬从便舊本云未詳楊云恐當作騂)孔庶麛(廓)騎宣(籀文宣)博(古文苑作廓宣搏搏)
㟁(鄭云即角字通作輏石本作岦音首)車軐(古文載)衎(古文道)如䢓如章遷遷
(古文濕)陰陽趍趍(音池調和閒習之貌鄭作趍即趨字七走反)六馬孜(射)㞢鉃
鉃(籀文族矢鋒也叶音棚)又(有)貙(音樞)如虎獸鹿如𧰼(兕)台(讀作怡古省文)
邋多賢迪(音循)禽𣦼(奉)雉避兎允異

右四(薛作丁文　鄭作戊文　文六十九　重文三　共七十二字　一十八句)

避來自東(古文苑有凄凄二字)霝(古字)(零)雨奔𣚚(流)(古文)逆湧盈盈渫
(與渫同音楊云水名)㶏(古文濕)君子既涉(古文涉)避馬𣚚湃湃(古文苑無
重文)殹(也)洎(同豎)淒(二字古文苑俱有重文)丞(丞)士騎(古文駕)言(古文)鹵(西)
遠(籀文歸)方(作舫)肙(舟)自麀(廓)䢓騣(楊作騂)逴逴(音綽)佳(維)肙㠯
衎(道)或陰或陽极(即笈字志云音結)瀿㠯戶出于水一方䍃䢓

逴(揚作徨)止其奔避(古文苑作其奔其敔音禦)㠯且(讀作阻古省文)其直(乃)吏
(古文事)

右五(薛作壬文　鄭作辛文　文六十六　重文三　共六十九字　一十六句)

宣獻乍(古文作下同)遷乍周衛(導)追(古道省文)我(我)𩶛(籀文辭)攸除
帥㞕阪田莽(舊音莽或作莽居幽切)爲由里(世从三十爲世施云世三十也以三十爲
世書家謂之會意佛書謂之二合字世蘇合反非世字也)希𢔶𢔶(音徼)直(乃)圂(古文閽)
黍(黍水汁也可以棨物别作滐水名)㯥(籀文栗)柞(音非櫟也)棫(音域棫也)(白)其榯𣟐
(即櫻字音宗)櫻(音答又音恭)𢇛𢇛(未詳音義楊作廉或云遣字)鳴㮚(條山楸也)亞箬
箬其奠(華)可(何)爲所游𩬊𩬊(音䉄或作䉄)水盩(音利或音周非)衛百
(古文旨)𢼸(樹)絲(與絲同)佮(古文聆)

右六(薛作庚文　鄭作乙文　文五十二　重文三　共五十五字)

(施云此鼓乃皇祐間向傳師搜訪而得者每行末僅存四字故今所傳皆斷續不成文)

䢓避𠾏𠾏(音檀盛也)𣦼(眾然)而師旅(章云旅字之下磨滅二字)眞(填)𢿋會
同又(有楊云如字)𦃃㠯左(施云左字下有騋字今碑本磨滅)戎𢓍(音章𢓍徨行遽貌蘇)
(讀作障)弓矢孔庶滔滔是戴(熾)孜夫寫矢(古文苑有不字)具𨻰(即夆)
(字)廾(古文舉)芊(音自積禽也詩助我舉柴)其䢓靑(鄭作肝音吁蘇作肝)來或羣或
(又文)悉率左右燕樂(音洛)天子來嗣王始𤘽𤘽(振音眞)𢓊(徽)

古我來攸止

右七 薛作甲文 鄭作壬文 文五十九 重文三 共六十二字 一十五句

𡱒杳走騂騂未詳音義馬𢊁鄭音虒即麃字音標云音袍麃屬或晳晳𡥈𡥈

華雉兔音綽似兔青色而大大舊音位多屖徵我師氏憲憲文武可

如字其一㞢

右八 薛作巳文 鄭作庚文 文二十三 重文四 共二十七字

施云此鼓最磨滅不復成文

避水既瀞瀞與淨同避衛導通作道既兮避行既止嘉叡劇里天

子永宴古文寧日隹惟丙昌申旭旭杲杲避其旁籀文旁爾雅二

逵旁日衛叶上聲乘乘馬既迪音猶敉未詳音義章作救𢟪夏古文䨝䨝

康駕駱𡱒四黃左驂驖驖音敖右驂驃驃音速戚音啓戟戟㠯

奔奕女讀作汝不執𢙒息旛旞籀文翰平聲鳥羽也析羽而注於旗首故曰旛翰

霧霧音古飆字音標霧霧勑焱蓋通作猋斿旌旗之末垂者旆旆音宜動也旟公謂大

來余及如茲邑周即害字讀作曷何也不余及

右九 薛作乙文 鄭作癸文 文七十四 重文七 共八十一字 二十句

施云上下磨滅不成文

吳虞古作人憖古文憐亟亟與亟同朝輖夕𢡱警同惕䬉卣䬉北勿

罨通作掩勿伐𢼸若石本作𢼸或云畢字而出奇奇進獻古文獻用特

遹格埶同藝祖告于大祝禘嘗𤔲受古文侖享致其方埶與藝

同叶音亦寓逢申籀文中圍籀文周孔庶麀鹿遹瀰既坦疆理繙

繙音蕃蕃盛也大田不揆音蒐即搜字君子可何求又有𧀍又始周

爰止于是

右十 薛作癸文 鄭作巳文 文七十二 重文一 共七十三字 一十八句

鐵叢詩四章 華陽志不載詩亦風雅逸篇題曰鐵叢不知何據

華陽國志巴志篇其民質直好義土風敦厚有

先民之流故其詩曰

川崖惟平其稼多黍旨酒嘉穀可以養父野惟阜丘彼

稷多有嘉穀旨酒可以養母

其祭祀之詩曰

惟月孟春獺祭彼崖叶魚覊反永言孝思享祀孔嘉叶居之反彼

黍既潔彼儀既澤蒸命良辰祖考來格

其好古樂道之詩曰

日月明明亦惟其名誰能長生不朽難獲

又曰

惟德實寶富貴何常我思古人令問令望平聲

俗詩

佹詩者荀卿子之所作也或曰荀卿既爲蘭陵令客有說春申君者曰湯以亳武王以鎬皆有天下今荀子賢而君借以百里之勢臣爲君危之春申君乃謝荀子荀子去之趙人又說春申君曰昔伊尹去夏入殷殷王而夏亡管仲去魯入齊魯弱而齊強賢者所在其君未嘗不尊榮也今荀子天下賢士君何爲謝之春申君又使人請荀子荀子不還而遺之賦蓋卽此佹詩也

天下不治請陳佹詩（佹與詭同佹異激切之詩也）天地易位四時易鄉列星隕墜旦暮晦盲（叶芒）幽闇登昭（或作照）日月下藏公正無私反見縱橫（叶音黃反見謂爲縱橫反覆之人也）志愛公利重樓疏堂（愛猶貪也竊取公家之利而反得華屋以居也）無私罪人憼（同儆）革二兵（叶逋旁反）（憼戒也革甲也二副也言無私心而治有罪之人反恐爲所害而常爲兵革以備之也）道德純備讒口將將（讀作鏘）仁人絀約敖（同傲）暴擅強天下幽險恐失世英（叶央）螭龍爲蝘蜓（音偃典）鴟梟爲鳳凰比干見刳孔子拘匡昭昭乎其知之明（叶）也郁郁乎其遇時之不祥也拂乎其欲禮義之大行也（行叶杭郁郁與拂字疑錯互）闇乎天下之晦盲（叶）也皓天不復憂無疆也（皓與昊同）千秋必反古之常也弟子勉學天不忘也聖人共手時幾將矣（共讀爲拱拱手言不得用也將謂時運將閒也）與愚亦疑願聞反辭（此爲弟子問詞）其小歌也念彼遠方何其塞矣（塞疑作蹇）仁人絀約暴人衍矣忠臣危殆讒人般矣（般叶蒲典反般樂也集作服用也）琁玉瑤珠不知佩（叶備）也雜

布與錦不知異也閭娵（子侯反）子奢莫之媒（叶莫佩反）也嫫母力父是之喜（許既反）也以盲爲明以聾爲聽以危爲安以吉爲凶嗚呼上天曷維其同

荀卿與春申書後賦（見戰國策）

寶珍隨珠不知佩（上聲）兮褘衣與絲不知異（上聲）兮閭姝子奢莫知媒（古音美）兮嫫母求之又甚喜之兮以瞽爲明以聾爲聰以是爲非以吉爲凶嗚呼上天曷謂其同（風雅逸篇）

曰按戰國策及韓非子荀卿爲書謝春申君書後有此賦卽荀子書中佹詩之少歌也佹詩其爲春申君作乎又按春秋後語載蘇秦上秦王書書後亦有韻語後世類書引之以爲蘇秦之詩秦語今附此後

蘇秦上秦惠王詩

言語相結（盧藏用春秋後語注曰結音吉古韻叶也）天下爲一合從連橫（音黃）兵革不藏文士並飭諸侯亂惑萬端俱起不可勝理科條既備民多僞態（音替）書策稠濁（廚王反）百姓不足上下相愁民無所聊（音留）明言章理甲兵愈起辯言偉服（蒲北反）戰攻不息繁稱文辭天下不治（平聲）舌敝耳聾不見成功行義約信（音新）天下不親

遊南岳讚

王子年拾遺記曰舜葬蒼梧之野有鳥如雀常

遊丹海之際時來蒼梧之野啣青砂珠積成壟阜名曰珠丘冥珠輕細風颺如塵起名曰珠塵今蒼梧之外山人採藥時有青石圓潔如珠服之不死故仙人方廻遊南岳有七言讚（劉向列仙傳曰方廻堯時隱人）

珠塵圓潔輕且明有道服者得長生

遊海詩

十真記曰甯先生者古之神仙在黃帝之前常遊崑丘之外有蘭沙之地去中都萬里其沙如

細塵風吹成霧泛泛而起有石藍之花輕而堅勁千年一開隨風霏霏名曰青藍花又有魚鼈龍蛇飛於塵霧中先生常遊其地食飛魚而死臥沙百餘年蹶然而起形容復故乃作遊海詩曰（列仙傳曰甯封子黃帝時人）

青藍灼灼千載舒百齡暫死食飛魚

采藥詩

拾遺記曰閬河之北有紫桂成林其實如棗群仙餌焉韓終采藥四言詩曰

閬河之桂實大如棗得而食之後天而老

時俗四言詩

拾遺記曰成王五年因祇之國去王都九萬里其丈夫勤於耕稼一日鋤十頃之地貢嘉禾一莖盈車故時俗四言詩曰

力勤十頃能致嘉穎

詩紀前集卷之八　終

詩紀前集卷之九

古逸九

逸詩上

支 王海逸詩

國語衛彪傒曰武王克殷作此詩以爲飫歌名之曰支以遺後人使永監焉夫禮之立成者爲飫昭明大節而已少曲與焉是以爲之日惕欲其教民戒也 韋昭註曰立成謂立行禮不坐也又曰立曰飫坐曰晏

天之所支不可壞 叶胡隈反 也其所壞亦不可支也

辟廱 二見凡三章

困學紀聞曰大傳引樂曰舟張辟廱鶬鶬相從樂樂經也

舟張辟廱鶬鶬相從八風回回鳳凰喈喈 叶堅奚反 尚書大傳

有昭辟雝有賢泮宮田里周行濟濟鏘鏘相從執質有族以文

敕爾瞽率爾衆工奏爾悲誦 音容 肅肅雝雝無怠無凶 周官註

貍首 二見

禮記射義諸侯以貍首爲節詩曰

曾孫侯氏四正具舉大夫君子凡以庶士小大莫處御於君所以燕以射則燕則譽 見禮記 曾孫者諸侯推本始封之君故以曾孫言也四正謂舉正爵以獻賓獻君獻卿獻大夫凡四也四獻皆畢然後射處謂處其職而不來也以燕以射先行燕禮而後射也則燕則譽燕安也言君臣上下以射而習禮樂則安樂而有名譽也

質參既設執旌既載 叶子計反 干侯既抗中獲既置弓既平張四侯且良決拾有常既順乃讓 叶如陽反 乃揖乃讓乃躋其堂乃節其行 叶寒剛反 既志乃張射夫命射射者之聲御車之旌既獲卒莫 見大戴禮投壺篇 困學紀聞曰此命射之辭也

黃竹詩 三章 王海逸詩

穆天子傳曰丙辰天子遊黃臺之丘獵於苹澤有陰雨天子乃休日中大寒北風雨雪有凍人天子作詩三章以哀民

我徂黃竹 字缺一 員閟寒帝收九行 行道也言收羅九域之道里也 嗟我公侯百辟冢卿 叶 皇我萬民 皇正也 旦夕勿忘 恒念之也

我徂黃竹 字缺一 員閟寒帝收九行嗟我公侯百辟冢卿皇我萬民 叶謨郎反 旦夕勿窮 叶渠王反 令無困也

有皎者鵅 鵅鳥名 音洛 翩翩其飛 叶匪脈反 嗟我公侯 字缺一 勿則

遷居樂甚寡不如遷土居無求安禮樂其民叶彌延反○言當以禮樂化其人也本傳註曰自僕以下似當云百辟冢卿皇我萬民○勿則遷

祈招音韶詩王海逸詩

左氏傳昔穆王欲肆其心周行天下將皆必有車轍馬跡焉祭公謀父作祈招之詩以止王心是以獲沒於祇宮其詩曰謀父周卿士祈父周司馬招其名也祭公方諫遊行故指司馬而言

祈招之愔愔式昭德音思我王度式如玉式如金形民之力而無醉飽之心愔愔安和貌金玉取其堅重形謂量其力而賦役之如制器者各隨其形也家語作刑謂虐用民力而不知厭也

徵招角招見孟子招與韶同齊有韶音之遺故孔子在齊聞韶

畜君何尤

無射

汲冢周書晉平公使叔譽于周見太子而與之言五稱而五窮歸告公曰太子晉行年十五而臣弗能與言君請歸聲就復與田　師曠曰不可請使瞑臣師曠見太子三稱三告善王子曰請入坐遂敷席注瑟師曠歌無射乃注瑟於王子王子歌嶠

國誠寧矣遠人來觀轉音光脩義經矣好樂無荒

嶠

何自南極至于北極絕境越國弗愁道遠

轡之柔矣

汲冢周書曰師曠見周太子晉歸太子賜乘車四馬曰太師亦善御之對曰御吾未之學也王子曰汝不爲夫時詩云｜｜以是御之

馬之剛矣轡之柔矣馬亦不剛轡亦不柔志氣麃麃叶必幽反取與不疑叶疑尤反左傳國子賦轡之柔矣註云義取寬政以安諸侯若柔轡之御剛馬

驪駒

漢書儒林傳王式曰客歌驪駒主人歌毋客肅歸驪駒者客欲去歌之也

驪駒在門僕夫具存驪駒在路僕夫整駕

白水二見

甯戚每之見管仲也亟稱曰浩浩乎儵儵乎管子不解歸而不台有少妾問焉仲曰非而與知也妾曰毋少少毋賤賤仲以語之妾曰甯子殆

欲室也古有白水之詩云

浩浩白水儵儵之魚君來召我我將安居國家未立從我焉如列女傳

浩浩者水育育者魚未有室家而召我安居水浩浩然盛大魚育育然相與而遊其中喻時人皆得配偶以居其室寧戚有伉儷之思故陳此詩以見意

鼓缶淮南子

君子有酒小人鼓缶雖不見好亦不見醜

以上逸詩篇名斷章存者凡十一篇

逸詩下

左傳八章

翹翹車乘招我以弓豈不欲往畏我友朋陳敬仲引逸詩莊二十二年

我無所監夏后及商用亂之故民卒流亡

俟河之清人壽幾何兆云詢多職競作羅子駟引周詩兆卜詢謀職主也言以兆詢於多人則各執一見相競而羅列

雖有絲麻無棄菅蒯雖有姬姜無棄蕉萃凡百君子莫不代匱蕉萃卽憔悴古蕉字音樵

周道挺挺我心扃扃講事不令集人來定挺挺正直也扃扃明察也講謀也言謀事不善當集賢人以定之

禮義不愆何恤乎人言子產引逸詩

淑愼爾止無載爾僞

我之懷矣自詒伊慼

論語二章

巧笑倩兮美目盼兮素以爲絢兮

棠棣之華偏其反而豈不爾思室是遠而晉書亦載作唐棣唐棣郁李也毛詩有兩棣唐棣之華鄂不韡韡彼爾維何維常之華鶻巢唐棣之華與此棠棣不同黃公紹曰唐棣赤棣也棠棣白棣也反遠二字亦兩讀一讀反遠皆如字陸佃云其花反向後合凡木之華皆先合後開此華先開後合一讀反與翻同言花之搖動也遠叶於元切

禮記二章

昔吾有先正其言明且清國家以寧都邑以成庶民以生誰能秉國成不自爲政卒勞百姓見緇衣篇註云昔吾有先正五句逸詩也下三句見小雅節南山之篇李善文選註引首四句云子思子詩

相彼盍旦尚猶患之見坊記篇註云盍旦夜鳴求旦之鳥患猶惡也言盍旦欲反夜作晝求所不當求者人尚惡之況人臣而求犯其上乎鹽鐵論亦載此盍合作鴇旦月令作鶡鳴或作渴旦

大戴禮二章

東有開明於時雞三號以興庶虞庶虞動蜚征作嗇民

執功百草咸淳（見四代篇困學紀聞註曰開明避景帝諱也晉帝諱啓庶虞蓋山虞澤虞之屬馬融廣成頌用飛征）

魚在在藻厥志在餌（用兵篇註曰由心在於利用兵以取危盖逸詩也）

孔子家語

皇皇上天其命不忒天之以善必報其德（說苑皇皇上帝其命不忒天之與人必報有德）

管子

鴻鵠將將唯民歌之濟濟多士殷民化之（歌音基淮南子良馬易道使人欲馳飲酒而樂使人欲歌化山宜切周易神而化之使民宜之皆古音也）

晏子春秋

樂矣君子直言是務

墨子（二章）

必擇所堪必謹所堪

魚水不務陸將何及

荀子（六章）

如霜雪之將將如日月之光明爲之則存不爲之則亡

國有大命不可以告人妨其躬身

鳳凰秋秋其翼若干其聲若簫（叶踈鳩反）有鳳有凰樂帝之心（秋秋猶蹌蹌謂舞也干楯也帝盖謂堯也堯時鳳凰巢於阿）

長夜漫兮永思騫兮太古之不慢兮禮義之不愆兮何恤人之言兮

涓涓源水不壅不塞轂既破碎乃大其輻（叶筆力反）事以敗矣乃重太息

墨以爲明（叶盧當反）狐狸而蒼（墨謂閉塞也狐狸而蒼言狐狸之色居然有異君以蔽爲明則臣下諱君言其色蒼然無別猶指鹿爲馬者也）

列子

良弓之子必先爲箕（叶渠尤反）良冶之子必先爲裘（箕矢房也注曰學者先攻其所易然後能成其所難）

莊子

青青之麥生陵之陂生不布施死何含珠爲（莊子曰儒以詩禮發家一作冡大儒臚傳曰東方作矣事之何若小儒曰未解裙襦口中有珠詩固有之曰——接其鬢壓其顪儒以金椎控其頤徐別其頰無傷口中珠司馬註云此逸詩刺死人也）

呂氏春秋（四章）

將欲毀之必重累之將欲踣之必高舉之

君君子則正以行其德君賤人則寬以盡其力

唯則定國（此亦見左傳然非詩也）

于嗟寶兮 呂覽

戰國策 五章

行百里者半於九十

服亂以勇治亂以智事之計也立傳以行教少以學義之經也 風雅逸篇曰此全與古詩體裁不同姑依本文有詩曰字錄之戰國策注作諺語

大武遠宅不涉 威武之大者遠安定之不必涉其地也

木實繁者披其枝披其枝者傷其心大其都者危其國尊其臣者卑其主 註云非必逸詩古有此語耳披祧也

樹德莫如滋除害莫如盡 註云泰誓樹德務滋除惡務本一本作書云此亦見左傳然本文非詩也

淮南子

掩雉不得更順其風

史記

得人者興失人者崩

漢書 二章

四牡翼翼以征不服

九變復貫知言之選 變一作辯

後漢書

皎皎練絲在所染之 揚終傳

晉書

羽觴隨波 晉書束晳傳曰武帝嘗問三日曲水之義晳曰昔周公城洛邑因流水以汎酒故逸詩曰｜｜一作羽觴隨波浮

說苑

緜緜之葛在於曠野 叶上與反 良工得之以爲絺紵良工不得枯死於野

徐幹中論

相彼玄鳥止於陵阪仁道在近求之無遠

集韻

佞人如蝉

詩紀前集卷之九 終

詩紀前集卷之十

古逸十

古諺

太公兵法引黃帝語

日中不彗是謂失時操刀不割失利之期執斧不伐賊人將來叶陵之反涓涓不塞將爲江河熒熒不救炎炎柰何兩葉不去將用斧柯爲虺弗摧行將爲蛇叶唐何反○賈子書引止日中必彗操刀必割二句其餘見太公兵法即漢藝文志黃帝巾机銘也

六韜

天下攘攘皆爲利往天下熙熙皆爲利來

管子 二章

不行其野不違其馬 諷桓公○言馬以行野雖不行野亦不可不調習也

墻有耳伏寇在側

孔子家語

相馬以輿相士以居

曾子

人莫知其子之惡莫知其苗之碩

孟子 二章

吾王不遊吾何以休吾王不豫吾何以助一遊一豫爲諸侯度 夏諺○趙岐曰春行曰遊秋行曰豫左傳季氏有嘉樹韓宣子譽之服虔曰譽與豫同遊於樹下也唐宋之問詩春豫臨池近

雖有智慧不如乘勢雖有鎡基不如待時 齊人有言○賈逵曰鎡基耨也呂氏春秋曰耨六寸所以問稼

左傳 二十二章

山有木工則度之賓有禮主則擇之 度音宅○魯羽父引周諺隱十一年

匹夫無罪懷璧其罪 虞叔引周諺桓十年

心苟無瑕何恤乎無家 晉士蔿引諺閔元年

輔車相倚脣亡齒寒 虞公之奇引諺僖五年○輔頰也車牙車又曰頷車牙上骨之名也輔爲外表車是內骨

心則不競何憚於病 鄭大夫孔叔言于鄭伯僖七年○言心既不能自彊何畏難於卑弱之病即齊景公所云既不能令又不受命也左傳既不能強又不能弱

庇焉而縱尋斧焉 文二年宋昭公欲去羣公子樂豫曰公族公室之枝葉也葛藟猶能庇其本根況君子乎諺所謂｜｜者也註八尺曰尋所以量木也借木之庇而縱放尋以量之斧以伐之

畏首畏尾身其餘幾 鄭子家引古言文十七年

鹿死不擇音 同上○音當作蔭庥蔭也

雖鞭之長不及馬腹 言非所當擊晉伯宗引古言宣十五年

高下在心川澤含汚山藪藏疾瑾瑜匿瑕國君含垢諺同

上○漢書亦引此無高下在心一句

民之多幸國之不幸也羊舌職引諺宣十六年

殺老牛莫之敢尸晉韓厥引古言晉欒書中行偃執厲公召韓厥厥辭曰古之人有言曰｜｜而況君乎成十七年

非宅是卜維隣是卜晏子引諺昭三年

挈缾之知守不假器晉人來治杞田季孫將以成與之謝息爲孟孫守不可曰人有言曰雖有｜｜禮也昭七年

其父析薪其子弗克負荷子産引古言昭七年

室於怒市於色楚令尹子瑕諫歸蹶由昭十二年○戰國策怒於室者色於市

臣一主二晉人執季孫意如子服惠伯私於中行穆子曰魯兄弟也土地猶大所命能具若爲夷棄之使事齊楚其何瘳於晉諺曰｜｜吾豈無大國昭十三年

無過亂門子産引諺昭十九年○昭二十三年宋人對楚薳越曰人有言曰惟亂門之無過國語太子晉諫雍穀洛人有言曰無過亂人之門

嫠不恤其緯而憂宗周之隕爲將及焉子太叔對范獻子人亦有言｜｜昭二十四年

唯食忘憂魏子引諺昭二十九年○國語作唯食可以忘憂

民保於信戲陽速引諺定十五年

飛矢在上走驛在下兵交使在其間令語兩國兵交不罪來使

國語十章

兄弟讒鬩侮人百里周語富辰諫以翟伐鄭有言曰｜｜周文公之詩曰兄弟鬩于墻外禦其侮

獸惡其網民惡其上周語晉克楚使郤至告慶于周召桓公與之語至自稱功伐召桓公以告單襄公公曰君子不自稱也惡其蓋人也其抑下滋甚故聖人貴讓且諺曰｜｜

兵在其頸同上單襄公曰人有言曰｜｜其郤至之謂乎

佐雝者嘗焉佐鬬者傷焉周語太子晉諫雍穀洛人有言曰｜｜今俗語助祭得食助鬬得傷

禍不好不能爲禍同上財色之禍生於好之

衆心成城衆口鑠金周語泠州鳩對景王引諺

從善如登從惡如崩周語衛彪傒引諺

黍稷無成不能爲榮黍不爲黍不能蕃廡稷不爲稷不能蕃殖所生不疑惟德之基晉語晉公子過鄭鄭文公不禮叔詹諫不聽曰若不禮焉則請殺之諺曰｜｜註爲黍爲稷之爲成也所生謂種黍得黍種稷得稷唯在所樹言禍福亦猶是也

狐埋之而狐搰之是以無成功吳語吳伐越越使諸稽郢行成於吳曰｜｜今天王旣封殖越國以刈亡之雖四方諸侯則何實以事吳

觥飯不及壺飧越語越將伐吳數問於范蠡范蠡曰未可也王姑待之王曰諺有之｜｜今歲

晩矣子將柰何注盛鏁未具不如壺飱之救饑疾也

說苑鄒穆公引周諺

囊漏貯中

列子 三章

生相憐死相捐 楊朱篇引古語

人不婚宦情欲失半人不衣食君臣道息 古語

田父可坐殺 周諺曰丨丨晨出夜入自以性之恒啜菽茹藿自以味之極一朝處以軟毛綈薦以梁肉蘭味心痟體煩內熱生病矣

莊子 三章

聞道百以爲莫己若 野語

美成在久 叶苟起反 惡成不及改 叶苟起反○古語

衆人重利廉士重名賢士尚志聖人貴精

荀子 二章

衣與繆與不女聊 子道篇引古言與音歟聊音留叶力蚪反言雖衣服我綢繆我而不敬不順則不聊汝也

欲富乎忍恥矣傾絕矣故舊矣與義分背矣 大畧篇引民語傾絕謂傾身絕命而求也分背如人分背而行也

魯定公記載古語

窒得一把五加不用黃金滿車窒得一把地榆不用明月寶珠

皐魚引古語

枯魚銜索幾何不蠹 索音素古通

愼子 名到先申韓申韓稱之

不聽不明不能爲王不瞽不聾不能爲公

韓非子

奔車之上無仲尼覆舟之下無伯夷 奔音賁

呂覽

居者無載 讀作稱 行者無埋 叶陵之反○齊鄙人諺言生不隱謀死不隱忠也

鄒子引古語 名衍齊人

截趾適履孰云其愚何與斯人追欲喪軀

鶡冠子 楚人居深山以鶡鳥羽爲冠

中流失船一壺千金 船音循釋名船循也循水而行也文子曰上下揖而下致船上言若絲下言若綸

魯仲連引古諺 漢藝文志有魯仲連子

百足之蟲三斷不蹶 墨子云馮公之蟲三斷不僵馮公蟲名僵讀鞠躬之躬

魯連子

心誠憐白髮玄情不怡艷色媸

鬼谷子引古語

女愛不敝席男權不盡輪 戰國策寵女不敝席寵臣不敝軒

孔叢子

堯舜千鍾孔子百觚子路嗑嗑尚飲十榼 平原君與子高飲强子高酒曰昔有遺諺｜｜古之聖賢無不能飲也吾子何辭焉子高曰聖賢以道德兼人未聞以飲食也

戰國策 十三章

戰勝而國危者物不斷也功大而權輕者地不入也 秦策秦功趙蘇秦謂秦王曰語曰｜｜

削株掘根無與禍鄰禍乃不存 張儀說秦臣聞之｜｜

騏驥之衰也駑馬先之孟賁之倦也女子勝之 齊策蘇秦說齊湣王語曰｜｜

見君之乘下之見杖起之 楚策或謂黃齊曰諺曰｜｜今王善富摯而公不善也是不臣也下音戶起音去上聲

見兎而顧犬未爲晩也亡羊而補牢未爲遲也 楚策莊辛對楚襄王曰臣聞鄙語曰｜｜牢一本作籬音同

癘疾憐王 荀卿謝春申君癘憐王此不恭之語也雖然不可不審察也此爲刼殺死亡之主言也註云癘雖惡猶愈于刼殺故反憐王

以書爲御者不盡馬之情以古制今者不達事之變 趙策趙武靈王始出胡服之令羣臣皆諫止王王曰諺云｜｜○亦見史記

借車者馳之借衣者被之 孟嘗君擇舍人以爲武城吏而遣之曰鄙語豈不曰｜｜註云言弗愛也被叶音披

寧爲鷄口無爲牛後 韓策蘇秦爲趙合從說韓曰臣聞鄙語｜｜顏氏家訓曰按延篤戰國策音義曰尸鷄中之主從牛子也然則口當爲尸後當爲從俗寫誤也

禽困覆車 韓策向壽爲秦守宜陽將以伐韓韓公仲使蘇代謂向壽曰｜｜譬禽獸得困急猶能抵觸傾覆人車○亦見史記

貴其所以貴者貴 韓策蘇代說向壽請毋伐韓諺曰｜｜註所以貴人所同貴○亦見史記

仁不輕絕智不輕怨 燕策燕王喜以書謝樂閒語曰｜｜

厚者不毀人以自益也仁者不危人以要名也 同上諺曰

史記 二十二章

死者復生生者不愧 趙世家肥義謂李兌曰諺曰｜｜言不恐負武靈王之囑已也

美女入室惡女之仇 外戚世家漢武帝幸夫人尹婕妤見邢夫人低頭俛而泣自痛其不如也諺曰｜｜

蓬生麻中不扶自直白沙在涅與之皆黑 三王世家引傳曰○曾子書作諺曰

當斷不斷反受其亂 黃歇傳贊引語

千羊之皮不如一狐之腋叶戈灼反千人之諾諾不如一士
之諤諤衛鞅傳趙良謂商君曰｜｜
積羽沉舟群輕折軸衆口鑠金積毀銷骨張儀傳張儀說魏王臣聞｜｜戰國策註云周語也漢中山王傳臣聞衆口銷金積毀銷骨叢輕折軸羽翮飛肉
力則任鄙智則樗里樗里子傳樗里子滑稽多智秦人號曰智囊諺秦惠王異母弟樗里子
云｜｜
利令智昏虞卿傳賛引鄙諺
尺有所短寸有所長王翦傳賛引鄙語
鑒于水者見面之容鑒于人者知吉與凶蔡澤傳○本武王鏡銘

長袖善舞多錢善賈蔡澤傳太史公曰韓子稱｜｜韓子韓非子也
白頭如新傾蓋如故鄒陽傳引古語
千金之子不垂堂百金之子不騎衡叶寒剛反○袁盎傳盎對文帝臣聞｜｜服虔曰措身不倚衡也如淳曰衡樓殿邊欄楯
變古亂常不死則亡鼂錯傳賛引語曰
雖有親父安知不爲虎雖有親兄叶虛王反安知不爲狼韓安國傳安國諫梁孝王引語
强弩之極矢不能穿魯縞衝風之末力不能漂鴻毛同上安國與王恢論伐匈奴漢書曰衝風之衰不能起毛羽强弩之末不能入魯縞

桃李不言下自成蹊李廣傳賛引諺
家累千金坐不垂堂司馬相如諫獵疏引鄙諺
人貌榮名豈有旣乎郭解傳賛引諺○徐廣曰人以顏狀爲貌者則貌有衰落矣唯用榮名爲飾者則稱譽無極也旣盡也
千金之子不死于市貨殖傳引諺○刖繚子千金不死百金不刑
百里不販樵千里不販糴貨殖傳引諺
以貧求富農不如工工不如商刺繡文不如倚市門見貨殖傳非諺也或末句諺耳一無以貧求富句

漢書十五章

有病不治平聲常得中醫藝文志引諺
狡兔死走狗烹叶鋪郎反飛鳥盡良工藏敵國破謀臣亡韓信傳六韜作高鳥死良弓藏敵國破謀臣亡史記曰野禽殫走犬烹敵國破謀臣亡
兒婦人口不可用王陵傳呂太后謂陳平曰鄙語曰｜｜顧我與君何如耳無畏呂嬃之譖
不習爲吏視已成事賈誼引鄙諺不習爲吏如視已事人戴禮
前車覆後車誡同上
欲投鼠而忌器同上里諺
社鼷不灌屋鼠不薰中山王引○韓詩外傳作稷蜂不薰
孰爲爲之孰令聽之司馬遷引諺

良工不琢武帝賢良策問引古語。漢書或曰｜｜不云古語也

揉曲木者不累日銷金石者不累月公孫弘對冊書｜｜夫人之好惡豈此禽獸木石之類哉期年而變臣弘尚竊遲之

水至清則無魚人至察則無徒東方朔。列子察見淵魚不祥知料隱慝有殃後漢書水清無大魚此見客難不云諺也

以管窺天以蠡測海以莛撞鐘東方朔引古語史記扁鵲曰以管窺天以隙視文

腐木不可以爲柱卑人不可以爲主劉輔引里語成帝欲立趙婕妤爲皇后輔上書諫

千人所指無病而死王嘉引里諺成帝益封董賢二千戸賜三侯國嘉上封事諫上

括糠及米漢書引語

後漢書九章

人所歌舞天必從之王莽遣更始將軍廉丹討山東辟馮衍爲掾衍說丹曰將軍之先爲漢信臣新室之興英俊不附今漢內潰人懷漢德｜｜。此本古語人所歌舞天必從之人所咀嚼神必凶之

貴易交富易妻宋弘宴見上令主坐屏風後上謂弘曰諺言｜｜｜｜人情乎弘曰臣聞貧賤之交不可忘糟糠之妻不下堂上顧謂主曰事不諧矣

幾事不密禍倚人壁鮑永傳苟諫戒鮑永曰幾事不密禍倚人門不謂諺也

作舍道傍三年不成曹褒傳顯宗引諺

嶢嶢者易缺皦皦者易污上聲陽春之曲和者必寡叶果五反

盛名之下其實難副音府。黃瓊傳公車徵瓊至綸氏稱疾不進李固以書逆遺之引諺曰｜｜

關東出相關西出將虞詡傳永初四年羌胡反亂殘破并涼大將軍欲棄涼州詡說太尉李脩曰諺云｜｜

彀弩射市薄命先死李業傳劉咸謂李業曰賢者不避害譬猶彀弩射市薄命者先死不云諺也

龍不隱鱗鳳不藏羽網羅高懸去將安所陳留父老傳桓帝世黨錮事起外黃令陳留張升去官歸鄉里道逢友人班草而言父老過之植其杖曰｜｜不謂諺也

時無赭澆黃土東觀漢記明德馬太后時上欲封諸舅外間白太后曰吾自念親屬皆無柱石之功俗語曰｜｜

賈誼書容經篇

君子重襲小人無由入正人十倍叶平聲邪辟無由來

劉向別錄引古語

脣亡而齒寒叶胡千反河水崩其壞在山叶輪旃反

列女傳引古語狄胡謂其妻云云不謂諺也傳止首二句

力田不如遇豐年力桑不如見國卿刺繡門當作文不如倚市門

風俗通 四章

金不可作世不可度 一曰金可作世可度

狐欲渡河無奈尾何

婦死腹悲惟身知之

縣官漫漫怨死者半

應劭漢官儀引里語

仕宦不止車生耳 崔豹古今註曰文武車耳古重較也文官青耳武官赤耳毛萇詩疏曰重較卿士之車｜

王符引諺

一歲數赦好兒喑啞 太平御覽崔寔政論曰｜｜

桓譚引諺

二人同術誰昭誰冥二虎同穴誰死誰生 本汲冢周書然非諺也

人之相去如九牛尾

桓子新論引諺

人聞長安樂則出門而西向笑知肉味美則對屠門而大嚼 新論曰關東鄙語曰｜｜又諺曰侏儒見一節而長短可知孔子言舉一隅足以三隅反觀吾小時二賦亦足以揆其能否

牟子引古諺 東漢太尉牟融

少所見多所怪 叶古遺反 見橐駝言馬腫背

劉子引古諺 劉晝字孔昭

深不絕涓泉稚子浴其淵高不絕丘陵跛羊遊其巔

師春引古語

斧小不勝柯

韓嬰詩傳引古語

昨日何生今日何成必念歸厚必念治生日慎一日完如金城

詩疏 五章

洛鯉伊魴貴於牛羊 洛諺

山上斫檀檖檻先殫 齊諺○檖音遂檻音今檀與檖檻三木相似

斫檀不諦 音提 得繫迷繫迷尚可得駮馬 駮馬亦木名馬音如塗抹之抹檀與繫迷駮馬三木又相似

疲馬不渡澠水 齊語○澠水之流迅疾

問婦人欲買豬不謂竈下有黃土欲買斂不謂山中自有楛 上黨人謂

詩正義引語

四足之美有麃兩足之美有鷮

易緯引古語 二章

一夫兩心拔刺不深

蹟馬破車惡婦破家

春秋緯引古語 二章

吐珠於澤誰能不含

月麗于畢雨滂沱月麗于箕風揚沙 叶桑何反

四民月令引農語 二章 東漢崔寔撰

三月昏參星夕杏花盛桑葉白

河射角堪夜作犂星沒水生骨

月令注引里語

蜻蛉鳴衣裘成蟋蟀鳴懶婦驚

氾勝之書引古語 氾勝之成帝時爲議郎師古曰劉向別錄云使教田三輔有好田者師之徙爲御史 氾音凡又音敷劍反

土長冒橛陳根可拔耕者急發 見月令註農書

齊民要術引諺 五章

智如禹湯不如常耕 叶舌郎反

耕而不勞 去聲 不如作暴

子欲富黃金覆 謂秋鋤麥曳柴壅麥根也

夏至後不沒狗但雨多沒橐駝五月及澤父子不相借 積籍二音夏至前種麻良候也

羸牛劣馬寒食下 言其乏食瘦瘠春中必死

水經註引諺

射的白斛米百射的玄斛米千 射的山名遠望狀若射侯土人以驗年之登否的明則米賤的闇則米貴

闞駰十三州志 闞駰燉煌人沮渠蒙遜同時

峴山張蓋雨滂沛

方同山經引相冢書

山川而能語葬師食無所肺腑而能語醫師色如土

文選註引古諺

越阡度陌互爲主客

蔣子萬機論

猛虎不處卑勢勁鷹不立垂枝

魏武選令引諺

失晨之雞思補更鳴

魏志王昶引諺 二章〇王昶字文舒魏明帝時人戒兄子書引諺曰｜｜

如不知足則失所欲

救寒無若重裘止謗莫若自脩

梁史

屋漏在上知之在下

史炤通鑑䟽引諺三章

足寒傷心民怨傷國

妍皮不裹癡骨

福至心靈禍來神昧

古諺古語 載籍通引十八章

終身讓車不枉一舍

莫三人而迷 又曰莫衆而迷

惑者知反迷道不遠

不斑白語道失

白刃交前不顧流矢

堂前不糞除郊草不瞻耘

一淵不兩蛟 又曰一棲不兩雄又曰兩雄不並棲

井水無大魚新林無長木

林中不賣薪湖上不鬻魚

觸露不掐葵日中不煎韭

乳犬攫虎伏雞搏狸

白璧不可爲容容多後福

將飛者翼伏將奮者足跼將噬者爪縮將文者且朴

中規不密用隧禍辟

鐸以聲自穴膏以明自鑠虎豹之文來射猨狖之捷來

擉

上求材臣殘木上求魚臣乾谷

遒關不可復亡犴不可再

無鄉之社易爲黍肉無國之稷易爲求福

詩紀前集卷之十終

詩紀前集附録

逸詩篇名

葛天氏歌八闋　呂氏春秋葛天氏之樂三人持牛尾投足以歌八闋
載民 一 玄鳥 二 遂草木 三 奮五穀 四 敬天常
五 達帝功 六 依地德 七 總萬物之極 八

伏羲駕辯　楚辭伏羲駕辯楚勞商只注伏羲琴曲

網罟　隋書樂志伏羲有網罟之歌夏侯玄辯樂論伏羲氏因時興利教民田魚天下歸之有網罟之歌

神農氏豐年詠　辯樂論神農教民食穀有豐年之詠

黄帝龍袞頌　樂書

黄帝棡鼓曲　歸藏啓筮曰蚩尤出自羊水䟽首登九淖以伐穹桑黄帝征之涿鹿之野作棡鼓之曲雲笈云黄帝出師丮鹿絕轡之野以棡鼓爲警衛其曲有十並各有辭其辭亡考
震雷驚 一 猛虎駭 二 鷙鳥擊 三 龍媒蹀 四
靈夔吼 五 鵰鶚爭 六 壯士奮怒 七 熊羆哮咟
八 石盪崖 九 波盪壑 十

伶倫渡漳歌　水經注黄帝令伶倫使于夏作

咸墨九招歌　劉勰云帝嚳之世咸墨爲頌以歌九招

虞舜大唐歌　尚書大傳曰維五祀奏鍾石論人聲談然乃作大唐之歌

招 雍 肆夏 孝成　尚書大傳招爲賓客雍爲主人始奏肆夏納以孝成

晳陽 南陽 初慮 朱干 苓落 歸來
縵縵　尚書大傳維元祀巡守四岳八伯壇四奧沉四海封十有二山兆十有二州樂正定樂名元祀代泰山貢兩伯之樂馬東岳陽伯之樂舞侏離其歌聲比余謠名曰晳陽儀伯之樂舞䕫哉其歌聲比大謠名曰南陽中祀大交霍山貢兩伯之樂馬夏伯之樂舞謾或其歌聲比中謠名曰初慮義伯之樂舞將陽其歌聲比人謠名曰朱干秋祀柳穀華山貢兩伯之樂馬秋伯之樂舞蔡叔其歌聲比小謠名冂苓落和伯之樂舞

玄鶴其歌聲比中謠名曰歸來幽都弘山貢兩伯之樂馬冬伯之樂舞齊落歌曰縵縵○王應麟曰其歌名復闕其一

九德之歌　夏禹○周禮

侯人兮歌　呂氏春秋禹行功見塗山之女禹未之遇而巡省南土塗山氏之女乃令其妾候禹于塗山之陽女乃作歌曰候人兮猗實始爲南音○二南是其遺聲及其變也流爲惱音南之爲言惱也惱與溺同

九辯 九歌　啓○山海經啓上九嬪于天得九辯九歌以下

燕往飛歌　呂氏春秋曰昔有娀氏二女居九成之臺飲食必以鼓天帝使燕往視之鳴若謚隘二女愛而搏之覆以玉筐既而發視之燕遺二卵而北飛二女作歌一終

曰燕燕往飛實始爲北音

破斧歌 孔甲○呂氏春秋夏后氏孔甲田于東陽萯山天大風晦冥迷入民間之室主人方乳或曰后來乃良日也是必大吉或曰不勝也之子是必有殃后乃攜之以歸曰以爲余子孰敢殃之子長成人幕動拆橑斧斫斬其足遂爲守門者孔甲曰嗚呼有疾命矣夫乃作破斧之歌實始爲東音

晨露 湯詩緯曰湯命伊尹振鳥陵歌晨露

淫魄 師涓爲帝辛造

武宿夜 武王○禮記舞莫重於武宿夜注武曲名○正義武王至商郊停止宿夜士卒皆歡樂歌舞以待旦故名焉

九夏 周禮注九夏皆詩篇名頌之族類也

王夏一 **肆夏**二 **昭夏**三 **納夏**四 **章夏**五 **齊夏**六 **族夏**七 **祴夏**八 **驁夏**九

繁遏渠 國語先樂金奏肆夏繁遏渠天子所以享元侯也注肆夏一名樊昭夏一名遏納夏一名渠

采薺 周禮行以肆夏趨以采薺注逸詩禮記作采齊

新宮 儀禮燕禮下管新宮注小雅逸篇左傳宋公賦新宮大射義乃管新宮三終註管謂吹簜以播新宮之詩或曰恐即斯干詩

鳩飛 國語秦伯賦鳩飛注謂小宛之首章

河水 左傳晉公子賦河水國語注河當作沔

明明 **崇禹** **生開** 逸周書世俘篇籥人奏萬獻明明三終奏崇禹生開三終注詩篇名

辛餘靡歌 呂氏春秋周昭王南征荊右辛餘靡長且多力爲王右還反涉漢梁敗王隕于漢中辛餘靡振王北濟王乃封之于西翟因追思故處實始爲西音○西音在秦爲秦聲漢賦云起西音于促柱歌江上之佘哢江左六朝爲清商曲唐有伊州源州皆在西方西屬金金王聲故樂曲盛于西也

茅鴟 左傳工誦茅鴟註云刺不敬

北里 **靡靡** 文中子聞龍舟五更轉之曲曰靡靡之音也

激楚 文選上林賦激楚結風○列女傳無鹽女謂齊宣王曰聽激楚之遺風

流風

陽阿

延露 梁元帝纂要曰皆古艷曲

折楊 **皇荂** 莊子太音不入於俚耳折楊皇荂則嗑然而笑

下里 **巴人** **陽阿** 又見前 **薤露** **陽春** **白雪**

引商 **刻羽**

流徵 宋玉對楚王問

邪許歌 舉衆勸力之歌也

嘘噢歌與邪許同○劉晝曰伏臘合歡必歌采菱牽石拕舟必則歌嘘噢

涉江　采菱　陽阿又見前○楚辭招魂陳鍾按鼓造新歌涉江采菱發陽阿涉江采菱陽阿三者皆歌曲名卽上句所云造新歌也誤作楊發荷解者云涉彼太江入湖池采取菱芰發揚荷此何異兒童之語乎

嗙喻司馬相如凡將篇淮南鄭蔡舞嗙喻嗙喻曲名喻音歈

于遮司馬相如上林賦淮南于遮注于遮歌曲名

顛歌上林賦文成顛歌注文成遼西縣名其縣人善歌顛孟州顛縣其人能作西南夷歌顛卽滇字

凱歌周官樂師凡軍大獻教凱司馬法曰得意則愷所以樂享也漢志作凱

嫿歌韓詩內傳○巴人嫿歌說文嫿歌巴渝曲也

歸邪之曲蜀王本紀蜀王妃思其父母歸寧蜀王爲製歸邪之曲

幽䰟之曲蜀王本紀秦惠以美女遺蜀王不習水土而死葬之石鏡王追思之作幽䰟之曲

離鴻　去鴈　蘋生三曲歌春

明晨　焦泉　朱華　流金四曲歌夏

商飈　白雲　落葉　吹蓬四曲歌秋

嚴凝一曰凝河　流陰　沉靈三曲○王子年曰師涓歌冬當衛靈公之世寓列代之聲造此諸曲靈公耽而感之遂伯王諫曰此雖發陽氣綿終爲沉湎靡曼之音無會于風雅靈公乃去新聲師涓悔之退而隱

輕風流水之詩

昭霧秋霜之詩王子年曰洞庭二山浮于水上其下金堂數百間帝女居之四時匏管之清音金石之變弦徹于山杪楚懷王與群臣瑑山遊宴各舉篇氣以爲樂章

木客吟吳越春秋吳王好起宮室越勾踐選名山神材而獻之使木工三千餘人入山伐木皆有望怨之心而歌木客之吟水經注勾踐使工人伐榮楯以獻吳久不得歸工人憂思作木客吟

勞商楚辭

清角師曠作韓非子

流徵　滌角師延

秣馬金闕歌韋昭洞曆記紂無道比干知極諫必死作秣馬金闕歌韋昭三五曆紀云闕龍逢作

秦州知州李　宋　督刊

蘭州知州陳繼正校正

詩紀前集附錄終

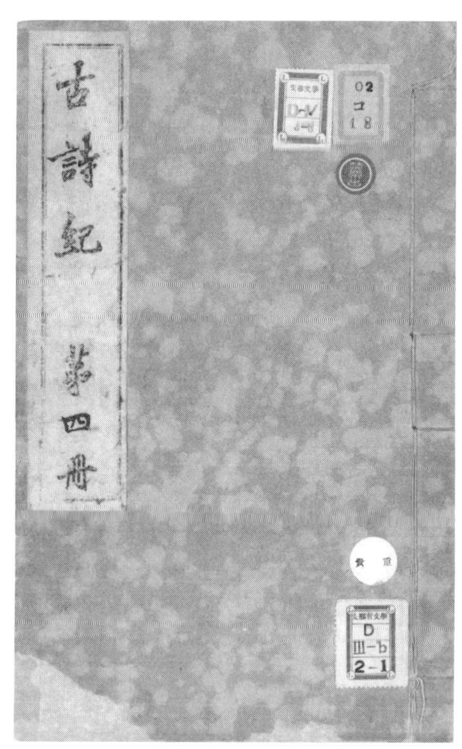
古詩紀
第四冊

詩紀目錄

漢一 卷之一

漢二 卷之二

孔融
離合作郡姓名字詩　雜詩二首
臨終詩　六言詩三首
失題
漢四 卷之四
秦嘉
述昏詩　贈婦
留郡贈婦詩三首
應亨

贈四王冠詩
辛延年
羽林郎
宋子侯
董嬌嬈
虎賁郎
射烏詞
白狼王唐菆
莋都夷歌
遠夷樂德歌　遠夷慕德歌
遠夷懷德歌
蔡琰
悲憤詩二首　胡笳十八拍
徐淑
答秦嘉詩
蘇伯玉妻
盤中詩
竇玄妻

古怨歌
蜀漢 附
諸葛亮
梁甫吟
龐德公
於忽操
漢五 卷之五
郊廟歌辭 樂府古辭 下並同
漢郊祀歌十九首

漢六　卷之六

相和歌辭

謠辭

古絕句四首　古歌
古樂府　古五雜組詩
古兩頭纖纖詩二首
魏一　卷之十一
曹操
度關山　短歌行二首
善哉行
步出東西門行
右觀滄海　右冬十月

右土不同　右龜雖壽
薤露　蒿里行
苦寒行　善哉行
却東西門行　氣出唱三首
精列　對酒
陌上桑　秋胡行二首
魏二　卷之十二
文帝
短歌行　秋胡行二首

善哉行二首　丹霞蔽日行
煌煌京洛行　釣竿行
十五　猛虎行
善哉行二首　折楊柳行
燕歌行二首　臨高臺
陌上桑　秋胡行
上留田行　大墻上蒿行
豔歌何嘗行　月重輪行
黎陽作三首　於譙作

孟津　芙蓉池作
於玄武陂作　至廣陵於馬上作
雜詩二首　於明津作
清河作　代劉勳妻王氏雜詩二首
黎陽作　寡婦
令詩　飲馬長城窟行
失題　見挽船士兄弟辭別詩
甄皇后
塘上行

魏三 卷之十三

陳思王植

魏四 卷之十四

陳思王植

魏五　卷之十五

王粲

魏六　卷之十六

陳琳

徐幹

劉楨

射鳥　失題二首

魏七 卷之十七

應瑒

報趙淑麗　公讌

侍五官中郎將建章臺集詩

別詩二首　鬬雞

應璩

百一詩三首　雜詩三首

三叟

應瑗

雜詩

阮瑀

駕出北郭門行　琴歌

詠史詩二首　雜詩二首

七哀詩　隱士

苦雨　失題

公讌　怨詩

繆襲

魏鼓吹曲十二首

楚之平　戰滎陽

獲呂布　克官渡

舊邦　定武功

屠柳城　平南荊

平關中　應帝期

邕熙　太和

挽歌

繁欽

贈梅公明詩　遠戍勸戒詩

蕙詠　定情詩

槐樹詩　雜詩

吳質

思慕詩

邯鄲淳

荅贈詩

杜摯

贈毋丘儉

毋丘儉
荅杜摯
何晏
擬古　失題
左延年
秦女休行　從軍行二首
程曉
贈傅休奕詩　又贈傅休奕
嘲熱客

秦宓
遠遊
焦先
祝衄歌
魏八 卷之十八
嵇康
秋胡行七首　幽憤詩
贈秀才入軍十九首　酒會詩七首
雜詩　荅二郭三首

與阮德如　遊仙詩
述志詩二首
六言十首
惟上古堯舜　唐虞世道治
知慧用　名與身孰親
生生厚招咎　名行顯患滋
東方朔至清　楚子文善仕
老萊妻賢名　嗟古賢原憲
思親詩

嵇喜
荅嵇康四首
郭遐周
贈嵇康三首
郭遐叔
贈嵇康五首
阮德如
荅嵇康二首
魏九 卷之十九

吳一　卷之二十

詩紀目錄終

詩紀卷之一

漢一

巡按陝西監察御史太原甄敬　裁正

陝西按察司僉事北海馮惟訥　彙編

高帝 姓劉氏諱邦字季

大風歌 一名三侯之章

漢書曰高帝既定天下還過沛留置酒沛宮悉召故人父老子弟佐酒發沛中兒得百二十人教之歌酒酣上擊筑自歌令兒皆和習之帝乃起舞慷慨傷懷

大風起兮雲飛揚威加海内兮歸故鄉安得猛士兮守四方

鴻鵠歌 古樂府作楚歌

漢書曰高帝欲立戚夫人子趙王如意因而廢太子後不果戚夫人泣涕帝曰爲我楚舞吾爲若楚歌其旨言太子得四皓爲輔羽翼成就不可易也

鴻鵠高飛一舉千里羽翼已就橫絶四海橫絶四海又可柰何雖有矰繳將一作尚安所施

武帝 諱徹景帝子

瓠子歌二首

漢書武帝紀曰元封二年四月作瓠子歌溝洫志曰帝既封禪乃發卒數萬人塞瓠子决河還自臨祭湛白馬玉璧令群臣從官皆負薪塞决河時東郡燒草以故薪少乃下淇園之竹以爲揵上既臨河决悼其功之不就爲作歌詩二章於是卒塞瓠子築宮名曰宣防

瓠子决兮將柰何浩浩洋洋一作皓皓旰旰兮慮殫爲河殫爲河兮地不得寧功無已時兮吾山平吾山平兮鉅野溢魚弗鬱兮柏冬日正道弛兮離常流蛟龍騁兮放一作方遠遊歸舊川兮神哉沛不封禪兮安知外爲我謂河伯兮何不仁一作皇爲河公兮何不仁泛濫不止兮愁吾人齧桑浮兮淮泗滿久不返兮水維緩吾山之吾音魚齧桑縣名

河湯湯兮激潺湲北渡回兮迅流難搴長茭兮湛美玉湛讀曰沈河伯一作公許兮薪不屬薪不屬兮衛人罪燒蕭條兮噫乎何以禦水隤林竹兮揵石菑側其反宣防塞兮萬福來

秋風辭

漢武帝故事曰帝行幸河東祠后土顧視帝京欣然中流與群臣飲讌帝歡甚乃自作秋風辭

秋風起兮白雲飛草木黄落兮鴈南歸蘭有秀兮菊有芳懷佳人兮不能忘汎樓船兮濟汾河橫中流兮揚素波簫鼓鳴兮發棹歌歡樂極兮哀情多少壯幾時兮柰老何

蒲稍天馬歌

（史記曰武帝伐大宛得千里馬名蒲稍作歌）

天馬徠兮從西極經萬里兮歸有德承靈威兮障外國
涉流沙兮四夷服

李夫人歌

（漢書外戚傳曰夫人早卒帝思念不已方士齊人少翁言能致其神廼夜張燈燭設帷帳陳酒肉而令帝居帷帳遙望見好女如李夫人之貌還幄坐而步又不得就視帝愈益相思悲感爲作詩令樂府諸音家絃歌之）

是邪非邪立而望之翩何姍姍其來遲（姍姍行步貌先安反）

落葉哀蟬曲

（王子年拾遺記曰漢武帝思懷李夫人不可復得時始穿昆靈之池泛翔禽之舟帝自造歌曲使女伶歌之時日已西傾涼風激水女伶歌聲甚遒因賦落葉哀蟬之曲曰）

羅袂兮無聲玉墀兮塵生虛房冷而寂寞落葉依於重
扃望彼美之女兮安得感余心之未寍

栢梁詩

（漢武帝元封三年作栢梁臺詔群臣二千石有能爲七言詩乃得上坐）

日月星辰和四時（帝）驂駕駟馬從梁來（梁王孝王武）郡國士
馬羽林材（大司馬）總領天下誠難治（丞相石慶）和撫四夷不易
哉（大將軍衛青）刀筆之吏臣執之（御史大夫倪寬）撞鐘伐鼓聲中詩（太常周建德）宗室廣大日益滋（宗正劉安國）周衛交戟禁不時（衛尉路博德）總領從宗栢梁臺（光祿勳徐自爲）平理請讞決嫌疑（廷尉杜周）修飾輿（車一作）馬待駕來（太僕公孫賀）郡國吏功差次之（大鴻臚壺充國）乘輿御物主治之（少府王溫舒）陳粟萬石揚㠯（一作宮）箕（大司農張成）徼道宮下隨討治（執金吾中尉豹）三輔盜賊天下危（左馮翊盛宣）盜阻南山爲民災（扶風李成信）外家公主不可治（京兆尹）椒房率更領其材（詹事陳掌）蠻夷朝賀常舍其（典屬國）柱枅欂櫨相枝持（大匠）枇杷橘栗桃李梅（大官令）走狗逐兔張罘罳（上林令）齧妃女脣甘如飴（郭舍人）迫窘詰屈幾窮哉（東方朔）

昭帝（諱弗陵武帝第三子）

黃鵠歌

（西京雜記曰始元元年黃鵠下太液池帝爲此歌）

黃鵠飛兮下建章羽肅肅兮行蹌蹌金爲衣兮菊爲裳
唼喋荷荇（唼所角反喋直角反）出入蒹葭（叶作葴子虛賦其卑濕則生葴莨蒹葭葴良音臧郎）
自顧菲薄愧爾嘉祥

淋池歌（亦見三輔黃圖）

（拾遺記曰昭帝始元元年穿淋池廣千步東引太液之水池中植分枝荷一莖四葉狀如

駢盖花葉離萎芬馥之氣徹十餘里宮人貴之毎遊宴出入必皆含嚼或翦以為衣或折以蔽日以為戲弄帝時命水嬉以文梓為船本蘭為柂刻飛鸞翔鷁飾於船首隨風輕漾畢景忘歸乃至通夜使宮人歌曰

秋素景兮泛洪波揮纖手兮折芰荷涼風淒淒揚棹歌
雲光開曙月低河萬歲為樂豈云多

趙幽王友 高帝子

幽歌

漢書曰幽王友高帝之子孝惠時友以諸呂女為后不愛愛它姬諸呂女讒之於太后太后怒召趙王置邸令衛圍守之趙王餓乃作歌遂幽死

諸呂用事兮劉氏微迫脅王侯兮彊授我妃我妃既妒
兮誣我以惡一作故讒女亂國兮上曾不寤我無忠良漢書作臣
兮何故棄國自決中野兮蒼天與直于嗟不可悔兮
寧早自賊為王餓死兮誰者憐之呂氏絕理兮託天報
仇

朱虚侯章

耕田歌 一作耕種

史記曰諸呂擅權用事朱虚侯劉章忿劉氏不得職嘗入侍宴太后令為酒吏章自請曰臣將種也請以軍法行酒太后曰可酒酣章進飲歌舞請為耕田歌頃之諸呂有一人醉亡酒章追拔劍斬之太后大驚業已許其軍法無以罪也

深耕穊種立苗欲疏非其種一作類者鋤而去之

淮南王安 厲王長子文帝時封為淮南王好書鼓琴不喜弋獵招致賓客方術之士後與賓客左吳日夜為反謀事覺廷尉逮捕安欲發兵猶豫未決帝使宗正以符節治安未至安自刑

八公操

一曰淮南操古今樂錄曰淮南好道正月上辛八公來降王作此歌

煌煌上天照下土兮知我好道公來下兮公將與予生
毛羽兮超騰青雲蹈梁甫兮觀見瑤光過北斗兮馳乘
風雲使玉女兮含精吐氣嚼芝草兮悠悠將將天相保
兮

燕刺王旦 武帝第四子

歌二首

漢書曰昭帝時旦自以為武帝子且長不得立乃與旦姊蓋長公主左將軍上官桀交通謀廢帝迎立燕倉知其謀告之由是發覺王憂懣置酒萬載宮會賓客群臣妃妾坐飲王自歌華容夫人起舞坐者皆泣王遂自殺

王歌

歸空城兮狗不吠雞不鳴橫術何廣廣兮固知國中之
無人

華容夫人歌 附

髮紛紛兮寘渠 寘從千反 骨籍籍兮亡居毋求死子兮妻求
死夫裴回兩渠間兮君子將安居

廣陵厲王胥 武帝第五子

瑟歌

漢書曰昭帝時胥見帝年少無子有覬欲心
迎女巫李女須使下神呪詛宣帝卽位呪詛
事發覺胥置酒顯陽殿召太子霸及子女等
夜飲使所幸鼓瑟歌舞王自歌左右悉涕泣
奏酒至雞
鳴時罷

欲久生兮無終長不樂兮安窮奉天期兮不得須臾千

里馬兮駐待路黃泉下兮幽深人生要死何爲苦心何
用爲樂心所喜出入無悰爲樂亟 丘吏反 蒿里召兮郭門
閱死不得取代庸身自逝 叶上列反

廣川王去

歌二首

漢書曰廣川王去以陽城昭信爲后幸姬陶
望卿爲脩靡夫人主繒帛崔脩成爲明貞夫
人主永巷後昭信譖望卿失寵去與昭信等
飲諸姬皆侍去爲望卿作歌曰背尊章竟殺
望卿昭信欲擅愛曰王使明貞夫人主諸姬
淫亂難禁乃盡閉諸姬舍門上籥於后非大
置酒召不得見去憐之爲作歌曰愁
莫愁按西京雜記作廣川王去疾

望卿歌

背尊章嫖以忽謀屈奇起自絕行周流自生患諒非望
今誰怨 嫖匹昭反

脩成歌

愁莫愁生無聊心重結意不舒内茀鬱憂哀積上不見
天生何益日崔隤時不再顧棄軀死無悔

詩紀卷之一

詩紀卷之二

漢二

項羽 名籍沛國下相人也先世世爲楚將秦亂起兵自稱西楚霸王後爲漢高帝所滅

垓下歌 樂府作力拔山操

漢書曰高祖圍項羽垓下是夜聞漢軍皆楚歌驚曰漢巳得楚乎起飲帳中有美人姓虞氏常從駿馬名騅常騎之乃悲歌忼慨自爲歌歌數闋美人和之羽泣下數行遂上馬潰圍南出平明漢軍乃覺

力拔山兮氣蓋世時不利兮騅不逝騅不逝兮可柰何
虞兮虞兮柰若何

四皓 東園公姓唐字宣明綺里季夏黃公姓崔名廣字少通齊人甪里先生姓周名術字元道河內人四人俱隱商山

采芝操 一作紫芝歌

古今樂錄曰南山四皓隱居高祖聘之四皓不出仰天嘆而作歌崔鴻曰四皓爲秦博士遭世暗昧坑黜儒術於是退而作此歌亦謂之四皓歌

皓天嗟嗟深谷逶迤樹木莫莫高山崔嵬岩居穴處以爲幄茵曄曄紫芝可以療饑唐虞往矣吾當安歸

紫芝歌 一曰四皓歌

莫莫高山 一作漠漠商洛 深谷逶迤曄曄紫芝可以療饑唐虞世遠吾將何 一作安 歸駟馬高蓋其憂甚大富貴之畏人兮不若貧賤之肆志 一作富貴而畏人不如貧賤而輕世

韋孟

諷諫詩

漢書曰孟魯國鄒人也家本彭城爲楚元王傅傅子夷王及孫王戊戊荒淫不遵道孟作詩風諫後遂去位徙家於鄒又作一篇孟卒於鄒或曰其子孫好事述先人之志而作是詩也

肅肅我祖國自豕韋黼衣朱紱四牡龍旂彤弓斯征撫寧遐荒總齊群邦以翼大商迭彼大彭勳績惟光至于

有周歷世會同王赧聽譖實絕我邦我邦既絕厥政斯逸賞罰之行非繇王室庶尹群后靡扶靡衛五服崩離宗周以墜我祖斯微遷于彭城在予小子勤誒 呼來許其二切 厥生阨此嫚秦耒耜斯耕悠悠嫚秦上天不寧乃眷南顧授漢于京於赫有漢四方是征靡適不懷萬國攸平乃命厥弟建侯于楚俾我小臣惟傅是輔矜矜元王恭儉靜一惠此黎民納彼輔弼享國漸世垂烈于後迺及夷王克奉厥緒 一作次 咨命不永惟王統祀左右陪臣斯惟皇士如何我王不思守保不惟履氷以繼祖考邦事

是廢逸游是娛犬馬悠悠是放是驅務此鳥獸忽此稼
苗蒸民㠯匱我王以媮所弘匪德所親匪俊唯囿是恢
唯諛是信睮睮諂夫諤諤黃髮如何我王曾不是察既
藐下臣追欲縱逸嫚彼顯祖輕此削黜嗟嗟我王漢之
睦親曾不夙夜以休令聞穆穆天子照臨（漢書作臨爾）下土
明明群司執憲靡顧正遐由近殆其怙茲（文選作茲怙）嗟嗟
我王曷不斯思匪思匪監嗣其罔則彌彌其逸岌岌其
國致冰匪霜致墜匪嫚瞻惟我王時（漢書作昔）靡不練興國
救顛孰違悔過追思黃髮秦繆以霸歲月其徂年其逮

耇於赫（漢書作昔）君子庶顯于後我王如何曾不斯覽（音濫）黃
髮不近胡不時鑒

在鄒詩

微微小子既耇且陋豈不牽位穢我王朝王朝肅清唯
俊之庭顧瞻余躬懼穢此征我之退征請于天子天子
我恤矜我髮齒赫赫天子明哲且仁懸車之義以洎小
臣嗟我小子豈不懷土庶我王寤越遷于魯既去禰祖
惟懷惟顧祁祁我徒戴負盈路爰戾于鄒鬋（鬋剪
同）茅作堂
我從（一作徒）我環築室于牆我既遷逝心存我舊夢我
瀆上立于王朝其夢如何夢爭王室其爭如何夢我王
弼寤其外邦嘆其喟然念我祖考泣涕其漣微微老夫
咨既遷絕洋洋仲尼視我遺烈濟濟鄒魯禮義唯恭誦
習絃歌于異他邦我雖鄙耇心其好而我徒侃爾樂亦
在而

東方朔（字曼倩平原厭次人武帝時待詔公車以諷諫自見稍得親近累遷大中大夫給事中）

誡子詩（漢書取前十句爲東方贊）

明者處世莫尚于中優哉游哉於道相從首陽爲拙柳
惠爲工飽食安步以仕代農依隱玩世詭時不逢才盡

身危好名得華有群累生孤貴失和遺餘不匱自盡無
多聖人之道一龍一蛇形見神藏與物變化隨時之宜
無有常家

霍去病（大將軍衛青姊子也善騎射再從大將軍爲票姚校尉封冠軍侯後爲票騎將軍數征匈奴有功益封萬二千戶爲大司馬）

琴歌（古今樂錄曰霍將軍去病益封萬五千戶秩祿與大將軍等於是志得意歡而作歌按琴操有霍將軍渡河操去病所作也）

四夷既護（一作獲）諸夏康兮國家安寧樂無（一作未）央兮載

戢干戈兮矢藏兮麒麟來臻鳳凰翔兮與天相保永無疆兮親親百年各延長兮

司馬相如 字長卿成都人以訾為郎事孝景帝為武騎常侍因病免後武帝召為郎以辭賦得幸常有消渴病既免家居茂陵史稱其多識博物蔚為辭宗賦頌之首

封禪頌

史記曰長卿病甚武帝使所忠往求其書及至長卿已卒其妻曰長卿未死時為一卷書曰有使來求書奏之其遺札書言封禪事所忠奏言

自我天覆雲之油油甘露時雨厥壤可游滋液滲漉何生不育嘉穀六穗我穡曷蓄非唯雨之又潤澤之非唯徧之我氾布護之萬物熙熙懷而慕思名山顯位望君之來君乎君乎侯不邁哉般般之獸樂我君圃（一作囿）白質黑章其儀可嘉旼旼穆穆君子之態（旼音旻）蓋聞其聲今親其來厥塗靡從天瑞之徵茲亦於舜虞氏以興濯濯之麟游彼靈畤孟冬十月君徂郊祀馳我君輿帝用享祉三代之前蓋未嘗有宛宛黃龍興德而升采色炫燿煥炳煇煌正陽顯見覺悟黎烝於傳載之云受命所乘厥之有章不必諄諄依類託寓喻以封巒（乚交上下相發允荅聖王之德兢兢翼慮衰安必思危是以湯武至尊嚴不失）

（願省闕遺此之謂也○此頌周詩逸軌亦載分四章未知何據披藝以下皆散文非頌也故篡繫之以備始卒按史稱相如為詞章賦頌之首而世俗所傳止琴歌二章殊非雅製此篇典則瓌奇得雅頌遺聲故特著之）

琴歌二首

漢書曰司馬相如客臨邛富人卓王孫為具召之相如時從車騎雍容閒雅甚都卓有女文君新寡相如以琴心挑之文君竊從戶窺心悅而好之乃夜亡奔相如相如與馳歸成都

鳳兮鳳兮歸故鄉遨遊四海求其凰時未遇兮無所將何悟今夕兮升斯堂有豔淑女（玉臺有兮字）在閨房室邇人遐毒我腸何緣交頸為鴛鴦胡頡頏兮共翱翔

鳳兮鳳兮從我棲得託孳尾永為妃交情通體（玉臺作意）心和諧中夜相從知者誰雙翼俱起翻高飛無感我思（玉臺作心）使余悲

蘇武 字子卿京兆人武帝天漢二年以中郎將使匈奴十九年不屈節會昭帝與匈奴和親得歸漢拜為典屬國宣帝神爵二年卒

詩四首

骨肉緣枝葉結交亦相因四海皆兄弟誰為行路人況我連枝樹與子同一身昔為鴛與鴦今為參與辰昔者常相近邈若胡與秦惟念當乖離恩情日以新鹿鳴思

野草可以喻嘉賓我有一尊酒欲以贈遠人願子留斟酌叙此平生親

結髮爲夫妻恩愛兩不疑歡娱在今夕燕婉及良時征夫懷往路起視夜何其（音基）參辰皆已没去去從此辭行役在戰場相見未有期握手一長歎淚爲生別滋努力愛春華莫忘歡樂時生當復來歸死當長相思（玉臺新詠作留別妻）

黃鵠一遠別千里顧徘徊胡馬失其群思心常依依何況雙飛龍羽翼臨當乖幸有絃歌曲可以喻中懷請爲

遊子吟泠泠一何悲絲竹厲清聲慷慨有餘哀長歌正激烈中心愴以摧欲展清商曲念子不得歸俛仰内傷心淚下不可揮願爲雙黃鵠送子俱遠飛

燭燭晨明月馥馥我（補注曰當作秋）蘭芳芬馨良（一作長）夜發隨風聞我堂征夫懷遠路遊子戀故鄉寒冬十二月晨起踐嚴霜俯觀江漢流仰視浮雲翔良友遠別離各在天一方山海隔中州相去悠且長嘉會難再遇歡樂殊未央願君（一作言）崇令德隨時愛景光

李陵（字少卿廣之孫也爲騎都尉天漢中將步卒五千擊匈奴轉鬭矢盡遂降虜單于以女妻之立爲右校王在匈奴二十餘年卒○詩品曰李陵詩其源出於楚辭文多悽愴怨者之流陵名家子有殊才生命不諧聲頹身喪使陵不遭辛苦其文亦何能至此）

與蘇武詩三首

良時不再至離別在須臾屏營衢路側執手野踟蹰仰視浮雲馳奄忽互相踰風波一失所各在天一隅長當從此別且復立斯須欲因晨風發送子以賤軀

攜手上河梁遊子暮何之徘徊蹊路側悢悢（一作恨恨）不能辭行人難久留各言長相思安知非日月弦望自有時努力崇明德皓首以爲期

嘉會難再遇三載爲千秋臨河濯長纓念子（一作別）悵悠悠遠望悲風至對酒不能酬行人懷往路何以慰我愁獨有盈觴酒與子結綢繆

別歌（漢書曰昭帝即位數年匈奴與漢和親漢使求蘇武等單于許武還李陵置酒賀武曰異域之人一別長絶因起舞而歌泣下數行遂與武決）

徑萬里兮度沙漠爲君將兮奮匈奴路窮絶兮矢刃摧士衆滅兮名已隤老母已死雖欲報恩將安歸

李延年（中山人故倡也坐法腐刑給事狗監中善歌爲新變聲所造詩謂之新聲曲女弟李夫人

得幸於武帝延年由是貴爲協律都尉

歌一首

漢書外戚傳曰李延年性知音善歌舞武帝愛之延年侍上起舞歌曰｜｜上歎息曰世豈有此人乎平陽主因言延年有女弟上召見之實妙麗善舞由是得幸

北方有佳人絶世而獨立一顧傾人城再顧傾人國寧不知傾城與傾國佳人難再得

楊惲 字子幼宣帝時人以兄忠任爲郎霍氏謀反惲先以聞封平通侯遷中郎將惲居殿中廉潔無私然伐共行治又好發人陰伏由是多怨與太僕戴長樂相失長樂上書告惲罪免爲庶人後坐怨望誅

拊缶歌

漢書惲荅孫會宗書云田家作苦歲時伏臘亨羊炰羔斗酒自勞家本秦也能爲秦聲婦趙女也雅善鼓瑟奴婢歌者數人酒後耳熱仰天拊缶而呼烏烏其詩曰

田音佃彼南山蕪穢不治種一頃豆落而爲萁人生行樂耳須富貴何時

韋玄成 字少翁孟六世孫以明經擢爲諫議大夫遷大河都尉後繼父爵爲扶陽侯累遷太常坐楊惲黨友免官

自劾詩

漢書曰玄成以列侯侍祀孝惠廟當晨入廟天雨淖不駕駟馬車而騎至廟下有司劾奏等輩數人皆削爵爲關內侯玄成自傷貶黜父爵作詩自劾責

赫矣我祖侯于豕韋賜命建伯有殷以綏厥績既昭車服有常朝宗商邑四牡翔翔德之令顯慶流于裔宗周至漢群后歷世肅肅楚傳輔翼元夷厥駟有庸惟慎惟祇嗣王孔佚越遷于鄒五漢書作至世壙僚至我節侯維我節侯顯德遐聞左右昭宣五品以訓既耇致位惟懿惟奐厥賜祁祁百金洎館國彼扶陽在京之東惟帝是留政謀是從繹繹六轡是列是理威儀濟濟朝享天子天子穆穆是宗是師四方遐邇觀國之輝茅土之繼在我

俊兄惟我俊兄是讓是形於休厥德於赫有聲致我小子越留於京惟我小子不肅會同媠彼車服黜此附庸赫赫顯爵自我隊之微微附庸自我招之誰能忍媿寄之我顏誰將遐征從之夷蠻於赫三事匪俊匪作於蔑小子終焉其度誰謂華高企其齊而誰謂德難厲其庶而嗟我小子于貳其尤隊彼令聲申此擇辭四方群后我監我視威儀車服唯肅是履

戒子孫詩

漢書曰元帝即位以玄成爲少府遷太子大傅至御史大夫永光中代于定國爲丞相貶

黜十年之間遂繼父相位封侯故國榮當世焉玄成復作詩著復玷缺之囏難因以戒示子孫

於肅君子既令儀德服此温恭棣棣其則咨予小子既德靡逮曾是車服荒嫚以隊明明天子俊德烈烈不遂我遺恤我九列我既茲恤惟夙惟夜畏忌是申供事靡惰天子我監登我三事顧我傷隊爵復我舊我既此登望我舊階先后茲度漣漣孔懷司直御事我熈我盛群公百僚我嘉我慶于異卿士非同我心三事惟囏莫我肯矜赫赫三事力雖此畢非我所度退其罔日昔我之

隊畏不此居基庶反今我度茲戚戚其懼唯一作嗟我後人命其靡常靖共爾位瞻仰靡荒慎爾會同戒爾車服無媠爾儀以保爾域爾無我視不慎不整我之此復惟祿之幸於戲後人惟肅惟栗無忝顯位以蕃漢室

息夫躬 字子微河陽人哀帝初躬與孫寵誣構東平王雲祠祭咒詛事上擢躬為左曹給事封宜陵侯又歷詆公卿上疏論事語皆險譎丞相御史奏躬罪過免官坐怨恨咒詛繫詔獄躬仰天大嘑絕咽而死

絕命詞

漢書曰躬初待詔數危言高論自恐遭害著絕命辭後數年乃死如其文

玄雲泱鬱將安歸兮鷹隼橫厲鸞徘徊兮矰若浮猋動則機兮叢棘棧棧曷可棲兮發忠忘身自繞罔兮寃頸折翼庸得往兮涕泣流兮萑蘭心結愲兮傷肝虹蜺曜兮日微孼杳冥兮未開痛入天兮嗚呼寃際絕兮誰語仰天高兮自列招上帝兮我察秋風爲我唫浮雲爲我陰嗟若是兮欲何留撫神龍兮攬其湏游曠迥兮反亡期雄失據兮世我思

唐山夫人 高帝姬韋昭曰唐山姓也

安世房中歌 十六章

漢書禮樂志曰漢房中祠樂高祖唐山夫人所作也周有房中樂至秦改名曰壽人凡樂樂其所生禮不忘其本高祖樂楚聲故房中樂楚聲也孝惠二年使樂府令夏侯寬備其簫管更名安世樂

大孝備矣休德昭清高張四縣音懸樂充宮廷芬樹羽林雲景杳冥金支秀華庶旄翠旌

七始華始肅倡和聲神來晏娭嬉庶幾是聽粥粥音送細齊側皆反人情忽乘青玄熈事備成清思眑眑經緯冥冥

我定歷數人告其心勑身齊戒施教申申乃立祖廟敬

明尊親大矣孝熙四極爰轃
主侯秉德其鄰翼翼顯明昭式清明鬯矣皇帝孝德竟
全大功撫安四極
海內有姦紛亂東北詔撫成師武臣承德行樂交逆簫
勺群慝肅爲濟哉蓋定燕國
大海蕩蕩水所歸高賢愉愉民所懷太山崔百卉殖民
何貴貴有德
安其所樂終產樂終產世繼緒飛龍秋游上天高賢愉
樂民人

豐草葽女羅施善何如誰能回大莫大成教德長莫長
被無極
雷震震電耀耀明德鄉治本約治本約澤弘大加被寵
咸相保德施大世曼壽
都荔遂芳窅窊桂華孝奏天儀若日月光乘玄四龍回
馳北行羽旄殷盛芬哉芒芒孝道隨世我署文章 桂華
馮馮翼翼承天之則吾易久遠燭明四極慈惠所愛美
若休德杳杳冥冥克綽永福 美芳 劉奉世曰桂華美芳皆二詩章名本側註在前篇之末傳寫之誤遂以冠後後詞無美芳亦當作美若矣

磑磑即即師象山則嗚呼孝哉案撫戎國蠻夷竭歡象
來致福兼臨是愛終無兵革
嘉薦芳矣告靈饗矣告靈既饗德音孔臧惟德之臧建
侯之常承 一作永 保天休令問不忘
皇皇鴻明蕩侯休德嘉承天和伊樂厥福在樂不荒惟
民之則浚則師德下民咸殖令問在舊孔容翼翼 漢書自浚則以下別爲一章令從樂府
孔容之常承帝之明下民之樂子孫保光承順溫良受
帝之光嘉薦令芳壽考不忘

承帝明德師象山則雲施稱民永受厥福承容之常承
帝之明下民安樂受福無疆

戚夫人

春歌 一作永巷歌

漢書外戚傳曰高帝得定陶戚姬愛幸生趙隱王如意惠帝立呂后爲皇太后廼令永巷囚戚夫人髡鉗衣赭衣令春戚夫人春且歌太后聞之大怒曰乃欲倚子邪召趙王殺之戚夫人遂有人彘之禍

子爲王母爲虜終日春薄暮常與死爲伍相離三千里
當誰使告汝

烏孫公主

悲愁歌

漢書西域傳曰武帝元封中遣江都王建女細君爲公主以妻烏孫王昆莫公主至其國自治宮室居歲時一再與昆莫會置酒飲食昆莫年老言語不通公主悲乃自作歌

吾家嫁我兮天一方遠託異國兮烏孫王穹廬爲室兮氈爲牆以肉爲食兮酪爲漿居常土思兮心内傷願爲黃鵠兮歸故鄉

趙飛燕

歸風送遠操

西京雜記曰趙后有寶琴曰鳳凰皆以金玉隱起爲龍鳳螭鸞古賢列女之象亦善爲歸風送遠之操

涼風起兮天隕霜懷君子兮渺難望感予心兮多慨慷

班婕妤

左曹越騎校尉況之女少有才學成帝選入宮以爲婕妤後趙飛燕譖其呪詛考問之上善其對遂求共養太后長信宮詩品曰婕妤詩其源出於李陵團扇短章辭旨清捷怨深文綺得匹婦之致侏儒一節可以知其工矣

怨歌行

新裂一作製齊紈素皎一作鮮潔如霜雪裁成一作爲合歡扇團團一作團圓似明月出入君懷袖動搖微風發常恐秋節至涼飈一作風奪炎熱棄捐篋笥中恩情中道絕

虞美人

答項王楚歌

困學紀聞曰太史公述楚漢春秋其不載於書者正義云項羽歌美人和之是時已爲五言矣五言始於五子之歌行露

漢兵已略地四面楚歌聲大王意氣盡賤妾何聊生

卓文君

白頭吟樂府作古辭

西京雜記曰司馬相如將聘茂陵人女爲妾文君作白頭吟以自絕相如乃止

皚如山上雪皎若雲間月聞君有兩意故來相決絕今日斗酒會明旦溝水頭躞蹀御溝上溝水東西流淒淒復淒淒嫁娶不須啼願得一心人白頭不相離竹竿何嫋嫋魚尾何簁簁男兒重意氣何用錢刀爲右一曲本辭

皚如山上雪皎如雲間月聞君有兩意故來相決絕一解平生共城中何嘗斗酒會今日斗酒會明旦溝水頭蹀躞御一作向溝上溝水東西流二解郭東亦有樵郭西亦有樵兩樵相推與無親爲誰驕三解淒淒重淒淒嫁娶亦不啼願得一心人白頭不相離四解竹竿何嫋嫋魚尾何離簁

從男兒欲相知何用錢刀爲齰如（如字或下有五字）馬噉萁川

上高士嬉今日相對樂延年萬歲期（五解右一曲 晉樂所奏）

王昭君（名嬙漢宮人元帝時匈奴入朝以嬙配之號寧胡閼氏）

怨詩

（漢元帝後宮既多不得常見乃使畫工圖其形按圖召幸宮人皆賂畫工昭君自恃其貌獨不與乃惡圖之及後匈奴入朝選美人配之昭君之圖當行及入辭光彩射人悚動左右天子方重信外國悔恨不及窮按其事畫工有杜陵毛延壽棄市籍其資財昭君在胡作詩以怨思云）

秋木萋萋其葉萎黃有鳥處山集于苞桑養育毛羽形

（一作儀）容生光既得升雲上遊曲房離宮絶曠身體摧藏

志念抑沈不得頡頏雖得委食心有徊徨我獨伊何來

（一作改）往變常翩翩之燕遠集西羌高山峩峩河水泱泱

父兮母兮道里悠長嗚呼哀哉憂心惻傷

詩紀卷之二

詩紀卷之三

漢三（東漢）

靈帝（諱宏河間孝王之曾孫先封解瀆亭侯桓帝崩竇武迎立在位二十二年）

招商歌

（拾遺記云靈帝初平三年遊於西園起裸遊館千間采綠苔而被堦引渠水以繞砌周流澄澈乘船遊漾選玉色宮人執篙楫又奏招商之曲以來涼風歌曰）

涼風起兮日照渠青荷晝偃葉夜舒惟日不足樂有餘

清絲流管歌玉鳧（曲名）千年萬歲嘉難踰（拾遺記渠中植蓮大如蓋長一丈南國所獻其葉夜舒晝卷名夜舒荷）

東平憲王蒼（光武子）

武德舞歌詩

（東觀漢紀曰明帝永平三年八月公卿奏世祖廟舞名東平王蒼議以漢制宗廟各奏其樂不皆相襲光武皇帝撥亂中興武功盛大廟樂舞宜曰大武之舞乃進武德舞歌詩遂用之於光武廟焉）

於穆世廟肅雍顯清俊乂翼翼秉文之成越序上帝駿

奔來寧建立三雍封禪泰山章明圖讖放唐之文休矣

惟德罔射協同本支百世永保厥功

馬援（字文淵扶風茂陵人爲漢伏波將軍征交阯緣海而進隨山刊道千餘里十八年軍至始平之）

封新息侯後征武陵蠻卒于軍

武溪深行

崔豹古今注云武溪深馬援爲南征之所作援門生袁寄生善吹笛援作歌以和之

滔滔武溪一何深鳥飛不度獸不敢古今注作能臨嗟哉武溪古今注有兮字多毒淫

梁鴻字伯鸞平陵人家貧而尚節介隱居霸陵山中後居吳皐伯通舍之於家鴻潛避著書十餘篇卒於吳

五噫歌

後漢書曰梁鴻東出關過京師作五噫之歌肅宗聞而非之求鴻不得

陟彼北芒一作邙兮噫顧瞻一作覽帝京兮噫宮闕崔巍兮噫民之劬勞兮噫遼遼未央兮噫

適吳詩

漢書曰鴻易姓運期名燿字侯光與妻子居齊魯之間有頃又去適吳將行作詩曰

逝舊邦兮遐征將遂集兮東南心惙怛兮傷悴忘一作志菲菲兮升降欲乘策兮縱邁疾吾俗兮作讒競舉枉兮措直咸先佞兮唌唌固靡慙兮獨建異州兮尚賢聊逍遙兮遨嬉纘仲尼兮周流儻云覩兮我悅遂舍車兮即浮過季扎兮延陵求魯連兮海隅雖不察兮光貌幸神靈兮與休惟季春兮華阜麥含英兮方秀哀茂時兮逾邁愍芳香兮日臭悼我心兮不獲長委結兮焉究口嚚嚚兮余訕嗟恇恇兮誰留

思友詩一作思高恢

漢書曰鴻友人京兆高恢少好老子隱於華陰山中及鴻東遊思恢作詩二人遂不復相見恢亦高抗終身不仕

鳥嚶嚶兮友之期念高子兮僕懷思想念恢兮爰集茲

班固字孟堅顯宗時除蘭臺令史遷爲郎後遷玄武司馬以母喪去官永元初大將軍竇憲征匈奴以爲中護軍諸子多不遵法憲敗免官洛陽令种兢捕繫固遂死獄中

明堂詩

固作東都賦系此五詩

於昭明堂明堂孔陽聖皇宗祀穆穆煌煌上帝宴饗五位時序誰其配之世祖光武普天率土各以其職猗歟緝熙允懷多福

辟雍詩

乃流辟雍辟雍湯湯聖皇蒞止造舟爲梁皤皤國老乃父乃兄抑抑威儀孝友光明於赫太上示我漢行洪化惟神永觀厥成

靈臺詩

乃經靈臺靈臺既崇帝勤時登爰考休徵三光宣精五
行布序習習祥風祁祁甘雨百穀蓁蓁庶草蕃廡一作蕪
屢惟豐年於皇樂胥

寶鼎詩

嶽修貢兮川效珍吐金景兮歊浮雲寶鼎見兮色紛緼
煥其炳兮被龍文登祖廟兮享聖神昭靈德兮彌億年

白雉詩

啓靈篇兮披瑞圖獲白雉兮效素烏嘉祥阜兮集皇都

發皓羽兮奮翹英容潔朗兮於純精彰皇德兮侔周成
永延長兮膺天慶

郊祀靈芝歌見太平御覽

漢書曰班固頌漢論功歌詩靈芝歌曰

因露寢兮產靈芝象三德兮瑞應一作應瑞圖延壽命兮光
此都配上帝兮象太微參日月兮揚光輝

詠史詩品曰孟堅才流而老於掌故觀其詠史有感歎之詞

三王德彌薄惟後用肉刑太倉令有罪就逮長安城自
恨身無子困急獨煢煢小女痛父言死者不可生上書
詣闕下思古歌雞鳴一作上書詣北闕闕下歌雞鳴憂心摧折裂晨風
揚激聲聖漢孝文帝惻然感至情百男何憒憒不如一
緹縈

傅毅字仲武扶風茂陵人建初中肅宗以毅爲蘭臺令史拜郎中與班固賈逵共典校書後爲竇憲記室遷司馬卒

迪志詩

漢書曰毅永平中於平陵習章句因作迪志詩

咨爾庶士迨時斯勗日月逾邁豈云旋復哀我經營膂
力靡及在茲弱冠靡所樹立於赫我祖顯于殷國貳迹
阿衡克光其則武丁興商伊宗皇士爰作股肱萬邦是

紀奕世載德迄我顯考保膺淑懿纘修其道漢之中葉
俊乂式序秩彼殷宗光此勳緒伊余小子穢陋靡逮懼
我世烈自茲以墜誰能革濁清我濯溉誰能昭闇啓我
童昧先人有訓我訊我誥訓我嘉務誨我博學爰率朋
友尋此舊則契濶夙夜庶不懈忒秩秩大猷紀綱庶式
匪勤匪昭匪壹匪測農夫不怠越有黍稷誰能云作考
之居息二事敗業多疾我力如彼遵衢則罔所極二志
靡成聿勞我心如彼兼聽則溷於音於戲君子無恒自

逸徂年如流鮮茲服日行邁屢稅胡能有迄密勿朝夕聿同始卒

崔駰 字亭伯涿郡安平人也少游太學與班固傅毅齊名竇憲爲車騎將軍辟駰爲掾憲擅權驕恣駰數諫之稍見踈出爲長岑長不就永元四年卒於家

安封侯詩

戎馬鳴兮金鼓震壯士激兮忘身命被光甲兮跨良馬揮長戟兮彀 藝文作廓 強弩

張衡 字平子南陽西鄂人安帝時徵拜爲郎中再遷太史令順帝陽嘉中遷侍中宦官懼其毀己共讒之出爲河間王相三年上書乞骸骨徵拜尚書卒

怨篇 文心雕龍曰張衡怨篇清曲可諷

猗猗秋蘭植彼中阿有馥其芳有黃其葩雖曰幽深厥美彌嘉之子之遠 一作云 我勞如何

同聲歌

邂逅承際會得充君後房情好新交接恐慄若探湯不才勉自竭賤妾職所當綢繆主中饋奉禮助烝嘗思爲苑蒻席在下蔽匡牀願爲羅衾幬在上衛風霜灑掃清枕席鞮芬以狄 一作秋 香重戶結金扃高下華燈光衣解巾粉御列圖陳枕張素女爲我師儀態盈萬方衆夫所希見天老教軒皇樂莫斯夜樂沒齒焉可忘

定情歌

大火流兮草蟲鳴繁霜降兮草木零秋爲期兮時已征思美人兮愁屛營

四愁詩 并序

張衡不樂久處機密陽嘉中出爲河間相時國王驕奢不遵法度又多豪右并兼之家衡下車治威嚴能內察屬縣姦猾行巧劫皆密知名下吏收捕盡服擒諸豪俠遊客悉惶懼逃出境郡中大治爭訟息獄無繫囚時天下漸弊鬱鬱不得志爲四愁詩效屈原以美人爲君子以珍寶爲仁義以水深雪雰爲小人思以道術爲報貽於時君而懼讒邪不得以通其辭曰

一思曰 玉臺無此三字劉履曰衍文也下放此 我所思兮在太山欲往從之梁父艱側身東望涕霑翰美人贈我金錯刀何以報之英瓊瑤路遠莫致倚逍遙何爲懷憂心煩勞

二思曰我所思兮在桂林欲往從之湘水深側身南望涕霑襟美人贈我金 五臣作琴 琅玕何以報之雙玉盤路遠莫致倚惆悵何爲懷憂心煩傷

三思曰我所思兮在漢陽欲往從之隴阪長側身西望涕霑裳美人贈我貂襜（蚩占反）褕何以報之明月珠路遠莫致倚踟蹰何爲懷憂心煩紆

四思曰我所思兮在鴈門欲往從之雪雰雰側身北望涕霑巾美人贈我錦繡段何以報之青玉案路遠莫致倚增歎何爲懷憂心煩惋（烏玩反）

思玄詩

衡爲太史令嘗憂及難作思玄賦系此詩

天長地久歲不留俟河之清祗懷憂願得遠度以自娛上下無常窮六區超踰騰躍絶世俗飄飄神舉逞所欲天不可階仙夫稀栢舟悄悄吝不飛松喬高跱孰能離結精遠遊使心攜迴志朅來從玄諆獲我所求夫何思

李尤　字伯仁廣漢雒人也少以文章顯和帝時拜蘭臺令史後爲諫議大夫遷樂安相

九曲歌

年歲晩暮時已斜安得力士翻日車　闕

朱穆　字公叔暉之子躭學鋭意講誦梁冀素聞穆名辟之使典兵事拜御史漢桓帝徵拜尚書

與劉伯宗絶交詩

北山有鴟不潔其翼飛不正向寢不定息饑則木攬飽

則泥伏饕餮貪汚臭腐是食填腸滿嗉嗜欲無極長鳴呼鳳謂鳳無德鳳之所趨與子異域永從此訣各自努力

王逸　字叔師南郡宜城人元初中舉上計吏爲校書郎累至侍中著楚詞章句其賦誄書論及雜文凡二十一篇作漢詩百二十三篇

琴思楚歌

盛陰脩夜何難曉思念糾戾腸摧繞時節晩莫年齒老冬夏更運去若頽寒來暑往難逐追形容減少顏色虧時忽晻晻若鶩馳意中私喜施用爲内無所恃失本義志願不得心肝沸憂懷感結重歎噫歲月已盡去奄忽亡官失祿去家室思想君命幸復位久處無成卒放棄

桓驎　字元龍沛郡龍亢人桓榮之孫精鑒好學

客示桓驎詩

文士傳曰桓驎伯父焉官至太尉驎年十二在座焉告客曰吾此弟子知有異才殊能作詩賦客乃作詩曰丨丨驎即應聲答曰丨丨

甘羅十二楊烏九齡昔有二子今則桓生

荅客詩

邈矣甘羅超等絶倫伊彼楊烏命世稱賢嗟予惷弱殊

才偉年仰慙二子俯媿過言

高彪（字義方吳郡人志尙甚高遊太學博覽經史善屬文）

清誡

天長而地久人生則不然又不養以福使全其壽年飲酒病我性思慮害我神美色伐我命利欲亂我真神明無聊賴愁毒於衆煩中年棄我逝忽若風過山形氣各分離一往不復還上士愍其痛抗志凌雲烟滌蕩去穢累飄邈任自然退修清以淨存吾玄中玄澄心剪思慮泰清不受塵恍惚中有物希微無形端智慮赫赫盡谷神綿綿存

蔡邕（字伯喈陳留圉人也性篤孝建寧中辟司徒橋玄府出補河平長召拜郎中校書東觀遷議郎靈帝崩董卓爲司空辟邕遷尚書侍中及卓被誅王允收邕付廷尉遂死獄中）

荅對元式詩

伊余有行爰戾茲邦先進博學同類率從濟濟群彥如雲如龍君子博文貽我德音辭之集矣穆如清風

荅卜元嗣詩

斌斌碩人貽我以文辱此休辭非余所希敢不酬荅賦誦以歸

樊惠渠歌（并序）

陽陵縣東其地衍隩土氣辛螫嘉穀不植而涇水長流光和五年京兆尹樊君勤恤民隱乃立新渠曩之鹵田化爲甘壤農民怡悅相與謳談疆畔斐然成章謂之樊惠渠云其歌曰

我有長流莫或闕之我有溝澮莫或達之田疇斥鹵莫修莫蓺（藝文作治）饑饉困悴莫恤莫思乃有樊君作人父母立我畎畝黃潦膏凝多稼茂止惠乃無疆如何勿喜我壤既營我疆斯成泯泯我人既富且盈爲酒爲醴烝彼祖靈貽福惠君壽考且寧

飲馬長城窟行（文選作古辭玉臺作蔡邕蔡集亦載此）

青青河邊草綿綿思遠道遠道不可思宿昔夢見之夢見在我傍忽覺在他鄉他鄉各異縣展轉不可見枯桑知天風海水知天寒入門各自媚誰肯相爲言客從遠方來遺我雙鯉魚呼童烹鯉魚中有尺素書長跪讀素書書中竟何如上有加餐食下有長相憶

翠鳥

庭陬（一作前）有若榴綠葉含丹榮翠鳥時來集振翼修形容回顧生碧色動搖揚縹青幸脫虞人機得親君子庭

馴心托君素雌雄保百齡

琴歌

邕爲釋誨之文設爲胡老援琴而歌

練余心兮浸太清滌穢濁兮存正靈和液暢兮神氣盜
情志泊兮心亭亭嗜欲息兮無由生踔宇宙而遺俗兮
眇翩翩而獨征

趙壹 字元叔漢陽西縣人也光和元年舉郡上計是時司徒袁逢受計逢與河南尹羊陟共稱薦之名動京師及西還州郡爭致禮命十辟公府並不就終於家

疾邪詩二首

壹恃才倨傲爲鄉黨所擯後屢抵罪幾至死友人救得免壹作疾邪賦中歌此二詩○詩品曰元叔散憤蘭蕙指斥囊錢苦言切句良亦勤矣斯人也而有斯困悲夫

河清不可俟人命不可延順風激靡草富貴者稱賢文
籍雖滿腹不如一囊錢伊優北堂上骯髒倚門邊

勢家多所宜欬唾自成珠被褐懷金玉蘭蕙化爲芻賢
者雖獨悟所困在群愚且各守爾分勿復空馳驅哀哉
復哀哉此是命矣夫

酈炎 字文勝范陽人有文才尚志氣靈帝時州郡辟命皆不就炎後風病恍惚性至孝遭母憂病甚發動妻始產而驚死妻家訟之炎病不能理對竟死獄中

見志詩二首

大道夷且長窘路狹且促脩翼無卑棲遠趾不步局舒
吾陵霄羽奮此千里足超邁絕塵驅倏忽誰能逐賢愚
豈常類稟性在清濁富貴有人籍貧賤無天錄通塞苟
由己志士不相卜陳平敖里社韓信釣河曲終居天下
宰食此萬鍾祿德音流千載功名重山嶽

靈芝生河洲動搖因洪波蘭榮一何晚嚴霜瘁其柯哀
哉二芳草不植泰山阿文質道所貴遭時用有嘉絳灌
臨衡宰謂誼崇浮華賢才抑不用遠投荊南沙抱玉乘

龍驥不逢樂與和安得孔仲尼爲世陳四科 詩品曰文勝託詠靈芝懷寄不淺

仲長統 字公理山陽高平人少好學博涉書記贍於文辭尚書荀彧舉爲尚書郎後參丞相曹操軍事獻帝遜位之歲統卒

述志詩二首

飛鳥遺跡蟬蛻亡殼騰蛇棄鱗神龍喪角 盧谷切 至人能
變達士拔俗乘雲無轡騁風無足垂露成幃張霄成幄
沆瀣當餐九陽代燭恒星豔珠朝霞潤玉六合之內恣
心所欲人事可遺何爲局促

大道雖夷見幾者寡任意無非適物無可古來繚繞 漢書作繞繞 委曲如瑣百慮何爲至要在我寄愁天上埋憂地下叛散五經滅棄風雅百家雜碎請用從火抗志山棲 一作西 游心海左元氣爲舟微風爲柂翱翔太清縱意容冶 初學記載四句云春雲爲馬秋風爲駟按之不遲勞之不疾

孔融 字文舉魯國人孔子之後少有重名舉高第爲侍御史遷虎賁中郎將以忤董卓轉議郎出爲北海太守累遷太中大夫數以書爭曹操爲操所害

離合作郡姓名字詩

漁父屈節水潛匿方 離魚字 與旹進止出行施張 離日字魚日合成魯 呂公磯釣闔口渭傍 離口字 九域有聖無土不王 離或字口或合成國 好是正直女回于匡 離子字 海外有截隼逝鷹揚 當離乙字恐古文與今文不同合成孔也 六翮將奮羽儀未彰 離鬲字 蛇龍之蟄俾也可忘 離虫字合成融 玟璇隱曜美玉韜光 去玉成文不須合 無名無譽放言深藏 離與字 按轡安行誰謂路長 離才字合成舉

雜詩二首

巖巖鍾山首赫赫炎天路高明曜雲門遠景灼寒素昂昂累世士結根在所固呂望老匹夫苟爲因世故管仲小囚臣獨能建功祚人生有何常但患年歲暮幸托不肖軀且當猛虎步安能苦一身與世同舉厝由不慎小節庸夫笑我度呂望尚不希夷齊何足慕

遠送新行客歲暮乃來歸入門望愛子妻妾向人悲聞子不可見日已潛光輝孤墳在西北常念君來遲褰裳上墟丘但見蒿與薇白骨歸黃泉肌體乘塵飛生時不識父死後知我誰孤魂遊窮暮飄颻安所依人生圖孠息爾死我念追俛仰內傷心不覺淚沾衣人生自有命但恨生日希

臨終詩

融爲太中大夫見曹操雄詐漸著頻書爭之多致乖忤又奏宜準古王畿之制千里寰內不以封建諸侯操疑其所論建漸廣並憚之郗慮承旨以微法免融又令路粹誣奏融下獄棄市

言多令事敗器漏苦不密河潰蟻孔端山壞由猿穴涓涓江漢流天窗通冥室讒邪害公正浮雲翳白日靡辭無忠誠華繁竟不實人有兩三心安能合爲一三人成市虎浸漬解膠漆生存多所慮長寢萬事畢

六言詩三首

漢家中葉道微董卓作亂乘衰僭上虐下專威萬官惶

怖莫達百姓慘慘心悲
郭李分爭爲非遷都長安思歸瞻望關東可哀夢想曹
公歸來
從洛到許巍巍曹公憂(一作輔)國無私減去厨膳甘肥群
僚率從祈祈雖得俸祿常饑念我苦寒心悲

失題

歸家酒債多門客粲幾(一作成)行高談滿四座一日傾千
觴(又云座上客長滿樽中酒不空)

詩紀卷之三

詩紀卷之四

漢四

秦嘉(字士會隴西人)

述昏詩(二章)

群祥既集二姓交歡敬茲新昏六禮不愆羔鴈總備玉
帛戔戔君子將事威儀孔閑猗兮容兮穆矣其言
紛彼婚姻禍福之由衛女興齊褒姒滅周戰戰兢兢懼
德不仇神啓其吉果獲令攸我之愛矣荷天之休

贈婦

曖曖白日引曜西傾啾啾雞雀群飛赴楹皎皎明月煌
煌列星嚴霜悽愴飛雪覆庭寂寂獨居寥寥空室飄飄
桂帳熒熒華燭爾不是居帷帳何施爾不是照華燭何
爲

留郡贈婦詩三首(并序)

嘉爲上郡掾其妻徐淑寢疾還家不獲面別贈詩
云爾

人生譬朝露居世多屯蹇憂艱常早至歡會常苦晩念
當奉時役去爾日遥遠遣車迎子還空往復空返省書

情悽愴臨食不能飫獨坐空房中誰與相勸勉長夜不能眠伏枕獨展轉憂來如循環匪席不可卷

皇靈無私親爲善荷天祿傷我與爾身少小罹煢獨旣得結大義歡樂苦不足念當遠離別思念叙欵曲河廣無舟梁道近隔丘陸臨路懷惆悵中駕正躑躅浮雲起高山悲風激深谷良馬不迴鞍輕車不轉轂針藥可屢進愁思難爲數貞士篤終始恩義不可促

肅肅僕夫征鏘鏘揚和鈴清晨當引邁束帶待雞鳴顧看空室中髣髴想姿形一別懷萬恨起坐爲不寧何用

叙我心遺思致欵誠寶釵好耀首明鏡可鑒形芳香去垢穢素琴有清聲詩人感木瓜乃欲荅瑤瓊愧彼贈我厚慙此往物輕雖知未足報貴用叙我情

應亨 以下爵里無考

贈四王冠詩 并序

永平四年外弟王景系兄弟四人並冠故貽之詩曰

濟濟四令弟妙年踐二九令月惟吉日成服加元首人咸飾其容鮮能離塵垢雖無兕觥爵杯醮傳旨酒

辛延年

羽林郎

昔有霍家奴姓馮名子都依倚將軍勢調笑酒家胡胡姬年十五春日獨當壚長裾連理帶廣袖合歡襦頭上藍田玉耳後大秦珠兩鬟何窈窕一世良所無一鬟五百萬兩鬟千萬餘不意金吾子娉婷過我廬銀鞍何煜爚翠蓋空踟躕就我求清酒絲繩提玉壺就我求珍肴金盤鱠鯉魚貽我青銅鏡結我紅羅裾不惜紅羅裂何論輕賤軀男兒愛後婦女子重前夫人生有新故貴賤

不相踰多謝金吾子私愛徒區區

宋子侯

董嬌嬈

洛陽城東路桃李生路傍花花自相對葉葉自相當春風東北起花葉正低昂不知誰家子提籠行採桑纖手折其枝花落何飄颺請謝彼姝子何爲見損傷高秋八九月白露變爲霜終年會飄墮安得久馨香秋時自零落春月復芬芳何時盛年去懽愛 藝文作好 永相忘吾欲竟此曲此曲愁人腸歸來酌美酒挾瑟上高堂

虎賁郎

射烏辭　漢明帝東巡有烏飛鳴乘輿上虎賁郎射中之遂作辭｜｜帝賜錢百萬遂令亭壁皆畫烏

烏烏啞啞引弓射洞左腋陛下壽萬年臣爲二千石

白狼王唐菆

莋都夷歌 三章　莋都夷者武帝所開以爲莋都縣後漢書西南夷傳曰明帝時益州刺史朱輔宣示漢德威懷遠夷自汶山以西前世所不至正朔所未加白狼槃木等百餘國皆舉種稱臣奉貢白狼王唐菆作詩三章歌頌漢德輔使譯而獻之

遠夷樂德歌

大漢是治與天合意吏譯平端不從我來聞風向化所見奇異多賜繒布甘美酒食昌樂肉飛屈申悉備蠻夷貧薄無所報嗣願主長壽子孫昌熾

遠夷慕德歌

蠻夷所處日入之部慕義向化歸日出主聖德深恩與人富厚冬多霜雪夏多和雨寒溫時適部人多有涉危歷險不遠萬里去俗歸德心歸慈母

遠夷懷德歌

荒服之外土地墝埆食肉衣皮不見鹽穀吏譯傳風大漢安樂携負歸仁觸冒險狹高山岐峻緣崖磻石木薄發家百宿到洛父子同賜懷抱匹帛傳告種人長願臣僕

蔡琰　字文姬邕之女也博學有才辯適河東衛仲道夫亡無子歸寧于家興平中天下喪亂姬爲胡騎所獲沒於南匈奴左賢王在胡中十二年生二子曹操痛邕無嗣乃遣使者以金璧贖之而重嫁陳留董祀

悲憤詩二首　後漢書琰歸董祀後感傷亂離追懷悲憤作詩二章

漢季失權柄董卓亂天常志欲圖簒弑先害諸賢良逼迫遷舊邦擁主以自彊海內興義師欲共討不祥卓衆來東下金甲耀日光平土人脆弱來兵皆胡羌獵野圍城邑所向悉破亡斬截一作馘無孑遺尸骸相撐直庚反拒馬邊縣男頭馬後載婦女長驅西入關迥路險且阻還顧邈冥冥肝脾爲爛腐所略有萬計不得令屯聚或有骨肉俱欲言不敢語失意幾微間輒言斃降虜要當以亭刃我曹不活汝豈復惜性命不堪其詈罵或便加棰

杖毒痛參并下旦則號泣行夜則悲吟坐欲死不能得
欲生無一可彼蒼者何辜乃遭此戹禍邊荒與華異人
俗少義理處所多霜雪胡風春夏起翩翩吹我衣肅肅
入我耳感時念父母哀歎無窮已有客從外來聞之常
歡喜迎問其消息輒復非鄉里邂逅徼時願骨肉來迎
已已得自解免當復棄兒子天屬綴人心念別無會期
存亡永乖隔不忍與之辭兒前抱我頸問母欲何之人
言母當去豈復有還時阿母常仁惻今何更不慈我尚
未成人柰何不顧思見此崩五內恍惚生狂癡號泣手

撫摩當發復回疑兼有同時輩相送告離別慕我獨得
歸哀叫聲摧裂馬爲立踟蹰車爲不轉轍觀者皆歔欷
行路亦嗚咽去去割情戀遄征日遐邁悠悠三千里何
時復交會念我出腹子胷臆爲摧敗既至家人盡又復
無中外城郭爲山林庭宇生荆艾白骨不知誰從横莫
覆蓋出門無人聲豺狼號且吠煢煢對孤景怛咤糜肝
肺登高遠眺望魂神忽飛逝奄若壽命盡旁人相寛大
爲復彊視息雖生何聊賴託命於新人竭心自勗厲流
離成鄙賤常恐復捐廢人生幾何時懷憂終年歲

嗟薄祜兮遭世患宗族殄兮門戶單身執略兮入西關
歷險阻兮之羌蠻山谷眇兮路漫漫眷東顧兮但悲歎
冥當寢兮不能安饑當食兮不能餐常流涕兮眥不乾
薄志節兮念死難雖苟活兮無形顏惟彼方兮遠陽精
陰氣凝兮雪夏零沙漠壅兮塵冥冥有草木兮春不榮
人似禽兮食臭腥言兜離兮狀窈停歲聿暮兮時邁征
夜悠長兮禁門扃不能寐兮起屏營登胡殿兮臨廣庭
玄雲合兮翳月腥北風厲兮肅泠泠胡笳動兮邊馬鳴
孤鴈歸兮聲嚶嚶樂人興兮彈琴箏音相和兮悲且清

心吐思兮胷憤盈欲舒氣兮恐彼驚含哀咽兮涕沾頸
家既迎兮當歸寧臨長路兮捐所生兒呼母兮啼失聲
我掩耳兮不忍聽追持我兮走煢煢頓復起兮毀顏形
還顧之兮破人情心怛絶兮死復生

胡笳十八拍

我生之初尚無爲我生之後漢祚衰天不仁兮降亂離
地不仁兮使我逢此時干戈日尋兮道路危民卒流亡
兮共哀悲煙塵蔽野兮胡虜盛志意乖兮節義虧對殊
俗兮非我宜遭惡辱兮當告誰笳一會兮琴一拍心憤

怨兮無人知
戎羯逼我兮爲室家將我行兮向天涯雲山萬重兮歸
路遐疾風千里兮揚塵沙人多暴猛兮如虺蛇控弦被
甲兮爲驕奢兩拍張絃兮絃欲絶志摧心折兮自悲嗟
越漢國兮入胡城亡家失身兮不如無生氈裘爲裳兮
骨肉震驚羯羶爲味兮枉遏我情鞞鼓喧兮從夜達明
胡風浩浩兮暗塞營傷今感昔兮三拍成啣悲畜恨兮
何時平
無日無夜兮不思我鄉土禀氣含生兮莫過我最苦天
災國亂兮人無主唯我薄命兮沒戎虜殊俗心異兮身
難處嗜欲不同兮誰可與語尋思涉歷兮多艱阻四拍
成兮益悽楚
鴈南征兮欲寄邊聲鴈北歸兮爲得漢音鴈飛高兮邈
難尋空斷腸兮思愔愔攢眉向月兮撫雅琴五拍泠泠
兮意彌深
氷霜凛凛兮身苦寒饑對肉酪兮不能飡夜聞隴水兮
聲嗚咽朝見長城兮路杳漫追思往日兮行李難六拍
悲來兮欲罷彈

日暮風悲兮邊聲四起不知愁心兮說向誰是原野蕭
條兮烽戍萬里俗賤老弱兮少壯爲美逐有水草兮安
家葺壘牛羊滿野兮聚如蜂蟻草盡水竭兮羊馬皆徙
七拍流恨兮惡居於此
爲天有眼兮何不見我獨漂流爲神有靈兮何事處我
天南海北頭我不負天兮天何配我殊匹我不負神兮
神何殛我越荒州製茲八拍兮擬俳優何知曲成兮心
轉愁
天無涯兮地無邊我心愁兮亦復然生倏忽兮如白駒
之過隙然不得歡樂兮當我之盛年怨兮欲問天天蒼
蒼兮上無緣舉頭仰望兮空雲烟九拍懷情兮誰與傳
城頭烽火不曾滅疆場征戰何時歇殺氣朝朝衝塞門
胡風夜夜吹邊月故鄉隔兮音塵絶哭無聲兮氣將咽
一生辛苦兮緣離別十拍悲深兮淚成血
我非貪生而惡死不能捐身兮心有以生仍冀得兮歸
桑梓死當埋骨兮長已矣日居月諸兮（一作日月居諸兮）在戎
壘胡人寵我兮有二子鞠之育之兮不羞恥愍之念之
兮生長邊鄙十有一拍兮因茲起哀響纏綿兮徹心髓

東風應律兮暖氣多知是漢家天子兮布陽和羌胡蹈舞兮共謳歌兩國交懽兮罷兵戈忽遇漢使兮稱近詔遺千金兮贖妾身喜得生還兮逢聖君嗟别稚子兮會無因十有二拍兮哀樂均去住兩情兮難具陳

不謂殘生兮却得旋歸撫抱胡兒兮泣下沾衣漢使迎我兮四牡騑騑號失聲兮誰得知與我生死兮逢此時愁爲子兮日無光輝焉得羽翼兮將汝歸一步一遠兮足難移魂消影絶兮恩愛遺十有三拍兮絃急調悲肝腸攪刺兮人莫我知

身歸國兮兒莫之隨心懸懸兮長如飢四時萬物兮有盛衰唯我愁苦兮不暫移山高地濶兮見汝無期更深夜闌兮夢汝來斯夢中執手兮一喜一悲覺後痛吾心兮無休歇時十有四拍兮涕淚交垂河水東流兮心是思

十五拍兮節調促氣填胷兮誰識曲處窮廬兮偶殊俗願得歸來兮天從欲再還漢國兮懽心足心有懷兮愁轉深日月無私兮曾不照臨子母分離兮意難任同天隔越兮如商參生死不相知兮何處尋

十六拍兮思茫茫我與兒兮各一方日東月西兮徒相望不得相隨兮空斷腸對萱草兮憂不忘彈鳴琴兮情何傷今别子兮歸故鄉舊怨平兮新怨長泣血仰頭兮訴蒼蒼胡爲生兮獨罹此殃

十七拍兮心鼻酸關山阻脩兮行路難去時懷土兮心無緒來時别兒兮思漫漫塞上黄蒿兮枝枯葉乾沙場白骨兮刀痕箭瘢風霜凜凜兮春夏寒人馬飢尫兮筋力單豈知重得兮入長安歎息欲絶兮淚闌干

胡笳本自出胡中緣琴翻出音律同十八拍兮曲雖終

響有餘兮思無窮是知絲竹微妙兮均造化之功哀樂各隨人心兮有變則通胡與漢兮異域殊風天與地隔兮子西母東苦我怨氣兮浩於長空六合雖廣兮受之應不容

徐淑

詩品曰夫妻事既可傷文亦悽怨爲五言者不過數家而婦人居二徐淑叙别之作亞於團扇矣

答秦嘉詩

妾身兮不令嬰疾兮來歸沉滯兮家門歴時兮不差曠廢兮侍覲情敬兮有違君令兮奉命遠適兮京師悠悠

兮離別無因兮叙懷瞻望兮踴躍佇立兮徘徊思君兮感結夢想兮容暉君發兮引邁去我兮日乖恨無兮羽翼高飛兮相追長吟兮永歎淚下兮沾衣

蘇伯玉妻

盤中詩

山樹高鳥鳴悲泉水深鯉魚肥空倉鵲常苦飢吏人婦會夫希出門望見白衣謂當是而更非還入門中心悲北上堂西入階急機絞杼聲催長嘆息當語誰君有行妾念之出有日還無期結巾一作巾帶長相思君忘妾未知之妾忘君罪當治妾有行宜知之黃者金白者玉高者山下者谷姓者蘇字伯玉人才多知謀足家居長安身在蜀何惜馬蹄歸不數羊肉千斤酒百斛令君馬肥麥與粟今時人知四足與其書不能讀當從中央周四角

竇玄妻

古怨歌

竇玄狀貌絶異天子使出其妻妻以公主妻悲怨寄書及歌與玄時人憐而傳之亦名艶歌

煢煢白兎東走西顧衣不如新人不如故

藝文類聚載玄妻別玄書一首云棄妻斥女敬白竇生卑賤鄙陋不如貴人妾日以遠彼日以親何所控訴仰呼蒼旻悲哉竇生衣不厭新人不厭故悲不可忍怨不可去彼獨何人而居斯處

蜀漢附

諸葛亮字孔明琅邪人

梁甫吟

三國志曰諸葛亮躬耕隴畝好爲梁甫吟○晏子曰公孫捷田開疆古冶子事景公勇而無禮晏子言於公餽之二桃曰三子計功而食桃公孫捷曰吾再搏隱虎功可以食田曰吾杖兵而御三軍者再功可以食古冶子曰君嘗濟河黿銜左驂冶潛行水底逆流百步從流九里得黿頭功可以食二子曰吾勇不若子功不逮子取桃不讓是貪也然而不死無勇也刎頸而死冶曰二子死之冶獨不逮又刎頸而死

步出齊城門遥望蕩陰里里中有三墳纍纍正相似問是誰家墓田疆古冶子一作氏力能排南山一作里文能絶地紀一朝被讒言二桃殺三士誰能爲此謀國相齊晏子

龐德公南郡襄陽人也隱居峴山之南未嘗入城府荊州刺史劉表數延請不能屈司馬德操年小德公十歲兄事之故呼作龐公云

於忽操三章

於忽乎不可以為其又奚為離婁之精夜何有於明師
曠之耳聾者亦有爾東王良之手兮後車載之前行險
既以覆兮後逐逐其猶来雖目盼而心駭兮顧其能之
安施委繩墨以聽人兮雖班輸亦奚以為
於忽乎不可以為其又奚為椽櫨桷榱之累重顧柱小
之奈何方風雨之晦陰行者艱而莫休居者坐而笑歌
不知壓之忽然兮其謂安何
於忽乎不可以為其又奚為謂雞斯飛誰得而覊謂豕
斯突何取於縛是皆以食而得之吾於飢而後噫雞兮
豕兮死以是兮

漢詩紀卷之四　十四

詩紀卷之四

詩紀卷之五

漢五

樂府古辭

郊廟歌辭

漢郊祀歌十九首

漢書禮樂志曰武帝定郊祀之禮祠太乙於甘泉祭后土於汾陰乃立樂府采詩夜誦有趙代秦楚之謳以李延年為協律都尉多舉司馬相如等數十人造為詩賦略論律呂以合八音之調作十九章之歌以正月上辛用事甘泉圜丘使童男女七十人歌之其餘巡狩福應之事不序郊廟故弗論今漢郊廟詩歌未有祖宗之事八音調均又不協於鍾律

時新得神馬因次為歌汲黯曰王者作樂上以承祖宗下以化兆民今陛下得馬詩以為歌協於宗廟先帝百姓豈能知其音耶觀黯之言則是歌宗廟亦用之矣然其辭亦多華號云

練時日

練時日候有望焫膋蕭延四方九重開靈之斿垂惠恩鴻祜休（祜音怙）靈之車結玄雲駕飛龍羽旄紛靈之下若風馬左蒼龍右白虎靈之來神哉沛先以雨般裔裔（般與班同）靈之至慶陰陰相放怵震澹心靈已坐五音飭虞至旦承靈億牲繭粟粢盛香尊桂酒賓八鄉靈安留吟青

黃徧觀此眺瑶堂衆嫭並綽奇麗顔如荼兆逐靡（叶武義反）
被華文側霧縠曳阿錫珮珠玉俠嘉夜茝蘭芳（俠與挾同）澹
容與獻嘉觴

帝臨

帝臨中壇四方承宇繩繩意變備得其所清和六合制
數以五海内安寧興文匽武后土富媪昭明三光（媪當作煴）
穆穆優游嘉服上黃

青陽　鄒子樂（漢書載此名）

青陽開動根荄以遂膏潤并愛跂行畢逮霆聲發榮壛

處頃聽（頃讀曰傾）枯槁復產迺成厥命衆庶熙熙施及夭胎
群生啿嗿惟春之祺（啿徒感反）

朱明　鄒子樂

朱明盛長旉與萬物桐生茂豫靡有所詘（桐讀為通　詘丘勿反）敷
華就實既阜既昌登成甫田百鬼迪嘗廣大建祀肅雍
不忘神若宥之傳世無疆

西顥　鄒子樂

西顥沆碭秋氣肅殺含秀垂穎續舊不廢（叶音發）姦僞不
萌祆孽伏息隅辟越遠四貉咸服（辟讀曰僻）既畏茲威惟慕

純德附而不驕正心翊翊

玄冥　鄒子樂

玄冥陵陰蟄蟲蓋藏草木零落抵冬降霜易亂除邪革
正異俗兆民反本抱素懷樸條理信義望禮五嶽籍斂
之時掩收嘉穀

惟泰元

惟泰元尊媪神蕃釐（讀曰嬉）經緯天地作成四時精建日
月星辰度理陰陽五行周而復始雲風雷電降甘露雨
百姓蕃滋咸循厥緒繼統共勤順皇之德（共讀曰恭）鸞路龍

鱗罔不肸飾嘉籩列陳庶幾宴享（叶音鄉）滅除凶災烈騰
八荒鍾鼓竽笙雲舞翔翔招搖靈旗九夷賓將

天地

天地並況惟予有慕爰熙紫壇思求厥路恭承禋祀緼
豫為紛黼繡周張承神至尊千童羅舞成八溢（與佾同）合
好効歡虞泰一（虞與娛同）九歌畢奏斐然殊鳴琴竽瑟會軒
朱璆磬金鼓靈其有喜（叶許吏反）百官濟濟各敬其事盛牲
實俎進聞膏神奄留臨須搖長麗前掞光耀明寒暑不
忒況皇章展詩應律鋗玉鳴函宮吐角激徵清發梁揚

羽申以商造茲新音永久長聲氣遠條鳳鳥鷄神夕奄
虞蓋孔享(叶鄉)

日出入

日出入安窮時世不與人同故春非我春夏非我夏秋
非我秋冬非我冬泊如四海之池徧觀是耶謂何吾知
所樂獨樂六龍六龍之調使我心若訾黃其何不徠下

天馬(一作天馬歌)

漢書武帝紀曰元鼎四年秋馬生渥洼水中作天馬之歌大初四年春貳師將軍李廣利斬大宛王首獲汗血馬來作西極天馬之歌

太一況(一作貺)天馬下霑赤汗沫流赭志俶儻精權奇籋
浮雲晻上馳(籋音躡)體容與迣(與厲同)萬里今安匹龍為友
天馬徠從西極涉流沙九夷服天馬徠出泉水虎脊兩
化若鬼天馬徠歷無皁(皁即草)經千里循東道天馬徠執
徐時將搖舉誰與期天馬徠開遠門竦予身逝昆侖天
馬徠龍之媒游閶闔觀玉臺

天門

天門開詄蕩蕩(詄讀如迭)穆並騁以臨饗光夜燭德信著靈
寖平而鴻長生豫太朱涂廣夷石為堂飾玉梢以舞歌
體招搖若永望星宿俞塞隕光照紫幄珠熉黃幡比翄
回集貳雙飛常羊月穆穆以金波日華燿以宣明假清
風軋忽激長至重觴神徘徊若留放殣冀親以肆章(殣覲同)
函蒙祉福常若期寂漻上天知厥時泛泛滇滇從高
斿殷勤此路臚所求佻正嘉吉弘以昌休嘉砰隱溢四
方(砰普萌反)專精厲意逝九閡(叶音改)紛云六幕浮大海

景星

一曰寶鼎歌漢書武帝紀曰元鼎四年夏六月得寶鼎后土祠旁作寶鼎之歌

景星顯見信星彪列象載昭庭日親以察參侔開闔爰

推本紀汾脽出鼎皇祜元始五音六律依韋饗昭雜變
並會雅聲遠姚空桑琴瑟結信成四興遞代八風生殷
殷鐘石羽籥鳴河龍供鯉醇犧牲百末旨酒布蘭生泰
尊柘漿析朝酲微感心攸通修名周流常羊思所并穰
穰復正直徃寗(叶音寧)馮蠵(蠵弋隨反)切和疏寫平上天布施
后土成穰穰豐年四時榮

齋房

一曰芝房歌漢書武帝紀曰元封二年夏六月甘泉宮內中產芝九莖連葉作芝房之歌

齋房産草九莖連葉（齋讀曰齋）宮童効異披圖案諜玄氣之精回復此都蔓蔓日茂芝成靈華

后皇

后皇嘉壇立玄黄服物發冀州兆蒙祉福沇沇四塞徦狄合處（沇音兗徦即遐字）經營萬億咸遂厥宇

華爗爗

華爗爗固靈根神之斿過天門車千乘敦昆侖（敦讀曰屯）神之出排玉房周流雜拔蘭堂（拔步曷反）神之行旌容容騎沓沓般從從神之徠泛翊翊甘露降慶雲集神之揄臨壇宇九疑賓夔龍舞神安坐鴹吉時共翊翊合所思（共讀曰恭）神嘉虞申貳觴福滂洋邁延長沛施祐汾之阿揚金光橫泰河莽若雲增揚波徧臚驩騰天歌

五神

王神相包四鄰土地廣揚浮雲扢嘉壇椒蘭芳（扢公忽反）璧玉精垂華光益億年美始興交於神若有承廣宣延咸畢觴靈輿位偃蹇驤卉汩臚析奚遺（汩于筆反）淫淥澤洋然歸（洋為黄反）

朝隴首

（一曰白麟歌漢書武帝紀曰元狩元年冬十月行幸雍獲白麟作白麟之歌）

朝隴首覽西垠雷電尞獲白麟（尞古燎字）爰五止顯黄德圖匈虐熏鬻殛闓流離抑不詳賓百僚山河饗掩回轅鬗長馳（鬗武元反）騰雨師洒路陂流星隕感惟風籋歸雲撫懷心

象載瑜

（一曰赤鴈歌漢書禮樂志曰大始三年行幸東海獲赤鴈作）

象載瑜白集西食甘露飲榮泉赤鴈集六紛員（員音云）殊翁雜五采文神所見施祉福登蓬萊結無極

赤蛟

赤蛟綏黄華蓋露夜零晝晻濭（晻烏感反濭音靄）百君禮六龍位勺椒漿靈已醉靈既享錫吉祥芒芒極降嘉觴靈殷殷爛揚光延壽命永未央杳冥冥塞六合澤汪濊輯萬國靈褆褆象輿轙票然逝旗逶蛇禮樂成靈將歸托玄德長無衰

鼓吹曲辭

漢鐃歌十八曲

崔豹古今註曰短簫鐃歌軍樂也黄帝使岐伯作所以建武揚盛德風勸戰士也周禮所

謂王大捷則令凱樂漢樂有黃門鼓吹天子所以宴樂群臣也短簫鐃歌鼓吹之一章爾亦以賜有功諸侯古今樂錄曰漢鼓吹鐃歌十八曲字多訛誤又有務成玄雲黃爵釣竿亦漢曲也其辭亡或云漢鐃歌二十一無釣竿擁離亦曰翁離宋書樂志曰漢鼓吹鐃歌十八篇按古今樂錄皆聲辭艷相雜不復可分沈約云樂人以音聲相傳訓詁不可復解

凡古樂錄皆大字是辭細字是聲聲辭合寫故致然耳

朱鷺

隋書樂志曰建鼓殷所作又棲翔鷺於其上不知何代所加然則漢曲蓋因飾鼓以鷺而名曲焉○譚苑醍醐云漢初有朱鷺之瑞故以鷺形飾鼓又以朱鷺名鼓吹曲也

朱鷺魚以烏路訾邪鷺何食食茄下不之食不以吐將以問誅一作諫者 烏古與雅同叶音雅茄古荷字

思悲翁

思悲翁唐思奪我美人侵以遇悲翁也但我思蓬首一作蕞狗逐狡兎食交君梟子五梟母六拉沓高飛暮安宿

艾如張

艾與刈同芟草也如讀為而穀梁傳曰艾蘭以為防置旃以為轅門謂因蒐狩以習武事也蘭香草也言艾草以為田之大防是也

艾而張羅夷於何行成之四時和山出黃雀亦有羅雀以高飛奈雀何為此倚欲誰肯礞室

上之回

漢書武帝紀曰元封四年冬十月行幸雍祠五畤通回中道遂北出蕭關回中地在安定沈建樂府廣題曰漢曲皆美當時之事按石關宮闕名近甘泉宮相如上林賦云蹷石關歷封巒是也

上之回所中益夏將至行將北以承甘泉宮寒暑德游石關望諸國月支臣匈奴服令從百官疾驅馳千秋萬歲樂無極

翁離 一作擁離

擁離趾中可築室何用葺之蕙用蘭擁離趾中

戰城南

戰城南死郭北野死不葬烏可食為我謂烏且為客豪野死諒不葬腐肉安能去子逃水深激激蒲葦冥冥梟騎戰鬬死駑馬徘徊鳴梁築室何以南何以北禾黍不穫君何食願為忠臣安可得思子良臣良臣誠可思朝行出攻暮不夜歸

巫山高

巫山高高以大淮水深難以逝我欲東歸害梁不為我

集無高曳水何梁湯湯回回臨水遠望泣下沾衣遠道
之人心思歸謂之何

上陵

古今樂録曰漢章帝元和中有宗廟食舉六曲加重來上陵二曲為上陵食舉後漢書禮儀志曰正月上丁祀南郊次北郊明堂高廟世祖廟謂之五供禮畢以次上陵西都舊有上陵東都之儀太官上食太常樂奏食舉按古辭大畧言神仙事不知與食舉曲同否

上陵何美美下津風以寒問客從何來言從水中央桂
樹為君船青絲為君笮木蘭為君櫂黄金錯其閒滄海
之雀赤翅鴻白鴈隨山林乍開乍合曾不知日月明醴
泉之水光澤何蔚蔚芝為車龍為馬覽遨遊四海外甘
露初二年芝生銅池中仙人下來飲延壽千萬歳

将進酒

将進酒乗太白辨佳（宋書作加）哉詩審搏（樂府詩集作博）放故歌心
所作同陰氣詩悉索使禹良工觀者苦

君馬黄

君馬黄臣馬蒼二馬同逐臣馬良易之有騩（歸愧二音）蔡有
赭美人歸以南駕車馳馬美人傷我心佳人歸以北駕
車馳馬佳人安終極

芳樹

芳樹日月君亂如於風芳樹不上無心温而鵠三而為
行臨蘭池心中懐我悵心不可匡目不可顧妬人之子
愁殺人君有他心樂不可禁王将何似如孫如魚乎悲
矣

有所思

按古今樂録曰漢大樂食舉第七曲亦用之不知與此同否

有所思乃在大海南何用問遺君雙珠玳瑁簪用玉紹
繚之聞君有他心拉雜摧燒之摧燒之當風揚其灰從
今已往勿復相思相思與君絶雞鳴狗吠兄嫂當知之
妃呼豨秋風肅肅晨風颸東方須臾高知之

雉子班

雉子班如此之干雉梁無以吾翁孺雉子知得雉子高
蜚止黄鵠蜚之以千里王可思雄來蜚從雌視子趨一
雉雉子車大駕馬滕被王送行所中堯羊蜚從王孫行

聖人出

聖人出陰陽和美人出遊九河佳人來騑離哉何駕六

飛龍四時和君之臣明護不道美人哉宜天子免甘星
巫樂甫始美人子含四海

上邪 一作雅

上邪我欲與君相知長命無絶衰山無陵江水為竭冬
雷震震夏雨雪天地合乃敢與君絶

臨高臺

臨高臺以軒下有清水清且寒江有香草目以蘭黃鵠
高飛離哉翻關弓射鵠令我主壽萬年收中吾 劉履曰篇末收中吾三字其義未詳疑曲調之餘聲如樂録所謂羊無夷伊那何之類

遠如期

一曰遠期宋書樂志有晩芝曲沈約言舊史云詁不可解疑是漢遠期曲也古今樂録曰漢太樂食舉曲有遠期至魏省之

遠如期益如壽處天左側大樂萬歲與天無極雅樂陳
佳哉紛單于自歸動如驚心虞心大佳萬人還來謁者
引鄉殿陳累世未嘗聞之增壽萬年亦誠哉

石流 宋書作留

石流涼陽涼石水流為沙錫以微河為香向始谿 宋書作谿
冷將風陽北逝肯無敢與于揚心邪懷蘭志金安薄北

方開留離蘭

詩紀卷之五

詩紀卷之六

漢六

樂府古辭

相和歌辭

相和漢舊曲也絲竹更相和執節者歌本一部魏明帝分為二晉荀勗採舊辭施用於世謂之清商三調歌詩即沈約所謂因絃管金石造歌以被之者也唐樂志云平調清調瑟調皆周房中曲之遺聲漢世謂之三調又有楚調漢房中樂也與前三調總謂之相和調張永元嘉技録云有吟嘆四曲亦列于相和歌又有大曲十五篇分於諸調惟滿歌行一曲諸調不載故附見於大曲之下云晉書樂志曰凡樂章古辭今之存者並漢世街陌謡謳江南可採蓮烏生八九子白頭吟之屬也

相和曲

箜篌引

一曰公無渡河崔豹古今註曰箜篌引朝鮮津卒霍里子高妻麗玉所作也子高晨起刺船有一白首狂夫披髮提壺亂流而渡其妻隨而止之不及遂墮河而死於是援箜篌而鼓之作公無渡河之曲聲甚悽愴曲終亦投河而死子高還以其聲語其妻麗玉麗玉傷之乃作箜篌而寫其聲名曰箜篌引

公無渡河公竟渡河墮河而死當奈公何

江南

江南可採蓮蓮葉何田田魚戲蓮葉間魚戲蓮葉東魚戲蓮葉西魚戲蓮葉南魚戲蓮葉北

東光

東光乎一作平下同蒼梧何不乎蒼梧多腐粟無益諸軍糧諸軍遊蕩子早行多悲傷右一曲魏樂所奏

薤露歌

亦曰泰山吟行喪歌崔豹古今註曰薤露蒿里並喪歌也本出田橫門人橫自殺門人傷之為作悲歌言人命奄忽如薤上露易晞滅也亦謂人死魂魄歸於蒿里故有二章至孝武時李延年乃分二章為二曲薤露送王公貴人蒿里送士大夫庶人使挽柩者歌之亦呼為挽歌

薤上露何易晞露晞明朝更復落人死一去何時歸

蒿里曲

蒿里誰家地聚斂魂一作精魄無賢愚鬼伯一何相催促人命不得少踟躕

雞鳴此曲前後辭不相屬蓋采詩入樂合而成章耶抑有錯簡脫誤也後多放此

雞鳴高樹巔狗吠深宮中蕩子何所之天下方太平刑法非有貸柔協正亂名黃金為君門璧玉為軒堂上有雙樽酒作使邯鄲倡劉玉碧青甓後出郭門王舍後

有方池池中雙鴛鴦鴛鴦七十二羅列自成行鳴聲何
啾啾聞我殿東廂兄弟四五人皆為侍中郎五日一時
來觀者滿路傍黃金絡馬頭頰頰何煌煌桃生露井上
李樹生桃傍蟲來齧桃根李樹代桃殭樹木身相代兄
弟還相忘 右一曲魏晉樂所奏

烏生 一曰烏生八九子

烏生八九子端坐秦氏桂樹間喈我秦氏家有遨遨蕩
子工用睢陽彊 音強弓也 蘇合彈左手持彊彈兩丸出入烏
東西喈我一丸即發中烏身烏死魂魄飛揚上天阿母

生烏子時乃在南山巖石間喈我人民安知烏子處蹊
徑窈窕安從通白鹿乃在上林西苑中射工尚復得白
鹿脯喈我黃鵠摩天極高飛後宮尚復得烹煮之鯉魚
乃在洛水深淵中釣鉤尚得鯉魚口喈我人民生各各
有壽命死生何須復道前後 右一曲魏晉樂所奏

平陵東

樂府解題曰平陵東漢翟義門人所作也義為丞相方進少子為東郡太守以王莽篡漢舉兵誅之不克而見害門人作歌以怨之也

平陵東松柏桐不知何人刧義公刧義公在高堂下交

錢百萬兩走馬兩走馬亦誠難顧見追吏心中惻心中
惻血出漉歸告我家賣黃犢 右一曲魏晉樂所奏

陌上桑 宋書作大曲一作日出東南隅行

一曰豔歌羅敷行崔豹古今註曰邯鄲女子姓秦名羅敷為邑人千乘王仁妻仁後為趙王家令羅敷出採桑於陌上趙王登臺見而悅之因飲酒欲奪之羅敷乃彈箏作陌上桑之歌以自明焉樂府解題曰古詞言羅敷採桑為使君所邀羅敷盛誇其夫以拒之與前說不同

日出東南隅照我秦氏樓秦氏有好女自名為羅敷羅
敷善蠶桑採桑城南隅青絲為籠係桂枝為籠鉤頭上

倭墮髻耳中明月珠緗綺為下裙紫綺為上襦行者見
羅敷下擔捋髭鬚少年見羅敷脫帽著帩頭耕者忘其
犁鋤者忘其鋤來歸相怒怨但坐觀羅敷 一解 使君從南
來五馬立踟躕使君遣吏往問是誰家姝秦氏有好女
自名為羅敷羅敷年幾何二十尚不足十五頗有餘使
君謝羅敷寧可共載不羅敷前致辭使君一何愚使君
自有婦羅敷自有夫 二解 東方千餘騎夫婿居上頭何用
識夫婿白馬從驪駒青絲繫馬尾黃金絡馬頭腰中鹿
盧劍可值千萬餘十五府小史二十朝大夫三十侍中

郎四十專城居為人潔白晳鬑鬑頗有鬚盈盈公府步
冉冉府中趨坐中數千人皆言夫壻殊 三解前有豔辭曲後有辭○右一曲魏樂所奏

同前　楚辭鈔

今有人山之阿被服薜荔帶女蘿既含睇又宜笑子戀
慕予善窈窕乘赤豹從文狸辛夷車駕結桂旗被石蘭
帶杜衡折芳拔荃遺所思處幽室終不見天路險艱獨
後來表獨立山之上雲何容容而在下杳冥冥羌晝晦
東風飄飄神靈雨風瑟瑟木槮槮思念公子徒以憂 右一曲魏晉樂所奏

吟嘆曲

王子喬

王子喬參駕白鹿雲中遨參駕白鹿雲中遨下遊來王
子喬參駕白鹿上至雲戲遊遨上建逋陰廣里踐近高
結仙宮過謁三台東遊四海五嶽上過蓬萊紫雲臺三
王五帝不足令令我聖朝應太平養民若子事父明當
究天祿永康寧玉女羅坐吹笛簫嗟行聖人遊八極鳴
吐銜福翱殿側聖主享萬年悲吟皇帝延壽命 右一曲魏晉樂

所奏

平調曲

長歌行

青青園中葵朝露待日晞陽春布德澤萬物生光輝常
恐秋節至焜黃華葉衰百川東到海何時復西歸少壯
不努力老大徒傷悲

同前二首 樂府通作一首嚴滄浪云岧岧山上亭以下其義不同當別為一首也

仙人騎白鹿髮短耳何長導我上太華攬芝獲赤幢來

到主人門奉藥一玉箱主人服此藥身體 一有字 日康彊
髮白復 一無復字 更黑延年壽命長

岧岧山上亭皎皎雲間星遠望使心思遊子戀所生驅
車出北門遙觀洛陽城凱風吹長棘夭夭枝葉傾黃鳥
飛相追咬咬弄音聲竚立望西河泣下沾羅纓 藝文類聚載魏文帝明津詩與此大同而逸其半

君子行　曹子建集亦載此首

君子防未然不處嫌疑間瓜田不納履李下不正冠嫂
叔不親授長幼不比肩勞謙得其柄和光甚獨難周公

下白屋吐哺不及餐一沐三握髮後世稱聖賢

清調曲

豫章行

白楊初生時乃在豫章山上葉摩青雲下根通黃泉涼秋八九月山客持斧斤我　何皎皎梯落　根株已斷絕顛倒巖石間大匠持斧繩鋸墨齊兩端一驅四五里枝葉自相捐　會為舟船燔身在洛陽宮根在豫章山多謝枝與葉何時復相連吾生百年自　俱何意萬人巧使我離根株 右一曲晉樂所奏

董逃行

崔豹古今註曰董逃歌後漢游童所作也終有董卓作亂卒以逃亡後人習之以為歌章樂府奏之以為儆誡云

吾欲上謁從高山山頭危險道路難遙望五嶽端黃金為闕班璘但見芝草葉落紛紛一解百鳥集來如烟山獸紛綸麟辟邪其端鵾雞聲鳴但見山獸援戲相拘攀二解小復前行玉堂未心懷流還傳教出門來門外人何求所言欲從聖道求一得命延三解教勑凡吏受言採取神藥若木端玉兔長跪擣藥蝦蟇丸奉上陛下一玉柈服此藥可得神仙四解服爾神藥莫不歡喜陛下長生老壽四面肅肅稽首天神擁護左右陛下長與天相保守五解

相逢行

一曰相逢狹路間行樂府解題曰古辭文意與雞鳴曲同

相逢狹路間道隘不容車不知何年少夾轂問君家君家誠易知易知復難忘黃金為君門白玉為君堂堂上置樽酒作使邯鄲倡中庭生桂樹華燈何煌煌兄弟兩三人中子為侍郎五日一來歸道上自生光黃金絡馬頭觀者盈道傍入門時左顧但見雙鴛鴦鴛鴦七十二羅列自成行音聲何雍雍鶴鳴東西廂大婦織綺羅中婦織流黃小婦無所為挾瑟上高堂丈人且安坐調絲方未央 右一曲晉樂所奏

長安有狹斜行

長安有狹斜狹斜不容車適逢兩少年夾轂問君家君家新市傍易知復難忘大子二千石中子孝廉郎小子無官職衣冠仕洛陽三子俱入室室中自生光大婦織綺紵中婦織流黃小婦無所為挾琴上高堂丈人且徐徐調弦詎未央

瑟調曲

善哉行　此篇宋書樂志亦作古辭或以此為子建詩按子建擬善哉行為日苦短云當來日大難則此非子建作矣

來日大難口燥脣乾今日相樂皆當喜歡一解經歷名山芝草飜飜仙人王喬奉藥一九二解自惜袖短内手知寒慚無靈輒以報趙宣三解月沒參横北斗闌干親交在門飢不及餐四解歡日尚少戚日苦多以何忘憂彈箏酒歌五解淮南八公要道不煩參駕六龍遊戲雲端六解○右一曲魏樂所奏

隴西行　王僧虔技錄云隴西行歌武帝碣石文帝夏門二篇通典曰秦置隴西郡以居隴坻之西為名

天上何所有歷歷種白楡桂樹夾道生青龍對道隅鳳凰鳴啾啾一母將九雛顧視世間人為樂甚獨殊　好婦出迎客顏色正敷愉伸腰再拜跪問客平安不請客北堂上坐客氈氍毹清白各異樽酒上正華疏酌酒持與客客言主人持却略再拜跪然後持一杯談笑未及竟左顧勑中厨促令辦麤飯慎莫使稽留廢禮送客出盈盈府中趍送客亦不遠足不過門樞取婦得如此齊姜亦不如健婦持門戶亦勝一丈夫　此篇之辭前後不屬其首章乃與步出夏門行同而辭意復備

步出夏門行

邪徑過空廬好人常獨居卒得神仙道上與天相扶過謁王父母乃在太山隅離天四五里道逢赤松俱攬轡為我御將吾天上遊天上何所有歷歷種白楡桂樹夾道生青龍對伏趺

折楊柳行　宋書作大曲

默默施行違厥罰隨事來末喜殺龍逄桀放於鳴條一解祖伊言不用紂頭懸白旄指鹿用為馬胡亥以喪軀二解夫差臨命絕乃云負子胥戎王納女樂以亡其由余璧馬禍及虢二國俱為墟三解三夫成市虎慈母投杼趍下和之刖足接輿歸草廬四解○右一曲魏晉樂所奏

西門行　宋書作大曲

出西門步念之今日不作樂當待何時一解夫為樂為樂當及時何能坐愁怫鬱當復待來茲二解飲醇酒炙肥牛

請呼心所歡可用解愁憂三解人生不滿百常懷千歲憂晝短苦夜長何不秉燭遊四解自非仙人王子喬計會壽命難與期自非仙人王子喬計會壽命難與期五解人壽非金石年命安可期貪財愛惜費但為後世嗤六解○右一曲晉樂所奏

出西門步念之今日不作樂當待何時逮為樂逮為樂當及時何能愁怫鬱當復待來茲釀美酒炙肥牛請呼心所懽可用解憂愁人生不滿百常懷千歲憂晝短苦夜長何不秉燭遊遊行去去如雲除弊車羸馬為自儲

右一曲本辭

東門行 宋書作大曲

出東門不顧歸來入門悵欲悲盎中無斗儲還視桁下浪反上無懸衣一解拔劍出門去兒女牽衣啼他家但願富貴賤妾與君共餔糜二解共餔糜上用倉浪天故下為黃口小兒今時清廉難犯教言君復自愛莫為非三解今時清廉難犯教言君復自愛莫為非行吾去為遲平慎行望君歸四解○右一曲晉樂所奏

出東門不顧歸來入門悵欲悲盎中無斗米儲還視架上無懸衣拔劍東門去舍中兒母一作女牽衣啼他家但願富貴賤妾與君共餔糜上用滄浪天故下當用此黃口兒今非咄行吾去為遲白髮時下難久居右一曲本辭

婦病行

婦病連年累歲傳呼丈人前一言當言未及得言不知淚下一何翩翩屬累君兩三孤子莫我兒飢且寒有過慎莫笪笞行當折搖思復念之亂曰抱時無衣襦復無裏閉門塞牖舍孤兒到市道逢親交泣坐不能起從乞求與孤買餌對交啼泣淚不可止我欲不傷悲不能已探懷中錢持授交入門見孤啼索其母抱徘徊空舍中

行復爾耳棄置勿復道

孤兒行 孤兒生行一曰孤兒行古詞言孤兒為兄嫂所苦難與久居也歌録曰孤兒生行亦曰放歌行

孤兒生孤子遇生命獨當苦父母在時乘堅車駕駟馬父母已去兄嫂令我行賈南到九江東到齊與魯臘月來歸不敢自言苦頭多蟣虱面目多塵大兄言辦飯大嫂言視馬上高堂行取殿下堂孤兒淚下如雨使我朝

行汲暮得水來歸手為錯足下無菲一作扉愴愴履霜中
多蒺藜拔斷蒺藜腸月中愴欲悲淚下渫渫清涕纍纍
冬無複襦夏無單衣居生不樂不如早去下從地下黃
泉春風動草萌芽三月蠶桑六月收瓜將是瓜車來到
還家瓜車反覆助我者少啗瓜者多願還我蔕兄與嫂
嚴獨且急歸當興校計亂曰里中一何譊譊願欲寄尺
書將與地下父母兄嫂難與久居

鴈門太守行

古今樂録曰王僧虔技録云鴈門太守行歌古洛陽令一篇後漢書曰王渙字稚子

廣漢郪人也父順安定太守渙敦儒學習書讀律舉茂才除溫令遷兗州刺史坐考妖言不實論歲餘拜侍御史遷為洛陽令政平訟理發擿姦伏如神元興初病卒百姓咨嗟男女老壯相與共醱以千數為立祠安陽亭西每食輒絃歌而薦之按其歌詞歷述渙本末與本傳合而題云鴈門太守行所未詳也

孝和帝在時洛陽令王君本自益州廣漢蜀民少行官
學通五經論一解明知法令歷世衣冠從溫補洛陽令治
行致賢擁護百姓子養萬民二解外行猛政內懷慈仁文
武備具料民富貧移惡子姓宋書有名五二字篇著里端三解傷
殺人比伍同罪對門禁錮不八尺捕輕薄少年加笞決
罪詣馬市論四解無妄發賦念在理冤勑吏正獄不得苛
煩財用錢三十買繩禮一作理笮五解賢哉賢哉我縣王君
臣吏衣冠奉事皇帝功曹主簿皆得其人六解臨部居職
不敢行恩清身苦體夙夜勞勤治有能名遠近所聞七解
天年不遂早就奄昏為君作祠安陽亭西欲令後世莫
不稱傳八解右一曲晉樂所奏

豔歌何嘗行二首一曰飛鵠行宋書作大曲

飛來雙白鵠乃從西北方十十五五羅列成行妻卒被
病行不能相隨五里一返顧六里一徘徊吾欲銜汝去

口噤不能開吾欲負汝去毛羽何摧頹樂哉新相知憂
來生別離躇躊顧群侶淚下不自知
念與君離別氣結不能言各各重自愛遠道歸還難妾
當守空房閉門下重關若生當相見亡者會黃泉今日
樂相樂萬歲期延年樂府作延年萬歲期○廣文選飛鵠行曰飛來雙白鵠乃從西北來十十將五五羅列行不齊忽然卒疲病不能飛相隨五里一返顧六里一徘徊吾欲銜汝去口噤不能開吾欲負汝去羽毛日摧頹樂哉心相知憂來生別離踟躕顧群侶淚落從橫垂今日樂相樂延年萬歲期

豔歌行

翩翩堂前燕冬藏夏來見兄弟兩三人流宕在他縣故

衣誰當爲一作補新衣誰當綻賴得賢主人覽取爲吾組
夫壻從門來斜倚西北眄語卿且勿眄水清石自見石
見何纍纍遠行不如歸

同前

南山石嵬嵬松栢何離離上枝拂青雲中心十數圍洛
陽發中梁松樹竊自悲斧鋸截是松松樹東西摧持作
四輪車載至洛陽宮觀者莫不歎問是何山材誰能刻
鏤此公輸與魯班被之用丹漆薰用蘇合香本是南山
松今爲宮殿梁

楚調歌

怨詩行 一曰怨詩行歌

天德悠且長人命一何促百年未幾時奄若風吹燭嘉
賓難再遇人命不可續齊度遊四方各繫太山錄人間
樂未央忽然歸東嶽當須盪中情遊心恣所欲

大曲

滿歌行

爲樂未幾時遭時嶮巇逢此百罹伶丁荼毒愁苦難爲
遥望極辰天曉月移憂來填心誰當我知戚戚多思慮
耿耿殊不寧禍福無形惟念古人遜位躬耕遂我所願
以茲自寧自鄙棲棲守此末榮暮秋烈風昔蹈滄海心
不能安攬衣瞻夜北斗闌干星漢照我去自無他奉事
二親勞心可言窮達天爲智者不愁多爲少憂安貧樂
道師彼莊周遺名者貴子遐同遊往者二賢名垂千秋
飲酒歌舞樂復何須照視日月日月馳驅轗軻人間何
有何無貪財惜費此一何愚鑿石見火居代幾時爲當
懽樂心得所喜安神養性得保遐期 右一曲本辭
爲樂未幾時遭世險巇逢此百罹零丁荼毒愁懣難支

遥望辰極天曉月移憂來填心誰當我知 一解 戚戚多思
慮耿耿不寧禍福無形唯念古人遜位躬耕遂我所願
以茲自寧自鄙山棲守此一榮 二解 暮秋烈風起西蹈滄
海心不能安攬衣起瞻夜北斗闌干星漢照我去去自
無他奉事二親勞心可言 三解 窮達天所爲智者不愁多
爲少憂安貧樂正道師彼莊周遺名者貴子熙同巇往
者二賢名垂千秋 四解 飲酒歌舞不樂何須善哉照觀日
月日月馳驅轗軻世間何有何無貪財惜費此何一愚
命如鑿石見火居世竟能幾時但當歡樂自娛盡心極

所嬉怡安善養君德性百年保此期頤飲酒下為趣。右一曲晉樂所奏

舞曲歌辭　雜舞

淮南王篇 樂府列在晉拂舞歌

漢武帝故事曰淮南王安好神仙招方術之士能為雲雨百姓傳云淮南王得天子壽無極帝心惡之使覘王云能致仙人與共遊處變化無常又能隱形飛行服氣不食帝聞而喜歡受其道王不肯傳帝怒將誅焉王知之出令與群臣因不知所之樂府解題曰古詞淮南王自言尊實言安仙去

淮南王自言尊百尺高樓與天連後園鑿井銀作牀金瓶素綆汲寒漿汲寒漿飲少年少年窈窕何能賢揚聲悲歌音絶天我欲渡河河無梁願化雙黃鵠還故鄉還故鄉入故里徘徊故鄉苦身不已繁舞寄聲無不泰徘徊桑梓遊天外

鐸舞歌詩

聖人制禮樂篇

晉書樂志曰鐸舞詩二篇陳於元會唐書樂志曰鐸舞漢曲也古今樂録曰鐸舞者所持也木鐸制法度以號令天下故取以為名古鐸舞曲有聖人制禮樂一篇聲辭雜寫不復可辨相傳如此

昔皇文武邪彌彌舍善誰吾時吾行許帝道銜來治路萬邪治路萬邪赫赫意黃運道吾治路萬邪善道明邪金邪善道明邪金邪帝邪近帝武武邪邪聖皇八音偶邪尊來聖皇八音及來儀宋書作義邪同邪烏及來義邪善草供國吾咄等邪烏近帝邪武邪近帝武邪武邪應節合用武邪尊邪應節合用酒期義邪同邪酒期義邪善草供國吾咄等邪烏近帝邪武邪近帝武武邪邪下音足木上為鼓義邪應衆義邪樂邪邪延否已邪烏已禮祥咄等邪烏素女有絶其聖烏烏武邪

巾舞歌詩

唐書樂志曰公莫舞晉宋謂之巾舞其說云漢高祖與項籍會鴻門項莊舞劍將殺高祖項伯亦舞以袖隔之且語莊云公莫害漢王也漢人德之故舞用巾以像項伯衣袖之遺式古今樂録曰巾舞古有歌辭訛異不可解

吾不見公莫時吾何嬰公來嬰姥時吾哺聲何為茂時為來嬰當恩吾明月之土轉起吾何嬰土來嬰轉去吾哺聲何為土轉南來嬰當去吾城上羊下食草吾何嬰下來吾食草吾哺聲汝何三年針縮何來嬰吾亦老吾平平門淫涕下吾何嬰何來嬰涕下吾哺聲昔結吾馬

客來嬰吾當行吾度四州洛四海吾何嬰海何來嬰四海吾哺聲熇西馬頭香來嬰吾洛道吾治五丈度汲水吾意邪哺誰當求兒母何意零邪錢健步哺誰當吾求兒母何吾哺聲三針一發交時還弩心意何零意弩心遂來嬰弩心哺聲復相頭巾意何零何邪相哺頭巾相吾來嬰頭巾母何何吾復來推排意何零相哺推相來嬰推非母何吾復車輪意何零子以邪相哺轉輪吾來嬰轉母何吾使君去時意何零子以邪使君去時使來嬰去時母何吾思君去時意何零子以邪思君去時思來嬰吾去時母何何吾吾

散樂

俳歌辭

一曰侏儒導自古有之蓋倡優戲也南齊書樂志曰侏儒導舞人自歌之古辭俳歌八曲前一篇二十二句今侏儒所歌摘取之也古今樂錄曰梁三朝樂第十六設俳技歌云見俳不語言俳澀所俳作一起四坐敬止馬無懸蹄牛無上齒駱駝無角奮迅兩耳半拆蔫博四角恭跱

俳不言不語呼俳噏所俳適一起狼率不止生拔牛角摩斷膚耳馬無懸蹄牛無上齒駱駝無角奮迅兩耳

詩紀卷之七

漢七

樂府古辭

雜曲歌辭

蜨蝶行

蜨蝶之遨遊東園奈何卒逢三月養子燕接我首蓿間披之我入紫深宮中行纏之傳欂櫨間雀來燕燕子見銜哺來搖頭鼓翼何軒奴軒

傷歌行　外編作魏明帝文選樂府並作古辭

傷歌行側調曲也古辭傷日月代謝年命適盡絕離知友傷而作歌也

昭昭素明月輝光燭我床憂人不能寐耿耿夜何長微風吹閨闥羅帷自飄揚攬衣曳長帶屣履下高堂東西安所之徘徊以徬徨春鳥翻南飛翩翩獨翱翔悲聲命儔匹哀鳴傷我腸感物懷所思泣涕忽沾裳佇立吐高吟舒憤訴穹蒼

悲歌

悲歌可以當泣遠望可以當歸思念故鄉鬱鬱纍纍欲歸家無人欲渡河無船心思不能言腸中車輪轉

前緩聲歌

水中之馬必有陸地之船但有意氣不能自前心非木石荆根株數得復蓋天當復思東流之水必有西上之魚不在大小但有朝於復來長笛續短笛欲令皇帝陛下三千萬

古詩為焦仲卿妻作 并序

漢末建安中廬江府小吏焦仲卿妻劉氏為仲卿母所遣自誓不嫁其家逼之乃沒水而死仲卿聞之亦自縊於庭樹時人傷之為詩云爾

孔雀東南飛五里一徘徊十三能織素十四學裁衣十五彈箜篌十六誦詩書十七為君婦心中常苦悲君既為府吏守節情不移賤妾留空房相見常日稀雞鳴入機織夜夜不得息三日斷五疋大人一作丈人故嫌遲非為織作遲君家婦難為妾不堪驅使徒留無所施便可白公姥及時相遣歸府吏得聞之堂上啓阿母兒已薄祿相幸復得此婦結髮同枕席黃泉共為友共事二三年始爾未為久女行無偏斜何意致不厚阿母謂府吏何乃太區區此婦無禮節舉動自專由吾意久懷忿汝豈得自由東家有賢女自名秦羅敷可憐體無比阿母為汝求便可速遣之遣去慎莫留府吏長跪告伏惟啓阿母今若遣此婦終老不復取阿母得聞之槌床便大怒小子無所畏何敢助婦語吾已失恩義會不相從許府吏默無聲再拜還入戶舉言謂新婦哽咽不能語我自不驅卿逼迫有阿母卿但暫還家吾今且報府不久當歸還還必相迎取以此下心意慎勿違吾語新婦謂府吏勿復重紛紜往昔初陽歲謝家來貴門奉事循公姥進止敢自專晝夜勤作息伶俜縈苦辛謂言無罪過供

養卒大恩仍更被驅遣何言復來還妾有繡腰襦葳蕤自生光紅羅複斗帳四角垂香囊箱簾六七十綠碧青絲繩物物各自異種種在其中人賤物亦鄙不足迎後人留待作遺施於今無會因時時為安慰久久莫相忘雞鳴外欲曙新婦起嚴粧著我繡裌裙事事四五通足下躡絲履頭上玳瑁光腰若流紈素耳著明月璫指如削葱根口如含珠丹纖纖作細步精妙世無雙上堂拜一作謝阿母阿母怒不止昔作女兒時生小出野里本自無教訓兼愧貴家子受母錢帛多不堪母驅使今日還

家去念母勞家裏却與小姑别淚落連珠子新婦初來
時小姑始扶牀今日被驅遣小姑如我長勤心養公姥
好自相扶將初七及下九嬉戲莫相忘出門登車去涕
落百餘行府吏馬在前新婦車在後隱隱何甸甸俱會
大道口下馬入車中低頭共耳語誓不相隔卿且暫還
家去吾今且赴府不久當還歸誓天不相負新婦謂府
吏感君區區懷君既若見錄不久望君來君當作盤石
妾當作蒲葦蒲葦紉如絲盤石無轉移我有親父兄性
行暴如雷恐不任我意逆以煎我懷舉手長勞勞二情

同依依入門上家堂進退無顏儀阿母大拊掌不圖子
自歸十三教汝織十四能裁衣十五彈箜篌十六知禮
儀十七遣汝嫁謂言無誓違汝今何罪過不迎而自歸
蘭芝慙阿母兒實無罪過阿母大悲摧還家十餘日縣
令遣媒來云有第三郎窈窕世無雙年始十八九便言
多令才阿母謂阿女汝可去應之阿女含淚答蘭芝初
還時府吏見丁寧結誓不别離今日違情義恐此事非
奇自可斷來信徐徐更謂之阿母白媒人貧賤有此女
始適還家門不堪吏人婦豈合令郎君幸可廣問訊不

得便相許媒人去數日尋遣丞請還說有蘭家女承籍
有宦官云有第五郎嬌逸未有婚遣丞為媒人主簿通
語言直說太守家有此令郎君既欲結大義故遣來貴
門阿母謝媒人女子先有誓老姥豈敢言阿兄得聞之
悵然心中煩舉言謂阿妹作計何不量先嫁得府吏後
嫁得郎君否泰如天地足以榮汝身不嫁義郎體其往
欲何云蘭芝仰頭答理實如兄言謝家事夫壻中道還
兄門處分適兄意那得自任專雖與府吏要渠會永無
緣登即相許和便可作婚姻媒人下牀去諾諾復爾爾

還部白府君下官奉使命言談大有緣府君得聞之心
中大歡喜視曆復開書便利此月內六合正相應良吉
三十日今已二十七卿可去成婚交語速裝束絡繹如
浮雲青雀白鵠舫四角龍子幡婀娜隨風轉金車玉作
輪躑躅青驄馬流蘇金鏤鞍齎錢三百萬皆用青絲穿
雜綵三百疋交廣(一作用)市鮭珍從人四五百鬱鬱登郡
門阿母謂阿女適得府君書明日來迎汝何不作衣裳
莫令事不舉阿女默無聲手巾掩口啼淚落便如瀉移
我琉璃榻出置前牕下左手持刀尺右手執綾羅朝成

繡裌裙晚成單羅衫晻晻日欲暝愁思出門啼府吏聞
此變因求假暫歸未至二三里摧藏馬悲哀新婦識馬
聲躡履相逢迎悵然遥相望知是故人來舉手拍馬鞍
嗟嘆使心傷自君別我後人事不可量果不如先願又
非君所詳我有親父母逼迫兼弟兄以我應他人君還
何所望府吏謂新婦賀卿得高遷盤石方且厚可以卒
千年蒲葦一時紉便作旦夕間卿當日勝貴吾獨向黃
泉新婦謂府吏何意出此言同是被逼迫君爾妾亦然
黃泉下相見勿違今日言執手分道去各各還家門生

人作死別恨恨那可論念與世間辭千萬不復全府吏
還家去上堂拜阿母今日大風寒寒風摧樹木嚴霜結
庭蘭兒今日冥冥令母在後單故作不良計勿復怨鬼
神命如南山石四體康且直阿母得聞之零淚應聲落
汝是大家子仕宦於臺閣慎勿為婦死貴賤情何薄東
家有賢女窈窕艷城郭阿母為汝求便復在旦夕府吏
再拜還長嘆空房中作計乃爾立轉頭向戶裏漸見愁
煎迫其日牛馬嘶新婦入青廬菴菴黃昏後寂寂人定
初我命絕今日魂去尸長留攬裙脫絲履舉身赴清池

府吏聞此事心知長別離徘徊庭樹下自掛東南枝兩
家求合葬合葬華山傍東西植松柏左右種梧桐枝枝
相覆蓋葉葉相交通中有雙飛鳥自名為鴛鴦仰頭相
向鳴夜夜達五更行人駐足聽寡婦起傍徨多謝後世
人戒之慎勿忘

枯魚過河泣

樂府

枯魚過河泣何時悔復及作書與魴鱮相教慎出入
行胡從何方列國持何來氍毹毾㲪五木香迷迭艾蒳

及都梁

雜歌　一作離歌

晨行梓道中梓葉相切磨與君別交中繣如新縑維一作羅
裂之有餘絲吐之無還期

拾遺　已下皆古歌辭雜見諸書今采附於此其稱古詩者別為一卷于后

猛虎行

飢不從猛虎食暮不從野雀棲野雀安無巢遊子為誰
驕

上留田行

古今註曰丩留田地名也其地人有父母死不字其孤弟者鄰人為其弟作悲歌以風其兄樂府廣題曰蓋漢世人也

里中有啼兒似類親父子回車問啼兒慷慨不可止

古八變歌

選詩拾遺曰古歌有八變九曲之名未詳其義李尤九曲歌曰年歲晩暮時已斜安得壯士挽日車傅玄九曲歌曰歲莫景邁群光絶安得長繩繫白日全篇無傳獨八變僅存樂府諸書亦不收也

北風初秋至吹我章華臺浮雲多暮色似從崦嵫來枯桑鳴中林緯絡響空堦翩翩飛蓬征愴愴遊子懷故鄉不可見長望始此回

古歌

上金殿著玉樽延貴客入金門入金門上金堂東廚具肴膳椎牛烹猪羊主人前進酒彈瑟為清商投壺對彈碁博奕並復行朱火颺烟霧博山吐微香清樽發朱顏四坐樂且康今日樂相樂延年壽千霜

古歌

秋風蕭蕭愁殺人出亦愁入亦愁座中何人誰不懷憂令我白頭故地多颷風樹木何脩脩離家日趨遠衣帶日趨緩心思不能言腸中車輪轉

艶歌

又謂之妍歌辭曰妍歌長炊聲發曲吐令辭又泛泛江漢萍飄蕩永無根又庭中有奇樹上有悲鳴蟬又青青陵中草傾葉晞朝日陽春被惠澤枝葉可攬結皆妍歌之遺句

今日樂上樂相從步雲衢天公出美酒河伯出鯉魚青龍前鋪席白虎持榼壺南斗工鼓瑟北斗吹笙竽姮娥垂明璫織女奉瑛琚蒼霞揚東謳清風流西歈垂露成帷幄奔星扶輪輿

古咄喈歌

棗下何攢攢榮華各有時棗欲初赤時人從四邊來棗適今日賜疑誰當仰視之

古歌銅雀詞

長安城西雙員闕上有一雙銅雀宿一鳴五谷生再鳴五谷熟

詩紀卷之七

詩紀卷之八

漢八

樂府古辭

雜歌謠辭

歌辭

平城歌

漢書曰高祖自將兵三十二萬擊韓王信帝先至平城步兵未盡到冐頓縱精兵三十餘萬圍帝於白登七日漢兵中外不得救餉樊噲時爲上將軍不能解圍天下皆歌之後用陳平秘計得免白登在平城東南去平城十餘里

平城之下一作圍亦誠苦七日不食不能彀弩

畫一歌 一作百姓歌

漢書曰惠帝時曹參代蕭何爲相國初高帝與何定天下法令旣明具及參守職舉事無所變更一遵何之約束於是百姓歌之

蕭何爲法較一作講若畫一曹參代之守而勿失載其清靜民以寧一

淮南民歌

漢書曰淮南厲王長高帝少子也長廢法不軌文帝不忍置於法迺載以輜車處蜀嚴道邛郵遣其子子母從居長不食而死後民有作歌歌淮南王帝聞之迺追尊淮南王爲厲王置園如諸侯儀

一尺布尚可縫一斗粟尚可舂兄弟二人不相容 高誘作鴻烈解敘其辭云一尺繒好童童一升粟飽蓬蓬兄弟二人不能相容

衛皇后歌

漢書曰衛子夫爲皇后弟青貴震天下天下歌之

生男無喜生女無怒獨不見衛子夫霸天下

鄭白渠歌

史記曰韓聞秦之好興事欲罷無令東伐迺使水工鄭國間說秦令鑿涇水自中山西邸瓠口爲渠並北山東注洛溉舄鹵之地四萬餘頃因名曰鄭國渠漢書曰大始

二年趙中大夫白公復奏穿渠引涇水首起谷口尾入櫟陽注渭中袤二百里溉田四千五百餘頃名曰白渠民得其饒歌之曰

田於何所池陽谷口 孔五切下同 鄭國在前白渠起後舉鍤如雲決渠爲雨涇水一石其泥數斗 古音土 且溉且糞長我禾黍衣食京師億萬之口

潁川歌

漢書曰灌夫不好文學喜任俠已然諾所與交通無非豪桀大猾家累數千萬食客日數十百人陂池田園宗族賓客爲權利橫潁川潁川兒歌之

潁水清灌氏寧潁水濁灌氏族

匡衡歌

衡字稚圭東海承人也世農夫至衡好學家貧傭作以供資用尤精力過絶人諸儒為之語

無説詩匡鼎來匡説詩解人頤

牢石歌　一作印綬歌

漢書佞幸傳曰元帝時宦官石顯為中書令與僕射牢梁少府五鹿充宗結為黨友諸附倚者皆得寵位民歌之言其兼官據勢也

牢邪石邪五鹿客邪印何纍纍綬若若邪

五侯歌

漢書曰成帝河平二年悉封舅大將軍王鳳庶弟譚為平阿侯商為成都侯立紅陽侯根曲陽侯逢時高平侯五人同日封故世謂之五侯時五侯群弟爭為奢侈後庭姬妾各數十人羅鍾磬舞鄭女作優倡狗馬逐馳大治第室起土山漸臺洞門高廊閣道連屬彌望百姓歌之言其奢僭如此按傳稱成都侯穿長安城引內灃水注第中大陂曲陽侯第園中土山漸臺類白虎殿則穿城引水非曲陽與歌辭不同高都外杜皆長安里名

五侯初起曲陽最怒壞決高都連竟外杜土山漸臺西白虎

樓護歌

漢書曰樓護字君卿為京兆吏數年甚得名譽與谷永俱為五侯上客母死送葬者致車二三千兩閭里歌之曰

五侯治喪樓君卿

尹賞歌

漢書曰賞字子心鉅鹿楊氏人永始元延間上怠於政貴戚驕恣交通輕俠藏匿亡命長安中姦滑浸多群輩殺吏受賕報讐賞以三輔高第選守長安賞至修治長安獄穿地方深各數丈致令辟為郭以大石覆其口名為虎穴乃收捕輕薄少年惡子得數百人內穴中覆以大石百日後乃死者家自發取親屬號哭道路歔欷長安歌之曰

安所求子死桓東少年場生時諒不謹枯骨後何葬　叶子郎反

上郡歌

漢書曰成帝時馮野王為上郡太守其後弟立亦自五原太守徙西河上郡立居職公廉治行略與野王相似而多知有恩貸好為條教吏民嘉美野王立相代為太守歌之曰

大馮君小馮君兄弟繼踵相因循聰明賢知惠吏民政如魯衛德化鈞周公康叔猶二君

張君歌

後漢書曰張堪光武時爲漁陽太守捕擊
姦猾賞罰必信吏民皆樂爲用乃於狐奴
開稻田八千餘頃勸民耕
種以致殷富百姓歌之
桑無附枝麥穗兩岐張君爲政樂不可支

朱暉歌

後漢書曰暉字文季建武中再遷臨淮太
守好節槩有所拔用皆厲行士諸報怨以
義犯率皆爲求其理多得生濟其不義
之囚即時僵仆吏人畏愛爲之歌曰
彊直自遂南陽朱季吏畏其威民懷其惠

涼州歌 一作樊曄歌

後漢書曰曄光武時爲天水太守政嚴猛
好申韓法善惡立斷人有犯其禁者率不

生出獄吏人及羌胡畏之
道不拾遺涼州爲之歌
游子常苦貧力子天所富寧見乳虎穴不入冀府寺大
笑期必死忿怒或見置嗟我樊府君安可再遭值

董宣歌

後漢書曰董宣字少平光武時爲洛陽令
搏擊豪强莫不震慄京師號爲臥虎歌之
云
枹鼓不鳴董少平 枹擊鼓杖也音孚字從木

郭喬卿歌

後漢書曰郭賀字喬卿建武中爲尚書令
在職六年拜荊州刺史到官有殊政百姓
之歌
厥德仁明郭喬卿中正朝廷上下平 一作天下

鮑司隷歌

列異傳云鮑宣宣子永永子昱三世
皆爲司隷而乘一驄馬京師人歌之
鮑氏驄三人司隷再入公馬雖瘦行步工

通博南歌 一作行者歌

後漢書西南夷傳曰永平十二年哀牢王
柳貌遣子率種人內屬顯宗以其地置哀
牢博南二縣割益州郡西部都尉所領六
縣合爲永昌郡始通博南山度蘭倉水行
者苦之
作歌

漢德廣開不賓度博南越蘭津度蘭倉 漢書作滄 爲它人

廉范歌

後漢書曰廉范字叔度建初中爲蜀郡太
守成都民物阜盛邑宇偪側舊制禁民夜
作以防火災而更相隱蔽燒者日屬范乃
毀削前令但嚴使儲水而已百姓爲便乃
歌
之
廉叔度來何暮不禁火民安作 叶則護反 平生無襦今五袴 一作昔無襦今五袴

喻猛歌

和帝時蒼梧太守以
清白爲治郡頌之曰

於惟蒼梧交阯之域大漢唯宗遠以仁德

陳臨歌

謝承後漢書曰陳臨字子然爲蒼梧太守人遺腹子報父怨捕得繫獄傷其無子令其妻入獄遂産得男人歌曰

蒼梧陳君恩廣大令死罪囚有後代德參古賢天報施

又

蒼梧府君恩及死能令死人不絶嗣

黎陽令張公頌

公與守相駕蜚魚往來倏忽遠熹娛慰此屯民寧厥苦

魏郡輿人歌

岑熈爲魏郡太守招聘隱逸與參政事無爲而化視事二年輿人歌之

我有枳棘岑君伐之我有蟊賊岑君遏之狗吠不驚足下生氂含哺鼓腹焉知凶災我喜我生獨丁斯時美矣岑君於戲休茲

范史雲歌

後漢書曰范冉字史雲桓帝時爲萊蕪長遭母喪不到官後遁身於梁沛之間徒行敝服賣卜於市遭黨人禁錮遂推鹿車載妻子捃拾自資所止單漏有時絶粒窮居自若言貌無改閭里歌之冉或作丹

甑中生塵范史雲釜中生魚范萊蕪

劉君歌

後漢書曰劉陶字子奇潁川潁陰人濟北貞王勃之後桓帝時舉孝廉除順陽長縣多姦猾陶到官宣募吏民有氣力勇猛能以死易生者得數百人皆嚴兵待命於是覆案姦軌所按發若神以病免吏民思而歌之

悒然不樂思我劉君何時復來安此下民

董逃歌 一作靈帝中平中京都歌

後漢書五行志曰按董謂董卓也言雖跋扈縱其殘暴終歸逃竄至於滅族也風俗通曰卓以董逃之歌主爲已發大禁絶之揚乎董卓傳曰卓改董逃爲董安

承樂世董逃遊四郭董逃蒙天恩董逃帶金紫董逃行謝恩董逃整車騎董逃垂欲發董逃與中辭董逃出西門董逃瞻宮殿董逃望京城董逃日夜絶董逃心摧傷董逃

賈父歌

後漢書曰中平元年交阯屯兵執刺史及合浦太守靈帝勅三府精選能吏有司舉賈琮爲交阯刺史琮到部訊其反狀咸言賦斂過重民不聊生故聚爲盜琮即移書告示各使安其資業招撫荒散蠲復徭役誅斬渠帥爲大害者簡選良吏試守諸縣百姓以安巷路爲之歌

賈父來晩使我先反今見清平吏不敢飯

皇甫嵩歌

後漢書曰皇甫嵩字義真安定朝那人靈帝時黄巾作亂以嵩爲左中郎將討賊數有功拜左車騎將軍領冀州牧封槐里侯嵩請冀州一年田租以贍飢民百姓歌曰

天下大亂兮市爲墟母不保子兮妻失夫賴得皇甫兮復安居

洛陽令歌

長沙耆舊傳曰祝良字石卿爲洛陽令歲時亢旱天子祈雨不得良乃暴身階庭告誠引罪自晨至申紫雲沓起甘雨登降人爲之歌

天久不雨烝人失所天王自出祝令特苦精符感應滂沱下雨

崔瑗歌

崔氏家傳曰崔瑗爲汲令開溝造稻田蒲鹵之地更爲沃壤民賴其利長老歌之曰

上天降神明錫我仁慈父臨民布德澤恩惠施以序穿溝廣溉灌決渠作甘雨

吳資歌

常璩華陽國志曰太山吳資字元約孝順帝永建中爲巴郡太守屢獲豐年人歌之曰｜｜及資遷去人思資又歌曰｜｜

習習晨風動澍雨潤禾苗我后恤時務我人以優饒

又歌

望遠忽不見惆悵嘗徘徊恩澤實難忘悠悠心永懷

爰珍歌

陳留耆舊傳曰爰珍除六[illegible]令吏人訟息教誨其子弟歌之曰

我有田疇爰父殖置我有子弟爰父教誨

高孝甫歌

陳留耆舊傳曰高慎字孝甫敦質少華嘿而好沉深之謀爲從事人謂之曰

嶷然不語名高孝甫

襄陽太守歌

襄陽耆舊傳曰襄陽太守胡烈有惠化百姓歌曰

美哉明后雋哲惟嶷陶廣乾坤周孔則是文武播暢威振遐域

隴頭歌二首

秦川記曰隴西郡隴山其上懸巖吐溜於中嶺泉涌因名萬石泉泉溢漫散而下溝澮皆注故北人升此而歌曰｜｜按漢横吹曲有隴頭而亡其辭此或其遺也梁鼓角横吹亦載此

隴頭流水流離四下念我行役飄然曠野登高望遠涕

零雙墮

隴頭流水鳴聲幽咽遙望秦川肝腸斷絕

匈奴歌

十道志曰馬支祁連二山皆美水草匈奴失之乃作此歌

失我焉支山令我婦女無顏色失我祁連山使我六畜不蕃息

謠辭

武帝太初中謠

拾遺記曰太初二年大月氐國貢雙頭雞四足一尾鳴則俱鳴武帝置於甘泉故館更以餘雞混之得其種類而不能鳴諫者曰詩云牝雞無晨今雄類不鳴非吉祥也帝乃送還西域行至西關雞反顧漢宮而哀鳴故謠言曰｜｜至王莽篡位將軍有九虎之號其後喪亂彌多宮掖中生蒿棘家無雞鳴犬吠

三七末世雞不鳴犬不吠宮中荆棘亂相係當有九虎爭爲帝

元帝時童謠

漢書五行志曰元帝時童謠至成帝建始二年三月戊子北宮中井泉稍上溢出南流井水陰也竈烟陽也玉堂金門至尊之居象陰盛而滅陽竊有宮室之應也王莽生於元帝初元四年至成帝封侯爲三公輔政因以篡位也

井水溢滅竈烟灌玉堂流金門

長安謠

漢書佞幸傳曰成帝初丞相御史條奏石顯舊惡及其黨牢梁陳順皆免官顯與妻子徙歸故郡憂懣不食道病死諸所交結以顯爲官皆廢罷少府五鹿充宗左遷玄菟太守御史中丞伊嘉爲鴈門都尉長安謠云

伊徙鴈鹿徙菟去牢與陳實無賈（賈讀曰價）

成帝時燕燕童謠

漢書五行志曰成帝時童謠後帝爲微行出遊常與富平侯張方俱稱富平侯家人過河陽主作樂見舞者趙飛鷰而幸之故曰燕燕尾涏涏美好貌也張公子謂富平侯也木門倉琅根爲宮門銅鍰言將尊貴也後遂爲皇后弟昭儀賊害後宮皇子卒皆伏辜所謂燕飛來啄皇孫皇孫死燕啄矢者也

燕燕尾涏涏（徒見反）張公子時相見木門倉琅根燕飛來啄皇孫皇孫死燕啄矢

成帝時歌謠

漢書五行志曰成帝時歌謠也桂赤色漢家象華不實無繼嗣也王莽自謂黃象黃爵巢其顛也

邪徑敗良田讒口亂善人桂樹華不實黃爵巢其顛昔爲人所羨今爲人所憐

鴻隙陂童謠 一作王莽時汝南童謠

漢書曰汝南舊有鴻隙大陂郡以爲饒成帝時關東數水陂溢爲害翟方進爲相與御史大夫孔光共遣掾行視以爲決去陂水其地肥美省隄防費而無水憂遂奏罷之及翟氏滅鄉里歸惡言方進請陂下良田不得而奏罷陂云王莽時常枯旱郡中追怨方進時有童謠子威方進字也

壞陂誰翟子威飯我豆食羹芋魁反乎覆陂當復誰云者兩黃鵠

王莽末天水童謠

後漢書五行志曰時隗囂初起兵於天水後意稍廣欲爲天子遂被滅囂少病蹇吳門冀郭門名也緹群山名也

出吳門望緹群見一蹇人言欲上天令天可上地上安得民

更始時南陽童謠

後漢書五行志曰更始時南陽有童謠是時更始在長安世祖爲大司馬平定河北更始大臣並僭專權故謠妖作也後更始遂爲赤眉所殺是更始之不諧在赤眉也世祖自河北興

諧不諧在赤眉得不得在河北

後漢時蜀中童謠

後漢書五行志曰世祖建武六年蜀中童謠是時公孫述僭號於蜀時人竊言王莽稱黃述欲繼之故稱白五銖漢家貨明當復也述遂誅滅

黃牛白腹五銖當復

城中謠 玉臺作童謠歌

漢書曰馬后履行節儉事從簡約馬廖慮以美業難終上疏長樂宮以勸成德政長安語曰丨丨斯言如戲有切事實

城中好高髻四方高一尺城中好廣眉四方且半額城中好大袖四方全匹帛

會稽童謠

後漢書曰張霸永元中爲會稽太守時賊未解郡界不寧乃移書開購明用信賞賊遂束手歸附不煩士卒之力童謠歌

棄我戟捐我矛盜賊盡吏皆休

同前

益部耆舊傳曰張霸爲會稽太守舉賢士勸教講授一郡慕化但聞誦聲又野無遺冠民語曰

城上烏鳴哺父母府中諸吏皆孝友

河內謠

東觀漢記曰王渙除河內溫令商賈露宿人開門臥人爲作謠曰

王稺子代未有平徭役百姓喜

順帝末京都童謠

直如弦死道邊曲如鉤反封侯

後漢書五行志曰按順帝即世孝質短祚大將軍梁冀貪樹疏幼以爲己功專國號令以贍其私大尉李固以爲清河王雅性聰明敦詩悅禮加以屬親立長則順置善則固而冀建白太后策免固徵蠡吾侯遂即至尊固是月幽斃于獄暴尸道路而太尉胡廣封安樂鄉侯司徒趙戒厨亭侯司空袁湯安國亭侯云

桓帝初小麥童謠

小麥青青大麥枯誰當穫者婦與姑丈夫何在西擊胡
吏買馬君具車請爲諸君鼓嚨胡

後漢書五行志曰桓帝之初天下童謠按元嘉中凉州諸羌一時俱反南入蜀漢東抄三輔延及并冀大爲民害命將出衆每戰常負中國益發甲卒麥多委棄但有婦女穫刈之也吏買馬君具車者言調發重及有秩者也請爲諸君鼓嚨胡者不敢公言私咽語也

城上烏童謠

後漢書五行志曰桓帝之初京師童謠按此皆爲政貪也城上烏尾畢逋者處高利獨食不與下共謂人上多聚斂也公爲吏子爲徒者言蠻夷將畔逆父既爲軍吏其子又爲卒徒往擊之也一徒死百乘車者言前一人往討胡既死矣後又遣百乘車往車班班入河間者言桓帝將崩乘輿班班入河間迎靈帝也河間姹女工數錢以錢爲室金爲堂者靈帝既立其母永樂太后好聚金以爲堂也石上慊慊春黃粱言永樂唯積金錢慊慊常若不足吏人春黃粱而食之也粱下有懸鼓我欲擊之丞卿怒者言永樂主教靈帝使賣官受錢所祿非其人天下忠篤之士怨望欲擊懸鼓以求見丞卿主鼓者亦復諂順怒而止我也

城上烏尾畢逋公爲吏子爲徒一徒死百乘車車班班
入河間河間姹女工數錢以錢爲室金爲堂石上慊慊
春黃粱梁下有懸鼓我欲擊之丞卿怒

桓帝初京都童謠

游平賣印自有平不辟豪賢及大姓

五行志曰延熹末鄧皇后以譴自殺乃以竇貴人代之其父名武字游平拜城門校尉及太后攝政爲大將軍與太傅陳蕃合心戮力惟德是建印綬所加咸得其人豪賢大姓皆絕望矣

桓帝末京都童謠

後漢書五行志曰桓帝之末京都童謠按解犢亭屬饒陽河間縣也居無幾何而桓帝崩使者與解犢侯皆白蓋車從河間來延延衆貌是時御史劉儵建議立靈帝以儵爲侍中中常侍侯覽畏其親近必當間已白拜儵泰山太守因令司隸迫促殺之朝廷少長思其功効乃拔用其弟郃致位司徒此爲合諧也

白蓋小車何延延河閒來合諧河閒來合諧

桓帝末京都童謠

後漢書五行志曰按易曰拔茅連茹以其彙征吉茅喻群賢也井者法也于時中常侍管霸蘇康憎疾海内英哲與長樂少府劉囂太常許詠尚書柳分尋穆史佟司隷唐珍等代作脣齒河内牢川詣闕上書汝潁南陽上采虛譽專作威福甘陵有南北二部三輔尤甚由是博考黄門北寺始見廢閣茅田一頃者言群賢多也中有井者言雖阨窮不失其法度也四方纖纖不可整者言姦慝大熾不可整理賢復賢者京都飲酒相强之辭也言食肉者鄙不䘏王政徒耽宴飲歌呼而已也今年尚可者言但禁錮也後年鐃者陳竇被誅天下大壞

茅田一頃中有井四方纖纖不可整賢復賢今年尚可後年鐃風俗通作譊

鄉人謠

初桓帝爲侯時受學於甘陵周福及即位擢爲尚書時同郡房植有名故云

天下規矩房伯武因師獲印周仲進

任安二謠

後漢書曰任安字定祖廣漢綿竹人少遊太學受孟氏易兼通數經又從同郡楊厚學圖讖究極其術時人稱曰

欲知仲桓問任安

又曰

居今行古任定祖

桓靈時童謠

後漢書曰桓帝之世更相濫舉人爲之謠

舉秀才不知書察孝廉父別居

又見抱朴子

舉秀才不知書舉孝廉父別居寒素清白濁如泥高第良將怯如黽譚苑醍醐云泥音涅黽音蠻黽或音寘則泥當音臲古音例無定也晉書作怯如雞蓋不得其音而改之

靈帝末京都童謠

後漢書五行志曰靈帝之末京都童謠至中平六年少帝登蹕至尊獻帝未有爵號爲中常侍段珪等所執公卿百官皆隨其後到河上乃得來還此爲非侯非王上北芒者也

侯非侯王非王千乘萬騎上北芒

二郡謠

後漢書曰汝南太守宗資任功曹范滂南陽太守成瑨亦委功曹岑晊范滂字孟博岑晊字公孝二郡爲謠

汝南太守范孟博南陽宗資主畫諾南陽太守岑公孝

弘農成瑨但坐嘯

太學中謠　見陶淵明集

袁山松後漢書曰桓帝時朝廷日亂李膺風格秀整高自標尚後進之士升其堂者以爲登龍門太學生三萬餘人牓天下士上稱三君次八俊次八顧次八及次八厨猶古之八元八凱也因爲七言謠曰

天下忠誠竇游平　大將軍槐里侯扶風平陵竇武字游平　天下義府陳仲舉　太傅高陽鄉侯汝南平與陳蕃字仲舉　天下德弘劉仲承　侍中河間樂成劉淑字仲承

右三君　一云不畏強禦陳仲舉九卿直言有陳蕃

天下模楷李元禮　少傅潁川襄城李膺字元禮　天下英秀王叔茂　司空山陽高平王暢字叔茂　天下良輔杜周甫　太僕潁川陽城杜密字周甫　天下冰凌朱季陵　司隸校尉沛國朱寓字季陵　天下忠貞魏少英　尚書會稽上虞魏朗字少英　天下好交荀伯條　沛國潁陰荀昱字伯條　天下稽古劉伯祖　大司農博陵安平劉祐字伯祖　天下才英趙仲經　太常蜀郡成都趙典字仲經

右八俊

天下和雍郭林宗　有道太原介休郭泰字林宗　天下慕恃夏子治　太常陳留圉夏馥字子治　天下英藩尹伯元　尚書令河南鞏尹勳字伯元　天下清苦羊嗣祖　河南尹太山平陽羊陟字嗣祖　天下琁金劉叔林　議郎東郡發劉儒字叔林

天下雅志蔡孟喜　冀州刺史陳國項蔡衍字孟喜　天下臥虎巴恭祖　潁川太守渤海東城巴肅字恭祖　天下通儒宗孝初　議郎南陽安衆宗慈字孝初

右八顧　後漢書無劉儒有范滂

海內貴珍陳子鱗　御史中丞汝南召陵陳翔字子鱗　海內忠烈張元節　衛尉山陽高平張儉字元節　海內謇諤范孟博　太尉掾汝南細陽范滂字孟博　海內通士檀文友　蒙令山陽高平檀敷字文友　海內才珍孔世元　洛陽令魯國孔昱字世元後漢書云字元世　海內彬彬范仲真　太山太守渤海重合范康字仲真　海內珍好岑公孝　太尉掾南陽棘陽岑晊字公孝　海內所稱劉景升　鎮南將軍荊州牧武城侯山陽高平劉表字景升

右八及　後漢書無范滂有翟超

海內賢智王伯義　少府東萊曲城王商字伯義後漢書作王章　海內脩整蕃嘉景　郎中魯國蕃嚮字嘉景　海內貞良秦平王　北海相陳留巳吾秦周字平王　海內珍奇胡毋季皮　侍御史太山奉高胡毋班字季皮　海內光光劉子相　太尉掾潁川陰劉翊字子相　海內依怙王文祖　冀州刺史東平壽張王考字文祖　海內嚴恪張孟卓　陳留相東平壽張張邈字孟卓　海內清明度博平　荊州刺史山陽湖陸度尚字博平

右八厨　後漢書無劉翊有劉儒

京兆謠

續漢書曰李燮拜京兆詔發西園錢燮上封事遂止不發吏民愛敬乃爲此謠

我府君道教舉恩如春威如虎剛不吐柔不茹愛如毋訓如父

獻帝初童謠

後漢書五行志曰獻帝初童謠公孫瓚以爲易地當之遂徙鎮焉乃修城積穀以待天下之變建安三年袁紹攻瓚瓚大敗縊其姊妹妻子引火自焚紹兵趣登臺斬之初瓚破黃巾殺劉虞乘勝南下侵據齊地雄威大振而不能開廓遠圖欲以堅城觀時坐聽圍戮斯亦自易地而去世也

燕南垂趙北際中央不合大如礪唯有此中可避世

獻帝初京都童謠

後漢書五行志曰獻帝元初京都童謠按千里草爲董十日卜爲卓凡別字之體皆從上起左右離合無有從下發端者也今二字如此者天意若曰卓自下摩上以臣陵君也青青暴盛之貌不得生者亦旋破亡

千里草何青青十日卜不得生

興平中吳中童謠

吳志曰初興平中吳中童謠閶門吳西郭門夫差所生也

黃金車班蘭耳開閶門出天子

建安初荊州童謠

後漢書五行志曰言自中興以來荊州無破亂及劉表爲牧又豐樂至此逮八九年當始衰者謂劉表妻當死諸將並零落也十三年無子遺者言十三年表又當死民當移詣冀州也

八九年間始欲衰至十三年無子遺

恒農童謠

陳留耆舊傳曰吳祐爲恒農令勸善懲姦貪濁出境甘露降年穀豐童謠曰

君不我憂人何以休不行界署焉知人處

閬君謠

華陽國志曰閬慮字孟度爲綿竹令以禮讓爲本童謠曰

閬君賦政明且昶蠲苛去碎以禮讓

京師謠

後漢黃琬傳云舊制光祿三四省郎以高功久次才德尤異者爲茂才異行時權富子弟以人事得舉而貧約守志者以窮迫見遺京師爲之謠曰

欲得不能光祿茂才 能乃來切

詩紀卷之八

詩紀卷之九

漢九

無名氏

諺語 附

楚人諺

漢書曰季布爲任俠有名楚人諺曰

得黄金百不如得季布諾

逐彈丸

西京雜記曰韓嫣好彈以金爲丸一日所失者十餘長安爲之語曰丨丨京師兒童每聞嫣出彈輙隨之望丸所落便拾取焉

苦饑寒逐彈丸

紫宮諺

漢書曰李延年善歌能爲新聲與女弟俱幸武帝時人語曰

一雌復一雄雙飛入紫宮

路温舒引諺

初孝武之世張湯趙禹之屬條定法令禁綱寖密宣帝時廷尉史路温舒上書

畫地爲獄議不入刻木爲吏期不對

崔寔引里語

政論曰每詔書所欲禁絶雖重懇惻罵詈極筆猶復廢捨終無悛意故里語曰

州郡記如霹靂得詔書但掛壁

東家棗

漢書曰王吉少時居長安其東家有棗樹垂吉庭中吉婦取以啖吉吉知而去婦東家聞欲伐其樹鄰里止之因請吉還婦爲之語曰丨丨吉字子陽琅琊皋虞人昭帝時爲博士諫大夫

東家棗樹王陽婦去東家棗完去婦復還

鄒魯諺

漢書曰韋賢少子玄成復以明經歷位至丞相故鄒魯諺曰

遺子黄金滿籯不如一經

諸葛豐

漢書曰諸葛豐元帝擢爲司隷校尉剌舉無所避京師語曰

間何闊逢諸葛

三王

漢書曰成帝時王吉子駿爲京兆尹試以政事先是京兆有趙廣漢張敞王尊王章至駿皆有能名故京師稱曰

前有趙張後有三王

五鹿

漢書曰少府五鹿充宗貴幸爲梁丘易元帝好之欲考其異同令與諸易家論充宗辨口諸儒莫能抗有薦朱雲者召入攝齊登堂抗首而請音動左右故諸儒爲之語曰

五鹿嶽嶽朱雲折其角

谷樓

漢書曰樓護字君卿精辯論議常依名節聽之者皆竦與谷永俱爲五侯上客長安號曰

||言其見信用也

谷子雲筆札樓君卿喉舌

張文

漢書曰成帝爲太子及即位以張禹論語爲師以上難數對以問經爲論語章句獻之諸

儒爲之語曰||由是學者多從張氏餘家寖微

不欲爲論念張文

楊伯起

東觀漢紀曰楊震少學受歐陽尚書於太常桓郁經明博覽無不窮究諸儒爲之語曰

關西孔子楊伯起

幘如屋

蔡邕獨斷曰古幘無巾王莽頭禿乃始施巾故語曰

莽頭禿幘如屋

投閣

漢書曰王莽纂位後復上符命者莽盡誅之時楊雄校書天祿閣使者欲收雄雄恐乃從閣自投幾死京師爲之語曰

惟寂惟莫自投于閣爰清爰靜無作符命

杜陵蔣翁

稽康高士傳曰蔣詡字元卿杜陵人爲兗州刺史王莽爲宰衡詡奏事到灞上稱病不進歸杜陵荊棘塞門舍中三逕終身不出時人諺曰

楚國二龔不如杜陵蔣翁

竈下養

東觀漢紀曰更始在長安中爲之語曰

竈下養中郎將爛羊胃騎都尉爛羊頭關內侯

南陽諺

後漢書曰南陽太守杜詩政治清平百姓便之又修治陂池廣拓土田郡內比室殷足時人以方召信臣南陽爲之語曰

前有召父後有杜母

戴侍中

謝承後漢書曰戴憑徵博士詔公卿大會群臣皆就席憑獨立世祖問其意對曰博士說經皆不如臣而坐居臣上是以不得就席帝令與諸儒難說帝善之後正旦朝賀令群臣說經更相難詰義有不通輒奪其席以益通者憑遂重坐五十餘席故京師語曰

解經不窮戴侍中　一曰說不窮戴侍中

井大春

稽康高士傳曰井丹字大春扶風郿人博學高論京師爲之語曰

五經紛綸井大春

劉太常

華嶠後漢書曰劉愷爲太常論議常引正大義諸儒爲之語曰

難經伉伉劉太常

揚子行

續漢書曰楊政字子行少好學京師語曰

說經鏗鏗揚子行

許叔重

續漢書曰許慎字叔重性淳篤少博學經籍馬融常推敬之時人爲之語曰

五經無雙許叔重

馮仲文

三輔決錄曰馮豹字仲文後毋過之甚酷豹事之愈謹時人爲之語

道德彬彬馮仲文

江夏黃童

後漢黃香字文彊江夏人博學經典究精道術京師號曰

天下無雙江夏黃童

白眉

襄陽耆舊傳曰蜀馬良字季常宜城人也兄弟五人並有才名鄉里爲之諺良眉中有白毛故以稱之

馬氏五常白眉最良

魯國孔氏

孔叢子曰子和二子長曰長彥次曰季彥甘貧味道研精墳典十餘年間會徒數百故時人爲之語曰

魯國孔氏好讀經兄弟講誦皆可聽學士來者有聲名

不過孔氏那得成

胡伯始

太傅胡廣周旋四方三十餘年歷仕六帝禮任極優練達故事明解朝章雖無謇謇直言之風屢有補闕之益故京師諺曰

萬事不理問伯始天下中庸有胡公　廣字伯始

避驄

後漢書曰桓典字公雅靈帝時爲侍御史是時宦官秉政典執正無所回避常乘驄馬京師畏憚爲之語曰

行行且止避驄馬御史

考城諺

後漢書曰仇覽字季智一名香陳留考城人爲蒲亭長初到亭有陳元之母詣覽告元不孝覽以善言勸慰之母聞感悔涕泣而去覽乃親到元家與其母子飲因爲陳人倫孝行譬以禍福元卒成孝子鄉邑爲之諺曰

父母何在在我庭化我鳲梟哺所生

朱伯厚

後漢書曰朱震字伯厚爲州從事奏濟陰太守贓罪之數諺曰

車如鷄栖馬如狗疾如風朱伯厚

太常妻

應劭漢官曰北海周澤爲太常恒齋其妻怜其年老疲病窺內問之澤大怒以爲干齋掾吏扣頭爭之不聽遂收送詔獄并自劾論者非其激發諺曰

居世（一作代）不諧爲太常妻一歲三百六十日三百五十九日齋一日不齋醉如泥既作事復低迷

縫掖

自此至作奏語並見太平御覽其中有世代不詳者御覽雜置漢人中俟再考訂

續漢書曰皇甫規安定鄉人有以貨買鴈門太守者亦還家書刺謁規規臥不迎有頃曰王符在門規驚遽而起屣履出迎時人爲之語曰

徒見二千石不如一縫掖

荀氏八龍

續漢書曰荀爽字慈明幼而好學耽思經書慶弔不行徵命不應潁川爲之語曰

荀氏八龍慈明無雙

公沙六龍

袁山松後漢書曰公沙穆有六子時人號曰

公沙六龍天下無雙

帳下壯士

江表傳曰典爲容貌魁傑名冠三軍其所持手戟長幾一尋軍中爲之語曰

帳下壯士有典君手把雙戟八十斤

郭君

江表傳曰郭典字君業爲鉅鹿太守與中郎將董卓攻黃巾賊張寶於曲陽典作圍壍卓不肯典獨於西當賊之衝晝夜進攻寶由是城守不敢出時人爲之語曰

郭君圍壍董將不許幾令狐狸化爲豺虎賴我郭君不畏強禦轉機之間敵爲窮虜猗猗惠君保完疆土

柳伯騫

江表傳曰柳琮字伯騫所長進皆爲時所稱致位牧守鄉里爲諺曰

得黃金一笥不如爲柳伯騫所識

繆文雅

皇甫謐逸士傳曰繆斐字文雅代修儒學繼踵六博士以經行修明學士稱之故時人爲

之語曰

素車白馬繆文雅

許偉君

陳留風俗傳曰許晏字偉君授魯詩於瑯琊王攺學曰許氏章句列在儒林故諺曰

殿上成群許偉君

王君公

語林曰王君公遭亂不去儈牛自隱時人爲之語曰

避世墻東王君公　高士傳曰君公明易爲郎數言事不用免歸詐在儈牛口無二價也

時人語

曹操別傳曰呂布驍勇且有駿馬時人爲之語曰

人中有呂布馬中有赤兎

相里諺

文士傳曰留侯七世孫張讚字子卿初居吳縣相人里時人諺曰

相里張多賢良積善應子孫昌

袁文開

英雄記曰袁紹父成字文開貴盛自梁冀以下皆與交言無不從京師諺曰

事不諧詣文開

五門

三輔決錄曰五門子孫凡民之五門今在河南西四十里澗穀洛三水之交傳聞馬氏凡弟五人共居此地作五門客舍因以爲名主養猪賣豚故民爲之語曰

苑中三公館下二卿五門嚾嚾但聞豚聲

賈偉節

三輔決錄曰賈彪兄弟三人並有高名彪最優故天下稱曰

賈氏三虎偉節最怒

作奏

邯鄲氏笑林曰桓帝時有人辟公府掾者倩人作奏記文人不能爲作因語曰梁國葛龔者先善爲記文自可爲用不煩更作遂從人言寫記文不去龔名姓府公大驚不荅而罷

歸故時人語曰

作奏雖工宜去葛龔

李鱗甲

江表傳曰諸葛亮表都尉李嚴嚴少爲郡職吏用性深尅苟利其身鄉里爲嚴諺曰

難可狎李鱗甲

諸葛諺

晉漢春秋曰諸葛亮卒楊儀整軍而出宣王不逼百姓諺曰

死諸葛走生仲達

詩紀卷之九

詩紀卷之十

漢十

無名氏

古詩十九首

鍾嶸詩品曰古詩體源出於國風陸機所擬十四首文温以麗意悲而遠驚心動魄可謂幾乎一字千金其外去者日以踈四十五首雖多哀怨頗為總雜舊疑是建安中曹王所製客從遠方來橘柚垂華實亦為驚絶矣人代冥滅而清音獨遠悲夫

行行重行行與君生別離相去萬餘里各在天一涯道路阻且長會面安可知一作期胡馬依北風越鳥巢南枝

相去日已遠衣帶日已緩浮雲蔽白日遊子不顧返思君令人老歲月忽已晚棄捐勿復道努力加餐飯

青青河畔草鬱鬱園中柳盈盈樓上女皎皎當窗牖娥娥紅粉粧纖纖出素手昔為倡家女今為蕩子婦蕩子行不歸空牀難獨守玉臺作枚乘

青青陵上柏磊磊澗中石人生天地間忽如遠行客斗酒相娛樂聊厚不為薄驅車策駑馬遊戲宛與洛洛中何鬱鬱冠帶自相索長衢羅夾巷王侯多第宅兩宮遙相望雙闕百餘尺極宴娛心意戚戚何所迫

今日良宴會歡樂難具陳彈箏奮逸響新聲妙入神令德唱高言識曲聽其真齊心同所願含意俱未伸人生寄一世奄忽若飆塵何不策高足先據要路津無為守窮賤轗軻長苦辛

西北有高樓上與浮雲齊交疏結綺窗阿閣三重階上有絃歌聲音響一何悲誰能為此曲無乃杞梁妻清商隨風發中曲正徘徊一彈再三歎慷慨有餘哀不惜歌者苦但傷知音稀願為雙鴻鵠善作鳴鶴奮翅起高飛玉臺作枚乘

涉江采芙蓉蘭澤多芳草采之欲遺誰所思在遠道還顧望舊鄉長路漫浩浩同心而離居憂傷以終老玉臺作枚乘

明月皎夜光促織鳴東壁玉衡指孟冬補註云當作秋眾星何歷歷白露霑野草時節忽復易秋蟬鳴樹間玄鳥逝安適昔我同門友高舉振六翮不念攜手好棄我如遺跡南箕北有斗牽牛不負軛良無盤石固虛名復何益

冉冉孤生竹結根泰山阿與君為新婚兔絲附女蘿兔絲生有時夫婦會有宜千里遠結婚悠悠隔山陂思君

令人老軒車來何遲傷彼蕙蘭花含英揚光輝過時而
不采將隨秋草萎君亮執高節賤妾亦何爲○樂府載此文心雕
龍曰孤竹一篇傅毅之辭
庭中有奇樹綠葉發華滋攀條折其榮將以遺所思馨
香盈懷袖路遠莫致之此物何足貴但感別經時玉臺作枚
乘
迢迢牽牛星皎皎河漢女纖纖擢素手札札弄機杼終
日不成章泣涕零如雨河漢清且淺相去復幾許盈盈
一水間脉脉不得語玉臺作枚乘

廻車駕言邁悠悠涉長道四顧何茫茫東風搖百草所
遇無故物焉得不速老盛衰各有時立身苦不早人生
非金石豈能長壽考奄忽隨物化榮名以爲寶
東城高且長逶迤自相屬廻風動地起秋草萋已綠四
時更變化歲暮一何速晨風懷苦心蟋蟀傷局促蕩滌
放情志何爲自結束燕趙多佳人美者顏如玉被服羅
裳衣當戶理清曲音響一何悲絃急知柱促馳情整巾
帶沉吟聊躑躅思爲雙飛燕銜泥巢君屋玉臺作枚乘
驅車上東門遙望郭北墓白楊何蕭蕭松栢夾廣路下

有陳死人杳杳即長暮潛寐黃泉下千載永不寤浩浩
陰陽移年命如朝露人生忽如寄壽無金石固萬歲更
相送賢聖莫能度服食求神仙多爲藥所誤不如飲美
酒被服紈與素樂府載此作驅車上東門行
去者日以五臣作已疎來者日以親出郭門直視但見丘與
墳古墓犂爲田松栢摧爲薪白楊多悲風蕭蕭愁殺人
思還故里閭欲歸道無因
生年不滿百常懷千歲憂晝短苦夜長何不秉燭遊爲
樂當及時何能待來茲愚者愛惜費但爲後世嗤仙人
王子喬難可與等期

凜凜歲云暮螻蛄夕鳴悲涼風率已厲遊子寒無衣錦
衾遺洛浦同袍與我違獨宿累長夜夢想見容輝良人
惟古歡枉駕惠前綏願得常巧笑攜手同車歸既來不
須臾又不處重闈亮無晨風翼焉能凌風飛眄睞以適
意引領遙相睎徙倚懷感傷垂涕沾雙扉
孟冬寒氣至北風何慘慄愁多知夜長仰觀衆星列三
五明月滿四五蟾兎缺客從遠方來遺我一書札上言
長相思下言久離別置書懷袖中三歲字不滅一心抱

區區懽君不識察
客從遠方來遺我一端綺相去萬餘里故人心尚爾文
彩雙鴛鴦裁為合歡被著（[illegible]）以長相思緣以結不解
以膠投漆中誰能別離此
明月何皎皎照我羅牀幃憂愁不能寐攬衣起徘徊客
行雖云樂不如早旋歸出戶獨彷徨愁思當告誰引領
還入房淚下沾裳衣（玉臺作枚乘）

古詩五首

上山採蘼蕪下山逢故夫長跪問故夫新人復何如新

人雖言（藝文作云）好未若故人姝顏色類相似（藝文云其色似相類）手
爪不相如新人從門入故人從閤去（叶丘於切）新人工織縑
故人工織素（叶孫租切）織縑日一匹織素五丈（一作尺）餘將縑
來比素（藝文云持縑將比素）新人不如故
四坐且莫諠願聽歌一言請說銅爐器崔嵬象南山上
枝似松栢下根據銅盤雕文各異類離婁自相聯誰能
為此器公輸與魯班朱火然其中青煙颺其間從風入
君懷四坐莫不歡香風難久居空令蕙草殘
悲與親友別氣結不能言贈子以自愛道遠會見難

主無幾時顛沛在其間念子棄我去新心有所歡結志
青雲上何時復來還
穆穆清風至吹我羅衣裾青袍似春草長條隨風舒朝
登津梁山褰裳望所思安得抱柱信皎日以為期
蘭若生春陽涉冬猶盛滋願言追昔愛情款感四時美
人在雲端天路隔無期夜光照玄陰長歎念（玉臺作思）所思
誰謂我無憂積念發狂癡（玉臺作枚乘）

古詩三首

橘柚垂華實乃在深山側聞君好我甘竊獨自彫飾委

身玉盤中歷年冀見食芳菲不相投青黃忽改色人儻
欲我知因君為羽翼
十五從軍征八十始得歸道逢鄉里人家中有阿誰遥
望是君家松栢冢纍纍兎從狗竇入雉從梁上飛中庭
生旅穀井上生旅葵烹穀持作飯采葵持作羹羹飯一
時熟不知貽阿誰出門東向望淚落沾我衣（亦見梁鼓角横吹辭）
○吳兢曰此詩晉宋入樂奏之首增四句名紫騮馬十五從軍征以下古詩也
新樹蘭蕙葩雜用杜衡草終朝采其華日暮不盈抱采
之欲遺誰所思在遠道馨香易銷歇繁華會枯槁嘿嘿

何所言臨風送懷抱

古詩一首

步出城東門遥望江南路前日風雪中故人從此去我
欲渡河水河水深無梁願爲雙黄鵠高飛還故鄉

古詩一首

行行隨道經歷山陂馬啖柏葉又啖柏脂不可長飽聊
可過飢

擬蘇李詩十首

李陵錄別詩八首

有鳥西南飛熠熠似蒼鷹朝發天北隅暮聞日南陵欲
寄一言去一作辭託之牋綵繒因風附輕翼以遺心蘊蒸
鳥辭路悠長羽翼不能勝意欲從鳥逝駑馬不可乘
爍爍三星列拳拳月初生寒凉應節至蟋蟀夜悲鳴晨
風動喬木枝葉日夜零遊子暮思歸塞耳不能聽遠望
正蕭條百里無人聲豺狼鳴後園虎豹步前庭遠處天
一隅苦困獨零丁親人隨風散歷歷如流星三萍離不
結思心獨屏營願得萱草枝以解饑渴情
寂寂君子坐奕奕合衆芳温聲何穆穆因風動馨香清
言振東序良時著西庠乃命絲竹音列席無高唱悲意
何慷慨清歌正激揚長哀發華屋四坐莫不傷
晨風鳴北林熠燿一作熠熠東南飛願言所相思日暮不垂
帷明月照高樓想見餘光輝玄鳥夜過庭髣髴能復飛
褰裳路踟蹰彷徨不能歸浮雲日千里安知我心悲思
得瓊樹枝以解長渴饑
陟彼南山隅送子淇水陽爾行西南游我獨東北翔轅
馬顧悲鳴五步一彷徨雙鳬相背飛相遠日已長遠望
雲中路想見來圭璋萬里遥相思何益心獨傷隨時愛
景曜願言莫相忘

鍾子歌南音仲尼嘆歸與戎馬悲邊鳴遊子戀故廬陽
鳥歸飛雲蛟龍樂潛居人生一世間貴與願同俱身無
四凶罪何爲天一隅與其苦筋力必欲榮薄軀不如及
清時策名於天衢
鳳凰鳴高岡有翼不好飛安知鳳凰德貴其來見稀闕
紅塵蔽天地白日何冥冥微陰盛殺氣淒風從此興招
搖西北指天漢東南傾嗟爾穹廬子獨行如履冰短褐
中無緒帶斷續以繩瀉水置瓶中焉辨淄與澠巢父不

洗耳後世有何稱 升菴詩話云見修文殿御覽

蘇武荅詩二首

童童孤生柳寄根河水泥連翩遊客子于冬服凉衣去家千里餘一身常渴饑寒夜立清庭仰瞻天漢湄寒風吹我骨嚴霜切我肌憂心常慘戚晨風爲我悲瑤光游何速行願支荷 一作去何 遲仰視雲間星忽若割長帷低頭還自憐盛年行已衰依依戀明世愴愴難久懷

雙鳧俱北飛一鳧獨南翔子當留斯館我當歸故鄉一別如秦胡會見何詎央愴恨切中懷不覺淚沾裳願子

長努力言笑莫相忘 古文苑題曰別李陵

茅山父老歌 外編作大茅君誤

茅居内傳曰茅盈咸陽人也得道隱句曲邦人因改句曲爲茅君之山時盈二弟俱貴衷爲五官大夫西河太守固爲執金吾各棄官渡江求兄於東山後咸得仙道太上命固治丹陽句曲山衷治當良之山盈爲司命真君東嶽上卿於是盈與二弟決別俱去固衷留治此山漢平帝元壽二年也内法旣融外教坦平爾乃風雨以時五禾成熟疾癘不起慕害不行父老謌曰

茅山連金陵江湖據下流三神乘白鶴各在 一作治 一山頭佳雨灌畦稻陸田亦復周妻子保堂室使我無百憂白鶴翔青天 一作金穴 何時復來遊

古詩二首

採葵莫傷根傷根葵不生結交莫羞貧羞貧友不成

甘瓜抱苦蔕美棗生荆棘利傍有倚刀貪人還自賊

古絶句四首

藁砧今何在山上復有山何當大刀頭破鏡飛上天

日暮秋雲陰江水清且深何用通音信蓮花玳瑁簪

菟絲從長風根莖無斷絶無情尚不離有情安可別

南山一樹桂上有雙鴛鴦千年長交頸歡愛不相忘

古歌

高田種小麥終久不成穗男兒在他鄉焉得不憔悴

古樂府

蘭草自然香生於大道傍腰鎌八九月俱在束薪中

古五雜組詩

五雜組岡頭草往復還車馬道不獲已人將老

古兩頭纖纖詩

兩頭纖纖月初生半白半黑眼中睛腷腷膊膊雞初鳴磊磊落落向曙星

同前 見歷代吟譜

兩頭纖纖青玉玦半白半黑頭上髮腷腷膊膊春氷裂
磊磊落落桃初結

詩紀卷之十

詩紀卷之十一

魏一

曹操 字孟德沛國譙人漢舉孝廉為郎歷位丞相封魏王後其子丕代漢追謚曰武皇帝廟號太祖 ○詩品曰曹公古直甚有悲凉之句叡不如丕亦稱三祖

樂府

度關山

天地間人爲貴立君牧民為之軌則車轍馬跡經緯四極黜陟幽明黎庶繁息於鑠賢聖總統邦域封建五爵井田刑獄有燔丹書無普赦贖臯陶甫侯 宋書作刑 何有失職嗟哉後世改制易律勞民為君役賦其力舜漆食器畔者十國不及唐堯采椽不斲世嘆伯夷欲以厲俗侈惡之大儉爲共德許由推讓豈有訟曲兼愛尚同疏者為戚 右一曲魏晉樂所奏

短歌行二首

對酒當歌人生幾何譬如朝露去日苦多慨當以慷憂思難忘何以解憂唯有杜康青青子衿悠悠我心但為君故沉吟至今呦呦鹿鳴食野之苹我有嘉賓鼓瑟吹笙明明如月何時可掇憂從中來不可斷絕越陌度阡

※漢十第十一葉底本缺以臺北故宮博物院藏本配補

枉用相存契濶談讌心念舊恩月明星希烏鵲南飛繞
樹三匝何枝可依山不厭高海不厭深周公吐哺天下
歸心魏晉樂所奏分為六解與此並同但無越陌以下八句
周西伯昌懷此聖德三分天下而有其二修奉貢獻臣
節不墜崇侯讒之是以拘繫解一後見赦原賜之斧鉞得
使征伐為仲尼所稱達及德行猶奉事殷論叙其美解二
齊桓之功為霸之首九合諸侯一匡天下一匡天下不
以兵車正而不譎其德傳稱解三孔子所嘆並稱夷吾民
受其恩賜與廟胙命無下拜小白不敢爾天威在顏咫
尺解四晉文亦霸躬奉天王受賜珪瓚秬鬯彤弓盧弓矢
千虎賁三百人解五威服諸侯師之者尊八方聞之名亞
齊桓河陽之會詐稱周王是以其名紛葩解六右二曲晉樂所奏

善哉行

古公亶父積德垂仁思弘一道哲王於豳解一太伯仲雍
王德之仁行施百世斷髮文身解二伯夷叔齊古之遺賢
讓國不用餓殂首山解三智哉山甫相彼宣王何用杜伯
累我聖賢解四齊桓之霸賴得仲父後任豎刁蟲流出戶
解五晏子平仲積德兼仁與世沈德未必思命解六仲尼之

世王國為君隨制飲酒揚波使官解七

歩出東西門行

一曰碣石篇樂志曰碣石魏武帝辭晉以為碣石舞其歌四章一曰觀滄海二曰冬十月三曰土不同四曰龜雖壽與此並同但曲前無豔爾

雲行雨歩超越九江之皐臨觀異同心意懷遊豫不
知當復何從經過至我碣石心惆悵我東海雲行至此為豔
東臨碣石以觀滄海水何澹澹山島竦峙樹木叢生百
草豐茂秋風蕭瑟洪波作濤湧起日月之行若出其中
星漢燦爛若出其裏幸甚至哉歌以詠志解一

右觀滄海

孟冬十月北風徘徊天氣肅清繁霜霏霏鵾雞晨鳴鴻
鴈南飛鷙鳥潛藏熊羆窟棲錢鎛停置農收積場逆旅
整設以通商賈幸甚至哉歌以詠志解一

右冬十月

鄉土不同河朔隆寒流澌浮漂舟船行難錐不入地豐
藾深奥水竭不流冰堅可蹈士隱者貧勇俠輕非心常
歎怨戚戚多悲幸甚至哉歌以詠志解二

右土不同一作河朔寒

神龜雖壽猶有竟時騰蛇乘霧終為土灰老驥伏櫪志在千里烈士暮年壯心不已盈縮之期不但在天養怡一作始之福可得永年幸甚至哉歌以詠志右一曲魏晉樂所奏

右龜雖壽

薤露

惟漢二十世所任誠不良沐猴而冠帶知小而謀彊猶豫不敢斷因狩執君王白虹為貫日已亦先受殃賊臣執國柄殺主滅宇京蕩覆帝基業宗廟以燔喪播越西遷移號泣而且行瞻彼洛城郭微子為哀傷

蒿里行

關東有義士興兵討群凶初期會盟津乃心在咸陽軍合力不齊躊躇而鴈行勢利使人爭嗣還自相戕淮南弟稱號刻璽於北方鎧甲生蟣虱萬姓以死亡白骨露於野千里無雞鳴生民百遺一念之斷人腸右二曲魏樂所奏

苦寒行藝文樂府並作魏文帝

北上太行山艱哉何巍巍羊腸坂詰屈車輪為之摧樹木何蕭瑟北風聲正悲熊羆對我蹲虎豹夾路啼谿谷少人民雪落何霏霏延頸長嘆息遠行多所懷我心何怫鬱思欲一東歸水深橋梁絶中路一作道正徘徊迷惑失故路薄暮無宿棲行行日已遠人馬同時飢擔囊行取薪斧冰持作糜悲彼東山詩悠悠使我哀晉樂所奏分六解每解疊首二句

善哉行

自惜身薄祜夙賤罹孤苦既無三徙教不聞過庭語一解

其窮如抽裂自以思所怙雖懷一介志是時其能與二解

守窮者貧賤惋歎淚如雨泣涕於悲夫乞活要能覩三解

我願於天窮琅邪傾側左雖欲竭忠誠欣公歸其楚四解虎

快人由為歎抱情不得敘顯行天教人誰知莫不緒五解

我願何時隨此歎亦難處今我將何照於光曜釋銜不如雨六解○右二曲魏晉樂所奏

卻東西門行

鴻鴈出塞北乃在無人鄉舉翅萬里餘行止自成行冬節食南稲春日復北翔田中有轉蓬隨風遠飄揚長與故根絶萬歲不相當奈何此征夫安得去四方戎馬不解鞍鎧甲不離傍冉冉老將至何時反故鄉神龍藏深泉猛獸步高岡狐死歸首丘故鄉安可忘右一曲魏晉樂所奏

氣出唱三首

駕六龍乘風而行行四海外路下之八邪歷登高山臨
谿谷乘雲而行行四海外東到泰山仙人玉女下來遨
遊驂駕六龍飲玉漿河水盡不東流解愁腹飲玉漿奉
持行東到蓬萊山上至天之門玉闕下引見得入赤松
相對四面顧望視正惶惶（一作煌煌）開王心正興其氣百道
至傳告無窮閉其口但當愛氣壽萬年東到海與天連
神仙之道出窈入冥常當專之心恬澹無所愒欲閉門
坐自守天與期氣願得神之人乘駕雲車驂駕白鹿上

到天之門來賜神之藥跪受之敬神齊當如此道（自來）
華陰山自以為大高百丈浮雲為之蓋仙人欲來出隨
風列之雨吹我洞簫鼓瑟琴何誾誾酒與歌戲今日相
樂誠為樂玉女起起舞移數時鼓吹一何嘈嘈從西北
來時仙道多駕煙乘雲駕龍鬱何務務遨遊八極乃到
崑崙之山西王母側神仙金止玉亭來者為誰赤松王
喬乃德旋之門樂共飲食到黃昏多駕合坐萬歲長宜
子孫

遊君山甚為真確磈砟硌爾自為神乃到王母臺金階
玉為堂芝草生殿傍東西廂客滿堂主人當行觴坐者
長壽遽何央長樂甫始宜孫子常願主人增年與相守

右三曲魏晉樂所奏

精列

厥初生造化之陶物莫不有終期莫不有終期聖賢不
能免何為懷此憂願螭龍之駕思想崑崙居思想崑崙
居見欺於迂怪志意在蓬萊志意在蓬萊周孔聖徂落
會稽以墳丘會稽以墳丘陶陶誰能度君子以弗憂年
之暮奈何時過時來微

對酒

對酒歌太平時吏不呼門王者賢且明宰相股肱皆忠
良咸禮讓民無所爭訟三年耕有九年儲倉穀滿盈班
白不負戴雨澤如此百穀用成却走馬以糞其土田爵
公侯伯子男咸愛其民以黜陟幽明子養有若父與兄
犯禮法輕重隨其刑路無拾遺之私囹圄空虛冬節不
斷人耄耋皆得以壽終恩澤（宋書作德）廣及草木昆蟲

陌上桑

駕虹蜺乘赤雲登彼九疑歷玉門濟天漢至崑崙見西

王母謁東君交赤松及羨門受要秘道愛精神食芝英
飲醴泉拄杖桂枝佩秋蘭絶人事遊渾元若疾風遊欻
飄翩景未移行數千壽如南山不忘愆右一曲晉樂所奏

秋胡行二首

晨上散關山此道當何難晨上散關山此道當何難牛
頓不起車墮谷間坐盤石之上彈五弦之琴作為清角
韻意中迷煩歌以言志晨上散關山一解有何三老公卒
來在我傍有何三老公卒來在我傍負揜被裘似非恒
人謂卿云何困苦以自怨徨徨所欲來到此間歌以言
志有何三老公二解我居崑崙山所謂者真人我居崑崙
山所謂者真人道深有可得名山歷觀遨遊八極枕石
漱流飲泉沉吟不決遂上升天歌以言志我居崑崙山
三解去去不可追長恨相牽攀去去不可追長恨相牽攀
夜夜安得寐惆悵以自憐正而不譎乃一作賦依因經
傳所過西來所傳歌以言志去去不可追四解
願登泰華山神人共遠遊願登泰華山神人共遠遊經
歷崑崙山到蓬萊飄颻八極與神人俱思得神藥萬歲
為期歌以言志願登泰華山一解天地何長久人道居之
短天地何長久人道居之短世言伯陽殊不知老赤松
王喬亦云得道得之未聞庶以壽考歌以言志天地何
長久二解明明日月光何所不光昭明明日月光何所不
光昭二儀合聖化貴者獨人不萬國率土莫非王臣仁
義為名禮樂為榮歌以言志明明日月光三解四時更逝
去晝夜以成歲四時更逝去晝夜以成歲大人先天而
天弗違不戚年往憂世不治存亡有命慮之為蚩歌以
言志四時更逝去四解戚戚欲何念歡笑意所之戚戚欲
何念歡笑意所之壯盛智惠殊不再來愛時進趣將以
惠誰汎汎放逸亦同何為歌以言志戚戚欲何念五解○右
二曲魏晉樂所奏

詩紀卷之十一

古詩紀
第六册

詩紀巻之十二

魏二

文帝諱丕字子桓太祖長子八歳能屬文建安十六年為五官中郎將二十二年立為魏太子太祖薨嗣位為丞相魏王稱受漢禪遂即帝位○詩品曰文帝詩源出於李陵頗有仲宣之體則所計百許篇率皆鄙質如偶語惟西北有浮雲十餘首殊美贍可翫始見其工矣不然何以銓衡群彥對揚厥弟者耶

樂府

短歌行

古今樂録曰王僧虔技録云短歌行仰瞻一曲魏氏遺令使節朔奏樂魏文製此辭自撫箏和歌歌者云貴官彈箏貴官即魏文也此曲聲制最美辭不可入宴樂

仰瞻帷幕　俯察几筵　其物如故　其人不存　神靈倏忽
棄我遐遷　靡瞻靡恃　泣涕連連　呦呦遊鹿　啣草鳴麑
翩翩飛鳥　挾子巢棲　我獨孤煢　懷此百離　憂心孔疚
莫我能知　人亦有言　憂令人老　嗟我白髮　生一何早
長吟永嘆　懷我聖老　曰仁者壽　胡不是保右一曲魏樂所奏○
分六解解四句

秋胡行二首第一首一作歌魏德第二首一作浮萍篇

堯任舜禹　當復何為　百獸率舞　鳳凰來儀　得人則安　失
人則危　唯賢知賢　人不易知　歌以詠言　誠不易移　鳴條
之役　萬舉必全　明德通靈　降福自天
汎汎綠池　中有浮萍　寄身流波　隨風靡傾　芙蓉含芳　菡
萏垂榮　朝采其實　夕佩其英　采之遺誰　所思在庭　雙魚
比目　鴛鴦交頸　有美一人　婉如清揚　知音識曲　善為
樂方有美四句又見善哉行

善哉行二首一曰擬作

上山采薇　薄暮苦飢　谿谷多風　霜露沾衣一解　野雉群雊
猿猴相追　還望故鄉　鬱何壘壘二解　高山有崖　林木有枝
憂來無方　人莫之知二解　人生如寄　多憂何為　今我不樂
歲一作日月如宋書作其馳四解　湯湯川流　中有行舟　隨波轉薄
有似客遊五解　策我良馬　被我輕裘　載馳載驅　聊以忘憂

有美一人　婉如青揚　妍姿巧笑　和媚心腸　知音識曲　善
為樂方　哀絃微妙　清氣含芳　流鄭激楚　度宮中商　感心
動耳　綺麗難忘　離鳥夕宿　在彼中洲　延頸鼓翼　悲鳴相
求　眷然顧之　使我心愁　嗟爾昔人　何以忘憂

丹霞蔽日行

丹霞蔽日　采虹垂天　谷水潺潺　木落翩翩　孤禽失群　悲

鳴雲間月盈則沖華不再繁古來有之嗟我何言明帝步出夏門行中八句與此同

煌煌京洛行

夭夭園桃無子空長虛美難假偏輪不行一解淮陰五刑鳥盡弓藏保身全名獨有子房大憤不收褒衣無帶多言寡誠祇令事敗二解蘇秦之說六國以亡傾側賣主車裂固當賢矣陳軫忠而有謀楚懷不從禍卒不救三解禍夫吳起智小謀大西河何健伏尸何劣四解嗟彼郭生古之雅人智矣燕昭可謂得臣峩峩仲連齊之高士北辭千金東蹈滄海五解○右一曲晉樂所奏

釣竿行

東越河濟水遙望大海涯釣竿何珊珊魚尾何簁簁行路之好者芳餌欲何為

十五

登山而遠望谿谷多所有楩柟千餘尺衆草之盛茂華葉耀人目五色難可紀雉雊山雞鳴虎嘯谷風起號羆當我道狂顧動牙齒

猛虎行

與君媾新歡託配於二儀充列于紫微升降焉可知梧桐攀鳳翼雲雨散洪池

善哉行 初學記載第一解題云於講堂作

朝日樂相樂酣飲不知醉悲絃激新聲長笛吐清氣一解
絃歌感人腸四坐皆歡悅寥寥高堂上涼風入我室二解
持滿如不盈有德者能卒君子多苦心所愁不但一三解
慊慊下白屋吐握不可失衆賓飽滿歸主人苦不悉四解
比翼翔雲漢羅者安所羈冲靜得自然榮華何足為五解

同前 藝文類聚作銅雀園詩

朝遊高臺觀夕宴華池陰大酋奉甘醪狩人獻嘉禽一解
齊倡發東舞秦箏奏西音有客從南來為我彈清琴二解
五音紛繁會拊者激微吟淫魚乘波聽踴躍自浮沉三解
飛鳥翻翔舞悲鳴集北林樂極哀情來寥亮摧肝心四解
清角豈不妙德薄所不任大哉子野言弭絃且自禁五解

○右三曲魏晉樂所奏

折楊柳行 藝文作遊仙詩古樂府作長歌行

西山一本作亦一何高高殊無極上有兩仙僮不飲亦不食與我一丸藥光耀有五色一解服藥四五日身體生羽

翼輕舉乘浮雲倏忽行萬億流覽觀四海茫茫非所識
二解 彭祖稱七百悠悠安可原老聃適西戎于今竟不還
王喬假虛辭赤松垂空言 三解 達人識真僞愚夫好妄傳
追念往古事憒憒千萬端百家多迂怪聖道我所觀 四解
○右一曲魏晉樂所奏

燕歌行二首

秋風蕭瑟天氣涼草木搖落露為霜群燕辭歸鴈南翔
念君客遊思斷腸 宋書作多思腸 慊慊思歸戀故鄉君何淹留
寄他方賤妾煢煢守空房憂來思君不敢忘不覺淚下
沾衣裳援琴鳴絃發清商短歌微吟不能長明月皎皎
照我牀星漢西流夜未央牽牛織女遙相望爾獨何辜
限河梁 晉樂所奏分七解

別日何易會日難山川悠遠路漫漫鬱陶思君未敢言
寄書 一作聲 浮雲往不還涕零雨面毀形 一作容 顏誰能懷
憂獨不歎展詩清歌聊自寬樂往哀來摧心 一作肺 肝耿
耿伏枕不能眠披衣出戶步東西悲風清厲秋氣寒羅
幃徐動經秦軒仰戴 一作看 星月觀雲間飛鳥 一作鶴 晨鳴
聲可憐留連顧懷不自 一作能 存 晉樂所奏分六解○此首文互異者並以宋書
爲正

臨高臺

臨臺行高高以軒下有水清且寒中有黃鵠往且翻
行為臣當盡忠願令 一作今 皇帝陛下三千歲宜居此宮
鵠欲南遊雌不能隨我欲躬銜汝口噤不能開欲負
之毛衣摧頹五里一顧六里徘徊 此曲三段辭不相屬鵠欲南遊以下乃古辭飛鵠行也

陌上桑

棄故鄉離室宅遠從軍旅萬里客披荊棘求阡陌側足
獨窘步路局苲虎豹嘷動雞驚禽失群鳴相索登南山
奈何蹈盤石樹木叢生鬱差錯寢蒿草蔭松柏涕泣雨
面霑枕席伴旅單稍稍日零落惆悵竊自憐相痛惜 右一曲晉樂所奏

秋胡行 一作佳人期

朝與佳人期日夕殊不來嘉肴不嘗旨酒停杯寄言飛
鳥告余不能俯折蘭英仰結桂枝佳人不在結之何為
從爾何所之乃在大海隅靈若道言貽爾明珠企予望
之步立踟躕佳人不來何得斯須

上留田行

居世一何不同上留田富人食稻與粱上留田貧子食糟與糠上留田貧賤亦何傷上留田祿命懸在蒼天上留田今爾歎息將欲誰怨上留田

大墻上蒿行

陽春無不長成草木羣類隨大風起零落若何翩翩中心獨立一何煢四時舍我驅馳今我隱約欲何為人生居天壤間忽如飛鳥棲枯枝我今隱約欲何為適君身體所服何不恣君口腹所嘗冬被貂鼲溫煖夏當服綺

羅輕涼行力自苦我將欲何為不及君少壯之時乘堅車策肥馬良上有滄浪之天今我難得久來視下有蠕蠕之地今我難得久來履何不恣意遨遊從君所喜帶我寶劍今爾何為自低卬悲麗平壯觀白如積雪利如秋霜駮犀標首玉琢中央帝王所服辟除凶殃御左右奈何致福祥吳之辟閭越之步光楚之龍泉韓有墨陽苗山之鋋羊頭之鋼知名前代咸自謂麗且美曾不知君劍良綺難忘冠青雲之崔嵬纖羅為纓飾以翠翰既美且輕表容儀俯仰垂光榮宋之章甫齊之高冠亦自謂美蓋何足觀排金鋪坐玉堂風塵不起天氣清涼奏桓瑟舞趙倡女娥長歌聲協宮商感心動耳蕩氣回腸酌桂酒鱠鯉魴與佳人期為樂康前奉玉巵為我行觴今日樂不可忘樂未央為樂常苦遲歲月逝忽若飛何為自苦使我心悲

豔歌何嘗行　宋書作古辭　樂府作文帝

何嘗快獨無憂但當飲醇酒炙肥牛一解長兄為二千石中兄被貂裘二解小弟雖無官爵鞍馬馺馺往來王侯長者遊三解但當在王侯殿上快獨樗蒲六博對坐彈棊四解

男兒居世各當努力蹙迫日暮殊不久留五解少小相觸抵寒苦常相隨忿恚安足諍吾中道與卿共別離約身奉事君禮節不可虧上慚滄浪之天下顧黃口小兒奈何復老心皇皇獨悲誰能知　少小下為趨前為豔○右一曲晉樂所奏

月重輪行

三辰垂光照臨四海煥哉何煌煌悠悠與天地久長愚見目前聖覩萬年明闇相絕何可勝言

詩

黎陽作三首

朝發鄴城夕宿韓陵霖雨載塗輿人困窮載馳載驅沐雨
櫛風舍我高殿何為泥中在昔周武爰暨公旦載主而征
救民塗炭彼此一時唯天所讃我獨何人餘不靖亂（一作靜亂）
殷殷其雷濛濛其雨我徒我車涉此艱阻遵彼洹湄言
刈其楚班之中路塗潦是御轔轔大車載低載昂嗷嗷
僕夫載仆載僵蒙塗冒雨沾衣濡裳

千騎隨風靡萬騎正龍驤金鼓震上下干戚紛縱横白
旄若素霓丹旗發朱光追思太王德胥宇識足臧經歷
萬歲林行行到黎陽

於譙作

清夜延貴客明燭發高光豐膳漫星陳旨酒盈玉觴絃
歌奏新曲遊響拂丹梁餘（一作繁）音赴迅節慷慨時激揚
獻酬紛交錯雅舞何鏘鏘羅纓從風飛長劍自低昂穆
穆衆君子和合同樂康

孟津

良辰啓初節高會構（初學記作極）歡娛通天拂景雲俯臨四
達衢羽爵浮象樽珍膳盈豆區清歌發妙曲樂正奏笙
竽曜靈忽西邁炎燭繼望舒翊日浮黃河長驅旋鄴都

芙蓉池作

乘輦夜行遊逍遙步西園雙渠相溉灌嘉木繞通川卑
枝拂羽蓋脩條摩蒼天驚風扶輪轂飛鳥翔我前丹霞
夾明月華星出雲間上天垂光彩五色一何鮮壽命非
松喬誰能得神仙遨遊快心意保己終百年

於玄武陂作

兄弟共行遊驅車出西城野田廣開闢川渠互相經黍
稷何鬱鬱流波激悲聲菱芡覆綠水芙蓉發丹榮柳垂
重蔭綠向我池邊生乘渚望長洲群鳥讙譁鳴萍藻泛
濫浮澹澹隨風傾忘憂共容與暢此千秋情

至廣陵於馬上作（外編云廣陵觀兵）

魏志黃初六年十月行幸廣陵故城臨江觀兵戎卒十餘萬旌旗數百里帝於馬上為詩曰

觀兵臨江水水流何湯湯戈矛成山林玄甲耀日光猛
将懷暴怒膽氣正縱横誰云江水廣一葦可以航不戰
屈敵虜戢兵稱賢良古公宅岐邑實始翦殷商孟獻營
虎牢鄭人懼稽顙充國務耕殖先零自破亡興農淮泗
間築室都徐方量宜運權略六軍咸悅康豈如東山詩

悠悠多憂傷
雜詩二首
漫漫秋夜長烈烈北風涼展轉不能寐披衣起彷徨（藝文作徉）
彷徨忽已久白露沾我裳俯視清水波仰看明月光
天漢回西流三五正縱橫草蟲鳴何悲孤鴈獨南翔鬱
鬱多悲思綿綿思故鄉願飛安得翼欲濟河無梁向風
長歎息斷絕我中腸
西北有浮雲亭亭如車蓋惜哉時不遇適與飄風會吹
我東南行行行至吳會吳會非我鄉安得久留滯棄置

勿復陳客子常畏人
於明津作
遙遙山上亭皎皎雲間星遠望使心懷遊子戀所生驅
車出北門遙望河陽城（古辭長歌行與此同後有六句云凱風吹長棘夭夭枝葉傾黃鳥飛相追咬咬弄音聲竚立望西河泣下沾羅纓）
清河作
方舟戲長水湛澹（藝文作澹澹）自浮沉絃歌發中流悲響有
餘音（一作悲風漂餘音）音聲入君懷悽愴傷人心心傷安所念
但願恩情深願為晨風鳥雙飛翔北林

代劉勳妻王氏雜詩二首（玉臺以為王宋自作今從藝文作魏文帝）
王宋者平虜將軍劉勳妻也入門二十餘年後勳悅
山陽司馬氏女以宋無子出之還于道中作詩二首
翩翩牀前帳張（一作可）以蔽光輝昔將爾同去今將爾同
歸緘藏篋笥裏當復何時披
誰言去婦薄去婦情更重千里不唾井況乃昔所奉遠
望未為遙踟躕不得並
黎陽作
奉辭討罪遐征晨過黎山巉峥東濟黃河金營北觀故
宅頓傾中有高樓亭亭荊棘繞蕃叢生南望果園青青

霜露慘悽宵零彼桑梓兮傷情
寡婦
友人阮元瑜早亡傷其妻孤寡為作此詩
霜露紛兮交下木葉落兮淒淒候鴈叫兮雲中歸燕翩
兮徘徊妾心感兮惆悵白日急兮西頹守長夜兮思君
魂（一作君思）一夕兮九乖悵延佇兮仰視星月隨兮天迴徙
引領兮入房竊自憐兮孤栖願從君兮終沒愁何可兮
久懷

令詩

漢獻帝傳曰太史丞許芝條上魏王代漢圖讖王令曰昔周文王三分天下有其二以服事殷公旦履天子之籍聽天下之斷終然復子明辟吾雖德不及二聖吾敢忘高山景行之義哉吾作詩曰丨丨庶欲守此辭以自終卒不虛言也

喪亂悠悠過紀白骨從橫萬里哀哀下民靡恃吾將以
時整理復子明辟致仕

闕文

飲馬長城窟行

浮舟橫大江討彼犯荆虜武將齊貫錍征人伐金鼓長

戟十萬隊幽冀百石弩發機若雷電一發連四五

失題　見藝文麞部

巾車出鄴宮校獵東橋津重罝施密網罕畢飄如雲攣
兮忽高馳一發連雙鷹

見挽船士兄弟辭別詩

舍我故鄉客將適萬里道妻子牽衣袂落淚霑懷抱

甄皇后

塘上行

鄴都故事云魏文帝甄皇后袁紹中子熙之妻也太祖破紹文帝時為太子遂納為夫人生明帝後為郭后所譖賜死後宮臨終為詩今詳其詞氣蓋初見棄在後宮所作非臨終詩語也樂府解題曰前志云晉樂奏魏武帝蒲生篇而諸集錄皆言其詞文帝甄后所作歎以讒訴見棄猶幸得新好不遺故惡焉

蒲生我池中其葉何離離傍能行仁義莫若妾自知衆
口鑠黃金使君生別離念君去我時獨愁常苦悲想見
君顏色感結傷心脾念君常苦悲夜夜不能寐莫以豪
賢故棄捐素所愛莫以魚肉賤棄捐葱與薤莫以麻枲
賤棄捐菅與蒯出亦復苦愁入亦復苦愁邊地多悲風
樹木何脩脩從軍致獨樂延年壽千秋　右一曲本辭

蒲生我池中蒲生我池中其葉何離離傍能行人儀莫
能縷自知衆口鑠黃金使君生別離　一解　念君去我時念
君去我時獨愁常苦悲想見君顏色感結傷心脾今悉
夜夜愁不寐　二解　莫用豪賢故莫用豪賢故棄捐素所愛
莫用魚肉貴棄捐葱與薤莫用麻枲賤棄捐菅與蒯　三解
倍恩者苦枯倍恩者苦枯蹶船常苦沒教君安息定慎
莫致倉卒念與君一共離別亦當何時共坐復相對　四解
出亦復苦愁入亦復苦愁邊地多悲風樹木何蕭蕭今
日樂相樂延年壽千秋　五解○右一曲晉樂所奏

明帝 諱叡文帝子

樂府

短歌行

翩翩春燕端集余堂陰匿陽顯節運自常厥貌淑美玄衣素裳歸仁服德雌雄頡頏執志精專潔行馴良銜土繕巢有式宮房不規自圓無矩而方

善哉行

我徂我征伐彼蠻虜練師簡卒爰正其旅輕舟竟川初鴻依浦桓桓猛毅如羆一作貅如虎發砲若雷吐氣如雨

旄旍指麾進退應矩百馬齊轡御由造父休休六軍咸同斯武兼塗星邁亮茲行阻行行日遠西背京許遊弗淹旬遂屆揚土奔寇震懼莫敢當御權實豎子備則亡虜假氣游䰟魚鳥為伍虎臣列將怫鬱充怒淮泗肅清奮揚微所運德燿威惟鎮惟撫反旆言歸旆一作告入皇祖 宋書樂志分為八解無權實豎子四句

同前四解

赫赫大魏王師徂征冐暑討亂振耀威靈一解泝舟黃河隨波潺湲通渠回越行路綿綿二解綵旄蔽日旗旒翳天淫魚瀺灂遊戲深淵三解唯塘泊樂府作洎從如流不為單握揚楚心惆悵歌採薇心綿綿在淮肥願君速節一作捷早旋歸四解○右二曲魏晉樂所奏

步出夏門行 一曰隴西行

步出夏門東登首陽山嗟哉夷叔仲尼稱賢君子退讓小人爭先惟斯二子于今稱傳林鍾受謝節改時遷日月不居誰得久存善哉殊復善絃歌樂情一解商風夕起悲彼秋蟬變形易色隨風東西乃眷西顧雲霧相連丹霞蔽日彩虹帶天弱水潺潺葉落翩翩孤禽失群悲鳴

其間善哉殊復善悲鳴在其間二解朝遊清泠日暮嗟歸朝遊止此為豔蹶迫日暮烏鵲南飛繞樹三匝何枝可依卒逢風雨樹折枝摧雄來驚雌雌獨愁棲夜失群侶悲鳴徘徊芃芃荊棘葛生綿綿感彼風人惆悵自憐月盈則沖華不再繁古來之說嗟哉一言蹶迫下為趨林鍾受謝節改時遷日月不居誰得久存商風夕起悲彼秋蟬變形易色隨風東西乃眷西顧雲霧相連丹霞蔽日彩虹帶天谷水潺潺葉落翩翩孤禽失群悲鳴其間朝遊清泠日暮嗟歸蹶迫日暮烏鵲南飛繞樹三匝

何枝可依卒逢風雨樹折枝摧雄來驚雌雌獨愁栖夜
失群侶悲鳴徘徊芃芃荊棘葛生綿綿感彼風人惆悵
自怜月盈則冲華不再繁古來之說嗟哉一言右一曲疑是前
篇本辭見選詩外編今按樂府增六句

月重輪行

天地無窮人命有終立功揚名行之在躬聖賢度量得
為道中

長歌行

靜夜不能寐耳聽衆禽鳴大城育狐兔高墉多鳥聲壞

宇何寥廓宿屋邪草生中心感時物撫劍下前庭藝文作攬
衣下間庭翔徉於階際景星一何明仰首觀靈宿北辰奮休
榮哀彼失群燕喪偶獨煢煢單心誰與侶造房孰與成
徒然喟有和悲慘傷人情余情偏易感懷往增憤盈吐
吟音不徹泣涕沾羅纓

苦寒行

悠悠發洛都并我征東行征行彌二旬屯吹龍宋書作隴陂
城一解顧觀故壘處皇祖之所營屋室若平昔棟宇無邪
傾二解奈何我皇祖潛德隱聖形雖沒而不朽書貴垂伐

名三解光光我皇祖軒燿同其榮遺化布四海八表以肅
清四解雖有吳蜀寇春秋足耀兵徒悲我皇祖不永享百
齡賦詩以寫懷伏軾淚沾纓五解○右一曲晉樂所奏每解疊首二句

擢歌行

王者布大化配乾稽后祇陽育則陰殺晷景應度移一解
文德以時振武功伐不隨重華舞干戚有苗服從嬀二解
蠢爾吳中一作蜀中虜憑江棲山阻哀哉王士民瞻仰靡依
怙三解皇上悼愍斯宿昔奮天怒發我許昌宮列舟于長
浦四解翌日乘波揚棹歌悲且涼太常拂白日旗幟紛設

張五解將抗旄與鉞耀威於彼方伐罪以弔民清我東南
疆將抗下為趨右一曲晉樂所奏

種瓜篇即春遊曲王臺題云樂府

種瓜東井上冉冉自踰垣與君新為婚瓜葛相結連寄
託不肖軀有如倚太山兔絲無根株蔓延自登緣萍藻
託清流常恐身不全被蒙丘山惠賤妾執拳拳天日照
知之想君亦俱然

燕歌行

白日晼晼忽西傾霜露慘悽塗階庭秋草捲葉摧枝莖

翩翩飛蓬常獨征有似遊子不安寧

詩紀卷之十二

詩紀卷之十三

魏三

陳思王植 字子建太祖子文帝同母弟也建安十六年封平原侯尋徙封臨菑文帝即位命諸侯就國黄初二年貶安鄉侯改封鄄城三年立為鄄城王四年徙封雍丘明帝太和元年改封浚儀二年復還雍丘三年徙東阿六年加封陳王薨年四十一謚曰思○詩品曰植詩源出於國風骨氣奇高詞彩華茂情兼雅怨體被文質粲溢今古卓爾不群嗟乎陳思之于文章也譬人倫之有周孔鱗羽之有龍鳳音樂之有琴笙女工之有黼黻俾爾懷鉛吮墨者抱篇章而景慕映餘暉以自燭故孔氏之門如有詩則公幹升堂思王入室景陽潘陸自可坐於廊廡之間矣

樂府

丹霞蔽日行 以下四言

魏文帝詩曰丹霞蔽日采虹垂天明帝步出夏門行亦云

紂為昏亂虐殘 一作殘虐 忠正周室何隆一門三聖牧野致功天亦革命漢祚之興階秦 一作秦階 之衰雖有南面王道陵夷炎光再幽殄滅無遺

飛龍篇

晨遊泰山雲霧窈窕忽逢二童顏色鮮好乘彼白鹿手翳芝草我知真人長跪問道西登玉臺金樓複道授我仙藥神皇所造教我服食還精補腦壽同金石永世難

老

薤露行 以下五言

樂府解題曰曹植擬薤露行為天地

天地無窮極陰陽轉相因人居一世間忽若風吹塵願得展功勤輸力於明君懷此王佐才慷慨獨不群鱗介尊神龍走獸宗麒麟蟲獸猶知德何況於士人孔氏刪詩書王業粲已分騁我徑寸翰流藻垂華芬

惟漢行

魏武帝薤露詩曰惟漢二十世所任誠不良

太極定二儀清濁始以形三光炤八極天道甚著明為人立君長欲以遂其生行仁章以瑞變故誡驕盈神高而聽卑報若響應聲明主敬細微三季曹天經二皇稱至化盛哉唐虞庭禹湯繼厥德周亦致太平在昔懷帝京日昃不敢寧濟濟在公朝萬載馳其名

君子行 文選作古辭子建集亦載

君子防未然不處嫌疑間瓜田不納履李下不正冠嫂叔不親授長幼不比肩勞謙得其柄和光甚獨難周公下白屋吐哺不及餐一沐三握髮後世稱聖賢

鰕䱇篇 一曰鰕鱓篇

樂府解題曰曹植擬長歌行為鰕䱇

鰕䱇游潢潦不知江海流燕雀戲藩柴安識鴻鵠遊世士此誠明大德固無儔駕言登五嶽然後小陵丘俯觀上路人勢利惟是謀讎高念皇家遠懷柔九州撫劍而雷音猛氣縱橫浮汎泊徒嗷嗷誰知壯士憂

吁嗟篇 選詩拾遺作瑟調飛蓬篇

樂府解題曰曹植擬苦寒行為吁嗟魏志曰植每欲求別見獨談及時政幸冀試用終不能得時法制待藩國峻迫植十一年而三徙都常汲汲無歡

吁嗟此轉蓬居世何獨然長去本根逝宿夜無休閒東西經七陌南北越九阡卒遇回風起吹我入雲間自謂終天路忽然下沉泉 一作淵 驚飆接我出故歸彼中田當南而更北謂東而反西宕宕當何依忽亡而復存飄颻周八澤連翩歷五山流轉無恒處誰知吾苦艱願為中林草秋隨野火燔糜滅豈不痛願與根 一作株 荄連

豫章行二首

樂府解題曰曹植擬豫章行為窮達

窮達難豫圖禍福信亦然虞舜不逢堯耕耘處中田太

公未遭文漁釣終一作經渭川不見魯孔丘窮困陳蔡間
周公下白屋天下稱其賢
鴛鴦自朋親不若比翼連他人雖同盟骨肉天性然周
公穆康叔管蔡則流言子臧讓千乘季札慕其賢

蒲生行浮萍篇

浮萍寄清水隨風東西流結髮辭嚴親來為君子仇恪
勤在朝夕無端獲罪尤在昔蒙恩惠和樂如瑟琴何意
今摧頹曠若商與參茱萸自有芳不若桂與蘭新人雖
可愛無若故所懽行雲有反期君恩儻中還慊慊仰天

嘆愁心將何愬日月不恒處人生忽若寓悲風來入懷
一作帷淚下如垂露發篋造裳一作新衣裁縫紈與素

箜篌引 樂府作野田黃雀行

古今樂錄曰王僧虔技錄有野田黃雀行今不歌樂府解題曰晉樂奏東阿王置酒高殿上然箜篌引亦用此曲

置酒高殿上親友宋書作交從我遊中廚辦豐膳烹羊宰肥
牛秦箏何慷慨齊瑟和且柔陽阿奏奇舞京洛出名謳
樂飲過三爵緩帶傾庶羞主稱千金壽賓奉萬年酬久
要不可忘薄終義所尤謙謙君子德磬折欲何求驚風
飄白日光景馳西流盛時不可再百年忽我遒生存華
屋處零落歸山丘先民誰不死知命復何憂右一曲晉樂所奏分四解

野田黃雀行

高樹多悲風海水揚其波利劍不在掌結友何須多不
見籬間雀見鷂自投羅羅家得雀喜少年見雀悲拔劍
捎羅網黃雀得飛飛飛飛摩蒼天來下謝少年

門有萬里客

門有萬里客問君何鄉人褰裳起從之果得心所親挽
裳對我泣太息前自陳本是朔方士今為吳越民行行

將復行去去適西秦

泰山梁甫行 樂府解題曰曹植改泰山梁父為八方

八方各異氣千里殊風雨劇哉邊海民寄身於草野妻
子象禽獸行止依林阻柴門何蕭條狐兔翔我宇

怨詩行

明月照高樓流光正徘徊上有愁思婦悲嘆有餘哀一解
借問嘆者誰自云宕子妻夫行踰十載賤妾常獨棲二解

念君過於渇思君劇於飢君作高山柏一作桐妾為濁水
泥三解北風行蕭蕭烈烈入吾耳心中念故人淚墮不能
止四解浮沉各異路會合當何諧願作東北風吹我入君
懐五解君懐常不開賤妾當何依恩情中道絶流止任東
西六解我欲竟此曲此曲悲且長今日樂相樂別後莫相
忘七解○右一曲晉樂所奏七哀詩是此篇本辭

怨歌行伎録樂府解題皆以為古辭文章正宗作曹子建

為君既不易為臣良獨難忠信事不顯乃有音又見疑患
周公佐成王金縢功不刋推心輔王室二叔反流言待
罪居東國泣涕常流連皇靈大動變震雷風且寒拔樹
偃秋稼天威不可干素服開金縢感悟求其端公旦事
既顯成王乃哀嘆吾欲竟此曲此曲悲且長今日樂相
樂別後莫相忘

鞞舞歌五首本集不載見樂府詩集

序曰漢靈帝西園鼓吹有李堅者能鞞舞遭亂西隨
段頻先帝聞其舊有技召之堅既中廢兼古曲多謬
誤故改作新歌五篇古今樂録曰漢曲五篇一曰關東有賢女二曰章和二年中三
曰樂久長四曰四方皇五曰殿前生桂樹並章帝造魏曲五篇一明明魏皇帝二大和有聖帝三魏歷長
四天生烝民五為君既不易並明帝造以代漢曲其辭並亡陳思王又有五篇一聖皇篇以當章和二年
中二靈芝篇以當殿前生桂樹三大魏篇以當漢吉昌四精微篇以當關中有賢女五孟冬篇以當狡兔
按漢曲無漢吉昌狡兔二篇疑樂久長四方皇是也

聖皇篇

聖皇應暦數正康帝道休九州咸賓服威德洞八幽三
公奏諸公不得久淹留蕃位任至重舊章咸率由侍臣
省文奏陛下體仁慈沉吟有愛戀不忍聽可之迫有官
典憲不得顧恩私諸王當就國璽綬何累縗便時舍外
殿宮省寂無人主上增顧念皇母懐苦辛何以為贈賜
傾府竭寶珍文錢百億萬采帛若煙雲乗輿服御物錦
羅與金銀龍旂垂九旒羽蓋參班輪諸王自計念無功
荷厚德思一効筋力糜軀以報國鴻臚擁節衛副使隨
經營貴戚並出送夾道交輜軿車服齊整設韡曄耀天
精武騎衛前後鼓吹簫茄聲祖道魏東門淚下霑冠纓
扳蓋因内顧俛仰慕同生行行將日暮何時還闕庭車
輪為徘徊四馬躊躇鳴路人尚酸鼻何況骨肉情

靈芝篇

靈芝生王地朱草被洛濱榮華相晃耀光采曄若神古

時有虞舜父母頑且嚚盡孝於田壠烝烝不違仁伯瑜
年七十綵衣以娛親慈母笞不痛歔欷涕霑巾丁蘭少
失母自傷早孤煢刻木當嚴親朝夕致三牲暴子見陵
侮犯罪以亡形丈人為泣血免戾全其名董永遭家貧
父老財無遺舉假以供養傭作致甘肥責家塡門至不
知何用歸天靈感至德神女為秉機歲月不安居嗚呼
我皇考生我既已晩棄我何其早蓼莪誰所興念之令
人老退詠南風詩灑淚滿褘抱亂曰聖皇君四海德教
朝夕宣萬國咸禮讓百姓家肅虔庠序不失儀孝悌處

中田戸有曾閔子比屋皆仁賢髫齔無夭歯黄髪盡其
年陛下三萬歲慈母亦復然

大魏篇

大魏應靈符天祿方甫始聖德致泰和神明為驅使左
右宜供養中殿宜皇子陛下長壽考群臣拜賀咸悅喜
積善有餘慶寵祿固天常衆喜塡門至臣子蒙福祥無
患及陽遂輔翼我聖皇衆吉咸集會凶邪姦惡並滅亡
黄鵠遊殿前神鼎周四阿玉馬充乘輿芝蓋樹九華白
虎戲西除舍利從辟邪騏驎躡足舞鳳皇拊翼歌豐年

大置酒玉樽列廣庭樂飲過三爵朱顏暴已形式宴不
違禮君臣歌鹿鳴樂人舞鞞鼓百官雷抃讚若驚儲禮
如江海積善若陵山皇嗣繁且熾孫子列曾玄群臣咸
稱萬歲陛下長壽樂年御酒停未飲貴戚跪東廂侍人
承顏色奉進金玉觴此酒亦眞酒福祿當聖皇陛下臨
軒笑左右咸歡康杯來一何遲群僚以次行賞賜累千
億百官並富昌

精微篇

精微爛金石至心動神明杞妻哭死夫梁山為之傾子

丹西質秦烏白馬角生鄒衍囚燕市繁霜為夏零關東
有賢女自字蘇來卿壯年報父仇身沒垂功名女休逢
赦書白刃幾在頸俱上列仙籍去死獨就生太倉令有
罪遠徵當就拘自悲居無男禍至無與俱緹縈痛父言
荷擔西上書盤桓北闕下泣淚何漣如乞得幷姊弟沒
身贖父軀漢文感其義肉刑法用除其父得以免辯義
在列圖多男亦何為一女足成居簡子南渡河津吏廢
舟船執法將加刑女娟擁櫂前妾父聞君來將涉不測
淵畏懼風波起禱祝祭名川備禮饗神祇為君求福先

不勝醻祀誠至令犯罰艱君必欲加誅乞使知罪僭妄
願以身代至誠感蒼天國君高其義其父用赦原河激
奏中流簡子知其賢歸聘為夫人榮寵超後先辯女解
父命何況健少年黄初發和氣明堂德教施治道致太
平禮樂風俗移刑措民無枉怨女復何為聖皇長壽考
景福常來儀

孟冬篇

孟冬十月陰氣厲清武官誡田講旅統兵元龜襲吉元
光著明蚩尤蹕路風弭雨停乘輿啓行鸞鳴幽軋虎賁

采騎飛象珥鶡鐘鼓鏗鏘簫管嘈喝萬騎齊鑣千乘等
蓋夷山填谷平林滌藪張羅萬里盡其飛走趯趯狡兎
揚白跳翰獵以青骹掩以脩竿韓盧宋鵲呈才騁足噬
不盡緤牽麋掎鹿魏氏發機養基撫弦都盧尋高搜索
猴猨慶忌孟賁蹈谷超巒張目決眥髮怒穿冠頊能扼
虎蹴豹搏貙氣有餘勢負象而趨獲車既盈日側樂終
罷役解徒大饗離宮亂曰聖皇臨飛軒論功校獵徒死
禽積如京流血成溝渠明詔大勞賜大官供有無走馬
行酒醴驅車布肉魚鳴鼓舉觴爵擊鍾釂無餘絕綱一作
網縱麟麑弛罩出鳳雛收功在羽校威靈振鬼區陛下
長懽樂永世合天符

當欲游南山行

東海廣且深由卑下百川五嶽雖高大不逆垢與塵良
木不十圍洪條無所因長者能博愛天下寄其身大匠
無棄材船車用不均錐刀各異能何所獨卻前嘉善而
矜愚大聖亦同然仁者各壽考四坐咸萬年

名都篇

歌錄曰名都美女白馬並齊瑟行也皆以首句名篇

名都多妖女京洛出少年寶劒直千金被服麗且鮮鬬
雞東郊道走馬長楸間馳騁未能半雙兎過我前攬弓
捷鳴鏑長驅上南山左挽因右發一縱兩禽連餘巧未
及展仰手接飛鳶觀者咸稱善衆工歸我妍歸來宴平
樂美酒斗十千膾鯉臇胎鰕炮鱉炙熊蹯鳴儔嘯匹侶
列坐竟長筵連翩擊鞠壤巧捷惟萬端白日西南馳光
景不可攀雲散還城邑清晨復來還

美女篇

美女妖且閑採桑岐路間柔條紛冉冉落葉何翩翩攘

袖見素手皓腕約金環頭上金爵釵腰佩翠琅玕明珠
交玉體珊瑚間木難羅衣何飄颻輕車隨風還顧眄遺
光彩長嘯氣若蘭行徒用息駕休者以忘餐借問女安
居乃在城南端青樓臨大路高門結重關容華耀朝日
誰不希令顏媒氏何所營玉帛不時安佳人慕高義求
賢良獨難衆人徒嗷嗷安知彼所觀盛年處房室中夜
起長嘆

白馬篇

白馬飾金羈連翩西北馳借問誰家子幽并游俠兒少

小去鄉邑揚聲沙漠垂宿昔秉良弓楛矢何參差控弦
破左的右發摧月支仰手接飛猱俯身散馬蹄狡捷過
猴猿勇剽若豹螭邊城多警急胡虜一作虜騎數遷移羽檄
從北來厲馬登高隄長驅蹈匈奴左顧陵鮮卑棄身鋒
刃端性命安可懷父母且不顧何言子與妻名編五臣作在
壯士籍不得中顧私捐軀赴國難視死忽如歸

升天行二首

乘蹻追術士遠之蓬萊山靈液飛素波蘭桂上參天玄
豹游其下翔鵾戲其顛乘風忽登舉彷彿見衆仙

扶桑之所出乃在朝陽谿中心陵蒼昊布葉蓋天涯日
出登東幹既夕沒西枝願得紆陽轡迴日使東馳

五遊

九州不足步願得凌雲翔逍遙八紘外游目歷遐荒披
我丹霞衣襲我素霓裳華蓋芬晻藹六龍仰天驤曜靈
未移景倏忽造昊蒼閶闔啓丹扉雙闕曜朱光徘徊文
昌殿登陟太微堂上帝休西櫺群后集東廂帶我瓊瑤
佩漱我沆瀣漿踟躕玩靈芝徙倚弄華芳王子奉仙藥
羨門進奇方服食享遐紀延壽保無疆

遠遊篇

遠遊臨四海俯仰觀洪波大魚若曲陵承浪相經過靈
鼇戴方丈神嶽儼嵯峨仙人翔其隅玉女戲其阿瓊蕊
可療飢仰首吸朝霞崑崙本吾宅中州非我家將歸謁
東父一舉超流沙鼓翼舞時風長嘯激清歌金石固易
敝日月同光華齊年與天地萬乘安足多

仙人篇

仙人攬六著對博太山隅湘娥拊琴瑟秦女吹笙竽玉
樽盈桂酒河伯獻神魚四海一何局九州安所如韓終

與王喬要我於天衢萬里不足步輕舉凌太虛飛騰踰
景雲高風吹我軀迴駕觀紫微與帝合靈符閶闔正嵯
峨雙闕萬丈餘玉樹扶道生白虎夾門樞驅風遊四海
東過王母廬俯觀五嶽間人生如寄居潛光養羽翼進
趨且徐徐不見軒轅氏乘（一作升）龍出鼎湖徘徊九天上
與爾長相須

鬬雞篇

遊目極妙伎清聽厭宮商主人寂無為衆賓進樂方長
筵坐戲客鬬雞閒觀（樂府作觀閒）房群雄正翕赫雙翅自飛

揚揮羽激（樂府作邀）清風博（樂府作捍）目發朱光觜落輕毛散嚴
距往往傷長鳴入青雲扇翼獨翺翔願蒙貍膏助常得
擅此場

盤石篇

盤盤山巔石飄颻澗底蓬我本太山人何為客淮東蒹
葭彌斥土林木無分重圻巖苦崩缺湖水何洶洶蚌蛤
被濱涯光彩如錦紅高彼凌雲霄浮氣象螭龍鯨脊若
丘陵鬚若山上松呼吸吞船欐澎濞戲中鴻方舟尋高
價珍寶麗以通一舉必千里乘颸舉帆幢經危履險阻

未知命所鍾常恐沉黃壚下與黿鼈同南極蒼梧野游
眄窮九江中夜指參辰欲師當定從仰天長太息思想
懷故邦乘桴何所志吁嗟（一作嗟嘆）我孔公

驅車篇

驅車揮（一作揮）駑馬東到奉高城神哉彼泰山五嶽專其
名隆高貫雲霓嵯峨出太清周流二六候間置十二亭
上有湧醴泉玉石揚華英東北望吳野西眺觀日精魂
神所繫屬逝者感斯征王者以歸天效厥元功成歷代
無不遵禮記有品程探策或長短唯德享利貞封者七

十帝軒皇元獨靈餐霞漱沆瀣毛羽被身形發舉蹈虛
廓徑庭升窈冥同壽東父年曠代永長生

種葛篇

種葛南山下葛藟自成陰與君初婚時結髮恩義深懽
愛在枕席宿昔同衣衾竊慕棠棣篇好樂如瑟琴行年
將晚暮佳人懷異心恩紀曠不接我情遂抑沉出門當
何顧徘徊步北林下有交頸獸仰見雙棲禽攀枝長嘆
息淚下沾羅襟良馬知我悲延頸代我吟昔為同池魚
今為（玉臺作若）商與參往古皆歡遇我獨困於今棄置委天

命悠悠安可任

棄婦篇 本集不載見玉臺新詠

石榴植前庭綠葉搖縹青丹華灼烈烈璀彩有光榮光
榮曄流離可以處淑靈有鳥飛來集拊翼以悲鳴悲鳴
夫何為丹華實不成拊心長歎息無子當歸寧有子月
經天無子若流星天月相終始流星沒無精栖遲失所
宜下與瓦石并憂懷從中來歎息通雞鳴反側不能寐
逍遙於前庭踟躕還入房肅肅帷幕聲褰帷更攝帶撫
絃彈鳴箏慷慨有餘音要妙悲且清收淚長歎息何以
負神靈招搖待霜露何必春夏成晚穫為良實願君且
安寧

妾薄命二首 六言

携玉手喜同車北上雲閣飛除釣臺蹇產清虛池塘觀
一作靈沼可娛仰泛龍舟綠波俯擢神草枝柯想彼宓妃
洛河退詠漢女湘娥
日月既逝藝文作日既逝矣西藏更會蘭室洞房華燈步障舒
光玉臺作花燭步帳輝煌皎若日出扶桑促樽合坐行觴主人起
舞鎜盤能者穴觸別端騰觚飛爵闌干同量等色齊顏
任意交屬所歡朱顏發外形蘭袖隨禮容極情妙舞僊
僊體輕裳解屣遺絕纓俛仰笑喧無呈覽持佳人玉顏
齊舉玉臺作按金爵翠盤手形羅袖良難腕弱不勝珠環坐
者嘆息舒顏御巾裛粉君傍中有霍納都梁雞舌五味
雜香進者何人齊姜恩重愛深難忘召延親好宴私但
歌杯來何逢客賦既醉言歸主人稱露未晞

平陵東 以下雜言

閶闔開天衢通被我羽衣乘飛龍乘飛龍與仙期東上
蓬萊採靈芝靈芝採之可服食年若一作與王父無終極

當來日大難

樂府解題曰曹植擬善哉行為日苦短

日苦短樂有餘乃置玉樽辦東廚廣情故心相於闔門
置酒和樂欣欣遊馬後來轅車解輪今日同堂出門異
鄉別易會難各盡杯觴

桂之樹行

桂之樹桂之樹桂生一何麗佳揚朱華而翠葉流芳布
天涯上有棲鸞下有盤螭桂之樹得道之真人咸來會
講仙教爾服食日精要道甚省不煩淡泊無為自然乘

蹻萬里之外去留隨意所欲存高高上際於衆外下下乃窮極地天

當墻欲高行

龍欲升天湏浮雲人之仕進待中人衆口可以鑠金讒言三至慈母不親憒憒俗間不辯偽真願欲披心自説陳君門以九重道遠河無津

當事君行

人生有所貴尚出門各異情朱紫更相奪色雅鄭異音聲好惡隨所愛憎追舉逐聲（樂府作虛）名百心可事一君巧詐寧拙誠

當車以駕行

歡坐玉殿會諸貴客侍者行觴主人離席顧視東西廂絲竹與鞞鐸不酔無歸來明燈以繼夕

苦思行

緑蘿縁玉樹光耀粲相輝下有兩真人舉翅翩高飛我心何踊躍思欲攀雲追鬱鬱西嶽巓石室青葱與天連中有耆年一隱士鬚髮皆皓然策杖從我遊教我要忘言

詩紀卷之十三

詩紀卷之十四

魏四

陳思王植

詩

上責躬詩（以下四言）

（魏志曰黄初四年植朝京都上疏并獻詩二首）

於穆顯考時惟武皇受命于天寧濟四方朱旗所拂九土披攘玄化滂流荒服來王超商越周與唐比蹤篤生我皇奕世載聰武則肅烈文則時雍受禪于（魏志作炎）漢君

臨萬邦萬邦既化率由舊則廣命懿親以藩王國帝曰爾侯君茲青土奄有海濱方周于魯車服有輝旗章有叙濟濟雋乂我弼我輔伊予小子恃寵驕盈舉挂時網動亂國經作藩作屏先軌是墮傲我皇使犯我朝儀國有典刑我削我絀（集作黜）将寘于理元兇是率明明天子時惟篤類（一作時篤同類）不忍我刑暴之朝肆違彼執憲哀予小臣（一作子）改封兗邑于河之濱股肱弗置有君無臣荒淫之闕誰弼予身煢煢僕夫于彼冀方嗟予小子乃罹斯殃赫赫天子恩不遺物冠我玄冕要我朱紱光光大

使我榮我華剖符授玉（一作天）王爵是加仰齒金璽（一作土）
俯執聖策皇恩過隆祇承怵惕咨我小子頑凶是嬰逝
慙陵墓存愧闕庭匪敢傲德實恩是恃威靈改加足以
沒齒昊天罔極生（魏志作性）命不圖常懼顛沛抱罪黃壚願
蒙矢石建旗東嶽庶立毫氂微功自贖危軀授命知足
免戾甘赴江湘奮戈吳越天啓其衷得會京畿遲奉聖
顔如渴如飢心之云慕愴矣其悲天高聽卑皇肯照微

應詔詩

肅承明詔應會皇都星陳夙駕秣馬脂車命彼掌徒肅

我征旅朝發鸞臺夕宿蘭渚芒芒原隰祁祁士女經彼
公田樂我稷黍爰有樛木重陰匪息雖有餱糧飢不遑
食望城不過面邑不游僕夫警策平路是由玄駟藹藹
揚鑣漂沫流風翼衡輕雲承蓋涉澗之濵緣山之隈遵
彼河滸黃坂是階西躋關谷或降或升騑驂倦路載寢
載興將朝聖皇匪敢晏寧弭節長騖指日遄征前驅舉
燧後乘抗旌輪不輟運鑾無廢聲爰曁帝室稅此西墉
嘉詔未賜朝覲莫從仰瞻城閾俯惟闕庭長懷永慕憂
心如酲

朔風詩 五章

仰彼朔風用懷魏都願騁代馬倏忽北徂凱風永至思
彼蠻方願隨越鳥翻飛南翔
四氣代謝懸景運周別如俯仰脫若三秋昔我初遷朱
華未晞今我旋止素雪云飛
俯降千仞仰登天阻風飄蓬飛載離寒暑千仞易陟天
阻可越昔我同袍今永乖別
子好芳草豈忘爾貽繁華將茂秋霜悴之君不垂眷豈
云其誠秋蘭可喻桂樹冬榮

絃歌蕩思誰與銷憂臨川慕思何為（去聲）泛舟豈無和樂
游非我鄰誰忘泛舟愧無榜（音迸又人音謗）

矯志詩

芝桂雖芳（今本作芳樹雖香）難以餌烹尸位素餐難以成名磁
石引鐵於金不連大朝舉士愚不聞焉抱璧塗乞無為
貴寶履仁遘禍無為貴道鵷雛遠害不羞卑棲靈虬避
難不恥汙泥都蔗雖甘杖之必折巧言雖美用之必滅
濟濟唐朝萬邦作孚（闕）逢蒙雖巧必得良弓聖（藝文作賢）主
雖知必得（藝文作亦待）英雄螳螂見嘆齊士輕戰越王軾蛙

國以死獻道遠知驥世偽知賢覆之幬之順天之矩澤如凱風惠如時雨口為禁闥舌為發機門機之闓楛矢不追

元會詩

晉禮志漢儀有正會禮正旦受賀公侯以下執贄來庭二千石以上升殿稱萬歲後作樂燕饗魏帝都鄴正會文昌殿用漢儀

初歲元祚吉日惟良乃為嘉會宴此高堂衣裳鮮潔黼黻玄黃珍膳雜遝充溢圓方俯視文軒仰瞻華梁願保茲善一作喜千載為常歡笑盡娛樂哉未央皇室一作家榮貴壽考無疆

閨情

有一美人被服纖羅妖姿艷麗蓊若春華紅顏韡曄雲髻嵯峨彈琴撫節為我絃歌清濁齊均既亮且和取樂今日遑恤其他

公宴詩

公子敬愛客終宴不知疲清夜遊西園飛蓋相追隨明月澄清影列宿正參差秋蘭被長坂朱華冒綠池潛魚躍清波好鳥鳴高枝神飇接丹轂輕輦隨風移飄颻放志意千秋長若斯

侍太子坐

白日曜青春時雨靜飛塵寒冰辟炎景一作宗涼風飄我身清醴盈金觴餚饌縱橫陳齊人進奇一作嘉樂歌者出西秦翩翩我公子機巧忽若神

贈徐幹

驚風飄白日忽然歸西山圓景光未滿衆星燦以繁志士營世業小人亦不閑聊且夜行游游彼雙闕間文昌鬱雲興迎風高中天春鳩鳴飛棟流猋激欞軒顧念蓬

室士貧賤誠足憐薇藿弗充虛皮褐猶不全慷慨有悲心興文自成篇寶棄怨何人和氏有其愆彈冠俟知己知己誰不然良田無晚歲膏澤多豐年亮懷璵璠美積久德愈宣親交義在敦申章復何言

贈丁儀

集云與都亭侯丁翼今云儀誤也魏畧曰丁儀字正禮大祖辟為掾

初秋涼氣發庭樹微銷落凝霜依玉除清風飄飛閣朝雲不歸山霖雨成川澤黍稷委疇隴農夫安所穫在貴多忘賤為恩誰能博孤白足禦冬焉念無衣客思慕延

陵子寶劒非所惜子其寧爾心親交義不薄

贈王粲

端坐苦愁思攬衣起西游樹木發春華清池激長流中有孤鴛鴦哀鳴求匹儔我願執此鳥惜哉無輕舟欲歸忘故道顧望但懷愁悲風鳴我側義和逝不留重陰潤萬物何懼澤不周誰令君多念自使懷百憂

又贈丁儀王粲

從軍度函谷驅馬過西京山岑高無極涇渭揚濁清壯哉帝王居佳麗殊百城員闕出浮雲承露槩泰清皇佐揚天惠四海無交兵權家雖愛勝全國為令名君子在末位不能歌德聲丁生怨在朝王子歡自營歡怨非貞則中和誠可經

贈丁翼　文士傳曰翼字敬禮儀之弟也為黃門侍郎

嘉賓填城闕豐膳出中厨吾與二三子曲宴此城隅秦箏發西氣齊瑟揚東謳肴來不虛歸觴至反無餘我豈狎異人朋友與我俱大國多良材譬海出明珠君子義休偫小人德無儲積善有餘慶榮枯立可須滔蕩固大

節時俗多所拘君子通大道無願為世儒

贈白馬王彪　七章

序曰黃初四年正月白馬王任城王與余俱朝京師會節氣到洛陽任城王薨至七月與白馬王還國後有司以二王歸藩道路宜異宿止意毒恨之盖以大別在數日是用自剖與王辭焉憤而成篇　魏志曰楚王彪字朱虎武帝子也初封白馬王後徙封楚集曰於圈城作

謁帝承明廬逝將歸舊疆清晨發皇邑日夕過首陽伊洛廣（一作曠）且深欲濟川無梁汎舟越洪濤怨彼東路長顧瞻戀城闕引領情內傷

太谷何寥廓山樹鬱蒼蒼霖雨泥我塗流潦浩縱橫中逵絕無軌改轍登高岡修坂造雲日我馬玄以黃

玄黃猶能進我思鬱以紆鬱紆將何念（今本作難進）親愛在離居本圖相與偕中更不克俱鴟梟鳴衡軛豺狼當路衢蒼蠅間白黑讒巧反（今本作令）親踈欲還絕無蹊攬轡止踟躕

踟躕亦何留相思無終極秋風發微涼寒蟬鳴我側原野何蕭條白日忽西匿歸鳥赴喬林翩翩厲羽翼孤獸

走索群衢草不遑食感物傷我懷撫心長太息（魏志作嘆）
太息將何為天命與我違奈何念同生一往形不歸孤
魂翔故域靈柩寄京師存者忽復（一作已）過亡沒身自衰
人生處一世去若朝露晞年在桑榆間影響不能追自
顧非金石咄唶（志作咤）令心悲
心悲動我神棄置莫復陳丈夫志四海萬里猶比隣恩
愛苟不虧在遠分日親何必同衾幬然後展慇懃憂思
成疾疢無乃兒女仁倉卒骨肉情能不懷苦辛
苦辛何慮思天命信可疑虛無求列仙松子久吾欺變

故在斯須百年誰能持離別永無會執手將何時王其
愛玉體俱享黃髮期收淚即長路（志作塗）援筆從此辭

送應氏詩二首

步登北邙阪遙望洛陽山洛陽何寂寞宮室盡燒焚垣
墻皆頓擗荊棘上參天不見舊耆老但覩新少年側足
無行徑荒疇不復田游子久不歸不識陌與阡中野何
蕭條千里無人煙念我平常居（一作平生親）氣結不能言
清時難屢得嘉會不可常天地無終極人命若朝霜願
得展嬿婉我友之朔方親昵並集送置酒此河陽中饋
豈獨薄賓飲不盡觴愛至望苦深豈不愧中腸山川阻
且遠別促會日長願為比翼鳥施翮起高翔

三良詩

功名不可為忠義我所安秦穆先下世三臣皆自殘生
時等榮樂既沒同憂患誰言捐軀易殺身誠獨難攬涕
登君墓臨穴仰天嘆長夜何冥冥一往不復還黃鳥為
悲鳴哀哉傷肺肝

遊仙詩

人生不滿百戚戚（一作歲歲）少歡娛意欲奮六翮排霧凌紫

虛蟬蛻同松喬翻跡登鼎湖翺翔九天上騁轡遠行遊
東觀扶桑曜西臨弱水流北極玄天（一作登玄）渚南翔陟丹
丘

雜詩七首

高臺多悲風朝日照北林之子在萬里江湖迥且深方
舟安可極離思故難任孤鴈飛南游過庭長哀吟翹思
慕遠人願欲托遺音形影忽不見翩翩傷我心
轉蓬離本根飄颻隨長風何意迴飆舉吹我入雲中高
高上無極天路安可窮類此游客（一作流宕）子捐軀遠從戎

毛褐不掩形薇藿常不充去去莫復道沈憂令人老

西北有織婦綺縞何繽紛明晨秉機杼日昃不成文太
息終長夜悲嘯入青雲妾身守空閨良人行從軍自期
三年歸今已歷九春飛（玉臺作孤）鳥遶樹翔噭噭鳴索群願
為南流景馳光見我君

南國有佳人容華若桃李朝游江北岸夕宿瀟湘沚時
俗薄朱顏誰為發皓齒俛（一作俯）仰歲將暮榮耀難久

僕夫早嚴駕吾將遠行游遠游欲何之吳國為我仇將
騁萬里途東路安足由江介多悲風淮泗馳急流願欲

一輕濟惜哉無方舟閒居非吾志甘心赴國憂

飛觀百餘尺臨牖御櫺軒遠望周千里朝夕見平原烈
士多悲心小人媮自閑國讐亮不塞甘心思喪元拊劒
西南望思欲赴太山絃急悲聲發聆我慷慨言

攬衣出中閨逍遙步兩楹閑房何寂寞綠草被堦庭空
室（一作穴）自生風百鳥翩南征春思安可忘憂戚與我并
佳人在遠道妾身單且煢歡會難再遇芝蘭不重榮人
皆棄舊愛君豈若平生寄松為女蘿依水如浮萍齎身
奉衿帶朝夕不墮傾儻終顧眄恩（一作儻能終顧眄）永副我中

情

七哀詩（玉臺作雜詩樂府作怨歌行本辭）

明月照高樓流光正徘徊上有愁思婦悲歎有餘哀借
問歎者誰言是宕子妻君行踰十年孤妾常獨棲君若
清路塵妾若濁水泥浮沉各異勢會合何時諧願為西
南風長逝入君懷君懷良不開賤妾當何依

情詩（玉臺作雜詩）

微陰翳陽景清風飄我衣遊魚潛綠水翔鳥薄天飛眇
眇客行士遙役不得歸始出嚴霜結今來白露晞遊子

歎黍離處者歌式微慷慨對嘉賓悽愴內傷悲

喜雨詩

天覆何彌廣苞育此群生棄之必憔悴惠之則滋榮慶
雲從北來鬱述西南征時雨中夜降長雷周我庭嘉種
盈膏壤登秋畢有成

失題（見藝文鶴部）

雙鶴俱遨遊相失東海傍雄飛竄北朔雌驚赴南湘棄
我交頸歡離別各異方不惜萬里道但恐天網張

七步詩（本集不載）

世說新語曰文帝嘗令東阿王七步中作詩不成者行大法應聲便為詩一一帝有慙色

煑豆持作羹漉豉以為汁萁在釜中然豆在釜中泣本是同根生相煎何太急一作煑豆燃豆萁豆在釜中泣本是同根生相煎何太急

離友詩二首 并序

鄉人有夏侯威者少有成人之風余尚其為人與之昵好王師振旅送余於魏邦心有眷然為之隕涕乃作離友之詩其辭曰

王旅遊兮背故鄉彼君子兮篤人綱媵余行兮歸朔方馳原隰兮尋舊疆車一作我車載奔兮馬繁驤涉浮濟兮泛

輕航迄魏都兮息蘭房展宴好兮惟樂康

涼風肅兮白露滋木感氣兮條葉辭臨淥水兮登重基折秋華兮采靈芝尋永歸兮贈所思感離隔兮會無期伊鬱悒兮情不怡本集止載前一首今考藝文附入○初學記載二句云日匿景兮天微陰經迥路兮造北林當別有一首也

闕文

妬詩

嘉爾同衾曾不是志寧彼冶容安此妬忌

髑髏詩

牢落冥寞與道相點隱然長寢其樂無踰

艷歌

出自薊北門遙望胡池桑枝枝自相值葉葉自相當

樂府

墨出青松烟筆出狡兔翰古人感鳥跡文字有改判

芙蓉池

逍遙芙蓉池翩翩戲輕舟南楊栖雙鵠北柳有鳴鳩

言志

慶雲未時興雲龍潛作魚神鸞失其儔還從燕雀居

雜詩

悠悠遠行客去家千餘里出亦無所之入亦無所止浮雲翳日光悲風動地起

詩紀卷之十四

詩紀卷之十五

魏五

王粲

字仲宣山陽高平人有異才漢獻帝西遷因徙居長安後之荊州依劉表表卒曹操辟為丞相掾賜爵關内侯拜侍中建安二十二年卒○詩品曰粲詩其源出於李陵發愀愴之詞文秀而質羸在曹劉間別構一體方陳思不足比魏文有餘

樂府

太廟頌 三章

建安十八年曹操為魏公加九錫始立宗廟令粲作此頌以享其先始名曰顯廟頌後人更今名

思皇烈祖時邁其德肇啓洪源貽燕我則我休厥成聿先厥道丕顯丕欽允時祖考

綏庶邦和四宇九功備彝樂序建崇牙設璧羽六佾奏八音舉昭大孝衎妣祖念武功收純祜

於穆清廟翼翼休徵祁祁髦士厥德允升懷想成位咸犇在宮無思不若允觀厥崇

俞兒舞歌四首

晉書樂志曰巴渝舞漢高帝所作也高帝自蜀漢將定三秦閬中范因率賨人從帝為前鋒及定秦中封因為閬中侯其俗善歌舞高帝樂其猛銳數觀其舞曰武王伐紂歌也後

使樂人習之閬中有渝水因其所居故曰巴渝舞舞曲有矛渝弩渝安臺行辭宋書樂志曰魏俞兒舞歌四篇魏國初建所用使王粲改創其辭為矛俞弩俞安臺行辭新福歌曲行辭以述魏德後於太祖廟並歌之

矛俞新福歌

漢初建國家匡九州蠻荊震服五刃三革休安不忘備武樂脩宴我賓師敬用御天永樂無憂子孫受百福常與松喬遊烝庶德莫不咸歡柔

弩俞新福歌

材官選士劍弩錯陳應桴蹈節俯仰若神綏我武烈篤我淳仁自東自西莫不來賓

安臺新福歌

武（宋書作我）功既定庶士咸綏樂陳我廣庭式宴賓與師昭文德宣武威平九有撫民黎荷天寵延壽尸千載莫我違

行辭新福歌

神武用師士素厲仁恩廣覆猛節橫逝自古立功莫我弘大桓桓征四國爰及海裔漢國保長慶垂祚延萬世

詩

贈蔡子篤詩

蔡睦字子篤爲尚書仲宣與之同避難荊州子篤還仲宣作此贈之

翼翼飛鸞載飛載東我友云徂言戾舊邦舫舟翩翩以泝大江蔚矣荒塗時行靡通慨我懷慕君子所同悠悠世路亂離多阻濟岱江行邈焉異處風流雲散一別如雨人生實難願其弗與瞻望遐路允企伊佇烈烈冬日肅肅淒風潛鱗在淵歸鴈在軒苟非鴻鵰孰能飛翻雖則追慕予思罔宣瞻望東路慘愴增歎率彼江流爰逝靡期君子信誓不遷于時及子同寮生死固之何以贈

行言授斯詩中心孔悼涕淚漣洏嗟爾君子如何勿思

贈士孫文始

三輔決錄注曰士孫萌字文始少有才學年十五能屬文初董卓之誅也萌父瑞知王允必敗京師不可居乃命萌將家屬至荊州依劉表去無幾果爲李傕等所殺及天子都許昌追論誅董卓之功封萌爲澹津亭侯與山陽王粲善萌當就國粲作詩以贈萌

天降喪亂靡國不夷我暨我友自彼京師宗守盪失越用遁違遷于荊楚在漳之湄在漳之湄亦克晏處和通箎塤比德車輔既度禮義卒獲笑語庶茲永日無愆厥緒雖曰無愆時不我已同心離事乃有逝止橫此大江淹彼南汜我思弗及載坐載起惟彼南汜君子居之悠悠我心薄言慕之人亦有言靡日不思矧伊嬿婉胡不悽而晨風夕逝託與之期瞻仰王室慨其永嘆良人在外誰佐天官四國方阻俾爾歸藩爾之歸藩作式下國無曰蠻裔不虔汝德慎爾所主率由嘉則龍雖勿用志亦靡忒悠悠澹澧鬱彼唐林雖則同域邈其迥深白駒遠志古人所箴允矣君子不遐厥心既往既來無密爾音

贈文叔良

搜神記曰文穎字叔良南陽人爲荊州從事

翩翩者鴻率彼江濱君子于征爰騁西鄰臨此洪渚伊思梁岷爾行孔邈如何勿勤君子敬始慎爾所主謀言必賢錯說申輔延陵有作僑肸是與先民遺跡來世之矩既慎爾主亦迪知幾探情以華覩著知微視明聽聰靡事不惟董褐荷名胡寧不師衆不可蓋無尚我言梧宮致辯齊楚構患成功有要在衆思歡人之多忌掩之實難瞻彼黑水滔滔其流江漢有卷允來厥休二邦若否職汝之由緬彼行人鮮克弗留尚哉君子異于他仇

人誰不勤無厚我憂惟詩作贈敢詠在舟

思親詩 為潘文則作

摯虞文章流別云王粲所與蔡子篤及文叔良士孫文始楊德祖詩及為潘文則作思親詩其文當而整皆近乎雅矣贈楊修詩今亡

穆穆顯 初學記作皇 妣德音徽止思齊先姑志侔姜姒躬此勞瘁鞠予小子小子之生遭世罔寧烈考勤時從之于征奄遘不造殷憂是嬰咨于靡及退守祧祊五服荒離四國分爭禍難斯逼救死於頸嗟我懷歸弗克弗遑聖善獨勞莫慰其情春秋代逝于茲九齡緬彼行路焉託

予誠予誠既否委之于天庶我顯 一作剛 妣克保遐年亹亹惟懼心乎如懸如何不弔早世徂顛於存弗養於後弗臨遺愆在體慘痛切心形景尸立魂爽飛沉在昔蓼莪哀有餘音我之此譬憂其獨深胡寧視息以濟于今巖巖叢險則不可摧仰瞻歸雲俯聆飄回飛焉靡翼超焉靡階思若流波情似坻頹詩之作矣情以告哀

公讌詩

昊天降豐澤百卉挺葳蕤涼風撤蒸暑清雲卻炎暉高會君子堂並坐蔭華榱嘉肴充圓方旨酒盈金罍管絃發徽音曲度清且悲合坐同所樂但愬杯行遲常聞詩人語不醉且無歸今日不極歡含情欲待誰見眷良不翅守分豈能違古人有遺言君子福所綏願我賢主人與天享巍巍克符周公業奕世不可追

從軍詩五首 樂府作從軍行

魏志曰建安二十年三月公西征張魯魯及五子降十二月至自南鄭是行也侍中王粲作五言詩以美其事

從軍有苦樂但問所從誰所從神且武焉得久勞師相公征關右赫怒震天威一舉滅獯虜再舉服羌夷西收

邊地賊忽若俯拾遺陳賞越丘山酒肉踰川坻軍中多沃饒人馬皆溢肥徒行兼乘還空出有餘資拓地三千里往返一如飛歌舞入鄴城所願獲無違晝日處大朝日暮薄言歸外參時明政內不廢家私禽獸憚為犧良苗實已揮竊慕負鼎翁願厲朽鈍姿不能效沮溺相隨把鋤犁孰覽夫子詩信知所言非

涼風厲秋節司典告詳刑我君順時發桓桓東南征汎舟蓋長川陳卒被隰坰征夫懷親戚誰能無戀情拊衿倚舟檣眷眷思鄴城哀彼東山人喟然感鸛鳴日月不

安處人誰獲恒（善作常）寧昔人從公旦一徂輒三齡今我
神武師暫往必速平弃余親睦恩輸力竭忠貞懼無一
夫用報我素餐誠夙夜自怲（普庚反）性思逝若抽縈將秉
先登羽豈敢聽金聲（建安二十二年粲從曹公征吳此下四首蓋征吳作也）
從軍征遐路討彼東南夷方舟順廣川薄暮未安坻白
日半西山桑梓有餘暉蟋蟀夾岸鳴孤鳥翩翩飛征夫
心多懷悽（善本作惻）愴令吾悲下船登高防草露霑我衣迴
身赴牀寢此愁當告誰身服干戈事豈得念所私即戎
有授命茲理不可違

朝發鄴都橋暮濟白馬津逍遙河隄上左右望我軍連
舫踰萬艘帶甲千萬人率彼東南路將定一舉勳籌策
運帷幄一由我聖君恨我無時謀譬諸具官臣鞠躬中
堅內微畫無所陳許歷為完士一言猶（善作獨）敗秦我有
素餐責誠愧伐檀人雖無鉛刀用庶幾奮薄身
悠悠涉荒路靡靡我心愁四望無煙火但見林與丘城
郭生榛棘蹊徑無所由萑（桓）蒲竟廣澤葭葦夾長流日
夕涼風發翩翩漂吾舟寒蟬在樹鳴鸛鵠摩天游客子
多悲傷淚下不可收朝入譙郡界曠然消人憂雞鳴達
四境黍稷盈原疇館宅充鄽里士女滿莊馗（五臣作自　馗音仇）
非賢聖國誰能享斯休詩人美樂土雖客猶願留

詠史詩

自古無殉死達人所共知秦穆殺三良惜哉空爾為結
髮事明君受恩良不訾臨沒要之死焉得不相隨妻子
當門泣兄弟哭路陲臨穴呼蒼天涕下如綆縻人生各
有志終不為此移同知埋身劇心亦有所施生為百夫
雄死為壯士規黃鳥作哀詩至今聲不虧

雜詩

日暮遊西園冀寫（一作我）憂思情曲池揚素波列樹敷丹
榮上有特栖鳥懷春向我鳴褰衽欲從之路險不得征
徘徊不能去佇立望爾形風飈揚塵起白日忽已冥回
身入空房託夢通精誠人欲天不違何懼不合并

雜詩四首

吉日簡清時從君出西園方軌策良馬並驅厲中原北
臨清漳水西看柏楊山回翔遊廣囿逍遙波水間
列車息眾駕相伴綠水湄幽蘭吐芳烈芙蓉發紅暉百
鳥何繽翻振翼群相追投網引潛魚（藝文作鯉）強弩下高飛

白日已西邁歡樂忽忘歸
聯翩飛鸞鳥獨遊無所因毛羽照野草哀鳴入層雲我
尚假羽翼飛覩耳形身願及春陽會交頸遘殷勤
鷙鳥化為鳩遠竄江漢邊遭遇風雲會託身鸞鳳間天
姿既否戾受性又不閑邂逅見逼迫俛仰不得言

七哀詩三首

西京亂無象豺虎方遘患復棄中國去委身適荊蠻親
戚對我悲朋友相追攀出門無所見白骨蔽平原路有
飢婦人抱子棄草間顧聞號泣聲揮涕獨不還未知身

死處何能兩相完驅馬棄之去不忍聽此言南登霸陵
岸回首望長安悟彼下泉人喟然傷心肝
荊蠻非我鄉何為久滯淫方舟泝大江日暮愁我心山
岡有餘映巖阿增重陰狐狸馳赴穴飛鳥翔故林流波
激清響猴猿臨岸吟迅風拂裳袂白露沾衣襟獨夜不
能寐攝衣起撫琴絲桐感人情為我發悲音羈旅無終
極憂思壯難忍
邊城使心悲昔吾親更之冰雪截肌膚風飄無止期百
里不見人草木誰當遲與治同平聲登城望亭燧翩翩飛戍
旗行者不顧反出門與家辭子弟多俘虜哭泣無已時
天下盡樂土何為久留茲蓼蟲不知辛去來勿與諮

詩紀卷之十五

詩紀卷之十六

魏六

陳琳字孔璋廣陵人避難冀州袁紹使典文章袁氏敗後歸太祖太祖使琳與阮瑀並為司空軍謀祭酒管記室軍國書檄多琳瑀所作也徙門下督

飲馬長城窟行

飲馬長城窟水寒傷馬骨往謂長城吏慎莫稽留太原
卒官作自有程舉築諧汝聲男兒寧當格鬬死何能怫
鬱築長城長城何連連連連三千里邊城多健少玉臺作兒
内舍多寡婦作書與内舍便嫁莫留住善侍新姑嫜時

時念我故夫子報書往一作與邊地君今出語一何鄙身
在禍難中何為稽留他家子生男慎莫舉生女哺用脯
君獨不見長城下死人骸骨相撑拄結髮行事君慊慊
心意關一作閒明知邊地苦賤妾何能久自全

遊覽二首

高會時不娛羈客難為心殷懷從中發悲感激清音投
觴罷歡坐逍遥步長林蕭蕭山谷風黯黯一作黮黮天路陰
惆悵忘旋反歔欷涕沾襟一作巾

節運時氣舒秋風凉且清閑居心不娛駕言從友生翱
翔戲長流逍遥登高城東望看疇野廻顧覽園庭嘉木
凋緑葉芳草纖紅榮騁哉日月逝年命將西傾建功不
及時鐘鼎何所銘收念還房寢慷慨詠墳經庶幾及君
在立德垂功名

宴會

凱風飄陰雲白日揚素暉良友招我遊高會宴中闈玄
鶴浮清泉綺樹焕青蕤闕

徐幹字偉長北海人為司空軍謀祭酒掾屬五官將文學

答劉公幹詩

與子別無幾所經未一旬我思一何篤其愁如三春雖
路在咫尺難涉如九關陶陶諸夏別草木昌且繁

情詩

高殿鬱崇崇廣廈淒泠泠微風起閨闥落日照階庭踟
蹰雲屋下笑歌倚華楹君行殊不返我飾為誰榮鑪薫
闔不用鏡匣上塵生綺羅失常色金翠暗無精嘉肴既
忘御旨酒亦常停顧瞻空寂寂唯聞燕雀聲憂思連相
屬中心如宿酲

室思

人靡不有初想君能終之別來歷年歲舊恩何可期重
新而忘故君子所猶譏寄身雖在遠豈忘君須臾既厚
不為薄想君時見思

雜詩五首

沉陰結愁憂愁憂為誰興念與君相別各在天一方良
會未有期中心摧且傷不聊憂飡食慊慊常飢空端坐
而無為髣髴君容光

峩峩高山首悠悠萬里道君去日巳遠鬱結令人老人
生一世間忽若暮春草時不可再得何為自愁惱每誦

昔鴻恩賤軀焉足保

浮雲何洋洋願因通我辭飄飄不可寄徙倚徒相思人
離皆復會君獨無返期自君之出矣明鏡暗不治思君
如流水何有窮已時以下三首玉臺作雜詩藝文作室思按宋孝武自君之出矣題云擬室思當以藝文為正

慘慘時節盡蘭華凋復零喟然長嘆息君期慰我情展
轉不能寐長夜何綿綿躡屣起出戶仰觀三星連自恨
志不遂泣涕如涌泉

思君見巾櫛以益我勞勤安得鴻鸞羽覯此心中人誠
心亮不遂搔首立悁悁何言一不見復會無因緣故然
比目魚今隔如參辰

為挽船士與新娶妻別藝文作徐幹玉臺作魏文帝題云清河見挽船士新婚與妻別作

與君結新婚宿昔當別離涼風動秋草蟋蟀鳴相隨冽
冽寒蟬吟蟬吟抱枯枝枯枝時飛揚身體忽遷移不悲
身遷移但惜歲月馳歲月無窮極會合安可知願為雙
黃鵠比翼戲清池

劉楨字公幹東平人太祖辟為丞相掾屬太子嘗宴諸文學酒酣命夫人甄氏出拜坐中成伏楨獨

平視太祖聞之乃收治罪減死輸作署吏建安二十二年卒○魏文帝曰公幹有逸氣但未遒耳至其五言詩之善者妙絕時倫○詩品曰楨詩其源出於古詩仗氣愛奇動多振絕真骨凌霜高風跨俗但氣過其文雕潤恨少然自思王以下楨稱獨步

公讌詩

永日行遊戲歡樂猶未央遺思在玄夜相與復翱翔輦
車飛素蓋從者盈路傍月出照園中珍木鬱蒼蒼清川
過石渠流波為魚防芙蓉散其華菡萏溢金塘靈鳥宿
水裔仁獸遊飛梁華館寄流波豁達來風涼生平未始
聞歌之安能詳投翰長嘆息綺麗不可忘

贈五官中郎將四首

昔我從元后整駕至南鄉過彼豐沛都與君共翺翔四
節相推斥季冬風且涼衆賓會廣坐明鐙熺炎光清歌
製妙聲萬舞在中堂金罍含甘醴羽觴行無方長夜忘
歸來聊且為太康四牡向路馳歡悅誠未央

余嬰沉痼疾竄身清漳濱自夏涉玄冬彌曠十餘旬常
恐游岱宗不復見故人所親一何篤步趾慰我身清談
同日夕情盼叙憂勤便復為别辭遊車歸西隣素葉隨
風起廣路揚埃塵逝者如流水哀此遂離分追問何時

會要我以陽春望慕結不解貽爾新詩文勉哉修令德
北面自寵珍

秋日多悲懷感慨以長歎終夜不遑寐叙意於濡翰明
燈曜閨中清風凄已寒白露塗前庭應門重其關四節
相推斥歲月忽欲殫壯士遠出征戎事將獨難涕泣灑
衣裳能不懷所歡

涼風吹沙礫霜氣何皚皚(五來切)明月照緹幕華燈散炎
輝賦詩連篇章極夜不知歸君侯多壯思文雅縱橫飛
小臣信頑鹵僶俛安能追

贈徐幹

誰謂相去遠隔此西掖垣拘限清切禁中情無由宣思
子沉心曲長歎不能言起坐失次第一日三四遷步出
北寺門遙望西苑園細柳夾道生方塘含清源輕葉隨
風轉飛鳥何翻翻乖人易感動涕下與衿連仰視白日
光皦皦高且懸兼燭八紘內物類無頗偏我獨抱深感
不得與比焉

贈從弟三首

汎汎東流水磷磷水中石蘋藻生其涯華葉紛擾溺采

之薦宗廟可以羞嘉客豈無園中葵懿此出深澤

亭亭山上松瑟瑟谷中風風聲一何盛松枝一何勁冰
霜正慘悽終歲常端正豈不罹凝寒松栢有本性

鳳凰集南嶽徘徊孤竹根於心有不厭奮翅凌紫氛豈
不常勤苦羞與黃雀群何時當來儀將須聖明君

雜詩

職事相(一作煩)塡委文墨紛消散馳翰未暇食日昃不知
晏沉迷簿領書回回自昏亂釋此出西城登高且遊觀
方塘含白水中有鳧與鴈安得肅肅羽從爾浮波瀾

闘雞

丹雞被華采雙距如鋒芒願一揚炎威會戰此中唐利
爪探玉除瞋目含火光長翹驚風起勁翮正敷張輕舉
奮勾喙電擊復還翔

射鳶

鳴鳶弄雙翼飄飄薄青雲我后橫怒起意氣凌神仙發
機如驚猋三發兩鳶連流血灑牆屋飛毛從風旋庶士
同聲贊君射一何妍

失題二首　見藝文類木部

昔君錯畦時東土有素木條柯不盈尋一尺再三曲隱
生寘翳林倥傯自迫束得託芳蘭苑列植高山足　闕

二　藝文草部

青青女蘿草上依高松枝幸蒙庇養恩分惠不可貲風
雨雖急疾根株不傾移　闕

詩紀卷之十六

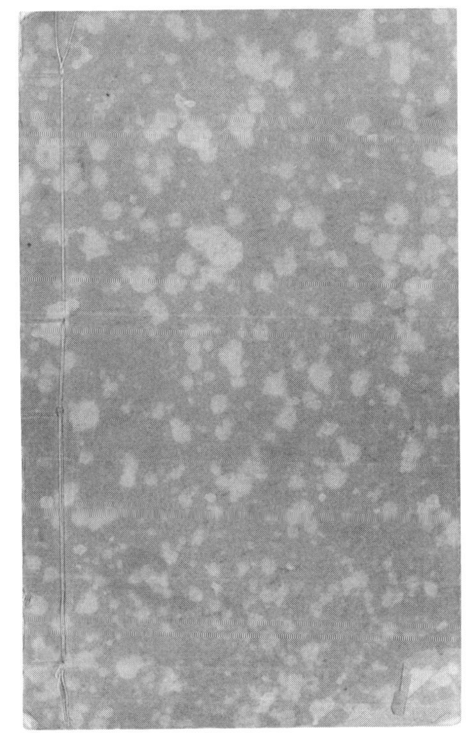

詩紀卷之十七

魏七

應瑒 字德璉汝南人漢泰山太守劭之從子也魏太祖辟為丞相掾屬轉平原侯庶子後為五官中郎將文學建安二十二年卒

報趙淑麗 一作報趙叔嚴

朝雲不歸夕結成陰離群猶 疑作獨 宿永思長吟有鳥孤棲哀鳴北林嗟我懷矣感物傷心

公讌

巍巍主人德佳會被四方開館延群士置酒于斯堂辨論釋鬱結援筆興文章穆穆衆君子好合同歡康促坐褰重帷傳滿騰羽觴

侍五官中郎將建章臺集詩

朝鴈鳴雲中音響一何哀問子遊何鄉戢翼正徘徊言我塞門來將就衡陽栖往春翔北土今冬客南淮遠行蒙霜雪毛羽日摧頹常恐傷肌骨身隕沉黃泥簡珠墮沙石何能中自諧欲因雲雨會濯翼陵高梯良遇不可值伸眉路何階公子敬愛客樂飲不知疲和顏既已暢乃肯顧細微贈詩見存慰小子非所宜且為極讙情不

醉其無歸凡百敬爾位以副饑渴懷

別詩二首

朝雲浮四海日暮歸故山行役懷舊土悲思不能言悠悠涉千里未知何時旋

浩浩長河水九折東北流晨夜赴滄海海流亦何抽遠適萬里道歸來未有由臨河累一作竟太息五內懷傷憂

鬬雞

戚戚懷不樂無以釋勞勤兄弟游戲場命駕迎衆賓二部分曹伍群雞煥以陳雙距解長緤飛踊超敵倫芥羽

張金距連戰何繽紛從朝至日夕勝負尚未分專場驅衆敵剛捷逸等群四坐同休贊賓主懷悅欣博弈非不樂此戲世所珍

應璩字休璉瑒之弟博學好屬文明帝時歷官散騎常侍齊王即位稍遷侍中大將軍長史曹爽多違法度璩為詩以諷焉其言雖頗諧然多切時要後為侍中典著作嘉平四年卒○詩品曰璩詩祖襲魏文善為古語指事殷勤雅意深篤得詩人激刺之旨至於濟濟今日所華靡可諷詠焉

百一詩三首

下流不可處君子慎厥初名高不宿著易用受侵誣前者隳官去有人適我閭田家無所有酌醴焚枯魚問我

何功德三入承明廬所占於此土是謂仁智居文章不經國筐篋無尺書用等稱才學往往見歎譽避席跪自陳賤子實空虛宋人遇周客慙媿靡所如

年命在桑榆東岳與我期長短有常會遲速不得辭斗酒多為樂無為待來茲室廣致凝陰臺高來積陽奈何季世人侈靡在宮墻飾巧無窮極土木被朱光徵求傾四海雅意猶未康

子弟可不慎慎在選師友師友必長德中才可進誘闕

丹陽集曰楚國先賢傳言應璩作百一詩譏切時事徧以示在事者皆怪愕以為應焚棄之及觀文選所載璩百一篇畧不及時事又郭茂倩雜體詩載百一詩五篇皆璩所作首篇言馬子侯解音律而以陌上桑為鳳將雛二篇傷騶桑二老無以葬妻子而已無宣孟之德可以賙其急三篇言老人自知桑榆之景斗酒自勞不肯為子孫積財末篇即文選所載是也第四篇似有風諫所謂苟欲娛耳目快心樂腹腸我躬不悅懽安能慮死亡此豈非所謂應焚棄之詩乎方是詩曹爽事多違法璩為爽長史切諫其失如此所謂百一者庶幾百分有一補於爽也

雜詩三首廣文選作應瑒今依藝文作應璩

細微可不慎隄潰自蟻穴一作隙腠理早從事安復勞鍼石哲人覩未形愚夫闇明白曲突不見賓燋爛為上客

思願獻良規江海倘不逆狂言雖寡善猶有如雞跖一作

雞跖食不已齊王為肥澤
散騎常師友朋 朝疑作 夕進規獻侍中主喉舌萬機無不
亂尚書統庶事官人秉 秉疑作 法憲彤管珥納言貂璫表
武弁出入承明廬車服一何煥三寺齊榮秩百僚所瞻
願 以下二首見藝文

少壯面目澤長老顏色麤醜人所惡拔白自洗蘇 闕

三叟

古有行道人陌上見三叟年各百餘歲相與鋤禾莠住
車問三叟何以得此壽上叟前致辭內中嫗貌醜中叟

前致辭量腹節所受下叟前致辭夜臥不覆首要哉三
叟言所以能長久

應璩 唐藝文志有應璩集十卷

雜詩 見初學記

貧子語窮兒無錢可把撮耕自不得粟采彼北山葛簞
瓢恒自在無用相呵喝

阮瑀 字元瑜陳留人少受學于蔡邕曹操辟為司空軍謀祭酒管記室後為倉曹掾屬建安十七年卒

駕出北郭門行

駕出北郭門馬樊不肯馳下車步踟蹰 一作踯躅 仰折枯楊
枝顧聞丘林中噭噭有悲啼借問啼者出何為乃如斯
親母舍我歿後母憎孤兒飢寒無衣食舉動鞭捶施骨
消肌肉盡體若枯樹皮藏我空室中父還不能知上冢
察故處存亡永別離親母何可見淚下聲正嘶棄我于
此間窮厄豈有貲傳告後代人以此為明規

琴歌

魏書曰太祖雅聞瑀名辟之不應乃逃入山中太祖使人焚山得瑀太祖時征長安大延賓客怒瑀不與語使就技人列瑀善解音能鼓琴撫絃而歌為曲既捷音聲殊妙太祖大

悅

弈弈天門開大魏應期運青蓋巡九州在東西人怨士
為知己死女為悅者玩恩義苟潛暢他人焉能亂

詠史詩二首

誤哉秦穆公身沒從三良忠臣不違命隨軀就死亡低
頭闚壙戶仰視日月光誰謂此何處恩義不可忘路人
為流涕黃鳥鳴高桑

燕丹養勇士荊軻為上賓圖擢盡匕首長驅西入秦素
車駕白馬相送易水津漸離擊筑歌悲聲感路人舉坐

同咨嗟嘆氣若青雲

雜詩二首

臨川多悲風秋日苦清凉客子易為戚感一作對此用哀
傷攬衣起躑躅上觀心與房三星守故次明月未收光
雞鳴當何時朝晨尚未央還坐長嘆息憂憂安可忘
我行自凛秋季冬乃來歸置酒高堂上友朋集光輝念
當復離別涉路險且夷思慮益惆悵淚下沾裳衣

七哀詩

丁年難再遇富貴不重來良時忽一過身體為土灰冥

冥九泉室漫漫長夜臺身盡氣力索精魂靡所能今本作廻
嘉殽設不御旨酒盈觴杯出壙望故鄉但見蒿與萊

隱士

四皓潛南岳老萊竄河濱顏回樂陋巷許由安賤貧伯
夷餓首陽天下歸其仁何患處貧苦但當守明真

苦雨

苦雨滋玄冬引日彌且長丹墀自殲殪深樹猶沾裳客
行易感悴我心摧已傷登臺望江沔陽侯沛洋洋

失題藝文老部

白髮隨節墮未寒思厚衣四支易懈惓行步益疎遲常
恐時歲盡魂魄忽高飛自知百年後堂上生旅葵

公讌見初學記

陽春和氣動賢主以崇仁布惠綏人物降愛常所親上
堂相娛樂中外奉時珍五味風雨集杯酌若浮雲闕

怨詩

民生受天命漂若河中塵雖稱百齡壽孰能應此身猶
獲嬰凶禍流落一作流離恒苦心闕

繆襲字熙伯東海蘭陵人有才學多所叙述官至侍中尚書光祿勳文章志曰襲艸御史大夫府歷

事魏四世正始六年卒

魏鼓吹曲十二首

楚之平晉書樂志曰改漢朱鷺為楚之平言魏也古今樂錄作初之平

楚之平義兵征神武奮金鼓鳴邁武德揚洪名漢室微
社稷傾皇道失桓與靈閹宦熾群雄爭邊韓起亂金城
中國擾無紀經赫武皇起旗旄麾天下天下平濟九州
九州寧創武功武功成越五帝邈三王興禮樂定紀綱
普日月齊輝光

戰滎陽　改漢思悲翁為戰滎陽言曹公也

戰滎陽汴水陂戎士憤怒貫甲馳陣未成退徐滎二萬騎塹壘平戎馬傷六軍驚勢不集衆幾傾白日沒時晦冥顧中牟心屏營同盟疑計無成賴我武皇萬國寧

獲呂布　改漢艾如張為獲呂布言曹公東圍臨淮生擒呂布也

獲呂布戮陳宮芟夷鯨鯢驅騁群雄囊括天下運掌中

克官渡　改漢上之回為克官渡言曹公與袁紹戰破之於官渡也

克紹官渡由白馬僵屍流血被原野賊衆如犬羊王師尚寡沙塠傍風飛揚轉戰不利士卒傷今日不勝後何望土山地道不可當卒勝大捷震冀方屠城破邑神武遂章

舊邦　改漢翁離為舊邦言曹公勝袁紹於官渡還譙收藏死亡士卒也

舊邦蕭條心傷悲孤魂翩翩當何依遊士戀故涕如摧兵起事大令願達傳求親戚在者誰立廟置後魂來歸

定武功　改漢戰城南為定武功言曹公初破鄴城武功之定始乎此也

定武功濟黃河河水湯湯旦暮有橫流波袁氏欲衰兄弟尋干戈決漳水水流滂沱嗟城中如流魚誰能復顧室家計窮慮盡求來連和和不時心中憂戚賊衆內潰君臣奔北拔鄴城奄有魏國王業艱難覽觀古今可為長歎

屠柳城　改漢巫山高為屠柳城言曹公越北塞歷白檀破三郡烏桓於柳城也

屠柳城功誠難越度隴塞路漫漫北踰岡平但聞悲風正酸蹋頓授首遂登白狼山神武慹海外永無北顧患

平南荊　改漢上陵為平南荊言曹公南平荊州也

南荊何遼遼江漢濁不清菁茅久不貢王師赫南征劉琮據襄陽賊備屯樊城六軍廬新野金鼓震天庭劉子面縛至武皇許其成許與其成撫其民陶陶江漢間普為大魏臣大魏臣向風思自新思自新齊功古人在昔虞與唐大魏得與均多選忠義士為喉脣天下一定萬

世無風塵

平關中　攷漢將進酒為平關中言曹公征馬超定關中也

平關中路向潼濟濁水立高墉鬪韓馬離群逌選驍騎縱兩翼虜崩潰級萬億

應帝期　攷漢有所思為應帝期言文帝以聖德受命應運期也

應帝期於昭我文皇歷數承天序龍飛自許昌聰明昭四表恩德動遐方星辰為垂耀日月為重光河洛吐符瑞草木挺嘉祥麒麟步郊野黃龍游津梁白虎依山林鳳凰鳴高岡考圖定篇籍功配上古羲皇羲皇無遺文仁聖相因循期運三千歲一生聖明君堯授舜萬國萬國皆附親四門為穆穆教化常如神大魏興聖與之為隣

邕熙　攷漢芳樹為邕熙言魏氏臨其國君臣邕穆庶績咸熙也

邕熙君臣念德天下治登帝道獲瑞寶頌聲並作洋洋浩浩吉日臨高堂置酒列名倡歌聲一何紆餘雜笙簧八音諧有紀綱子孫永建萬國壽考樂無央

太和　攷漢上邪為太和言明帝繼體承統太和改元德澤流布也

惟太和元年皇帝踐祚聖且仁德澤為流布災蝗一時為絕息上天時雨露五穀滋（宋書作溢）田疇四民相率遵軌度事務澂清天下獄訟察以情元首明魏家如此那得不太平

挽歌

生時遊國都死沒棄中野朝發高堂上暮宿黃泉下白日入虞淵懸車息駟馬造化雖神明安能復存我形容稍歇滅齒髮行當墮自古皆有然誰能離此者

贈梅公明詩

繁欽　字休伯文才機辯少得名於汝潁為丞相主簿建安二十三年卒

瞻我北園有條者桑遘此春景既茂且長氤氳吐葉柔潤有光黃條蔓衍青鳥來翔日月其邁時不可忘公子瞻旃勳名乃彰

遠戍勸戒詩

肅將王事集此揚土凡我同盟既文既武郁郁桓桓有

覩有矩務在和光同塵共垢各竟其心為國蕃輔闇闇行行一作衎衎非法不語可否相濟闕則云補

蕙詠

蕙草生山北托身失所依植根陰崖側夙夜懼危頹寒泉浸我根淒風常徘徊三光照八極獨不蒙餘暉葩葉永彫悴凝露不暇晞百草一作卉皆含榮已獨失時姿比我英芳發鶗鴂鳴已衰

定情詩

我出東門遊邂逅承清塵思君即幽房侍寢執衣巾時

無桑中契迫此路側人我既媚君姿君亦悅我顏何以致拳拳綰臂雙金環何以致殷勤約指一雙銀何以致區區耳中雙明珠何以致叩叩香囊繫肘後何以致契闊繞腕雙跳脫何以結恩情美玉綴羅纓何以結中心素縷連雙針何以結相於一作投金薄畫搔頭何以慰別離耳後瑇瑁釵何以答歡悅紈素三條裾何以結愁悲白絹雙中衣與我期何所乃期東山隅日肝兮不來谷風吹我襦遠望無所見涕泣起踟躕與我期何所乃期山南陽日中兮不來飄風吹我裳逍遙莫誰覩望君愁我腸與我期何所乃期西山側日夕兮不來躑躅長嘆息遠望涼風至俯仰正衣服與我期何所乃期山北岑日暮兮不來淒風吹我襟望君不能坐悲苦愁我心愛身以何為惜我華色時中情既款款然後剋密期褰衣躡茂草謂君不我欺厠此醜陋質徙倚無所之自傷失所欲淚下如連絲

槐樹詩

嘉樹吐翠葉列在雙闕涯旖旎隨風動柔色紛陸離闕

雜詩

世俗有險易時運有盛衰老氏和其光蘧瑗貴可懷闕

吳質字季重濟陰人以文才為文帝所善官至振威將軍假都督河北諸軍事封列侯太和四年入為侍中卒諡曰威侯

思慕詩

文章敘錄曰文帝崩吳質思慕作詩云

愴愴懷殷憂殷憂不可居徙倚不能坐出入步踟躕念蒙聖主恩榮爵與衆殊自謂永終身志氣甫當舒何意中見棄棄我就黃壚煢煢靡所恃淚下如連珠隨沒無所益身死名不書慷慨自俛仰庶幾烈丈夫

邯鄲淳 一名竺字子淑博學有才初平時從三輔客荊州荊州內附太祖素聞其名召見甚敬異之時五官將博延英儒因啓淳欲使在文學會臨菑侯植亦求淳太祖遣淳詣植黃初初以淳為博事給事中

荅贈詩

我受上命來隨臨菑與君子處曾未盈期見召本朝駕言趣期群子重離首命于時餞我路隅贈我嘉辭既受德音敢不荅之余惟薄德既局且鄙見養賢侯於今四祀既庇西伯永誓沒齒今也被命義在不俟瞻戀我侯又慕君子行道遲遲體逝情止豈無好爵懼不我與聖主受命千載一遇攀龍附鳳必在初舉行矣去矣別易會難自強不息人誰獲安願子大夫勉簣成山天休方至萬福爾臻

杜摯 字德魯河東人初署司徒軍謀吏後舉孝廉除郎中轉補校書

贈毋丘儉 文章敘錄曰摯與毋丘儉鄉里相親故為詩與儉求仙人藥一丸欲以相感切儉求助也儉荅以詩然摯竟不得遷卒于祕書

騏驥馬不試婆娑槽櫪間壯士志未伸坎軻多辛酸伊摯為媵臣呂望身操竿夷吾困商販甯戚對牛嘆食其處監門淮陰飢不餐買臣老負薪妻叛呼不還釋之宦十年位不增故官才非八子倫而與齊其患無知不在此袁盎未有言被此篤病久榮衛動不安聞有韓衆藥信來給一丸 初學記載摯贈毋丘荊州詩云鵾飛舉萬里一翥翀昊蒼翔高志難得離鴻失所望

毋丘儉 字仲恭河東聞喜人初為平原侯文學累遷荊州刺史徙幽州刺史討公孫淵定遼東進封安邑侯高句驪數侵叛儉討之有功還鎮東將軍都督揚州與揚州刺史文欽矯太后詔討大將軍司馬師兵敗遇害

荅杜摯

鳳鳥翔京邑哀鳴有所思才為聖世出德音何不怡八子未際遇今者遭明時胡康出壠畝楊偉無根基飛騰冲雲天奮迅協光熙駿驥骨法異伯樂觀知之但當養羽翮鴻舉必有期體無纖微疾安用問良醫聯翩輕栖集還為燕雀嗤 此四句疑錯互 韓衆藥雖良恐便不能治悠悠千里情薄言荅嘉詩信心感諸中中賞不在辭

何晏 字平叔南陽宛人尚主又好色故黃初時無所事任正始中曹爽用為中書主選舉宿舊者多得濟拔為司馬宣王所誅

擬古

名士傳曰是時曹爽輔政識者慮有危機晏有重名與魏姻戚內雖懷憂而無復退也著

五言詩以言志曰

雙鶴世說作鴻鵠比翼遊群飛戲太清常恐失世說作大網羅憂
禍一旦并豈若集五湖順流唼浮萍逍遥放志意世說作永
寧曠中懷何為怵惕驚

失題見初學萍部

轉蓬去其根流飄從風移芒芒四海塗悠悠焉可彌願
為浮萍草託身寄清池且以樂今日其後非所知

左延年晉書樂志曰黃初中左延年以新聲被寵

秦女休行

步出上西門遥望秦氏廬秦氏有好女自名為女休休一作
始年十四五為宗行報讐左執白楊刃右據宛魯矛
讐家便東南仆僵秦女休女休西上山上山四五里關
吏呵問女休女休前置一作致詞平生為燕王婦於今為
詔獄囚平生衣參差當今無領襦明知殺人當死兄言
怏怏弟言無道憂女休堅詞為宗報讐死不疑殺人都
市中徼我都巷西丞卿羅一有列字東向坐女休悽悽曳梏
前兩徒夾我持刀刀五尺餘刀未下朣朧擊鼓赦書下

從軍行

古今樂錄曰王僧虔云荀錄所載左延年苦哉一篇今不傳

苦哉邊地人一歲三從軍三子到燉煌二子詣隴西五
子遠鬬去五婦皆懷身闕

又見初學記

從軍何等樂一驅乘雙駁鞍馬照人白龍驤自動作

程曉字季明衛尉安鄉侯昱之孫以祖功分封列侯嘉平中為黃門侍郎遷汝南太守○古文苑作晉人

贈傅休奕詩

煢煢獨夫寂寂靜處酒不盈觴肴不掩俎厥客伊何許

由巢父厥醴伊何玄酒瓠脯闕

又贈傅休奕

三光飛景玉衡代邁龍集甲子四時成歲權輿授代徐
陳蕩穢元服初嘉萬福咸會赫赫應門嚴嚴朱闕群后
揚揚庭燎晢晢闕

嘲熱客

平生三伏時道路無行車閉門避暑臥出入不相過今
世一作只今襁褓子觸熱到人家主人聞客來顰蹙奈此何
謂當起行去安坐正咨嗟歲時作畔跨所說無一急嗒嗒一

何多疲瘵向之久甫問君極那摧扇髀中疾（一作痛）流汗正滂沲莫謂爲小事亦是一大瑕傳戒諸高明熟行宜見呵

秦宓

遠遊

遠遊何所見所見邈難紀巖穴非我鄰林麓無知己虎則豹之兄鷹則鶚之弟困獸走環岡飛鳥驚巢起猛氣何咆厲陰風起千里遠遊長太息太息遠遊子

焦先（字孝然河東人也常食白石以分與人熟煮如芋食之日日入山伐薪以施人及魏受禪冒河之湄結草爲菴獨止其中太守董經往視之不肯語經益以爲賢或忽老忽少後與人別去不知所適）

祝衄歌（高士傳）（魏伐吳有竊問隱士焦先先不應謬歌後魏軍敗人推其意牂羊指吳羖䍽指魏也）

祝衄祝衄非魚非肉更相追逐本爲殺牂羊更殺羖䍽

詩紀卷之十七

詩紀卷之十八

魏八

嵇康（字叔夜譙郡銍人好言老莊而尚奇任俠寓居山陽貧鍛以自給與魏宗室婚拜中散大夫山濤爲吏部舉康自代康荅書言不堪流俗非薄湯武大將軍司馬昭聞之而怒景元三年以鍾會譖殺之○詩品云頗似魏文過爲峻切訐直露才傷淵雅之致然託諭淸遠良有鑒裁亦未失高流矣）

秋胡行七首（本集題曰重作四言詩）

富貴尊榮憂患諒獨多富貴尊榮憂患諒獨多古人所懼豐屋蔀家人害其上獸惡網羅惟有貧賤可以無他歌以言之富貴憂患多

貧賤易居貴盛難爲工貧賤易居貴盛難爲工恥佞直言與禍相逢變故萬端俾吉作凶思牽黃犬其計莫從（樂府作其莫之從）歌以言之貴盛難爲工

勞謙寡悔忠信可久安勞謙寡悔忠信可久安天道害（一作惡）盈好勝者殘彊梁致災多事（一無事字）招禍患欲得安樂獨有無愆（集作愆）歌以言之忠信可久安

役神者弊極欲疾枯役神者弊極欲疾枯顏回短折不及童烏縱體淫恣莫不早徂酒色何物今自不辜歌以言之酒色令人枯

絶智棄學遊心於玄默絶智棄學遊心於玄默遇過而
悔當不自得垂釣一壑所樂一國被髮行歌和者四塞
歌以言之遊心於玄默
思與王喬乘雲遊八極思與王喬乘雲遊八極凌厲五
岳忽行萬億授我神藥自生羽翼呼吸太和鍊形易色
歌以言之思行遊八極
徘徊鍾山息駕於層城徘徊鍾山息駕於層城上蔭華
蓋下采若英受道王母遂升紫庭逍遥天衢千載長生
歌以言之徘徊於層城

幽憤詩

晉書曰東平呂安服康高致康友而善之後安爲兄所枉訴以事繫獄辭相證引遂復收康康乃作幽憤詩曰

嗟余薄祜少遭不造哀煢靡識越在繈緥母兄鞠育有
慈無威恃愛肆姐（子豫反）不訓不師爰及冠帶憑寵自放
抗心希古任其所尚託好老莊賤物貴身志在守樸養
素全真曰余不敏好善闇人子玉之敗屢增惟塵大人
含弘藏垢懷恥民之多僻政不由己惟此褊心顯明臧
否感悟思愆怛若創痏（于軌反）欲寡其過謗議沸騰性不
傷物頻致怨憎昔慙柳惠今愧孫登內負宿心外恧良
朋仰慕嚴鄭樂道閒居與世無營神氣晏如咨予不淑
嬰累多虞匪降自天寔由頑踈理弊患結卒致囹圄對
荅鄙訊縶此幽阻實恥訟寃（善作免）時不我與雖曰義直
神辱志沮澡身滄浪豈云能補嗈嗈鳴鴈奮翼北遊順
時而動得意忘憂嗟我憤歎曾莫能儔事與願違遘茲
淹留窮達有命亦又何求古人有言善莫近名奉時恭
默咎悔不生萬石周慎安親保榮世務紛紜祗攪予情
安樂必誠乃終利貞煌煌靈芝一年三秀予獨何爲有
志不就懲難思復心焉內疚庶勗將來無馨無臭采薇
山阿散髮巖岫永嘯長吟頤性養壽

贈秀才入軍十九首（集云兄秀才公穆入軍贈詩）

鴛鴦于飛肅肅其羽朝遊高原夕宿蘭渚邕邕和鳴顧
眄儔侶俛仰慷慨優游容與

鴛鴦于飛嘯侶命儔朝遊高原夕宿中洲交頸振翼容
與清流咀嚼蘭蕙俛仰優游

泳彼長川言息其滸陟彼高岡言刈其楚嗟我征邁獨
行踽踽仰彼凱風涕泣如雨

泳彼長川言息其沚陟彼高岡言刈其杞嗟我獨征靡
瞻靡恃仰彼凱風載坐載起
穆穆惠風扇彼輕塵奕奕素波轉此遊鱗伊我之勞有
懷佳人寤言永思寔鍾所親
所親安在舍我遠邁棄此蓀芷襲彼蕭艾雖曰幽深豈
無顛沛言念君子不遐有害
人生壽促天地長久百年之期孰云其壽思欲登仙以
濟不朽攬轡踟躕仰顧我友
我友焉之隔茲山岡誰謂河廣一葦可航徒恨永離逝

彼路長瞻仰弗及徙倚彷徨
良馬既閑麗服有暉左攬繁弱右接忘歸風馳電逝躡
景追飛凌厲中原顧盼生姿
携我好仇載我輕車南凌長阜北厲清渠仰落驚鴻俯
引淵魚盤于游田其樂只且
凌高遠眄俯仰咨嗟怨彼幽縶邈爾路遐雖有好音誰
與清歌雖有姝顏誰與發華仰訊高雲俯託輕波乘流
遠遁抱恨山阿
輕車迅邁息彼長林春木載榮布葉垂陰習習谷風吹

我素琴交交黃鳥顧儔弄音感悟（集作寤）馳情思我所欽
心之憂矣永嘯長吟
浩浩洪流帶我邦畿萋萋綠林奮榮揚暉魚龍瀺灂山
鳥群飛駕言出遊日夕忘歸思我良朋如渴如饑願言
不獲愴矣其悲
息徒蘭圃秣馬華山流磻平皋垂綸長川目送歸鴻手
揮五絃俯仰自得游心太玄嘉彼釣叟得魚忘筌郢人
逝矣誰與盡言
閑夜肅清朗月照軒微風動袿組帳高褰旨酒盈樽莫

與交歡鳴琴在御誰與鼓彈仰慕同趣其馨若蘭佳人
不存能不永歎
乘風高遊遠登靈丘託好松喬携手俱游朝發太華夕
宿神州彈琴詠詩聊以忘憂
琴詩自樂遠遊可珍含道獨往棄智遺身寂乎無累何
求於人長寄靈岳怡志養神
流俗難悟逐物不還至人遠鑒歸之自然萬物為一四
海同宅與彼共之予何所惜生若浮寄暫見忽終世故
紛紜棄之八成澤雉雖飢不願園林安能服御勞形苦

心身貴名賤榮辱何在貴得肆志縱心無悔

雙鸞匿景曜戢翼太山崖抗首漱朝露晞陽振羽儀長鳴戲雲中時下息蘭池自謂絕塵埃終始永不虧何意世多艱虞人來我疑雲網塞四區高羅正參差奮迅勢不便六翮無所施隱姿就長纓卒為時所羈單雄翩孤逝哀吟傷生離徘徊戀儔侶慷慨高山陂鳥盡良弓藏謀極身心危吉凶雖在己世路多嶮巇安得反初服抱玉寶六奇逍遥遊太清攜手長相隨

酒會詩七首

淡淡流水淪胥而逝汎汎柏舟載浮載滯微嘯清風鼓檝容裔放櫂投竿優游卒歲

婉彼鴛鴦戢翼而遊俯唼綠藻託身洪流朝翔素瀨夕棲靈洲搖蕩清波與之沉浮

流詠蘭池和聲激朗操縵清商遊心大象傾昧修身惠音遺響鍾期不存我志誰賞

斂絃散思遊釣九淵重流千仞或餌者懸猗與莊老棲遅永年寔惟龍化蕩志浩然

肅肅泠風分生江湄却背華林俯泝丹坻(一作渚)含陽吐英履霜不衰嗟我殊觀百卉具腓心之憂矣孰識玄機

猗猗蘭藹殖彼中原綠葉幽茂麗蕋濃繁馥馥蕙芳順風而宣將御椒房吐薰龍軒瞻彼秋草悵矣惟騫

樂哉苑中遊周覽無窮已百卉吐芳華崇基邈高跱林木紛交錯玄池戲魴鯉輕丸斃翔禽纖綸出鱣鮪坐中發美讚異氣同音軌臨川獻清酤微歌發皓齒素琴揮雅操清聲隨風起斯會豈不樂恨無東野子酒中念幽人守故彌終始但當體七絃寄心在知己

雜詩

微風清扇雲氣四除皎皎亮月麗于高隅興命公子攜手同車龍驥翼翼揚鑣踟躕肅肅宵征造我友廬光燈吐輝華幔長舒鸞觴酌醴神鼎烹魚絃超子野歎過緜駒流詠太素俯讚玄虛孰克英賢與爾剖符

答二郭三首

天下悠悠者下京趨上京二郭懷不群超然來北征樂道託萊廬雅志無所營良時遘其願遂結歡愛情君子義是親恩好篤平生寡志自生災屢使衆釁成豫子(一作)讓匿梁側聶政變其形顧此懷怛惕慮在苟自寧今當

寄他域嚴駕不得停本圖終宴婉今更不克并二子贈
嘉詩馥如幽蘭馨戀土思所親不知氣憤盈
昔蒙父兄祚少得離負荷因疏遂成懶寢跡北山阿但
願養性命終已靡有他良辰不我期當年值紛華坎壈
趣世務常恐嬰網羅羲農邈已遠拊膺獨咨嗟朔戒貴
尚容漁父好揚波雖逸亦已難非余心所嘉豈若翔區
外飡瓊漱朝霞遺物棄鄙累逍遙遊太和結友集靈岳
彈琴登清歌有能從此者古人豈足多
詳觀凌世務屯險多憂虞施報更相市大道匿不舒夷

路值枳棘安步將馬如權智相傾奪名位不可居鸞鳳
避罻羅遠託崑崙墟莊周悼靈龜越稷（一作稯）嗟王輿至
人存諸已隱璞樂玄虛功名何足殉乃欲列簡書所好
亮若茲楊氏歎交衢去去從所志致謝道不俱

與阮德如

含哀還舊廬感切傷心肝良時遘數子談慰臭如蘭疇
昔恨不早旣面侔舊歡不悟卒永離念隔增憂嘆事故
無不有別易會良難郢人忽已逝匠石寢不言澤雉窮
野草靈龜樂泥蟠榮名穢人身高位多災患未若捐外

累（拾遺作慮）肆志養浩然顏氏希有虞隰子慕黃軒涓彭獨
何人唯志在所安漸漬殉近欲一往不可攀生生在豫
積勿以休自寬南土旱不涼衿計宜早完君其愛德素
行路慎風寒自力致所懷臨文情辛酸

遊仙詩

遙望山上松隆谷鬱青葱自遇一何高獨立迥無雙願
想遊其下蹊路絕不通王喬棄我去乘雲駕六龍飄颻
戲玄圃黃老路相逢授我自然道曠若發童蒙採藥鍾
山隅服食改姿容蟬蛻棄穢累結友家板桐臨觴奏九

韶雅歌何邕邕長與俗人別誰能覩其蹤

述志詩二首

潛龍育神軀濯鱗戲蘭池延頸慕大庭寢足俟皇羲慶
雲未垂景盤桓朝陽陂悠悠非吾匹疇肯應俗宜殊類
難徧周鄙議紛流離轗軻丁悔吝雅志不得施耕耨感
甯越馬席激張儀逝將離群侶杖策追洪崖焦鵬振六
翮羅者安所羈浮遊太清中更求新相知比翼翔雲漢
飲露飡瓊枝多念世間人夙駕咸驅馳沖靜得自然榮
華安足爲

斥鷃擅蒿林仰笑神鳳飛一作姿坎井蝤蛭宅神龜安所歸悢自用身拙任意多永思遠實與世殊義譽非所希往事既已謬來者猶可追何為人事間自令心不夷慷慨思古人夢想見容輝願與知己遇舒憤啓其微巖穴多隱逸輕舉求吾師晨登箕拾遺作西山巔日夕不知饑玄居養營魄千載長自綏

六言十首

惟上古堯舜

二人功德齊均不以天下私親高尚簡樸慈順寧濟四海蒸民

唐虞世道治

萬國穆親無事賢愚各自得志晏然逸豫內忘佳哉爾時可喜

知慧用

為法滋章寇生紛然相召不停大人玄寂無聲鎮之以靜自正

名與身孰親

哀哉世俗徇榮馳騖竭力喪精得失相紛憂驚自是勤苦不寧

生生厚招咎

金玉滿堂莫守古人安此麁醜獨以道德為友故能延期不朽

名行顯患滋

位高勢重禍基美色伐性不疑厚味腊毒難治如何貪人不思

東方朔至清

外以貪汙內貞穢身滑稽隱名不為世累所攖所欲不足無營

楚子文善仕

三為令尹不喜柳下降身蒙恥不以爵祿為已靜恭古惟二子

老萊妻賢名

不願夫子相荊相將避祿隱畊樂道閒居採萍終厲高節不傾

嗟古賢原憲

棄背膏粱朱顏樂此屢空飢寒形陋體逸心寬得志一

世無患

思親詩

奈何愁兮愁無聊恒惻惻兮心若抽愁奈何兮悲思多情鬱結兮不可化奄失恃兮孤煢煢內自悼兮啼失聲思報德兮邈已絕感鞠育兮情剝裂嗟母兄兮永潛藏想形容兮內摧傷感陽春兮思慈親欲一見兮路無因望南山兮發哀歎感机杖兮涕汍瀾念疇昔兮母兄在心逸豫兮壽四海忽已逝兮不可追心窮約兮但有悲上空堂兮廓無依覩遺物兮心崩摧中夜悲兮當告誰獨抆淚兮抱哀戚日遠邁兮思予心戀所生兮淚不禁慈母沒兮誰與驕顧自憐兮心切切訴蒼天兮天不聞淚如雨兮嘆青雲欲棄憂兮尋復來痛殷殷兮不可裁

嵇喜 字公穆舉秀才歷揚州刺史○晉百官名嵇喜晉武帝太康三年爲徐州刺史

荅嵇康四首 一作荅弟叔夜

飾車駐駟駕言出遊南厲伊渚北登邛丘青林華茂青鳥群嬉感悟長懷能不永思永思伊何思齊大儀凌雲輕邁託身靈螭遥集芝圃釋轡華池華木夜光沙棠離離俯漱神泉仰瓅瑤枝結心皓素終始不虧

華堂臨浚沼靈芝茂清泉仰瞻青禽翔俯察綠水濱逍遥步蘭渚感物懷古人李叟寄周朝莊生遊漆園時至忽蟬蛻變化無常端

君子體變通否泰非常理當流則義行時遊則鵲起達者鑒通塞盛衰爲表裏列仙狥生命松喬安足齒縱軀任世度至人不私己

達人與物化世俗安可論都邑可優游何必棲山原孔父策良駟不云世路難出處因時資潛躍無常端保心守道居覩變安能遷

郭遐周

贈嵇康三首

吾無佐世才時俗不可量歸我北山阿逍遥以倡佯同氣自相求虎嘯谷風涼惟予與嵇生未面分好章古人美傾蓋方此何不臧援筆執鳴琴攜手遊空房棲遲衡門下何願於姬姜予心好永年年永懷樂康我友不期卒改計適他方巖東咸發日翻然將高翔離別在旦夕惆悵以增傷

風人重離別行道猶遲遲宋玉哀登山臨水送將歸伊

此徃昔事言之以增悲嘆我與嵇生倏忽將永違俯察
淵魚遊仰觀雙鳥飛厲翼太清中徘徊於丹池欽哉得
其所令我心獨違言別在斯須惄焉如調饑（毛詩惄如調飢韓詩調作朝訓云朝飢難忍也）
離別自古有人非比目魚君子不懷土豈更得安居四
海皆兄弟何患無彼姝巖穴隱傳說寒谷納白駒方各
以類聚物亦以群殊所在有智賢何憂此不如所貴身
名存功烈在簡書歲時易過歷日月忽其除曷哉乎嵇
生敬德在慎軀

郭遐叔（拾遺作郭遐卿）

贈嵇康五首

每念遘會惟日不足昕徃宵歸常苦其速歡接無厭如
川赴谷如何忽爾將適他俗言駕有日巾車命僕思念
君子溫其如玉心之憂矣視丹如綠
如何忽爾超將遠遊情以怵惕惟思惟憂展轉反側寤
寐追求馳情運想神徃形留心之憂矣增其勞愁
不見可欲使心不亂譬彼造化抗無崖畔封疆畫界事
利任難唯予與子鮮（一作籍）不同貫交重情親欲面無算
如何忽爾時適他館明發不寐耿耿極旦心之憂矣增
其憤怨
天地悠長人生若忽苟非知命安保旦夕思與君子窮
年卒歲優哉逍遥聿無隕越（叶俞芮切）如何君子超將遠邁
（叶力制切）我情願闡我言願結心之憂矣良以怏怛
君子交有義不必常相從天地有明理遠近無異同三
仁不齊迹貴在等賢蹤衆鳥群相追鷟鳥獨無雙何必
相呴濡江海自可容願各保遐心有緣復來東

阮德如（陳留志名曰阮侃字德如尉氏人魏衛尉卿阮共之子有俊才而飭以名理風儀雅潤與嵇康爲友仕至河內太守）

荅嵇康二首

早發溫泉廬夕宿宣陽城顧眄懷惆悵言思我友生會
遇一何幸及子遘歡情交際雖未久思愛發中誠良玉
須切磋璵璠就其形隋珠豈不曜雕瑩啓光榮與子猶
蘭石堅芳互相成庶幾行古道伐檀俟河清不謂中離
別飄飄然遠征臨輿執手訣良誨一何精佳言盈我耳
援帶以自銘唐虞曠千載三代不可并洙泗久已往微
言誰共聽曾參易簀斃仲由結其纓晉楚安足慕屢空

守以貞潛龍尚泥蟠神龜隱其靈庶保吾子言養真以
全生東野多所患暫往不久停幸子無損思逍遙以自
寧
雙美不易居嘉會故難常爰處憇斯土與子講蘭芳常
願永遊集拊翼同廻翔不悟卒永離一別爲異鄉四牡
一何速征人告路長顧步懷想像遊目屢太行撫軫增
歎息念子安能忘恬和爲道基老氏惡強梁患至有身
災榮子知所康神龜實可樂明戒在刳腸新詩何篤穆
申詠增慨忼舒檢話良訊終然永厭藏還誓必不食復

與同故房願子盪憂慮無以情自傷俟路忘所以聊以
酬來章

詩紀卷之十八

詩紀卷之十九

魏九

阮籍

字嗣宗陳留尉氏人司空記室瑀之子容貌瓌傑志氣宏放初辟太尉掾進散騎常侍大將軍司馬昭欲爲其子炎求婚籍乃醉六十日不得言而止後引爲從事中郎籍聞步兵廚多美酒遂求爲步兵校尉縱酒昏酣遺落世事又對人能爲青白眼由是禮法之士深所讐疾大將軍常保持之

○詩品曰阮籍詩其源出於小雅無雕蟲之功而詠懷之作可以陶性靈發幽思言在耳目之內情寄八荒之表洋洋乎會於風雅使人忘其鄙近自致遠大頗多感慨之詞厥旨淵放歸趣難求顏延之江解怯言其志

詠懷詩三首

天地絪縕元精代序清陽曜靈和風容與明日映天甘
露被宇蓊鬱高松猗那長楚草蟲哀鳴鶬鶊振羽感時
興思企首延佇於赫帝朝伊衡作輔才非允文器非經
武適彼沅湘託分漁父優哉游哉爰居爰處

月明星稀天高氣寒桂旗翠旌珮玉鳴鸞濯纓醴泉被
服蕙蘭思從二女適彼湘沅靈幽聽微一作遠誰觀玉顏
灼灼春華綠葉含丹日月逝矣惜爾華繁

清風肅肅脩夜湯湯嘯歌傷懷獨寐寤言臨觴拊膺對
食忘飡世無萱草令我哀歎鳴鳥求友谷風刺怨重華

登庸帝命凱元鮑子傾蓋仲父佐桓回濱嗟虞敢不希
顏志存明規匪慕彈冠我心伊何其芳若蘭

詠懷八十二首

阮嗣宗集傳之旣久頗存僞闕世之較錄者往往肆爲補綴作者之旨淆亂甚焉今以諸本參校其義稍優者爲正文互異者分註於下其舊有闕文疑字而今本竄益者廓其傍俟再考正

夜中不能寐起坐彈鳴琴薄帷鑒明月清風吹我衿孤
鴻號外野翔鳥鳴北林徘徊將何見憂思獨傷心
二妃遊江濱逍遥順風翔交甫懷環珮婉孌有芬芳猗

靡情歡愛千載不相忘傾城迷下蔡容好結中腸感激
生憂思萱草樹蘭房膏沐爲誰施其雨怨朝陽如何金
石交一旦更離傷
嘉樹下成蹊東園桃與李秋風吹飛藿零落從此始繁
華有憔悴堂上生荆杞驅馬舍之去去上西山趾一身
不自保何況戀妻子凝霜被野草歲暮亦云已
天馬出西北由來從東道春秋非有託富貴焉常保清
露被皐蘭凝霜霑野草朝爲媚（五臣作美）少年夕暮成醜老
自非王子晉誰能常美好

平生少年時輕薄好絃歌西遊咸陽中趙李相經過娛
樂未終極白日忽蹉跎驅馬復來歸反顧望三河黃金
百鎰盡資用常苦多北臨太行道失路將如何
昔聞東陵瓜近在青門外連畛距阡陌子母相鈎帶五
色曜朝日嘉賓四面會膏火自煎熬多財爲患害布衣
可終身寵祿豈足賴
炎暑惟兹夏三旬將欲移芳樹垂綠葉青雲自逶迤四
時更代謝日月遞參差（一作差馳）徘徊空堂上忉怛莫我知
願覩卒歡好不見悲別離

灼灼西隤日餘光照我衣迴風吹四壁寒鳥相因依周
周尚銜羽蛩蛩亦念飢如何當路子磬折忘所歸豈爲
夸譽名憔悴使心悲寧與燕雀翔不隨黃鵠飛黃鵠遊
四海中路將安歸
步出上東門北望首陽岑下有采薇士上有嘉樹林良
辰在何許凝霜霑衣襟寒風振山崗玄雲起重陰鳴鴈
飛南征鶗鴂發哀音素質游商聲悽愴傷我心
北里多奇舞濮上有微音輕薄閑游子俯仰乍浮沉捷
徑從狹路僶俛趨荒淫焉見王子喬乘雲翔鄧林獨有

延年術可以五臣作用慰我心
湛湛長江水上有楓樹林皐蘭被徑路青驪逝駸駸遠
望令人悲春氣感我心三楚多秀士朝雲進荒淫朱華
振芬芳高蔡相追尋一爲黃雀哀淚下誰能禁
昔日繁華子安陵與龍陽夭夭桃李花灼灼有輝光悅
懌若九春磬折似秋霜流盼發姿媚言笑吐芬芳攜手
等歡愛宿昔同衣裳願爲雙飛鳥比翼共翱翔丹青著
明誓永世不相忘
登高臨四野北望青山阿松柏翳岡岑飛鳥鳴相過感

慨懷辛酸怨毒常苦多李公悲東門蘇子狹三河求仁
自得仁豈復歎咨嗟
開秋兆涼氣蟋蟀鳴牀帷感物懷殷憂悄悄令心悲多
言焉所告繁辭將訴誰微風吹羅袂明月耀清暉晨雞
鳴高樹命駕起旋歸
昔年十四五志尚好詩書被褐懷珠玉顏閔相與期開
軒臨四野登高望所思丘墓蔽山岡萬代集一作世同一時
千秋萬歲後榮名安所之乃悟羨門子噭噭今自嗤
徘徊蓬池上還顧望大梁綠水揚洪波曠野莽茫茫走

獸交橫馳飛鳥相隨翔是時鶉火中日月正相望朔風
厲嚴寒陰氣下微霜羈旅無儔匹俛仰懷哀傷小人計
其功君子道其常豈惜終憔悴詠言著斯章
獨坐空堂上誰可與歡者出門臨永路不見行車馬登
高望九州悠悠分曠野孤鳥西北飛離獸東南下日暮
思親友晤言用自寫
懸車在西南羲和將欲傾流光耀四海忽忽至夕冥朝
爲咸池暉濛汜受其榮豈知集作放窮達士一死不再生
視彼桃李花誰能久熒熒君子在何許歎息集作曠世未合

并瞻仰景山松可以慰吾情
西方有佳人皎若白日光被服纖羅衣左右珮雙璜修
容耀姿美順風振微芳登高眺所思舉袂當集作向朝陽
寄顏雲霄間揮袖凌虛翔飄颻恍惚中流眄顧我傍悅
懌未交接晤言用感傷
楊朱泣岐路墨子悲染絲揖讓長離別飄颻難與期豈
徒燕婉情存亡誠有之蕭索人所悲禍釁不可辭趙女
媚中山謙柔愈見欺嗟嗟塗上士何用自保持
於心懷寸陰羲陽將欲冥揮袂撫長劍仰觀浮雲征雲

間有玄鶴抗志揚哀聲一飛冲青天曠世不再鳴豈與
鶉鷃遊連翩戲中庭(京師曹氏家藏阮步兵詩一卷唐人所書與世所傳多異其一篇云放心懷寸陰羲和將欲冥揮袂撫長劒仰觀浮雲行雲間有立鵠抗首揚哀聲一飛冲青天彊世不再鳴安與鶉鷃徒翩翩戲中庭孔宗翰亦有本與此多同)
夏后乘靈輿夸父爲鄧林存亡從變化日月有浮沉鳳
凰鳴參差伶倫發其音王子好簫管世世相追尋誰言
不可見青鳥明我心
東南有射山汾水出其陽六龍服氣輿雲蓋切(一作覆)天
綱仙者四五人逍遙晏蘭房寢息一純和呼噏成露霜
沐浴丹淵中炤燿日月光豈安通(集作通)靈臺游瀁去高
翔
殷憂令志結怵惕常若驚逍遙未終晏朱華忽西傾蟋
蟀在戶牖蟪蛄號中庭心腸未相好誰云亮我情願爲
雲間鳥千里一哀鳴三芝延瀛洲遠遊可長生
援劍臨白刃安能相中傷但畏工言子稱我三江旁飛
泉流玉山懸車栖扶桑日月徑千里素風發微霜勢(外編作世)
路有窮達咨嗟安可長
朝登洪坡顛日夕望西山荊棘被原野群鳥飛翩翩鸞

〈魏詩紀巻之九　六　経

鷖時(集作特)栖宿性命有自然建木誰能近射干復嬋娟
不見林中葛延蔓相勾連
周鄭天下交街術當三河妖冶閒都子煥燿何芬葩玄
髪發(一作照)朱顏睇眄有光華傾城思一顧遺視來相誇
(初學作過)願爲三春遊朝陽忽蹉跎盛衰在須臾離別將如
何
若花(一作木)燿四海(四一作西)扶桑翳瀛洲日月經天塗明暗
不相讐(集作售)窮達自有常得失又何求豈效路上童携
手共遨遊陰陽有變化誰云沉不浮朱鱉躍飛泉夜飛
過吳洲俛仰運天地再撫四海流繫累名利場駑駿同
一輈豈若遺耳目升遐去殷憂
昔余遊大梁登于黃華顛共工宅玄冥高臺造青天幽
荒邈悠悠悽愴懷所憐所憐者誰子明察自照妍(一作應自)
然應龍沉冀州妖女不得眠肆侈(一作佞)陵世俗豈云永
厥年
驅車出門去意欲遠征行征行安所如背棄夸與名夸
名不在己但願適中情單帷蔽皎日高榭隔微聲讒邪
使交疏浮雲令晝冥嬿婉同衣裳一顧傾人城從容在

〈魏詩紀巻之九　七　相

一時繁華不再榮晨朝奄復暮不見所歡形黃鳥東南
飛寄言謝友生
駕言發魏都南向望吹臺簫管有遺音梁王安在哉戰
士食糟糠賢者處蒿萊歌舞曲未終秦兵已復來夾林
非吾有朱宮生塵埃軍敗華陽下身竟為土灰
朝陽不再盛白日忽西幽去此若俯仰如何似九秋人
生若塵露天道邈悠悠齊景升丘山涕泗紛交流孔聖
臨長川惜逝忽若浮去者余不及來者吾不留願登太
華山上與松子遊漁父知世患乘流泛輕舟

一日復一夕一夕復一朝顏色改平常精神自損消胷
中懷湯火變化故相招萬事無窮極一作理知謀苦不饒
但恐須臾間魂氣隨風飄終身履薄冰誰知我心焦
一日復一朝一昏復一晨容色改平常精神自飄淪臨
觴多哀楚思我故時人對酒不能言悽愴懷酸辛願耕
東皐陽誰與守其真愁苦在一時高行傷微身曲直何
所為龍蛇為我鄰
世務何繽紛人道苦不遑壯年以時逝朝露待太陽願
攬羲和轡白日不移光天階路殊絕雲漢邈無梁濯髮

暘谷濱遠遊昆岳傍登彼列仙岨採此秋蘭芳時路烏
足爭太極可翱翔
誰言萬事艱逍遙可終生臨堂翳華樹悠悠念無形彷
徨思親友倏忽復至冥寄言東飛鳥可用慰我情
嘉時在今辰零雨灑塵埃臨路望所思日夕復不來人
情有感慨蕩漾焉能排揮涕懷哀傷辛酸誰語哉
炎光延萬里洪川蕩湍瀨彎弓掛扶桑長劍倚天外泰
山成砥礪黃河為裳帶視彼莊周子榮枯何足賴捐身
棄中野烏鳶作患害豈若雄傑士功名從此大

壯士何慷慨志欲威八荒驅車遠行役受命念自忘良
弓挾烏號明甲有精光臨難不顧生身死魂飛揚豈為
全軀士效命爭戰場忠為百世榮義使令名彰垂聲謝
後世氣節故有常
混元生兩儀四象運衡璣曒日布炎精素月垂景輝晷
度有昭回哀哉人命微飄若風塵逝忽若慶雲晞修齡
適余願光寵非已威安期步天路松子與世違焉得凌
霄翼飄颻登雲湄嗟哉尼父志何為居九夷
天網彌四野六翮掩不舒隨波紛綸客一作落汎汎若浮

鳧一作鳧鷖生命無期度朝夕有不虞列仙停脩齡養志在
冲虚飄颻雲日間邈與世路殊榮名非己寶聲色焉足
娛採藥無旋返神仙志不符逼此良可惑令我久躊躇
王業須良輔建功俟英雄元凱康哉美多士頌聲隆陰
陽有舛錯日月不常融天時有否泰人事多盈冲園綺
遯南岳伯陽隱西戎保身念道真寵耀焉足崇人誰不
善始尠能尅厥終休哉上世士萬載垂清風
鴻鵠相隨飛飛飛適荒裔雙翮臨長風須臾萬里逝朝
餐琅玕實夕宿丹山際抗身青雲中網羅孰能制豈與

鄉曲士携手共言誓從藝文定正
儔物終始殊脩短各異方琅玕生高山芝英耀朱堂熒
熒桃李花成蹊將夭傷焉敢希千術三春表微光自非
凌風樹憔悴烏一作要有常
幽蘭不可佩朱草爲誰榮脩竹隱山陰射干臨增城葛
藟延幽谷緜緜瓜瓞生樂極消靈神哀深傷人情竟知
憂無益豈若歸太清
鷽鳩飛桑榆海鳥運天池豈不識宏大羽翼不相宜招
搖安可翔不若棲樹枝下集蓬艾間上游園圃籬但爾

亦自足用子爲追隨此首藝文類聚所載與今本不同而義意近優觀李善文選注江文
通擬詠懷詩所引與藝文同亦一証也今從藝文定正
生命辰在安憂戚涕沾襟高鳥翔山岡鷰雀棲下林青
雲蔽前庭素琴悽我心崇山有鳴鶴豈可相追尋
鳴鳩嬉庭樹焦明遊浮雲焉見孤翔鳥翩翩無匹群死
生自然理消散何繽紛漢魏詩集合前爲一首
步遊三衢旁惆悵念所思豈爲今朝見恍惚誠有之澤
中生喬松萬世未一作安可期高鳥摩天飛凌雲共遊嬉
豈有孤行士垂涕悲故時

清露爲凝霜華草成蒿萊誰云君子賢明達集作自安可
能乘雲招松喬呼噏永矣哉
丹心失恩澤重德喪所宜善言焉可長慈惠未易施不
見南飛鷰羽翼正差池高子怨新詩三閭悼乖離何爲
混沌氏倏忽體貌隳
十日出暘谷弭節馳萬里經天耀四海倏忽潛濛氾誰
言焱炎久遊沒何行俟[迺]者豈長生亦去荊與杞千歲
猶崇朝一餐[聊][自][已]一作百金子是非得失間焉足相譏理
計利知術窮哀情[遽]一作克能止

自然有成理生死道無常智巧萬端出大要不易方如
何夸毘子作色懷驕腸乘軒驅良馬憑几向膏粱被服
纖羅衣深榭設閑房不見日夕華翩翩飛路傍
夸談快憤懣情一作情懦發煩心西北登不周東南望鄧
林曠野彌九州崇山抗高岑一餐度萬世千歲再浮沉
誰云玉石同淚下不可禁
人言願延年延年欲焉之黃鵠呼子安千秋未可期獨
坐山嵓中惻愴懷所思王子一何好猗靡相携持悅懌
猶今辰計校在一時置此明朝事日夕將見欺今本作潛見安
能處山巖在一時置此明朝事日夕將見欺
貴賤在天命窮達自有時婉變佞邪子隨利來相欺孤
思損惠施但為讒夫蚩鶺鴒鳴雲中載飛靡所期焉知
傾側士一旦不可持
驚風振四野迴雲蔭堂隅牀帷為誰設几杖為誰扶雖
非明君子豈闇桑與榆世有此聾聵芒芒將焉如翩翩
從風飛悠悠去故居離麾玉山下遺棄毀與譽
危冠切浮雲長劍出天外細故何足慮高度跨一世非
子為我御逍遙遊荒裔顧謝西王母吾將從此逝豈與

蓬戶士彈琴誦言誓
河上有丈人緯蕭棄明珠甘彼藜藿食樂是蓬蒿廬豈
效繽紛子良馬騁輕輿朝生衢路旁夕瘞橫術隅歡笑
不終晏俛仰復欷歔鑒茲二三者憤懣從此舒
儒者通六藝一作義立志不可干違禮不為動非法不肯
言渴飲清泉流饑食并一作廿一簞歲時無以祀衣服常
苦寒屣履詠南風縕袍笑華軒信道守詩書義不受一
餐烈烈褒貶辭老氏用長嘆
少年學擊刺集作劒妙伎過曲城英風截雲霓超世發奇
聲揮劍臨沙漠飲馬九野坰旗幟何翩翩但聞金鼓鳴
軍旅令人悲烈烈有哀情念我平常時悔恨從此生
平晝整衣冠思見客與賓賓客者誰子倏忽若飛塵裳
衣佩雲氣言語究靈神須臾相背棄何時見斯人
多慮令志散寂寞使心憂翱翔觀陂彼作澤撫劍登輕
舟但願長閑暇後歲復來遊
朝出上東門遙望首陽基松柏鬱森沉鸝黃相與嬉逍
遙九曲間徘徊欲何之念我平居時鬱然思妖姬
王子十五年遊衍伊洛濱朱顏茂春華辯慧懷清真焉

見浮丘公舉手謝時人輕蕩易恍惚飄颻棄其身飛飛
鳴且翔揮翼且酸辛
塞（一作寒）門不可出海水焉可浮朱明不相見奄昧獨無
侯持爪思東陵黃雀誠獨羞失勢在須臾帶劒上吾丘
悼彼桑林子涕下自交流假乘汧渭間鞍馬去行遊
洪生資制度被服正有常尊卑設次序事物齊紀綱容
飾整顏色磬折執圭璋堂上置玄酒室中盛稻粱外厲
貞素談戶內滅芬芳放口從衷出復說道義方委曲周
旋儀姿態愁我腸

北臨乾昧谿西行遊少任遥顧望天津駘蕩樂我心綺
靡存亡門一遊不再尋儻遇晨風鳥飛駕出南（一作東）林
漭瀁瑶光中忽忽肆荒淫休息晏清都〔超〕〔世〕〔又〕誰禁（一作起坐復誰禁）
人知結交易交友誠獨難險路多疑惑明珠未可干彼
求饗太牢我欲并一餐損益生怨毒咄咄復何言
有悲則有情無悲亦無思（集作無情亦無悲）苟非嬰網罟何必
萬里畿翔風拂重霄慶雲招所晞灰心寄枯宅曷顧人
間姿〔始〕（集作曲）得忘我難焉〔知〕嘿自遺

木槿榮丘墓煌煌有光色白日頹林中翩翩零路側蟋
蟀吟戶牖蟪蛄鳴荊棘蜉蝣玩三朝采采修羽翼衣裳
爲誰施俛仰自收拭生命幾何時慷慨各努力
脩塗馳軒車長川載輕舟性命豈自然勢路有所由高
名令志惑重利使心憂親昵懷反側骨肉還相讎更希
毀珠玉可用登遨遊
橫術有奇士黃駿服其箱朝起瀛洲野日夕宿明光再
撫四海外羽翼自飛揚去置世上事豈足愁我腸一去
長離絕千歲復相望

猗歟上世士恬淡志安貧季葉道陵遲馳騖紛垢塵甯
子豈不類楊歌誰肯殉（一作詢）栖栖非我偶徨徨非己倫
咄嗟榮辱事去來味道真道真信可娛清潔存精神巢
由抗高節從此適河濱
梁東有芳草一朝再三榮色容豔姿美光華耀傾城豈
爲明哲士妖蠱諂媚生輕薄在一時安知百世名路端
便娟子但恐日月傾焉見冥靈木悠悠竟無形
秋駕（作稅駕者誤）安可學東野窮路旁綸深魚淵潛矰設鳥
高翔泛泛乘輕舟演漾靡所望吹噓誰以益江湖相捐

忘都治難爲顏脩容是我常茲年在松喬恍惚誠未央

子乃篤尚儒學御三年而無所得夜夢受秋駕明日往朝師師曰今將教子以秋駕註曰秋駕法駕也

咄嗟行至老僶俛常苦憂臨川羡洪波同始異支流百年何足言但苦怨與讐讐怨者誰子耳目還相羞聲色爲胡越人情自逼遒招彼玄通士去來歸羡遊

昔有神仙士乃處射山阿乘雲御飛龍噓噏嘰瓊華音機小食也○可聞不可見慷慨歎咨嗟自傷非儔類愁苦來相加下學而上達忽忽將如何

林中有奇鳥自言是鳳凰清朝飲醴泉日夕栖山岡高鳴徹九州延頸望八荒適逢商風起羽翼自摧藏一去崑崙西何時復廻翔但恨處非位愴恨使心傷

出門望佳人佳人豈在茲三山招松喬萬世誰與期存亡一作日有長短慷慨將焉知忽忽朝日隤行行將何之不見季秋草摧折在今時

昔有神仙者羡門及松喬噏習九陽間升遐嘰雲霄人生樂長久百年自言遼白日隕隅谷一夕不再朝豈若遺世物登明遂飄颻

墓前熒熒者木槿耀朱華榮好未終朝連飈隕其葩豈若西山草琅玕與丹禾垂影臨增城餘光照九阿寧微少年子日久難咨嗟

歌二首見大人先生傳拾遺作寄懷歌

采薪者歌

日沒不周西月出丹淵中陽精蔽不見陰光代爲雄亭亭在須臾厭厭將復隆離合雲霧兮往來如飄風富貴俯仰間貧賤何必終留侯起亡虜威武赫荒夷邵平封東陵一旦爲布衣枝葉托根柢死生同盛衰得志從命升失勢與時隤寒暑代征邁變化更相推禍福無常主何憂身無歸推茲由斯負薪又何哀

大人先生歌

天地解兮六合開星辰隕兮日月頹我騰而上將何懷

無名氏

雜歌謠辭諺語附

徐州歌

晉書曰王祥隱居廬江三十餘年不應州郡之命徐州刺史呂虔檄爲別駕于時寇盜充斥祥率勵兵士頻討破之州界清靜政化大行時人歌之○按魏志呂虔文帝時遷徐州刺史請琅琊王祥爲別駕

海沂之康實賴王祥邦國不空別駕之功

榮陽令歌

殷氏世傳曰殷褒爲榮陽令廣築學館會集朋徒民知禮讓乃歌之云

榮陽令有異政修立學校人易性令我子弟恥鬬訟 樂府作訟爭

行者歌

選詩拾遺作魏時童謠歌云見五行志

王子年拾遺記曰文帝所愛美人薛靈芸常山人也年十五容貌絕世咸熙中文帝選良家子女以入六宮常山太守習谷以千金寶賂聘之以獻至京師帝以文車十乘迎之道側燒石葉之香未至數十里膏燭之光相續不滅車徒咽路塵起蔽於星月又築土爲臺

基高三十丈列燭於臺下遠望如列星之墜地又於大道之傍一里一銅表高五尺以誌里數故行者歌曰

青槐夾道多塵埃龍樓鳳闕望崔嵬清風細雨雜香來

土上出金火照臺 此七字是妖辭也銅表誌道是土上出金之義以燭置臺下則火在土下之義漢火德王魏土德王火伏而土興土上出金是魏滅而晉興之兆晉以金王也

明帝景初中童謠

宋書五行志曰魏明帝景初中童謠及宣王平遼東歸至白屋當還鎮長安會帝篤疾急召之乃乘追鋒車東渡河終翦魏室如童謠之言也

阿公阿公駕馬車不意阿公東渡河阿公東 晉書作來還當

柰何

齊王嘉平中謠

宋書五行志曰魏齊王嘉平中謠按朱虎者楚王彪小字也王陵令狐愚聞此謠謀立彪事發陵等伏誅彪賜死

白馬素羈西南馳其誰乘者朱虎騎

軍中謠

魏略曰太祖使盧洪趙達撫軍主刺舉軍中語曰

不畏曹公但畏盧洪曹公尚可趙達殺我

鴻臚歌

魏略曰韓宣字景然爲大鴻臚始南陽曲阜韓暨以宿德在宣前爲大鴻臚及宣在官亦稱職故鴻臚中爲之語曰

大鴻臚小鴻臚前後治行相曷如

夏侯歌

魏書曰夏侯淵爲將赴急疾常出敵不意故軍中語曰淵字妙才沛國譙人從魏太祖征伐封博昌亭侯累官征西將軍

典軍校尉夏侯淵三日五百六十千

州中歌

魏略曰賈洪字叔業好學有材特精於春秋左傳與馮翊敬危材學最高故衆人爲之語

州中曄曄賈叔業辨論洶洶敬文通

邢子昻歌 魏志曰邢顒太祖辟爲冀州從事時人稱之

德行堂堂邢子昻

詩紀卷之十九

泰州知州李宋督刊

儒學學正馬騤校正

詩紀卷之二十

吳一

孫皓 字元宗一名彭祖大皇帝孫也景帝崩皓嗣位爲晉所滅封歸命侯

爾汝歌 世說新語曰晉武帝問孫皓聞南人好作爾汝歌頗能爲不皓正飲酒因舉觴勸帝曰｜｜帝悔之

昔與汝爲鄰今與汝爲臣上汝一杯酒令汝壽萬春 一作願汝壽千春

韋昭 字弘嗣吳郡雲陽人本名昭史爲晉諱改名曜少好學能屬文仕孫吳官至中書僕射職省爲侍中常領左國史撰吳書皓欲死和作紀曜執以和不登帝位宜名爲傳皓以此責怒收曜付獄後誅之

吳鼓吹曲十二曲

炎精缺 古今樂錄曰炎精缺者言漢室衰孫堅奮迅猛志念在匡救王迹始乎此也當漢朱鷺

炎精缺漢道微皇綱弛政德違衆姦熾民罔依赫武烈

越龍飛陟天衢耀靈威鳴雷鼓抗電麾撫乾衡鎮地機

厲虎旅騁熊羆發神聽吐英奇張角破邊韓覊宛潁平

南土綏神武章渥澤施金聲震仁風馳顯高門啓皇基統罔極垂將來

漢之季

漢之季者言孫堅悼漢之微痛董卓之亂與兵奮擊功蓋海内也當漢思悲翁

漢之季董卓亂桓桓武烈應時運義兵興雲旗建厲六師羅八陣飛鳴鏑接白刃輕騎發介士奮醜虜震使衆散刼漢主遷西館雄豪怒元惡僨赫赫皇祖功名聞

攄武師

攄武師者言孫權卒父之業而征伐也當漢艾如張

攄武師斬黄祖攘一作攄夷凶族革平西夏炎炎大烈震天下

伐烏林

伐烏林者言魏武既破荊州順流東下欲來爭鋒孫權命將周瑜逆擊之於烏林而破走也當漢上之回

曹操北伐拔柳城乘勝席捲遂南征劉氏不睦八郡震驚衆既降操屠荊舟車十萬揚風聲議者狐疑慮無成賴我大皇發聖明虎臣雄烈周與程破操烏林顯章功名

秋風

秋風者言孫權悅以使民民忘其死也當漢擁離

秋風揚沙塵寒露沾衣裳角弓持弦急鳩鳥化爲鷹邊垂飛羽檄寇賊侵界疆跨馬披介冑慷慨懷悲傷辭親向長路安知存與亡窮達固有分志士思立功思立功邀之戰場身逸獲高賞身沒有遺封

克皖城

克皖城者言魏武志圖并兼而令朱光爲廬江太守孫權親征光破之於皖城也當漢戰城南

克滅皖城遏寇賊惡此凶孽阻姦慝王師赫征衆傾覆除穢去暴戢兵革民得就農邊境息誅君弔民昭至德

關背德

關背德者言蜀將關羽背棄吳德心懷不軌孫權引師浮江而擒之也當漢巫山高

關背德作鴟張割我邑城圖不祥稱兵北伐圍樊襄陽嗟臂大於股將受其殃巍巍夫聖主睿德與玄通與玄通親任呂蒙泛舟洪池溯涉長江神武一何桓桓聲烈正與風翔歷撫江安城大據郢邦虜羽授首百蠻咸來同盛哉三比隆

通荆門

通荆門者言孫權與蜀交好齊盟中有關羽自失之釁戎蠻樂亂生變作患蜀疑其恥吳惡其詐乃大治兵終復初好也當漢上陵

荆門限巫山高峻與雲連蠻夷阻其險歷世懷不賓漢王據蜀郡崇好結和親乖微中情疑讒夫亂其間大皇赫斯怒虎臣勇氣震蕩滌幽藪討不恭觀兵揚炎耀厲鋒整封疆整封疆闡揚威武容功赫戲洪烈炳章邈矣帝皇世聖吳同厥風荒裔望清化化恢弘煌煌大吳延祚永未央

章洪德

章洪德者言孫權章其大德而遠方來附也當漢將進酒

章洪德邁威神感殊風懷遠鄰平南裔齊海濱越裳貢扶南臣珍貨充庭所見日新

從歷數

從歷數者言孫權從圖籙之符而建大號也當漢有所思

從歷數於穆我皇帝聖哲受之天神明表奇異建號創皇基聰睿協神思德澤浸及昆蟲浩蕩越前代三光顯精耀陰陽稱至治肉角步郊畛鳳凰棲靈囿神龜游沼池圖讖摹文字黄龍覿鱗符祥日月記覽往以察今我皇多暐事上欽昊天象下副萬姓意光被彌蒼生家戸蒙惠賚風教肅以平頌聲章嘉喜大吳興隆綽有餘裕

承天命

承天命者言上以聖德踐位道化至盛也當漢芳樹

承天命於昭聖德三精垂象符靈表德巨石立九穗植龍金其鱗烏赤其色輿人歌億夫歎息超龍升襲帝服窮淳懿體玄默夙興臨朝勞謙日昃易簡以崇仁放遠讒與慝舉賢才親近有德均田疇茂稼穡審法令定品式考功能明黜陟人思自盡惟心與力家國治王道直思我帝皇壽萬億長保天祿祚無極

玄化

玄化者言上修文訓武則天而行仁澤流洽天下喜樂也當漢上邪

玄化象以天陛下聖真張皇綱率道以安民惠澤宣流而雲布上下睦親君臣酣宴樂激發弦歌揚妙新修文籌廟勝須時備駕巡洛津康哉泰四海歡欣越與三五鄰

薛瑩

瑩字道言初為秘府中書郎孫休即位為散騎中常侍數年以病去官孫皓初為左執法遷選曹

尚書及立太子又領少傅

獻詩

三國志曰建衡三年孫皓追歎瑩父綜遺文且命瑩繼作瑩獻詩曰

惟臣之先昔仕于漢奕世綿緜頗涉臺觀曁臣父綜遭時之難卯金失御邦家毀亂適茲樂土庶存子遺天啓其心東南是歸厥初流隸困於蠻垂大皇開基恩德遠施特蒙招命拯擢泥汙釋放巾褐受職剖符作守合浦在海之隅遷入京輦遂升機樞枯瘁更榮絶統復紀自微而顯非願之始亦惟寵遇心存足止重值文皇建號

東宮乃作少傅光華益隆明明聖嗣至德謙崇禮遇兼加惟渥惟豐哀哀先臣念竭其忠洪恩未報委是以終嗟臣蔑賤惟昆及弟幸生幸育託綜遺體過庭既訓頑蔽難啓堂構弗克志存耦耕豈悟聖朝仁澤流盈追錄先臣愍其無成是濟是拔被以殊榮珝忝千里受命南征旌旗備物金華揚聲及臣斯陋實闇實微既顯前軌人物之機復傳東宮繼世荷輝才不逮先是忝是違乾德博好文雅是貴追悼亡臣冀存遺類如何愚胤曾無髣髴瞻彼舊寵顧此頑虛孰能忍媿臣實與居夙夜反側克心自論父子兄弟累世蒙恩死惟結草生誓殺身雖則灰隕無報萬分

張純張儼朱異附

賦席

吳郡張純少有清才與同郡張儼朱異俱童少往見驃騎將軍朱據據聞三人才名欲試之曰今三賢屈顧老鄙渴甚矣其爲吾各賦一物然後乃坐純曰聲梟以迅驟爲ㄈ鷹隼以輕疾爲妙何必積思皆隨目立成據大歡悅

席爲冬設簟爲夏施揖讓而坐君子攸宜

賦犬張儼

守則有威出則有獲韓盧宋鵲書名竹帛

賦弩朱異

南岳之幹鍾山之銅應機命中射隼高墉

無名氏

歌謠

王世容歌

吳錄曰王鐔字世容爲武城令民服德化宿惡奔迸父老歌之鐔藝文類聚作譚

王世容政無雙省徭役盜賊空

彭子陽歌

吳錄曰彭循字子陽毗陵人建國二年海賊丁儀等萬人據吳太守秋君聞循勇謀以守令循與儀相見陳說利害應時散去民歌之曰

時歲倉卒賊縱橫大戟強弩不可當賴遇賢令彭子陽

黃龍中童謠

周處風土記云吳黃龍中童謠後孫權征公孫淵浮海乘船船白也

行白者君追汝句驪馬

孫亮初童謠

晉書五行志曰孫亮初童謠按揚子閣者反語石子堈也鉤絡鉤帶也及諸葛恪死果以葦席裹身篾束其腰投之石堈後聽恪故吏收葬求之此堈云

吁汝恪何若若蘆葦單衣篾鉤絡於何相求揚晉書作常子閣

孫亮初白鼉鳴童謠

晉書五行志曰吳孫亮初公安有白鼉鳴童謠按南郡城可長生者有急易以逃也明年諸葛恪敗弟融鎮公安亦見襲融刮金印龜服之而死鼉有鱗介甲兵之象也

白鼉鳴龜背平南郡城中可長生守死不去義無成

孫皓初童謠文選補遺作揚州歌

晉書五行志曰吳孫皓初童謠按皓尋還都武昌民泝流供給咸怨毒焉

寧飲建鄴水不食武昌魚寧還建業死不止武昌居

孫皓天紀中童謠

晉書五行志曰吳孫皓天紀中童謠晉武帝聞之加王濬龍驤將軍及征吳江西衆軍無過者而王濬先定秣陵

阿童復阿童銜刀游渡江不畏岸上虎但畏水中龍

吳謠

吳志曰周瑜少精意於音樂雖三爵之後其有闕誤瑜必知之知之必顧故時人謠云

曲有一作後誤周郎顧

時人語

高僧傳曰孫權已制江左而佛教未行有支謙者本月支人來遊漢境博覽經籍莫不精究通學異書通六國語其爲人細長黑瘦眼多白而睛黃時人爲之語曰

支郎眼中黃形軀雖細是智囊

廣陵諺

張勃吳錄曰陸禕字伯羸爲廣陵太守蠹吏歛手廣陵諺曰

解結理煩我國陸君

孫皓時詩妖

孫皓遣使者祭石印山下妖祠使者因以丹書巖曰丨丨皓聞之曰從太皇帝至朕四世太平之主非朕復誰恣虐踰甚尋以降亡近詩妖也

楚九州渚吳九州都揚州士作天子四世治太平矣

古詩紀
第八冊

詩紀目錄

晉一　卷之二十一

司馬懿

讌飲歌

荀勗

從武帝華林園宴　三月三日從華林園

張華

門有車馬客行　輕薄篇

遊俠篇　博陵王宮俠曲二首

遊獵篇　壯士篇

簫史曲　勵志詩

祖道征西應詔詩　祖道趙王應詔詩

太康六年三月三日後園會

上巳篇　荅何劭三首

情詩五首　感婚詩

雜詩三首　擬古

遊仙詩三首　贈摯仲治詩

招隱二首

成公綏

中宮詩二首　行詩

遊仙詩

晉二　卷之二十二

傅玄

短歌行　秋胡行

惟漢行　豔歌行

長歌行　豫章行苦相篇

和秋胡行　飲馬長城窟行

放歌行　豔歌行有女篇

牆上難為趨　怨歌行朝時篇

秋蘭篇　明月篇

前有一罇酒行　何當行

却東西門行　美女篇

飛塵篇　董逃行歷九秋篇十二首

吳楚歌　鴻鴈生塞北行

白楊行　秦女休行

雲中白子高行　西長安行

晉三　卷之二十三

晉四　卷之二十四

悲哉行　齊謳行
吳趨行　前緩聲歌
吳趨行　飲酒樂
董桃行　上留田行
飲酒樂　燕歌行
猛虎行　鞠歌行
順東西門行　日重光行
月重輪行　百年歌十首

晉五十五　卷之二

陸機二

皇太子宴玄圃宣猷堂有令賦詩
皇太子賜讌詩　贈馮文羆遷斥丘令
荅賈謐　贈弟士龍
贈潘尼　荅潘尼
贈馮文羆　於承明作與弟士龍
贈弟士龍 雲荅詩附　贈尚書郎顧彥先二首
贈顧交阯公眞　荅張士然
贈從兄車騎　爲顧彥先贈婦二首
爲陸思遠婦作　爲周夫人贈車騎
祖道畢雍孫劉邊仲潘正叔
赴洛二首　赴洛道中作二首
吳王郎中時從梁陳作　擬行行重行行
擬今日良宴會　擬迢迢牽牛星
擬涉江采芙蓉　擬青青河畔草
擬明月何皎皎　擬蘭若生朝陽
擬青青陵上栢　擬東城一何高
擬西北有高樓　擬庭中有奇樹
擬明月皎夜光　招隱詩

遨遊出西城　園葵詩二首
贈波丘令馮文羆　贈顧彥先
贈紀士　贈潘正叔
招隱二首　尸鄉亭
三月三日　春詠
詠老

晉六十六　卷之二

陸雲

大将軍宴會被命作詩
征西大将軍京陵王公會射堂皇太子見命作
此詩
太尉王公以九錫命大将軍讓公将還京邑祖
餞贈此詩
大安二年夏四月大将軍出祖王羊二公於城
南堂皇被命作此詩
從事中郎張彦明為中護軍
贈汲郡太守

贈顧驃騎二首
有皇　思文
贈鄱陽府君張仲膺　贈顧彦先
答顧秀才　答大将軍祭酒顧令文
答呉王上将顧處微　贈顧尚書
答兄平原

晉七十七 巻之二
陸雲 二
與鄭曼季贈答八首

谷風 陸贈　鴛鴦 鄭荅
鳴鶴 陸贈　蘭林 鄭荅
南衡 陸贈　南山 鄭荅
高崗 陸贈　中陵 鄭荅
答孫顯世 附贈詩　四言失題 前八章 後六章
失題　同前
答兄平原　答張士然
為顧彦先贈婦往返四首
失題　同前

晉八十八 巻之二
潘岳
關中詩　為賈謐作贈陸機
北芒送別王世胄詩　家風詩
於賈謐坐講漢書　離合
金谷集作詩　河陽縣作二首
在懷縣作二首　内顧詩二首
悼亡詩三首　哀詩
思子詩　別詩

古詩紀目錄　十五

古詩紀目錄　十六

大道曲
孫綽
表哀詩并序　三月三日
秋日　情人碧玉歌二首
王獻之
桃葉歌二首
江逌
詠秋　詠貧
庾闡

孫登隱居詩　三月三日臨曲水
三月三日　觀石鼓
登楚山　衡山
江都遇風　採藥詩
遊仙詩四首　同前六首
李充
嘲友人　七月七日
送許從詩
李顒

經渦路作　涉湖
夏月　感冬篇
袁宏
從征行方頭山　詠史二首
擬古　失題
曹毗
詠史　詠冬
夜聽擣衣　正朝
霖雨

許詢
竹扇
習鑿齒
燈
袁山松
菊
顧愷之
神情詩
劉惔

失題

晉十三 卷之三十三

蘭亭集詩 并序 二篇

右將軍王羲之 二首　瑯琊王友謝安 二首

司徒左西屬謝萬 二首　前餘杭令孫統 二首

左司馬孫綽 二首　中軍參軍孫嗣

散騎常侍郗曇　潁川庾友

潁川庾蘊　行參軍曹茂之

上虞令華茂　滎陽桓偉

陳郡袁嶠之 二首　王玄之

王凝之 二首　王徽之 二首

王渙之　王肅之 二首

王彬之 二首　王蘊之

行參軍王豐之　郡功曹魏滂

鎮軍司馬虞說　郡五官謝繹

行參軍徐豐之 二首　徐州西平曹華

晉十四 卷之三十四

陶淵明

停雲　時運

榮木　勸農

命子　贈長沙公族祖

酬丁柴桑　荅龐參軍

歸鳥　遊斜川

示周祖謝三郎

怨詩楚調示龐主簿鄧治中

荅龐參軍　五月旦作和戴主簿

和劉柴桑　酬劉柴桑

和郭主簿二首　贈羊長史

歲暮和張常侍　和胡西曹示顧賊曹

癸卯十二月中作與從弟敬遠

與殷晉安別　於王撫軍座送客

始作鎮軍參軍經曲阿作

庚子歲五月中從都還阻風於規林二首

辛丑歲七月赴假還江陵夜行塗口作

乙巳歲三月為建威參軍使都經錢溪

詠二疎　詠三良

反招隱詩　招隱

湛方生
廬山神仙詩　後齋詩
帆入南湖　還都帆
天晴詩　諸人共講老子
懷歸謠　秋夜詩
遊園詠

蘇彥
七月七日詠織女　西陵觀濤

陸沖
雜詩二首

江偉
答賀蜡

范廣泉

征虜亭餞王少傳

王齊之
念佛三昧詩四首

卞裕

送桓竟陵　失題

孔法生
征虜亭祖王少傳

張駿
薤露行　東門行

馬岌
題宋纖石壁詩

趙整
酒德歌　諷諫詩二首

諫歌　琴歌

苻朗
臨終詩　失名
曲池歌

晉十七　卷之三十七

支遁
四月八日讚佛詩　詠八日詩三首
五月長齋詩　八關齋詩三首
詠懷詩五首　述懷詩二首
詠大德詩　詠禪思道人

時雍　嘉會

晉四廂樂歌十六首 張華

王公上壽詩　食舉東西廂樂詩

正旦大會行禮詩

晉四廂樂歌 成公綏

王公上壽酒歌　正旦大會行禮歌

晉冬至初歲小會歌 張華　晉宴會歌

晉中宮所歌　晉宗親會歌

晉二十 卷之四十

鼓吹曲辭

晉鼓吹曲二十二首 傅玄

靈之祥　宣受命

征遼東　宣輔政

時運多難　景龍飛

平玉衡　文皇統百揆

因時運　惟庸蜀

天序　大晉承運期

金靈運　於穆我皇

仲春振旅　夏苗田

仲秋獮田　順天道

唐堯　玄雲

伯益　釣竿

晉凱歌二首 張華

命將出征歌　勞還師歌

舞曲歌辭

晉正德大豫舞歌二首 傅玄

正德舞歌　大豫舞歌

晉正德大豫舞歌二首 荀勗

正德舞歌　大豫舞歌

晉正德大豫舞歌二首 張華

正德舞歌　大豫舞歌

晉宣武舞歌四首 傅玄

惟聖皇篇　短兵篇

軍鎮篇　窮武篇

晉宣文舞歌二首

羽籥舞歌　羽鐸舞歌

晉鼙舞歌五首
洪業篇　天命篇
景皇篇　大晉篇
明君篇
晉鐸舞歌
雲門篇
拂舞歌三首 無名氏
白鳩篇　獨漉篇
濟濟篇

晉白紵舞歌詩三首　晉杯槃舞歌詩
晉二十一 卷之四 十一
清商曲辭古辭
吳聲歌曲
子夜歌四十二首
子夜四時歌七十五首
春歌二十首　夏歌二十首
秋歌十八首　冬歌十七首
太子夜歌二首　子夜警歌二首

子夜變歌三首　上聲歌八首
歡聞歌　歡聞變歌六首
前溪歌七首　阿子歌三首
團扇郎七首　七日夜女歌九首
長史變歌三首　黄生曲三首
黄鵠曲四首　桃葉歌三首
同前　長樂佳八首
歡好曲三首　懊儂歌十四首
黄竹子歌　江陵女歌

神弦歌十一首
宿阿曲　道君曲
聖郎曲　嬌女詩
白石郎曲　青溪小姑曲
湖就姑曲　姑恩曲
採蓮童曲　明下童曲
同生曲
晉二十二 卷之四 十二
清商曲辭

西曲歌
三洲歌　採桑度
江陵樂　青陽度
青驄白馬　安東平
女兒子　來羅
那呵灘　孟珠
同前　翳樂
夜黄　夜度娘
長松標　雙行纏

黄督　西平樂
攀楊枝　尋陽樂
白附鳩　拔蒲
作蠶絲
月節折楊柳歌十三首
正月歌　二月歌
三月歌　四月歌
五月歌　六月歌
七月歌　八月歌

九月歌　十月歌
十一月歌　十二月歌
閏月歌
晉二十三卷之四十三
雜曲歌辭
西洲曲　長干曲
東飛伯勞歌　樂辭
休洗紅二首　邯鄲歌
雜詩

雜歌謠辭無名氏
歌辭
徐聖通歌　崔左丞歌
束晳歌　應詹歌
并州歌　襄陽兒童歌
吳人歌　豫州歌
三明歌　庾公歌二首
郤王歌　御路楊歌
鳳凰歌　歷陽歌

詩紀目録

詩紀巻之二十一

晉一

巡按陝西監察御史太原甄敬　裁正
陝西按察司僉事北海馮惟訥　彙編

司馬懿 字仲達河内温縣人仕魏歷事武帝文帝明帝後輔齊王為太傅相國封公孫炎受魏禪追尊為宣帝廟號高祖

讌飲歌

晉書曰高祖伐公孫淵過温見父老故舊讌飲累日悵然有感為歌曰

天地開闢日月重光遭逢際會奉辭遐方将掃逋 史作群 穢還過故鄉肅清萬里總齊八荒告成歸老待罪武陽

荀勗 字公曾潁川人初辟大将軍曹爽掾武帝受禪封濟北郡公領著作秘書監太康中遷尚書令

從武帝華林園宴 二章

帝華林園藝文類聚逸勗名後人遂以為武帝詩誤也 初學記作荀勗從武

習習春陽帝出乎震 叶平 天施地生以應仲春思文聖皇順時秉仁欽若靈則飲御嘉賓洪恩普暢慶乃衆臣

其慶惟何錫以帝祉肆覲群后有客戾止外納要荒内延卿士箫管詠德八音咸理凱樂飲酒莫不宴喜

三月三日從華林園

清節中季春姑洗通滯塞玉輅扶渌池臨川蕩苛慝

張華（字茂先范陽人晉武帝受禪以為黄門侍郎賛伐呉有功封廣武侯遷尚書後進為侍中中書監盡忠匡輔加封公元康六年拜司空與趙王倫孫秀有隙為倫秀所害○詩品云張華詩其源出於王粲其體華艶興託不奇巧用文字務為妍冶雖名高曩代而疎亮之士猶恨其兒女情多風雲氣少謝康樂云張公雖復千篇猶一體耳今置之中品疑弱處之下科恨少在季孟之間矣）

門有車馬客行

門有車馬客問君何鄉士捷步往相訊果是舊鄰里語昔有故悲論今無新喜清晨相訪慰日暮不能已詞端競未究忽唱分途始前悲尚未弭後憂方復起

輕薄篇

末世多輕薄驕代（一作或）好浮華志意既（一作能）放逸貲財亦豊奢被服極纖麗肴膳盡柔嘉童僕餘粱肉婢妾蹈綾羅文軒樹羽盖乘馬鳴玉珂横簪刻玳瑁長鞭錯象牙足下金鑮履手中雙莫耶賓從煥絡繹侍御何芬葩朝與金張期暮宿許史家甲第面長街朱門赫嵯峩蒼梧竹葉清宜城九醖醝浮醪隨觴轉素蟻自跳波美女興齊趙妍唱出西巴一顧城國傾千金寧（樂府作不）足多北里獻奇舞大陵奏名歌新聲踰激楚妙妓絶陽阿玄鶴

降浮雲鱏魚躍中河墨翟且停車展季猶咨嗟淳于前行酒雍門坐相和孟公結重關賓客不得蹉三雅來何遲耳熱眼中花盤按互交錯坐席咸諠譁簪珥咸墮落冠冕皆傾邪酣飲終日夜明燈繼朝霞絶纓尚不尤安能復顧他留連彌信宿此歡難可過人生若浮寄年時忽蹉跎促促朝露期榮樂遽幾何念此腸中悲涕下自滂沱但畏執法吏禮防且切磋

遊俠篇

翩翩四公子濁世稱賢名龍虎相交争七國並抗衡食客三千餘門下多豪英遊說朝夕至辯士自縱横孟嘗東出關濟身由鷄鳴信陵西反魏秦人不窺兵（藝文類聚作開濟盛）趙勝南詛楚乃與毛遂行黄歇北適秦太子還入荆美哉遊俠士何以尚四卿我則異於是好古師老彭

博陵王宮俠曲二首

俠客樂幽險築室窮山陰獠獵野獸稀施網川無禽歳暮飢寒至慷慨頓足吟窮令壯士激安能懷苦心干將坐自■繁弱控餘音耕佃窮淵陂種粟著劍鐔收秋狹路間一擊重千金棲遲熊羆穴容與虎豹林身在法令

外縱逸常不禁

雄兒任氣俠聲蓋少年場借友行報怨殺人租市旁昗刀鳴手中利劍嚴秋霜腰間叉素戟手持白頭鑲騰超如激電廻旋如流光奮擊當手決交尸自縱橫寍爲殤鬼雄義不入圜墻生從命子游死聞俠骨香身没心不懲勇氣加四方

遊獵篇

歲暮凝霜結堅氷沍幽泉厲風蕩原隰浮雲蔽昊天玄雲晻黮合素雪紛連翩鷹隼始擊鷙虞人獻時鮮嚴駕鳴儔侶攬轡過中田戎車方四牡文軒駁紫燕輿徒旣整飭容服麗且妍武騎列重圍前驅抗脩旃倏忽似回飈絡繹若浮烟鼓譟山淵動衝塵雲霧連輕繒拂素霓纖網蔭長川游魚未暇竄鼠歸鴈不得還一作旋由基控繁弱公差操黃間機發應弦倒一縱連雙肩僵禽正狼藉落羽何翻翻積獲被山阜流血丹中原馳騁未及勸曜靈俄移晷結罝彌藪澤嚚聲振四鄙鳥驚觸白刃獸駭掛流矢仰手接遊鴻舉足蹴犀兕如黃批狡兔青骹撮飛雉鵠鷺不盡收凫鷖安足視日冥徒御勞賞勤課能

否野饗會衆賓玄酒甘且旨燔炙播遺芳金觴浮素蟻珍羞隆歸雲纖肴出淥水四氣運不停年時何亹亹人生忽如寄居世遽能幾至人同禍福達士等生死榮辱渾一門安知惡與美遊放使心狂覆車難再履伯陽爲我誡檢跡投清軌

壯士篇

天地相震蕩回薄不知一作司窮人物稟常格有始必有終年時俛仰過功名宜速崇壯士懷憤激安能守虛冲乘我大宛馬撫我繁弱弓長劍横九野高冠拂玄穹慷慨成素霓嘯吒起清風震響駭八荒奮威曜四戎濯鱗滄海畔馳騁大漠中獨步聖明世四海稱英雄

簫史曲 藝文作張華樂府作鮑照然此詩詞格不類晉人當是鮑詩也

簫史愛長一作少年嬴女吝童顏火粒願排棄霞霧好登攀龍飛逸一作竟天路鳳起出秦關身去長不返簫聲時徃還

勵志詩 九章四言

大儀斡烏括反運天廻地游四氣鱗次寒暑環周星火旣夕忽焉素秋涼風振落熠燿宵流

吉士思秋寔感物化日與月與(平聲)荏苒代謝逝者如斯
曾無日夜嗟爾庶士胡寧自舍(去聲)
仁道不遐德輶如羽求焉斯至衆鮮克舉大猷玄漠將
抽厥緒先民有作貽我高矩
雖有淑姿放心縱逸出般(音盤)于游居多暇日如彼梓材
弗勤丹漆雖勞樸斲終負素質
養由矯矢獸號于林蒲盧縈繳(職畧反)神感飛禽末伎之
妙動物應心研精躭道安有幽深
安心恬蕩棲志浮雲體之以質彪之以文如彼南畝力

耒既勤藨(音鑣)蓘(音袞)致功必有豐殷
水積成川載瀾載清土積成山歊蒸鬱冥山不讓塵川
不辭盈勉爾(一作含志)含弘以隆德聲
高以下基洪由纖起川廣自源成人在始累(上聲)微以著
乃物之理纆(音墨)牽之長實累(去聲)千里
復禮終朝天下歸仁若金受礪若泥在鈞進德脩業輝
光日新隰朋仰慕予亦何人

祖道征西應詔詩

赫赫大晉奄有萬方陶以仁化曜以天光貳跡陜西實
在我王內飪玉鉉外惟鷹揚四牡揚鑣玄輅振綏庶寮
群后餞飲洛湄感離嘆悽慕德遲遲

祖道趙王應詔詩

崇選穆穆利建明德(一作明明)於顯穆親時惟我王亶姿自
然金質玉相光宅舊趙作鎮冀方休寵曲錫備物煥彰
發軔上京出自天邑百寮餞行搢紳具集軒冕峩峩冠
蓋習習戀德惟懷永嘆弗及

太康六年三月三日後園會(四章)

暮春元日陽氣清明祁祁甘雨膏澤流盈習習祥風啓

滯導生禽鳥翔逸卉木滋榮纖條被綠翠華含英
於皇我后欽若昊乾順時省物言觀中園讌及群辟乃
命乃延(一作初筵)合樂華池祓濯清川汎彼龍舟泝游洪源
(藝文作泝渚游源)
朱幕雲覆列坐文茵羽觴波騰品物備珎管絃繁會變
用奏新穆穆我皇臨下渥仁訓以慈惠詢納廣神好樂
無荒化達無垠
洛予微臣荷寵明時忝恩于外攸攸三期犬馬惟慕天
賚竄之靈啓其頑遘頑在茲于以表情爰著斯詩

上巳篇 以下五言

仁風導和氣句芒御昊春姑洗應時月元巳啓良辰密雲蔭朝日零雨灑微塵飛軒遊九野置酒會衆賓臨川懸廣幕夾水布長茵徘徊存往古慷慨慕先真朋從自遠至童冠八九人追好舞雩庭擬跡洙泗濱伶人理新樂膳夫烝時珍八音硼磕奏肴俎從橫陳妙舞起齊趙悲歌出三秦春醴踰九醞冬清過十旬盛時不努力歲暮將何因勉哉衆君子茂德景日新高飛撫鳳翼輕舉攀龍鱗

荅何劭三首 何劭贈詩別見

吏道何其迫窘然坐自拘纓緌爲徽纆文憲焉可踰恬曠苦不足煩促每有餘良朋貽新詩示我以游娛穆如灑清風煥若春華敷自昔同寮寀 音菜 於今比園廬衰疾近辱殆庶幾並懸輿散髮重陰下抱杖臨清渠屬耳聽鶯鳴流目翫儵魚從容養餘日取樂於桑榆

洪鈞陶萬類大塊稟群生明闇信異姿靜躁亦殊形自予及有識志不在功名虛恬竊所好文學少所經忝荷既過任白日已西傾道長苦智短責重困才輕周任有遺規其言明且清負乘爲我戒夕惕坐自驚是用感嘉貺寫心出中誠發篇雖溫麗無乃違其情

駕言歸外庭放志永棲遲相伴步園疇春草鬱鬱滋榮觀雖盈目親友莫與偕悟物增隆思結戀慕同儕援翰屬新詩永嘆有餘懷

情詩五首

清風動帷簾晨月照 五臣作燭 幽房佳人處遐遠蘭室無容光襟懷擁虛景輕衾覆空牀居歡惜夜促在戚怨宵長拊 五臣作撫 枕獨嘯歎感慨心內傷

游目四野外逍遙獨延佇蘭蕙緣清渠繁華蔭綠渚佳人不在茲取此欲誰與巢居知風寒穴處識陰雨不曾遠別離安知慕儔侶

北方有佳人端坐鼓鳴琴終晨撫管絃日夕不成音憂來結不解我思存所欽君子尋時役幽妾懷苦心初爲三載別於今久滯淫昔邪生戶牖庭內自成陰翔鳥鳴翠偶草蟲相和吟心悲易感激俛仰淚流衿願託晨風翼束帶侍衣衾

明月曜清景曨光照玄墀幽人守靜夜迴身入空帷束

帶佽將朝廓落晨星稀寐假交精爽覿我佳人姿巧笑
媚懽懽一作靨聯娟眸與眉寢言增長歎悽然心獨悲
君居北海陽妾在江南陰懸邈極脩途一作脩途遠山川阻
且深承懽注隆愛結分投所欽銜恩一作思篤守義萬里
託微心

感婚詩

駕言遊東邑東邑紛禳禳婚姻及良時嫁娶避當梁窈
窕出閨女嬿婉姬與姜素顏發紅華美目流清揚韡
衆親盛於我猶若常譬彼暮春草榮華不再陽

〈〈晉詩紀卷之二十一〉〉　十

雜詩三首

晷度隨天運四時互相承東壁正昏中涸陰寒節升繁
霜降當夕悲風中夜興朱火青無光蘭膏坐自凝重衾
無暖氣挾纊如懷冰伏枕終遥昔寤言莫予應永思慮
崇替慨然獨拊膺

逍遥遊春空一作宮容與淥池阿白蘋開素葉朱草茂丹
華微風搖蒞若增波動芰荷榮彩曜中林流馨入綺羅
王孫遊不歸脩路邈以遐誰與翫遺芳佇立獨咨嗟

荏苒日月運寒暑忽流易同好逝不存迢迢遠離析房
櫳自來風戸庭無行迹蒹葭生牀下蛛蝥網四壁懷思
豈不隆感物重鬱積遊鴈比翼翔歸鴻知接翮來哉彼
君子無愁徒自隔

擬古　見藝文松類有詩無題古遺集云擬古

松生壠坂上百尺下無枝東南望河尾西北隱崑崙
風振山籟崩鳥夜驚離悲涼貫年節葱翠恒若斯安得
草木心不怨寒暑移

遊仙詩三首　以下闕文

雲霓垂藻旒羽袿揚輕裾飄登清雲間論道神皇廬蕭

〈〈晉詩紀卷之二十一〉〉　十一

史登鳳音王后吹鳴竽守精味玄妙逍遥無爲墟
玉珮連浮星輕冠結朝霞列坐王母堂豔體飡瑤華湘
妃詠涉江漢女奏陽阿

乘雲去中夏隨風濟江湘亹亹陟高陵遂升玉鑾陽雲
娥薦瓊石神妃侍衣裳

贈摯仲治詩

君子有逸志棲遲於一丘仰蔭高林茂俯臨淥水流恬
淡養玄虛沉精研聖猷

招隱二首

隱士託山林遁世以保真連惠亮未遇雄才屈不伸棲遲四野外陸沉背當時循名擁不著藏器待無期羲和策六龍弭節越崦嵫盛年俛仰過忽若振輕絲

成公綏 字子安東郡白馬人也少有俊才詞賦甚麗張華雅重綏薦為太常博士歷秘書郎遷中書郎每與華受詔並為詩賦泰始九年卒

中宮詩二首 按樂府載張華晉中宮所歌一首體與此同

殷湯令妃有莘之女仁教內脩度義以處清謐後宮九嬪有序君為媵臣遂作元輔 周詩逸軌作賢明誦

天地不獨立造化由陰陽乾坤垂覆載日月曜重光治國先家道立教起閨房二妃濟有虞三母隆周王塗山與大禹有莘佐成湯齊晉霸諸侯皆賴姬與姜關雎思賢妃此言安可忘

行詩 一云途中作

洋洋熊耳流巍巍伊闕山高岡碣崔嵬雙阜夾長川素石何磷磷水禽何翩翩遠涉許潁路顧思邈緜緜欝陶懷所親引領情緬然

遊仙詩

盛年無幾時奄忽行欲老那得赤松子從學度世道西入華陰山求得神芝草珠玉猶糞土何惜千金寶但願壽無窮與君長相保

詩紀卷之二十一

詩紀卷之二十二

晉二

傅玄 字休奕北地泥陽人博學善屬文舉秀才晉王時為常侍及受禪進爵為子武帝初置諫官以玄為之遷侍中轉司隸校尉免官卒於家追封清泉侯謚曰剛

短歌行 樂府四言

長安高城層樓亭亭干雲四起上貫天庭蜉蝣何整行如軍征蟋蟀何感中夜哀鳴蚍蜉愉樂粲粲其榮寤寐念之誰知我情昔君視我如掌中珠何意一朝棄我溝渠昔君與我如影如形何意一去心如流星昔君與我兩心相結何意今日忽然兩絕

秋胡行

秋胡子娶婦三日會行仕宦既享顯爵保茲德音以祿顧親歸此一作比黃金覩一好婦採桑路傍遂下黃金誘以逢卿玉磨逾潔蘭動彌馨源流潔清水無濁波奈何秋胡中道懷邪美此節婦高行巍巍哀哉可愍自投長河

惟漢行 以下五言

危哉鴻門會沛公幾不還輕裝入人軍投身湯火間兩雄不俱立亞父見此權項莊奮劍起白刃何翩翩伯身雖為蔽事促不及旋張良慴坐側高祖變龍顏賴得樊將軍虎叱項王前嗔目駭三軍磨牙咀豚肩空卮讓霸主臨急吐奇言威凌萬乘主指顧回泰山神龍困鼎鑊非噲豈得全狗屠登上將功業信不原健兒實可慕腐儒安足歎

豔歌行

日出東南隅照我秦氏樓秦氏有好女自字為羅敷首戴金翠飾耳綴明月珠白素為下裾丹霞為上襦一顧傾朝市再顧國為虛問女居安在堂在城南居青樓臨大巷幽門結重樞使君自南來駟馬立踟躕遣吏謝賢女豈可同行車斯女長跪對使君言何殊使君自有婦賤妾有鄙夫天地正厥位願君改其圖

長歌行

利害同根源賞下有甘鈎義門近[illegible]塘獸口出通侯撫劍安所趨蠻方未順流蜀賊阻石城吳寇馮龍舟二軍多壯士聞賊如見讎投身効知已徒生心所羞鷹隼厲天翼恥與鶩雀遊成敗在縱者無令鷙鳥憂

豫章行苦相篇

苦相身爲女卑陋難再陳男兒當門戶墮地自生神雄心志四海萬里望風塵女育無欣愛不爲家所珍長大逃深室藏頭羞見人垂淚適他鄉忽如雨絶雲低頭和顏色素齒〔一作頰〕結朱脣跪拜無復數婢妾如嚴賓情合同雲漢葵藿仰陽春心乖甚水火百惡集其身玉顏隨年變丈夫多好新昔爲形與影今爲胡與秦胡秦時相見一絶踰參辰

和秋胡行〔一云和班氏詩〕

秋胡納令室三日宦他鄉皎皎潔婦姿泠泠守空房燕婉不終夕別如參與商憂來猶四海易感難可防人言生日短愁者苦夜長百草揚春華攘腕採柔桑素手尋繁枝落葉不盈筐羅衣翳玉體回目流采章君子倦仕歸車馬如龍驤精誠馳萬里既至〔一作去〕兩相忘行人悦令顏借息此樹傍誘以逢卿喻遂下黃金裝烈烈貞女忿言辭厲秋霜長驅及居室奉金升北堂母立呼婦來歡情樂未央秋胡見此婦惕然懷探湯負心豈不慙永誓非所望清濁必異源鳧鳳不並翔引身赴長流果哉潔婦腸彼夫既不淑此婦亦太剛

飲馬長城窟行〔一作青青河邊草篇〕

青青河邊草悠悠萬里道草生在春時遠道還有期春至草不生期〔一作泣〕盡歎無聲感物懷思心夢想發中情夢君如鴛鴦比翼雲間翔既覺寂無見曠如參與商夢君結同心比翼遊北林既覺寂無見曠如商與參河洛自用固不如中岳安回流不及逐浮雲往自還悲風動思心悠悠誰知者懸景無停居忽如馳四駟馬傾耳懷音響轉目淚雙墮生存無會期要君黃泉下

放歌行

靈龜有枯甲神龍有腐鱗人無千歲壽存質空相因朝露尚移景促哉水上塵丘冢如履綦不識故與新高樹來悲風松栢垂威神曠野何蕭條顧望無生人但見狐狸迹虎豹自成群孤雛攀樹鳴離鳥何繽紛愁子多哀心塞耳不忍聞長嘯淚雨下太息氣成雲

豔歌行有女篇

有女懷芬芳媞媞步東廂蛾眉分翠羽明目〔一作昨〕發清揚丹脣翳皓齒秀色若珪璋巧笑露權靨衆媚不可詳

令儀希世出無乃古毛嬙頭安金步搖耳繫明月璫珠
環約素腕翠羽垂鮮光文袍綴藻黼玉體映羅裳容華
既已豔志節擬秋霜徽（樂府作微）音冠青雲聲響流四方妙
哉美媛德宜配侯與王靈應萬世合日月時相望媒氏
陳束帛羔鴈鳴前堂百兩盈中路起若鸞鳳翔凡夫徒
踴躍望絕殊參商

墻上難爲趨

（古今樂錄曰王僧虔技錄云墻上難爲趨行荀錄所載墻上一篇今不傳）

門有車馬客駿服若騰飛革組結玉佩蘩藻紛葳蕤馮
軾垂長纓顧眄有餘輝貧主屣弊履整比藍縷衣客曰
嘉病乎正色意無疑吐言若覆水搖舌不可追渭濱漁
釣翁乃爲周所諮顏回處陋巷大聖稱庶幾苟富不知
度千駟賤采薇季孫由儉顯管仲病三歸夫差耽淫侈
終爲越所圖遺身外榮利然後享巍巍迷者一何衆孔
難知德希甚美致憔悴不如豚豕肥楊朱泣路歧失道
令人悲子貢欲自矜原憲知其非屈伸各異勢窮達不
同資夫唯體中庸先天天不違

怨歌行朝時篇

昭昭朝時日皎皎晨（樂府作最）明月十五入君門一別終華
髮同心忽異離曠如（一作若）胡與越胡越有會時參辰遼
且闊形影雖髣髴音聲寂無達纖絃感促柱觸之哀聲
發情思如循環憂來不可遏塗山有餘恨詩人詠采葛
蜻蛚吟床下回風起幽闥春榮隨路落芙蓉生木末自
傷命不遇良辰永乖別已爾可柰何譬如紈素裂孤雌
翔故巢星流光景絕魂神馳萬里甘心要同穴

秋蘭篇

秋蘭蔭玉池池水清且芳芙蓉隨風發中有雙鴛鴦雙
魚自踴躍兩鳥時廻翔君其（一作期）歷九秋與妾同衣裳

明月篇（藝文作怨詩一作朗月篇）

皎皎明月光灼灼朝日暉昔爲春蠶絲今爲秋女衣丹
脣列素齒翠彩發蛾眉嬌子多好言歡合易爲姿玉顏
盛有時秀色隨年衰常恐新間舊變故興細微浮萍本
無根（一作浮萍無根本）非水將何依憂喜更相接樂極還自悲

前有一罇酒行

置酒結此會主人起行觴玉罇兩楹間絲理東西廂舞
袖一何妙變化窮萬方賓主齊德量欣欣樂未央同享

千年壽朋來會此堂

何當行

同聲自相應同心自相知外合不由中雖固終必離管鮑不世出結交安可爲

却東西門行 樂府不載見初學記以下三首文疑闕

和樂唯有舞運體不失機退似前龍婉進如翔鸞飛回目流神光傾亞有餘姿

美女篇

美人一何麗顏若芙蓉花一顧亂人國再顧亂人家未亂猶可奈何

飛塵篇

飛塵穢清流朝雲蔽日光秋蘭豈不芬鮑肆亂其芳河決潰金堤一手不能障

董逃行歷九秋篇十二首 六言 玉臺新詠以前十首作梁簡文帝今從樂府併爲玄詩選詩拾遺曰樂録云傅玄作據文選注引之以爲漢古辭也

歷九秋兮三春遺貴客兮遠賓顧多君心所親乃命妙妓才人炳若日月星辰

序金罍兮玉觴賓主遞起鴈行杯若飛電絶光交觴接危結裳慷慨歡笑萬方

奏新詩兮夫君燗然虎變龍文渾如天地未分齊謳楚舞紛紛歌聲上激青雲

窮八音兮異倫奇聲靡靡每新微披素齒丹脣逸響飛薄梁塵精爽眇眇入神

坐咸醉兮沾歡引樽促席臨軒進爵獻壽翺翔千秋要君一言願愛不移若山

君恩愛兮不竭譬若朝日夕月此景萬里不絶長保初醜髮結何憂坐成胡越

攜弱手兮金環上遊飛閣雲間穆若鴛鳳雙鸞還幸蘭芳自安娛心樂意難原

樂既極兮多懷盛時忽逝若頽寒暑革御景迴榮華隨風飄摧感物動心增哀

妾受命兮孤虛男兒墮地稱珠一作妹女弱雖存若無骨肉至親更疏奉事他人託軀

君如影兮隨形賤妾如水浮萍明月不能常盈誰能無根保榮良時冉冉代征

顧繡領兮含暉皎日迴光則微朱華忽爾一作是漸衰影

歘舍影高飛誰言往思可追

蕣與芬芳夏零蘭桂踐霜逾馨祿命懸天難明妾心結

意丹青何憂君心中傾選詩拾遺曰此篇髣髴懽感如在目前經緯情感若探中曲宮商曾疊綺繪斐亹其言有文焉其聲有永焉惜不知何人之詞非相如枚乘其誰能爲之走僅牽拙不能及矣嗚呼美矣盡矣麗矣則矣當爲百世六言之祖也訥按此辭本題曰董逃行歷九秋篇董逃行起於漢末不得謂相如枚乘爲之也觀其辭體不類二京當以樂錄爲正

吳楚歌 七言 一曰燕人美篇

燕人美兮趙女佳其室則邇兮限曾崖雲爲車兮風爲馬玉在山兮蘭在野雲無期兮風有止思多端兮誰能理一作思心多端誰能理

鴻鴈生塞北行 以下雜言 魏武帝却東西門行曰鴻鴈生塞北乃在無人鄉

鳳凰遠生海西及時崑山岡五德存羽儀和鳴定宮商百鳥並侍左右鼓翼騰華光上熙遊雲日間千歲時來翔孰若彼龍與龜曳尾泥中藏非雲雨則不升冬伏春適驤退哀此秋蘭草根絕隨化揚靈氣一何憂美萬里馳芬芳常恐物微易歇一朝見弃忘

白楊行

古今樂錄曰王僧虔技錄有白楊行今不歌

青雲固非青當雲柰白雲驥從西北馳來吾何憶驥來對我悲鳴舉頭氣凌青雲當柰此驥正龍形䠞足蹉跎長坂下蹇驢慷慨敢與我爭馳躑躅鹽車之中流汗兩耳盡下垂雖懷千里之逸志當時一得施白雲影影舍我高翔青雲徘徊戢我愁啼上睎增崖下臨清池日欻西移既來歸君君不一顧仰天太息當用生爲青雲乎飛時悲當柰何耶青雲飛乎

秦女休行

龐一作秦氏有烈婦義聲馳雍凉父母家有重怨仇人暴且彊雖有男兄弟志弱不能當烈女念此痛丹心爲寸傷外若無意者內潛思無方白日入都市怨家如平常匿劍藏白刃一奮尋身僵身首爲之異處伏尸列肆旁肉與土合成泥灑血濺飛梁猛氣上干雲霓仇黨失守爲披攘一市稱烈義觀者收淚並慨忼百男何當益不如一女良烈女直造縣門云父不幸遭禍殃今仇身以分裂雖死情益揚殺人當伏法義不苟活隳舊章縣令解印綬令我傷心不忍聽刑部垂頭塞耳令我吏舉不

能成烈著希代之績義立無窮之名夫家同受其祚子
子孫孫咸享其榮兮我作歌詠高風激揚壯發悲且清

雲中白子高行

陵陽子來明意歆作天與仙人遊超登元氣攀日月遂
造天門將上謁閶闔闢見紫微絳闕紫宮崔嵬高殿嵳
峩雙闕萬丈玉樹羅童女掣電策童男挽雷車雲漢隨
天流浩浩如江河因王長公謁上皇鈞天樂作不可詳
龍仙神仙教我靈祕八風子儀與遊我祥我心何戚戚
思故鄉俯看故鄉二儀設張樂哉二儀日月運移地東

南傾天西北馳鶴五氣所補鼇四足所支齊駕飛龍驂
赤螭逍遙五岳間東西馳長一作期與天地並復何爲復
何爲

西長安行

所思兮何在乃在西長安何用存問妾香㮈雙珠環何
用重存問羽爵翠琅玕今我兮聞君更有兮異心香亦
不可燒環亦不可沈香燒日有歇環沈日自深

車遙遙篇樂府作車轂梁人

車遙遙兮馬洋洋追思君兮不可忘君安遊兮西入秦
願爲影兮隨君身君在陰兮影不見君依光兮妾所願

昔思君

昔君與我兮形影潛結今君與我兮雲飛雨絶昔君與
我兮音響相和今君與我兮落葉去柯昔君與我兮金
石無虧今君與我兮星滅光離

答程曉詩四言○休奕諸詩文句多闕不能盡析姑從類次之其不成章者列于卷末

奕奕兩儀昭昭太陽四氣代升三朝受祥濟濟群后峩
峩聖皇元服肇御配天垂光伊州作弼王室惟康顒顒
兆民蠢蠢戎膻率土充庭萬國奉蕃皇澤雲行神化風

宣六合咸熙遐邇同歡赫赫明明天人合和下罔遺滯
焦朽斯華矧我良朋如玉之嘉穆穆雝雝興頌作歌

宴會詩

日之既逝情亦既渥賓委餘歡主容不足樂飲今夕温
其如玉

芙蕖

煌煌芙蕖從風芬葩照以皎日灌以清波陰結其實陽
發其華金房綠葉素株翠柯

雜詩三首 以下五言

志士惜日短愁人知夜長攝衣步前庭仰觀南鴈翔玄景隨形運流響歸空房清風何飄飄微月出西方繁星衣 一作依 青天列宿自成行蟬鳴高樹間野鳥號東廂纖雲時髣髴渥露沾我裳良時無停景北斗忽低昂常恐寒節至凝氣結爲霜落葉隨風摧一絶如流光

閑夜微風起明月照高臺清響呼不應玄景招不來厨人進藿茹有酒不盈杯安貧福所與富貴爲禍媒金玉雖高堂於我賤蒿萊

鷦巢丘城側雀乳空井中居不附龍鳳常畏蛇與蟲依賢義不恐近暴自當窮

又答程曉

羲和運玉衡招搖賦朔旬嘉慶形三朝美德揚初春聖主加元服萬國望威神伊周敷玄化並世需天人洪崖歌山岫許由嗟水濱

宴詩

鸞鳥睎鳳皇望舒繼白日千秋遘嘉會來弁君子室華樽享清酤珍肴自盈溢

天行篇

天行一何健日月無高蹤百川皆赴海 藝文作赴暘谷 三辰回泰蒙

日昇歌

東光昇朝陽羲和初攬轡六龍並騰驤逸景何晃晃旭日照萬方皇德配天地神明鑒幽荒

三光篇 初學作劉孝綽

三光垂象表天地有晷度聲和音響應形立影自附素日抱玄烏明月懷靈兔

衆星詩

明月共衆星日出擅其明冬寒地爲裂春和草木榮陽德雖普濟非陰亦不成

苦雨

徂暑未一旬重陽翳朝霞厥初月離畢積日遂滂沲屯雲結不解長溜周四阿霖雨如倒井黄潦起洪波湍深激墻隅門庭若决河炊爨不復舉竈中生蛙蝦

苦熱 藝文熱部

朱明運將極溽暑晝夜興裁動四支廢舉身若山陵珠

汗洽玉體呼吸氣欝蒸塵垢自成泥素粉隨手凝

古詩

東方大明星光景照千里少年舍家遊思心晝夜起

擬四愁詩四首（并序 以下七言）

張平子作四愁詩體小而俗七言類也聊擬而作之名曰擬四愁詩

我所思兮在瀛洲願爲雙鵠戲中流牽牛織女期在秋山高水深路無由愍余不遘嬰殷憂佳人貽我明月珠何以要之比目魚海廣無舟悵勞劬寄言飛龍天馬駒

風氣雲披飛龍逝驚波滔天馬不厲何爲多念心憂泄

我所思兮在珠崖願爲比翼浮清池剛柔合德配二儀形影一絶長别離愍余不遘情如携佳人貽我蘭蕙草何以要之同心鳥火熱水深憂盈抱申以琬琰夜光寳卞和旣没玉不察存若流光忽電滅何爲多念獨欝結

我所思兮在崑山願爲鹿麆（一作蛩）闚虞淵日月廻耀照景天參辰曠隔會無緣愍余不遘罹百艱佳人貽我蘇合香何以要之翠鴛鴦懸度弱水川無梁申以錦衣文繡裳三光騁邁景不留鮮似民生忽如浮何爲多念秖自愁

我所思兮在朔方願爲飛燕俱南翔煥乎人道著三光胡越殊心生異鄉愍余不遘罹百殃佳人遺我蓧羽纓何以要之影與形永增憂結繁華零中以日月指明星星辰有翳日月移駑馬哀鳴慙不馳何爲多念徒自虧

兩儀詩

兩儀始分元氣清列宿垂象六位成日月西流景東征悠悠萬物殊品名聖人憂代念群生（一作兩儀始分元氣上清列宿垂象六位時成日月西邁流景東征悠悠萬物殊品齊名聖人憂世實念群生）

天行歌（雜言）

天時泰兮昭以陽清風起兮景雲翔仰觀兮辰象日月兮運周俯視兮河海百川兮東流

驚雷歌

驚雷奮兮震萬里威陵宇宙兮動四海六合不維兮誰能理

雜言（一作雷）

雷隱隱感妾心傾耳清聽非車音（一無清字）

雲歌

白雲翩翩翔天庭流景髣髴非君形白雲飄飄捨我高翔青雲徘徊為我愁腸

蓮歌

渡江南採蓮花芙蓉增敷曄若星羅綠葉映長波廻風容與動纖柯

啄木

啄木高翔鳴喈喈飄搖林薄著桑槐緣樹間啄如錐嚶喔嚶喔聲正悲專為萬物作倡俳當此之時樂不可廻

雜歌

鳳有翼龍有鱗君不獨興必須良臣

九曲歌

歲莫景邁群光絕安得長繩繫白日

歌詞

雷師鳴鐘皷風伯吹笙簧西母出穴聽王父吟東廂

失題五首 見藝文日部

二 初學江部

湯谷發清曜九日棲高枝願得並天御六龍齊玉轡

有女殊代生淡江采菱花上翳青雲景下鑒淥水波

三 藝文矟部

彎我繁弱弓弄我丈八矟一舉覆三軍再舉殄戎貊 四語不韻

四 藝文庭燎部

元正始朝享萬國執珪璋枝燈若火樹庭燎繼天光

五 藝文松部

飛蓬隨飄起芳草摧山澤世有千年松人生詎能百

傅咸 字長虞玄之子也剛簡有大節風格峻整識性明悟好屬文論雖綺麗不足而言成規鑒頴川庾純嘗歎曰長虞之文近乎詩人之作矣襲父爵拜太子洗馬官至司隸校尉

孝經詩 二章 春秋正義曰傅咸七經詩王羲之寫然今所存者六經耳

立身行道始於事親上下無怨不惡於人 一作不敢惡人 孝無終始不離其身三者備矣以臨其民

以孝事君不離令名進思盡忠義則不爭匡救其惡災害不生孝悌之至通於神明

論語詩 二章

守死善道磨而不磷直哉史魚可謂大臣見危授命能

致其身

克己復禮學優則仕富貴在天爲仁由己以道事君死

而後已

毛詩詩 二章

無將大車維塵冥冥濟濟多士文王以寧顯允君子大

猷是經

聿脩厥德令終有俶勉爾遯思我言維服盜言孔甘其

何能淑讒人罔極有靦面目

周易詩

畢以自牧謙尊而光進德脩業既有典常暉光日新照

于四方小人勿用君子道長

周官詩 二章

惟王建國 一作極 設官分職進賢興功取諸 初學作時文 易直

除其不蠲無敢反側以德詔爵允臻其極

辨其可任以告于正掌其戒禁治其政令各修乃職以

聽王命

左傳詩 前四首藝文類聚各分二章此首藝文不載以例考之亦當爾也

事君之禮敢不盡情敬奉德義樹之風聲昭德塞違不

殞其名死而利國以爲己榮茲心不爽忠而能力不爲

利諂古之遺直威黜不端勿使能植

與尚書同僚詩

非望之寵謬加于己猥授非據奄司萬里煌煌朱軒服

驥驂騄騑騑初星肅肅臣僕暉光顯赫衆目所矚斯之

弗稱匪榮伊辱質弱尚父受任鷹揚德非樊仲王命是

將百城或違無能有匡一州之矜將弛其綱得意忘言

言在意後夫惟神交可以長久我心之孚有盈于缶與

子偕老豈曰執手出司萬 一作百 里牧彼朔濱服冕乘軒

六轡既均威風先邁百城肅震

贈褚武良詩

爰暨于褚惟晉之禎肇振鳳翼羽儀上京聿作喉舌納

言紫庭光贊帝道敷皇之明方任之重實在江揚乃授

旄鉞宣曜威靈悠悠遐邁東夏于征

贈崔伏二郎詩

英妙之選二生之授顒顒兩城歡德之茂君子所居九

夷非陋無狹百里而不垂覆人之好我贈我清詩示我

周行心與道期誠發自中義形於辭古人辭讜豈不爾

思

荅潘尼詩 并序

司州秀才潘正叔識通才高以文學溫雅爲博士余性直而處清論褒貶之任作詩以見規雖褒飾之舉非所敢聞而斐粲之辭良可樂也荅之雖不足以相訓報所謂盍各言志也

貽我妙文繁春之榮匪榮斯尚乃新其聲吉甫作頌有馥其馨寔由樊仲其德克明棪此厖磔厠彼璠璵旣非其喩聞寵若驚

荅欒弘詩 并序

安樂令欒弘太傅鉅平侯羊公辟未就而公薨後應司州之命舉秀才博文通濟之士余失和於府當換爲護軍司馬賦詩見贈荅之云爾

鉅平作宰是貴是欽弓旌仍招嘉命胥尋鸞鳳來儀戢翼幽林未附雅調以和韶音鉅平遐逝厲志彌深肅肅京司清風裁邁乃延群彥龍集鳳會亦旣斯降萬里有穎聲發響應好結傾蓋

贈建平太守李叔龍

弘道興化實在良守悠悠建平皇澤未流朝選於衆乃子之稜南荊注望心乎克副

贈何劭王濟 并序

朗陵公何敬祖咸之從内兄國子祭酒王武子咸從姑之外孫也並以明德見重於世咸親之重之情猶同生義則師友何公旣登侍中武子俄而亦作二賢相得甚歡咸亦慶之然自恨闇劣雖願其繾綣而從之末由歷試無效且有家艱心存目替賦詩申懷以貽之云爾

日月光太清列宿曜紫微赫赫大晉朝明明闢皇闈吾兄旣鳳翔王子亦龍飛雙鸞遊蘭渚二離揚清暉攜手升玉階並坐侍丹帷金璫綴惠文煌煌發令姿斯榮非攸庶繾綣情所希豈不企高蹤麟趾邈難追臨川靡芳餌何爲守空坻槁葉待風飄逝將與君違違君能無戀尸素當言歸歸身蓬蓽廬樂道以忘飢進則無云補退則恤其私但願隆弘美王度日淸夷

贈太尉司馬虞顯機 以下闕文

帝崇元淑妙選其屬命子是佐增袞之縟

失題二首 初學記作程咸見恒山部

奕奕恒山作鎮兾方伊趙建國在岳之陽

同前 見初學露部

零露濟江海飛塵崇山岳過謬佐台輔安能任鼎餗

詩紀卷之二十二

詩紀卷之二十三

晉三

裴秀 字季彦河東聞喜人也有風操八歲能著文大將軍辟為掾遷黃門侍郎晉受禪封鉅鹿公後累遷左光祿司空卒謚元公配食宗廟

大蜡詩

日躔星紀大呂司辰玄象改次庶衆更新歲事告成八蜡報勤告成伊何年豐物阜豐禋孝祀介茲萬祜一作景福報勤伊何農功是歸穆穆我后矜茲黍稷宣力菑畒沾體暴肌飲饗清祀四方來綏充牣郊甸鱗集京師交錯貿遷紛葩相追摻袂成幕連衽成帷有肉如丘有酒如泉有肴如林有貨如山率土同懽和氣來臻祥風叶順降祉自天方隅清謐嘉祚日延與民優游享壽萬年

應貞 字吉甫魏侍中璩之子舉高第武帝踐祚遷給事中初置太子中庶子以貞為之後為散騎常侍

晉武帝華林園集詩 九章

洛陽圖經曰華林園在城內東北隅魏明帝起名芳林園齊王芳改為華林干寶晉紀曰泰始四年二月上幸芳林園與群臣宴賦詩觀志散騎常侍應貞詩最美

悠悠太上民之厥初皇極肇建彝倫攸敷五德更運膺

籙晉書作應錄受符陶唐既謝天歷在虞於時上帝乃顧惟眷光我晉祚應期納禪位以龍飛文以虎變玄澤滂流仁風潛扇區內宅心方隅回面天垂其象地耀其文鳳鳴朝陽龍翔景雲嘉禾重穎蓂莢載芬率土咸序晉書作寧人胥悅欣

恢恢皇度穆穆聖容言思其順貌思其恭在視斯明在聽斯聰登庸以德明試以功

其恭惟何昧旦丕顯無理不經無義不踐行捨其華言去其辯游心至虛同規易簡六府孔修九有斯靖晉書作來

踐澤靡不被化罔不加聲教南暨西漸流沙幽人肆善作肆險遠國忘遐越裳重譯充我晉書作牣皇家

峩峩列辟赫赫虎臣內和五品外威四賓修晉書作順時貢職入覲天人備言錫命羽蓋朱輪

貽宴好會不常厥數神心所受晉書作授不言而喻於是肆五臣作肆射弓矢斯御發彼五的有酒斯飫

文武之道厥猷未墜在昔先王射五臣作躬御兹器示武懼荒過亦為失叶試凡厥群后無懈于位

王濬字士治弘農湖人也初辟河東從事歷益州刺史平吳有功遷鎮軍大將軍封襄陽縣侯

祖道應令

俟誰在矣東宮詵詵曰保曰傅弘道維新前疑協衡顧問翼輪豈伊張仲專美前津渙乎唐德欽在四鄰齊軌上葉永垂清塵

賈充字公閭平陽襄陵人逵之子仕魏累遷中郎將後為文帝大將軍司馬武帝受禪封魯郡公轉尚書令無公方之操專以佞媚取容守正之士咸共疾之轉司空大尉卒贈太宰

與妻李夫人聯句一云定情聯句

晉書曰充初娶李豐女淑美有才行豐被誅李氏坐流徙後娶郭配女即廣城君後李以赦得還帝特詔充置左右夫人郭怒不許充乃為李築室於永年里而不往來李名婉字淑文郭名槐一云名玉璜

室中是阿誰歎息聲正悲賈歎息亦何為但恐大義虧李大義同膠漆匪石心不移賈人誰不慮終日月有合離李我心子所達子心我所一作亦知賈若能不食言與君同所宜李

棗據字道彥潁川長社人美文辭弱冠辟大將軍府出為山陽令遷尚書郎賈充伐吳請為從事中郎軍還徙黃門侍郎冀州刺史太子中庶子卒

答阮得猷

友朋顧之貽我良箴玩之無斁終詠斯音燕鴻在弁雖
重不沉庶憑嘉謨高迹可尋

遊覽

矯足登雲閣相伴步九華徙倚憑高山仰攀桂樹柯延
首觀神州廻睛聘曲阿芳林挺脩幹一歲再三花何以
濟不朽噓吸漱朝霞重岩吐神溜傾觴挹涌波恢恢大
道間人事足爲多

雜詩

吳寇未殄滅亂象侵邊疆天子命上宰作蕃于漢陽開

國建元士玉帛聘賢良予非荊山璞謬登和氏場羊質
服虎文燕翼假鳳翔旣懼非所任怨彼南路長千里旣
悠邈路次限關梁僕夫罷遠涉車馬困山岡深谷下無
底高巖暨穹蒼豐草停滋潤霧露沾衣裳玄林結陰氣
不風自寒涼顧瞻情感切惻愴心哀傷士生則懸弧有
事在四方安得恒逍遥端坐守閨房引義割外情內感
實難忘

失題 見藝文類聚鳳部

有鳳適南中終日無歡娛自怨梧桐遠行飛棲桑榆奮
迅振長翼俛仰向天衢簫韶逝無聞朝陽不可須

杜育 字方叔襄城鄧陵人幼號神童及長美風姿有才藻時人號曰杜聖累遷國子祭酒洛陽將沒死丁難

贈摯仲治詩

之子于歸言秣其駒矧乃斯人乃邁乃徂雖非顯甫餞
彼百壺雖非張仲將膾河魚人亦有言貴在同音雖曰
翽飛曾木異林顧戀同枝增其慨心望爾不遐無金玉
音

摯虞 字仲治京兆長安人也才學通博舉賢良歷光祿勳太常卿及洛京荒亂以餒卒

答杜育詩

越有杜生旣文且哲龍躍潁豫有聲彰澈賴茲三益如
琢如切好以義結友以文會豈伊在高分定傾蓋其人
如玉羨彼生芻鐘鼓匪樂安用百壺老夫灌灌離群索
居懷戀結好心焉悵如

雍州詩

於皇先王經啓九有有州惟雍居京之右土載奧區山
包一作苞神藪嘉生惟繁庶類伊阜悠悠州域有華有戎
外接皮服內含岐豐周餘旣沒夷德未終莫不慕義易

俗務風

劉伶 字伯倫沛國人也肆意放蕩悠焉獨暢武帝泰始初對策盛言無為之化以無用罷竟以壽終

北芒客舍詩

泱漭望舒隱黮黤玄夜陰寒鷄思天曙擁翅吹長音蚊蚋歸豐草枯葉散蕭林陳醴發悴顏色歈暢真心縕被終不曉斯嘆信難任何以除斯嘆付之與瑟琴長笛響中夕聞此消胸襟

束晳 字廣微陽平元城人漢疏廣之後博學多聞性沉退不慕榮利為王戎張華輩所辟用轉著作郎博士遷尚書郎趙王倫為相請為記室晳辭疾罷歸

補亡詩六首

序曰晳與同業疇人肄脩鄉飲之禮然所詠之詩或有義無辭音樂取節闕而不備于是遥想既往存思在昔補著其文以綴舊制

南陔

南陔孝子相戒以養也

循彼南陔言采其蘭眷戀庭闈心不遑安彼居之子罔或游盤馨爾夕膳潔爾晨飧循彼南陔厥草油油彼居之子色思其柔眷戀庭闈心不遑留馨爾夕膳潔爾晨羞有獺有獺在河之涘凌波赴泊噬魴捕鯉嗷嗷林烏受哺于子養隆敬薄惟禽之似勗增爾虔以介丕祉

白華

白華孝子之潔白也

白華朱萼被於幽薄粲粲門子如磨如錯終晨三省匪惰其恪白華絳趺在陵之陂子溝切蒨蒨士子涅而不渝竭誠盡敬亹亹忘劬白華玄足在丘之曲堂堂處子無營無欲鮮侔晨葩莫之點玷同辱

華黍

華黍時和歲豐宜黍稷也

黮黮徒感切重雲習習善作輯輯和風黍華陵巔麥秀丘中靡田不播九穀斯豐奕奕玄霄濛濛甘霤黍發稠華禾善作亦擬其秀靡田不殖九穀斯茂無高不播無下不植芒芒其稼參參其穡稸我王委充我民食玉燭陽明顯猷翼翼

由庚

由庚萬物由其道也

蕩蕩夷庚物則由之蠢蠢庶類王亦柔之道之既由化

之既枀木以秋零草以春抽獸在于（善作在）草魚躍順流四時遞謝八風代扇纖阿案晷星變其躔五緯不愆（善作逆）六氣無易愔愔我王紹文之跡

崇丘

崇丘萬物得極其高大也

瞻彼崇丘其林藹藹（音靄）植物斯高動類斯大周風既洽王猷允泰漫漫方輿廻廻洪覆何類不繁何生不茂物極其性人（五臣作民）永其壽恢恢大圓茫茫九壤資生仰化于何不養人無道夭物極則長

由儀

由儀萬物之生各得其儀也

肅肅君子由儀率性明明后辟仁以為政魚游清沼鳥萃平（五臣作于）林濯鱗鼓翼振振其音賓寫爾誠主竭其心時之和矣何思何修文化內輯武功外悠

司馬彪（字紹統高陽王睦之長子也少篤行為睦所責不得嗣由是專精學習博覽羣籍泰始中為秘書郎後拜散騎侍郎惠帝末卒）

贈山濤

苕苕椅桐樹寄生於南岳上凌青雲霓下臨千仞谷處身孤且危於何託余足昔也植朝陽傾枝俟鸞鷟今者絕世用倥傯見迫束班匠不我顧牙曠不我錄焉得成琴瑟何由揚妙曲冉冉三光馳逝者一何速中夜不能寐撫劍起躑躅感彼孔聖歎哀此年命促下和潛幽冥誰能證奇璞冀願神龍來揚光以見燭

雜詩

百草應節生含氣有深淺秋蓬獨何辜飄颻隨風轉長飈一飛薄吹我之四遠搔首望故株邈然無由返

何劭（字敬祖陳國陽夏人司空曾之子博學善屬文武帝踐阼以為散騎常侍永康初遷司徒趙王倫篡位以為太宰永寧元年薨襲封朗陵郡公謚曰康）

洛水祖王公應詔

穆穆聖王體此慈仁友于之至通于明神遊宴綢繆情戀所親薄云餞之于洛之濱嵩崖巖巖洪流湯湯春風動衿歸鴈和鳴我后饗客鼓瑟吹笙舉爵惟別聞樂傷情嘉宴既終白日西歸群司告旋鸞輿整綏我皇重離頓轡騣駙臨川永歎酸涕霑顋崇恩感物左右同悲

贈張華（張華答詩見前）

四時更代謝懸象迭卷舒暮春忽復來和風與節俱

臨清泉漏仰觀嘉木敷周旋我陋圃西瞻廣武廬旣貴不忘儉處有能存無鎮俗在簡約樹塞焉足摹在昔同班司今者並園墟私願偕黃髮逍遙綜琴書舉爵茂陰下攜手共躊躇徙用遺形骸忘筌在得魚

遊仙詩

青青陵上松亭亭高山柏光色冬夏茂根柢無彫落吉士懷貞心悟物思遠託揚志玄雲際流目矚巖石羨昔王子喬友道發伊洛迢遞陵峻岳連翩御飛鶴抗跡遺萬里豈戀生民樂長懷慕仙類眇然心緜邈

雜詩

秋風乘夕起明月照高樹閑房來清氣廣庭發暉素靜寂慘然歎惆悵忽（選詩作出）遊顧仰視垣上草俯察階下露心虛體自輕飄飄若仙步瞻彼陵上柏想與神人遇道深難可期精微非所慕勤思終遙夕永言寫情慮

王濟（字武子太原晉陽人渾次子也少有逸才善莊老文詞秀茂有名當世武帝時尚常山公主起家中書郎至侍中終於太僕）

平吳後三月三日華林園詩

蠢爾長蛇荐食江汜我皇神武泛舟萬里迅雷電邁弗及掩耳思樂華林薄采其蘭皇居偉則芳園巨觀仁以山悅水爲智歡清池流爵祕樂通玄脩罾灑鱗大庖妙饌物以時序情以化宣終溫且克有肅初筵嘉賓在茲千祿永年

王浚（字彭祖母趙氏婦良家女也貧賤出入沉家遂生浚沉甍無子浚嗣拜駙馬都尉累轉至中郎將都督幽州諸軍事因亂結好夷狄擁衆自立懷帝即位增封日以彊盛謀將僭號石勒詐而殺之）

從幸洛水餞王公歸國詩

聖主應期運至德敷彝倫神道垂大教玄化被無垠欽若崇古制建侯屏四鄰皇輿迴羽蓋高會洛水濱臨川

講妙藝縱酒釣潛鱗八音以迭奏蘭羞備時珍古人亦有言爲國不患貧與蒙廟庭施幸得廁大鈞群僚荷恩澤朱顏感獻春賦詩盡下情至感暢人神長流無舍逝白日入西津奉辭慕華輦侍衛路無因馳情繫帷幄乃心戀軌塵

李密（字令伯犍爲武陽人少仕蜀爲郎蜀平徵爲太子洗馬密以祖母劉氏年高上疏辭名劉終復以洗馬出爲溫令遷漢中太守）

賜餞東堂詔令賦詩

晉書曰密有才能常望內轉而朝廷無援乃遷漢中太守自以失分懷怨及賜餞東堂詔

普令賦詩末章曰｜｜武帝忿之於是都官從事奏免寀官

人亦有言有因有緣官無中人不如歸田明明在上斯語豈然 闕

皇甫謐 字士安安定朝那人博綜典籍沉靜寡欲有高尚之志以著述為務自號玄晏先生郡國舉辟皆不行武帝頻下詔敦逼之謚上表辭太康三年卒

女怨詩

婚禮既定婚禮臨成施衿結帨三命丁寧 闕

詩紀卷之二十四

晉四

陸機字士衡吳郡人大司馬抗之子也少有奇才領父兵為牙門將吳亡入洛太傅楊駿辟為祭酒累遷太子洗馬著作郎出補吳王郎中令入為尚書郎趙王倫輔政引為參軍大安初成都王穎等起兵討長沙王乂假機後將軍河北大都督因戰敗績為穎所害○詩品曰陸機詩其源出於陳思才高辭贍舉體華美氣少於公幹文劣於仲宣尚規矩不貴綺錯有傷直致之奇然其咀嚼英華厭飫膏澤文章之淵泉也張公歎其大才信矣

樂府

短歌行以下四言

置酒高堂悲歌臨觴人壽幾何逝如朝霜時無重至華不再揚蘋以春暉蘭以秋芳來日苦短去日苦長今我不樂蟋蟀在房樂以會興悲以別章豈曰無感憂為子忘我酒既旨我肴既臧短歌有詠長夜無荒

秋胡行

道雖一致塗有萬端吉凶紛藹休咎之源人鮮知命命未易觀生亦何惜功名所勸

隴西行

我靜如鏡民動如烟事以形兆應以象懸豈曰無才世

鮮與賢

日出東南隅行 或曰羅敷豔歌○以下五言

扶桑升朝暉照此高臺端高臺多妖麗濬房出清顏淑貌耀皎日惠心清且閑美目揚玉澤蛾眉象翠翰鮮膚一何潤秀色若可餐窈窕多容儀婉媚巧笑言暮春春服成粲粲綺與紈金雀垂藻翹瓊佩結瑤璠方駕揚清塵濯足洛水瀾藹藹風雲會佳人一何繁南崖充羅幕北渚盈軿軒清川含藻景高岸被華丹馥馥芳袖揮泠泠纖指彈悲歌吐清響雅舞播幽蘭丹脣含九秋妍迹

陵七盤赴曲迅鷩鴻蹈節如集鸞綺態隨顏變沉姿無定 一作之 源俯仰紛阿那顧步咸可懽遺芳結飛飈浮景映清湍冶容不足詠春游良可歎

挽歌三首

卜擇考休貞嘉命咸在茲夙駕警徒御結轡頓重基龍帨 集作慌 被廣柳前驅矯輕旗殯宮何嘈嘈哀響沸中闈中闈且勿讙 五臣作喧 聽我薤露詩死生各異倫祖載當有時舍爵兩楹位啓殯進靈轜飲餞觴莫舉出宿歸無期帷袵曠遺影棟宇與子辭周親咸奔湊友朋自遠來翼翼飛輕軒駸駸策素騏按轡遵長薄送子長夜臺呼子子不聞泣子子不知歎息重櫬側念我疇昔時三秋猶足收萬世安可思殉沒身易亡殺子非所能含言哽咽揮涕涕流離

流離親友思惆悵神不泰素驂佇轜軒玄駟騖飛蓋哀鳴興殯宮迴遲悲野外魂輿寂無響但見冠與帶備物象平生長旐誰爲旆悲風徽 五臣作鼓 行軌傾雲結流靄振策指靈丘駕言從此逝

重阜何崔嵬玄廬竄其間磅礴立四極穹隆放蒼天側

聽陰溝涌臥觀天井懸壙 五臣作廣 宵何寥廓大暮安可晨人往有返歲我行無歸年昔居四民宅今託萬鬼鄰昔爲七尺軀今成灰與塵金玉素所佩鴻毛今不振豐肌饗螻蟻妍姿 一作骸 永夷泯壽堂延魑魅虛無自相賓螻蟻爾何怨魑魅我何親拊心痛荼毒永歎莫爲陳

長歌行

逝矣經天日悲哉帶地川寸陰無停晷尺波豈徒旋年往信 一作迅 勁矣時來亮急弦遠期鮮克及盈數固希全容華夙夜零體澤坐自捐茲物苟難停吾壽安得延俛

仰逝将過倏忽幾何間慷慨亦焉訴天道良自然但恨
功名薄竹帛無所宣迨及歳未暮長歌乗我閑

君子行

天道夷且簡人道險而難休咎相乗躡翻覆若波瀾去
疾苦不遠疑似實生患近火固宜熱履氷豈惡寒掇蜂
滅天道拾塵惑孔顔逐臣尚何有棄友焉足歎福鍾恒
有兆禍集非無端天損未易辭人益猶可歡朗鑒豈遠
假取之在傾冠近情苦自信君子防未然

從軍行

苦哉遠征人飄飄五臣作颻窮四遐南陟五嶺巔北戍長城
阿深五臣作谿谷邈五臣作深無底崇山鬱崔嵬奮臂攀喬木振
迹涉流沙隆暑固已慘涼風嚴且苛夏條集一作焦鮮藻
寒氷結衝波胡馬如雲屯越旗亦星羅飛鋒無絶影鳴
鏑自相和朝食五臣作餐不免冑夕息常負戈苦哉遠征人
撫心悲如何

苦寒行

北遊幽朔城涼野多險難五臣作艱俯入窮谷底仰陟高山
盤凝氷結重磵積雪被長巒陰雲興巖側悲風鳴樹端

不覩白日景但聞寒鳥喧一作嚾猛虎憑林嘯玄猿臨岸
歎夕宿喬木下慘愴恒鮮歡渇飲堅氷漿飢待零露餐
離思固已久一作矣寤寐莫與言劇哉行役人慊慊恒苦
寒

豫章行

汎舟清川渚遥望高山陰川陸殊塗軌懿親将遠尋三
荊歡同株四鳥悲異林樂會良自古悼别豈獨今寄世
将幾何日昃無停陰前路既已多後塗隨年侵促促薄
暮景亹亹鮮克禁曷爲復以玆曾是懷苦心遠節嬰物
淺近情能不深行矣保嘉福景絶繼以音

長安有狹邪行

伊洛有岐路岐路交朱輪輕蓋承華景騰歩躡飛塵鳴
玉豈樸儒憑軾皆俊民烈心厲勁秋麗服鮮芳春余本
倦游客豪彦多舊親傾蓋承芳訊欲鳴當及晨守一不
足矜岐路良可遵規行無曠迹矩歩豈逮人投足緒已
爾四時不必循将遂殊塗軌要子同歸津

塘上行

江蘺生幽渚微芳不足宣被蒙風雲會移居華池邊發

藻玉臺下垂影滄浪泉露潤既已渥結根奥且堅四節逝不處繁華難久鮮淑氣與時殞餘芳隨風捐天道有遷易人理無常全男懽智傾愚女愛衰避妍不惜微軀退但懼(一作歎)蒼蠅前顧君廣末光照妾薄暮年

折楊柳

邈矣垂天景壯哉奮地雷豐隆豈久響華光但西隤日落似有竟時逝恒若催仰悲朗月運坐觀璇蓋廻盛門無再入衰房莫苦開人生固已短出處鮮爲諧慷慨惟昔人興此千載懷丹龍悲絶處葛藟變條枚寤寐豈虚歎曾是感與摧弭意無足歡願言有餘哀

飲馬長城窟行

驅馬陟陰山山高馬不前往問陰山候勁虜在燕然戎車無停軌旌旆屢徂遷仰憑積雪巖俯涉堅冰川冬來秋未反去家邈以綿獫狁亮未夷征人豈徒旋末德爭先鳴凶器無兩全師克薄賞行軍没微軀捐將遵甘陳迹收功單于旃振旅勞歸士受爵藁街傳

門有車馬客行

門有車馬客駕言發故鄉念君久不歸濡跡涉江湘投袂赴門塗攬衣不及裳拊膺攜客泣掩淚敘溫涼借問邦族間惻愴論存亡親友多零落舊齒皆彫喪市朝互遷易城闕或丘荒墳壟日月多松柏鬱芒芒天道信崇替人生安得長慷慨惟平生俛仰獨悲傷

棹歌行

遲遲暮春日天氣柔且嘉元吉隆初巳濯穢遊黄河龍舟浮鷁首羽旗垂藻葩乘風宣飛景逍遥戲中波名謳激清唱榜人縱(一作從)棹歌投綸沉洪川飛繳入紫霞

太山吟

太山一何高迢迢造天庭峻極周已遠曾雲鬱冥冥梁甫亦有館蒿里亦有亭幽塗延萬鬼神房集百靈長吟太山側慷慨激楚聲

梁甫吟

玉衡既已驂羲和若飛凌四運循環轉寒暑自相承冉冉年時暮迢迢天路徵招揺東北指大火西南昇悲風無絶響玄雲互相仍豐冰憑川結零(一作寒)露彌天凝年命時相逝慶雲鮮克乘履信多愆期思順焉足憑慷慨臨川響非此孰爲興哀吟梁甫巔慷慨(一作歎息)獨拊膺

東武吟行

投跡短世間高步長生闈濯髮冒雲冠浣一作洗身被羽衣飢從韓衆餐寒就佚女棲

班婕妤一作婕妤怨

婕妤去辭寵淹留終不見寄情在玉階託意唯團扇春苔暗階除秋草蕪高殿黄昏集作昏黄履綦絶愁來空雨面

駕言出北闕行

按藝文類聚題下有驅車上東門五字然則此擬作也

駕言出北闕躑躅遵山陵長松何鬱鬱丘墓互相承念昔徂殁子悠悠不可勝安寢重冥廬天壤莫能興人生何所促忽如朝露凝辛苦百年間戚戚如履氷仁知亦何補遷化有明徵求仙鮮克仙太虛不一作安可凌良會罄美服對酒宴同聲

君子有所思行

命駕登北山延佇望城郭廛里一何盛街巷紛漠漠甲第崇高闥洞房結阿閣曲池何湛湛清川帶華薄邃宇列綺窻蘭室接羅幕淑貌色斯升哀音承顔作人生誠行邁容華隨年落善哉膏粱士營生奥且博宴安消靈根鴆毒不可恪無以肉食資取笑葵與藿

悲哉行

游客芳春林春芳傷客心和風飛清響鮮雲垂薄陰蕙草饒淑氣時鳥多好音翩翩鳴鳩羽喈喈倉庚音五臣作吟幽蘭盈通谷長秀被高岑女蘿亦有託蔓葛亦有尋傷哉客遊士憂思一何深目感隨氣草耳悲詠時禽寤寐多遠念緬然若飛沉願託歸風響寄言遺所欽

齊謳行

營丘負海曲沃野爽且平洪川控河濟崇山入高冥東被姑尤側南界聊攝城海物錯萬類陸產尚千名孟諸吞楚夢百二侔秦京惟師恢東表桓后定周傾天道有迭代人道無久盈鄙哉牛山歎未及至人情爽鳩苟已徂吾子安得停行行將復去長存非所營

吳趨行

楚妃且勿歎齊娥且莫謳四坐並清聽聽我歌吳趨吳趨自有始一作紀請從閶門起閶門何峨峨集作嵯峨飛閣跨通波重欒承游極回軒啓曲阿藹藹慶雲被泠泠祥風過山澤多藏育土風清且嘉泰伯導仁風仲雍揚其波

穆穆延陵子灼灼光諸華王迹隤陽九帝功興四遐大
皇自富春矯手（樂府作首）頓世羅邦彥應運興黎若春林葩
屬城咸有士吳邑最爲多八族未足侈四姓實名家文
德熙淳懿武功侔山河禮讓何濟濟流化自滂沱淑美
難窮紀商摧爲此歌

前緩聲歌

游僊聚靈族高會曾城阿長風萬里舉慶雲鬱嵯峨宓
妃與洛浦王韓起太華北徵瑤臺女南要湘川娥肅肅
霄駕動翩翩翠蓋羅羽旗棲瓊鸞玉衡吐鳴和太容揮

高絃洪崖發清歌獻酬既已周輕舉乘紫霞總轡扶桑
枝濯足湯（一作暘）谷波清輝溢天門垂慶惠皇家

吳趨行（此首及飲酒樂樂府不載名氏次陸機之機詩彙作機詩）

蠒滿蓋重蕉唯有遠相思藕葉清朝劍向見早還時

飲酒樂

飲酒須飲多人生能幾何百年須受樂莫厭管弦歌

董桃行（以下六言）

和風習習薄林柔條布葉垂陰鳴鳩拂羽相尋倉庚喈
喈弄音感時悼逝傷心　日月相追周旋萬里倏忽幾
年人皆冉冉西遷盛時一徃不還慷慨乖念悽然　昔
爲少年無憂常恡秉燭夜遊翩翩宵征何求于今知此
有由但爲老去年遒　盛固有衰不歸長夜冥冥無期
何不驅馳及時聊樂永日自怡齎此遺情何之　人生
居世爲安豈若及時爲歡世道多故萬端憂慮紛錯交
顏老行及之長歎

上留田行

嗟行人之藹藹駿馬陟原風馳輕舟汎川雷邁寒往暑
來相尋零雪霏霏集宇悲風徘徊入襟歲華冉冉方除

我思纏綿未紓感時悼逝悽如

飲酒樂（樂府作還臺樂乃陳陸瓊詩也）

蒲萄四時芳醇瑠璃千鍾舊賓夜飲舞遲銷燭朝醒弦
促催人春風秋月恒好歡醉日月言新

燕歌行（七言）

四時代序逝不追寒風習習落葉飛蟋蟀在堂露盈墀
（一作皆）念君客（一作遠）遊常苦悲君何緬然久不歸賤妾悠
悠心無違白日既沒明燈輝夜（一作寒）烏赴林匹鳥棲雙
鳩關關宿河湄憂來感物涕不晞非君之念思爲誰別

日何早會何遲

猛虎行 以下雜言

渴不飲盜泉水熱不息惡木陰惡木豈無枝志士多苦心整駕肅時命杖策將遠尋飢食猛虎窟寒棲野雀林日歸功未建時往歲載陰崇雲臨岸駭鳴條隨風吟靜言幽谷底長嘯高山岑急絃無懦響亮節難為音人生誠未易曷云開此衿眷我耿介懷俯仰媿古今

鞠歌行

序曰按漢宮閣有含章鞠室靈芝鞠室後漢馬防第宅卜臨道連閣通池鞠城彌於街路鞠歌將謂此也又東阿王詩連騎擊壤或謂蹴鞠乎三言七言雖奇

寶名器不遇知己終不見重願逢知己以託意焉

朝雲升應龍攀乘風遠遊騰雲端鼓鐘歇豈自歎急絃高張思和彈時希值年夙愆循己雖易人知難王陽登貢公歡罕生既沒國子歎嗟千載豈虛言邈矣遠念情愾然

順東西門行

出西門望天庭陽谷既虛崦嵫盈感朝露悲人生逝者若斯安得停桑樞戒蟋蟀鳴我今不樂歲聿征迨未暮及時平置酒高堂宴友生激朗笛彈哀箏取樂今日盡歡情

日重光行

日重光奈何天廻薄日重光冉冉其遊如飛征日重光今我日華華之盛日重光倏忽過亦安停日重光盛往衰亦必來日重光譬如四時固恒相催日重光惟命有分可營日重光但常一作惆悵才志日重光身沒之後無遺名

月重輪行

人生一時月重輪盛年安可持月重輪吉凶倚伏百年莫我與期臨川曷悲悼茲去不從肴月重輪功名不勗之善哉古人揚聲敷聞九服身名流何穆既自才難既嘉運亦易愆俛仰行老存沒將何所觀志士慷慨獨長歎獨長歎

百年歌十首

一十時顏如蕣華曄有暉體如飄風行如飛孌彼孺子相追隨終朝出遊薄暮歸六情逸豫心無違清酒漿炙

柰樂何清酒漿炙柰樂何
二十時膚體彩澤人理成美目淑貌灼有榮被服冠帶
麗且清光車駿馬遊都城高談雅步何盈盈清酒漿炙
柰樂何清酒漿炙柰樂何
三十時行成名立有令聞力可扛鼎志干雲食如漏巵
氣如熏辭家觀國綜典文高冠素帶煥翩紛清酒漿炙
柰樂何清酒漿炙柰樂何
四十時體力克壯志方剛跨州越郡還帝鄉出入承明
擁大璫清酒漿炙柰樂何清酒漿炙柰樂何

五十時荷旄仗節鎮邦家鼓鍾嘈囋趙女歌羅衣綷粲
金翠華言笑雅舞相經過清酒漿炙柰樂何清酒漿炙
柰樂何
六十時年亦耆艾業亦隆驂駕四牡入紫宮軒冕婀那
翠雲中子孫昌盛家道豐清酒漿炙柰樂何清酒漿炙
柰樂何
七十時精爽頗損膂力愆清水明鏡不欲觀臨樂對酒
轉無歡攬形（集作衣）羞（集作倫）髮獨長歎
八十時明已損目聰去耳前言往行不復紀辭官致祿
歸桑梓安車駟馬入舊里樂事告終憂事始
九十時日告耽瘁月告衰形體雖是志意非言多謬誤
心多悲子孫朝拜或問誰指景玩日慮安危感念平生
淚交揮
百歲時盈數已登肌肉單四支百節還相患目若濁鏡
口垂涎呼吸頻蹙反側難茵褥滋味不復安

詩紀卷之二十四

詩紀卷之二十五

晉五

陸機二

詩

皇太子宴玄圃宣猷堂有令賦詩 以下四言

三正迭紹洪聖啓運自昔哲王先天而順群辟崇替降及近古黄暉既渝素靈承祜乃眷斯顧祚之宅土三后始基世武丕承協風旁駭天晷仰澄淳曜六合皇慶攸興自彼河汾奄齊七政時文惟晉世篤其聖欽翼昊天

對揚成命九區克咸謳歌以詠皇上纂隆經敎弘道于化既豐在工載考俯釐庶績仰荒大造儀刑祖宗妥綏天保篤生我后克明克秀體輝重光承規景數茂德淵冲天姿玉裕蕞爾小臣邈彼荒遐弛厥負擔振纓承華匪願伊始惟命之嘉

皇太子賜讌詩

明明隆晉茂德有赫思媚上帝配天光宅誕育皇儲儀刑在昔徽言時宣福禄來格勞謙降貴肆敬下臣肇彼先驅翻成嘉賓

贈馮文羆遷斥丘令 八章

於皇聖世時文惟晉受命自天奄有黎獻閶闔既闢承華再建明明在上有集惟彥

奕奕馮生哲問允迪天保定子靡德不鑠邁心玄曠矯志崇邈遵彼承華其容灼灼

嗟我人斯戢翼江潭有命集止翻飛自南出自幽谷及爾同林雙情交映遺物識心

人亦有言交道寔難有頍者弁千載一彈今我與子曠世齊歡利斷金石氣惠秋蘭

群黎未綏帝用勤止我求明德肆于百里僉曰爾諧俾民是紀乃眷北徂對揚帝祉

疇昔之遊好合纏綿借曰未給 五臣作洽 亦既三年居陪華幄出從朱輪方驥齊鑣比迹同塵

之子既命四牡項領遵塗遠蹈騰軌高騁慶雲扶質清風承景嗟我懷人其邁唯永

否泰有 善作苟 殊窮達有違及子春華後爾秋暉逝將去我陟彼朔陲非子之念心孰爲悲

荅賈謐十一章 幷序

余昔爲太子洗馬魯公賈長淵以散騎常侍侍東宮積年余出補吳王郎中令元康六年入爲尚書郎魯公贈詩一篇作此詩荅之云爾

伊昔有皇肇濟烝烝先天創物景命是膺降及群后迭毁迭興邈矣終古崇替有徵

在漢之季皇綱幅裂大辰匿暉金虎曜質雄臣馳騖義夫赴節釋位揮戈言謀王室

王室之亂靡邦不泯如彼墜景曾不可振乃眷三哲俾乂斯民啓土雖（一作綏）難改物承天

爰茲有魏即宮天邑吳實龍飛劉亦岳立干戈載揚俎豆載戢民勞師興國玩凱入

天厭霸德黃祚告釁獄訟違魏謳歌適晉陳留歸蕃我皇登禪庸岷稽顙三江改獻

赫矣隆晉奄宅率土對揚天人有秩斯祜惟公太宰光翼二祖誕育洪胄纂戎于魯

東朝既建淑問峩峩我求明德濟同以和魯公戾止袞服委蛇思媚皇儲高步承華

昔我逮茲時惟下僚及子棲遲同林異條年殊志比服舛義稠游跨三春情固二秋

祇承皇命出納無違往踐蕃朝來步紫微升降祕閣我服載暉孰云匪懼仰肅明威

分索則易携手實難念昔良游茲焉永歎公之云感貽此音翰蔚彼高藻如玉如蘭（一作之闌）

惟漢有木曾不踰境惟南有金萬邦作詠民之胥好狷狂厲聖儀刑在昔予聞子命

贈弟士龍（十章見陸士雲集題曰兄平原贈）

余弱年夙孤與弟士龍銜卹喪庭續會逼王命墨絰

即戎時並縈髮悼心告别漸歷八載家邦顛覆凡厥同生彫落殆半收迹之日感物興哀而龍又先在四時迫當祖載二昆不容逍遥銜痛東徂遺情西慕故作是詩以寄其哀苦焉

於穆予宗稟精東嶽誕育祖考造我南國南國克靖實繇洪績惟帝念功載繁其錫其錫惟何玄冕衮衣金石假樂旄鉞授威匪威是信稱平遠德奕世台衡扶帝紫極

篤生二昆克明克俊遵塗結轍承風襲問帝曰欽哉纂

戎列祚雙組式帶綬章載路即命荆楚對揚休顧肇敏
厥績武功聿舉烟熅芳素綢繆江滸昊天不吊胡寧棄
予
嗟予人斯胡德之微闕彼遺軌則此頑違王事匪監旌
旆屢振委籍舊戈統厥征人祈祈征人載肅載閑駿駿
戎馬有　有翰昔予翼考惟斯伊撫今予小子繆尋末
緒
有命自天崇替靡常王師乘運席江卷湘雖　守守
從武臣守局下列譬彼飛塵洪波雷擊與衆同泯顛踣

西夏收迹舊京俯慚堂構仰懮（藝文類聚作惟）先靈孰云忍媿
寄之我情
伊我俊弟咨爾士龍懷襲瑰瑋播殖清風非德莫勸非
道莫弘垂翼東畿耀頴名邦綿綿洪統非爾孰崇依依
同生恩篤情結義存並濟胡樂之悦願爾偕老攜手黄
髪
昔我西征扼腕川湄掩涕即路耀袂長辭六龍促節逝
不我待自往迄茲曠年八祀悠悠我思非爾焉在昔並
垂髪今也將老銜哀茹慼契闊充飽嗟我人斯胡邮之

早
天歩多艱性命難誓常懼隕斃孤寬殊裔存不阜物沒
不增壞生若朝風死猶絶景視彼浮遊方之僑客眷此
黄壚譬之斃宅匪身是忝亮會伊惜其惜伊何言紆其
思其思伊何悲彼曠載
出車戒塗言告言歸薦食驚駕夙興宵馳濛雨之陰炤
月之輝陟陵峻岅川越洪漪爰届爰止歩彼高堂失爾
羽邁良願中荒我心永懷匪悦匪康
昔我斯逝兄弟孔仁今我來思或彫或瘁昔我斯逝族

有餘榮今我来思堂有哀聲我行其道鞠爲茂草我履
其房物存人亡拊膺涕泣血淚彷徨
企佇朔路言送爾歸心存言宴目想容輝迫彼窀穸載
驅東路繼其桑梓肆力丘墓婉兮孌兮興懷罔極眷言
顧之使我心惻

贈潘尼（廣文選作贈潘岳）

水會于海雲翔于天道之所混孰後孰先及子雖殊同
升太玄舍彼玄冕襲此雲冠遺情市朝永志丘園靜猶
幽谷動若揮蘭

於穆同心如瓊如林我東日徂來餞其琛彼美潘生實
綜我心探我玉懷疇爾惠音

答潘尼 集作答潘岳

贈馮文羆 以下五言

昔與二三子游息承華南拊翼同枝條翻飛各異尋苟
無淩風翮徘徊守故林慷慨誰爲感願言懷所欽發軫
清洛汭驅馬大河陰佇立望朔塗悠悠迥且深分索古
所悲志士多苦心悲情臨川結苦言隨風吟愧無雜佩
贈良訊代兼金夫子茂遠猷款誠寄惠音

於承明作與弟士龍

牽世嬰時網駕言遠徂征飲餞豈異族親戚弟與兄婉
孌居人思紆鬱游子情明發遺安寐晤言涕交纓分塗
長林側揮袂萬始亭佇眄要遐景傾耳玩餘聲南歸憩
永安北邁頓承明永安有昨軌承明子棄予俯仰悲林
薄慷慨含辛楚懷往歡絕端悼來憂成緒感別慘舒翮
思歸樂遵渚

贈弟士龍 見士龍集

行矣怨路長惄焉傷別促指途悲有餘臨觴歎不足我

若西流水子爲東峙岳慷慨逝言感徘徊居情育安得
攜手俱契闊成騑服

荅兄平原　　陸雲

悠遠途可極別促怨會長銜思 善作恩 戀行邁興言在
臨觴南津有絕濟北渚無河梁神往同逝感形留悲
參商衛軌若殊迹牽牛非服箱

贈尚書郎顧彥先二首

大火貞朱光積陽熙自南望舒離金虎屏翳吐重陰淒
風迕時序苦雨遂成霖朝游忘輕羽夕息憶重衾感物
百憂生纏綿自相尋與子隔蕭牆蕭牆阻且深形影曠
不接所託聲與音音聲日夜闊何用慰吾心

朝游游層城夕息旋直廬迅雷中宵激驚電光夜舒玄
雲掩朱閣振風薄綺疏豐注溢修霤潢潦浸階除停陰
結不解通衢化爲渠沉稼湮梁潁流民泝荊徐眷言懷
桑梓無乃將爲魚

贈顧交趾公真

顧侯體明德清風肅已邁發迹翼藩后改授撫南裔伐
鼓五嶺表揚旌萬里外遠績不辭小立德不在大高山

安足凌巨海猶縈帶惆悵瞻飛駕引領望歸旆

荅張士然

潔身躋秘閣秘閣峻且玄終朝理文案薄暮不遑眠一作善瞑駕言巡明祀致敬在祈年逍遙春玉圃五臣作園躑躅千畝田廻渠繞曲陌通波扶直阡嘉穀垂重穎芳樹發華顛余固水鄉士總轡臨清淵戚戚多遠念行行遂成篇

贈從兄車騎

孤獸思故藪離鳥悲舊林翩翩游宦子辛苦誰爲心髣髴谷水陽婉孌崑山陰營魄懷茲土精爽若飛沉寤寐

靡安豫願言思所欽感彼歸途艱使我怨慕深安得忘歸草言樹背與襟斯言豈虛作思鳥有悲音

爲顧彥先贈婦二首

辭家遠行游悠悠三千里京洛多風塵素衣化爲緇修身悼憂苦感念同懷子隆思亂心曲沉歡滞不起歡沉難克興心亂誰爲理願假歸鴻翼翻飛浙江汜

東南有思婦長歎充幽闥借問歎何爲佳人眇天末游宦久不歸山川脩且闊形影參商乖音息曠不達離合非有常譬彼絃與筈願保金石軀慰妾長飢渴

爲陸思遠婦作

二合兆嘉偶女子禮有行潔巳入德門終遠毋與兄如何躭時寵游宦忘歸寧雖爲三載婦顧景媿虛名歲暮饒悲風洞房涼且清拊枕循薄質非君誰見榮離君多悲心寤寐勞集作動人情敢忘桃李陋側想瑤與瓊

爲周夫人贈車騎外編作陸雲者非

碎碎織細練爲君作縛襦君行豈有顧憶君是妾夫昔者得君書聞君在高平今時得君書聞君在京城京城華麗所璀璨多異人男兒多遠志豈知妾念君昔者與

君別歲律薄將暮日月一何速素秋墜湛露湛露何冉冉思君歲隨晩對食不能飡臨觴不能飯

祖道畢雍孫劉邊仲潘正叔

皇儲延髦俊多士出幽遐適值一作遂時來運與子遊承華執笏崇賢內振纓層城阿畢劉贊文武潘生蒞邦家感別懷遠人願言歎以嗟

赴洛二首

希世無高符營道無烈心靖端肅有命假檝越江潭親友贈予邁揮淚廣川陰撫膺解攜手永歎結遺音無迹

有所匿寂寞聲必沉肆目眇不及緬然若雙潛南望泣玄渚北邁涉長林谷風拂脩薄油雲翳高岑亹亹孤獸騁嚶嚶思鳥吟感物戀堂室離思一何深佇立慨我歎寤寐涕盈衿惜無懷歸志辛苦誰為心

羈旅遠遊宦託身承華側撫劍遵銅輦振纓盡祗肅歲月一何易寒暑忽已革載離多悲心感物情悽惻慷慨遺安豫（五臣作念）永歎廢寢（善作餐）食思樂樂難誘曰歸歸未克憂苦欲何為纏綿胸與臆仰瞻凌霄鳥羨爾歸飛翼

赴洛道中作二首

總轡登長路嗚咽辭密親借問子何之世網嬰我身永嘆遵北渚遺思結南津行行遂已遠野途曠無人山澤紛紆餘林薄杳阡眠虎嘯深谷底雞鳴高樹巔哀風中夜流孤獸更我前悲情觸物感沉思鬱纏綿佇立望故鄉顧影悽自憐

遠遊越山川山川脩且廣振策陟崇丘安轡遵平莽夕息抱影寐朝徂銜思往頓轡倚高巖側聽悲風響清露墜素輝明月一何朗撫枕不能寐振衣獨長想

吳王郎中時從梁陳作

在昔蒙嘉運矯迹入崇賢假翼鳴鳳條濯足升龍淵玄冕無醜士冶服使我妍輕劍拂鞶厲（五臣作礪）長纓麗且鮮誰謂伏事淺契闊踰三年薄言肅後命改服就藩臣夙駕尋清軌遠遊越梁陳感物多遠念慷慨懷古人

擬行行重行行

悠悠行邁遠戚戚憂思深此思亦何思思君徽與音音徽日夜離緬邈若飛沉王鮪懷河岫晨風思北林遊子眇天末還（五臣作遠）期不可尋驚飆褰反信歸雲難寄音佇立想萬里沉憂萃我心攬衣有餘帶循形不盈衿去去

遺情累安處撫清琴

擬今日良宴會

閑夜命懽友置酒迎風館齊僮梁甫吟秦娥張女彈哀音繞棟宇遺響入雲漢四座咸同志羽觴不可筭高談一何綺蔚若朝霞爛人生無幾何為樂常苦晏譬彼伺晨鳥揚聲當及旦曷為恒憂苦守此貧與賤

擬迢迢牽牛星

昭昭清漢暉粲粲光天步牽牛西北迴織女東南顧華容一何冶揮手如振素怨彼河無梁悲此年歲暮跂彼

無良緣睆焉不得度引領望大川雙涕如霑露

擬涉江采芙蓉

上山采瓊蘂穹谷饒芳蘭采采不盈掬悠悠懷所歡故鄉一何曠山川阻且難沉思鍾萬里躑躅獨吟歎

擬青青河畔草

靡靡江蘺草熠熠（一作燿燿）生河側皎皎彼姝女阿那當軒織粲粲妖容姿灼灼美顏色良人遊不歸偏棲獨隻翼空房來悲風中夜起歎息

擬明月何皎皎

安寢北堂上明月入我牖照之有餘輝攬之不盈手凉風繞曲房寒蟬鳴高柳踟躕感節物我行永已久游宦會無成離思難常守

擬蘭若生朝陽

嘉樹生朝陽凝霜封其條執心守時信歲寒終不彫美人何其曠灼灼在雲霄隆想彌年月長嘯入飛飈引領望天末譬彼向陽翹

擬青青陵上栢

冉冉高陵蘋習習隨風翰人生當幾時譬彼濁水瀾戚戚多滯念置酒宴所歡方駕振飛轡遠遊入長安名都一何綺城闕鬱盤桓飛閣纓虹帶層臺冐雲冠高門羅北闕甲第椒與蘭俠客控絕景都人駱玉軒遨遊放情願慷慨爲誰歎

擬東城一何高（古詩曰東城高且長）

西山何其峻層曲鬱崔嵬零露彌天墜蕙葉憑林衰寒暑相因襲時逝忽如頽三閒結飛轡大耋嗟落揮曷爲牽世務中心若有違京洛多妖麗玉顏侔瓊蕤閑夜撫鳴琴惠音清且悲長歌赴促節哀響逐高徽一唱萬夫歎再唱梁塵飛思爲河曲鳥雙游澧水湄

擬西北有高樓

高樓一何峻迢迢（善作苕苕）峻而安綺窻出塵冥飛陛躡雲端佳人撫琴瑟纖手清且閑芳氣隨風結哀響馥若蘭玉容誰能（五臣作得）顧傾城在一彈佇立望日昃躑躅再三歎不怨佇立久但願歌者歡思駕歸鴻羽比翼雙飛翰

擬庭中有奇樹

歡友蘭時往迢迢匿音徽虞淵引絕景四節逝若飛芳草久已茂佳人竟不歸躑躅遵林渚惠風入我懷感物

戀所歡采此欲貽誰

擬明月皎夜光

歲暮涼風發昊天肅明明招搖西北指天漢東南傾朗月照閑房蟋蟀吟戶庭翩翩歸鴈集嘒嘒寒蟬鳴疇昔同宴友翰飛戾高冥服美改聲聽居愉遺舊情織女無機杼大梁不架楹

招隱詩

明發心不夷振衣聊躑躅躑躅欲安之幽人在浚谷朝采南澗藻夕息西山足輕條象雲構密葉承翠幄激楚

佇蘭林回芳薄秀木山溜何泠泠飛泉漱鳴玉哀音附（附音樹）靈波頹響赴曾曲至樂非有假安事澆淳樸富貴苟難圖稅駕從所欲

遨遊出西城

遨遊出西城按轡循都邑逝物隨節改時風肅且熠遷化有常然盛衰自相襲靡靡年時改冉冉老已及行矣勉良圖使爾脩名立

園葵詩二首

種葵北園中葵生鬱萋萋朝榮東北傾夕穎西南晞零露垂鮮澤朗月耀其輝時逝柔風戢歲暮商猋飛曾雲無溫液嚴霜有凝威幸蒙高墉德玄景蔭素蕤豈條並春盛落葉後秋衰慶彼晚彫福忘此孤生悲

翩翩晚彫葵孤生寄北蕃被蒙覆露恩微軀後時殘庇足周一身生理各萬端不若闓道易但傷知命難

贈汲丘令馮文羆（以下闕文）

夙駕出東城送子臨江曲密席接同志羽觴飛酃淥登樓望峻陂時逝一何速

贈顧彦先

清夜不能寐悲風入我軒立影對孤軀哀聲應苦言

贈紀士

瓊瓌俟豐價窈窕不自鬻有美蛾眉子惠音清且淑修姱協姝麗華顏婉如玉

贈潘正叔

過蒙時來運與爾遊承華執笏崇賢內振纓曾城阿

招隱二首

駕言尋飛遯山路鬱盤桓芳蘭振蕙葉玉泉涌微瀾嘉卉獻時服靈朮進朝飧

尋山求逸民穹谷幽且遐清泉盪玉渚文魚躍中波

尸鄉亭 詩彙作顏之推者非

東遊觀鞏洛逍遥丘墓間秋草漫長柯寒冰入雲煙發
軫有風宴息駕無愚賢

三月三日

遲遲暮春日天氣柔且佳元吉隆初巳濯穢遊黄河

春詠 亦見鮑明遠集

節運同可悲莫若春氣甚和風未及燠遺凉清且凛

詠老

歎顏收紅蘂玄鬢吐素華冉冉逝將老咄咄柰老何

詩紀卷之二十五

詩紀卷之二十六

晉六

陸雲 字士龍少與兄機齊名吳平入洛刺史周浚召為從事公府掾太子舍人出補浚儀令後拜吳王晏郎中令成都王穎表為清河内史屢以正言忤旨機敗并為穎所害

大將軍宴會被命作詩 六章

皇皇帝祐誕隆駿命四祖正家天祿保 一作安 定叡哲惟
晉世有明聖如彼日月萬景攸正

巍巍明聖道隆自天則明分爽觀象洞玄陵 五臣作浚 風叶
極 一作紀 絕輝照淵肅雍往播福祿來臻

在昔奸臣稱亂紛微神風潛駭有赫茲威靈旗樹旆如
電斯揮致天之屆于河之沂有命再集皇輿凱歸

頹綱既振品物咸秩神道見素遺華反質辰晷重光協
風應律函夏無塵海外有謐

芒芒宇宙天地交泰王在華堂式宴嘉會玄暉峻朗翠
雲崇藹冕弁振纓藻服 五臣藻火 垂帶

祁祁臣僚有來雍雍薄言載考承顏下風俯觀嘉客仰
瞻玉容施已唯約于禮斯豐天錫難老如岳之崇

征西大將軍京陵王公會射堂皇太子見命作

此詩 六章

茫茫太極玄化烟熅類形成器凌象垂文大鈞造物庶
類群分先識經始實綜彝倫

惟岳隆周生甫及申天監在晉祚之降神邈矣遐風茂
德有鄰永言配命唯晉之鎮

厥鎮伊何實幹心膂文教內輔武功外禦淮方未靖帝
曰攸序公于出征奄有南浦

南海既賓爰戢干戈桃林釋駕天馬婆娑象齒南金來
格皇家絶音協徽宇宙告和

玄綱峻極天罔既紘文武方升允茲兼弘峩峩高夏有
肅其涼公侯戾止騄驥龍驤善問如林在會鏘鏘

祝融銜節火正緝熙凱風徘徊萬物欣時秩秩初筵薄
言在茲嘉福介祐萬壽無期

太尉王公以九錫命大將軍讓公將還京邑祖
餞贈此詩 六章

列文辟公時惟哲王闡縱絶期平顯幽光內實慎徽緝
熙有臧出紀方慝間督不揚高山峻極天造茫茫

天子念功大典光備肅肅王命宰臣莅事穆矣淵讓遺
功遂志思我遠猷徽音孰嗣

后命既靈王人反旆與言出祖飲餞于邁旍旐泱泱軺
軒藹藹和風弭塵清暉映蓋

思樂中陵言觀其川公王戾止有車轔轔伊誰云饗我
有嘉賓羽觴舉酌酢爾征人

悠悠征人四牡騑騑發軫北京振策紫微昔乃云來春
林方輝歲亦暮止之子言歸道途與戀伏載稱徽

聖澤既渥嘉會愔愔庭旅鐘鼓堂有瑟琴飛纓清暉扶
桑移蔭視景祗慕揮袂沾襟變彼同栖悲爾異林我有

旨酒以歌以吟

大安二年夏四月大將軍出祖王羊二公於城
南堂皇被命作此詩 六章

時文唯晉天祚有祥聖宰作弼受言既臧有赫斯庸勳
格昊蒼景物台暉棟隆玉堂

惟常思庸大輿光迪聖敬遠躋神道玄邈思媚三靈誕
膺天篤嘉命既孱王人言告

翼翼工人言告惟慕公輿駕言乃眷斯顧華旂飛藻鳴
鸞振路騑騑駟牡虛天載步

我有高夏如雲斯薈彤軒戾止薄言嘉會問誰在宴惟
俊惟乂豊俎殽薦獻酧交泰
攸攸昊天南正與言朱明有曄萬葉翠繁昌雲垂天凱
風熙顏王臣在此貽宴于懽
懸象西頹虞淵納景嘉樂未晞嚴駕已整行矣征人身
華路永飛驂顧懷華蟬引領遺思北京結戀臺省

從事中郎張彥明爲中護軍 六章

思文有聖叡哲配天功濟生黎道合上玄休命發揮有
集惟賢哲彼寤宿澄此在淵

濟濟多士實播令聞王曰欽哉余嘉乃勳徽音孔碩惠
爾風雲穆此芳烈肇揚清芬
肅肅庶僚袨服寵暉肇被桃蟲假翼翻飛出撫邦家入
翔紫微有命既集願言永違
思樂華堂雲構崇基公王有酒薄言饗之景曜徽芒芳
風詠時宴爾賓儐具樂于茲
亹亹我王豊恩允臧我客戾止飲酒公堂自彼下僚聿
來有光悲矣永言指途逝將形違殿闥景附華房
開國承家勿用小人今我聖宰實蕃斯仁凌淵龍躍披
林鳳振正直既好嘉禮式陳振我遠德歸于時民

贈汲郡太守 八章

奕世都爲汲郡太守客將之官大將軍崇賢之德既
遠而厚下之恩又隆非此離析有感聖皇既蒙引見
又宴于後園感鹿鳴之宴樂詠魚藻之凱歌而作是
詩

於穆皇晉豪彥實蕃天罔振維有聖貞觀鳴鳥在林良
駿即閑萃彼俊乂時亮庶官
抑抑奕生天篤其淳芳顯蘭揮瓊光玉振沉機照物妙

思考神思我善問觀德古人
善問伊何惠音孔韶肇允衡門翻飛宰朝肅雍芳林芬
響凌霄穆矣和風育爾清休
亦既有試出宰邦家之子于行民固謳歌風澄俗儉化
靜世波芒芒既庶且樂于和
我有好爵既成爾服入贊崇華遂登帷幄時文聖宰天
祚方穀朔風徽止鴻漸雲嶽
悠悠斯民三代直道我求明德惟奕攸考緝熙曄章天
祿來保惠心無兢豈化有造

樂只君子茂德攸綏嗟我懷人式是言歸聿言來集如
翼斯揮日予不惠照爾清暉
職思既殊亦各有司念我同僚悲爾異事之子之遠悠
悠我思雖無贈之歌以言志

贈顧驃騎二首

有皇 八章

有皇美祈陽也祈陽秉文之士駿發其聲故能明照
有吳入顯乎晉國人美之故作是詩焉

有皇大晉時文憲章規天有光矩地無疆神篤斯祐本

顯克昌載生之儁實惟祈陽哲問宣猷考茂其相
於鑠祈陽誕鍾天篤清輝龍見玄猷淵嘿沉機響駭幽
神廣覩和以同人歸物時育有大惡盈謙以自牧思我
懿範萬民來服
吳未喪師天秩有庸淵哉若人弱冠休風俯翼黃門以
德來忠端秀蕃后正色儲宮徽音鑠顯邈矣遐踪
皇維南終舊邦匪畝委弁釋位如龍之潛考槃窮谷假
樂豊林子雖藏器鐘鼓有音惠風徃敬慶問來尋
濟濟元公相惟天子明明辟王思隆多士帝曰欽哉有
命集止我洛四方令問在爾以朕大賚乃膺嘉祉聿來
胥步觀國之紀
惟皇建極緝熙清曜我有畯民明德來照大觀在上王
假有廟顯允顧生金聲玉振之子于升利見大人龍輝
絶跡有肅清塵
清塵既彰朝虛好爵敬子侯度慎徽百辟予聞有命德
禮不易嗟我懷人瞻言永錫豊祐東流惟子之績
遵汶涉泗言告同征勁風宵烈湛露朝零雲垂藹下泉
冽清泠哀哉行人感物傷情從子京邑言觀厥成天保

祚德式穀以寍

思文 八章

思文美祁陽也祁陽能明其德刑于寡妻以至于家
邦無思不服亦賴賢妃貞女以成其內教故作是詩
焉

思文祁陽祁陽克畯天錫淳嘏宣茲義問德音既烈海
外有奮既奮斯音祗敬厥德昭治其家覃及邦國永肇
儀刑俾民惟則
文王在上太姒思齊魯侯克昌亦賴令妻鑒神有顧蘋

繄在斯祁陽載天作之伉儷
在虞之胄實惟有姚顥艷王秀華茂桃夭居顯祇明在
靈格幽清塵熠爍淑心綢繆爰及祈陽惟德之周
其德伊何和貞虔告師氏履素言謀慮度鐘鼓思樂靖
端夙效考休攸嬪來嫁于顧
羔羊執贄玉帛有輝百兩集止之子于歸宗姻風從娣
姪雲回祁陽顧之煥其盈闈
既曰歸止式揚好音言觀河洲有集于林思樂葛藟薄
采其菫疾彼攸遂乃孚惠心

惠心既孚有恪中饋敦此衆斯永錫嗣類載延窈窕用
和寤寐神之聽之徹祚來爾
昔周之隆有任有姒内刑聖敬外崇多士今我淑人實
亮君子亹亹翼翼亦繼斯祉宜爾子孫福祿盈止

贈鄱陽府君張仲膺　五章

神林何有奇華妙實皇朝如何窮文極質斌斌君子升
堂入室太上有曜子誕其輝知機日難子達其微入輔
幃幄出御千里滔滔江漢南國之紀
謁帝東堂剖符南征天子命我車服以榮何以潤之德
被蒼生何以濟之威振群城却愚以化崇賢以仁鳳舒
其翮龍濯其鱗憶彼荒藪莫敢不賓雖云舊邦其命惟
新
卞和南金終始一色顯允君子窮達一德弘仁厲道物
究其極古賢受爵循墻虔恭今哲居貴履盈如沖接新
以化變舊以豊隆此嚶鳴惇彼谷風
忠至寵加孝至榮集内崇南芬外清名邑煒煒棠棣曼
增其華猗猗桑梓厥耀孔多被繡晝行昔人攸羨階雲
飛藻孰與同粲

人道伊何難合易離會如升峻別如順淇嗟我懷人曷
云其來貢言執手涕既隕之

贈顧彥先　五章

玄黃擬秀誕受至真行該其高德備其新光瑩之偉隋
卞同珍騰都之駿龍鳳合塵
皇皇明哲應期繼聲華映殊域實鎮天庭入輔出輔乾
乾靡盈夏發涼臺我雨我暑冬違邦族風霜是處嗟彼
獨宿誰與晤語飄飆艱辛非禹孰舉言念君子悵惟心
楚

悠悠山川驍驍征遐陟升巖峩降涉洪波言無不利秉
嶮而嘉人懷思慮我保其和

邂逅相遇良願乃從不逢知己誰濟予躬莫攀莫附媿
我高風時過年邁晻冉桑榆睎光賴潤亦在斯須假我
夷塗頓不忘驅氾予津川桴不失浮無愛餘輝遂暗東
嵎

幽幽東嵎戀彼西歸瞻儀情感聆音心悲之子于邁夙
夜京畿王事多難仲焉徘徊

荅顧秀才　五章

芒芒上玄有物有則厥初造命立我蓺則爰茲族類有
覺先識斯文未喪誕育明德

允矣顧生載靈之和沉根芳沼濯秀蘭波淵嘿戢頴景
茂凌華惟是德心是用閑邪

德心伊何行歸于周希高仰峻企遠懷悠匪願在明靡
倦斯幽凡我同朋瞻言清休

慎終于遠俾民歸厚言若有行及予携手何以恤我其
仁孔有心之云愛隆敬其久

既邁斯仁亦迪茲文藻不雕樸華不變淳有斐君子如
珪如璠仰欽德類依懷恩詮式揚好問邦家于宣

荅大將軍祭酒顧令文　五章

惟林有鸞惟淵有螭顯允明德實邦之基先后陟恪于
配于茲遵彼玉堂受言遘之

中原有軌世鮮克蹈先民有懷子探其妙心猶水鑒亟
景内照名若振炎攄光外耀

相彼水鑒民胥攸臨剡曰明德人誰弗欽寫我朶頤即
爾澄心義隆自古好逸在今

大人有作興雲自天之子于升亦躍于淵景曳清霄響

發鳴弦義問弘集淑風載鮮

企予朔都非子孰念豈無弱翰才不克贍惠音聿來瓊
華玉艶無德不報念辭惟忝

荅吳王上將顧處微　九章

邈矣大昧造化明明物以曲全人以直生類聚百族群
分萬形負淵挺隋方川吐瓊

藹藹洪族天祿攸蓄神綏厥本道裕其源條有豐葉波
無蹴瀾烈風時播芳響世繁

曰繁曰頤載德于茲克文克敏乃惠乃慈遵彼洪流薄

言詠之好是神契聊與之期
仁勇同宅文武相紛王謂御事誰撫上軍於時翩飛虎
嘯江濆式遏不虞俾也無虞
三代既遠直道毳音非藹焉尚非德孰欽鑽仰自古鮮
曰在今匪唯形交殷薦其心
心以殷薦分以道成祇服惠顧疇此深情亦有芳訊薄
載其誠豈無春暉兹焉可榮
大道易闡崇軌難襲孰云匪衍咎悉充集敢謙不佞栖
山自戢臨篇焉愧德輶辭輯

翩彼日月逝猶駭電朝華未厭夕風已扇詩亦有悲無
幾相見懷德歎心于焉東眷
平津曉賁賁公後徵陟彼玉階黃髮來升靈卉三秀芳
草秋興唯願清神福祿是膺

贈顧尚書

五嶽降神四瀆炳靈兩儀鈞陶參和大成兆光人倫誕
育至英於顯尚書實惟我兄行成世則才爲時生體道
既弘大德允明厥弘伊何靡曠不遵厥明伊何靡妙不
研無索熠灼有求幽玄細微不錯毫芒以陳積簣爲山

納流成淵扶翹布華養物作春所肅以禮所潤以仁宣
質掞行曜文入采堅不可鑽清如凝水方迹迎脈蹈齊
闕里晞聖而惟亦顧之子彼棄芝英玩此蘭苣異世同
芳其馥不已我蘭既馥我風載清能芬南岳運芳北征
子有其德人求其馨逝此陋巷薰彼紫庭厥音不已鼓
鐘有聲聞天之聰譬之鶴鳴天聰既招我實惟彰乘風
之鳳眷言朝陽披雲藻繡來此舊鄉謙光自抑厥輝愈
揚麗容飄翕孔好已張既照平林且我華英華英已曜
餘光難延會淺別速哀以紹欣追曠同塗暫和笑言殊

音合奏曲異響連絶我懽條統我思因根分來在愛感
往思我非形景有處有遊載離載會且懽且憂感彼遠
曠悉此延娛樂奏聲哀言發涕流唯願我子德與福俱
亦天之祐亦我之私

荅兄平原（平原贈詩見前）

伊我世族太極降精昔在上代軒虞篤生厥生伊何流
祚萬齡南嶽有神乃降厥靈誕鍾祖考徽兹神明運步
玉衡仰和太清賓御四門旁穆紫庭紫庭既穆威聲爰
振厥振伊何播化殊鄰清風攸被率土歸仁彤弧所彎

萬里無塵功昭王府帝庸厥勳黃鉞授征錫命頻繁闔
如虓虎肅茲三軍光若辰跱亮彼公門仍世上司芳流
慶純雲和所產爰育二昆誕豊岐嶷夙邁令聞令聞伊
何休音允臧先公克構乃崇斯堂耀頴上京發迹扶桑
戎車山征時惟鷹揚鷹揚既昭勳庸克邁天子命我鎮
弼于外在作扞城以表南裔降災匪蠲景命顛沛惟我
賢昆天姿秀生含奇播殊明德惟馨太陽散氣乃稟厥
和山川垂度爰則厥遐厥遐伊何惟光惟大惟大伊何
如岱如渭恢此廣淵廓彼洪懿弘道惇德淵哉爲器統

我先基弱冠慷慨將弘祖業實崇奕世咨予頑蒙蕞爾
弱才沉耀玄渚挹庇雲淇陶化靡移固陋于茲瞻仰洪
範實忝先基巍巍先基重規累構赫赫重光遐風激鶩
昔我先公爰造斯猷今我六蔽匪崇克扶悠悠天道載
邈載遐洋洋淵源如海如河昔我先公斯綱斯紀今我
末嗣乃傾乃圮世業之穨自予小子仰愧靈丘銜憂没
齒憂懷惟何顧景惟塵義義髙蹤耿耿賓辰明德繼體
莫非哲人今我頑鄙規範靡遵仍世載德荒之予身莫
墜匪岳有峻斯登莫高匪雲有高斯凌矧我成基匪克

階升玄黃長坂載寢載興豈敢憚行哀此負乘芒芒髙
山自予穨之濟濟德義匪予懷之終銜永負于其媿而
昔予言懷汜舟東川銜憂告辭揮淚海濱羲陽趣駕炎
華電征自我不見邈哉八齡悠思過望寤言通靈昔我
往矣辰在東嵎今我于茲日薄桑榆銜艱遘愍困瘁殷
憂哀矣我世匪蒙靈休開元迄茲震與迭微弱風隱駭
海水群飛王旅南征闡耀靈威予昆乃播爰集朔土載
離永久其毒太苦上帝休命駕言其歸多我遘愍振蕩
朔垂羈縶殊俗初願用違嚴駕東征肅邁林野夕秣乘

馬朝整僕旅矯矯乘馬載驅載馳湯湯長路或降或階
晨風夙雯朝不皇飢傾景儵墜夕不存羅雖有豊草匪
釋奔駟弁有重陰匪遑遐寐甇甇僕夫悠悠遄征經彼
喬木有烏嚶鳴微物識儕矧伊有情樂茲棠棣實歡友
生既至既覯滯思曠年曠年殊[illegible]覯未浹辰恨其永懷
憂心孔疚天地永久命也難長生民忽霍曷去其常我
之既存靡績靡紀乾坤難並寂焉其已生若雷激没若
川征存愧松栢逝慚生靈匪忝性命實悼徒生苟克祈
薪豈憚其寘瞻企皇極徽福上天冀我友生要期永年

昔我先公邦國攸興今我家道綿綿莫承昔我昆弟如
鸞如龍今我友生凋俊墜雄家哲永徂世業長終華堂
傾構廣宅頹墉高門降衡脩庭樹蓬感物悲懷愴矣其
傷惇仁汜愛錫予好音睎光懷寶煥若南金披華玩藻
睥若翰林詠彼清聲被之瑟琴味此殊響慰之予心弘
懿志鄙命之反覆敢投桃李以報寶一作珠玉蜚冀憑光蓋
編著末録

詩紀卷之二十七

晉七

陸雲 二

與鄭曼季贈荅八首

谷風 五章　陸贈

谷風懷思也君子在野愛而不見故作是詩言其懷
思之也

習習谷風扇此暮春玄澤墜潤靈爽煙煴高山熾景喬
木興蘩蘭波清躍芳洲增凉感物興想念我懷人

習習谷風載穆其音流瑩鼓物清塵拂林霖雨嘉播有
滄凄陰歸鴻逝矣玄鳥來吟嗟我懷人其居樂潛明發
有想如結予心

習習谷風以溫以涼玄黃交泰品物含章潛介淵躍候
鳥雲翔嗟我懷人在津之梁明發有思凌波褰裳

習習谷風其集惟高嗟我懷人於焉逍遙鸞栖高岡耳
想雲韶拊翼墜夕和鳴興朝我之思之言懷其休

習習谷風其音孔嘉所謂伊人在谷之阿虎質山嘯龍
輝淵蟠維南有箕匪休其和有球斯畢噉爾滂沱懿厥

河漢惟彼大華明發有懷我勞如何

鴛鴦 六章　鄭荅

鴛鴦美賢也有賢者二人雙飛東岳揚輝上京其兄已顯登得朝而弟中漸婆娑衡門然其勞謙接士吐握待賢雖姬公之下白屋洙泗之養三千無以過也乃肯垂顧惠我好音思樂結永好之懽云爾

鴛鴦于飛在江之涘和音反暢拊翼雙起朝遊蘭池夕宿蘭沚清風翕習翩彼蘭藿凌雲高厲載翔載止

鴛鴦于飛載飛載吟有鬱浚藪實惟桂林芳條高茂華繁垂陰爰翶爰翔爰憩其南有藪清芬協我好音

鴛鴦于飛乘雲高翔有嚶其友戢翼未翔澹淡素波容與趨倡雖曰戢止和音遠揚我有好爵與子偕嘗

鴛鴦于飛徘徊翩翻載頡載頏命侶鳴群有鬱蘭皋洌彼清源鴛言遊之聊樂我云思與佳人齊懽順川

鴛鴦于飛或飛或遊習習谷風扇彼清流春草揚蕤黿龜沉浮感物與想我心長憂誰謂河廣曾不容舟企予望之搔首踟蹰

鴛鴦于飛載和其鳴懷爾好音寡我中情人亦有言心得遺形授我木瓜報爾瑤瓊匪繫曰報永好千齡

鳴鶴 四章　陸贈

鳴鶴美君子也太平之世君子猶有退而窮居者樂天知命無憂無欲碩人之考槃傷有德之遺世故作是詩也

鳴鶴在陰戢其左翼肅雍和鳴在川之側假樂君子祚爾明德思樂重虛歸于其極嗟我懷人惟馨黍稷

鳴鶴在陰其鳴喈喈垂翼蘭沼濯清芳池假樂君子其茂猗猗厎之瑰寶有粲瓊瑰乃振聚龍袞爾好衣嗟我懷人啓襟以晞

鳴鶴在陰其儀藹藹謂天蓋高和音千邁假樂君子篤膺俊乂穆風潜烈興雲戢薈德茂當年時衍嘉會安得鞶革藻玫爾縞帶嗟我懷人心焉忼慨

鳴鶴在陰載好其聲漸陸儀羽遵渚回涇假樂君子祚之篤生德耀有穆如瑤如瓊安得風帆深濯鬐滅景遺雲雨爾在北冥嗟我懷人惟用傷情

蘭林 五章　鄭荅

蘭林懽至好也有君子世濟其美英名光茂遭時
暫否福德衡門顧我懃勤屢辱德音思與結好以
永不刊
瞻彼蘭林有翹有秀有斐君子邦之碩茂厥德伊何
固天攸授如川之源如山之富回流清淵啓襟開裕
縉紳睎風民用胥附
猗猗碩人如玉如金浚其明哲尅廣德心習習凱風
吹我棘林飛鴞萃至允懷好音悠悠征徒輶德鮮任
嗟我猗人和樂實恍

在昔延州鵠鳴江涯今我陸子曠世繼奇身乖千載
德音並馳漸鴻遵渚宛其羽儀安得高風騰翮天池
飛龍蜿蜒山谷升氣猛虎嘯吟清風高厲情同來感
數乖身逝夷鮑齊懽專名故世愷悌君子民之攸憩
浴予邁時千載同愛
乖曩之會匪詩不宣嗟我懷人斯思斯勤德音來訊
有蔚其文菽菽懺免匪迹不存誠在心德愛結忘言

南衡　五章　陸贈

南衡美君子也言君子遯世不悶以德存身作者思
其以德來仕又願言就之宿感白駒之義而作是詩
焉

南衡惟岳峻極昊蒼瞻彼江湘惟水泱泱清和有合俊
乂以蔵天保定爾茂以瓊光景秀濛氾韻逸扶桑我之
懷矣休音修揚
穆穆休音有來爾雍沉波涌奧淵芳馥風儀虛養恬照
日遺蹤考槃遵渚思樂潛龍我之懷矣寘爾華宮
和璧在山荊林玉潤之子于潛清輝遠振克稱輶德作
寶有晉和聲在林羽儀未變我之懷矣有客來信

風雲有作應通山淵清琴啓彈宮商乘絃類族知感有
命自天夷叔希世猶謂比肩矧我與子始會斯年
我之懷矣在彼北林北林何有於煥斯文瓊瑰非寶尺
牘成珍豐華非妙得意惟神河魴登俎遺荅清川

南山　五章　鄭荅

南山酎至德也有退仕衡門脩道以養和棄物以
存神民思其治士懷其德或思置之列位或思從
之信宿詩人嘉與此賢當年相遇又屢獲德音情
懽心至故作是詩焉

陟彼南山言采其薇樂只君子邦家之翹克茂厥猷
輶德是收聊道以儉廣愛以周嗟我懷人永好千秋
瞻彼江潭言釣其鱗有美碩人自公退處蒹葭逍遙
輶德是舉白駒遯時世事孰與思我猗人寘之晉序
有客信信獨寐寤語
天高地卑玄黃烟熅人道交泰自昔先民聯文合好
輔德與仁管叔罕儔曠世難鄰脩組施結玄弁生塵
溶我與子遘會當身琴瑟在御永愛纏綿
瞻彼江澳言詠其潭所謂伊人在水之陰養和以泰
樂道之潛錦衣尚絅至樂是躭與言永思繫懷所欽
愛而不見獨寐寤吟
詩以言志先民是經乃惠嘉訊德音惟馨欽詠繁藻
永結中情華文傷實世士所營達人神化反之混冥
交棄其數言取其誠思與哲人獨實其貞

高崗四章　陸贈

瞻彼高崗有猗其桐允也君子實賓南江負規矜俗沉
矩履方泳此明流清瀾川通陟彼衡林味其回芳
馥馥回芳絪縕中原祁祁庶類薄采其芬栖遲泌丘容
與衡門寄播東汜響溢南雲
穆穆閶闔南端啓籥庶明以庸帝聽式闕有鳳于潛在
林栖翮幷子之祚孰與好爵
幽居玩物顧景自願發憤潛惟倘彿有思子美忘此終
然胥來企予與言惟用作詩

中陵四章　鄭豐

瞻彼中陵蘭黃猗猗允矣君子樂且有儀沉仁育物
玄聰鏡機德充闈庭名逸南畿祁祁俊友言酌言依
鼓鐘于宮百里震聲亹亹令問歸我偉貞厥震伊何
駿奔以驚厥問伊何民胥以寧有鶴在陰非子誰鳴
我有好爵非子孰盈
潛龍遁初有鳳戢翬土猶未泰彝倫錯違皇門重闢
資爾萃菲庶績適斆非爾焉綏翼翼京宇俟爾攸晞
民之胥望如渴如飢
德音來惠覆玩三周沉潤淵洞逸藻雲浮結心所親
曷鑾曷渝路隔津梁一葦限殊終朝之思三秋是踰
愛而不見與言踟躕

答孫顯世十章

邈矣上祖垂休萬葉廣問弘被崇軌峻躡高山克荒太
川利涉繁藹惟祜風連雲接
大人有作二后利見九功敷奏七德殷薦昌實重芳勞
烈再扇奕世弘道天祿來宴
道弘振古祚未替今如彼在川亦有浮沉大韶既素響
非我音豈曰荒止塗弗克尋
昌風改物豐水易瀾百川總紀四海合源在彼焉取聿
來莫觀曾是福心敢忘丘園
負暉偏照玄澤謬盈發彼承華頓此嶒城紀景靈雲僊

遊紫庭匪曰能知寔忝長嬰
煥矣金虎襲我皇猷孰云匪忝仰媿蒼流往蹇來反弭
迹一丘變彼東朝言即爾謀
振振孫子洪族之紀志擬龍潛德配麟趾引服朗節克
明峻軌遵彼中皐於穆不巳
於穆不巳大都是階之子于命民膺如隤厚德時邁協
風允諧惠此海湄俾也可懷
乃眷丘林樂哉河曲解紱披褐投印懷玉遺情春臺托
蔭寒木言念伊人溫其在谷

道俟人行辭以義輯和容過表余未云執惠音弘播清
風駿集懷德形憮臨篇景立

贈陸士龍十章　孫拯 字顯世吳郡富春人能屬文吳黃門郎入晉為涿令陸機被收拯考掠遂死獄中

五龍戢號雲鳥纂紀淳化既離義風肅始軒冕垂容
文教乃理奕奕英族盛德豐祀
於赫皇吳應天統元蒸文烈公光讚懿勲九命重輝
恭德彌勤華黻龍藻金石載振
淵哉陸生本顯洪胄亦崇懿風邈比弘裕無兢惟德

豐光伊茂文以義好施以仁富
山積惟峻道隆名遐潛景在淵龍躍承華既升爾儀
誰不允嘉有灌重深載清其波
濟濟皇朝峩峩髦士序爵以賢惟俊萃止翩翩二官
令問不已乃遷華閣皇典斯紀
思文大謨恢我王猷清風肆穆雅憲允休邁彼江川
邈此北流徽言蘭馥玉藻雲浮
遭時之險虎穿淪天憑德義重繫此俊賢休否既亨
名以德淵清徽伊鑠鑽之彌堅

明明大象玄鑒照微顯允君子求福不回善挹引慶
險以德祈澄濁以靜罔久不暉
釋彼遊寄樂此窮貞形以神和思以道新青雲方乘
芳餌可捐達觀在一萬物自賓
寂寂重門誰和予音聽彼晨風思託茂林

四言失題 八章

悠悠縣象昭回太素清濁迭與升降啓度遺和既爽季
春告暮朱明來思青陽受煦
日征月盈天道變通大初陶物造化為功四月惟夏南

征觀方凱風有集飄颻南窻思樂萬物觀異知同
有奄萋萋甘雨未播黍稷方華中田多稼庭槐振藻園
桃阿那薄言觀物在堂知化
蓬戶惟情玩物一室明發有懷念昔先哲通夢幽人彷
彿遺烈清暉在天孰與永日
乃啓遺籍思予大觀幽居傲物顧景怡顏况惟鮮舞衡
門重關思媚古人有懷良盤沉曦含輝芳烈如蘭
厥初生民有物有類自古有稱大寶以位征徒式好俊
奔攸遂啓予有聞誨爾達貴

達貴伊何天爵無榮渾淪大昧混其濁清毀方遯象遺
頹僞貞道實藏器景以昭形
芒芒陋世奚競奚錯牧彼紛華委之沖漠漂志垂天矯
心馮閣通好莊馳儀形有作安得達人顧予命薄

失題 六章

思樂芳林言采其菊衡薄遵塗中原有菽登彼脩巒在
林寤宿彷彿佳人清顏如玉
子美亡此誰爲適道容與俟之玄髮方皓躑躅山阿玩
此芳草願徯其穎庶以遺老

亹亹嘉時飄忽棄予有瞻逝湍永嘆潜潾登願扶桑仰
結飛晷伊人匪存遺芳孰與
精氣爲物或降或升徂落攸往神奇有登死生爲徒存
亡曷勝謂予不信遺籍有徵
閒居外物靜言樂幽繩樞增結甕牖綢繆和神當春清
節爲秋天地則爾戶庭已悠
嗟我懷人悠悠其潛念昔先烈有懷所欽駭情玩世堂
允南金瓊輝邈矣誰適爲心明發興言忼慨芳林

失題

美哉良友稟德坤靈明照遠鑒幽微研精超跡皇英
如瑤瓊贈我翰林示我丹誠道同契合體異心并自頃
西徂合于五樓遲想歡憮覩我良疇亦既至止願言莫
由室邇入禹中情則憂抱恨東遊神往形留何以合忍
寄之此詩何以寫思記之斯辭我心愛矣歌以贈之無
秘爾音不我是貽

同前

有美一人芳問芬葩嗟我欽羨夢想光華亦既至止上
下欣嘉德馥秋蘭容茂春羅淑似令娣惟予陋何雖有

良友朽木難加愛樂朋規贈以斯歌皆能載之其美孔
多嗟痛薄祜並罹哀苦堂構既崩過庭莫覩我悴西隣
子沉東土契闊艱辛誰與晤語身滯情往神遊影處發
夢宵寐以慰延佇

荅兄平原 以下五言○平原贈詩見前

悠悠塗可極別促怨會長銜思 善作恩 戀行邁與言在臨
觴南津有絕濟北渚無河梁神往同逝感形留悲參商
衡軌若殊迹牽牛非服箱

荅張士然

行邁越長川飄颻冐風塵通波激枉渚悲風薄丘榛脩
路無窮迹井邑自相循百城各異俗千室非良隣歡舊
難假合風土豈虛親感念桑梓域髣髴眼中人靡靡日
夜遠眷眷懷苦辛

為顧彥先贈婦往返四首

我在三川陽子居五湖陰山海一何曠譬彼飛與沉目
想清慧姿耳存淑媚音獨寐多遠念寤言撫空衿彼美
同懷子非爾誰為心
悠悠君行邁煢煢妾獨止山河安可踰永路隔萬里京

室多妖冶粲粲都人子雅步擢纖腰巧言發皓齒佳麗
良可美衰賤焉足紀遠蒙眷顧言銜恩非望始
翩翩飛蓬征郁郁寒木榮遊止固殊性浮沉豈一情隆
愛結在昔信誓貫三靈秉心金石固豈從時俗傾美目
逝不顧纖腰徒盈盈何用結中款仰指北辰星
浮海難為水游林難為觀容色貴及時朝華忌日晏皎
皎彼姝子灼灼懷春粲西城善雅舞總章饒清彈鳴簧
發丹脣朱絃繞素腕輕裾猶電揮雙袂如霧散華容溢
藻幄哀響入雲漢知音世所希非君誰能讚棄置北辰

星罔此玄龍煥時暮復何言華落理必賤

失題 見藝文芙蕖部

緑房含青實金條懸白璆俯仰隨風傾煒煒照清流 闕

同前 見藝文嘯部

逍遙近南畔長嘯作悲歎 闕

詩紀卷之二十七

詩紀卷之二十八

晉八

潘岳 字安仁滎陽中牟人美姿儀少以才穎發名善屬文清綺絶世舉秀才為郎遷河陽懷二縣令入補尚書郎累遷給事黄門侍郎素與孫秀有隙及趙王倫輔政秀遂誣岳與石崇為亂誅之○詩品曰潘岳詩其源出於仲宣翰林歎其翩翩然如翔禽之有羽毛衣服之有綃縠猶淺於陸機謝混云潘詩爛若舒錦無處不佳陸文如披沙簡金往往見寶嶸謂益壽輕華故以潘為勝翰林篤論故謂陸為深余常言陸才如海潘才如江 孫興公曰潘文淺而淨陸文深而蕪

關中詩 十六章

惠帝元康六年氐賊齊萬年與揚茂於關中反亂阮平帝命諸臣作關中詩岳上表曰 詔臣作關中詩輒奉詔竭愚作詩一篇按漢紀孝明時護羌校尉竇林上降羌顛岸以為羌豪岸兄顛吾復降問事狀林對前後兩屈坐誣罔下獄死齊萬年編戶隷屬為日久矣而死生異辭必有訛謬故引證喻以懲不恪

於皇時 五臣作乃 晉受命既固三祖在天聖皇紹祚德博化

光刑簡枉錯微火不戒延我寶庫

蠢爾戎狄狡焉思肆虞我國眚窺我利器嶽牧慮殊威

懷理二將無專策兵不素肄

翹翹趙王請徒三萬朝議惟疑未逞斯願桓桓梁征高

牙乃建旗蓋相望偏師作援

虎視耽耽威彼好時素甲日耀玄幕雲起誰其繼之夏
侯卿士惟糸惟處別營棊跱
夫豈無謀戎士承平守有完郛戰無全兵鋒交卒奔孰
免孟明飛撤秦郊告敗上京
周殉師令身膏氏斧人之云亡貞節克舉盧播違命投
畀朔土為法受惡誰謂荼苦
哀此黎元無罪無辜肝腦塗地白骨交衢夫行妻寡父
出子孤俾我晉民化為狄俘
亂離斯瘼日月其稔天子是矜旰食晏寢主憂臣勞孰

不祗懍愧無獻納尸素以甚
皇赫斯怒爰整精銳命彼上谷指日遄逝親奉成規稜
威遐厲首陥中亭揚聲萬計
兵固詭道先聲後實聞之有司以萬為一紂之不善我
未之必虛畾滴德繆彰甲吉
雍門不啓陳沂危偪覲遂虎奮感恩輸力重圍克解危
城載色（五臣作邑）豈曰無過功亦不測
情固萬端于何不有紛紜齊萬亦孔之醜曰納其降曰
梟其首疇真可掩孰僞可乂

旣徵爾辭旣蔽爾訟當乃明實否則證空好爵旣（五臣作自）
靡顯戮亦從不見竇林伏尸漢邦
周人之詩寔曰采薇北難玁狁西患昆夷以古況今何
足曜威徒愍斯民我心傷悲
斯民如何荼毒于秦師旅旣加饑饉是因疫癘淫行荊
棘成榛絳陽之粟浮于渭濱
明明天子視民如傷申命羣司保爾封疆靡暴于衆無
陵于彊惴惴寡弱如熈春陽

為賈謐作贈陸機十一章

肇自初創二儀絪緼粤有生民伏羲始君結繩闡化八
象成文芒芒九有區域以分
神農更王軒轅承紀畫野離疆爰封衆子夏殷旣襲宗
周繼祀綿綿瓜瓞六國互峙
彊秦兼并吞滅四隅子嬰面櫬漢祖膺圖（五臣作符）靈獻徵
弱在涅則渝三雄鼎足孫啓南吳
南吳伊何僭號稱王大晉統天仁風遐揚僞孫銜璧奉
土歸疆婉婉長離凌江而翔
長離云誰咨爾陸生鶴鳴九臯猶載厥聲況乃海隅播

名上京爰應旌招撫翼宰庭
儲皇之選實簡惟良英英朱鸞來自南岡曜藻崇正玄
冕丹裳如彼蘭蕙載採其芳
藩岳作鎮輔我京室旋反桑梓帝弟作弼或云國宦（五臣作官）清塗攸失吾子洗然恬淡自逸
廊廟惟清俊乂是延擢應嘉舉自國而遷齊轡群龍光
讚納言優游省闥珥筆華軒
昔余與子繾綣東朝雖禮以賓情通友僚嬉娛絲竹撫
鞞舞韶脩日朗月攜手逍遥

自我（五臣作成）離群二周于今雖簡其面分著情深子其超
矣實慰我心發言為詩俟望好音
欲崇其高必重其層立德之柄莫匪安（善作宜）恒在南稱
甘度北則橙崇子鋒頴不頹不崩

北芒送別王世胄詩

朱鑣既揚四轡既整駕言餞行告離芒嶺情有遷延日
無餘影廻轅南翔心焉北騁

家風詩

綰髮綰髮髮亦鬓（一作鬒）止日祗日祗敬亦慎止靡專靡

有受之父母鳴鶴匪和析薪弗荷隱憂孔疚我堂靡構
義方既訓家道頴頹豈敢荒寧一日三省

於賈謐坐講漢書

治道在儒弘儒由人顯允魯侯文質彬彬筆下擒藻席
上敷珍前疑惟辨舊史惟新惟新爾史既辨爾疑延我
寮友講此微辭

離合

佃漁始化人民穴處意守醇樸音應律呂桒梓被源卉
木在野錫鸞未設金石拂舉害咎蠲消吉德流普谿谷

可安奚作棟宇嫣然以憙焉懼外侮煕神委命已求多
祐嘆彼季末口出擇語誰能墨識（藝文作誠）言喪厥所壟亾
之諺龍潛岩阻梪義崇亂少長失叙（思揚容椰雜堪）

金谷集作詩

王生和鼎實石子鎮海沂親友各言邁中心悵有違何
以叙離思攜手游郊畿朝發晉京陽夕次金谷湄廻谿
縈曲阻峻阪路威夷綠池泛淡淡青柳何依依濫泉龍
鱗瀾（一作瀾）激波連珠揮前庭樹沙棠後園植烏椑靈囿
繁石（善作若）榴茂林列芳梨飲至臨華沼遷坐登隆坻玄

醴染朱顏但愬杯行遲揚桴撫靈鼓簫管清且悲春榮
誰不慕五臣作耀歲寒良獨希投分寄石友白首同所歸一

河陽縣作二首

微身輕蟬翼弱冠忝嘉招在疚妨賢路再升上宰朝猥
荷公叔舉連五臣作違陪厠王寮長嘯歸東山擁耒耨時苗
幽谷茂纖葛峻巖敷榮條落英隕林趾飛莖秀陵喬卑
高亦何常升降在一朝徒恨良時泰小人道遂消譬如
野田蓬斡流隨風飄昔倦都邑游今掌河朔徭登城眷
南顧凱風揚微綃洪流何浩蕩脩芒鬱岧嶢誰謂晉京
遠室邇身實遼誰謂邑宰輕令名患不劭人生天地閒
百年孰能要頻五臣作欻如槁五臣作歘石火瞥若截道飇齊都
無遺聲桐鄉有餘謠福謙在純約害盈由矜驕雖無君
人德視民庶不恌
日夕陰雲起登城望洪河川氣冐山嶺驚湍激巖阿歸
鴈映蘭時五臣作洔音止游魚動圓波鳴蟬厲寒音時菊耀秋
華引領望京室南路在伐柯大厦五臣作夏緬無覿崇芒鬱
嵯峨總總都邑人擾擾俗化訛依水類浮萍寄松似懸
蘿朱博糾舒慢楚風被琅邪曲蓬何以直託身依叢麻

黔黎竟何常政成在民和位同單父邑愧無子賤歌豈
敢陋微官但恐忝所荷

在懷縣作二首

南陸迎脩景朱明送末垂初伏啓新節隆暑方赫羲朝
想慶雲興夕遲白日移揮汗辭中宇登城臨清池凉飇
自遠集輕襟隨風吹靈圃耀華果通衢列高椅瓜瓞蔓
長苞薑芋紛廣畦稻栽肅仟阡黍苗何離離虛薄乏時
用位微名日卑驅役宰兩邑政績竟無施自我違京輦
四載迄于斯器非廊廟姿屢出固其宜徒懷越鳥志眷
戀想南枝
春秋代遷逝四運紛可喜寵辱易不驚戀本難為思我
來氷未泮時暑忽隆熾感此還期淹歎彼年往駛登城
望郊甸游目歷朝寺小國寡民務終日寂無事白水過
庭激綠槐夾門植信美非吾土祗攪懷歸志眷然顧鞏
洛山川邈離異願言旋舊鄉畏此簡書忌祗奉社稷守
恪居處職司

內顧詩二首廣文選作潘尼者非

靜居懷所歡登城望四澤春草鬱青青桑柘何奕奕芳

林振朱縈淥水激素石初征氷未泮忽馬移絺綌漫漫
三千里迢迢遠行客馳情戀朱顏寸陰過盈尺夜愁極
清晨朝悲終日夕山川信悠永願言良弗獲引領訊歸
期沉思不可釋
獨悲安所慕人生若朝露綿邈寄絕域眷戀想平素爾
情旣來追我心亦還顧形體隔不達精爽交中路不見
山下松隆冬不易故不見澗邊栢歲寒守一度無謂希
見踈在遠分彌固

悼亡詩三首

荏苒冬春謝寒暑忽流易之子歸窮泉重壤永幽隔私
懷誰克從淹留亦何益僶俛恭朝命迴心反初役望廬
思其人入室想所歷幃屏無髣髴翰墨有餘跡流芳未
及歇遺挂猶在壁悵怳如或存周遑五臣作惶忡驚惕如彼
翰林鳥雙栖五臣作飛一朝隻如彼游川魚比目中路析春
風緣隟來晨霤承簷滴寢息何時忘沉憂日盈積庶幾
有時衰莊缶猶可擊
皎皎窻中月照我室南端清商應秋至溽暑隨節闌凜
凜涼風升始覺夏衾單豈曰無重纊誰與同歲寒歲寒

無與同朗月何朧朧展轉眄枕席長簟竟牀空牀空委
清塵室一作空虛來悲風獨無李氏靈髣髴覩爾容撫衿
長歎息不覺涕霑胷五臣作淚沾霑胷安能已悲懷從中起
寢興目存形遺音猶在耳上慚東門吳下愧蒙莊子賦
詩欲言志此志難具紀命也可柰何長戚自令鄙
曜靈運天機四節代遷逝淒淒朝露凝烈烈夕風厲柰
何悼淑儷儀容永潛翳念此如昨日誰知已卒歲改服
從朝政哀心寄私制茵幬張故房朔望臨爾祭爾祭詎
幾時朔望忽復盡衾裳一毀撤千載不復引亹亹朞月

周朞戚戚彌相愍悲懷感物來泣涕應情隕駕言陟東阜
望墳思紆軫徘徊墟墓間欲去復不忍徘徊不忍去徙
倚步踟躕落葉委埏側枯荄帶墳隅孤魂獨煢煢安知
靈與無投心遵朝命揮涕強就車誰謂帝宮遠路極悲
有餘

哀詩

漼如葉落樹邈若雨絕天雨絕有歸雲葉落何時連山
氣冒岡嶺長風鼓松栢堂虛聞鳥聲室暗如日夕晝愁
奄逮昏夜思忽終昔展轉獨悲窮泣下沾枕席人居天

地間飄若遠行客先後詎能幾誰能弊金石

思子詩

造化甄品物天命代虛盈奈何念稚子懷奇隕幼齡追想存髣髴感道傷中情一往何時還千載不復生

別詩 岳集曰堪為成都王軍司馬岳送至北邙別作詩曰

微微髮膚受之父母峨峨王侯中外之首子親伊姑我父唯舅 世說曰阮千里姨兄弟潘安仁中外安仁詩所謂子親伊姑我父唯舅是許允壻

潘尼 字正叔少與從父岳俱以文章知名舉秀才為太常博士累拜太子舍人出為宛令入補尚書

郎齊王冏起義兵引為叅軍事平封安昌公歷中書令永嘉中遷太常卿

七月七日侍皇太子宴玄圃

商風初授辰火微流朱明送夏少昊迎秋嘉禾茂園芳草被疇於時我后以豫以游

贈陸機出為吳王郎中令 六章

東南之美曩惟延州顯允陸生於今尠五臣作鮮儔振鱗南海濯翼清流婆娑翰林容與墳丘

王以瑜潤隋以光融乃漸上京羽善作乃儀儲宮玩爾清藻味爾芳風泳之彌廣挹之彌冲

崑山何有有瑤有珉及爾同僚具惟近臣子涉素秋子登青春愧無老成厠彼日新

祁祁大邦惟桑惟梓穆穆伊人南國之紀帝曰爾諧惟王卿士俯僂從命奚恤奚喜

我車既巾我馬既秣星陳夙駕載脂載轄婉孌二宮徘徊殿闥醪澄莫饗孰慰饑渴

昔子忝私貽我蕙蘭今子徂東何以贈旃寸晷惟寶豈無璵璠彼美陸生可與晤言

荅陸士衡

顧茲蓬蔚厠根蘭陂膏澤雖均華不足披逮春不茂未秋先萎子濯鱗翼我挫羽儀願言雖常載合載離昔遊禁闥祇畏夕惕今放丘園縱心夷易口詠新詩目玩文跡予志耕圃爾勤王役慚無琬琰以訓尺璧

荅傅咸詩 并序

司徒左長史傅長虞會定九品左長史宜得其才屈為此職執天下清議宰割百國而長虞性直而行或有不堪余與之親作詩以規焉

悠悠群吏非子不整嗷嗷衆議非子不靖忽荷略紐握

綱提領矯矯貞臣惟國之屏

皇太子集應令

聖朝命方岳爪牙司北鄰皇儲延篤愛設餞送遠賓誰
應令日宴具惟廊廟臣置酒宣猷庭擊鼓靈沼濱羽觴
飛醽醁芳饌備奇珍巴渝二八奏妙舞鼓鐸振長袪一作
袂生迴飄曲裾揚輕塵

皇太子社

太簇協青陽履端發歲首孟月涉初旬吉日唯上酉我
后邇天休設社祈遐耇

三月三日洛水作

曁運無窮已時逝焉可追斗酒足為歡臨川胡獨悲暮
春春服成百草敷英蕤聊為三日遊方駕結龍旂廊廟
多豪俊都邑有艷姿朱軒蔭蘭皐翠幙映洛湄臨崖濯
素手步水搴輕衣沉鈎出比目舉弋落雙飛羽觴乗波
進素俎隨初學作逐流歸

贈河陽詩 叔潘岳為河陽令

虙生化單父子奇涖東阿桐鄉建遺烈武城播絃歌逸
驥騰夷路潛龍躍洪波弱冠步鼎鉉既立宰三河流聲

馥秋蘭擿藻豔春華徒羡天姿茂豈謂人爵多

贈侍御史王元貺

崑山積瓊玉廣厦構衆材游鱗萃靈沼撫翼希天階膏
蘭孰為消濟治由賢能王侯厭崇禮回迹清憲臺蠖屈
固小往龍翔迺大來協心毗聖世畢力讚康哉

贈長安令劉正伯詩

遊鸞憑太虛騰鱗託浮霄過蒙嘉時會假翼陵扶搖疲
憊充時乏及余再同僚並跡侍儲宮攜手登皇朝劉侯
撫西都邁績參豹喬德厚化必深政明姦自消萬年由

積賞千里一步超爾其騁逸軌遠塗固可要

贈隴西太守張正治詩

二八由唐顯周以多士隆群靈感韶運理翮應翔風張
生拔幽華蘋蘩登二宮未幾振朱錦剖符撫西戎及子
仍同僚贈言貽爾躬威刑有時用唯德可令終

贈滎陽太守吳子仲詩

大晉盛得人儲宮富髦士吳侯降高質剖符授千里番
覆豈他鄉迴光臨桑梓寮類感岐路黎庶思知耻老氏
喻小鱗曹參寄獄士無謂弊邑陋覆實由茲起

荅楊士安詩

逝將辭儲宮栖遲集南畿不悞百里賤徒惜年志衰躊躇顧城闕愁戀慕端闈俊德貽妙詩敷藻發清徽媿彼褒崇過感此岐路悲

送盧景宣詩

楊朱焉所哭岐路重别離屈原何傷悲生離情獨哀知命雖無憂倉卒意低廻歎氣從中發灑淚隨襟頹九重不常鍵閶闔有時開愧無貯衣獻貽言取諸懷

迎大駕

南山鬱岑崟洛川迅且急青松蔭脩嶺綠蘩被廣隰朝日順長塗夕暮無所集歸雲乗幰浮淒風尋帷入道逢深識士舉手對吾揖世故尚未夷崤函方嶮澁狐狸夾兩轅豺狼當路立翔鳳嬰籠檻騏驥見維縶俎豆昔嘗聞軍旅素未習且少停君駕徐待干戈戢

逸民吟

我顧傲世自遺舒志六合由巢是追沭浴池洪迅羽衣陟彼名山採此芝薇朝雲靉靆行露未晞遊魚群戲翔鳥雙飛逍遥博覯日晏忘歸嗟哉四士從我者誰

釋胄詩 以下闕文

敦書請業研幾通理尊師重道釋胄崇祀德成教倫孰云不祉

送大將軍掾盧晏

贈物雖陋薄識意在忘言瓊琚尚交好桃李貴往還蕭艾苟見納貽我以芳蘭

贈汲郡太守李茂彦

潘尼贈二李郎詩序曰元康六年尚書吏部郎汝南李光彦遷汲郡太守都亭侯江夏李茂曾遷平陽太守此二子皆弱冠知名歷職顯要旬月之間繼踵名郡離儉劇之勤就放蕩

曠之逸枕鳴琴以俟遠致離別之際各斐然賦詩

離索何悁悵後會未可希河朔貴相忘岐路安足悲

贈劉佐

要言將誰若聊以貽友生念我二三賢規我無隱情

詩紀卷之二十八

古詩紀　第十冊

詩紀卷之二十九

晉九

左思 字太冲齊國臨淄人也徵為秘書郎齊王冏命為記室辭疾不就以疾終○詩品曰左思詩其源出於公幹文典以怨頗為精切得諷諭之致雖野於陸機而深於潘岳謝康樂常言左太冲詩潘安仁詩古今難比

贈妹九嬪悼離詩

鬱鬱岱清海瀆所經陰精以靈為祥為禎峨峨令妹應期誕生如蘭之秀如芝之榮總角岐嶷齓齡夙成比德古烈異世同聲惟我惟妹寔惟同生早喪先妣恩百常

情女子有行實遠父兄骨肉之恩固有歸寧何悟離拚隔以天庭自我不見于今二齡穆穆令妹有德有言才麗漢班明朗楚樊默識若記下筆成篇行顯中閨名播外藩何以為贈勉以列圖何以為言申以詩書相去在近上下欷歔含辭滿胷鬱煩不舒

感離詩 一作離思 左貴嬪

自我去膝下倐忽踰再期邈邈浸彌遠拜奉將何時披省所賜告尋玩悼離詞髣髴想容儀欷歔不自持何時當奉面娛目於書詩何以訴辛苦告情於文辭

詠史八首

弱冠弄柔翰卓犖觀群書著論準過秦作賦擬子虛邊城苦鳴鏑羽檄飛京都雖非甲冑士疇昔覽穰苴長嘯激清風志若無東吳鉛刀貴一割夢想騁良圖左眄澄江湘右盼定羌胡功成不受爵長揖歸田廬

鬱鬱澗底松離離山上苗以彼徑寸莖蔭此百尺條世冑躡高位英俊沈下僚地勢使之然由來非一朝金張藉舊業七葉珥漢貂馮公豈不偉白首不見招

吾希段干木偃息藩魏君吾慕魯仲連談笑却秦軍當

世貴不羈遭難能解紛功成耻 善作不 受賞高節卓不羣臨組不肯緤對珪寧肯分連璽曜前庭比之猶浮雲

濟濟京城內赫赫王侯居冠蓋蔭四術朱輪竟長衢朝集金張館暮宿許史廬南鄰擊鐘磬北里吹笙竽寂寂揚子宅門無卿相輿寥寥空宇中 一作內 所講在玄虛言論準宣尼辭賦擬相如悠悠百世後英名擅八區

皓天舒白日靈景耀神州列宅紫宮裏飛宇若雲浮峨峨高門內藹藹皆王侯自非攀龍客何為欻來游被褐出閶闔高步追許由振衣千仞岡濯足萬里流

荆軻飲燕市酒酣氣益震哀歌和漸離謂若傍無人雖
無壯士節與世亦殊倫高眄邈四海豪右何足陳貴者
雖自貴視之若埃塵賤者雖自賤重之若千鈞
主父宦不達骨肉還相薄買臣困樵採（善作採樵）伉儷不安
宅陳平無產業歸來翳負郭長卿還成都壁立何寥廓
四賢豈不偉遺烈光篇籍當其未遇時憂在填溝壑英
雄有迍邅由來自古昔何世無奇才遺之在草澤
習習籠中鳥舉翮觸四隅落落窮巷士抱影守空廬出
門無通路枳棘塞中塗計策棄不收塊若枯池魚外望

無寸祿內顧無斗儲親戚還相蔑朋友日夜疎蘇秦北
游說李斯西上書俛仰生榮華咄嗟復彫枯飲河期滿
腹貴足不願餘巢林棲一枝可為達士模

招隱二首

杖策招隱士荒塗橫古今巖穴無結構丘中有鳴琴白
雲（一作雪）停陰岡丹葩曜陽林石泉漱瓊瑤纖鱗或（善作亦）
浮沉非必絲與竹山水有清音何事待嘯歌灌木自悲
吟秋菊兼餱糧幽蘭間重襟躊躇足力煩聊欲投吾簪
經始東山廬果下自成榛前有寒泉井聊可瑩心神峭
蒨青蔥間竹柏得其真弱葉棲霜雪飛榮流餘津爵服
無常玩好惡有屈伸結綬生纏牽彈冠去埃塵惠連非
吾屈首陽非吾仁相與觀所尚逍遙撰（五臣作揔）良辰

雜詩

秋風何冽冽（五臣作烈烈）白露為朝霜柔條旦夕勁綠葉日
夜黃明月出雲崖皦皦流素光披軒臨前庭嗷嗷晨鴈
翔高志局四海塊然守空堂壯齒不恒居歲暮常慨慷

嬌女詩

吾家有嬌女皎皎頗白皙小字為織（一作紈）素口齒自清

歷鬢髮覆廣額雙耳似連璧明朝弄梳臺黛眉類掃跡
濃朱衍丹脣黃吻瀾漫赤嬌語若連瑣忿速乃明㦛握
筆利彤管篆刻未期益執書愛綈素誦習矜所獲其姊
（玉臺作姊）字惠芳面目粲如畫輕粧喜樓邊臨鏡忘紡績舉
觶擬京兆立的成復易玩弄眉頰間劇兼機杼役從容
好趙舞延袖像飛翮上下絃柱際文史輒卷襞顧眄屏
風畫如見已指摘丹青日塵闇明義為隱賾馳騖翔園
林菓下皆生摘紅葩擷紫蔕萍實驟抵擲貪華風雨中
倏忽數百適務躡霜雪戲重綦常纍積并心注肴饌端

坐理盤槅翰墨戢閑按相與數離逖動為鑪鉦屈㞜履
任之適止為荼荈據吹吁對鼎䥶外編作䥶脂膩漫白袖烟
薰染阿錫衣被皆重池重池被之心如池也王臺作衣破皆重施誤難與沈
水碧任其孺子意羞受長者責瞥聞當與杖掩淚俱向
壁

張翰字季鷹吳郡人有清才縱任不拘時人號為江東步兵齊王冏辟為東曹掾

周小史

翩翩周生婉孌幼童年十有五如日在東香膚柔澤素
質參紅團輔圓頤菡萏芙蓉爾形旣淑爾服亦鮮輕車
隨風飛霧流煙轉側猗靡顧盻一作眄便妍和顏善笑美

口善言

雜詩二首

暮春和氣應白日照園林青條若總翠黃華如散金嘉
卉亮有觀顧此難久耽延頸無良塗頓足託幽深榮與
壯俱去賤與老相尋歡樂不照顏慘慘發謳吟謳吟何
嗟及古人可慰心

東鄰有一對三紀栽可拱無花復無實亭亭雲中竦隟
禽不為巢短翮莫肯任忽有一飛鳥五色雜英華一鳴
衆鳥至再鳴衆鳥羅長鳴搖羽翼百鳥互相和

思吳江歌一曰秋風歌

晉文士傳云張翰有清名美望大司馬齊王冏辟為東曹掾在洛見秋風起思吳中菰飯蓴羹鱸魚鱠歎曰人生貴得適意爾何能羈宦數千里以要名爵因作此歌遂命駕還

秋風起兮佳景時吳江水兮鱸魚肥三千里兮家未歸
恨難得兮仰天悲

張載字孟陽安平人也博學有文章起家佐著作郎累遷弘農太守長沙王乂請為記室督拜中書侍郎復領著作稱疾歸卒

登成都白菟樓

重城結曲阿飛宇起層樓一作區累棟出雲表嶢嶭臨太
虛高軒啓朱扉迴望暢八隅西瞻岷山嶺嵯峨似荊巫
蹲鴟蔽地生原隰殖嘉蔬雖遇堯湯世民食恒有餘鬱
鬱少城中岌岌百族居街術紛綺錯高甍夾長衢借問
楊子宅想見長卿廬程卓累千金驕侈擬五侯門有連
騎客翠帶腰吳鉤鼎食隨時進百和妙且殊披林採秋
橘臨江釣春魚黑子過龍醢果饌踰蟹蝑芳茶冠六清
溢味播九區人生苟安樂茲土聊可娛

贈虞顯度

疇昔恊蘭芳繾綣在華年嘉好結平素分著寮友前謂得終遐日綢繆永周旋吾子遭不造違閔丁憂艱俾我失良朋誰與吐話言一日為三秋歲況乃三年離居一何闊結思如廻川

招隱詩

出處雖殊塗居然有輕易山林有悔悋人間實多累鵷鶵翔窮冥蒲且不能視鸛鷺遵皐渚數為矰所繫隱顯雖在心彼我共一地不見巫山火芝艾豈相離去來捐時俗超然辭世偽得意在丘中安事愚與智

七哀詩二首

北芒（五臣作邙）何壘壘高陵有四五借問誰家墳皆云漢世主恭文遙相望原陵鬱膴膴季世（五臣作葉）喪亂起賊盜如豺虎毀壞過一抔便房啟幽戶珠柙（一作匣）離玉體珍寶見剽虜園寢化為墟周墉無遺堵蒙蘢荊棘生蹊逕登童豎狐兔窟其中蕪穢不復掃頹隴並墾發萌隸營農圃昔為萬乘君今為丘中土感彼雍門言悽愴哀今（五臣作往）古

秋風吐商氣蕭瑟掃前林陽鳥（五臣作烏）收和響寒蟬無餘音白露中（五臣作朝）夜結木落柯條森朱光馳北陸浮景忽西沉顧望無所見唯覩松栢陰肅肅高桐枝翩翩栖孤禽仰聽離鴻鳴俯聞蜻蛚吟哀人易感傷觸物增悲心丘隴日已遠纏綿彌思深憂來令髮白誰云愁可任徘徊向長風淚下沾衣襟

霖雨（初學記作張協今從藝文作張載）

霖雨餘旬朔蒙昧日夜墜何以解愁懷置酒招親類啾啾絲竹作伶人奏奇祕悲歌結流風逸響廻秋氣

擬四愁詩四首

我所思兮在南巢欲往從之巫山高登崖遠望涕泗交我之懷矣心傷勞佳人遺我筒中布何以贈之流黃素願因飄風超遠路終然莫致增永慕

我所思兮在朔湄欲往從之白雪霏登崖遠望涕泗頹（一作毋）我之懷矣心傷悲佳人遺我雲中翮何以報之連城璧願因歸鴻超遐翮終然莫致增永積

我所思兮在隴原欲往從之隔太山登崖遠望涕泗漣我之懷矣心傷煩佳人遺我雙角端何以贈之雕玉環願因行雲超重巒終然莫致增永嘆

我所思兮在營州欲往從之路阻脩登崖遠望涕泗流
我之懷矣心傷憂佳人遺我綠綺琴何以贈之雙南金
願因流波超重深終然莫致增永吟

述懷詩 以下闕文

跋涉山川千里告辭楊子哭岐墨氏感絲雲乖雨絕心
乎愴而

失題三首 見初學記柰部

江南郡蔗釀液豐沛三巴黃甘瓜州素柰凡此數品殊
美絕快渴者所思銘之常帶

同前 見藝文日部

白日隨天廻皦皦圓如規踊躍湯谷中上登扶桑枝

並同 見藝文老部

氣力漸衰損鬢髮終以皓昔為春月華今為秋日草

張協 字景陽與兄載齊名辟公府掾轉秘書郎累遷中書侍郎轉河間内史時天下已亂遂屛居草澤以屬詠自娛終於家〇詩品曰張協詩其源出於王粲文體華淨少病累又巧構形似之言雄於潘岳靡於太冲風流調達實曠代之高手詞采葱蒨音韻鏗鏘使人味之亹亹不倦

詠史

昔在西京時朝野多歡娛藹藹東都門羣公祖二踈朱
軒曜金城供帳臨長衢達人知止足遺榮忽如無抽簪
解朝衣散髮歸海隅行人為隕涕賢哉此大 選作丈 夫揮
金樂當年歲暮不留儲顧謂四座賓多財為累愚清風
激萬代名與天壤俱咄此蟬冕客君紳宜見書

雜詩十首

秋夜涼風起清氣蕩暄濁蜻蛚吟階下飛蛾拂明燭君
子從遠役佳人守煢獨離居幾何時鑽燧忽改木房櫳
無行跡庭草萋以綠青苔依空牆蜘蛛網四屋感物多
所懷沈憂結心曲

大火流坤維白日馳西陸浮陽映翠林廻飈扇綠竹飛
雨灑朝蘭輕露棲叢菊龍蟄暄氣凝天高萬物肅弱條
不重結芳蕤豈再馥人生瀛海内忽如鳥過目川上之
歎逝前脩以自勗

金風扇素節丹霞啓陰期騰雲似涌煙密雨如散絲寒
花發黃采 五臣作彩 秋草含綠滋閑居玩萬物離羣戀 五臣作念
所思案無蕭氏牘庭無貢公綦高尚遺王侯道積自成
基至人不嬰物餘風足染時

朝霞迎白日丹氣臨暘 善作湯 谷翳翳結繁雲森森散雨

足輕風摧勁草凝霜竦高木密葉日夜疎叢林森如束
疇昔歎時遲晚節悲年促歲暮懷百憂將從季主卜
昔我資章甫聊以適諸越行行入幽荒歐（五臣作甌）駱從祝
髮窮年非所用此貨將安設瓴甋夸璵璠魚目笑明月
不見郢中歌能否居然別陽春無和者巴人皆下節流
俗多昏迷此理誰能察
朝登魯陽關狹路峭且深流澗萬餘丈圍木數千尋咆
虎響窮山鳴鶴聒空林淒風為我嘯百籟坐自吟感物
多思情在險易常心竭來戒不虞挺轡越飛岑王陽驅

九折周文走岑崟經阻貴勿遲此理著來今
此鄉非吾地此郭非吾城羈旅無定心翩翩如懸旌出
覩軍馬陣入聞鞞鼓聲常懼羽檄飛神武一朝征長鋏
鳴鞘中烽火列邊亭捨我衡門衣更被縵胡纓疇昔懷
微志帷幕竊所經何必操干戈堂上有奇兵折衝樽俎
間制勝在兩楹巧遲不足稱拙速乃垂名
述職投邊城羈束戎旅間下車如昨日望舒四五圓借
問此何時胡蝶飛南園流波戀舊浦行雲思故山閩越
衣文蛇胡馬願度燕風土安所習由來有固然

結宇窮岡曲耦耕幽藪陰荒庭寂以閑幽（一作山）岫峭且
深淒風起東谷有渰興南岑雖無箕畢期膚寸自成霖
澤雉登壟雊寒猿擁條吟谿壑無人跡荒楚鬱蕭森投
耒循岸垂時聞樵採音重基可擬志迴淵可比心養真
尚無為道勝貴陸沈游思竹素園寄辭翰墨林
墨蛟躍重淵商羊儛野庭飛廉應南箕豐隆迎號屏雲
根臨八極雨足灑四溟霖瀝過二旬散漫亞九齡階下
伏泉涌堂上水衣生洪潦浩方割人懷昏墊情沈液漱
陳根綠葉腐秋莖里無曲突煙路無行輪聲環堵自頹

毀垣閭不隱形尺燼重尋桂紅粒貴瑤瓊君子守固窮
在約不爽貞雖榮田方贈慙為溝壑名取志於陵子比
足（五臣作之）黔婁生

雜詩

太昊啓東節春郊禮青祇鷹化日夜分雷動寒暑離飛
澤洗冬條浮飈解春澌采虹纓高雲文虬鳴陰池沖氣
扇九垠蒼生衍四垂時至萬寶成化周天地移

遊仙

崢嶸玄圃深嵯峨天嶺峭亭館籠雲構脩梁流三曜蘭

蔵盖嶺披清風緣隟嘯 闕

詩紀卷之二十九

詩紀卷之三十

晉十

夏侯湛

字孝若譙國人幼有盛才文章宏富善搆新詞泰始中舉賢良拜郎中後轉尚書郎出為野王令惠帝即位為散騎常侍元康初卒

周詩

叙曰周詩者南陔白華華黍由庚崇丘由儀六篇有其義而亡其辭湛續其亡故云周詩也世說曰夏侯湛作周詩成示潘安仁安仁曰此非徒温雅乃別見孝悌之性潘因此遂作家風詩

既殷斯虔仰說洪恩夕定辰省奉朝侍昏宵中告退鷄鳴在門孳孳恭誨夙夜是敦

山路吟

夙駕兮待明陟山路兮遐征冐晨朝兮入大谷道逶迤兮嵐氣清攬轡兮抑馬踟躕兮曠野曠野軀兮遼落崇岳兮嵬㠊丘陵兮連離卉木兮交錯淥水兮長流驚濤兮拂石

江上泛歌

悠悠兮遠征倏倏兮暨南荆南荆兮臨長江臨長江兮討不庭江水兮浩浩長流兮萬里洪浪兮雲轉陽侯兮

奔起驚翼兮垂天鯨魚兮岳峙蘪蕪紛兮被皐陸脩竹
鬱兮驂崖趾望江之南兮邈目桂林桂枝蓊鬱兮鶗鴂
揚音凌波兮願濟舟檝不具兮江水深沉羌迴眄於北
夏何歸軫之難尋

離親詠

剖符兮南荊辭親兮遐征發軔兮皇京夕臻兮泉亭撫
首兮內顧按轡兮安步仰戀兮後塗俯歎兮前路既感
物以永思兮且歸身乎懷抱苟違親以從利兮匪曾閔
之攸實視微榮之瑣瑣兮知吾志之愈小獨申愧於一
心兮慙報德之彌少

長夜謠

日暮兮初晴天灼灼兮遐清披雲兮歸山垂景兮照庭
列宿兮皎皎星稀兮月明亭檐隅以逍遙兮盼太虛以
仰觀望閶闔之昭晰兮麗紫微之暉煥

寒苦謠

惟立冬之初夜天慘懍以降寒霜皚皚以被庭冰溏瀨
於井幹草槭槭以疏葉木蕭蕭以零殘松隕葉於翠條
竹摧柯於綠竿

王讚 字正長義陽人也博學有俊才辟司空掾歷散騎侍郎卒

二月三日詩

招搖啓運寒暑代新亹亹不舍如彼行雲猗猗季月穆
穆和春皇儲降止宴及嘉賓嘉賓伊何具惟姻族如彼
葛藟衍于樛木郁郁近侍巖巖台嶽庶寮鱗次以崇天
祿如彼崑山列此瑤玉巍巍天階亦降列宿右載元首
左光儲副大祚無窮天地為壽

侍皇太子宴始平王

亹亹聖胤繼明重體樂此棠棣其甘如薺我有嘉宴以
洽百禮煌煌同族藹藹王僚惟中惟外如瓊如瑤湛湛
朝雲德靡不覆玄黃所綴文成絲繡政以神和樂以安
奏一人有慶萬邦是祐

侍皇太子祖道楚淮南二王

於明聖晉仰統天緒易以明險簡以識藝文作知阻研彼群
慮俾侯授土郁郁二王祇承皇命睹離鑒親觀禮知盛
皇儲降會延于公姓瞻彼行後並憇同林分塗殊軌靡
不迴心

雜詩

朔風動秋草邊馬有歸心胡寇叉分析靡靡忽至今王事離我志殊隔過商參昔往鶬鶊鳴今來蟋蟀吟人情懷舊鄉客鳥思故林師涓久不奏誰能宣我心

孫楚 字子荊太原中都人少負才氣多陵傲初爲石苞驃騎參軍初至長揖曰天子命我參卿軍事因此構隙湮廢積年後扶風王駿起爲征西參軍遷衛軍司馬惠帝初拜馮翊太守卒

荅弘農故吏民

昔我先侯邁德垂化康哉之詠寔由良佐惟佘忝辱弗克負荷每歷貴邦仰瞻泰華追慕先軌感想哀嗟詵詵臣故爰及群士皓首老成率彼邑里闡崇高義長幼以齒

除婦服詩

集云婦胡母氏也世說曰孫子荊除婦服作詩以示王武子王曰未知文生於情情生於文覽之悽然增伉儷之重

時邁不停日月電流神爽登遐忽已一周禮制有叙告除靈丘臨祠感痛中心若抽

征西官屬送於陟陽侯作詩

晨風飄岐路零雨被秋草傾城遠追送餞我千里道三命皆有極咄嗟安可保莫大於殤子彭聃猶爲夭吉凶如糾纆憂喜相紛繞五臣作擾天地爲我爐萬物一何小達人垂大觀誡此苦不早乖離卽長衢惆悵盈懷抱孰能察其心鑒之以蒼昊齊契在今朝守之與偕老

太僕座上詩 以下闕文

朝欽厥庸出尹京畿迴授太僕四牡騑騑緑耳盈箱翠華葳蕤勳齊旌實增國之暉

祖道詩

仰天惟龍御地以驥利有攸往不期而至

之馮翊祖道詩

舉翮撫三秦抗我千里目念當隔山河執觴懷慘毒

董京 字威輦不知何郡人初與隴西計吏俱至洛陽被髮而行逍遙吟詠常宿白社中時乞於市後數年遁去莫知所之

詩二首

晉書曰京旣遁去於其寢處有詩二篇

乹道剛簡坤體敦密茫茫太素是則是述末世流奔以文代質悠悠世目孰知其實逝將去此至虛歸我自然之室

孔子不遇時彼感麟舊作麒誤麟乎麟胡不遁世以存眞

荅孫楚詩

晉書隱逸傳曰京在洛陽孫楚時為著作郎數詣社中與京語遂載與俱歸京不肯坐楚貽之書曰今堯舜之世胡為懷道迷邦京荅之以詩

周道斁兮頌聲沒夏政衰兮五常汨便便君子顧望而逝洋洋乎滿目作者七豈不樂天地之化也哀哉乎時之不可與對之以獨處無娛我以為歡清流可飲至道可飡何為栖栖自使疲單魚懸獸檻鄙夫知之古之至人藏器如露縕袍不能令暖當作令煖軒冕不能令榮動如川之流靜如川之亭鸚鵡能言泗濱浮磬重人所翫豈

合物情玄鳥紆幕而不被害鳴隼遠巢咸以欲死眄彼梁魚逡巡倒尾沉吟不決忽焉失水嗟乎魚鳥相與萬世而不悟以我觀之乃明其故焉知不有達人深穆其度亦將闚我鞶顧而去萬物皆賤惟人為貴動以九州為狹靜以圜堵為大

石崇

字季倫渤海人年二十餘為城陽太守伐吳有功封安陽鄉侯累遷侍中出為南中郎將荊州刺史領南蠻校尉致富不貲後拜太僕衛尉有愛妓綠珠孫秀使人求之不得遂勸趙王倫誅族其家

大雅吟

堂堂太祖淵弘其量仁格宇宙義風遐暢啓土萬里志在翼亮三分有二周文是尚於穆武王奕世載聰欽明冲默文思允恭武則不猛化則時雍庶有儀鳳郊有遊龍啓路千里萬國率從蕩清吳會六合乃同百姓仰德良史書功超越三代唐虞比蹤

楚妃歎

蕩蕩大楚跨土萬里北據方城南接交趾西撫巴漢東被海湀五侯九伯是疆是理矯矯莊王淵渟岳峙冕旒垂精充纊塞耳韜光戢耀潛默恭已內委樊姬外任孫子猗猗樊姬體道履信既紲虞丘九女是進杜絕邪佞

廣啓令胤割歡抑寵居之不吝不吝實難可謂知幾化自近始著於閨闈光佐霸業邁德揚威群后列辟式瞻洪規譬彼江海百川咸歸萬邦作歌身沒名飛

王明君辭 并序

王明君者本是王昭君以觸文帝諱改之匈奴盛請婚於漢元帝以後宮良家子昭君配焉昔公主嫁烏孫令琵琶馬上作樂以慰其道路之思其送昭君亦必爾也其造新曲多哀怨之聲故敘之於紙云爾

我本漢家子將適單于庭辭訣未及終前驅已抗旌僕

御溯流離轅馬悲且鳴哀鬱傷五內泣淚沾朱纓行行日已遠遂造匈奴城延我於穹廬加我閼氏名殊類非所安雖貴非所榮父子見陵辱對之慚且驚殺身良不易默默以苟生苟生亦何聊積思常憤盈願假飛鴻翼乘之以遐征飛鴻不我顧佇立以屏營昔為匣中玉今為糞上英朝華不足歡甘與秋草并傳語後世人遠嫁難為情

思歸引并序

余少有大志夸邁流俗弱冠登朝歷位二十五年五十以事去官晚節更樂放逸篤好林藪遂肥遁於河陽別業其制宅也却阻長堤前臨清渠百木幾於萬株江水周於舍下有觀閣池沼多養魚鳥家素習技頗有秦趙之聲出則以遊目弋釣為事入則有琴書之娛又好服食咽氣志在不朽傲然有凌雲之操歘復見牽羈婆娑於九列困於人間煩黷常思歸而永歎尋覽樂篇有思歸引儻古人之心有同於今故制此曲此曲有絃無歌今為作歌辭以述余懷恨時無知音者令造新聲而播於絲竹也

思歸引歸河陽假余翼鴻鶴高飛翔經芒阜濟河梁望我舊館心悅康清渠激魚彷徨鴈驚泝波群相將終日周覽樂無方登雲閣列姬姜拊絲竹叩宮商宴華池酌玉觴

思歸歎

登城隅兮臨長江極望無涯兮思填胸魚瀺灂兮鳥繽翻澤雉遊鳧兮戲中園秋風厲兮鴻鴈征蟋蟀嘈嘈兮晨夜鳴落葉飄兮枯枝竦百草零落兮覆畦壠時光逝兮年易盡感彼歲暮兮悵自愍廓羈旅兮滯野都願御北風兮忽歸徂惟金石兮幽且清林鬱茂兮芳卉一作草盈玄泉流兮縈丘阜閣館蕭寥兮蔭叢柳吹長笛兮彈五絃一本作玉琴高歌凌雲兮樂餘年舒篇卷兮與聖談釋冕投紱兮希彭聃超逍遙兮絕塵埃福亦不至兮禍亦不來

荅曹嘉詩見魏志注

昔常接羽儀俱游青雲中敦道訓胄子儒化渙以融同聲無異響故使恩愛隆豈惟敦初好款分在令終孔不陋九夷老氏適西戎逍遙滄海隅可以保王躬世事非

所務周公不足憂玄寂令神王是以守至冲

贈棗腆

久官無成績栖遲於徐方寂寂守空城悠悠思故鄉恂恂二三賢身遠屈龍光攜手沂泗間遂登舞雩堂文藻譬春華談話猶蘭芳消憂以觴醴娯耳以名娼博奕逞妙思弓矢威邊疆

曹嘉 魏楚王彪世子封常山真定王入晉封高邑公元康中為國子博士後為東莞太守

贈石崇詩

曹嘉元康中與石崇俱為國子博士後嘉為東莞太守崇為征虜將軍監青徐軍事屯於下邳嘉以詩遺崇

文武應時用兼才在明哲嗟嗟我石生為國之俊傑入侍於皇闥一作闈出則登九列威檢肅青徐風發宣吳裔疇昔謬同位情至過魯衛分離踰十載思遠心增結音髻願子鑒斯誠寒暑不踰契

曹攄 字顏遠譙國人也篤志好學豫南國中郎將遷高密王左司馬流人王逌等侵掠城邑遇戰軍敗死之

思友人詩

密雲翳陽景霖潦淹五臣作浩庭除嚴霜彫翠草寒風振纖

枯凜凜天氣清落落卉木疎感時歌蟋蟀思賢詠白駒情隨玄陰滯心與迴飈俱思心何所懷懷我歐陽子精義測神奥清機發妙理自我別旬朔微言絶于耳褰裳不足難清揚未可俟延首出階檐佇立增想似

感舊詩

富貴他人合貧賤親戚離廉藺門易軌田竇相奪移晨風集茂林栖鳥去枯枝今我唯困蒙群士所一作皆背馳鄉人敦懿義濟濟蔭光儀對賓頌有客舉觴詠露斯臨樂何所歎素絲與路岐

贈石崇

涓涓谷中泉鬱鬱岩下林泄泄群翟飛咬咬春鳥吟野次何索寞薄暮愁人心二軍望衡蓋歎息有餘音臨肴忘肉味對酒不能斟人言重別離斯情效於今

棗腆 字玄方以文章顯永嘉中為襄城太守

荅石崇詩

昔我不造備嘗顛沛后土傾基皇天隕蓋少懷蒙昧長無耿介遺訓莫聞出入靡賴我舅敷命于彼徐方載詠陟岡言念渭陽乃泝洪流汎身餘艎宵寢晨逝屆路之

長亦既至止顛言以寫爰有石侯作鎮東夏寬以撫戎
從容柔雅我聞有言居安思危位極則遷勢至必移上
德無欲貴道不為妙識先覺通齊皇羲竊覩堂奧欽蹈
明規藝文類聚石崇荅棗腆詩曰言念將別覩物傷情贈爾話言要在遺名唯此遺名可以長生

贈石季倫

深蒙君子眷雅顧出群俗受實取諸懷所贈非珠玉凡
我二三子執手携玉腕嘉言從所好企子結雲漢望風
整輕翮因虛舉雙翰朝遊清渠側日夕登高館初學記載四句
曰余如翔雲會忽若驚風散分給懐離析對樂增累歎題云贈石崇

歐陽建字堅石渤海人石崇甥為馮翊太守趙王倫之為征西撓亂關中建每匡正不從私欲迨
楚王偉立之由是有隙石崇勸淮南王誅倫未行事覺倫收崇建及母妻無少長見害

荅棗腆詩此詩文義是贈石季倫藝文云荅棗腆詩或誤也

於鑠我舅明德塞遠俾扞東藩在徐之邳載播其惠載
揚其威濟寬以猛方夏以綏光啓先業增耀重暉咨余
沖人艱苦攸離過庭無聞頑固匪移寔賴茲誨導之軌
儀仰遵嘉訓俯蹈明規如蔦斯蔓如樛斯垂我遘君子
仰之彌高巖巖其高即之惟溫居盈思沖在貴忘尊縱
酒嘉讌自明及昏無幽不研靡興不論人樂其量士感

其敎

臨終詩

伯陽適西戎孔子欲居蠻苟懷四方志所在可游盤況
乃遭屯蹇顛沛遇災患古人達機兆策馬游近闗洛余
沖且暗抱責守微官潛圖密已構成此禍福端恢恢六
合間四海一何寛天網布紘綱投足不獲安松柏隆冬
悴五臣作瘁然後知歲寒不涉太行險誰知斯路難真偽因
事顯人情難豫觀窮達有定分慷慨復何歎上負慈母
恩痛酷摧心肝下顧所五臣作嬌憐女惻惻心中酸二子棄

若遺念皆遘凶殘不惜一身死惟此如循環執紙五情
塞揮筆涕汍瀾

嵇紹字延祖譙國銍人康之子十歲而孤事母孝謹累遷散騎常侍惠帝敗於蕩陰百官左右皆奔散唯紹儼然端冕以身衛帝兵交御輦飛箭雨集遂以見害

贈石季倫

人生稟五常中和為至德嗜欲雖不同伐生所不識仁
者安其身不為外物惑事故誠多端未若酒之賊內以
損性命煩辭傷軌則屢飲致疲怠清和自否塞陽堅敗
楚軍長夜傾宗國詩書著明戒量體節飲食遠希彭聃

壽虛心處沖默茹芝味醴泉何爲昏酒色

嵇含 字君道紹從子也好學能屬文家鞏縣亳丘自號亳丘子舉秀才除郎中惠帝朝爲中書侍郎累官至平越中郎將廣州刺史

悅晴

勁風歸巽林玄雲起重基朝霞炙瓊樹夕景映玉枝 初學作雲芝 翔鳳睎輕翮應龍曝纖鬐百穀偃而立大木顛復

持

伉儷

余執百兩纓之子詠采蘩我怜聖善色爾悅慈姑顏栽

彼雙絲絹著以同功綿夏搖比翼扇冬臥 藝文作坐 蛩蛩氈

飢食並根粒渴飲一流泉朝蒸同心 暮庖比目鮮挹

用合巹酳受以連理盤朝採同本芝夕掇駢穗蘭臨軒

樹萱草中庭植合歡

阮脩 字宣子陳留尉氏人好易老善清言瑯邪王處仲引爲鴻臚丞太子洗馬避亂南行爲賊所害

上巳會詩

三春之季歲惟嘉時靈雨既零 歲時作零雨既濛 風以散之英

華扇耀祥鳥群嬉澄澄綠水澹澹其波脩岸逶迤長川

相過聊且逍遙其樂如何坐此脩筵臨彼素流嘉肴

既設舉爵獻酬彈箏弄琴新聲上浮水有七德知者所

娛清瀨瀺灂菱葭芬敷沈此芳鈎引彼潛魚委餌芳美

君子戒諸

閭丘沖 字賓卿高平人清平有鑒識博學有文義累遷太傅長史光祿勳京邑未潰乘車出爲賊所害時人皆痛惜之

三月三日應詔詩二首

暮春之月春服既成陽昇土潤冰渙川盈餘萌達壤嘉

木敷榮后皇宣遊既宴且寧光光華輦詵詵從臣微風

扇穢朝露翳塵上蔭丹幄下藉文茵臨川 初學作池 挹盥濯

故潔新俯鏡清流仰睇天津藹藹華林巖巖景陽業業

峻宇奕奕飛梁垂蔭倒景若沉若翔

浩浩白水汎汎龍舟皇在靈沼百辟同遊擊擢清歌鼓

枻行酬 初學作謳 闡樂咸和具醉斯柔在昔帝虞德被遐荒

干戚在庭苗民 初學作人 來土今我哲后古聖齊芳惠此中

國以綏四方元首既明股肱惟良樂酒今日君子惟康

初學云舉只君子今日惟康

招隱詩

大道曠且夷蹊路安足尋經世有險易隱顯自存心嗟

哉岩岫士歸來從所欽

周處字子隱義興陽羡人也仕吳為東觀左丞入洛遷新平廣漢二郡太守尋除楚内使徵拜御史中丞凡所糾劾不避寵戚及氐人齊萬年反朝臣悪其彊使隸夏侯駿西征軍敗死之

詩一首

晉書曰齊萬年屯梁山有衆七萬夏侯駿逼處以五千兵擊之乃攻萬年於六陌處軍未食梁王彤促令速戰而絶其後繼處知必敗賦詩云云

去去世事已策馬觀西戎藜藿甘粱黍期之克令終時潘岳奉詔作關中詩曰周徇師令身膏齊斧人之云亡貞節克舉又西戎校尉閻纘詩亦上云周全其節令問不已身雖云沒書名良史

郭泰機以下爵里無考

荅傅咸

皦皦白素絲織為寒女衣寒女雖妙巧不得秉杼機天寒知運速況復鴈南飛衣工秉刀尺棄我忽若遺人不取諸身世事焉所希況復已朝餐曷由知我飢

辛曠

贈皇甫謐

顒顒朝士亦孔其依莫不遲想載渴載飢我弓我旋禮亦無違企望高岡來儀來歸其揮伊何與帝同心明明

天子如日之臨臨照四方探賾幽深山無逸民水無潛鱗爰被一作彼九皐克量德音茂哉先生皇實是欽

左貴嬪名芬思之妹少好學善綴文武帝聞而納之泰始八年拜脩儀後為貴嬪姿陋無寵以才德見禮每有方物異寶必詔為賦頌以是屢獲恩賜焉

啄木詩藝文類聚曰宋袁淑徘諧集左氏詩彤管集作左九嬪

南山有鳥自名啄木饑則啄樹暮則巢宿無干於人唯志所欲性清者榮性濁者辱

感離詩一作離思此荅左思贈妹之作

自我去膝下倐忽踰再期邈邈浸彌遠拜奉將何時披省所賜告尋玩悼離詞髣髴想容儀欷歔不自持何時當奉面娛目於書詩何以訴辛苦告情於文辭

緑珠石崇妾

懊儂歌古今樂録曰懊儂歌晉緑珠所作唯絲布澁難縫一曲而已

絲布澁難縫令儂十指穿黄牛細犢車遊戲出孟津

翔風

怨詩

王子年拾遺記曰石季倫有愛婢曰翔風魏末於胡中得之年十五無有比其容貌最以

文辭擅愛年三十妙年者爭嫉之崇退翾風為房老使主群少乃懷怨而作詩

春華誰不美卒傷秋落時突烟還自低鄙退豈所期桂
芳徒自蠹失愛在蛾眉坐見芳時歇憔悴空自嗤

詩紀卷之三十

詩紀卷之三十一

晉十一

劉琨

字越石中山人少以雄豪著名永嘉初為并州刺史建興二年加大將軍都督并州三年進司空四年其長史以并州叛降石勒琨遂奔薊依匹磾因與結婚約以共戴晉室元帝渡江復加太尉封廣武侯後其子羣與匹磾有隙遂被害謚曰愍○詩品曰太尉劉琨中郎盧諶詩其源出於王粲善為悽戾之詞自有清拔之氣琨既體良才又罹厄運故善叙喪亂多感恨之詞中郎仰之微不逮者矣

荅盧諶 八章

琨頓首損書及詩備辛酸之苦言暢經通之遠旨執
玩反覆不能釋手慨然以悲歡然以喜昔在少壯未
嘗檢括遠慕老莊之齊物近嘉阮生之放曠怪厚薄
何從而生哀樂何由而至自頃輈張困於逆亂國破
家亡親友彫殘塊然獨坐則哀憤兩集負杖行吟則
百憂俱至時復相與舉觴對膝破涕為笑排終身之
積慘求數刻之暫歡譬由疾疢彌年而欲一丸銷之
其可得乎夫才生於世世實須才和氏之璧焉得獨
曜於郢握夜光之珠何得專玩於隋掌天下之寶固
當與天下共之但分析之日不能不悵恨爾然後知

聃周之為虛誕嗣宗之為妄作也昔騄驥倚輈於吳阪鳴於良樂知與不知也百里奚愚於虞而智於秦遇與不遇也今君遇之矣勗之而已不復屬意於文二十餘年矣久廢則無次想必欲其一反故稱指送一篇適足以彰來詩之益美耳琨頓首頓首

厄運初遘陽爻在六乾象棟傾坤儀舟覆橫厲糾紛群妖競逐火燎神州洪流華域彼黍離離彼稷育育哀我皇晉痛心在目

天地無心萬物同塗禍淫莫驗福善則虛逆有全邑義

無完都英蘂夏落毒卉冬敷如彼龜玉韞櫝毀諸芻狗之談其最得乎

咨余軟弱弗克負荷愆釁仍彰榮寵屢加威之不建禍延凶播忠隕于國孝愆于家斯罪之積如彼山河斯釁之深終莫能磨

郁穆舊姻嬿婉新婚不慮其敗唯義是敦裹糧攜弱匍匐星奔未轄爾駕已隳（五臣作墮）我門二族偕覆三孽並根長慙舊孤永負冤魂

亭亭孤幹獨生無伴綠葉繁縟柔條脩罕朝採爾實夕捋爾芊芊翠豐尋逸珠盈椀實消我憂憂急用緩逝將去矣庭虛情滿

虛滿伊何蘭桂移植茂彼春林瘁此秋棘有鳥翻飛不遑休息匪桐不棲匪竹不食永戢東羽翰撫西翼我之敬之廢歡輟職

音以賞奏味以殊珍文以明言言以暢神之子之往四美不臻澄醪覆觴絲竹生塵素卷莫啓幄無談賓既孤我德又闕我鄰

光光段生出幽遷喬資忠履信武烈文昭旌弓騂騂輿

馬翹翹乃奮長轡是總是鑣何以贈子竭心公朝何以敘懷引領長謡

重贈盧諶

握中有玄璧本自荊山璆惟彼太公望昔在渭濱叟鄧生何感激千里來相求白登幸曲逆（音遇句）鴻門賴留侯重耳任五賢小白相射鉤苟能隆二伯安問黨與讐中夜撫枕歎相與數子游吾衰久矣夫何其不夢周誰云聖達節知命故不憂宣尼悲獲麟西狩涕孔丘功業未及見夕陽忽西流時哉不我與去乎若雲浮朱實隕勁

風鱉莫落素秋狹路傾華車一作蓋駭駟摧雙輈何意百
鍊剛化為繞指柔晉書曰琨詩託意非常攄暢幽憤遠想張陳感鴻門白登之事用以激諶
諶素無奇略以常詞酬和殊乖琨心

扶風歌

朝發廣莫門暮宿丹水山左手彎繁弱右手揮龍淵顧
瞻望宮闕俯仰御飛軒據鞍長歎息淚下如流泉繫馬
長松下發鞍高岳頭烈烈悲風起泠泠澗水流揮手長
相謝哽咽不能言浮雲為我結歸五臣作飛鳥為我旋去家
日已遠安知存與亡慷慨窮林中抱膝獨摧藏麋鹿遊

我前猨猴戲我側資糧既乏盡薇蕨安可食攬轡命徒
侶吟嘯絕巖中君子道微矣夫子故一作固有窮惟昔李
騫期寄在匈奴庭忠信反獲罪漢武不見明我欲竟此
曲此曲悲且長棄置勿重陳重陳令心傷樂府每四句一解凡九解

胡姬年十五

漢辛延年羽林郎曰胡姬年十五春日獨當壚○樂府作晉劉琨五言律祖作梁劉琨然晉未有律體律祖或有考也

虹梁照曉日淥水泛香蓮如何十五少含笑酒壚前花
將面自許人共影相憐傍回頭堪百萬價重為時年

盧諶字子諒范陽人好老莊善屬文選尚武帝女榮陽公主後為劉琨主簿轉從事中郎琨為段匹磾所害諶投段末波後為石季龍所得宦至中書監屬冉閔誅石氏因遇害

贈劉琨二十章

書曰故吏從事中郎盧諶死罪死罪諶稟性短弱當
世罕任因其自然用安靜退在木關不材之資處鴈
乏善鳴之分卷異蘧子愚殊甯生匠者時眄不免饑
賓常自思惟因緣運會得蒙接事自奉清塵于今五
稔謨明之效不著候人之譏已彰大雅含弘量苞山
藪加以待接彌優款眷逾昵與運籌之謀厠讌私之

歡綢繆之旨有同骨肉其為知己古人罔喻昔聶政
殉嚴遂之顧荊軻慕燕丹之義意氣之間靡軀不悔
雖微達節謂之可庶然苟曰有情孰能不慷故委身
之日夷險已之事與願違當忝外役遂去左右收迹
府朝蓋本同末異楊朱興哀始素終玄墨翟垂涕分
乖之際咸可歎慨致感之途或迫于茲亦奚必臨路
而後長號覩絲而後歔欷哉是以仰惟先情俯覽今
遇感存念亡觸物增眷易曰書不盡言言不盡意然
則書非盡言之器言非盡意之具矣況言有不得至

於盡意書有不得至於盡言邪不勝猥懣謹貢詩一篇抑不足以揄揚弘美亦以攄其所抱而已若公肆大惠遂其厚恩錫以咳唾之音慰其違離之意則所謂咸池酬於北里夜光報於魚目諶之願也非所敢望也諶死罪死罪

濬哲惟皇紹熈有晉振厥弛維光闡遠韻有來斯雍至止伊順三台摛朗四岳增峻

伊陟佐商山甫翼周弘濟艱難對揚王休苟非異德曠世同流加其忠貞宣其徽猷

伊諶陋宗昔遘嘉惠申以婚姻著以累世義等休戚好同興廢孰云匪諧如樂之契

王室喪師私門播遷望公歸之視險忽艱茲願不遂中路阻顛仰悲先意俯思身愆

大鈞載運良辰遂往瞻彼日月迅過俯仰感今惟昔口存心想借曰如昨忽為疇曩

疇曩伊何逝者彌疎溫溫恭人慎終如初覽彼遺音恤此窮孤譬彼樛木蔓葛以敷

妙哉蔓葛得託樛木葉不雲布華不星燭承侔卞和質非荊璞眷同尤良（尤同郵）用乏驥騄

承亦既篤眷亦既親飾獎駑猥方駕駿珍弼諧靡成良謨莫陳無覬狐趙有與五臣

五臣奚與契闊百罹（五臣作羅）身經險阻足蹈幽遐義由恩深分隨兆加綢繆委心自同匪他

昔在暇日妙尋通理尤彼意氣狹是節士情以體生感以情起趣舍同（善作閭）要窮達斯已

由余片言秦人是憚日磾效忠飛聲有漢桓桓撫軍古賢作冠來牧幽都濟厥塗炭

塗炭既濟寇挫民阜謬其疲隷授之朝右上懼任大下欣施厚實祗高明敢忘所守

相彼反哺尚在翔禽孰是人斯而忍斯心每憑山海庶覯高深遐眺存亡緬成飛沉

長徽已纓逝將徙舉收跡西踐銜哀東顧曷云塗遼曾不咫步豈不夙夜謂行多露

綿綿女蘿施于松標禀澤洪幹晞陽豐條根淺難固莖弱易彫操被纖質承此衡飈

纖質寔微衡飈斯值誰謂言精致在賞意不見得魚亦

忘厥餌遺其形骸寄之深識
先民順意潛山隱几仰熙丹崖俯澡綠水無求於和自
附衆美慷慨遐蹤有愧高吉
爰造異論肝膽楚越惟同大觀萬塗一轍死生既齊榮
辱奚別處其玄根廓焉靡結
福為禍始禍作福階天地盈虛寒暑周廻夫差不祀嬰
在勝齊句踐作伯祚自會稽
邈矣達度唯道是杖形有未泰神無不暢如川之流如
淵之量上弘棟隆下塞民望

贈崔温 集曰與温大真崔道儒

逍遙步城隅暇日聊游豫北眺沙漠垂南望舊京路平陸引長流岡巒挺茂樹中原厲迅飈山阿起雲霧游子恒悲懷舉目增永慕良儔不獲偕舒情將焉訴遠念賢士風遂存往古務朔鄙多俠氣豈唯地所固李牧鎮邊城荒夷懷南懼趙奢正疆埸秦人折北慮羈旅及寛政委質與時遇恨以駑蹇姿徒煩非子御亦既弛負擔忝位宰黔庶苟云免罪戾何暇收民譽俛寛以殿黜終乃最衆賦何武不赫赫遺愛常在去古人非所希短弱自

有素何以敷斯辭惟以二子故

答魏子悌

崇臺非一榦珍裘非一腋多士成大業群賢濟弘績遇蒙時來會聊齊朝彥跡顧此腹背羽愧彼排虛翮寄身蔭四岳託好憑三益傾蓋雖終朝大分邁疇昔在危每同險處安不異易俱涉晉昌艱共更飛狐厄恩由契闊生義隨周旋積豈謂鄉曲譽謬充本州役乖離令我感悲欣使情惕理以精神通匪曰形骸隔妙詩申篤好清義貫幽賾恨無隋侯珠以酬荊文璧

覽古詩

趙氏有和璧天下無不傳秦人來求市厥價徒空言與之將見欺不與恐致患簡才選作之備行李圖令國命全藺生在下位繆子稱其賢奉辭馳出境伏軾徑入關秦王御殿坐趙使擁節前揮袂睨金柱身玉要俱捐連城既偽往荊王亦真還爰在澠池會二主尅交歡昭襄欲負力相如折其端眥血下霑襟怒髮上衝冠西缶終雙擊東瑟不隻彈捨生豈不易處死誠獨難稜威章臺顛彊御亦不干屈節邯鄲中俛首忍回軒廉公何為者負

荊謝厥譽智勇冠當世弛張使我歎

時興詩

亹亹圓象運悠悠方儀廓忽忽歲云暮游原采蕭藿北踰芒與河南臨伊與洛凝霜霑蔓草悲風振林薄撼撼芳葉零蘂蘂芬華落下泉激洌清曠野增遼索登高眺遐荒極望無崖崿形變隨時化神感因物作澹乎至人心恬然存玄漠

重贈劉琨

璧由識者顯龍因慶雲翔茨棘非所憩翰飛遊高岡余音非九韶何以儀鳳皇新城非芝圃曷由殖蘭芳 闕

荅劉琨

隋寶產漢濱摛此夜光真不待卞和顯自為命世珍 闕

失題

遐舉遊名山松喬共相追督崖成崇館崗阿結重闈 闕

郭璞 字景純河東聞喜人文章冠一時尤妙於陰陽筭歷卜筮之術王導引為參軍補著作佐郎遷尚書郎以母憂去王敦起為記室參軍敦既謀逆使筮璞曰無成壽且不久敦大怒即收斬之及敦平追贈弘農太守○詩品曰郭璞詩憲章潘岳文體相輝彪炳可玩始變永嘉平淡之體故稱中興第一翰林以為詩首但遊仙之作辭多慷慨乖遠玄宗而云柰何虎豹姿又云戢翼棲榛梗乃是坎壈詠懷非列仙之趣也

贈溫嶠

人亦有言松竹有林及爾臭味異苔同岑言以忘得交以淡成同匪伊和惟我與生爾神余契我懷子情携手一豁安知塵冥

遊仙詩十四首

京華游俠窟 五臣作客 山林隱遯棲朱門何足榮未若託蓬萊臨源挹清波陵岡掇丹荑靈谿可潛盤安事登雲梯漆園有傲吏萊氏有逸妻進則保龍見退為觸藩羝高蹈風塵外長揖謝夷齊

青溪千餘仞中有一道士雲生梁棟間風出窻戶裏借問此何誰云是鬼谷子翹迹企潁陽臨河思洗耳閶闔西南來潛波渙鱗起靈妃顧我笑粲然啓玉齒蹇修時不存要之將誰使

翡翠戲蘭苕容色更相鮮綠蘿結高林蒙籠蓋一山中有冥寂士靜嘯撫清絃放情凌霄外嚼蘂挹飛泉赤松臨上游駕鴻乘紫煙左挹浮丘袖右拍洪崖肩借問蜉蝣輩寧知龜鶴年

六龍安可頓運流有代謝時變感人思已秋復願夏淮
海變微禽吾生獨不化雖欲騰丹谿雲螭非我駕俛無
魯陽德迴日向三舍臨川哀年邁撫心獨悲吒
逸翮思拂霄迅足羨遠游清源無增瀾安得運吞舟珪
璋雖特達明月難闇投潜穎怨清陽陵苕哀素秋悲來
惻丹心零淚緣纓流
雜縣（音爰）寓魯門風煖將為災吞舟涌海底高浪駕蓬萊
神仙排雲出但見金銀臺陵陽挹丹溜容成揮玉杯姮
娥揚妙音洪崖頷其頤升降隨長煙飄颻戯九垓奇齡

邁五龍千歲方嬰孩燕昭無靈氣漢武非仙才
晦朔如循環月盈已復（善作見）魄蓐收清西陸朱羲將由
白寒露拂陵苕女蘿辭松柏蕣榮不終朝蜉蝣豈見夕
圓丘有奇草鍾山出靈液王孫列八珍安期鍊五石長
揖當途人去來山林客
暘谷吐靈曜扶桑森千（一作萬）丈朱霞升東山朝日何晃
朗迴風流曲櫺幽室發逸響悠然心永懷眇爾自遐想
仰思舉雲翼延首矯玉掌嘯傲遺世羅縱情在（一作任）獨
往明道雖若昧其中有妙象希賢宜勵德羨魚當（結網）

採藥遊名山將以救年頹呼吸玉滋液妙氣盈胸懷登
仙撫龍駟迅駕乘奔雷鱗（初學作鮮）裳逐電曜雲蓋隨風迴
手頓羲和轡足蹈閶闔開東海猶蹄涔崑崙螻（一作若）蟻
堆遐邈冥茫中俯視令人哀
璇臺冠崑嶺西海濱招搖瓊林籠藻映碧樹疏英翹丹
泉漂朱沫黑水鼓玄濤尋仙萬餘日今乃見子喬振髮
睎翠霞解褐被絳綃總轡臨少廣盤虬舞雲軺永偕帝
鄉侶千齡共逍遙
登岳採五芝涉澗將六草散髮蕩玄溜終年不華皓

四瀆流如淚五岳羅若垤尋我青雲友永與時人絕
靜歎亦何念悲此妙齡逝在世無千月命如秋葉蔕蘭
生蓬芭間榮曜常幽翳
縱酒濛汜濱結駕尋木末翹手攀金梯飛步登玉闕左
顧擁方目右眷極朱髮

贈潘尼

杞梓生南荊奇才應世出擢穎蓋漢陽鴻聲駭皇室遂
應四科運朱衣耀玉質

失題三首（見藝文春部　以下闕文）

青陽暢和氣谷風穆以溫英茝曄林薈昆蟲咸啓門高
臺臨迅流四坐列王孫羽蓋停雲陰翠幬映玉樽

同前（見藝文類聚夏部）

羲和騁丹衢朱明赫其猛融風拂晨霄陽精一何冏閑
宇靜無娛端坐愁日永

同前（見初學記別部）

君如秋日雲妾似突中煙高下理自殊一乖雨絕天

詩紀卷之三十一

詩紀卷之三十二

晉十二

楊方（字公回少好學有異才司徒王導辟爲掾轉東安太守遷司徒參軍事補高梁太守後以年老棄郡歸終於家）

合歡詩二首

虎嘯谷風起龍躍景雲浮同聲好相應同氣自相求我
情與子親譬如影追軀食共並（一作同）根穗飲共連理杯
衣共雙絲絹寢共無縫綢居願接膝坐行願攜手趨子
靜我不動子遊我不留齊彼同心鳥譬此（一作彼）比目魚

情至斷金石膠漆未爲牢但願常無別合形作一軀生
爲併身物死爲同棺灰秦氏自言至我情不可儔

磁石引長針陽燧下炎煙宮商聲相和心同自相親我
情與子合亦如影追身寢共織成被絮共同功綿暑搖
比翼扇寒坐併肩氊子笑我心哂子慼我無歡來與子
共迹去與子同塵齊彼蛩蛩獸舉動不相捐唯願長無
別合形作一身生有同室好死成併棺民徐氏自言至
我情不可陳

雜詩三首（樂府通前作合歡詩今從玉臺）

獨坐空室中愁有數千端悲響答愁歎哀涕應苦言王瑩
作心彷徨四顧望白日入西山不覩佳人來但見飛鳥還
飛鳥亦何樂夕宿自作群
飛黃銜長轡翼翼回輕輪俯涉淥水澗仰過九曾山脩
途曲且險秋草生兩邊黃華如沓金白花如散銀青敷
羅翠彩絳葩象赤雲爰有承露枝紫榮合素芬扶疎重
清藻布翹芳且鮮目為豔彩回心為奇色旋撫心悼孤
客俯仰還自憐踟蹰向壁歎攬筆作此文

南鄰王瑩作林有奇樹承春挺素華豐翹被長條綠葉蔽朱

柯因風吐微音芳氣入紫霞我心羨此木願徙著子家
夕得遊其下朝得弄其葩爾根深且堅藝文類聚作固予宅淺
且洿移植良無期歎息將如何

葛洪字稚川丹陽句容人少以儒學知名尤好神仙導養之法元帝辟為掾以平賊功賜爵關內侯後求為勾漏令以就丹砂帝從之

洗藥池

在贛州興國縣洪過境見山靈水秀遂結廬築壇鑿池洗藥留四言詩一首

洞陰泠泠風珮清清仙居永劫花木長榮

王鑒字茂高堂邑人父濬御史中丞少以文筆著稱初為元帝琅邪國侍郎時杜弢作逆王敦不能制鑒勸帝征之會弢已平拜駙馬都尉奉朝請出補永興令

七夕觀織女

牽牛悲殊館織女悼一作怨離家一稔期一宵此期良可
一作且嘉赫奕玄門開飛閣鬱嵯峩隱隱驅千乘闐闐越
星河六龍奮瑤轡文螭負瓊車火丹秉瑰燭素女執瓊
華絳旗若吐電朱一作彩蓋如振霞雲韶何嘈嗷靈鼓鳴
相和停軒一作紆佇高昕眷子在岌峩澤因芳露沾恩附
蘭風加明發相從遊翩翩鸞鷟羅同遊不同觀念子憂
怨多敬因三祝末以爾屬皇娥

熊甫

別歌

晉書曰錢鳳為王敦鎧曹參軍知敦有不臣之心相與朋搆專弄威權參軍熊甫諫敦不聽遂告歸臨別歌曰

徂風飇起蓋山陵氛霧蔽日玉石焚往事既去可長歎
念別惆悵復會難

梅陶明帝時為尚書

怨詩行

庭植不材柳苑育能鳴鶴鼓枝遊畦畝栖鈞一丘鑿晨

悅朝敷榮夕乘南音客　立薄遊景暮宿漢陰魄庇身
蔭王猷罷蹇反幻迹

桓溫 字元子譙國龍亢人少有毫邁風氣累遷琅邪內史進征西大將軍大司馬卒謚宣武侯

八陣圖

望古識其真臨源愛往跡恐君遺事節聊下南山石

王彪之 字叔虎初除著作郎累遷吏部尚書後為鎮軍將軍會稽內史孝武即位遷尚書令卒

登會稽刻石山

隆山嵯峩崇巒岩嶢傍覩滄洲仰拂玄霄文命遠會風
淳道遼泰皇遐巡邁茲英豪宅靈基阿銘跡峻嶠青陽

曜景時和氣淳脩嶺增鮮長松挺新飛鴻振羽騰龍躍
鱗

與諸兄弟方山別詩

脂車揔馳輪汎舟理飛棹絲染墨悲歡路岐楊感悼 闕

謝尚 字仁祖陳郡人累遷尚書僕射出督江淮歷陽諸軍事進號鎮西將軍桓溫請為司州都督以疾不行卒於歷陽

大道曲

樂府廣題曰謝尚為鎮西將軍嘗著紫羅襦據胡牀在市中佛國門樓上彈琵琶作大道曲市人不知是三公也

青陽二三月柳青桃復紅車馬不相識音落黃埃中

孫綽 字興公統之弟博學善屬文為著作佐郎累遷散騎常侍轉廷尉卿領著作卒

表哀詩 并序

天地之德曰生生之所恃者親親存則歡泰情盡親
亡則哀悴理極故老萊婆娑於膝下曾閔泣血於終
年哀悼之思至矣自然之性篤矣余以薄祜夙遭閔
凶越在九齡嚴考即世未及志學過庭無聞天覆既
淪俯憑坤厚殖根外氏賴以成訓然以不才不能負
荷仁妣弘母儀之德邁榮寒之操雕琢固頑勉以道

義庶幾砥礪犬馬之報豈悟一朝復見孤棄上天極
禍怨痛莫訴咎由惡積咎深不能通感自丁荼毒載
離寒暑茵帷塵寂棟宇寥悅仰悲軌迹長自矜悼不
勝哀號作詩一首敢冒諒闇之譏以申罔極之痛詩
曰

茫茫太極賦受理殊咨生不辰仁考宿一作夙徂微微沖
弱眇眇偏孤叩心昊蒼痛貫黃壚肅我以義鞠我以仁
嚴邁商風恩洽陽春昔聞鄒母勤教善分懿矣慈妣贖
世齊運嗟予小子譬彼土糞俯愧陋質仰忝高訓悠悠

玄運四氣錯序自我酷痛載離寒暑𡨋𡨋空堂寂寂響
户塵蒙几筵風生棟宇感昔有恃望晨遲顔婉孌懷袖
極願盡歡柰何慈妣歸體幽埏酷矣痛深剖髓摧肝

三月三日

姑洗斡運首陽穆闡嘉卉萋萋温風暖暖言滌長瀨聊
以游衍縹蓱淶流緑𦶟蔭坂羽從風飄鱗隨浪轉

秋日

蕭瑟仲秋日飈唳風雲高山居感時變遠客興長謡疎
林積凉風虚岫結凝霄湛露洒庭林密葉辭榮條撫菌

藝文作華悲先落欝欝一作攀松美後凋垂綸在林野交情遠市
朝澹然古懷心濠上豈伊遥

情人碧玉歌二首

碧玉歌一名千金意晉孫綽所作樂府詩集云宋汝南王作

碧玉小家女不敢攀貴徳感郎千金意慙無傾城色
碧玉破瓜時郎為情顛倒感君不羞赧迴身就郎抱

王獻之 字子敬羲之子少有盛名而高邁不羈風流為一時之冠起家州主簿秘書丞選尚新安公主尋除建威將軍吳興太守徵拜中書令卒於官

桃葉歌二首

古今樂録曰桃葉歌者晉王子敬之所作也桃葉子敬妾名緣於篤愛所以歌之

桃葉復桃葉渡江不用楫但渡無所苦我自來迎接藝文作我自接迎汝

桃葉復桃葉桃樹連桃根相憐兩樂事獨使我殷勤藝文作纏綿

江逌 字道載陳留圉人避亂臨海為蔡謨何充所引為諮議參軍升平中累遷太常卒

詠秋

祝融解炎轡蓐收起凉駕高風催節變凝露督物化長
林悲素秋茂草思朱夏鳴鴈薄雲嶺蟋蟀吟深榭寒蟬

向一作竟夕號驚飈激中夜感物增人懐悽然無欣暇

詠貧

篳門不掩扉環堵蒙初學作滿蒿榛空瓢覆壁下簞上自生
塵出門誰氏子憊哉一何貧

庾闡 字仲初潁川人性好學九歲能屬文初為西陽王掾累遷尚書郎蘇峻之難出奔郗鑒為之參軍峻平召為散騎侍郎補零陵太守徵拜給事中

孫登隱居詩

靈巖霄蔚石室鱗構青松標空蘭泉吐漏籠乕可遊芳

津可潄玄谷蕭寥鳴琴獨奏先生體之寂坐幽岸凝水
結樸熈陽靡煥潛眞內全飛榮外散夌崖高嘯希風朗
彈道有冥廢運有昏消遙隱不巖玄跡不標或曰先生
晦德逍遙嵇子秀達英風朗烈道儁薰芳鮮不王折兆
動初萌妙鑒奇絶翹首丘冥仰想玄哲

三月三日臨曲水

暮春濯清汜遊鱗泳一壑高泉吐東岑洄瀾自淨巣臨
川疊曲流豐林映緑薄輕舟沉飛觴鼓枻觀魚躍

三月三日

心結湘川渚目散冲霄外清泉吐翠淥流醽漂素瀨悠
想聆長川輕瀾渺如帶

觀石鼓 石鼓山名

命駕觀奇逸徑騖造靈山朝濟清溪岸夕憩五龍泉鳴
石含潛響雷駭震九天妙化非不有莫知神自然翔霄
拂翠嶺緑澗潄巖間手濼春泉潔目翫陽葩鮮

登楚山

拂駕升西嶺寓目臨浚波想望七德耀詠此九功歌龍
駟釋陽林朝服集三河回首盻宇宙一無濟邦家

衡山

北眺衡山首南睨 初學作瞻 五嶺末寂坐挹虛恬運目情四
豁翔虬淩九霄陸鱗困濡沫未 藝文作阮 體江湖悠安識南
溟闊

江都遇風

天吳踊靈壑將駕奔冥霄飛廉振折木流 一作靈 景登扶
搖洪川佇宿浪躍水逆晨潮仰盻蹙玄雲俯聽聒悲飈

採藥詩

採藥靈山嘌結駕登九嶷懸巖溜石髓芳谷挺丹芝泠

泠雲珠落漼漼石竇滋鮮景染氷顏妙氣翼冥期霞光
煥藿靡虹景照參差椿壽自有極槿花何用疑

遊仙詩四首

卭疏鍊石髓赤松潄水玉憑煙眇封子流浪揮玄俗峌
峒臨北戶昆吾眇南陸層霄映紫芝潛澗汎丹菊崑崙
涌五河八流縈地軸

三山羅如粟巨壑不容刀白龍騰子明朱鱗運琴高輕
舉觀滄海眇邈去瀛洲玉泉出靈𩇕瓊草被神丘

神岳竦丹霄玉堂臨雪嶺上採瓊樹華下挹瑤泉井 闕

南海納朱濤玄波洒北溟仰盻燭龍曜俯步朝廣庭闕
同前六首
熒熒丹桂紫芝結根雲山九疑鮮榮冒霰冬熈誰與薄
採松期
赤松遊霞乘煙封子鍊骨凌仙滄漱水玉心玄故能靈
化自然
乘彼六氣渺茫輜駕赤水崑陽遥望至人玄堂心與罔
象俱忘
朝嗽雲英玉蕊夕挹玉膏石髓瑶臺藻構霞綺鱗裳羽
蓋級纚
玉樹標雲翠蔚靈崖獨拔奇卉芳津蘭瑩珠隧碧葉灌
清鱗萃
玉房石榆磊砢燭龍銜輝吐火朝採石英澗左夕翳瓊
葩巖下

李充 字弘度江夏人辟丞相王導掾除剡縣令後為大著作郎累遷中書侍郎卒
嘲友人
同好齊歡愛纏綿一何深子既識我情我亦知子心燕
婉歷年歲和樂如瑟琴良辰不我俱中闊似商參爾隔
北山陽我分南川陰嘉會罔克從積思安可任目想妍
麗姿耳存清媚音修晝興永念遥夜獨悲吟逝將尋行
役言別泣沾巾願爾降玉趾一顧重千金
七月七日
朗月垂玄景洪漢截皓蒼牽牛難牽牛 一作牧 織女守空
箱 一作襄 河廣尚可越怨此漢無梁
送許從詩
來若迅風歡逝如歸雲征離合理之常聚散安足驚

李顒 充之子有文義多所述作郡舉孝廉
經渦路作
言歸越東足逝將反上都後涂填中路改轍脩茲衢旦
發石亭境夕宿桑首墟勁焱不興潤雲雨莫能濡亢陽
彌十旬涓滴未暫舒泉流成平陸結駟可迴車肇允相
忘鱗翻為涸池魚咫步不能移白日奄桑榆
涉湖
旋經義興境弭 初學記作損 棹石蘭渚震澤為何在今唯太
湖浦圓徑縈五百眇目緬無覿高天淼若岸長津雜如
縷窈窕尋灣漪迢遞望巒嶼驚飈揚飛湍浮霄薄懸岨

輕禽翔雲漢游鱗憩中沚黯藹天時陰岧嶢舟航舞憑
河安可殉靜觀戒征旅

夏日

炎光爍 藝文作爍 南濱溽暑融三夏靄對重雲蔭砰稜震靁
叱 闕

感冬篇

高陽攬玄轡太皞御冬始望舒游天策曜靈協燕紀 闕

袁宏 字彥伯陳郡人有逸才文章絕美謝尚引為參軍累遷大司馬桓溫府記室後自吏部郎出為東陽太守卒○詩品曰彥伯詠史雖文體未遒而鮮明緊健去凡俗遠矣

從征行方頭山

峩峩太行凌虛抗勢天嶺交氣窈然無際澄流入神玄
谷應契四象悟心幽人來憩

詠史二首

世說曰袁虎少貧嘗為人傭載運租謝鎮西經船行其夜清風朗月聞估客船上有詠詩聲甚有情致即遣訊問乃是袁自詠其所作詠史詩因此相要大相賞得虎袁宏小字也

周昌梗槩臣辭達不為訥汲黯社稷器棟梁天表骨陸
賈厭解紛時與酒擣杌婉轉將相門一言和平勃趨舍
各有之俱令道不沒

無名困螻蟻有名世所疑中庸難為體狂狷不及時楊
惲非忌貴知及有餘辭躬耕南山下蕪穢不遑治趙瑟
奏哀音秦聲歌新詩吐音非凡唱負此欲何之

擬古

高館百餘仞迢遞虛中亭文幌曜瓊扇碧疏映綺櫺 闕

失題 見藝文松部

森森千丈松磊砢非一節雖無榱桷麗較為梁棟桀 闕

曹毗 字輔佐譙國人少好文籍善屬詞賦郡察孝廉除郎中蔡謨舉為佐著作郎累遷至光祿勳

詠史

軒轅應玄期幼能總百神體鍊五靈妙氣含雲露津慘
石曾城岫鑄鼎荊山濱豁焉天扉開飄然跨騰鱗儀轡
洒長風褰裳躡紫宸

詠冬

綿邈冬夕 初學記作宵 永凛厲寒氣升離葉向晨落長風振
條興夜靜輕響起天清月暉澄寒冰盈渠結素霜竟檷
凝今載忽已暮來紀 初學作正 奄復仍

夜聽擣衣

寒興御紈素佳人理衣衾 一作治衣襟 冬夜清且永皓月照

堂陰纖手疊輕素朗杵叩鳴砧清風流繁節迴飆灑微吟嗟此嘉運速悼彼幽滯心二物感余懷豈但聲與音

正朝

靈春散初澤芬熅青陽舒佳袍忽已故今載奄復初軟節暢宇宙和風被八區 闕

霖雨

洪霖彌旬日翳翳四區昏紫電光飛熛迅雷終天奔 闕

許詢 字玄度高陽人總角秀惠衆稱神童長而風情簡素司徒掾辟不就蚤卒○簡文稱許掾云玄度五言詩可謂妙絶時人

竹扇

良工眇芳林妙思觸物騁篾疑秋蟬翼團取望舒景

習鑿齒 字彥威襄陽人博學洽聞以文章著稱桓溫辟為從事累遷別駕遷衡陽太守以疾歸

燈 一作詠籠燈

煌煌閑夜燈脩脩樹間亮燈隨風煒燁風與燈升降

袁山松 陳郡陽夏人喬之孫也少有才名博學有文章歷吳郡太守孫恩作亂山松守滬瀆城城陷被害

菊

靈菊植幽崖擢穎陵寒飈春露不染色秋霜不改條

顧愷之 字長康晉陵無錫人博學有才氣桓溫引為大司馬參軍後為殷仲堪參軍

神情詩 亦見陶集

春水滿四澤夏雲多奇峯秋月揚明輝冬嶺秀寒松 摘句

劉恢 字道生沛國人識局明濟有文武才為車騎司馬年二十六卒贈前將軍

失題 見藝文馬部

東皐有一駿名曰千金駒絡首纏駿尾養以甘露芻 闕

詩紀卷之三十二

詩紀卷之三十三

晉十三

蘭亭集詩 并序

右將軍王羲之二首 字逸少琅琊臨沂人善草隸累遷江州刺史右軍將軍會稽內史

永和九年歲在癸丑暮春之初會于會稽山陰之蘭亭脩禊事也羣賢畢至少長咸集此地有崇山峻領茂林脩竹又有清流激湍映帶左右引以為流觴曲水列坐其次雖無絲竹管弦之盛一觴一詠亦足以

暢叙幽情是日也天朗氣清惠風和暢仰觀宇宙之大俯察品類之盛所以遊目騁懷足以極視聽之娛信可樂也夫人之相與俯仰一世或取諸懷抱悟言一室之內或因寄所託放浪形骸之外雖趣舍萬殊靜躁不同當其欣於所遇暫得於己快然自足不知老之將至及其所之既倦情隨事遷感慨係之矣向之所欣俛仰之間以為陳迹猶不能不以之興懷況脩短隨化終期於盡古人云死生亦大矣豈不痛哉每攬昔人興感之由若合一契未嘗不臨文嗟悼不能喻之於懷固知一死生為虛誕齊彭殤為妄作後之視今亦由今之視昔悲夫故列叙時人錄其所述雖世殊事異所以興懷其致一也後之攬者亦將有感於斯文

代謝鱗次忽焉以周欣此暮春和氣載柔詠彼舞雩異世同流迺攜齊契散懷一丘

仰視碧天際俯瞰淥水濱寥闃無涯觀寓目理自陳大矣造化工萬殊莫不均羣籟雖參差適我無非親

琅琊王友謝安二首 字安石尚之弟官太保都督封盧陵郡公

伊昔先子有懷春遊契茲言執寄傲林丘森森連嶺茫茫原疇逈霄垂霧凝泉散流

相與欣佳節率爾同褰裳薄雲羅景物微風翼輕航醇醪陶丹府兀若遊羲唐萬殊混一理安復覺彭殤

司徒左西屬謝萬二首 字萬石太傅安弟也才氣高俊蚤知名歷吏部西中郎將豫州刺史散騎常侍

肆眺崇阿寓目高林青蘿翳岫脩竹冠岑谷流清響條鼓鳴音玄崿吐潤霏霧成陰

司冥卷陰旗句芒舒陽旌靈液被九區光風扇鮮榮碧

林輝翠萼紅葩擢新莖翔禽撫翰游鱗躍清泠

前餘杭令孫統二首 字承公太原中都人楚之孫

茫茫大造萬化齊軌罔悟玄一作云同競異摽旨平勃運
謀黃綺隱几凡我仰希期山期水

地主觀山水仰尋幽人踪回沼激中逵疎竹間脩桐因
流轉輕觴泠風颺落松時禽吟長澗萬籟吹連峯

左司馬孫綽二首

春詠登臺亦有臨流懷彼伐木宿一作肅此良儔脩竹蔭
沼旋瀨縈丘穿池激湍連濫觴舟

流風拂枉渚停雲蔭九皐鶯語吟脩竹游鱗戲瀾濤携
筆落雲藻微言剖纖毫時珍豈不甘忘味在聞韶

中軍參軍孫嗣 綽之子

望岩懷逸許臨流想奇莊誰云真風絕千載挹餘一作遺
芳

散騎常侍郗曇 字重熙高平金鄉人官至徐兗二州刺史

溫風起東谷和氣振柔條端坐興遠想薄言遊近郊

潁川庾友 字惠彦小字玉臺潁川鄢陵人歷中書郎東陽太守

馳心域表寥寥遠邁理感則一冥然斯會

潁川庾蘊

仰想虛舟說俯歎世上賓朝榮雖云樂夕斃理自因

行參軍曹茂之 字永世彭城人仕至尚書郎

時來誰不懷寄散山林間尚想方外賓迢迢有餘閒

上虞令華茂 廣陵人元帝時嗣父爵封都亭侯

林榮其鬱浪激其隈泛泛輕觴載欣載懷

滎陽桓偉 按晉書桓偉譙國龍亢人玄之兄安西將軍荊州刺史玄爲荊州以偉爲冠軍將軍後加此云滎陽未知是否

主人雖無懷應物貴有尚宣尼遨沂津蕭然心神王數
子各言志曾生發清唱今我欣斯遊慍情亦暫暢

陳郡袁嶠之二首 晉書袁嶠字彦叔陳郡陽夏人桓溫引爲廬陵相遷江夏相勸溫伐蜀進號龍驤將軍未知是否

人亦有言得意則歡佳賓即臻相與遊盤微一作徽音迭
詠馥焉若蘭苟齊一致遐想揭竿

四眺華林茂俯仰晴一作清川渙激水流芳醪豁爾累心
散遐想逸民軌遺音良可玩古人詠舞雩今也同斯歎

王玄之 羲之長子早卒

松竹挺岩崖幽澗激清流消散肆情志酣暢豁滯憂

王凝之二首（字叔平羲之第二子也歷江州刺史左將軍會稽內史孫恩攻會稽為恩所害）

莊浪濠津巢步潁湄冥心真寄千載同歸

烟熅柔風扇熙怡和氣淳駕言興時遊逍遙映通津

王徽之二首（字子猷羲之第五子卓犖不羈欲為傲達仕至黃門侍郎）

散懷山水蕭然忘羈秀薄粲潁疏松籠崖遊羽扇霄鱗躍清池歸目寄歡心冥二奇

先師有冥藏安用羈世羅未若保冲真齊契箕山阿

王渙之

去來悠悠子披褐良足欽超跡脩獨往真契齊古今

王肅之二首（字幼恭羲之第四子歷中書郎驃騎諮議）

在昔暇日味存林嶺今我斯遊神怡心靜

嘉會欣時游豁爾暢心神吟詠曲水瀨淥波轉素鱗

王彬之二首

丹崖竦立葩藻映林淥水揚波載浮載沉

鮮葩映林薄游鱗戲清渠臨川欣投釣得意豈在魚

王蘊之

散豁情志暢塵纓忽已捐仰詠挹餘（一作遺）芳怡情味重淵

行參軍王豐之

肆眄巖岫臨泉濯趾感興魚鳥安居幽跱

郡功曹魏滂

三春陶和氣萬物齊一歡明后欣時豐駕言映清瀾亹亹德音暢蕭蕭遺世難望巖愧脫屣臨川謝揭竿

鎮軍司馬虞說

神散宇宙內形浪濠梁津寄暢須臾歡尚想味古人

郡五官謝繹

縱暢任所適回波縈游鱗千載同一朝沐浴陶清塵

行參軍徐豐之二首

俯揮素波仰掇芳蘭尚想嘉客希風永歎

清響擬絲竹班荊對綺疏零觴飛曲津歡然朱顏舒

徐州西平曹華

願與達人游解結遨濠梁狂吟任所適浪流無何鄉

後序　孫綽

古人以水喻性有旨哉非所以淳之則清淆之則濁耶故振轡於朝市則充屈之心生閑步於林野則寥

落之意與仰瞻羲唐邈然遠矣近詠臺閣顧探增懷
聊於朦眛之中期乎瑩拂之道暮春之始禊于南澗
之濱高嶺千尋長湖萬頃乃藉芳草鑑清流覧卉物
觀魚鳥具類同榮資生咸暢於是和以醇醪齊以達
觀快然兀矣焉復覺鵬鷃之二物哉耀靈縱轡急景
西邁樂與時去悲亦系之往復推移新故相换今日
之迹明復陳矣原詩人之致興諒歌詠之有由文多
不載大畧如此所賦詩亦裁而綴之如前四言五言
焉

詩紀卷之三十三

詩紀卷之三十四

晉十四

陶淵明

字元亮入宋名潛潯陽柴桑人太尉長沙公侃之曾孫少有高趣親老家貧起為州祭酒不堪吏職解歸躬耕自資隆安中為鎮軍參軍義熈元年遷建威參軍未幾求為彭澤令在縣八十餘日解歸墅入宋終身不仕顔延年誄之謚曰靖節徵士○詩品曰其源出於應璩又協左思風力文體省静殆無長語篤意高古辭興婉愜每觀其文想其人德世歎其質直至如歡言酌春酒日暮天無雲風華清靡豈直為田家語耶古今隱逸詩人之宗也

停雲 四章并序 以下四言

停雲思親友也罇湛新醪園列初榮願言不從歎息彌襟

靄靄停雲濛濛時雨八表同昏平路伊阻靜寄東軒春醪獨撫良朋悠邈搔首延佇

停雲靄靄時雨濛濛八表同昏平陸成江有酒有酒閒飲東牕願言懷人舟車靡從

東園之樹枝條再榮競用新好以招余情人亦有言日月于征安得促席説彼平生

翩翩飛鳥息我庭柯斂翮閒止好聲相和豈無他人念子實多願言不獲抱恨如何

時運 四章并序

時運游暮春也春服既成景物斯和偶影獨遊欣慨
交心

邁邁時運穆穆良朝襲我春服薄言東郊山滌餘靄宇
曖微霄有風自南翼彼新苗

洋洋平津乃漱乃濯邈邈遐景載欣載矚稱心而言人
亦易足揮茲一觴陶然自樂

延目中流悠悠清沂童冠齊業閑詠以歸我愛其靜寤
寐交揮但恨殊世邈不可追

斯晨斯夕言息其廬花藥分列林竹翳如清琴橫牀濁
酒半壺黃唐莫逮慨獨在予

榮木 四章并序

榮木念將老也日月推遷已復有夏總角聞道白首
無成

采采榮木結根于茲晨耀其華夕已喪之人生若寄顦
顇有時靜言孔念中心悵而

采采榮木于茲托根繁華朝起慨暮不存貞脆由人禍
福無門匪道曷依匪善奚敦

嗟予小子稟茲固陋徂年既流業不增舊志彼弗舍安
此日富我之懷矣怛焉内疚

先師遺訓余豈云墜四十無聞斯不足畏脂我名車策
我名驥千里雖遙孰敢不至

勸農 六章

悠悠上古厥初生人傲然自足抱朴含真智巧既萌資
待靡因誰其贍之實賴哲人

哲人伊何時惟后稷贍之伊何實曰播殖舜既躬耕禹
亦稼穡遠若周典八政始食

熙熙令音猗猗原陸卉木繁榮和風清穆紛紛士女趣
一作趨 時競逐桑婦宵征農夫野宿

氣節易過和澤難久冀缺攜儷沮溺結耦相彼賢達猶
勤壟畝矧伊衆庶曳裾拱手

民生在勤勤則不匱宴安自逸歲暮奚冀儋石不儲飢
寒交至顧爾儔列能不懷愧

孔耽道德樊須是鄙董樂琴書田園不履若能超然投
迹高軌敢不斂衽敬讚德美

命子 十章

悠悠我祖爰自陶唐邈為虞賓歷世重光御龍勤夏豕
韋翼商穆穆司徒厥族以昌
紛紛戰國漠漠衰周鳳隱於林幽人在丘逸虯遶雲奔
鯨駭流天集有漢眷予愍侯
於赫愍侯運當攀龍撫劍夙邁顯茲武功書誓山河啓
土開封亹亹丞相允迪前蹤
渾渾長源蔚蔚洪柯群川載導衆條載羅時有語默運
因隆窊在我中晉業融長沙
桓桓長沙伊勳伊德天子疇我專征南國功遂辭歸臨

寵不忒（一作或）孰謂斯心而近可得
肅矣我祖慎終如始直方二臺惠和千里於皇仁考淡
焉虛止寄迹風雲寘茲慍喜
嗟予寡陋瞻望弗及顧慚華鬢負影隻立三千之罪無
後為急我誠念哉呱聞爾泣
卜云嘉日占亦良時名汝曰儼字汝求思温恭朝夕念
茲在茲尚想孔伋庶其企而
厲夜生子遽而求火凡百有心奚特於我既見其生實
欲其可人亦有言斯情無假
日居月諸漸免于孩福不虛至禍亦易來夙興夜寐願
爾斯才爾之不才亦已焉哉

贈長沙公族祖（四章并序）

長沙公於余為族祖同出大司馬昭穆既遠已為路
人經過潯陽臨別贈此

同源分流人易世疎慨然寤嘆念茲厥初禮服遂悠歲
月眇徂感彼行路眷然躊躇
於穆令族允構斯堂諧氣冬暄映懷圭璋爰采春花載
警秋霜我曰欽哉實宗之光

伊余云遘在長忘同笑言未久逝焉西東遙遙三湘滔
滔九江山川阻遠行李時通
何以寫心貽此話言進簣雖微終焉為山敬哉離人臨
路悽然款襟或遼音問其先

酬丁柴桑（二章）

有客有客爰來爰止秉直司聰于惠百里飡勝如歸聆
善若始
匪惟諧也屢有良由載言載眺以寫我憂放歡一遇既
醉還休實欣心期方從（一作同）我遊

荅龐參軍 六章并序

龐爲衛軍參軍從江陵使上都過尋陽見贈

衡門之下有琴有書載彈載詠爰得我娛豈無他好樂
是幽居朝爲灌園夕偃蓬廬

人之所寶尚或未珍不有同愛云胡以親我求良友寔
覯懷人懽心孔洽棟宇惟鄰

伊余懷人欣德孜孜我有旨酒與汝樂之乃陳好言乃
著新詩一日不見如何不思

嘉遊未斁誓將離分送爾于路銜觴無欣依依舊楚邈

邈西雲之子之遠良話曷聞

昔我云別倉庚載鳴今也遇之霰雪飄零大藩有命作
使上京豈忘宴安王事靡寧

慘慘寒日肅肅其風翩彼方舟容裔江中 一作容與沖沖 勗哉
征人在始思終敬茲良辰以保爾躬

歸鳥 四章

翼翼歸鳥晨去于林遠之八表近憩雲岑和風不洽翻
翮求心顧儔相鳴景庇清陰

翼翼歸鳥載翔載飛雖不懷游見林情依遇雲頡頏相
鳴而歸遐路誠悠性愛無遺

翼翼歸鳥馴林徘徊豈思天路欣及舊棲雖無昔侶衆
聲每諧日夕氣清悠然其懷

翼翼歸鳥戢羽寒條遊不曠林宿則森標晨風清興好
音時交矰繳奚施已卷安勞 卷與倦同

遊斜川 并序○以下五言

辛丑歲正月五日天氣澄和風物閑美與二三鄰曲
同遊斜川臨長流望曾城魴鯉躍鱗於將夕水鷗乘
和以翻飛彼南阜者名實舊矣不復乃爲嗟歎若夫

曾城傍無依接獨秀中皐遙望靈山有愛嘉名欣對
不足率爾賦詩悲日月之遂往悼吾年之不留各疏
年紀鄉里以記其時日

開歲倏五日吾生行歸休念之動中懷及辰爲茲游氣
和天惟澄班坐依遠流弱湍馳文魴閑谷矯鳴鷗迥澤
散游目緬然睇曾丘雖微九重秀顧瞻無匹儔提壺接
賓侶引滿更獻酬未知從今去當復如此不中觴縱遙
情忘彼千載憂且極今朝樂明日非所求

示周祖謝三郎 周續之祖企謝景夷

貧痾頽簷下終日無一欣藥石有時閑念我意中人相
去不尋常道路邈何因周生述孔業祖謝響然臻道喪
向千載今朝復斯聞馬隊非講肆校書亦已勤老夫有
所愛思與爾為隣願言誨諸子從我潁水濱

怨詩楚調示龐主簿鄧治中 龐遵

天道幽且遠鬼神茫昧然結髪念善事僶俛六九 一作五十
年弱冠逢世阻始室喪其偏炎火屢焚如螟蜮恣中田
風雨縱横至收歛不盈廛夏日長抱飢寒夜無被眠造
夕思鷄鳴及晨願烏遷在已亦何怨 一作何怨天 離憂悽目

前吁嗟身後名於我若浮煙慷慨獨悲歌鍾期信為賢

荅龐參軍 并序

三復來貺欲罷不能自爾隣曲冬春再交款然良對
忽成舊游俗諺云數面成親舊況情過此者乎人事
好乖便當語離楊公所嘆豈惟常悲吾抱疾多年不
復為文本既不豐復老病繼之輙依周孔往復之義
且為别後相思之資

相知何必舊傾蓋定前言有客賞我趣每每顧林園談
諧無俗調所説聖人篇或有數斗酒閑飲自懽然我寔

幽居士無復東西緣物新人惟舊弱毫多所宣情通萬
里外形迹滞江山君其愛體素來會在何年

五月旦作和戴主簿

虚舟縱逸棹回復遂無窮發歳始俛仰星紀奄將中南
牕罕悴物北林榮且豐神淵寫時雨晨色奏景風既來
孰不去人理固有終居常待其盡曲肱豈傷冲遷化或
夷險肆志無窊隆即事如已高何必升華嵩

和劉柴桑

山澤久見招胡事乃躊躇直為親舊故未忍言索居良

辰入奇懐挈杖還西廬荒塗無歸人時時見廢墟茅茨
已就治新疇復應畬谷風轉淒薄春醪解飢劬弱女雖
非男慰情良勝無栖栖世中事歳月共相疎耕織稱其
用過此奚所須去去百年外身名同翳如

酬劉柴桑

窮居寡人用時忘四運周櫚庭多落葉慨然知已秋新
葵鬱北牖嘉穟養南疇今我不為樂知有來歳不命室
携童弱良日登遠游

和郭主簿二首

藹藹堂前林中夏貯清陰凱風因時來回飆開一作吹我
襟息交游閑業臥起弄書琴園蔬有餘滋舊穀猶儲今
營已良有極過足非所欽舂秫作美酒酒熟吾自斟弱
子戲我側學語未成音此事真復樂聊用忘華簪遙遙
望白雲懷古一何深

和澤周三春清涼素秋節露凝無游氛天高肅景澈陵
岑聳逸峰遙瞻皆奇絕芳菊開林耀青松冠巖列懷此
貞秀姿卓為霜下傑銜觴念幽人千載撫爾訣檢素不
獲展厭厭竟良月

贈羊長史 并序

左軍羊長史銜使秦川作此與之

愚生三季後慨然念黃虞得知千載外正一作上賴古人
書賢聖留餘跡事事在中都豈忘游心目關河不可踰
九域甫已一逝將理舟輿聞君當先邁負痾不獲俱路
若經商山為我少躊躇多謝綺與角精爽今何如紫芝
誰復採深谷久應蕪駟馬無貰患貧賤有交娛清謠結
心曲人乖運見疎擁懷累代下言盡意不舒

歲暮和張常侍

市朝悽舊人驟驥感悲泉明旦非今日歲暮余何言素
顏斂光潤白髮一已繁闊哉秦穆談旅力豈未愆向夕
長風起寒雲沒西山厲厲氣遂嚴紛紛飛鳥還民生鮮
常在矧伊愁苦纏屢闕清酤至無以樂當年窮通靡攸
慮顦顇由化遷撫己有深懷履運增慨然

和胡西曹示顧賊曹

蕤賓五月中清朝起南颸不駛亦不遲飄飄吹我衣重
雲蔽白日閑雨紛微微流目視西園曄曄榮紫葵於今
甚可愛柰何當復衰感物願及時每恨靡所揮悠悠待
秋稼寥落將賒遲逸想不可淹猖狂獨長悲

癸卯十二月中作與從弟敬遠

寢跡衡門下邈與世相絕顧盼莫誰知荊扉晝常閉必結切
淒淒歲暮風翳翳經日雪傾耳無希聲在目皓已潔或作結
勁氣侵襟袖簞瓢謝屢設蕭索空宇中了無一可
悅歷覽千載書時時見遺烈高操非所攀深得固窮節
平津苟不由棲遲詎為拙寄意一言外茲契誰能別

與殷晉安別 并序

殷先作晉安南府長史掾因居潯陽後作太尉參軍

移家東下作此以贈
遊好非久長（一作少長）一遇盡殷勤信宿酬清話益復知為
親去歲家南里薄作少時鄰負杖肆游從淹留忘宵晨
語默自殊勢亦知當乖分未謂事已及興言在玆春飄
飄西來風悠悠東去雲山川千里外言笑難為因才華
不隱世江湖多賤貧脫有經過便念來存故人

於王撫軍座送客
秋日淒且厲百卉具已腓爰以履霜節登高餞將歸寒
氣冒山澤游雲倏無依洲渚思緜邈風水互乖違瞻夕

欲良讌離言聿云悲晨鳥暮來還懸車斂餘輝逝止判
殊路旋駕悵遲遲目送回舟遠情隨萬化遺

始作鎮軍參軍經曲阿作
弱齡寄事外委懷在琴書被褐欣自得屢空常晏如時
來苟冥會宛轡（集作婉孌）憩通衢投策命晨裝暫與園田（一作林）
疎眇眇孤舟逝綿綿歸思紆我行豈不遙登降（一作陟）
千里餘目倦川途異心念山澤居望雲慚高鳥臨水愧
遊魚真想初在襟誰謂形跡拘聊且憑化遷終返班生
廬

庚子歲五月中從都還阻風於規林二首
行行循歸路計日望舊居一欣侍溫顏再喜見友于鼓
棹路崎曲指景限西隅江山豈不險歸子念前途凱風
負我心戢枻守窮湖高莽眇無界夏木獨森疎誰言客
舟遠近瞻百里餘延目識南嶺空嘆將焉如

自古嘆行役我今始知之山川一何曠巽坎難與期崩
浪聒天響長風無息時久游戀所生如何淹在茲靜念
園林好人間良可辭當年詎有幾縱心復何疑

辛丑歲七月赴假還江陵夜行塗口作

閒居三十載遂與塵事冥詩書敦宿好林園無俗情如
何捨此去遙遙至南（一作西）荊叩枻新秋月臨流別友生
涼風起將夕夜景湛虛明昭昭天宇闊皛皛川上平懷
役不遑寐中宵尚孤征商歌非吾事依依在耦耕投冠
旋舊墟不為好爵縈（一作榮）養真衡茅下庶以善自名

乙巳歲三月為建威參軍使都經錢溪
我不踐斯境歲月好已積晨夕看山川事事悉如昔微
雨洗高林清飈矯雲翮眷彼品物存義風都未隔伊余
何為者勉勵從茲役一形似有制素襟不可易園田日

夢想安得久離析終懷在歸一作壑舟諒哉宜一作貞霜栢

詠二䟽

大象轉四時功成者自去借問衰周來幾人得其趣游目漢廷中二䟽復此舉高嘯返舊居長揖儲君傅餞送傾皇朝華軒盈道路離別情所悲餘榮何足顧事勝感行人賢哉豈常譽厭厭閭里歡所營非近務促席延故老揮觴道平素問金終寄心清言曉未悟放意樂餘年遑恤身後慮誰云其人亡久而道彌著

詠三良

彈冠乘通津但懼時我遺服勤盡歲月常恐功愈微忠情謬獲露遂為君所私出則陪文輿入必侍丹帷箴規向已從計議初無虧一朝長逝後願言同此歸厚恩固難忘君命安可違臨穴罔惟一作遑疑投義志攸希荊棘籠高墳黃鳥聲正悲良人不可贖泫然沾我衣

詠荊軻

燕丹善養士志在報強嬴招集百夫良歲暮得荊卿君子死知已提劍出燕京素驥鳴廣陌慷慨送我行雄髮指危冠猛氣充長纓飲餞易水上四座列群英漸離擊悲筑宋意唱高聲蕭蕭哀風逝淡淡寒波生商音一作聲更流涕羽奏壯士驚心知去不歸且有後世名登車何時顧飛蓋入秦庭凌厲越萬里逶迤過千城圖窮事自至豪主正怔營惜哉劍術疎奇功遂不成其人雖已沒千載有餘情

桃花源詩并記

晉太元中武陵人捕魚為業緣溪行忘路之遠近忽逢桃花林夾岸數百步中無雜樹芳草鮮美落英繽紛漁人甚異之復前行欲窮其林林盡水源便得一山山有小口髣髴若有光便捨船從口入初極狹纔

通人復行數十步豁然開朗土地平曠屋舍儼然有良田美池桑竹之屬阡陌交通雞犬相聞其中往來種作男女衣著悉如外人黃髮垂髫並怡然自樂見漁人乃大驚問所從來具荅之便要還家設酒殺雞作食村中聞有此人咸來問訊自云先世避秦時亂率妻子邑人來此絕境不復出焉遂與外人間隔問今是何世乃不知有漢無論魏晉此人一一為具言所聞皆歎惋餘人各復延至其家皆出酒食停數日

鏁去此中人語云不足爲外人道也旣出得其舡便扶向路處處誌之及郡下詣太守說如此太守卽遣人隨其往尋向所誌遂迷不復得路南陽劉子驥高尚士也聞之欣然親往未果尋病終後遂無問津者

嬴氏亂天紀賢者避其世黄綺之商山伊人亦云逝往迹浸復湮來逕遂蕪廢相命肆農耕日入從所憩桑竹垂餘蔭菽稷隨時藝春蠶收長絲秋熟靡王稅荒路曖交通雞犬互鳴吠俎豆猶古法衣裳無新製童孺縱行歌斑白歡游詣草榮識節和木衰知風厲雖無紀曆誌

四時自成歲怡然有餘樂于何勞智慧奇蹤隱五百一朝敞神界淳薄旣異源旋復還幽蔽借問游方士焉測塵囂外願言躡輕風高舉尋吾契

詩紀卷之三十四

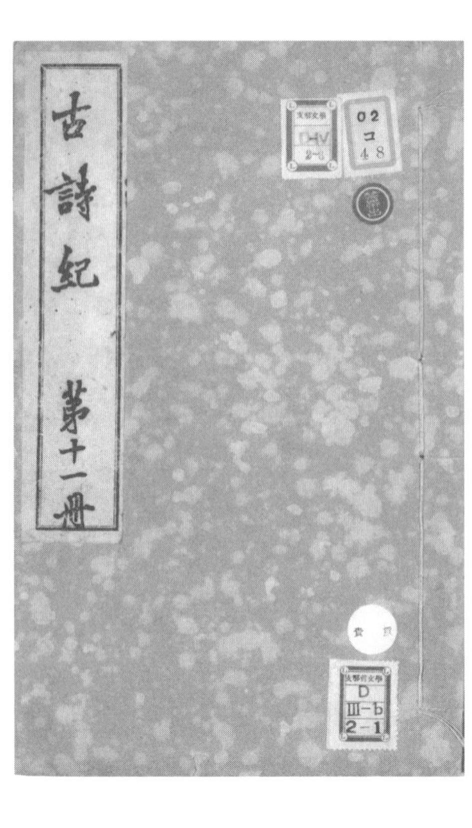

詩紀卷之三十五

晉十五

陶淵明二

形影神并序

貴賤賢愚莫不營營以惜生斯惑甚焉故極陳形影之苦言神辨自然以釋之好事君子共取其心焉

形贈影

天地長不沒山川無改時草木得常理霜露榮悴之謂人最靈智獨復不如茲適見在世中奄去靡歸期奚覺無一人親識豈相思但餘平生物舉目情悽洏我無騰化術必爾不復疑願君取吾言得酒莫苟辭

影荅形

存生不可言衛生每苦拙誠願游崑華邈然茲道絶與子相遇來未嘗異悲悅憩蔭若暫乖止日終不別此同旣難常黯爾俱時滅身沒名亦盡念之五情熱立善有遺愛胡可不自竭酒云能消憂方此詎不劣

神釋

大鈞無私力萬物自森著人爲三才中豈不以我故與

君雖異物生而相依附結托善惡同安得不相與三皇
大聖人今復在何處彭祖壽永年欲留不得住老少同
一死賢愚無復數日醉或能忘將非促齡具立善常所
欣誰當為汝譽甚念傷吾生正宜委運去縱浪大化中
不喜亦不懼應盡便須盡無復獨多慮

九日閑居 并序

余閑居愛重九之名秋菊盈園而持醪靡由空服九
華寄懷於言

世短意常多斯人樂久生日月依辰至舉俗愛其名露

淒暄風息氣澈天象明往燕無遺影來鴈有餘聲酒能
祛百慮菊為制頹齡如何蓬廬士空視時運傾塵爵耻
虛罍寒華徒自榮歛襟獨閑謠緬焉起深情棲遲固多
娛淹留豈無成

歸田園居五首

少無適俗韻性本愛丘山誤落塵網中一去三十年羈
鳥戀舊林池魚思故淵開荒南野際守拙歸園田方宅
十餘畝草屋八九間榆柳蔭後園桃李羅堂前曖曖遠
人村依依墟里煙狗吠深巷中雞鳴桑樹巔戶庭無塵

雜虛室有餘閑久在樊籠裏復得返自然
野外罕人事窮巷寡輪鞅白日掩荊扉虛室絕塵想時
復墟曲中披草共來往相見無雜言但道桑麻長桑麻
日已長我土（一作志誤）日已廣常恐霜霰至零落同草莽
種豆南山下草盛豆苗稀晨興理荒穢帶月荷鋤歸道
狹草木長夕露沾我衣衣沾不足惜但使願無違
久去山澤游浪莽林野娛試攜子姪輩披榛步荒墟徘
徊丘壟間依依昔人居井竈有遺處桑竹殘朽株借問
採薪者此人皆焉如薪者向我言死沒無復餘一世異

朝市此語真不虛人生似幻化終當歸空無
悵恨獨策還崎嶇歷榛曲山澗清且淺遇以濯吾足漉
我新熟酒隻雞招近局（一作屬）日入室中闇荊薪代明燭
懽來苦夕短已復至天旭

乞食

饑來驅我去不知竟何之行行至斯里叩門拙言辭主
人解余意遺贈副虛期（一作豈虛來）談話終日夕觴至輒傾
危情欣新知懽言詠遂賦詩感子漂母惠愧我非韓才
銜戢知何謝冥報以相貽

諸人共游周家墓栢下

今日天氣佳清吹與鳴彈感彼栢下人安得不為懽清歌散新聲綠酒開芳顔未知明日事余襟良已殫

連雨獨飲

運生會歸盡終古謂之然世間有松喬於今定何聞故老贈余酒乃言飲得仙試酌百情遠重觴忽忘天天豈去此哉一作天際去此幾任真無所先雲鶴有奇翼八表須臾還顧我抱玆獨僶俛四十年形骸久已化心在復何言

移居二首

昔欲居南村非為卜其宅聞多素心人樂與數晨夕懷此頗有年今日從玆役弊廬何必廣取足蔽牀席鄰曲時時來抗言談在昔奇文共欣賞疑義相與析

春秋多嘉日登高賦新詩過門更相呼有酒斟酌之農務各自歸閑暇輒相思相思則披衣言笑無厭時此理將不勝無為忽去玆衣食當須紀力耕不吾欺

癸卯歲始春懷古田舍二首

在昔聞南畒當年竟未踐屢空既有人春興豈自免夙晨裝吾駕啓塗情已緬鳥弄懽新節泠風送餘善寒竹被荒蹊地為罕人遠是以植杖翁悠然不復返即理愧通識所保詎乃淺

先師有遺訓憂道不憂貧瞻望邈難逮轉欲志一作常志勤秉耒懽時務解顔勸農人平疇交遠風良苗亦懷新雖未量歲功即事多所忻耕種有時息行者無問津日入相與歸壺漿勞近鄰長吟掩柴門聊為隴畒民

還舊居

疇昔家上京六載去還歸今日始復來惻愴多所悲阡陌不移舊邑屋或時非履歷周故居鄰老罕復遺步步尋往跡有處特依依流幻百年中寒暑日相推常恐大化盡氣力不及衰撥置且莫念一觴聊可揮

戊申歲六月中遇火

草廬寄窮巷甘以辭華軒正夏長風急林一作鄰室頓燒燔一宅無遺宇舫舟蔭門前迢迢新秋夕亭亭月將圓果菜始復生驚鳥尚未還中宵竚遙念一盼周九天總髮抱孤念奄出四十年形跡憑化往靈府長獨閑貞剛自有質玉石乃非堅仰想東戸時餘粮宿中田鼓腹無所思朝起暮歸眠既已不遇玆且遂灌西一作我園

己酉歲九月九日

靡靡秋已夕淒淒風露交蔓草不復榮園木空自凋淸氣澄餘滓杳然天界高哀蟬無歸響叢鴈鳴雲霄萬化相尋繹人生豈不勞從古皆有沒念之中心焦何以稱我情濁酒且自陶千載非所知聊以永今朝

庚戌歲九月中於西田穫早稻

人生歸有道衣食固其端孰是一作都不營而以求自安開春理常業歲功聊可觀晨出肆微勤日入負耒一作禾還山中饒霜露風氣亦先寒田家豈不苦弗獲辭此難四體誠乃疲庶無異患干盥濯息簷下斗酒散襟顏遥遥沮溺心千載乃相關但願長如此躬耕非所嘆

丙辰歲八月中於下潠田舍穫潠蘇困切

貧居依稼穡戮力東林隈不言春作苦常恐負所懷司田眷有秋寄聲與我諧飢者懽初飽束帶候鳴雞揚檝越平湖汎隨清壑廻鬱鬱荒山裏猿聲閑且哀悲風愛静夜林鳥喜晨開曰余作此來三四星火頹姿年逝已老其事未云乖遥謝荷蓧翁聊得從君栖

飲酒二十首并序

余閑居寡歡兼比夜已長偶有名酒無夕不飲顧影獨盡忽焉復醉既醉之後輒題數句自娯紙墨遂多辭無詮次聊命故人書之以為歡笑爾

衰榮無定在彼此更共之邵生瓜田中寧似東陵時寒暑有代謝人道每如茲達人解其會一作解逝將不復疑忽與一觴酒日夕懽相持

積善云有報夷叔在西山善惡苟不應何事立空言九十行帶索飢寒況當年不賴固窮節百世當誰傳

道喪向千載人人惜其情有酒不肯飲但顧一作願世間名所以貴我身豈不在一生一生復能幾倏如流電驚鼎鼎百年内持此欲何成

栖栖失群鳥日暮猶獨飛徘徊無定止夜夜聲轉悲厲響思清遠去來何依依自值孤生松斂翮遥來歸勁風無榮木此蔭獨不衰托身已得所千載不相違

結廬在人境而無車馬喧問君何能爾心遠地自偏採菊東籬下悠然見南山山氣日夕佳飛鳥相與還此中有真意欲辨已忘言

行止千萬端誰知非與是是非苟相形雷同共譽毀三

季多此事達士似不爾咄咄俗中惡且當從黃綺
秋菊有佳色裛露掇其英汎此忘憂物遠我遺世情一
觴雖獨進杯盡壺自傾日入群動息歸鳥趨林鳴嘯傲
東軒下聊復得此生
青松在東園衆草沒奇一作其姿凝霜殄異類卓然見高
枝連林人不覺獨樹衆乃奇提壺挂一作撫寒柯遠望時
復為吾生夢幻間何事紲塵羈
清晨聞叩門倒裳往自開問子為誰歟田父有好懷壺
漿遠見候疑我與時乖繿縷茅簷下未足為高栖一世

皆尚同願君汨其泥深感父老言禀氣寡所諧紆轡誠
可學違己詎非迷且共歡此飲吾駕不可回
在昔曾遠遊直至東海隅道路迥且長風波阻中塗此
行誰使然似為飢所驅傾身營一飽少許便有餘恐此
非名計息駕歸閑居
顏生稱為仁榮公言有道屢空不獲年長飢至於老雖
留身後名一生亦枯槁死去何所知稱心固為好客養
千金軀臨化消其寶裸葬何必惡人當解意表
長公曾一仕壯節忽失時杜門不復出終身與世辭仲
理歸大澤高風始在茲一往便當已何為復狐疑去去
當奚道世俗久相欺擺落悠悠談請從余所之
有客常同止趣捨邈異境一士長獨醉一夫終年醒醒
醉還相咲發言各不領規規一何愚兀傲差若頴寄言
酣中客日沒燭當炳一作秉
故人賞我趣挈壺相與至班荊坐松下數斟已復醉父
老雜亂言觴酌失行次不覺知有我安知物為貴悠悠
迷所留酒中有深味
貧居乏人工灌木荒余宅班班有翔鳥寂寂無行跡宇

宙一何悠人生少至百歲月相催逼鬢髮早已白若不
委窮達素抱深可惜
少年罕人事游好在六經行行向不惑淹留遂無成竟
抱固窮節飢寒飽所更弊廬交悲風荒草沒前庭披褐
守長夜晨雞不肯鳴孟公不在茲終以翳吾情
幽蘭生前庭含薰待清風清風脫然至見別蕭艾中行
行失故路任道或能通覺悟當念還鳥盡廢良弓
子雲性嗜酒家貧無由得時賴好事人載醪祛所惑觴
來為之盡是諮無不塞有時不肯言豈不在伐國仁者

用其心何嘗失顯默
疇昔苦長飢投耒去學仕將養不得節凍餒固纏已是
時向立年志意多所恥遂盡介然分終死歸田里冉冉
星氣流亭亭復一紀世路廓悠悠楊朱所以止雖無揮
金事濁酒聊可恃
羲農去我久舉世少復真汲汲魯中叟彌縫使其淳鳳
鳥雖不至禮樂暫得新洙泗輟微響漂流逮狂秦詩書
復何罪一朝成灰塵區區諸老翁為事誠殷勤如何絕
世下六籍無一親終日馳車走不見所問津若復不快

飲空負頭上巾但恨多謬誤君當恕罪人

止酒

居止次城邑逍遙自閑止坐止高蔭下步止蓽門裏好
味止園葵大懽止稚子平生不止酒止酒情無喜暮止
不安寢晨止不能起日日欲止之營衛止不理徒知止
不樂未知止利己始覺止為善今朝真止矣從此一止
去將止扶桑涘清顏止宿容奚止千萬祀

述酒

重離照南陸鳴鳥聲相聞秋草雖未黃融風久已分素
礫皛脩渚南嶽無餘雲豫章抗高門重華固靈墳流淚
抱中嘆傾耳聽司晨神州獻嘉粟西靈為我馴諸梁董
師旅芊勝喪其身山陽歸下國成名猶不勤卜生善斯
牧安樂不為君平王去舊京峽中納遺薰雙陵甫云育
三趾顯奇文王子愛清吹日中翔河汾朱公練九齒閑
居離世紛峨峨西嶺內偃息常所親天容自永固彭殤
非等倫

責子　舒儼宣俟雍份端佚通佟凡五人舒宣雍端通皆小名也

白髮被兩鬢肌膚不復實雖有五男兒總不好紙筆阿

舒已二八懶惰故無匹阿宣行志學而不好文術雍端
年十三不識六與七通子垂九齡但覓梨與栗天運苟
如此且進盃中物

有會而作　并序

舊穀既沒新穀未登頗為老農而值年災日月尚悠
為患未已登歲之功既不可希朝夕所資煙火裁通
旬日已來始念飢乏歲云夕矣慨然永懷今我不述
後生何聞哉

弱年逢家乏老至歲一作更長飢菽麥實所羨孰敢慕甘

肥惄如亞九飯當暑厭寒衣歲月將欲暮如何辛苦悲
常善弼者心深恨蒙袂非嗟來何足吝徒沒空自遺斯
濫豈彼志固窮夙所歸餒也已矣夫在昔余多師

蜡日

風雪送餘運無妨時已和梅柳夾門植一條有佳花我
唱爾言得酒中適何多未能明多少章山有奇歌

擬古九首

榮榮窻下蘭密密堂前柳初與君別時不謂行當久出
門萬里客中道逢嘉友未言心先(一作相)醉不在接杯酒

蘭枯柳亦衰遂令此言負多謝諸少年相知不忠厚意
氣傾人命離隔復何有
辭家夙嚴駕當往志(一作至)無終問君今何行非商復非
戎聞有田子春節義為士雄斯人久已死鄉里習其風
生有高世名既沒傳無窮不學狂馳子直在百年中
仲春遘時雨始雷發東隅衆蟄各潜駭草木縱橫舒翩
翩新來燕雙雙入我廬先巢故尚在相將還舊居自從
分別來門庭日荒蕪我心固匪石君情定何如
迢迢百尺樓分明望四荒暮作歸雲宅朝為飛鳥堂山

河滿目中平原獨茫茫古時功名士慷慨爭此場一旦
百歲後相與還北邙松柏為人伐高墳互低昂頹基無
遺主遊魂在何方榮華誠足貴亦復可憐傷
東方有一士被服常不完三旬九遇食十年著一冠辛
苦無此比常有好容顏我欲觀其人晨去越河關青松
夾路生白雲宿簷端知我故來意取琴為我彈上絃驚
別鶴下絃操孤鸞願留就君住從今至歲寒
蒼蒼谷中樹冬夏常如茲年年見霜雪誰謂不知時厭
聞世上語結友到臨淄稷下多談士指彼決吾疑裝束

既有日已與家人辭行行停出門還坐更自思不怨道
里長但畏人我欺萬一不合意永為世笑之伊懷難具
道為君作此詩
日暮天無雲春風扇微和佳人美清夜達曙酣且歌歌
竟長歎息持此感人多皎皎(一作明明)雲間月灼灼葉中華
豈無一時好不久當如何
少時(一作年)壯且厲撫劍獨行遊誰言行遊近張掖至幽
州飢食首陽薇渴飲易水流不見相知人惟見古時丘
路邊兩高墳伯牙與莊周此士難再得吾行欲何求

種桑長江邊三年望當採枝條始欲茂忽值山河改柯
葉自摧折根株浮滄海春蠶既無食寒衣欲誰待本不
植高原今日復何悔

雜詩十一首

人生無根蔕飄如陌上塵分散逐風轉此已非常身落
地為一作流落成兄弟何必骨肉親得懽當作樂斗酒聚比
鄰盛年不重來一日難再晨及時當勉勵歲月不待人
白日淪西河素月出東嶺遙遙萬里輝蕩蕩空中景風
來入房戶夜中枕席冷氣變悟時易不眠知夕永欲言

無予和揮杯勸孤影日月擲人去有志不獲騁念此懷
悲悽終曉不能靜
榮華難久居盛衰不可量昔為三春蕖今作秋蓮房嚴
霜結野草枯悴未遽央日月有環周我去不再陽眷眷
往昔時憶此斷人腸
丈夫志四海我願不知老親戚共一處子孫還相保觴
絃肆朝日罇中酒不燥緩帶盡懽娛起晚眠常早孰若
當世士氷炭滿懷抱百年歸丘壟用此空名道
憶我少壯時無樂自忻豫猛志逸四海騫翮思遠翥荏

苒歲月頹此心稍已去值歡無復娛每每多憂慮氣力
漸衰損轉覺日不如壑舟無須臾引我不得住前塗當
幾許未知止泊處古人惜寸陰念此使人懼
昔聞長者言掩耳每不喜奈何五十年忽已親此事求
我盛年歡一毫無復意去去轉欲速此生豈再值傾家
時作樂竟此歲月駛有子不留金何用身後置
日月不肯遲四時相催迫寒風拂枯條落葉掩長陌弱
質與運頹玄鬢早已白素標插人頭前塗漸就窄家為
逆旅舍我如當去客去去欲何之南山有舊宅

代耕本非望所業在田桑躬親未曾替寒餒常糟糠豈
期過滿腹但願飽粳糧御冬足大布麤絺以應陽正爾
不能得哀哉亦可傷人皆盡獲宜拙生失其方理也可
奈何且為陶一觴
遙遙從羈役一心處兩端掩淚汎東逝順流追時遷日
沒星與昴勢翳西山巔蕭條隔天涯惆悵念長一作常飡
慷慨思南歸路遐無由緣關梁難虧替絕音寄斯篇
閑居執蕩志時駛不可稽驅役無停息軒裳逝東崖沉
陰擬薰麝寒氣激我懷歲月有常御我來淹已彌慷慨

憶綢繆此情久已離荏苒經十載暫為人所羈庭宇翳餘木倏忽日月虧

我行未云遠回顧慘風涼春燕應節起高飛拂塵梁邊鴈悲無所代謝歸北鄉離鷗鳴清池涉暑經秋霜愁人難為辭遥遥春夜長集又有一首嫋嫋松標崖婉孌柔童子年始三五間喬柯何可倚養色含精氣粲然有心理註云東坡和陶無此篇

詠貧士七首

萬族各有託孤雲獨無依曖曖空中滅何時見餘暉朝霞開宿霧衆鳥相與飛遲遲出林翮未夕復來歸量力守故轍豈不寒與飢知音苟不存已矣何所悲

凄厲歲云暮擁褐曝前軒南圃無遺秀枯條盈北園傾壺絶餘瀝闚竈不見烟詩書塞座外日昃不遑研閑居非陳厄竊有愠見言何以慰吾懷頼古多此賢

榮叟老帯索欣然方彈琴原生納决履清歌暢高音重華去我久貧士世相尋弊襟不掩肘藜羹常乏斟豈忘襲輕裘苟得非所欽賜也徒能辨乃不見吾心

安貧守賤者自古有黔婁好爵吾不榮厚饋吾不酬一旦壽命盡弊服仍一作乃不周豈不知其極非道固無憂從來將千載未復見斯儔朝與仁義生夕死復何求

袁安困積雪邈然不可干阮公見錢入即日棄其官芻藁有常温採莒足朝飡豈不實辛苦所懼非飢寒貧富當交戰道勝無戚顔至徳冠邦閭清節映西關

仲蔚愛窮居遶宅生蒿蓬翳然絶交游賦詩頗能工舉世無知者止有一劉龔此士胡獨然寔由罕所同介焉安其業所樂非窮通人事固以一作已拙聊得長相從

昔在黄子廉彈冠佐名州一朝辭吏歸清貧略難儔年飢感仁妻泣涕向我流丈夫雖有志固為兒女憂惠孫一晤嘆腆贈竟莫酬誰云固窮難邈哉此前脩

讀山海經十三首

孟夏草木長遶屋樹扶疎衆鳥欣有托吾亦愛吾廬既耕亦已種時還讀我書窮巷隔深轍頗迴故人車歡言一作然酌春酒摘我園中蔬微雨從東來好風與之俱汎覧周王傳流觀山海圖俯仰終宇宙不樂復何如

玉臺凌霞秀王母怡妙顔天地共俱生不知幾何年靈化無窮已館宇非一山高酣發新謡寧向俗中言

迢遞槐江嶺是謂玄圃丘西南望崑墟光氣難與儔亭

亭明玕照落落清瑤流恨不及周穆託乘一來游
丹木生何許迺在峚音密山陽黄花復朱實食之壽命長
白玉凝素液瑾瑜發奇光豈伊君子寶見重我軒黄
翩翩三青鳥毛色奇可憐朝為王母使暮歸三危山我
欲因此鳥具向王母言在世無所須惟酒與長年一作惟願
此長年
逍遥蕪皐上杳然望扶木洪柯百萬尋森散覆暘谷靈
人侍丹池朝朝為日浴神景一登天何幽不見燭
粲粲三珠樹寄生赤水陰亭亭凌風桂八榦共成林靈

鳳撫雲舞神鸞調王音雖非世上寶爰得王母心
自古皆有沒何人得靈長不死復不老萬歲如平常赤
泉給我飲員丘足我糧方與三辰游壽考豈渠央
夸父誕宏志乃與日競走俱至虞淵下似若無勝負神
力既殊妙傾河焉足有餘迹寄鄧林功竟在身後
精衛銜微木將以填滄海刑天舞干戚猛志故常在同
物既無慮化去不復悔徒設在昔心良晨詎可待
巨猾肆威暴欽䲹違帝旨窫窳上音軋下音愈強能變祖江遂
獨死明明上天鑒為惡不可履長枯固已劇鵕鶚豈足
恃
鵃鵝見城邑其國有放士念彼懷王世當時數來止青
丘有奇鳥自言獨見爾本為迷者生不以喻君子
巖巖顯朝市帝者慎用才何以廢共鯀重華為之來仲
父獻誠言姜公乃見猜臨沒告飢渴當復何及哉

悲從弟仲德

銜哀過舊宅悲淚應心零借問為誰悲懷人在九冥禮
服名群從恩愛若同生門前執手時何意爾先傾在數
竟未免為山不及成慈母沉哀疚二胤纔數齡雙位委

空館朝夕無哭聲流塵集虛坐宿草旅前庭階除曠遊
迹園林獨餘情翳然乘化去終天不復形遲遲將迴步
惻惻悲襟盈

擬挽歌辭三首

有生必有死早終非命促昨暮同為人今旦在鬼録魂
氣散何之枯形寄空木嬌兒索父啼良友撫我哭得失
不復知是非安能覺千秋萬歲後誰知榮與辱但恨在
世時飲酒不得足
在昔無酒飲今但湛空觴春醪生浮蟻何時更能嘗肴

案盈我前親舊哭我傍欲語口無音欲視眼無光昔在高堂寢今宿荒草鄉（一本有荒草無人眠極視正茫茫二句）一朝（一作相送）出門去歸來夜未央

荒草何茫茫白楊亦蕭蕭嚴霜九月中送我出遠郊四面無人居高墳正嶣嶤馬為仰天鳴風為（一作聲）自蕭條幽室一已閉千年不復朝千年不復朝賢達將（一作無）柰何向來相送人各自（一作已）還其家親戚或餘悲他人亦已歌死去何所道託體同山阿

聯句

鳴鴈乘風飛去去當何極念彼窮居士如何不歎息（淵明）雖欲騰九萬扶搖竟何力遠招王子喬雲駕庶可飭（愔之）顧侶正徘徊離離翔天側霜露豈不切務從忘愛翼（循之）高柯濯條幹遠眺同天色思絕慶未看徒使生迷惑（淵明）

詩紀卷之三十五

詩紀卷之三十六

晉十六

桓玄

（字敬道溫之孽子也襲爵南郡公後都督荊司等八州江州刺史矯詔加封楚王尋篡位劉裕等起義兵討殺之安帝反正）

登荊山

理不孤湛影比有津曾是名岳明秀超鄰器栖荒外命契響神我之懷矣巾駕飛輪

南林彈

散帶躡良駟揮彈出長林歸翮赴舊栖喬木轉翔禽落羽尋絕響屢中轉應心

殷仲文

（字仲文陳郡人少有才藻從兄仲堪薦用於會稽王道子後從桓玄反玄誅仲文為劉裕所殺○詩品曰晉宋之際殆無詩乎義熙中以謝益壽殷仲文為華綺之冠殷不競矣）

南州桓公九井作

四運雖鱗次理化各有準獨有清秋日能使高興盡景氣多明遠風物自淒緊爽籟驚幽律哀壑叩虛牝歲寒無早秀浮榮甘夙隕何以標真脆薄言寄松菌哲匠感蕭晨肅此塵外軫廣筵散泛愛逸爵紆勝引伊余樂好仁惑袪吝亦泯猥首阿衡朝將貽匈奴哂

送東陽太守

昔人深誠嘆臨水送將離如何祖良遊心事孱在斯虛亭無留賓東川緬逶迤 闕

謝混 字叔源小字益壽陳郡陽夏人太傅安之孫也風華為江左第一尚孝武帝晉陵公主官至中領軍尚書左僕射以與劉毅善坐誅

遊西池

悟彼蟋蟀唱信此勞者歌有來豈不疾良遊常蹉跎逍遙越城肆願言屢經過廻阡被陵闕高臺眺飛霞惠風蕩繁囿白雲屯曾阿景昃鳴禽集水木湛清華褰裳順蘭沚徙倚引芳柯美人愆歲月遲暮獨如何無為牽所思南榮戒其多

送二王在領軍府集詩

苦哉遠征人將乖萃余室明牕通朝暉絲竹盛蕭瑟樂酒輟今辰離端起來日

誡族子

南史曰混風格高峻少所交納惟與族子靈運瞻晦曜以文義賞會嘗居在烏衣巷故謂之烏衣之遊因宴飲之餘為韻語以獎勸靈運等曰

康樂誕通度實有名家韻若加繩染功剖瑩乃瓔瑾靈運宣明體遠識頴達且沉雋若能去方執穆穆三才順晦字明宣阿多標獨解弱冠纂華胤質勝誠無文其尚又能峻曜小字多通遠懷清悟采采摽蘭訊直轡鮮不躓抑用解偏吝瞻字通遠微子基微尚無倦由慕藺勿輕一簣少進往必千仞微郎弘微數子勉之哉風流由爾振如不犯所知此外無所慎 靈運等並有誡勵之言惟弘微獨盡褒美

吳隱之 字處默濮陽鄄城人解褐輔國功曹累遷晉陵太守廣州刺史後遷中領軍義熙九年卒

酌貪泉賦詩

晉書曰隆安中以隱之為龍驤將軍廣州刺史未至州二十里地名石門有水曰貪泉飲者懷無厭之欲隱之至泉所酌而飲之因賦此詩及在州清操踰厲

古人云此水一歃懷千金 泉一作石門有貪一歃重千金 試使夷齊飲終當不易心

宗炳 字少文南陽涅陽人性至孝居喪過禮為鄉閭所稱刺史殷仲堪桓玄並辟主簿不就廬山釋惠遠結白蓮社其間譽望尤著者號社中十八賢炳其一也○藝文類聚作宋人

登半石山

清晨陟阻崖氣志洞蕭洒嶰谷崩地幽窮石淩天委長松列竦肅萬樹巉巖詭上施神農蘿下凝堯時髓

登白鳥山詩

我徂白鳥山因名感昔擬仰升數百仞俯覽眇千里杲
杲群木分岌岌衆巒起　闕

王嘉　字子年隴西安陽人清虛服氣不與世人交遊石季龍之末至長安潛隱於終南山苻堅累徵不赴公侯已下咸躬往參詣及姚萇入長安禮嘉如苻堅故事後因事為萇所害苻登聞嘉死設壇哭之贈太師謚文定公

歌三首　晉書本傳曰嘉死之日人有隴上見之其所造三章歌讖事過皆驗〇金陵志曰初王子年著讖至安帝果為劉氏所代

帝諱昌明運當極特申一期延其息諸馬渡江百年中

當值卯金折其鋒
欲知其姓草肅肅穀中最細低頭熟鱗身甲體永興福　南史曰齊太祖高皇帝諱道成姓蕭氏未受命時王子年作此歌按穀中精細者稻也即道也熟猶成也
金刀利刃齊刈之　金刀劉字刈猶剪也

王康琚　以下爵里無考

反招隱詩

小隱隱陵藪大隱隱朝市伯夷竄首陽老聃伏柱史昔
在太平時亦有巢居子今雖盛明世能無中林士放神
清雲外絕迹窮山裏鵾鷄先晨鳴哀風迎夜起凝霜凋
朱顏寒泉傷玉趾周才信衆人偏智任諸已推分得天
和矯性失至理歸來安所期與物齊終始

招隱

登山招隱士褰裳躡遺蹤華條當圉室翠葉代綺牕　闕

湛方生

廬山神仙詩

序曰尋陽有廬山者盤基彭蠡之西其崇標峻極辰
光隔輝幽澗澄深積清百仞若乃絕阻重險非人跡
之所遊窈窕冲深常含霞而貯氣真可謂神明之區

域列真之苑囿矣太元十一年有樵採其陽者于時
鮮霞褰林傾暉映岫見一沙門披法服獨在巖中俄
頃振裳揮錫凌崖直上排丹霄而輕舉起九折而一
指既白雲之可乘何帝鄉之足遠哉窺目蒼蒼翳然
滅跡詩曰

吸風玄圃飲露丹霄室宅五岳賓友松喬

後齋詩

解纓復褐辭朝歸藪門不容軒宅不盈畝茂草籠庭

蘭拂牖撫我子姪携我親友茹彼園蔬飲此春酒開櫺
攸瞻坐對川阜心焉孰託託心非有素構易抱玄根難
朽即之匪遠可以長久

帆入南湖 帆扶泛切

彭蠡紀三江廬岳主衆阜白沙淨川路青松蔚巖首此
水何時流此山何時有人運互推遷茲器獨長久悠悠
宇宙中古今迭先後

還都帆

高岳萬丈峻長湖千里清白沙窮年潔林松冬夏青水
無暫停流木有千載貞寤言賦新詩忽忘羈客一作旅情

天晴詩

屏翳寢神轡飛廉收靈扇青天瑩如鏡凝津平初學作奕如
研落帆脩江渚初學作湄悠悠極長眄清氣朗山壑千里遥
相見

諸人共講老子

吾生幸凝湛智浪紛競結流宕失真宗遂之弱喪轍雖
欲反故鄉埋驥歸途絶滌除非玄風垢心焉能歇大矣
五千鳴特為道喪設鑒之誠水鏡塵穢皆朗徹

懷歸謠

辭衡門兮至歡懷生離兮苦辛豈羈旅兮一慨亦代謝
兮感人四運兮道盡化新兮歲故氛慘慘兮疑晨風悽
悽兮薄暮雨雪兮交紛重雲兮四布天地兮一色六合
兮同素山木兮摧披津壑兮凝沍感羈旅兮苦心懷桑
梓兮增慕胡馬兮戀北越鳥兮依陽彼禽獸兮尚然況
君子兮去故鄉望歸塗兮漫漫盻江流兮洋洋思涉路
兮莫由欲越津兮無梁

秋夜詩

悲九秋之為節物凋悴而無榮嶺頹鮮而殞綠木傾柯
而落英履代謝以惆悵覩搖落而興情信皐壤而感人
樂未畢而哀生秋夜清兮何秋夕之轉長夜悠悠而難
極月皦皦而停光播商氣以清温扇高風以革涼水激
波以成漣露凝結而為霜凡有生而必凋情何感而不
傷苟靈符之未虚孰茲戀之可忘何天懸之難釋思假
暢之冥方拂塵衿於玄風散近滯於老莊攬逍遥之宏
維總齊物之大綱同天地於一指等太山於毫芒萬慮
一時頓渫情累豁焉都忘物我泯然而同體豈復壽夭

於彭殤

遊園詠

諒茲境之可懷究川阜之奇勢水窮清以澈鑒山隣天而無際秉初霽之新景登北館以悠矚對荊門之孤阜傍魚陽之秀岳秉夕陽而含詠杖輕策以行遊襲秋蘭之流芬幙長猗之森脩任緩步以升降歷丘墟而四周智無涯而難恬性有方而易適差一毫而遽乖徒理存而事隔故羈馬思其華林籠雉想其皐澤矧流客之歸思豈可忘於疇昔

蘇彦

七月七日詠織女

火流涼風至少昊協素藏織女思北沚牽牛嘆南陽時來嘉慶集整駕巾玉箱瓊珮垂藻蕤霧裾結雲裳金翠耀華輜軿轅散流芳釋轡紫微庭解衿碧琳堂歡讌未及究晨暉照扶桑仙童唱清道盤螭起騰驤悵悵一宵促遲遲别日長

西陵觀濤

洪（江一作）濤奔逸勢駭浪駕丘山訇隱振宇宙瀨磕津雲

連　闕

陸沖

雜詩二首

命駕遵長途綿邈途難尋我行亦何艱山川阻且深涔澤無夷軌重巒有層陰零雨淹中路玄雲蔽高岑俯悼孤行獸仰嘆偏翔禽空谷迴悲響流風漂哀音羈旅淹留久悵望愁我心

肆覜野原外放心希太和景嶽造天漢豐林冐重阿清芬秉風散豔藻映渌波　闕

江偉

荅賀蜡

晉正元二年冬臘家君在陳郡余别在國舍不得集會弟廣平作詩以貽余余荅之曰（藝文類聚作晉人然晉無正元之號或誤也）

蜡節之會廓焉獨處晨風朝興思我慈父我心懷戀運首延佇

范廣泉

征虜亭餞王少傅

掛冠東門闔歸褐西唐足結轍塵高衢祖供懸長麓韓
卿辭輦路踈傳知殆辱素德燭光塵玄軌芳前覺

王齊之 琅琊人廣弘明集云晉王齊之

念佛三昧詩四首

妙用在幽弘明作玆涉有覽無神由昧徹識以照麁積微自
引因功本虛泯彼三觀忘此毫餘

寂漠何始理玄通微融然忘適乃廓靈暉心悠一作遊緬
域得不踐機用之以沖會之以希

神資天凝圓映朝雲與化而感與物斯群應不以方受

者自分寂爾淵鏡金水塵紛

慨自一生夙乏惠識託崇淵人庶藉冥力思轉毫功在
深不測至哉之念主心西極

卞裕

送桓竟陵

翰城將孰寄懷人應斯蒞餞行陵高阜怡衿睦景氣　闕

失題 見初學記別部

余弟適東邁眷戀將乖情離別信吾事悽心相纏嬰　闕

孔法生

征虜亭祖王少傅

昔人鑒殆辱辭紱揚歸舲真感屬神慮高興襲天情　闕

張駿 字公庭西涼牧張寔之世子幼而奇偉十歲能屬文後嗣位大都督大將軍涼州牧西平公

薤露行

在晉之二世皇道昧不明主暗無良臣艱一作姦亂起朝
庭七柄失其所權綱喪典刑愚猾窺神器牝雞又晨鳴
哲婦逞幽虐宗祀一朝傾儲君縊新昌帝執金墉城禍
釁萌宮掖胡馬動北坰三方風塵起玁狁竊上京義士
扼素腕感慨懷憤盈誓心蕩衆狄積誠徹昊靈

東門行 選詩外編作遊春詩

勾芒御春正衡紀運玉璣明庶起祥風和氣翕來征慶
雲蔭八極甘雨潤四坰昊天降靈澤朝日耀華精嘉苗
布原野百卉敷時榮鳩鵲與鶩黃間關相和鳴菉萍一作芙蓉
覆靈沼香花揚芳馨春遊誠可樂感此白日傾休否
有終極落葉思本莖臨川悲逝者節變動中情

馬岌

題宋纖石壁詩

晉書曰宋纖字令艾敦煌人也隱居酒泉南山不應辟命酒泉太守馬岌造焉纖距而不

[illegible]見炭歎曰名可聞而身不可見德可仰而形不可覩今而後知先生人中之龍也銘詩於石壁曰

丹崖百丈青壁萬尋奇木蓊鬱蔚若鄧林其人如玉維
國之琛室邇人遐實勞我心 張祚時太守楊宣畫織象於閣上出入視之作頌曰

為枕何石為潄何流身不可見名不可求

趙整 字文業一名正雉陽清水人或曰濟陰人年十八為偽秦著作郎後遷至黃門侍郎武威太守為人無鬚而瘦有妻妾而無兒時人謂閹然而情度敏達學兼內外後出家事佛更名道整

酒德歌

秦王堅與群臣飲以極醉為限整作歌

地列酒泉天垂酒池杜康妙識儀狄先知紂喪殷邦桀
傾夏國由此言之前危後則

諷諫詩二首

高僧傳曰正性好幾諫無所廻避苻堅末年寵惑鮮卑惰於治政正因歌諫曰昔聞孟津河堅動容曰是朕也又歌曰北園有一樹堅笑曰將非趙文業耶

昔聞孟津河千里作一曲此水本自清是誰攪令濁 拾遺作亂 使濁

北園有一 拾遺作棗 樹布葉垂重蔭外雖饒棘刺內實有赤
心

諫歌

晉孝武帝寧康二年冬十二月秦王堅與慕容垂夫人段氏同輦遊於後庭宦官趙整歌曰||堅改容謝之命夫人下輦

不見雀來入鷰室但見浮雲蔽白日

琴歌

晉書載記曰苻堅分氐戶於諸鎮趙整因侍援琴而歌||堅笑而不納及敗於姚萇果如整言

阿得脂阿得脂博勞舊父是仇綏尾長翼短不能飛遠
徙種人留鮮卑一旦緩急語阿誰 通鑑作當語誰

[illegible]達[illegible]陽氐人堅之從兄子也性宏達神氣爽[illegible]拜鎮東將軍青州刺史在任甚有聲績會晉遣淮陰太守高素伐青州朗遣使詣謝玄於彭城求降詔加員外散騎侍郎既至揚州風流邁於一時超然自得多所陵忽王國寶譖而殺之

臨終詩

四大起何因聚散無窮已既適一生中又入一死理冥
心乘和暢未覺末終始如何箕山夫奄焉處東市曠
年期遠同嵇叔子命也歸自天委化任冥紀

失名

曲池歌 拾遺在湛方生後詩品作湛詩非也

曲池何淡澹芙蓉蔽清源榮華盛壯時見者誰不歎一
朝光采落見者不迴顧

詩紀卷之三十六

詩紀卷之三十七

晉十七

支遁 字道林本姓關氏陳留人或云河東林慮人幼有神理聰明秀徹隱居餘杭山年二十五出家後入剡於沃州小嶺立寺行道晉哀帝即位遣使徵請出都止東安寺講道行留三載上書辭詔歸之乃收迹剡山以晉太和元年終

四月八日讚佛詩

三春迭云謝首夏含朱明祥祥令一作令日泰朗朗玄夕
清菩薩彩靈和眇然因化生四王應期來矯掌承玉形
飛天鼓弱羅騰擢散芝英綠瀾頹龍首縹蕊翳流泠芙
蕖有神葩傾柯獻朝榮芳津霈四境甘露凝玉瓶珍祥
盈四八玄黃曜紫庭感降非情想恬怕泊同無所營玄根
泯靈府神條秀形名圓光朗東旦金姿艷春精含和總
八音吐納流芬馨跡隨因溜浪心與太虛冥六度啓窮
俗八解濯世纓慧澤融無外空同忘化情

詠八日詩三首

大塊揮冥樞昭昭兩儀映萬品誕遊華澄清凝玄聖釋
迦乘虛會圓神秀機正交養衛恬和靈知溜性命動為
務下尸寂為無中鏡

真人播神化流渟良有因龍潛兆衛邑漂景闔浮濱佇
駕三春巘飛轡朱明旬八維披重藹九霄落芳津玄祇
獻萬舞般遮奏伶倫渟白凝神宇蘭泉渙色身投步三
才泰揚聲五道泯不為故為貴忘奇故奇神
緬哉玄古思想託因事生相與圖靈器像也像彼形黃
裳羅帕質元服拖緋青神為恭者惠跡為動者行虛堂
陳藥餌蔚然起奇榮疑似垂巇微我諒作者情於焉遺
所尚肅心擬太清

五月長齋詩

炎精肓仲氣朱離吐凝陽廣漢潛涼變凱風秉和翔令
月肇清齋德澤潤無彊四部欽嘉期潔已升雲堂靜晏
和春暉夕惕厲秋霜蕭條詠林澤恬愉味城傍逸容研
沖賾緜緜運宮商匠者握神摽秉風吹玄芳淵汪道行
深婉婉化理長亹亹維摩虛德音暢遊方畢牢妙傾玄
絕致由近藏略略微容簡八言振道綱掇頻練陳句臨
危折婉章浩若驚飈散罔若揮夜光寓言豈所託意得
筌自喪霑霈妙習融靡靡輕塵亡蕭索情牖穎寥朗神
軒張誰謂冥津遐一悟可以航願為海遊師櫂拖入滄

浪騰波濟漂客玄歸會道場

八關齋詩三首 并序

間與何驃騎期當為合八關齋以十月二十二日集
同意者在吳縣土山墓下三日清晨為齋始道士白
衣凡二十四人清和肅穆莫不靜暢至四日朝衆賢
各去余既樂野室之寂又有掘藥之懷遂便獨住於
是乃揮手送歸有望路之想靜拱虛房悟外身之真
登山採藥集巖水之娛遂援筆染翰以慰二三之情

建意營法齋里仁契朋儔相與期良晨沐浴造閑丘穆
穆升堂賢皎皎清心修窈窕八關客無楗自綢繆寂默
五習真亹亹勵心柔法鼓進三勸激切清訓流悽愴願
弘濟闔堂皆同舟明明玄表聖應此童蒙求存誠夾室
裏三界讚清休嘉祥歸宰相藹藹若慶雲浮

三悔啓前朝雙懺暨中夕鳴禽戒朗旦備禮寢玄役蕭
索庭賓離飄飄隨風適踟躕歧路嵎揮手謝內析輕軒
馳中田習習陵電擊息心投佯步零零振金策引領望
征人悵悵孤思積咄矣形非我外物固已寂吟詠歸虛
房守真玩幽賾雖非一往遊且以閑自釋

靖一潜蓬廬愔愔詠初九廣漠排林篠流飈洒隙牖從
容遐想逸採藥登崇阜崎嶇升千尋蕭條臨萬畝望山
樂榮松瞻澤哀素柳解帶長陵岐婆娑清川右泠風解
煩懐寒泉濯温手寥寥神氣暢欽若盤春藪達度冥三
才恍惚喪神偶游觀同隱丘愧無連化肘

詠懐詩五首

傲兀乗尸素日往復月旋弱喪困風波流浪逐物遷中
路高韻益窈窕欽重玄重玄在何許採真遊理間苟簡
為我養逍遥使我閑寥亮心神瑩含虛映自然亹亹沉

情去彩彩冲懐鮮踟躕觀象物未始見牛全毛鱗有所
貴所貴在忘筌

端坐鄰孤影眇罔玄思劬偃蹇收神轡領略綜名書涉
老哈（一作怡）雙玄披莊玩太初詠發清風集觸思皆恬愉
俯欣質文蔚仰悲二匠徂蕭蕭柱下逈寂寂蒙邑虛廓
矣千載事消液歸空無無矣復何傷萬殊歸一塗道會
貴冥想罔象掇玄珠悵快濁水際幾忘映清渠反鑒歸
澄漠容與含道符心與理理密形與物物疎蕭索人事
去獨與神明居

睎陽熈春圃悠緬歎時往感物思所託蕭條逸韻上尚
想天台峻髣髴巖階仰泠風灑蘭林管瀨奏清響霄崖
育靈藹神蔬含潤長丹沙映翠瀨芳芝曜五爽苕苕重
岫深寥寥石室朗中有尋化士外身解世網抱朴鎮有
心揮玄拂無想隗隗形崖頹冏冏神宇敞宛轉元造化
縹瞥鄰大象願投若人蹤高步振策杖

閑邪託静室寂寥虛且真逸想流巖阿朦朧望幽人慨
矣玄風濟（一作滋）皎皎離染純時無問道睛行歌將何因
靈溪無驚浪四岳無埃塵余將遊其嵎解駕輟飛輪芳

泉代甘醴山果兼時珍脩林暢輕迹石宇庇微身崇虛
習本照損無歸昔神曖曖煩情故零零冲氣新近非域
中客遠非世外臣憺怕（一作淡泊）為無德孤哉自有隣
坤基葩簡秀乾光流易頴神理速不疾道會無陵騁超
超介（一作分）石人握玄攬機領余生一何散分不諧天挺
沉無冥到韻變不揚蔚炳冉冉年往邈悠悠化期永翹
首希玄津想登故未正生塗雖十三日已造死境願得
無身道（一作理）高栖冲默靖

述懐詩二首

翔鸞鳴崑崿逸志騰冥虛惚怳廻靈翰息肩棲南嵎濯
足戲流瀾採練銜神蔬高吟漱芳醴頡頏登神梧蕭蕭
猗一作椅明翮眇眇育清軀長想玄運夷傾首俟靈符河
清誠可期戢翼令人劬

髣髴敦大道弱冠弄雙玄逡巡釋長羅高步尋帝先妙
損階玄老忘懷浪濠川達觀無不可吹累皆自然窮理
增靈薪昭昭神火傳熙怡安冲漠優游樂靜閑膏腴無
爽味婉孌非雅絃恢心委形度亹亹隨化遷

詠大德詩

遐想存玄哉冲風一何敞品物緝榮熙生塗連惚怳既
喪大澄真物誘則智蕩昔聞庖丁子揮戈在一作任神往
苟能嗣冲音攝生猶指掌乘彼來物間投此默照朗邁
度推卷舒忘懷附罔象交一作天樂盈胷襟神會流俯仰
大同羅萬殊蔚若充甸綱寄旅海漚鄉委化同天壤

詠禪思道人 并序

孫長樂作道士坐禪之像并而讚之可謂因俯對以
寄誠心求參焉於衡扼圖巖林之絶勢想伊人之在
茲余精其制作美其嘉文不能默已聊著詩一首以
繼于左其辭曰

雲岑竦太荒落落英岊布廻壑佇蘭泉秀嶺攢嘉樹蔚
蒼微遊禽崢嶸絶蹊路中有冲希子端坐摹一作摩太素
自強敏天行弱志慾無欲音歈王質陵風霜淒淒厲清趣
指心契寒松綢繆諒歳暮會衷兩息間綿綿進禪務投
一滅官知攝二由神遇承蜩累危九累十亦凝注懸想
元氣地研幾革麤慮冥懷夷震驚怕然肆幽度曾筌攀
六淨空同浪七住逝虛乘有來永為有待馭

詠利城山居

五嶽盤神基四瀆涌蕩津動求目方智默守標靜仁苟
不妄出處託好有常因尋元存終古洞往想逸民玉潔
箕巖下金聲瀨沂濱捲華藏紛霧振褐拂埃塵跡從尺
蠖屈道與騰龍伸峻無單豹伐分非首陽真長嘯歸林
嶺瀟灑任陶鈞

鳩羅摩什 此云童壽天竺人秦苻堅遣其將呂光伐龜茲致之會堅為姚萇所害什留光所光死姚興乃西破呂隆迎致什待以國師之禮後死於長安晉義熙五年也

十喩詩

十喩以喩空空必待此喩借言以會意意盡無會處既

得出長羅住此無所住若能映斯照萬象無來去

贈沙門法和

高僧傳曰什嘗作頌贈沙門法和凡為十偈辭喻皆爾

心山育明德流薰萬由延哀鸞孤桐上清音徹九天

惠遠 鴈門樓煩人本姓賈氏年二十一遇釋道安以為師研求法藏高悟冥賾襄陽既沒振錫南遊結宇匡廬自年六十不復出山年八十三而終

廬山東林雜詩 一作遊廬山

崇岩吐清氣幽岫栖神跡希聲奏群籟響出山溜滴有客獨冥遊徑然忘所適揮手撫雲門靈關安足闢流一作留心叩玄扃感至理弗隔孰是騰九霄不奮冲天翮妙同趣自均一悟超三益

報羅什偈一首

本端竟何從起滅有無際一微涉動境成此頹山勢惑相更相乘觸理自生滯因緣雖無主開途非一世時無悟宗匠誰將握玄契末問尚悠悠相與期暮歲

廬山諸道人

遊石門詩 并序

石門在精舍南十餘里一名障山基連大嶺體絶衆阜闢三泉之會並立而開流傾岩玄映其上蒙形表於自然故因以為名此雖廬山之一隅實斯地之奇觀皆傳之於舊俗而未覩者衆將由懸瀨險峻人獸迹絶逕迴曲阜路阻行難故罕經焉釋法師以隆安四年仲春之月因詠山水遂杖錫而遊于時交徒同趣三十餘人咸拂衣晨征悵然增興雖林壑幽邃而開途競進雖乗危履石並以所悦為安既至則援木尋葛歴嶮窮崖猿臂相引僅乃造極於是擁勝倚岩詳觀其下始知七嶺之美蘊奇於此雙闕對峙其前重岩映帯其後巒阜周迴以為障崇岩四營而開宇其中則有石臺石池宫館之象觸類之形致可樂也清泉分流而合注渌淵鏡淨於天池文石發綵煥若披面檉松芳草蔚然光目其為神麗亦已備矣斯日也衆情奔悦矚覽無厭遊觀未久而天氣屢變霄霧塵集則萬象隱形流光迴照則衆山倒影開闔之際狀有靈焉而不可測也乃其將登則翔禽拂翮鳴猿厲響歸雲迴駕想羽人之來儀哀聲相和若玄音之有寄雖彷彿猶聞而神以之暢雖樂不期歡而欣以

永日當其沖豫自得信有味焉而未易言也退而尋之夫崖谷之間會物無主應不以情而開興引人致深若此豈不以虛明朗其照閑邃篤其情耶並三復斯談猶昧然未盡俄而太陽告夕所存已往乃悟幽人之玄覽達恆物之大情其為神趣豈山水而已哉於是徘徊崇嶺流目四矚九江如帶丘阜成垤因此而推形有巨細智亦宜然迺喟然歎宇宙雖遐古今一契靈鷲邈矣荒途日隔不有哲人風跡誰存應深悟遠慨焉長懷各欣一遇之同歡感良辰之難再情發於中遂共詠之云爾

超興非有本理感興自生忽聞石門遊奇唱發幽情褰
裳思雲駕望崖想曾城馳步乘長岩不覺質有輕矯首
登靈闕眇若凌太清端坐運虛輪轉彼玄中經神仙同
物化未若兩俱冥

廬山諸沙彌

觀化決疑

謀始創大業問道叩玄篇妙唱發幽蒙觀化悟自然觀
化化已及尋化無間然生皆由化化化化更相纏宛轉
隨化流漂浪入化淵五道化為海孰為知化仙萬化同
歸盡離化化乃玄悲哉化中客焉識化表年

史宗 史宗者不知何許人常著麻衣世號麻衣道士

詠懷詩

高僧傳曰宗常在廣陵白土埭凭埭謳唱引䌰以自欣暢得直隨以施人時高平檀祗為江都令聞而召來應對機捷無所拘滯博達稽古辯說玄儒乃賦詠懷詩一首檀祗知非常人遣還所在遣布二十疋悉以乞人

有欲苦不足無欲亦無憂未若清虛者帶索被玄裘浮
遊一世間汎若不繫舟方當畢塵累栖志老山丘

帛道猷 本姓馮山陰人居若耶山少以篇牘著稱性率素好丘壑一吟一咏有濠上之風

陵峯採藥觸興為詩

釋氏古詩題云寄道壹有相招之意高僧傳曰猷與道壹經有講筵之遇後與一書因贈詩云

連峯數千里脩林帶平津雲過遠山翳風至梗荒榛茅
茨隱不見雞鳴知有人閑步踐其徑處處見遺薪始知
百代下故有上皇民

竺僧度 姓王名晞字玄宗東莞人

荅苕華詩

高僧傳曰度少孤獨與母居求同郡楊德慎女安字茗華未及成禮茗父母繼亡度母亦卒度覩世代無常乃捨俗出家改名僧度茗華服畢自惟三從之義無獨立之道乃與度書并贈詩度答書報詩於是專精佛法後不知所終

機運無停住倏忽歲時過巨石會當竭芥子豈云多良由去不息故令川上嗟不聞榮啓期皓首發清歌布衣可暖身誰論飾綾羅今世雖云樂當奈後生何罪福良由已寧云已恤他

贈竺度　　茗華

大道自無窮天地長且久巨石故叵消芥子亦難數人生一世間飄若風過牖榮華豈不茂日夕就彫朽川上有餘吟日斜思鼓缶清音可娛耳滋味可適口羅紈可飾軀華冠可曜首安事自翦削耽空以害有不道妾區區但令君恤後

張奴

歌一首

高僧傳曰外國名僧佉吒寄名長干寺有張奴者不知何許人不甚見食而常自肥澤冬夏常著單布衣佉吒行見張奴欣然而笑佉吒曰吾東見蔡弛南訊馬生北遇王年今欲就杯度乃與子相見耶

張奴乃題槐樹為歌曰

濛濛大象內照曜實顯彰何事迷昏子縱惑自招殃樂所少人往苦道若翻囊不有松栢志何用擬風霜閑豫紫烟表長歌出昊蒼澄虛無色外應見有緣鄉歲曜吡漢后麗辰傳啟王伊余非二仙晦迹之九方亦見流俗子觸眼致酸傷略謠觀有念寧曰盡森章

謝道韞　王凝之之妻安西將軍奕之女也聰識有才辨及遭孫恩之難聞夫為賊所害抽刃出門手殺數人自爾嫠居會稽家中莫不嚴肅有文才所著詩賦頌誄行於世

登山

峨峨東嶽高秀極沖青天岩中間虛宇寂寞幽以玄非工復非匠雲構發自然氣象爾何物遂令我屢遷逝將宅斯宇可以盡天年

擬嵇中散詠松

遙望山上松隆冬不能凋願想遊下憩瞻彼萬仞條騰躍未能升頓足俟王喬時哉不我與大運所飄颻

咏雪聯句

謝太傅安寒雪日內集與兒女講論文義俄而雪驟公欣然唱韻兒子朗兒及兄女道韞賡歌公大笑樂

白雪紛紛何所似謝公撒鹽空中差可擬胡兒未若柳絮因

風起謳道

桃葉 王獻之妾

荅團扇歌三首 樂府以前二首作古辭後一首作王金珠

七寶畫團扇粲爛明月光與郎却暄暑相憶莫相忘

青青林中竹可作白團扇動搖郎玉手因風託方便

團扇復團扇持許自障面憔悴無復理羞與郎相見

團扇郎

手中白團扇淨如秋團月清風任動生嬌聲任意發

謝芳姿

團扇歌二首

古今樂錄曰團扇歌者晉中書令王珉捉白團扇與嫂婢謝芳姿有愛情好甚篤嫂捶撻婢過苦王東亭聞而止之芳姿素善歌嫂令歌一曲當赦之應聲歌曰||珉聞更問之汝歌何遺芳姿即改曰||

白團扇辛苦五流連是郎眼所見

白團扇顦顇非昔容羞與郎相見

劉和妻王氏

正朝詩

稔冉寅機運迅矣四節經太簇應玄律青陽兆初正

傅充妻辛氏

元正詩

元正啓令節嘉慶肇自茲咸奏萬年觴小大同悦熙

陳新塗妻李氏

冬至詩

靈象尋數廻四氣平運散陰律皷微陽大明啓脩旦感與時來與心隨逝化歎式宴集中堂賓客盈朝館

詩紀卷之三十七

詩紀卷之三十八　　晉十八

蘇若蘭

璇璣圖詩

前秦苻堅時秦州刺史扶風竇滔妻蘇氏陳留令武功蘇道賢第三女也名蕙字若蘭智識精明儀容秀麗謙默自守不求顯揚年十六歸於竇氏滔甚敬之然蘇氏性近於急頗傷嫉妬滔字連波右將軍于真之孫朗之第二子也神風偉秀該通經史允文允武時論高之苻堅委以心膂之任備歷顯職皆有政聞遷秦州刺史以忤旨謫戍燉煌會堅克晉襄陽慮有危偪藉滔才略詔拜安南將軍留鎮襄陽初滔有寵姬趙陽臺歌舞之妙無出其右滔置之別所蘇氏知之求而獲焉苦加捶辱滔深以為憾陽臺又專伺蘇氏之短讒毀交至滔益忿蘇氏蘇氏時年二十一及滔將鎮襄陽邀蘇氏同往蘇氏忿之不與偕行迺攜陽臺之任絕蘇氏音問蘇氏悔恨自傷因織錦為回文五綵相宣瑩心輝目縱廣八寸題詩二百餘首計八百餘言縱橫反覆皆為文章其文點畫無缺才情

之妙超今邁古名曰璇璣圖然讀者不能悉通蘇氏笑曰徘徊宛轉自為語言非我家人莫能解之遂發蒼頭齎至襄陽滔覽之感其妙絕因送陽臺之關中而具車從盛禮迎蘇氏歸于漢南恩好愈重蘇氏所著文詞五千餘言屬隋季喪亂文字散落追求弗獲而錦字回文盛傳于世朕聽政之暇留心墳典散帙之次偶見斯圖因述若蘭之多才復美連波之悔過遂製此文聊示將來如意元年五月一日大周天冊金輪皇帝製

讀圖內詩括例

依五色所分章次讀之

仁智至慘傷　倫匹至楡桑　人賤至聖皇

春陽至殊方　欽岑至如何

已上七言四十句每句為一首每首反讀之

計八十首

詩風至表玄　人賢至凋松　光顏至虎龍

日往至寄傾

已上五言十六句以每句反讀之成三十二

首

周南至相追　年時至無差　讒佞至未形

牽辜至伯禽

已上四言二十四首作兩句分讀就成一篇

盈顏至勞形　懷憂至何寃　念是至如何

悼思至者誰　詩情至終始

已上四言前四首以每句反讀後一首每句

反讀成十首

嗟歎至為榮　凶頑至為基　遊西至摧傷

神明至厲歸

已上三言十二首反讀成二十四首

佞因至舊新　南鄭至遺身　舊聞至佞臣

遺哀至南音

已上七言九起頭退一字反讀之成四首

廂挑至基津　嗟中至春親　春哀至嗟仁

基自至廂琴

已上七言自角退一字斜讀之成四首

再叙

回文詩圖古無悉通者予因究璇璣之義如日星之左右行天故布為經緯由中旋外以旁循四旁於其交會皆契韻句𢌞還反復窈窕縱横各能妙暢又原五采相宣之説傳色以開其篇章其在經緯者始於璣蘇詩始四字其在節會者右旋而出隨其所至各成章什外經則始於仁真至于音深中經自欽深至于身愍内經自詩情至于終始皆循方回文者也四角之方如仁真欽心四韻成章而回文者也至其經緯之國者隨色自分則外之四角窈窕成文而文皆

六言也四旁者相對（成文而文）皆六言也及交手成文而文皆四言也在中之四角者一例横讀而四言在中之四旁者隨向横讀而五言惟旋圖于氏四字不入章句觀其宛轉反覆皆才思精深融徹如契自然盖騷人才子所難豈心女工之尤哉詩編載驰史美班肩才女專静用志不分雖皆擅名此為精贍者也聊隨分篇掇其一隅以為三隅之反代久傳訛頗有誤字亦輙證改一二其他闕謬不欲以意足之雖未能盡達元思抑庶幾不為滯塞云

經緯（始於璣蘇詩始四字）

璣明别改知識深峨嵯峻嵓幽岑欽所感想忘荒淫心
堂空惟思詠和音
詩興感遠殊浮沉華英翳曜潜陽林羅網經涯重淵深
峨嵯峻嵓幽岑欽
蘇作興感昭恨神辜罪天離間舊新霜氷齊潔志清純
望誰思想懷所親（凡三色讀不可回文）

外經

仁智懷德聖虞唐貞妙顯華重雲章臣賢惟聖配英皇

倫匹離飄浮江湘（回讀）
傷慘懷慕增憂心堂空思誰詠和音藏摧悲聲發曲秦
商絃激楚流清琴

中經

欽岑幽嵓峻嵯峨深淵重涯經網羅林陽潜曜翳英華
沉浮異逝頹流沙（回讀）
何如將情纏憂慼多患生艱惟苦身加兼愁悴少精神
遐幽曠遠離鳳麟

内經

詩情明顯怨義興理辭麗作此端無終始 回讀
始終無端作此麗辭理興義怨顯明情詩

四角之方

仁智懷德聖虞唐真志篤終誓穹蒼欽所感想忘淫荒
心憂增慕懷慘傷 回讀

四角之間窈窕成文

嗟歎懷所離經遐曠路傷中情家無君房幃清華飾容
朗鏡明 回讀

四角在中者一例橫讀

念是咎愆誰與獨居賤女懷歎鄙賤何如 反讀窈窕成文
愆咎是念誰與獨居歎懷女賤鄙賤何如

四旁相對成文文皆六言

讒人作亂閨庭奸凶害我忠貞禍原膚受難明所恃滋
極驕盈

四旁隨向橫讀而成五言

寒歲識彫松真物知始終顏衰改華容仁賢別行士 反讀 窈窕成文
士行別賢仁容華改衰顏終始知物真松彫識歲寒

交手成文文皆四言

讒佞奸凶害我忠貞禍因所恃滋極驕盈 反讀

用色分章 止舉一隅餘皆倣此

嗟歎懷所離經遐曠路傷中情 十二字用粉紅

橫用色

家無君房幃清華飾容朗鏡明 用綠
葩紛光珠耀英多思感誰為榮 用白
周風興自后妃樊楚厲節中闈 周楚二字用黃外十字用綠
長歎不能奮飛雙發歌我袞衣 長雙二字用黃外十字用粉紅

華觀治容為誰宮羽同聲相追 華宮二字用黃外十字用青

已上依此順讀成章

直用色

庭閨亂作人　明難受膚原 用綠
榮苟不義姬　城傾在戒后 用粉紅
熒猶炎盛輿　形未在謹深 用青

已上作兩句各添下字倒讀成章

恩感頹盜孜孜傷情名君在時夢想勞形 用粉紅順讀
龍旂容衣虎彫飾繡 八字用綠

橫用黃色
奸佞讒人作亂闈庭所因禍原膚受難明
右舉此為例餘可悉通元祐三年九月工部何公過
麹院見僕書几有此驚曰昨日於屯田陳侯所觀書
唐真本圖宜皆可求一見果得出示凡六幅右三為
若蘭所居重樓複屋戶牖間各作著思練絲織錦遣
使處左三幅為竇滔歸第外為車馬相迎次女妓坐
大毯畣合樂其閒樓閣對飲處　圖中近上作遠
水紅橋竇臨高列騎擁旌旄以望橋之西氊車從數

騎排引見滔盛禮迎蘇圖中近下左書武后序右寫
詩圖徐視果有淡色分其篇章正與此同廼知人心
不甚相遠而尤可怪矣青紅綠旋所之方皆不之差
蓋理之所在陰陽五行色味莫不相假況情識之運
宜自冥合也元豐四年四月趙郡李公麟伯時再題
又五色讀法見武功縣志
四圖縱橫初行八行十五廿二廿九行及仁嗟斜至
春覩廓琴斜至基津以朱畫其形如　按讀法此色
凡九圖餘四色色各一圖共詩三千七百五十二首

四隅嗟情至英多遊桑至長愁神飛至悲春凶慈至
持從縱橫皆六字以墨畫
正面妃闈至麴悲移陂至背辭縱六字橫十三字庭
闈至防萌身我至惟新縱十三字橫六字以青畫
中方正面龍旂至麗克衰情至暮世縱四字橫五字
兩旁寒歲至行士詩風至微玄縱五字橫四字以紫
畫
中方四隅思情至側憂嬰漫至若我德居至賤鄙懷
悲至戚知縱橫皆四字又中縱各五字詩情至顯怨
端比至麗辭橫各五字詩始至無端怨義至理辭空

中心圖始平蘇氏詩心九字以黃畫

詩紀卷之三十八

詩紀卷之三十九

晉十九

郊廟歌辭

晉郊祀歌三首　傅玄

晉書樂志曰武帝受命泰始二年詔郊祀明堂禮樂權用魏儀遵周室肇稱殷禮之義但改樂章使傅玄爲之辭凡十九篇

夕牲歌

天命有晉穆穆明明我其夙夜祗事上靈常于時假迄用其（一作有）成於薦玄牡進夕其牲崇德作樂神祇是聽

迎送神歌

宣文烝哉日靖四方永言保之夙夜匪康光天之命上帝是皇嘉樂殷薦靈祚景祥神祇降假享福無疆

饗神歌　三章

天祚有晉其命惟新受終于魏奄有兆（晉書作黎）民燕及皇天懷柔百神不顯遺烈之德之純享其玄牡式用肇禋神祇來格福禄是臻

時邁其猶昊天子之祐享有晉兆民戴之畏天之威敬授人時不顯不承於猶繹思皇極斯建庶績咸熙庶幾夙夜惟晉之祺

宣文惟后克配彼天撫寧四海保有康年於乎緝熙肆用靖民爰立典制爰修禮紀作民之極莫非資始克昌厥後永言保之

晉天地郊明堂歌五首

夕牲歌（天地郊明堂同用）

皇矣有晉時邁其德受終于天光濟萬國萬國既光神定厥祥虔于郊祀祗事上皇祗事上皇百福是臻巍巍祖考克配彼天嘉牲匪歆德馨惟饗受天之神祐化四方（宋書作神和四暢）

降神歌

於赫大晉膺（晉書作應）天景祥二帝邁德宣玆重光我皇受命奄有萬方郊祀配享禮樂孔章神祇嘉饗祖考是皇克昌厥後保祚無疆

天郊饗神歌

整泰壇祀（晉書作禮）皇神精氣感百靈賓蘊朱火燎芳薪紫煙遊（一作起）冠青雲神之體靡象形曠無方幽以清神之來光景照聽無聞視無兆神之至舉歆歆靈爽協動余

心神之坐同歡娛澤雲翔化風舒嘉樂奏文中聲八音諧神是聽咸潔齊並芬芳亨牷牲享玉觴神悅饗歆禋祀祐大晉降繁祉祚京邑行（晉書作廣）四海保天年（晉書作命）窮地紀

地郊饗神歌

整泰折埃皇祇衆神感群靈儀陰祀設吉禮施夜將極時未移祇之體無形象潜泰幽洞忽荒祇之出薆若有靈無遠天下母祇之來遺光景昭若存終冥冥祇之至舉欣欣舞象德歌成文祇之坐同歡豫澤雨施化雲布樂八變聲教敷物咸亨祇是娛齊既潔侍者肅玉觴進咸穆穆饗嘉薦歆德馨祚有晉暨群生溢九壤格天庭保萬壽延億齡（初學記載一首云結方丘祇國琛樽既享俎既歆斂檢玉具臺琛楙百福底自古錫萬壽迄在今）

明堂饗神歌

經始明堂享祀匪懈於皇烈考光配上帝赫赫上帝既高既崇聖考是配明德（樂府作堂）顯融率土敬職萬方來祭常于時假保祚永世

晉宗廟歌十一首

南齊書樂志曰晉泰始中傅玄造祠廟夕牲昭夏歌一篇迎送神肆夏歌一篇登七廟七篇饗神歌二篇玄云登歌歌盛德之功烈故廟異其文饗神猶周頌之有瞽及雍但說祭饗神明禮樂之盛七廟饗神皆用之

夕牲歌

我夕我牲猗歟敬止嘉豢孔時供茲享祀神鑒厥誠博碩斯歆祖考降饗以虞孝孫之心

迎送神歌

嗚呼悠哉日監在茲以時享祀神明降之神明斯降既祐饗之祚我無疆受天之祐赫赫太上巍巍聖祖明明烈考丕承繼序

征西將軍登歌

經始宗廟神明戾止申錫無疆祇承享祀假哉皇祖綏予孫子燕及後昆錫茲繁祉

豫章府君登歌

嘉樂肆庭薦祀在堂皇皇宗廟乃祖先皇濟濟辟公相予蒸嘗享祀不忒降福穰穰

潁川府君登歌

於邈先后實司于天顯矣皇祖帝祉肇臻本支克昌資

始開元惠我無疆享祀（晉書作祚）永年

京兆府君登歌

於惟曾皇顯顯令德高明清亮匪兢柔克保乂命祐基命惟則篤生聖祖光濟四國

宣皇帝登歌

於鑠皇祖聖德欽明勤施四方夙夜敬止載敷文教載揚武烈匡定社稷恭行天罰經始大業造創帝基畏天之命于時保之

景皇帝登歌

執兢景皇克明克哲旁作穆穆惟祇惟畏纂宣之緒耆定厥功登此俊乂糾彼群凶業業在位帝既勤止維天之命於穆不已

文皇帝登歌

於皇時晉允文文皇聰明睿智聖敬神武萬幾莫綜皇斯清之虎兕（晉書作蚍豕）放命皇斯平之柔遠能邇簡授英賢創業垂統勳格皇天

饗神歌　二章

曰晉是常享祀時序宗廟致敬禮樂具舉惟其來祭普天率土犧樽既奠清酤既載亦有和羹蔦羞斯備蒸蒸永慕感時興思登歌奏舞神樂其和祖考來格祐我邦家敷天之下罔不休嘉

肅肅在位濟濟臣工四海來格禮儀有容鐘鼓振管絃理舞開元歌永始神胥樂兮肅肅在位臣工濟濟小大咸敬上下有禮理管絃振鼓鐘舞象德歌詠功神胥樂兮肅肅在位有來雍雍穆穆天子相維辟公禮有儀樂有則舞象功歌詠德神胥樂兮

晉江左宗廟歌十三首　曹毗

（晉書樂志曰永嘉之亂海内分崩伶官樂器皆沒於劉石江左初立宗廟以無雅樂器及伶人省大樂并鼓吹令是後頗得登歌食舉之樂明帝又詔阮孚等增益之成帝復置太樂官鳩集遺逸而尚未有金石也庾亮爲荊州與謝尚脩復雅樂未具而亮薨及慕容儁平冉閔鄴下樂人頗有來者永和十一年謝尚鎮壽陽採拾樂人以備大樂并制石磬雅樂頗具太元中破苻堅獲其樂工楊蜀等閑習舊樂於是四廂金石始備使曹毗王珣等增造宗廟歌詩然郊祀遂不設樂）

歌高祖宣皇帝

於赫高祖德協靈符應運撥亂鼇整天衢勳格宇宙化動八區肅以典刑陶以玄珠神石吐瑞靈芝自敷肇基

天命道均唐虞
歌世宗景皇帝
景皇承運纂隆洪緒皇維重抗天暉再舉蠢矣二寇擾
我揚楚乃整元戎以膏齊斧亹亹神筭赫赫王旅鯨鯢
既平功冠帝宇
歌太祖文皇帝
太祖齊聖王猷誕融仁教四塞天基累崇皇室多難嚴
清紫宮威厲秋霜惠過春風平蜀夷楚以文以戎奄有
參墟聲流無窮

歌世祖武皇帝
於穆武皇允龔欽明應期登禪龍飛紫庭百揆時序聽
斷以情殊域既賓僞吳亦平晨流甘露宵暎朗星野有
擊壤路垂頌聲
歌中宗元皇帝
運屯百六天羅解貫元皇勃興網羅江漢仰齊七政俯
平禍亂化若風行澤猶雨散淪光更耀金輝復煥德冠
千載蔚有餘粲
歌肅宗明皇帝

明明肅祖闡弘帝祚英風夙發清暉載路姦逆縱忒罔
式皇度躬振朱旗遂豁天步宏猷淵塞高羅雲布品物
咸寧洪基永固
歌顯宗成皇帝
於休顯宗道澤玄播式宣德音暢物以和邁德蹈仁匪
禮弗過軌以純風濯以清波連理映阜鳴鳳棲柯同規
放勛義蓋山河
歌康皇帝
康帝穆穆仰嗣洪德爲而不宰雅音四塞閑邪以誠鎮
物以默威靜區宇道宣邦國

歌孝宗穆皇帝
孝宗夙哲休音允臧如彼晨離曜景扶桑垂訓華幄流
潤八荒幽讚玄妙爰該典章西平僭蜀北靜舊疆高猷
遠暢朝有遺芳
歌哀皇帝
於穆哀皇聖心虛遠雅好玄古大庭是踐道尚無爲治
存易簡化若風行民猶草偃雖曰登遐徽音彌闡愔愔
雲韶盡美盡善

歌太宗簡文皇帝　王珣字元琳丞相導之孫少以清秀稱大司馬桓溫辟爲主簿從討袁真封東亭侯孝武時累遷尚書令

皇矣簡文於昭于天靈明若神周淡如淵冲應其來實
與其遷亹亹心化日用不言易而有親簡而可傳觀流
彌遠求本逾玄

歌烈宗孝武皇帝

天鑒有晉欽哉烈宗同規文考玄默允龔威而能猛約
而能通神鉦一震九域來同道積淮海雅頌自東氣陶
淳露化協時雍

四時祠祀歌　曹毗

肅肅清廟巍巍聖功萬國來賓禮儀有容鐘鼓振金石
熈宣兆祚武開基神斯樂兮理管絃有來斯和說功德
吐清歌神斯樂兮洋洋玄化潤被九壤民無不悅道無
不徃禮有儀樂有式詠九功永無極神斯樂兮

燕射歌辭

晉四廂樂歌三首　傅玄

晉書樂志曰晉初食舉亦用鹿鳴至武帝泰始五年使傅玄荀勗張華各造正旦行禮及王公上壽酒食舉樂歌詩後又詔成公綏亦作焉傅玄造三篇一曰天鑒二曰於赫三曰天命

正旦大會行禮歌四章

天鑒有晉世祚聖皇時齊七政朝此萬方　鐘鼓斯震
九賓備禮正位在朝穆穆濟濟　煌煌三辰實麗于天
君后是象威儀孔虔　率禮無愆莫非邁德儀刑聖皇
萬邦惟則

上壽酒歌

於赫明明聖德龍興三朝獻酒萬壽是膺敷佑四方如
日之升自天降祚元吉有徵

食舉東西箱歌十三章

天命大晉載育群生於穆上德隨時化成　自祖配命
皇皇后辟繼天創業宣文之績　丕顯宣文先知稼穡
克恭克儉足教足食　既教食之弘濟艱難上帝是祐
下民所安　天祐聖皇萬邦來賀雖安勿安乹乹匪假
乃正丘郊乃定冢社廩廩作宗光宅天下　惟敬朝
饗爰奏食舉盡禮供御嘉樂有序　樹羽設業笙鏞以
閒琴瑟齊列亦有篪塤　喤喤鼓鐘鎗鎗磬管八音克
諧載夷載簡　既夷既簡其大不禦風化潛興如雲如
雨　如雲之覆如雨之潤聲教所曁無思不順　教以

化之樂以和之和而養之時惟邕熙　禮愼其儀樂節
其聲於鑠皇繇旣和且平

晉四廂樂歌十七首　荀勗

晉書樂志曰魏杜夔傳舊雅樂四曲一曰鹿鳴二曰騶虞三曰伐檀四曰文王皆古聲辭及太和中左延年改夔騶虞伐檀文王三曲更自作聲節其名雖同而聲實異唯因夔鹿鳴全不改易正旦大會太尉奉璧羣后行禮東廂雅樂郎作者是也後又改二篇第一曰於赫篇詠武帝聲節與古鹿鳴同第二曰巍巍篇詠文帝用延年所改騶虞聲第三曰洋洋篇詠明帝用延年所改文王聲第四曰日復用鹿鳴鹿鳴之聲重用而除古伐檀古今樂錄曰漢故事上壽用四會曲魏明帝青龍二年以長笛食舉第十一古大置酒曲代四會又易古詩名曰羽觴行用為上壽曲施用寂在前鹿鳴以下十二曲名食舉樂而四會之曲遂廢○晉書樂志曰泰始中使傅玄荀勗張華各造正旦大會行禮及王公上壽酒食舉樂歌詩勗乃更作行禮詩四篇又為正旦大會王公上壽歌詩并食舉樂歌詩合十三篇又以魏氏歌詩或二言或三言或四言或五言與古詩不類以問司律中郎將陳頎頎曰被之金石未必皆當故勗造晉歌皆為四言唯王公上壽酒一篇為三言五言焉

正旦大會行禮歌四首

於皇　宋書樂志曰晉荀勗造正旦大會行禮歌四篇一曰於皇當魏於赫

於皇元首群生資始履端大享敬御繁祉肆覲群后爰
及卿士欽順則元允也天子

明明　當魏巍巍

明明天子臨下有赫四表宅心惠浹荒貊柔遠能邇孔
淑不逆來格祁祁邦家是若

邦國　當魏洋洋

光光邦國天篤其祜丕顯哲命顧柔三祖世德作求奄
有九土思我皇度彝倫攸序

祖宗　當魏鹿鳴

惟祖惟宗高朗緝熈對越在天駿惠在茲聿求厥成我
皇崇之式固其猶往敬用治

王公上壽酒歌

踐元辰　當魏羽觴行

踐元辰延顯融獻羽觴祈令終我皇壽而隆我皇茂而
嵩本支奮百世休祚鍾聖躬

食舉樂東西廂歌十二首

煌煌　當鹿鳴

煌煌七曜重明交暢我有嘉賓是應是貺邦政既圖接
以大饗人之好我式遵德讓

賓之初筵　當於穆

賓之初筵藹藹濟濟旣朝乃宴以洽百禮頒以位叙或
廷或陛登儐台叟亦有兄弟胥子陪寮憲兹度楷觀頤
養正降福孔偕

三后 當昭昭

昔我三后大業是維今我聖皇焜燿前暉奕世重規明
照九畿思輯用光時罔有違陟禹之跡莫不來威天被
顯祿福履是綏

赫矣 當華華

赫矣太祖克廣明德廓開宇宙正世立則變化不經民

無瑕慝創業垂統兆我晉國

烈文 當朝宴

烈文伯考時惟帝景夷險平亂威而不猛御衡不迷皇
塗煥炳七德咸宣其盛惟永

猗歟 當盛德

猗歟盛歟先皇聖文則天作孚大哉爲君愼徽五典帝
載是勤文武發揮茂建嘉勳修已濟治民用盛殷懷遠
燭幽玄教氛氳善世不伐服事三分德博化隆道冒無
垠

隆化 當綏萬邦

隆化洋洋帝命溥將登我晉道越惟聖皇龍飛革運臨
燾八荒叡哲欽明配蹤虞唐封建厥福駿發其祥三朝
習吉終然允臧其臧惟何總彼萬方元侯列辟四嶽蕃
王時見世享率兹有常旅揖在庭嘉客在堂宋衛旣臻
陳留山陽我有賓使觀國之光貢賢納計獻璧奉璋保
祐命之申錫無疆

振鷺 當朝朝

振鷺于飛鴻漸其翼京邑穆穆四方是式無競惟人王

綱允敕君子來朝言觀其極

翼翼 當順天

翼翼大君民之攸曁信理天工惠康不匱將遠不仁訓
以淳粹幽明有倫俊乂在位九族旣睦庶邦順比開元
布憲四海鱗萃協時正統殊塗同致厚德載物靈心隆
貴敷奏讜言納以無諱樹之典象誨之義類上教如風
下應如卉一人有慶群萌以遂我后宴喜令問不墜

旣宴 當陟天庭

旣宴旣喜翕是萬邦禮儀卒度物有其容晰晰庭燎皇

喤鼓鐘笙磬詠德萬舞象功八音克諧俗易化從其和
如樂庶品時邕
時邕斌斌宋書作份份　時雍當參兩儀　六合同塵往我祖宣威靜殊鄰首定
荊楚遂平燕秦亹亹文皇邁德流仁爰造草昧應乾順
民靈瑞告符休徵響震天地弗違以和神人既戡庸蜀
吳會是賓肅慎率職楛矢來陳韓濊進樂均晉書作宮協清
鈞西旅獻獒扶南效珍蠻裔重譯玄齒文身我皇撫之
景命惟新

嘉會

愔愔嘉會有聞無聲清酤既奠籩豆既馨晉書作升禮充樂
備簫韶九成愷樂飲酒酣而不盈率土歡豫邦國以寍
王猷允塞萬載無傾

晉四廂樂歌十六首　張華

晉書樂志曰張華以爲魏上壽食舉詩及漢代所施用其文句長短不齊未皆合古蓋以依詠弦節本有因循而識樂知音足以制聲度曲法用率非凡近之所能改二代三京襲而不變雖詩章辭異廢興隨時至其韻逗留曲折皆繫於舊有由然也是以一皆因就不敢有所改易

王公上壽詩

稱元慶奉聖觴后皇延遐祚安樂撫萬方

食舉東西廂樂詩十一章

明明在上丕顯厥繇翼翼三壽蕃后惟休群生漸德六
合承流三正元辰朝慶鱗萃華夏奉職貢八荒覲殊類
黻冕充廣庭鳴玉盈朝位
濟濟朝位言觀其光儀序既以時禮文煥以彰思皇享
多祜嘉樂永無央
九賓在庭臚讚既通升瑞奠贄乃侯乃公穆穆天尊隆
禮動容履端承元吉介福御萬邦

朝享上下咸雍崇多儀繁禮容舞盛德歌九功揚芳烈
播休蹤
皇化洽洞幽明懷柔百神輯祥禎潛龍躍雕虎仁儀鳳
鳥石游麟枯蠹榮竭泉流菌芝茂枳棘柔和氣應休徵
弦協靈符彰帝期綏宇宙萬國和昊天成命賚皇家賚
皇家
世資聖哲三后在天啓鴻烈啓鴻烈隆王基率土謳吟
欣戴于時恒文象代氣著期
泰始開元龍升在位四隩同風變寍殊類五瑞來備嘉

生以遂凝庶績臻大康申繁祉脩無疆本枝百世繼緒
不忘繼緒不忘休有烈光永言配命惟晉之祥
聖明統世篤皇仁廣大配天地順動若陶鈞玄化參自
然至德通神明清風暢八極流澤被無垠
於皇時晉奕世齊聖惟天降嘏神祇保定弘濟區夏允
集大命有命既集光帝猷大明重曜鑒六幽聲教洋溢
惠滂流惠滂流移風俗多士盈朝賢俊比屋敦世心斲
彫反素樸反素樸懷庶方干戚舞階庭踈狄悅遐荒扶
南假重譯肅慎襲衣裳雲覆雨施德洽無疆旁作穆穆

仁化翔
朝元日賓王庭承宸極當盛明行和樂竭祇誠仰嘉惠
懷德馨遊淳風泳淑清協億兆同歡榮建皇極統天位
運陰陽御六氣殷群生成性類王道浹治功成人倫序
俗化清虔明祀祇三靈崇禮樂式儀刑
慶元吉宴三朝播金石詠泠簫奏九夏舞雲韶邁德音
流英聲八紘一六合盛六合盛承聖明王澤洽道登隆
綏函夏總華戎齊德教混殊風混殊風康萬國崇夷簡
尚敦德弘王度遠遐則

正旦大會行禮詩 四章

於赫皇祖迪哲齊聖經緯大業基天之命克開洪緒誕
篤天慶旁濟彝倫仰齊七政
烈烈景皇克明克聰靜封畧定勳功成民立政儀刑萬
邦式固崇執光紹前蹤
允文烈考濬哲應期參德天地比功四時大亨以正庶
績咸熙肇啓晉宇遂登皇基
明明我后玄德通神受終正位協應天人容民厚下育
物流仁躋我王道輝光日新

晉四廂樂歌　成公綏

王公上壽酒歌

上壽酒樂未央大晉應天慶皇帝永無疆

正旦大會行禮歌 十五章

穆穆天子光臨萬國多士盈朝莫非俊德流化罔極王
猷允塞嘉會置酒嘉賓充庭羽旄曜辰極鐘鼓振泰清
百辟朝三朝彧彧明儀刑濟濟鏘鏘金振玉聲
禮樂具宴嘉賓肴壽祚聖皇景福惟日新群后戾止有
來雍雍獻酬納贄崇此禮容豐肴萬俎旨酒千鍾嘉樂

晝宴樂福祿咸攸同
樂哉天下安寧道化行風俗清簫韶作詠九成年豊穰
世泰平至治哉樂無窮元首聰明股肱忠澍豊澤揚清
風
嘉瑞出靈應彰麒麟見鳳凰翔醴泉湧流中唐嘉禾生
穗盈箱降繁祉祚聖皇承天位統萬國受命應期授聖
德四世重光宣開洪業景克昌文欽明德彌彰肇啓晉
邦流祚無疆
泰始建元鳳皇龍興龍興伊何享祚萬乘奄有八荒化

育黎蒸圖書煥炳晉書作既煥金石有徵德光大道熙隆被
四表格皇穹奕奕萬嗣明明顯融高朗令終保茲永祚
與天比崇
聖皇君四海順人應天期三葉合重光泰始開洪基明
曜參日月功光侔四時宇宙清且泰黎庶咸雍熙善哉
雍熙
惟天降命翼仁祐聖於穆三皇載德彌盛總齊璇璣光
統七政百揆時序化若神聖四海同風興至仁濟民育
物擬陶鈞擬陶鈞垂惠潤皇皇群賢峨峨英雋德化宣

芬芳播來胤
播來胤垂後昆清廟何穆穆皇極闢四門皇極闢四門
萬機無不綜亹亹翼翼樂不及荒飢不遑食大禮既行
樂無極
登崑崙上層城乘飛龍升泰清冠日月佩五星揚虹蜺
建羽旗披慶雲蔭繁榮覧八極遊天庭順天地和陰陽
序四時曜三光張帝綱正皇綱播仁風流惠康邁洪化
振靈威懐萬方納九夷朝閶闔宴紫微
建五旗羅鐘虡列四縣奏韶武鏗金石揚旌羽縱八佾

巴渝舞詠雅頌和律呂于胥樂樂聖主
化蕩蕩清風泄總英雄御俊傑開宇宙掃四裔光緝熙
美聖哲超百代揚休烈流景祚顯萬世
皇皇顯祖翼世佐時寧濟六合受命應期神武鷹揚大
化咸熙廓開皇衢用成帝基
光光景皇無競惟烈匡時拯俗休功蓋世宇宙既康九
域有截天命降鑒啓祚明哲
穆穆烈考克明克雋實天生德誕膺靈運肇建帝業開
國有晉載德奕世垂慶洪胤

朗明聖帝龍飛在天與靈合契通德幽玄仰化青雲俯育重淵受靈之祜於萬斯年

晉冬至初歲小會歌　張華

日月不留四氣迴周節慶代序萬國同一作咸休庶尹群后奉壽一作爵升朝我有嘉禮式宴百僚繁肴綺錯旨酒泉渟笙鏞和奏磬管流聲上隆其愛下盡其心宣其壅滯訓一作詠之德音乃宣乃訓配享交泰永載仁風長撫無外

晉宴會歌

亹亹我皇配天垂光留精日昃經覽無方聽朝有暇延命衆臣冠蓋雲集罇俎星陳肴蒸多品八珍代變羽爵無筭究樂極宴歌者流聲武者投袂動容有節絲竹並設宣暢四體繁手趣摯攏足發和酣不忘禮好樂無荒翼翼濟濟

晉中宮所歌

先王統大業玄化漸八維儀刑孚萬邦內訓隆壼闈皇英垂帝典大雅詠三妃執德宣隆教正位理厥機一作司含章體柔順率禮蹈謙祇螽斯弘慈惠樛木逮幽微音穆清風高義邈不追遺榮參日月百世仰餘暉

晉宗親會歌

族燕明禮順餟食序親親骨肉散不殊昆弟豈他人本枝篤同慶棠棣著先民於皇聖明后天覆弘且仁降禮崇親戚旁施協族姻式宴盡酣娛飲御備羞珍和樂既宣洽上下同歡欣德教加四海敦睦被無垠

詩紀卷之三十九

古詩紀
第十二册

詩紀卷之四十

晉二十

鼓吹曲辭

晉鼓吹曲二十二首　傅玄

晉書樂志曰武帝令傅玄製鼓吹曲二十二篇以代魏曲

靈之祥

古朱鷺行古今樂録曰靈之祥言宣皇帝之佐魏猶虞舜之事堯也既有石瑞之徵又能用武以誅孟度之逆命也

靈之祥石瑞章旌金德出西方天降命授宣皇應期運時龍驤繼大舜佐陶唐讚武文建帝網孟氏叛據南疆追有扈亂五常吳寇勁蜀虜彊交誓盟連遐荒宣赫怒奮鷹揚震乾威曜電光陵九天陷石城梟逆命拯有生萬國安四海寧

宣受命

古思悲翁行古今樂録曰宣受命言宣皇帝禦諸葛亮養威重運神兵亮震怖而死

宣受命應天機風雲時動神龍飛禦諸葛鎮雍梁邊境安夷夏康務節事勤定傾攬英雄保持盈淵穆穆赫明明冲而泰天之經養威重運神兵亮乃震斃天下晉書有安寧

征遼東

古艾而張行古今樂録曰征遼東言宣帝陵大海之表討滅公孫淵而梟其首也

征遼東敵失據威靈邁日域公孫既授首群逆破膽咸震怖朔北響應海表景附武功赫赫德雲布

宣輔政

古上之回行古今樂録曰言宣帝聖道深遠撥亂反正網羅文武之才以定二儀之序也

宣皇輔政聖烈深撥亂反正從天心網羅文武才慎厥所生所生賢遺教施安上治民化風移肇創一作造帝基洪業垂於鑠明明時赫戲功濟萬世定二儀定二儀雲行樂府作澤雨施海外風馳

時運多難

古擁離行古今樂録曰時運多難言宣帝致討吳方有征無戰也

時運多難道教痛天地變化有盈虛蠢爾吳蠻虎視江湖我皇赫斯致天誅有征無戰弭其圖天威橫被廓東隅

景龍飛

古戰城南行古今樂録曰景龍飛言景帝克明威教賞從夷逆祚隆無彊崇此洪基也

景龍飛御天威聰鑒玄察動與神明協機從之者顯逆之者滅夷文教敷武功巍普被四海萬邦望風莫不來綏聖德潛斷先天弗違弗違祥享世永長猛以致寬道化光赫明明祚隆無疆帝績惟期有命旣集崇此洪基

平玉衡

古巫山高行古今樂錄曰平玉衡言景帝一萬國之殊風齊四海之乖心禮賢養士而纂洪業也

平玉衡糺姦回萬國殊風四海乖禮賢養士羈御英雄思心齊纂戎洪業崇皇階品物咸亨聖敬日躋聰鑒盡下情明明綜天機

文皇統百揆

古上陵行古今樂錄曰文皇統百揆言文帝始統百揆用人有序以敷太平之化也

文皇統百揆繼天理萬方武將鎮四隅英佐盈朝堂謀言協秋蘭清風發其芳洪澤所漸潤礫石爲珪璋大道謀疑作侔五帝盛德踰三王咸光大上參天與地至化無内外無内外六合並康乂並康乂遺茲嘉會在昔羲與農大晉德斯邁鎮征及諸州爲蕃衛玄功濟四海洪烈流萬世

因時運

古將進酒行古今樂錄曰因時運言文帝因時運變聖謀潛施解長蛇之交離群桀之黨以武濟文審其大計以邁其德也

因時運聖策施長蛇交解群桀離勢窮奔吳虎騎厲惟武進審大計時邁其德清一世

惟庸蜀

古有所思行古今樂錄曰惟庸蜀言文帝旣平萬乘之蜀封建萬國復五等之爵也

惟庸蜀潛號天一隅劉備逆帝命禪亮承其餘擁衆數十萬闚隙乘我虛驛騎進羽檄天下不遑居姜維屢寇

邊隴上爲荒蕪文皇愍斯民歷世受罪辜外謨蕃屛臣内謀衆士夫爪牙應指授腹心獻一作同良圖良圖協成文大一作乃興百萬軍雷鼓震地起猛勢陵浮雲逋虜畏天誅面縛造壘門萬里同風教逆命稱妾臣光建五等紀綱天人

天序

古芳樹行古今樂錄曰天序言聖皇應歷受禪弘濟大化用人各盡其才也

天序歷應受禪承靈祐御群龍勒螭虎弘濟大化英雋作輔明明統萬機赫赫鎮四方咎繇稷契之疇協蘭芳

禮王臣覆兆民化之如天與地誰敢愛其身

大晉承運期

古上邪行古今樂録曰大晉承運期言聖皇應籙受圖化象神明也

大晉承運期德隆聖皇時清晏白日垂光應籙圖陟帝位繼天正玉衡化行象神明至哉道隆虞與唐元首敷洪化百寮股肱並忠良民大康隆隆赫赫福祚盈無疆

金靈運

古君馬黄行古今樂録曰金靈運言聖皇踐祚致敬宗廟而孝道行於天下也

金靈運天符發聖徵見參日月惟我皇體神聖受魏禪

應天命皇之興靈有徵登大麓御萬乘皇之輔若闞虎爪牙奮莫之禦皇之佐贊清化百事理萬邦賀神祇應嘉瑞章恭享禮薦先皇樂時奏磬管鏘鼓淵淵鐘鍠鍠奠樽俎實玉觴神歆饗咸悦康宴孫子祐無疆大孝烝烝德教被萬方

於穆我皇

古雉子行古今樂録曰於穆我皇言聖皇受命德合神明也

於穆我皇盛德聖且明受禪君世光濟群生普天率土莫不來庭顒顒六合内望風仰泰清萬國雍雍興頌聲大化洽地平而天成七政齊玉衡惟平峨峨佐命濟濟群英夙夜乾乾萬機是經雖治興匪荒寧謙道光冲不盈天地合德日月同榮赫赫煌煌曜幽冥三光克從於顯天垂景星龍鳳臻甘露宵零肅神祇祇上靈萬物欣戴自天効其成

仲春振旅

古聖人出行古今樂録曰仲春振旅言大晉申文武之教畋獵以時也

仲春振旅大致民武教於時日新師執提工執鼓坐作從（晉書作起）節有序盛矣允文允武蒐田表禡申法誓遂圍

禁獻社祭允以時明國制文武並用禮之經列車如戰大教明古今誰能去兵大晉繼天濟群生

夏苗田

古臨高臺行古今樂録曰夏苗田言大晉畋狩順時爲田除害也

夏苗田運將徂軍國異容文武殊乃命群吏撰車徒辨其號名讚契書王軍啓八門行同上帝居時路建大麾雲旗翳紫虛百官象其事疾則疾徐則徐回衡旋軫罷陳弊車獻禽享祠烝烝配有虞惟大晉德參兩儀化雲敷

仲秋獮田

古遠期行古今樂錄曰仲秋獮田言大晉雖有文德不廢武事順時以殺伐也

仲秋獮田金德常剛凉風清且厲凝露結爲霜白藏司辰蒼隼時鷹揚鷹揚猶尚父順天以殺伐春秋時叙雷霆振威曜進退由鉦鼓致禽祀礿羽毛之用充軍府赫赫大晉德芬烈陵三五敷化以文雖治晉書作安不廢武光宅四海永享天之祜

順天道

古石留行古今樂錄曰順天道言仲冬天閲用武修文大晉之德配天也

順天道握神契三時示講武事冬大閲鳴鐲振鼓鐸旌旗象虹霓文制其中武不窮武動軍誓衆禮成而義舉三驅以崇仁進止不失其序兵卒練將如闞虎惟闞虎氣陵青雲解圍三面殺不殄群僞旌麾班六軍獻享烝脩典文嘉大晉德配天祿報功爵侯賢饗燕樂受茲百祿嘉晉書作壽萬年

唐堯

古務成行古曲亡古今樂錄曰唐堯言聖皇陟帝位德化光四表也

唐堯諮務成謙謙德所興積漸終光大履霜致堅冰神明道自然晉書作成河海猶可凝舜禹統百揆元凱以次升禪讓應天曆睿聖世相承我皇陟帝位平衡正準繩德化飛四表祥氣見其徵興王坐俟旦亡主一作國恬一作主自矜致遠由近始覆簣成山陵披圖按先籍有其證靈液

玄雲

古玄雲行古曲亡古今樂錄曰玄雲言聖皇用人各盡其才也

玄雲起丘山祥氣萬里會龍飛何蜿蜿鳳翔何翽翽昔在唐虞朝時見青雲際今親遊萬方一作國流光溢天外

鶴鳴在後園清音隨風邁成湯隆顯命伊摯來如飛周文獵渭濱遂載呂望歸符合如影響先天天弗違輟耕綜時晉書作灿綱解褐衿天維元功配二王芬馨世所稀我皇叙群才洪烈何巍巍桓桓征四表濟濟理萬機神化感無方髦才盈帝畿丕顯惟昧旦日新孔所咨茂哉明聖德日月同光輝

伯益

古黄爵行古曲亡古今樂錄曰伯益言赤烏銜書有周以興今聖皇受命神雀來也

伯益佐舜禹職掌山與川德侔十六相思心入無間樂府

作閒智理周萬物下知衆鳥言黃雀應清化翔集何翩翩和鳴棲庭樹徘徊雲日間夏桀爲無道密網施山河晉作川酷祝振纖網當柰黃雀何殷湯崇天德去其三面羅逍遥群飛來鳴聲乃復和朱雀作南宿鳳皇統羽群赤烏銜書至天命瑞周文神雀今來遊爲我受命君嘉祥致天和膏澤隆降一作青雲藹風發芳氣闔世同其芬

釣竿

古釣竿行漢鐃歌二十二曲無釣竿古今樂録曰釣竿言聖皇德配堯舜又有呂望之佐以濟天功致太平也

釣竿何冉冉甘餌芳且鮮臨川運思心微綸沉九淵太公寶此術乃在靈祕篇機變隨物移精妙貫未然游魚驚著釣潛龍飛戾天戾天安所至撫翼翔太清太清一何異兩儀出渾成玉衡正三辰造化賦群形退願輔聖君與神合其靈我君弘遠畧天人不足并天人初并時昧昧何芒芒日月有徵兆文象興三皇寔尨亂山民黃帝用兵征萬方逮夏禹而德衰三代不及虞與唐我皇聖德配堯舜受禪卽祚享天祥率土蒙祐靡不肅庶事康庶事康穆穆明明荷百祿保無極永泰平

晉凱歌二首　張華

命將出征歌

重華隆帝道戎蠻或不賓徐夷興有周鬼方亦違殷今在聖明世寇虐動四垠豺狼染牙爪群生號穹旻元帥統方夏出車撫凉秦衆貞必以律臧否實在人威信加殊類疎逖思自親單醪豈有無一作味挾纊感至仁武功尚止戈七德美安民遠跡由斯舉永世無風塵

勞還師歌

玁狁背天德搆亂擾邦畿戎車震朔野群帥贊皇威將

士齊心旅感義忘其私積勢如鞹弩赴節如發機囂聲動山谷金光曜素暉揮戟晉書作戈陵勁敵武步蹈橫尸鯨鯢皆授首北土永清夷昔往冒隆暑今來白雪霏征夫信勤瘁自古詠采薇收榮於舍爵燕喜在凱歸

舞曲歌辭

晉正德大豫舞歌二首　傅玄

宋書樂志曰晉武帝泰始九年荀勗典知樂事使郭瓊宋識等造正德大豫之舞勗及傅玄張華又各造舞歌咸寧元年詔定祖宗之號而廟樂同用正德大豫舞

正德舞歌

天命有晉光濟萬國穆穆聖皇文武惟則在天斯正在地成德載韶政刑載崇禮教我敷玄化臻於中道

大豫舞歌

於鑠皇晉配天受命熙帝之光世德惟聖嘉樂大豫保祐萬姓淵兮不竭沖而用之先帝弗違虔奉天時

晉正德大豫舞歌二首　荀勗

正德舞歌

人文垂則盛德有容聲以依詠舞以象功干戚發揮節以笙鏞羽籥雲會翊宣令蹤敷美盡善允協時邕煥炳

其章光乎萬邦萬邦洋洋承我晉道配天作享元命有造上化如風民應如草穆穆斌斌形于綴兆文武旁作慶流四表無競維烈永世是紹

大豫舞歌

豫順以動大哉惟時時邁其仁世載邕熙兆我區夏宣文是基大業惟新我皇隆之重光累暉欽明文思迄用有成惟晉之祺穆穆聖皇受命既固品物咸寧芳烈雲布文教旁通篤以淳素玄化洽暢被之暇豫作樂崇德同美韶濩濬邈幽遐式遵王度

晉正德大豫舞歌二首　張華

晉書樂志曰泰始九年光祿大夫荀勗以杜夔所制律呂校太樂總章鼓吹八音與律呂乖錯乃制古尺作新律呂以調聲韻律成遂班下太常使太樂總章鼓吹清商施用勗遂典知樂事啓朝士解音律者共掌之使郭夏宋識等造正德大豫二舞其樂章亦張華所作之云

正德舞歌

曰皇上天玄鑒惟光神器周回五德代章祚命于晉世有哲王弘濟區夏陶甄萬方大明垂耀旁燭無疆蚩蚩庶類風德永康皇道惟清禮樂斯經金石在縣萬舞在庭象容表慶協律被聲軼武超濩取節六英同進退讓化漸無形大和宣洽通于幽冥

大豫舞歌

惟天之命符運有歸赫赫大晉三后重暉繼明紹世光撫九圍我皇紹期遂在璇璣群生屬命奄有庶邦慎徽五典玄教遐通萬方同軌率土咸雍爰制大豫宣德舞功醇化既穆王道協隆仁及草木惠加昆蟲億兆夷人悅仰皇風丕顯大業永世彌崇

晉宣武舞歌四首　傅玄

晉書樂志曰魏黄初三年改漢巴渝舞曰昭武舞景初元年又作武始咸熙章斌三舞皆執羽

籥及晉改貂武舞曰宣武舞羽籥舞曰宣文武
咸寧元年詔廟樂停宣武宣文二舞而同用正
德大豫舞云

惟聖皇篇　矛俞第一

惟聖皇德巍巍光四海禮樂猶形影文武爲表裏乃作巴渝肆舞士劒弩齊列戈矛爲之始進退疾鷹鷂龍戰而豹起如亂不可亂動作順其理離合有統紀

短兵篇　劒俞第二

劒爲短兵其勢險危疾踰飛電回旋應規武節齊聲或合或離電發星騖若景若差兵法攸象軍容是儀

軍鎮篇　弩俞第三

弩爲遠兵軍之鎮其發有機體難動往必速重而不遲銳精分鑮射遠中微弩俞之樂一何奇變多姿退若激進若飛五聲協八音諧宣武象讚天威

窮武篇　安臺行亂第四

窮武者喪何但敗北柔弱亡戰國家亦廢秦始徐偃既已作戒前世先王鑒其機修文整武藝文武足相濟然後德光大亂曰高則亢滿則盈亢必危盈必傾去危傾守以平沖則久濁能清混文武順天經

晉宣文舞歌二首

羽籥舞歌

羲皇之初天地開元罔罟禽獸群黎以安神農教耕創業誠難民得粒食澹然無所患黃帝始征伐萬品造其端軍駕無常居是曰軒轅軒轅旣勤止堯舜匪荒盛夏禹治水湯武又用兵孰能保安逸坐致太平聖皇邁乾乾天下輿頌聲穆穆且明明惟聖皇道化彰澂四海清三光萬機理庶事康潛龍升儀鳳翔風雨時物蕃昌卻走馬降瑞祥揚側陋簡忠良百祿是荷眉壽無疆

羽鐸舞歌

昔在渾成時兩儀尚未分陽升垂清景陰降興浮雲中和合氛氳萬物各異群人倫得其序衆生樂聖君三統繼五行然後有質文皇王殊運代治亂亦繽紛伊大晉德兼往古越犧農邈舜禹參天地陵三五禮唐周樂韶武豈惟簫韶六代具舉澤霑地境化充天寓聖明臨朝元凱作輔普天同樂胥浩浩元氣遐哉太清五行流邁日月代征隨時變化庶物乃成聖皇繼天光濟群生化之以道萬國咸寧受茲介福延于億齡

晉鼙舞歌五首

古今樂錄曰晉鼙舞歌五篇一曰洪業篇當魏曲明明魏皇帝古曲關東有賢女二曰天命篇當魏曲大和有聖帝古曲章和二年中三曰景皇篇當魏曲魏曆長古曲樂久長四曰大晉篇當魏曲天生蒸民古曲四方皇五曰明君篇當魏曲爲君既不易古曲殿前生桂樹按曹植鼙歌行云爲君既不易爲臣良獨難不知與此同否○晉宋書樂志載此五詩俱不言是傅玄作樂府作玄詩或别有考也

洪業篇

宣文創洪業盛德在泰始聖皇應靈符受命君四海萬國何所樂上有明天子唐堯禪帝位虞舜惟恭已恭已正南面道化與時移大赦盪萌漸文教被黄支象天則地體無爲聰明配日月神聖參兩儀雖有三凶類靜言無所施象天則地體無爲稷契並佐命伊呂升王臣蘭芷登朝肆下無失宿民聲發響自應表立景來附虓虎從羈制潛龍升一作飛天路備物立成器變通極其數百事以時叙萬機有常度訓之以克讓納之以忠恕群下仰清風海外同懽慕象天則地化雲布昔日貴雕飾今尚儉與素昔日多纖介今去情與故象天則地化雲布濟濟大朝士夙夜綜萬機萬機無廢理明明降疇諮臣

譬列星景君配朝日暉事業並通濟功烈何巍巍五帝繼三皇三王世所歸聖德應期運天地不能違仰之彌已高猶天不可階将復御龍氏鳳皇在庭棲

天命篇

聖祖受天命應期輔魏皇入則綜萬機出則征四方朝廷無遺理方表寧且康道隆舜臣堯積德踰大王孟度阻窮險造亂天一隅神兵出不意奉命致天誅赦善戮有罪元惡宗爲虛威風振勁蜀武烈懾殭吳諸葛不知命肆逆亂天常擁徒十餘萬數來寇邊疆我皇邁神武秉鉞鎮雍涼亮乃畏天威未戰先仆僵盈虛自然運時變固多難東征陵海表萬里梟賊淵受遺齊七政曹爽又滔天群凶受誅殛百禄咸來臻黄華應福始王凌爲禍先

景皇篇

景皇帝聰明命世生盛德參天地帝王道大創基既已難繼世亦未易外則夏侯玄内則張與李三凶稱晉書作構逆亂帝紀順樂府作從天行誅窮其姦宄迺晉書作邊将御其漸潛謀不得起罪人咸伏辜威風振萬里平衡綜萬機萬

機無不理召陵桓不君内外何紛紛衆小便成群蒙昧
恣心治亂不分𢿱聖獨斷濟武常以文順（樂府作從）天惟厭
立掃霓披浮雲雲霓既已闢清和未幾間羽檄首尾至
變起東南蕃儉欽為長蛇外則憑吳蠻萬國紛騷擾戚
戚天下懼不安神武御六軍我皇秉鉞征儉欽起壽春
前鋒據項城出其不意並縱奇兵奇兵誠難御廟勝實
難支兩軍不期遇敵退計無施虎騎惟武進大戰沙陽
陂欽乃亡竄走奔虜若雲披天恩赦有罪東土放鯨鯢

大晉篇

赫赫大晉於穆文皇蕩蕩巍巍道邁陶唐世稱三皇五
帝及今重其光九德克明文既顯武又章恩洪六合兼
濟萬方内舉元凱朝政以綱外簡虎臣時惟鷹揚靡頃
（樂府作從）不懷逆命斯亡仁配春日威踰秋霜濟濟多士同
茲蘭芳唐虞至治四凶滔天致討儉欽罔不肅虔化感
海外海外來賓獻其聲樂並稱妾臣西蜀猾夏僭號方
域命將致討委國稽服吳人放命憑海阻江飛書告諭
響應來同先王建萬國九服為藩衛亡秦壞諸侯享祚
不二世歷代不能復忽踰五百歲我皇邁聖德應期創

典制分土五等藩國正封界莘莘文武佐千秋邁嘉會
洪業溢區内仁風翔海外

明君篇

明君御四海聽鑒盡物情顧望有譴罰竭忠身必縈蘭
茝出荒野萬里升紫庭茨草穢堂階掃截不得生能否
莫相蒙百官正其名恭己慎有為有為無不成闇君不
自信群下執異端正直罹浸（一作譖）潤姦臣奪其權雖欲
盡忠誠結舌不敢言結舌亦何憚盡忠為身患清流豈
不潔飛塵濁其源岐路令人迷未遠勝不還忠臣立君

朝正色不顧身邪正不並存譬若胡與秦胡秦有合時
邪正各異津忠臣遇明君乾乾惟日新群目統在綱衆
星拱北辰設令遭闇主斥退為凡民雖薄共（晉書作供）時用
白茅猶可珍氷霜晝夜結蘭桂摧為薪邪臣多端變用
心何委曲便僻順（樂府作從）情指動隨君所欲偷安樂目前
不問清與濁積僞罔時主養交以持祿言行恒相違難
饜甚谿谷昧死射乾沒覺露則滅族

晉鐸舞歌

雲門篇

（當魏太和時○宋書載此亦不云是玄作樂府作玄詩）

黃雲門唐咸池虞韶舞夏夏殷濩列代有五振鐸鳴金
延大武清歌發唱形爲主聲和八音協律呂身不虛動
手不徒舉應節合度周其敘時奏宮角雜之以徵羽下
饜衆目上從鐘鼓樂以移風與德禮相輔安有失其所

拂舞歌詩三首　無名氏

（晉書樂志曰拂舞出自江左舊云吳舞也晉曲五篇一曰白鳩二曰濟濟三曰獨漉四曰碣石五曰淮南王○齊多節略舊辭而因其曲名碣石篇四章已見曹孟德淮南王一首已見漢古辭今不錄也）

白鳩篇

（南齊書樂志曰白符鳩舞出江南吳人所造其歌本云平平白符思我君惠集我金堂言白者金行符合也鳩亦合也符鳩雖異其義寔同宋書樂志曰晉楊泓舞序云自到江南見白符舞或言曰鳧鳩舞云有此來數十年矣察其辭旨乃云吳人患孫皓虐政思屬晉也晉辭曰翩翩白鳩載飛載鳴懷我君德來集君庭蓋晉人改其本歌云）

翩翩白鳩載飛載鳴懷我君德來集君庭白雀呈瑞素
羽明鮮翔庭舞翼以應仁乾交交（晉書作皎皎）鳴鳩或丹或
黃樂我君惠振羽來翔東壁餘光魚在江湖惠而不費
敬我微軀策我良駟習我驅馳與君周旋樂道亡餘（晉書作忘饑）我心虛靜我志霑濡彈琴鼓瑟聊以自娛凌雲登
臺浮游太清攀龍附鳳目（晉書作自宋書作日）望身輕

獨漉篇

（獨漉一作獨祿南齊書樂志曰古辭明君曲後云勇安樂無慈不問清與濁清與無時濁邪交與獨祿伎錄曰求祿求祿清白不濁清白尚可貪汙殺我晉歌爲鹿字古通用也疑是風刺之辭）

獨漉獨漉（晉書作獨祿祿）水深泥濁泥濁尚可水深殺我雍
雍雙鴈遊戲田畔我欲射鴈念子孤散翩翩浮萍得風
搖（宋書作遙）輕我心何合與之同并空牀低帷誰知無人夜

衣錦繡誰別僞眞刀鳴削中倚牀無施父冤不報欲活
何爲猛虎斑斑遊戲山間虎欲齧人不避豪賢

濟濟篇

暢飛暢舞（晉書作暢暢飛舞）氣流芳追念三五大綺黃去失有
時可行去來同時（晉作去來時同）此未央時冉冉近桑榆但當
飲酒爲歡娛衰老逝有何期（晉作何有期）多憂耿耿內懷思
淵池廣（晉作曠）魚獨希願得黃浦衆所依恩感人世無比
悲歌且舞無極已

晉白紵舞歌詩三首

宋書樂志曰白紵舞按舞辭有巾袍之言紵本吳地所出宜是吳舞也晉俳歌云皎皎白緒節節為雙吳音呼緒為紵疑白緒即白紵也南齊書樂志曰白紵歌周處風土記云吳黃龍中童謠云行白者君追汝句驪馬後孫權征公孫淵浮海乘舶舶白也今歌和聲猶云行白紵馬樂府解題曰古詞盛稱舞者之美宜及芳時為樂其譽白紵曰質如輕雲色如銀製以為袍餘作巾袍以光軀巾拂塵唐書樂志曰梁武帝令沈約改其辭為四時白紵歌今中原有白紵曲辭古與此全殊

輕軀徐起何洋洋高舉兩手白鵠翔宛若龍轉乍低昂凝停善睞容儀光如推若引留且行隨世而變誠無方舞以盡神安可忘晉世方昌樂未央質如輕雲色如銀愛之遺誰贈佳人制以為袍餘作巾袍以光軀巾拂塵麗服在御會佳賓醪醴盈樽美且淳清歌徐舞降祇神四座歡樂胡可陳宋歌亦用此辭各以下句作上句無麗服二句雙袂齊舉鸞鳳翔羅裾飄颻昭儀光趨步生姿進流芳鳴弦清歌及三陽人生世間如電過樂時每少苦日多幸及良辰耀春華齊倡獻舞趙女歌羲和馳景逝不停春露未晞嚴霜零百草凋索花落英蟋蟀吟牖寒蟬鳴百年之命忽若傾早知迅速秉燭行東造扶桑遊紫庭西至崑崙戲曾城

陽春白日風花香趨步明玉舞瑶璫聲發金石媚笙簧羅袿徐轉紅袖揚清歌流響繞鳳梁如矜若思凝且翔轉盼遺精豔輝光將流將引雙鴈行歡來何晚意何長明君御世永歌昌

晉杯槃舞歌詩

宋書樂志曰槃舞漢曲也張衡舞賦云歷七槃而縱躡王粲七釋云七槃陳於廣庭顏延之云遞間關於槃扇鮑照云七槃起長袖皆以七槃為舞也搜神記云晉太康中天下為晉世寧舞矜手以接杯槃而反覆之此則漢世唯有柈舞而晉加之以杯反覆也五行志曰其歌云晉世寧舞杯槃言接杯槃於手上而反覆之至危也杯槃者酒食之器也而名曰晉世寧者言晉世之士苟偷於酒食之間而知不及遠晉世之寧猶杯槃之在手也唐書樂志曰漢有槃舞晉世謂之杯槃舞樂府詩云妍袖陵七槃言舞用槃七枚也

晉世寧四海平普天安樂永太寧四海安天下歡樂治興隆舞杯槃舞杯槃何翩翩舉坐翻覆壽萬年天與日終與一左回右轉不相失箏笛悲酒舞疲心中慷慨可健兒樽酒甘絲竹清願令諸君醉復醒醉復醒時合同四座歡樂皆言工絲竹音可不聽亦舞此槃左右輕自相當合坐歡樂人命長人命長當結友千秋萬歲皆老壽

詩紀卷之四十

詩紀卷之四十一

晉二十一

清商曲辭　古辭

清商樂一曰清樂清樂者九代之遺聲其始即相和三調是也並漢魏已來舊曲其辭皆古調晉馬南渡其音亡散宋武定關中收其聲伎南朝文物斯為最盛焉後魏孝文宣武相繼南伐得江左所傳舊曲及江南吳歌荊楚西聲總謂之清商至於殿庭饗宴則兼奏之隋平陳文帝聽之善其節奏曰此華夏正聲也乃微更損益以新定律呂因於太常置清商署以管之謂之清樂隋室衰亂日益淪缺唐貞觀中用十部樂清樂亦在焉至武后長安已後朝廷不重古曲工伎寖弛於吳音轉遠矣曲之存者僅有子夜上聲歡聞前溪阿子丁督護讀曲神弦等曲俱列於吳聲而西曲則石城樂烏

夜啼烏栖曲估客莫愁襄陽江陵共戲壽陽等曲或舞曲或倚歌則雜出於荊郢樊鄧之間以其方俗故謂之西曲及梁天監中武帝改西曲製江南弄為龍笛採蓮採菱曲沈約製鳳笙等曲與西曲總列於清商云訥按清商曲古辭雜出各代子夜為晉時人故以繫晉其他如宋碧玉華山畿讀曲壽陽樂齊共戲樂楊叛兒梁攀楊枝歌有世代可考者各從其世無可考証如黃生黃鵠等曲併附於晉從其始也

吳聲歌曲

子夜歌四十二首　晉宋齊辭

唐書樂志曰子夜歌者晉曲也晉有女子名子夜造此聲聲過哀苦樂府解題曰後人更為四時行樂之詞謂之子夜四時歌又有大子夜歌子夜警歌子夜變歌皆曲之變也

落日出前門瞻矚見子度冶容多姿鬢芳香已盈路

芳是香所為冶容不敢當天不奪人願故使儂見郎

宿昔不梳頭絲髮被兩肩婉伸郎膝上何處不可憐

自從別歡來奩器了不開頭亂不敢理粉拂生黃衣

崎嶇相怨慕始獲風雲通玉林（一作林）語石闕悲思兩心同（石闕漢碑名）

見娘善（一作喜）容媚願得結金蘭空織無經緯求匹理自難

始欲識郎時兩心望如一理絲入殘機何悟不成匹

前絲斷纏綿意欲結交情春蠶易感化絲子已復生

今日已歡別合會在何時明燈照空局悠然未有期

自從別郎來何日不咨嗟黃蘗鬱成林當奈苦心多

高山種芙蓉復經黃蘗塢果得一蓮時流離嬰辛苦

朝思出前門暮思還後渚語笑向誰道腹中陰憶汝

攬枕北窗臥郎來就儂嬉小喜多唐突相憐能幾時

駐箸不能食蹇蹇步闈裏投瓊著局上終日走博子

郎為傍人取負儂非一事攡門不安橫無復相關意

年少當及時蹉跎日就老若不信儂語但看霜下草

綠攬迮題錦雙裙今復開巳許腰中帶誰共解羅衣
常慮有貳意歡今果不齊枯魚就濁水長與清流乖
歡愁儂亦慘郎笑我便喜不見連理樹異根同條起
感歡初殷勤歎子後遼落打金側瑇瑁外豔裏懷薄
別後涕流連相思情悲滿憶子腹糜爛肝腸尺寸斷
道近不得數遂致盛寒違不見東流水何時復西歸
誰能思不歌誰能飢不食日冥當戶倚惆悵底不憶
擥裙未結帶約眉出前窻羅裳易飄颻小開罵春風
舉酒待相勸酒還杯亦空願因微觴會心感色亦同

夜覺百思纏憂歎涕流襟徒懷傾筐情郎誰明儂心
儂年不及時其於作乖離素不知浮萍轉動春風移
夜長不得眠轉側聽更鼓無故歡相逢使儂肝腸苦
歡從何處來端然有憂色三喚不一應有何比松栢
念愛情慊慊傾倒無所惜重簾持自鄣誰知許厚薄
氣清明月朗夜與君共嬉郎歌妙意曲儂亦吐芳詞
驚風急素柯白日漸微濛郎懷幽閨性儂亦恃春容
夜長不得眠明月何灼灼想聞散喚聲虛應空中諾
人各既疇匹我志獨乖違風吹冬簾起許時寒薄飛
我念歡的的子行由豫情霧露隱芙蓉見蓮不分明
儂作北辰星千年無轉移歡行白日心朝東暮還西
憐歡好情懷移居作鄉里桐樹生門前出入見梧子
遣信歡不來自往復不出金桐作芙蓉蓮子何能實
初時非不密其後日不如回頭批櫛脫轉覺薄志疎
寢食不相忘同坐復俱起玉藕金芙蓉無稱我蓮子
恃愛如欲進含羞未肯前朱口發豔歌玉指弄嬌弦亦見子夜警歌
朝日照綺錢光風動紈素巧笑蒨兩犀美目揚雙蛾

子夜四時歌七十五首 晉宋齊辭

春歌二十首

春風動春心流目矚山林山林多奇采陽鳥吐青音
綠荑帶長路丹椒重紫荊流吹出郊外共歡弄春英
光風流月初新林錦花舒情人戲春月窈窕曳羅裾
妖冶顏蕩駘景色復多媚溫風入南牖織婦懷春意
碧樓冥初月羅綺垂新風含春未及歌桂酒發清容
杜鵑竹裏鳴梅花落滿道燕女遊春月羅裳曳芳草
朱光照綠苑丹華粲羅星那能閨中繡獨無懷春情

鮮雲媚朱景芳風散林花佳人步春苑繡帶飛紛葩
羅裳迮紅袖玉釵明月璫冶遊步春露艷覔同心郎
春林花多媚春鳥意多哀春風復多情吹我羅裳開
新燕弄初調杜鵑競晨鳴畫眉忘注口遊步散春情
梅花落已盡柳花隨風散歎我當春年無人相要喚
昔别鴈集渚今還燕巢梁敢辭歲月久但使逢春陽
春園花就黃陽池水方淥酤酒初滿杯調絃始成曲（一作終）
娉婷揚袖舞阿那曲身輕照灼蘭光在容冶春風生

阿那曜姿舞逶迤唱新歌翠衣發華洛回情一見過
明月照桂林（玉集作朝日照北林）初花錦繡色誰能不相思獨在機中織
崎嶇與時競不復自顧慮春風振榮林常恐華落去
思見春花月含笑當道路逢儂多欲擿可憐持自誤
自從别歡後歎昔不絕響黃蘗向春生苦心隨日長

夏歌二十首

高堂不作壁招取四面風吹歡羅裳開動儂含笑容
反覆華簟上屏帳了不施郎君未可前待我整容儀

開春初無歡秋冬更增淒共戲炎暑月還覺兩情諧
春别猶春戀夏還情更久羅帳為誰褰雙枕何時有
疊扇放林上企想遠風來輕袖拂華妝窈窕登高臺
含桃已中食郎贈合歡扇深感同心意蘭室期相見
田蠶事已畢思婦猶苦身當暑理絺服持寄與行人
朝登涼臺上夕宿蘭池裏乘風採芙蓉夜夜得蓮子
暑盛靜無風夏雲薄暮起攜手密葉下浮瓜沉朱李
鬱蒸仲暑月長嘯北湖邊芙蓉始結葉拋豔未成蓮
適見戴青幡三春已復傾林鵲改初調林中夏蟬鳴

春桃初發紅惜色恐儂擿朱夏花落去誰復相尋覔
昔别春風起今還夏雲浮路遙日月促非是我淹留
青荷蓋淥水芙蓉葩紅鮮郎見欲採我我心欲懷蓮
四周芙蓉池朱堂敞無壁珍簟鏤玉牀繾綣任懷適
赫赫盛陽月無儂不握扇窈窕瑶臺女冶遊戲涼殿
春傾桑葉盡夏開蠶務畢晝夜理機絲知欲早成匹
情知三夏熱今日偏獨甚香巾拂玉席共郎登樓寢
輕衣不重綵飈風故不涼三伏何時過許儂紅粉妝
盛暑非遊節百慮相纏綿泛舟芙蓉湖散思蓮子間

秋歌十八首

風清覺時涼明月天色高佳人理寒服萬結砧杵勞

清露凝如玉涼風中夜發情人不還卧冶遊步明月

鴻鴈搴南去乳燕指北飛征人難為思願逐秋風歸

開窻秋月光滅燭解羅裳含笑帷幌裏舉體蘭蕙香

適憶三陽初今已九秋暮追逐泰始樂不覺華年度

飄飄初秋夕明月耀秋輝握腕同遊戲庭含媚素歸

秋夜涼風起天高星月明蘭房競妝飾綺帳待雙情

涼風開窻寢斜月垂光照中宵無人語羅幌有雙笑

金風扇素節玉露凝成霜登高去來鴈惆悵客心傷

草木不常一作長榮顦顇為秋霜今遇泰始世年逢九春陽

自從別歡來何日不相思常恐秋葉零無復蓮條時

掘作九州池盡是大宅裏處處種芙蓉婉轉得蓮子

初寒八九月獨纏自絡絲寒衣尚未了郎喚儂底為

秋愛兩兩鴈春感雙雙燕蘭鷹接野雞雉落誰當見

仰頭看桐樹桐花特可憐願天無霜雪梧子解千年

白露朝夕生秋風凄長夜憶郎須寒服乘月擣白素

秋風入窻裏羅帳起飄颺仰頭看明月寄情千里光

別在三陽初望還九秋暮惡見東流水終年不西顧

冬歌十七首

淵冰厚三尺素雪覆千里我心如松栢君情復何似

塗澀無人行冒寒往相覓若不信儂時但看雪上跡

寒鳥依高樹枯林鳴悲風為歡顦顇盡那得好顏容

夜半冒霜來見我輒怨唱懷冰闇中倚已寒不蒙亮

躡履步荒林蕭索悲人情一唱泰始樂枯草銜花生

昔別春草綠今還墀雪盈誰知相思老玄鬢白髮生

寒雲浮天凝積雪氷川波連山結玉巖修庭振瓊柯

炭爐却夜寒重袍坐疊褥與郎對華榻弦歌秉蘭燭

天寒歲欲暮朔風舞飛雪懷人重衾寢故有三夏熱

冬林葉落盡逢春已復曜葵藿生谷底傾心不蒙照

朔風灑霰雨綠池蓮水結願歡攘皓腕共弄初落雪

嚴霜白草木寒風晝夜起感時為歡歎霜鬢不可視

何處結同心西陵栢樹下晃蕩無四壁嚴霜凍殺我

白雪停陰岡丹華耀陽林何必絲與竹山水有清音

未嘗經辛苦無故彊相矜欲知千里寒但看井水氷

果欲結金蘭但看松栢林經霜不墮（一作墜）地歲寒無異心

適見三陽日寒蟬已復鳴感時爲歡歎白髮綠鬢生

太子夜歌二首

歌謡數百種子夜最可憐慷慨吐清音明轉出天然

絲竹發歌響假器揚清音不知歌謡妙聲勢出口心

子夜警歌二首

鏤椀傳綠酒雕爐薰紫煙誰知苦寒調共作白雪絃

恃愛如欲進含羞出不前朱口發豔歌玉指弄嬌絃

子夜變歌三首

宋書樂志曰六變諸曲皆因事制歌古今樂録曰子夜變歌前作持子送後作歡娛我送子夜警歌無送聲仍作變故呼為變頭謂六變之首也

人傳歡負情我自未嘗見三更開門去始知子夜變

歲月如流邁春盡秋已至熒熒條上花零落何乃駛

歲月如流邁行已及素秋蟋蟀吟堂前惆悵使儂愁

上聲歌八首　晉宋齊辭

古今樂録曰上聲歌者此因上聲促柱得名或用一調或用無調名如古歌辭所言謂哀思之音不及中和梁武因之改辭無復雅句

儂本是蕭草持作蘭桂名芬芳頓交盛感郎爲上聲

郎作上聲曲柱促使弦哀譬如秋風急觸遇傷儂懷

初歌子夜曲改調促鳴筝四座暫寂靜聽我歌上聲

三鼓染烏頭聞鼓白門裏擘裳抱履走何冥不輕紀

三月寒暖適楊柳可藏雀未言涕交零如何見君隔

新衫繡兩襠（一作端）迮著羅裙裏行步動微塵羅裙隨風起

裲襠與郎著反繡持貯裏汗汙莫濺浣持許相存在

春月暖何太生裙迮羅襪𨇽𨇽日欲冥從儂門前過

歡聞歌

古今樂録曰歡聞歌者晉穆帝升平初歌畢輒呼歡聞不以為送聲後因此為曲名今世用莎持乙子代之語稍訛異也

遥遥天無柱流漂萍無根單身如熒火持底報郎恩

歡聞變歌六首

古今樂録曰歡聞變歌者晉穆帝升平中童子輩忽歌於道曰阿子聞曲終輒云阿子汝聞不無幾而穆帝崩褚太后哭阿子汝聞不聲既悽苦因以名之

金瓦九重墻玉壁珊瑚柱中夜來相尋喚歡聞不顧

歡來不徐徐陽窗都銳戶耶婆尚未眠肝心如推櫓

張罾不得魚不櫓罾空歸君非鸕鷀烏底爲守空池
刻木作班鵻有翅不能飛搖著帆檣上望見千里磯
鍥臂飲清血牛羊持祭天没命成灰土終不罷相憐
駛風何曜曜帆上牛渚磯帆作繖子張船如侶馬馳

前溪歌七首 左克明曰古辭

宋書樂志曰前溪歌者晉車騎將軍沈玩所制郗昂樂府解題曰前溪舞曲也

憂思出門倚逢郎前溪度莫作流水心引新都捨故
爲家不鑿井擔瓶下前溪開穿亂漫下但聞林鳥啼
逍遥獨桑頭北望東武亭黄瓜被山側春風感郎情

黄葛生爛熳誰能斷葛根寧斷嬌兒乳不斷郎殷勤
黄葛結蒙籠生在洛溪邊花落逐水玉臺作隨流去何當順
流還還亦不復鮮
逍遥獨桑頭東北無廣親黄瓜是小草春風何足歎憶
汝涕交零
前溪滄浪映通波澄緑清聲弦傳不絶千載寄汝名永
與天地并

阿子歌三首

宋書樂志曰阿子歌者亦因升平初童子歌云晉穆帝升平中童子輩忽歌於道曰阿子聞曲終輒云阿子汝聞不無幾而穆帝崩太后哭曰阿子汝聞不後人演其聲爲阿子歡聞二曲樂苑曰嘉興人養鴨兒鴨兒既死因有此歌未知孰是

阿子復阿子念汝好顏容風流世希有窈窕無人雙
春月故鴨啼獨雄顛倒落工知悦弦死故來相尋博
野田草欲盡東流水又暴念我雙飛鳧飢渴常不飽

團扇郎六首

古今樂録曰團扇郎歌者晉中書令王珉捉白團扇與嫂婢謝芳姿有愛情好甚篤嫂撻婢過苦王東亭聞而止之芳姿素善歌嫂令歌一曲當赦之應聲歌曰白團扇辛苦五流連是郎眼所見珉聞更問之汝歌何遺芳姿即改云白團扇顦顇非昔容羞與郎相見後人因而歌之

七寶畫團扇燦爛明月光餉郎却暄暑相憶莫相忘玉臺作桃葉
青青林中竹可作白團扇動搖郎玉手因風托方便玉臺作桃葉
犢車薄不乘步行耀玉顏逢儂都共語起欲著夜半
團扇薄不搖窈窕搖蒲葵相憐中道罷定是阿誰非
御路薄不行窈窕決横塘團扇鄣白日面作芙蓉光
白練薄不著趣欲著錦衣異色都言好清白爲誰施

同前 樂府無名玉臺云桃葉作

團扇復團扇持許自遮面憔悴無復理羞與郎相見

七日夜女歌九首

三春怨離泣九秋忻期歌駕鸞行日時月明濟長河

長河起秋雲漢渚風涼發含欣出霄路可笑向明月

金風起漢曲素月明河邊七章未成匹飛燕一作鸞起長川

春離隔寒暑明秋暫一會兩歎別日長雙情若饑渴

婉孌不終夕一別周年期桑蠶不作繭晝夜長懸絲

靈匹怨離處索居隔長河玄雲不應雷是儂啼歎歌

振玉下金堦拭眼矚星蘭惆悵登雲軺悲恨兩情殫

風驂不駕纓翼人立中庭簫管且停吹展我叙離情

紫霞煙翠蓋斜月照綺窗銜悲握離袂易爾還年容

長史變歌三首 左克明曰古辭

宋書樂志曰長史變歌者晉司徒左長史王廞臨敗所制也

出儂吳昌門清水綠碧色徘徊戎馬間求罷不能得

日和狂風扇心故清白節朱門前世榮千載表忠烈

朱桂結貞根芬芳溢帝庭陵霜不改色枝葉永流榮

黃生曲三首

黃生無誠信冥強將儂期通夕出門望至曉竟不來

崔子信桑條餧去多餧還爲歡復摧折命生絲髮間

松柏葉青蒨石榴花葳蕤迮置前後事歡今定憐誰

黃鵠曲四首

列女傳曰魯陶嬰者魯陶明之女也少寡養幼孤無强昆弟魯人或聞其義將求焉嬰乃作歌明己之不更二庭也魯人聞之不敢復求按黃鵠本漢横吹曲名

黃鵠參天飛半道鬱徘徊腹中車輪轉君知思憶誰

黃鵠參天飛半道還哀鳴三年失群侶生離傷人情

黃鵠參天飛凝融爭風回高翔入玄闕時復乘雲頽

黃鵠參天飛半道還後渚欲飛復不飛悲鳴覓群侶

桃葉歌三首 左云古辭

古今樂錄曰桃葉歌者晉王子敬之所作也桃葉子敬妾名緣於篤愛所以歌之

桃葉映紅花無風自婀娜春花映何限感郎獨採我彤管新編作桃葉

桃葉復桃葉桃樹連桃根相憐兩樂事獨使我殷勤玉臺作王獻之

桃葉復桃葉渡江不用檝但渡無所苦我自來迎接一云

我自迎接汝 玉臺作王獻之

同前

桃葉復桃葉渡江不待櫓風波了無常沒命江南渡 肸管

新編作桃葉

長樂佳七首

小庭春映日四角佩琳瑯玉枕龍鬚席郎瞋首何當

雎鳩不集林體潔好清流貞節曜奇世長樂戲汀洲

鴛鴦翻碧樹皆以戲蘭渚寢食不相離長莫過時許

比翼交頸遊千載不相離偕情欣歡念長樂佳

欲知長樂佳中陵羅淑女媚蘭雙情諧

欲知長樂佳中陵羅雎鳩美死兩心齊

欲知長樂佳中陵羅背林前溪長相隨

同前

紅羅複斗帳四角垂珠璫玉枕龍鬚席郎眠何處牀

歡好曲三首

淑女總角時喚作小姑子空豔初春花人見誰不 闕一字

窈窕上頭歡那得及破瓜但看脫葉蓮何如芙蓉花

逶迤總角年華豔星間月遙見情傾廷不覺喉中噦

懊儂歌十四首

古今樂錄曰懊儂歌者晉石崇綠珠所作唯絲布澀難縫一曲而已後皆隆安初民間訛謠之曲

絲布澀難縫令儂十指穿黃牛細犢車遊戲出孟津

江中白布帆烏布禮中帷潭如陌上鼓許是儂歡歸

江陵去揚州三千三百里已行一千三所有二千在

寡婦哭城頹此情非虛假相樂不相得抱恨黃泉下

內心百際起外形空殷勤既就頹城感敢言浮花言

我與歡相憐約誓底言者常歎負情人郎今果成詐

我有一所歡安在深閤裏桐樹不結花何有得梧子

長檣鐵鹿子布帆阿那起詫儂安在間一去三千里

暫薄牛渚磯歡不下廷板水深沾儂衣白黑何在浣

愛子好情懷傾家科理亂攬裳未結帶落托行人斷

月落天欲曙能得幾時眠悽悽下牀去儂病不能言

髮亂誰料理託儂言相思還君華豔去催送實情來

山頭草歡少四面風趨使儂顛倒

懊惱奈何許夜聞家中論不得儂與汝

黃竹子歌

唐李康成曰黃竹子歌江陵女歌皆今時吳歌也

江邊黃竹子堪我女兒箱一船使兩槳得娘還故鄉

江陵女歌 玉臺作隋煬帝

雨從天上落水從橋下流拾得娘裙帶同心結兩頭

神弦歌十一首

古今樂錄曰神弦歌十一曲一曰宿阿二曰道君三曰聖郎四曰嬌女五曰白石郎六曰青溪小姑七曰湖就姑八曰姑恩九曰採菱童十曰明下童十一曰同生

宿阿曲

蘇林開天門趙尊閉地戶神靈亦道同真官今來下

道君曲

中庭有樹自語梧桐推枝布葉

聖郎曲

左亦不佯佯右亦不翼翼仙人在郎傍玉女在郎側酒無沙糖味爲他通顏色

嬌女詩 二曲

北遊臨河海遙望中菰菱芙蓉發盛華淥水清且澄弦歌奏聲節髣髴有餘音

蹀躞越橋上河水東西流上有神仙 一作仙聖 居下有西流魚行不獨自去三三兩兩俱

白石郎曲 二曲

白石郎臨江居前導江伯後從魚

積石如玉列松如翠郎豔獨絕世無其二

青溪小姑曲

按于寶搜神記曰廣陵蔣子文嘗為秣陵尉因擊賊傷而死吳孫權時封中都侯立廟鍾山異苑曰青溪小姑蔣侯第三妹也

開門白水側近橋梁小姑所居獨處無郎

湖就姑曲 二曲

赤山湖就頭孟陽二三月綠蔽貢荇藪

湖就赤山磯大姑大湖東仲姑居湖西

姑恩曲 二曲

明姑遵八風蕃謁雲日中前導陸離䦨後從朱鳥麟鳳凰

採蓮童曲 二曲

苕苕山頭柏冬夏葉不衰獨當被天恩枝葉華葳蕤

泛舟採菱葉過摘芙蓉花扣檝命童侶齊聲採蓮歌

東湖扶菰童西湖採菱芰不持歌作樂爲持解愁思

明下童曲 二曲

走馬上前阪石子彈馬蹄不惜彈馬蹄但惜馬上兒
陳孔驕赭白陸郎乘班騅徘徊射堂頭望門不欲歸

同生曲 二曲

人生不滿百常抱千歲憂早知人命促秉燭夜行遊
歲月如流邁行已及素秋蟋蟀鳴空堂感悵令人憂

詩紀卷之四十一

詩紀卷之四十二

晉二十二

清商曲辭　古辭

西曲歌

三洲歌 三曲

唐書樂志曰三洲商人歌也古今樂録曰三洲歌者商客數遊巴陵三江口往還因共作此歌其舊辭云啼將別共來梁武帝問法雲聞法師善解音律此歌何如法雲曰應歡會而有別離啼將別可改為歡將樂故其歌和云三洲斷江口水從窈窕河傍流歡將樂共來長相思

送歡板橋灣相待三山頭遙見千幅帆知是逐風流
風流不暫停三山隱行舟願作比目魚隨歡千里遊
湘東酃醁酒廣州龍頭鐺玉樽金鏤椀與郎雙杯行

採桑度 七曲

採桑度一曰採桑唐書樂志曰採桑因三洲曲而生此聲苑也採桑度梁時作水經曰河水過屈縣西南為採桑津春秋僖公八年晉里克敗狄于採桑是也按古今樂録曰採桑度舊舞十六人梁八人則非梁時作矣

蠶生春三月春桑正含綠女兒採春桑歌吹當春曲
冶遊採桑女盡有芳春色姿容應春媚粉黛不加飾

繫條採春桑採葉何紛紛採桑不裝鈎牽壞紫羅裙
語歡稍養蠶一頭養百塸柰當黒瘦盡桑葉常不周
春月採桑時林下與歡俱養蠶不滿百那得羅繡襦
採桑盛陽月綠葉何翩翩攀條上樹表牽壞紫羅裙
僞蠶化作繭爛熳不成絲徒勞無所獲養蠶持底爲

江陵樂 四曲 古今樂録曰江陵樂舊舞十六人梁八人

不復蹋踶人踶地地欲穿盆隘歡繩斷蹋壞絳羅裙
不復出塲戲踶塲生青草試作兩三回踶塲方就好

陽春二三月相将蹋百草逢人駐步看揚聲皆言好
蹔出後園看見花多憶子烏鳥雙雙飛儂歡今何在

青陽度 三曲 古今樂録曰青陽度倚歌九倚歌悉用鈴鼓無弦有吹

隱機倚不織尋得爛熳絲成匹郎莫斷憶儂經絞時
碧玉擣衣砧七寶金蓮杵高舉徐徐下輕擣只爲汝
青荷蓋綠水芙蓉披紅鮮下有並根藕上生並頭蓮 並頭一作同心

青驄白馬 八曲 古今樂録曰青驄白馬舊舞十六人

青驄白馬紫絲韁可憐石橋根柏梁
汝忽千里去無常願得到頭還故鄉
繫馬可憐著長松遊戲徘徊五湖中
借問湖中採菱婦蓮子青荷可得否
可憐白馬高纏騣著地躑躅多徘徊
問君可憐六萌車迎取窈窕西曲娘
問君可憐下都去何得見君復西歸
齊唱可憐使人惑晝夜懷歡何時忘

安東平 五曲 古今樂録曰安東平舊舞十六人梁八人

凄凄烈烈北風爲雪船道不通步道斷絶
呉中細布闊幅長度我有一端與郎作袴
微物雖輕拙手所作餘有三丈爲郎别厝
制爲輕巾以奉故人不持作好與郎拭塵
東平劉生復感人情與郎相知當解千齡

女兒子 二曲 古今樂録曰女兒子倚歌也

巴東三峽猨鳴悲夜鳴三聲淚沾衣

我欲上蜀蜀水難蹋蹀珂頭腰環環

來羅 四曲 古今樂録曰倚歌也

鬱金黃花標下有同心草草生日巳長人生日就老
君子防未然莫近嫌疑邊瓜田不躡履李下不正冠
故人何怨新切火必求多此事何足道聽我歌來羅
白頭不忍死心愁皆敖然遊戲泰始世一日當千年

那呵灘 六曲 古今樂録曰那呵灘舊舞十六人梁八人其和云郎去何當還多叙江陵及揚州事那呵蓋灘名也

我去只如還終不在道邊我若在道邊良信寄書還
沿江引百丈一濡多一艇上水郎擔篙何時至江陵
江陵三千三何足特作遠書疏數知聞莫令信使斷
聞歡下揚州相送江津彎願得篙櫓折交郎到頭還
篙折當更覔櫓折當更安各自是官人那得到頭還
百思纒中心顦顇為所歡與子結終始折約在金蘭

孟珠 二曲 一曰丹陽孟珠歌古今樂録曰孟珠十曲二曲倚歌八曲舊舞十六人梁八人

人言孟珠富信實金滿堂龍頭衘九花玉釵明月璫
陽春二三月草與水同色攀條摘香花言是歡氣息

同前 八曲

人言春復著我言未渠央暫出後湖看蒲菰如許長
揚州石榴花摘插雙襟中葳蕤當憶我莫持豔他儂
陽春二三月草與水同色道逢遊冶郎恨不早相識
望歡四五年實情將懊惱願得無人處回身與郎抱
陽春二三月正是養蠶時那得不相怨其再儂來

將歡期三更合宜歡如何走馬放蒼鷹飛馳赴郎期
適聞梅作花花落已成子杜鵑繞林啼思從心下起
可憐景陽山茗茗百尺樓上有明天子麟鳳戲中州 一作遊

翳樂 三曲 古今樂録曰翳樂一曲倚歌二曲舊舞十六人梁八人

人生歡愛時少年新得意一旦不相見輒作煩寃思
陽春二三月相將舞翳樂曲曲隨時變持許豔郎目
人言揚州樂揚州信自樂總角諸少年歌舞自相逐

夜黄　古今樂録曰夜黄侍歌也自此以下至拔蒲並同

湖中百種鳥半雌是半雄鴛鴦逐野鴨恐畏不成雙

夜度娘

夜來冒霜雪晨去履風波雖得叙微情柰儂身苦何

長松標

落落千丈松晝夜對長風歳暮霜雪時寒苦與誰雙

雙行纏　二曲

朱絲繫腕繩真如白雪凝非但我言好衆情共所稱

新羅繡行纏足趺如春妍他人不言好獨我知可憐

黄督　二曲

喬客他鄉人三春不得歸願看楊柳樹已復藏斑鵻

籠車度躑衍故人求寄載催牛閉後户無預故人事

西平樂

我情與歡情二情感蒼天形雖胡越隔神交中夜間

攀楊枝　樂苑曰攀楊枝梁時作

自從别君来不復着綾羅晝眉不注口施朱當柰何

尋陽樂

鷄亭故儂去九里新儂還送一却迎兩無有暫時閑

白附鳩

石頭龍尾彎新亭送客渚酤酒不取錢郎能飲幾許

拔蒲　二曲

青蒲銜紫茸長葉復從風與君同舟去拔蒲五湖中

朝發桂蘭渚晝息桑榆下與君同拔蒲竟日不成把

作蠶絲　四曲

柔桑感陽風阿娜嬰蘭婦垂條付緑葉委體看女手

春蠶不應老晝夜常懷絲何惜微軀盡纏綿自有時

績蠶初成繭相思條女密投身湯水中貴得共成匹

素絲非常質屈折成綺羅敢辭機杼勞但恐花色多

月節折楊柳歌十三首

正月歌

春風尚蕭條去故來如新苦心非一朝折楊柳愁思滿腹中歴亂不可數

二月歌

翩翩烏入鄉道逢雙燕飛勞君看三陽折楊柳寄言語

儂歡尋還不復久

三月歌

汎舟臨曲池仰頭看春花杜鵑緯林啼折楊柳雙下俱徘徊我與歡共取

四月歌

芙蓉始懷蓮何處覔同心俱生世尊前折楊柳稔香散名花志得長相取

五月歌

菰生四五尺素身為誰珍盛年將可惜折楊柳作得九子粽思想勞歡手

六月歌

三伏熱如火籠窻開北牖與郎對蹋坐折楊柳同𡋯貯寒漿不用水洗溴

七月歌

織女遊河邊牽牛顧自歎一會復周年折楊柳攬結長命草同心不相負

八月歌

迎歡裁衣裳日月如流水白露凝庭霜折楊柳夜聞擣衣聲窈窕誰家婦

九月歌

甘菊吐黃花非無杯觴用當奈許寒何折楊柳授歡羅衣裳含笑言不取

十月歌

大樹轉蕭索天陰不作雨嚴霜半夜落折楊柳林中與松柏歲寒不相負

十一月歌

素雪任風流樹木轉枯悴松柏無所憂折楊柳寒衣履溥水歡詎知儂否

十二月歌

天寒歲欲暮春秋及冬夏苦心停欲度折楊柳沈亂枕席間纏綿不覺久

閏月歌

成閏暑與寒春秋補小月念子時無閑折楊柳陰陽推我去那得有定主

詩紀卷之四十二

詩紀卷之四十三

晉二十三

雜曲歌辭

西洲曲（樂府作古辭玉臺新本作江淹非也）　古辭

憶梅下西洲折梅寄江北單衫杏子紅雙鬢鴉雛色西洲在何處兩槳橋頭渡日暮伯勞飛風吹烏臼樹樹下即門前門中露翠鈿開門郎不至出門採紅蓮採蓮南塘秋蓮花過人頭低頭弄蓮子蓮子青如水置蓮懷袖中蓮心徹底紅憶郎郎不至仰首望飛鴻鴻飛滿西洲

望郎上青樓樓高望不見盡日欄干頭欄干十二曲垂手明如玉卷簾天自高海水搖空綠海水夢悠悠君愁我亦愁南風知我意吹夢到西洲

長干曲

逆浪故相邀菱舟不怕搖妾家揚子住便弄廣陵朝

東飛伯勞歌（英華作梁武帝）

東飛伯勞西飛鷰黃姑織女時相見誰家兒女對門居開顏發豔照里閭南窻北牖桂月（藝文作桂明）光羅帷綺帳脂粉香女兒年幾十五六窈窕無雙顏如玉三春已暮花從風空留可憐誰與同

樂辭

（祝穆曰窮袴襦也蓋漢人語　吳競編此辭在十九首後）

綉幰閤香風耳節朱絲桐不知理何事淺立經營中愛惜加窮袴防閑託守宮今日牛羊上丘隴當年近前面發紅

休洗紅二首

休洗紅洗多紅色淡不惜故縫衣記得初按茜人壽百年能幾何後來新婦今為婆

休洗紅洗多紅在水新紅裁作衣舊紅番作裡迴黃轉綠無定期世事返復君所知

邯鄲歌（以下二題詩彙列在晉）

回顧灞陵上北指邯鄲道短衣妾不傷南山為君老

雜詩

玉釵色未分衫輕似露腕舉袖欵障羞迴持理髮亂

雜歌謠辭（歌辭）

徐聖通歌（藝文列晉人中）　無名氏

（會稽典錄曰徐弘字聖通爲汝陰令誅鉏姦桀道不拾遺民乃歌之）

徐聖通政無雙平刑罰姦宄空

崔左丞歌

崔洪字伯良博陵安平人以清厲顯名武帝世為御史治書朝廷憚之尋為尚書左丞時人為之語曰

叢生棘刺來自博陵在南為鷂在北為鷹

東晳歌

晉書曰東晳陽平元城人太康中郡界大旱晳為邑人請雨三日而雨注衆為晳作歌

東先生通神明請天三日甘雨零我黍以育我稷以生

何以疇之報東長生

應詹歌

晉書曰王澄惠帝末為荊州牧假應詹督南平天門武陵三郡軍事天下大亂詹境獨全百姓歌之

亂離既普殆為灰朽僥倖之運賴茲應后歲寒不凋孤境獨守拯我塗炭惠隆丘阜潤同江海恩猶父母

并州歌 亦見趙書

樂府廣題曰晉汲桑清河貝丘人力能扛鼎殘心少恩六月盛暑重裘累裀使十餘人扇之忽不清凉便斬扇者并州大姓田蘭薄盛斬於平原士女慶賀奔走道路而歌之

士為將軍何可羞六月重茵披狐豹 一作裘 不識寒暑斷人頭雄兒田蘭為報讎中夜斬首謝并州

襄陽兒童歌

晉書曰山簡字季倫永嘉初為南征將軍出鎮襄陽于時四方寇亂朝野危懼簡優游卒歲惟酒是躭諸習氏者荊土豪族有佳園池簡每出嬉遊多之池上置酒輒醉名之曰高陽池時有兒童歌曰

山公出何許往至高陽池日夕倒載歸酩酊無所知時時能騎馬倒着白接籬舉鞭向葛彊何如并州兒 彊家在并州簡愛將也

吳人歌

晉書曰鄧攸元帝時為吳郡太守刑政清明百姓歡悅後稱疾去百姓數千人留牽攸船不得進攸乃少停夜中發去吳人歌之

紞如打五鼓鷄鳴天欲曙鄧侯挽不留謝令推不去

豫州歌

晉書曰祖逖元帝時為豫州刺史躬自儉約督課農桑克己務施不畜資產子弟耕耘負擔樵薪又收葬枯骨為之祭醊百姓感悅嘗置酒大會耆老中坐流涕曰吾等老矣更得父母死將何恨乃歌曰

幸哉遺黎免俘虜三辰既朗遇慈父玄酒忘勞甘瓠脯何以詠思歌且舞 祖逖別傳曰幸哉遺民免豺虎三辰既朗遇慈父玄酒清醪甘瓠脯亦何

報恩歌且舞

三明歌

中興書曰諸葛恢字道明避難過江與潁川荀道明閭陳留蔡道明謨俱有名譽號曰中興三明時人歌之曰

京都一作師三明各有名蔡氏儒雅荀葛清

庾公歌二首

晉書五行志曰庾亮初鎮武昌出至石頭百姓於岸上歌之後連徵不入及薨於鎮以喪還都葬皆如謠言

庾公上武昌翩翩如飛鳥庾公還揚州白馬牽旐旐

庾公初上時翩翩如飛鳥庾公還揚州白馬牽流蘇一作旐車

郗王歌

世說曰郗超王珣並以俊才為桓大司馬所眷珣為主簿超為記室參軍超為人多鬚珣形狀短小時人為之歌曰

髯參軍短主簿能令公喜能令公怒

御路楊歌

晉書五行志曰晉海西公太和中民為此歌白者金行馬者國族紫為奪正之色明以紫間朱也海西公尋廢三子非海西公之子縊以馬韁死之明日南方獻甘露

青青御路楊白馬紫游韁汝非皇太子那得甘露漿

鳳凰歌

宋書五行志曰晉海西公生皇子百姓歌之其歌甚美其旨甚微海西公不男使左右向龍與內侍接生子以為己子

鳳凰生一雛天下莫不喜本言是馬駒今定成龍子

歷陽歌

晉書五行志曰庾楷鎮歷陽百姓歌之後楷南奔桓玄為玄所殺

重羅黎重羅黎使君南上無還時

樊氏陂歌

樊氏陂庾氏取之時人歌曰

陂汪汪下田良樊子失業庾公昌

桓玄時小兒歌

吳均續齊諧記曰桓玄篡位後朱雀門中忽見兩小兒通身如墨相和作籠歌｜｜路邊小兒從而和之者數十人聲甚哀楚日既夕二小兒入建康縣至閤下遂成雙漆鼓槌明年春而桓敗車無軸倚孤木桓字也荊州送玄首用敗籠茵包之又芒繩束縛其屍沈諸江中悉如所歌馬

芒籠茵繩縛腹車無軸倚孤木

從者歌

續安帝紀曰司馬休之兄尚為桓玄所敗休之奔淮泗頗得彼之人心從者為之歌曰

可憐司馬公作性甚溫良憶昔水邊戲使我不能忘

涼州大馬歌

晉書曰張軌永寧初為涼州刺史王彌寇洛陽軌遣北宮純張纂馬魴陰濬等率州軍擊破之又敗劉聰于河東京師歌之曰

涼州大馬橫行天下涼州鴟苕寇賊消鴟苕翩翩怖殺人

麴游歌

晉書曰麴允金城人也與游氏世為豪族西州為之語曰

麴與游牛羊不數頭南開朱門北望青樓

隴上歌

晉書載紀曰劉曜圍陳安于隴城安敗南走陜中曜使將軍平先丘中伯率勁騎追安安與壯士十餘騎於陜中格戰安左手奮七尺大刀右手執丈八蛇矛近交則刀矛俱發輒害五六遠則雙帶鞬服左右馳射而走平先亦壯健絕人與安搏戰三交奪其蛇矛而退遂追斬于澗曲安善於撫接吉凶夷險與衆同之及其死隴上為之歌曜聞而嘉傷命樂府歌之

隴上壯士有陳安軀幹雖小腹中寬愛養將士同心肝騙驄父一作交馬鐵鍛鞍七尺大刀奮如湍丈八蛇矛左右盤十盪十決無當前戰始三交失蛇矛棄我騙驄竄巖幽為我外援而懸頭西流之水東流河一去不還奈子何

同前　見趙書與前小異

隴上健兒曰陳安軀幹雖小腹中寬愛養將士同心肝騄驄駿馬鐵鍛鞍七尺大刀配齊鐶丈八虵矛左右盤十盪十決無當前百騎俱出如雲浮追者千萬騎悠悠戰始三交失虵矛十騎俱盪九騎留棄我騄驄攀巖幽天非降雨追者休阿呵嗚呼奈子乎嗚呼阿呵奈子何

關隴歌　拾遺作苻秦時童謡

晉書曰苻堅時關隴清晏百姓豐樂自長安至於諸州皆夾路樹槐柳二十里一亭四十里一驛旅行者取給於途工商貿販於道百姓歌之崔鴻前秦錄曰王猛化洽六州人移風變百姓歌之

長安大街夾樹楊槐下走朱輪上有鸞栖英彥雲集誨我萌黎

苻秦鳳凰歌

前秦錄曰苻堅時鳳凰集于東闕歌之曰

鳳凰于飛其羽翼翼淵哉聖后饗齡萬億

苻堅時長安歌

晉書載紀曰苻堅旣滅燕慕容冲姊爲清河公主年十四有殊色堅納之寵冠後庭冲年十二亦有龍陽之資堅又幸之姊弟專寵宮人莫進長安歌之咸懼爲亂王猛切諫堅乃出冲後竟爲冲所敗

一雌復一雄雙飛入紫宮

滛豫歌 以下世代莫詳

古今樂録曰晉宋以後有滛預歌酈道元水經注曰白帝山城水門之西江中有孤石名滛豫石水冬出二十餘丈夏則沒亦有裁出馬江水東逕廣溪峽乃三峽之首也峽中有瞿塘黄龕二灘夏水回復沿泝所忌國史補曰蜀之三峽最號峻急四月五月尤險故行

者歌之滛或作灩預或作豫

灩預大如馬瞿塘不可下

灩預大如牛瞿塘不可流

同前

滛預大如馬瞿唐不可下滛預大如象瞿唐不可上

同前

灧澦大如襆瞿唐不可觸金沙浮轉多桂浦忌經過 升菴詩話曰此舟人商估刺水行舟之歌樂府以爲梁簡文所作非也蜀江有瞿唐之患桂江有桂浦之險故涉瞿唐者則準灧襆涉桂浦者則準金沙今樂府桂浦作桂楫非也

巴東三峽歌二首

酈道元水經注曰巴東三峽謂廣溪峽巫峽西陵峽也三峽七百里中兩岸連山畧無闕處重巖疊嶂隱蔽天日非亭午夜分不見日月宜都山川記曰自黄牛灘東入西陵界至峽口一百許里山水紆曲林木高茂猿鳴至清山谷傳響泠泠不絶行者聞之莫不懷土故漁者歌曰

巴東三峽巫峽長猿鳴三聲淚沾裳

巴東三峽猿鳴悲猿鳴三聲淚沾衣

同前 見水經註

灘頭白勃堅相持倏忽淪沒別無期

武陵人歌

黄閔武陵記曰有綠羅山側嵒垂水懸蘿百里許得明月池碧潭鏡澈百尺見底素岩若霽松如插翠流風叩有絲桐之韻土人爲之歌曰

仰茲山兮迢迢層石構兮嵯峨朝日麗兮陽巖落景梁 一作陽 兮陰阿鄣壑兮生音吟籟兮相和敷芳兮綠林恬淡兮潤波樂茲潭兮安流緩爾櫂兮詠歌

綿州巴歌

豆子山打瓦鼓揚平山撒白雨下白雨取龍女織得絹一丈五一半屬羅江一半屬玄武

三峽謠

水經註曰峽中有灘名曰黃牛灘南岸重嶺疊起最外高崖間有色如人負刀牽牛人黑牛黃成就分明既人跡所絕莫得究焉此巖既高加江湍紆廻雖途逕信宿猶望見此物故行者謠曰｜｜言水路行深廻望如一矣

朝見黃牛暮見黃牛三朝三暮黃牛如故 水經註作朝發黃牛暮宿黃牛

僰道謠

益州記曰瀘水源出曲羅雨峯有殺氣暑月舊不行故武侯以夏渡為艱瀘水又下合諸水而總其目焉故有瀘江之名矣自朱提至僰道有水步道有黑水羊官水至嶮難三津之阻行者苦之故俗謂之語曰

猶溪赤木盤蛇七曲盤羊烏欃氣與天通

三秦記民謠

武功太白去天三百孤雲兩角去天一握山水險阻黃金子午蛇盤烏欃勢與天通

詩紀卷之四十三

詩紀卷之四十四

晉二十四

雜歌謠辭 謠辭

無名氏

泰始中謠

晉書曰泰始中人為賈充等謠言亡魏而成晉也

賈裴王亂紀綱王裴賈濟天下 賈充裴秀王沉

裴秀謠

虞預晉書曰秀字季彥河東聞喜人父潛魏太常秀有風操八歲能著文叔父徽有聲名秀年十餘歲有賓客詣徽出則過秀時人為之語曰

後進 一作來 領袖有裴秀

南土謠

晉書曰杜預都督荊州舊水道惟沔漢達江陵千數百里無通路又巴丘湖沅湘之會表裏山川實為險固荊蠻之所恃也預乃開楊口起夏口水道洪洞達巴陵千餘里內瀉長江之險外通零桂之漕南土美而謠曰

後世無叛由杜翁孰識智名與勇功

軍中謠

晉書曰杜預遣周旨等發伏兵隨歆軍而入直至帳下虜歆而還故軍中為之謠曰

以計代戰一當萬

閣道謠

晉書曰潘岳才名冠世為衆所疾泰始十年出為河陽令而鬱鬱不得志時尚書僕射山濤領吏部王濟裴楷等並為帝所親遇岳內非之乃題閣道為謠

閣道東有大牛王濟鞅裴楷鞧和嶠刺促不得休 世說曰山公以器重朝望年踰七十猶知管時任貴勝年少若和裴王之徒並共宗詠有署閣柱曰閣東有大牛和嶠鞅裴楷鞦王濟剔嬲不得休或云潘尼作之竹林七賢論曰濤之處選非望路絕故貽是言

蜀民謠

許遜晉武帝太康初為蜀郡旌陽縣令屬歲大疫死者十七八遜以所授神方拯治之符呪所及登時而愈蜀民為之謠曰

人無盜竊吏無姦欺我君活人病無能為

蜀人謠二首

晉書曰羅尚字敬之一名仲太康末為荊州刺史及趙廞反于蜀乃假尚節為平西將軍益州刺史尚性貪少斷蜀人謠曰

尚之所愛非邪則佞尚之所憎非忠則正富擬魯衛家成市里貪如豺狼無復極已

蜀賊尚可羅尚殺我

武帝太康後童謠三首

宋書五行志曰武帝太康後江南童謠于時吳人皆謂在孫氏子孫故竊發為亂者相繼

按橫目者四字自吳亡至晉元帝興幾四十年皆如童謠之言元帝懦而少斷局縮肉直斥之也

局縮肉數橫目中國當敗吳當復

宮門柱且莫朽吳當復在三十年後

雞鳴不拊翼吳復不用力

惠帝時兒童謠

襄陽耆舊傳曰晉惠帝即位兒童謠曰丨丨又河內溫縣有人如狂造書曰丨丨楊濟以問蒯欽欽乖泣曰皇太后妹季蘭兩火武皇帝諡炎字也此言武皇崩而太皇失尊惟大禍辱終始不以道不得附山陵乃歸於非所也及太后之見戕葬於街郵亭皆如其言晉

書注曰楊駿居內府以戟為衛死時又為戟所害傷楊后被廢賈后絕其膳八日而崩崩葬街郵亭百姓哀之也

兩火沒地哀哉秋蘭歸形街郵終為人歎

溫縣狂書

光光文長以一作大戟為牆毒藥雖一作即行戟一作刃還自傷

惠帝永熙中童謠

晉書五行志曰惠帝永熙中童謠時楊駿專權楚王用事故言荊筆楊板二人不誅則君臣禮悖故云幾作驢也

二月末三月初荆筆楊版行詔書宮中大〔一作人〕馬幾作驢

惠帝元康中京洛童謠二首

晉書五行志曰惠帝元康中京洛童謠南風賈后字也白晉行也沙門太子小字也魯賈謐國也言賈后將與謐爲亂以危太子而趙王因釁咀嚼豪賢以成篡奪也按賈后傳有此謠云南風烈烈吹黃沙遙望魯國鬱嵯峨前至三月滅汝家與五行志所載不同其後賈謐既誅賈后尋亦廢死宋書五行志曰是時愍懷頗失衆望卒以廢黜不得其死馬

南風起兮吹白沙遙望魯國何嵯峨千歲髑髏生齒〔一作牙〕

城東馬子莫嚨哅比至來年纏汝鬢〔愍懷太子傳紀此謠云東宮馬子莫聾空前至臘月纏汝鬢〕

惠帝大安中童謠

晉書五行志曰晉惠帝大安中童謠其後中原大亂宗藩多絶唯琅琊汝南西陽南頓彭城同至江東而元帝嗣統矣

五馬浮〔宋書作游〕渡江一馬化爲龍

元康中童謠

晉書五行志曰元康中天下商農通著大鄣日時童謠曰丨丨及趙王倫簒位其目實眇焉

屠蘇鄣日覆兩耳當見瞎兒作天子

元康中洛中童謠

晉書五行志曰晉元康中趙王倫既簒洛中有童謠數月而齊王成都河間義兵同會誅倫按成都西藩而在鄴故曰虎從北來齊東藩而在許故曰龍從南來河間水區而在關中故曰水從西來齊留輔政居于宮西有無君之心故曰登城看也

虎從北來鼻頭汗龍從南來登城看水從西來河灌灌

著布謠

晉書曰齊王冏字景治趙王倫簒位冏起義兵誅之拜大司馬加九錫政皆決之而恣用群小不復朝覲時人謠曰丨丨遂爲長沙王所誅

著布袙腹爲齊持服

洛下謠

晉書曰長沙王乂武帝第六子也三王舉義乂率國應之後見冏專權奉天子攻冏斬之河間王顒與成都王穎同伐京師詔以乂爲大都督以距顒相持數月東海王越慮事不濟潛收乂送金墉城密告張方方遣兵就金墉收乂炙殺之初乂執權之始洛下謠曰丨丨以正月二十五日廢後二日死如謠言

草木萌牙殺長沙

惠帝時洛陽童謠

晉書曰惠帝時洛陽童謠明年而胡賊石勒劉羽反

鄴中女子莫千妖前至三月抱胡腰

懷帝永嘉初童謠二首

晉書五行志曰司馬越還洛時童謠也按列傳越既與苟晞搆怨尋詔越爲丞相領兗州牧督兗豫司冀幽并六州越辭丞相不受自許遷于鄄城移屯濮陽又遷于滎陽後自滎陽還洛○帝紀曰永嘉三年三月丁巳東海王越歸京師是也

洛中大鼠長尺二若不早去天宋書作大狗至

同前

晉書五行志曰苟晞將破汲桑時有此謠司馬越由是惡晞奪其兗州隙難遂搆焉按列傳東海孝獻王越字元超懷帝永嘉初出鎮許昌自許昌率苟晞及冀州刺史丁邵討汲桑破之越還于許長史潘滔說之曰兗州天下樞要公宜自牧乃轉苟晞爲青州刺史由是與晞有隙

元超兄弟大洛度上桑打椹爲苟作

王彭祖謠

晉書曰王浚永嘉中進大司馬加侍中大都督督幽冀諸軍事會京洛傾覆浚大樹威令專權横恣時童謠曰

幽州城門似藏戶中有伏尸王彭祖有狐踞府門翟雉入聽事

棗郎謠見王浚傳

棗嵩浚之子婿也浚聞

十囊五囊入棗郎責嵩而不能罪之也

愍帝初童謠

晉書五行志曰愍帝初童謠至建興四年帝降劉曜在城東豆田壁中

天子在何許近在豆田中

建興中江南謠

晉書五行志曰建興中江南謠歌按白者晉行坑器有口屬瓮瓦質剛亦金之類也甸如白坑破者言二都傾覆王室大壞也合集持作甒者元帝鳩集遺餘以主社稷未能剋復中原但偏王江南故其喻也及石頭之事六軍大潰兵人抄掠京邑爰及二宮其後三年錢鳳復攻京邑阻水而守相持月餘日焚燒城邑井堙木刊矣鳳等敗退沈充將其黨還吳興官軍踵之蹈藉郡縣充父子授首黨與誅者以百數所謂揚州破換敗吳興覆瓿甊瓿甊瓦器又小於甒也

甸呼宏反如白坑宋書作阬破合集持作甒音武揚州破換敗吳興覆瓿音部甊盧斗反

幼輿謠

晉紀曰謝鯤王澄之徒慕竹林諸人散首披髮裸袒箕踞謂之八達故鄰家女折其兩齒世為謠曰

任達不已幼輿折齒

明帝太寧初童謠

晉書五行志曰明帝太寧初童謠及明帝崩成帝幼為蘇峻所逼遷于石頭御膳不足此

大馬死小馬餓也高山峻也言峻尋死石峻弟蘇石也峻死後石據石頭尋為諸公所破

是亦山崩石破之應也

惻惻力力一作惻力惻力放馬山側大馬死小馬餓高山崩石自破

成帝末童謡

晉書五行志曰成帝之末童謡少日而宮車晏駕

礚礚苦蓋反何隆隆駕車入梓宮

咸康二年童謡

晉書五行志曰咸康二年十二月河北謠言後如其言

麥入土殺石武

吳中童謡

宋書五行志曰晉庾義在吳郡時吳中童謡無幾而庾義王洽相繼亡按晉史穆帝時庾羲為吳興内史王洽為吳郡内史徽弁領軍後皆卒於官義疑即羲也

寍食下湖荇不食湖上蓴庾吳沒命喪復殺王領軍

哀帝隆和初童謡

晉書五行志曰哀帝隆和初童謡朝廷聞而惡之改年曰興寍民復歌曰雖復改興寍亦復無聊生哀帝尋崩升平五年而穆帝崩不滿斗不至十年也

升平不滿斗隆和那得久桓公入石頭陛下徒跣走

太和末童謡

晉書五行志曰太和末童謡及海西公被廢百姓耕其門以種小麥

犂牛耕御路白門種小麥

京口民間謡二首

晉書五行志曰王恭在京口民間忽有此謡按黄字上恭字頭也小字恭字下也尋如謡言

黄頭小人晉書作兒欲作賊阿公在城下指縛得

黄頭小人欲作亂賴得金刀作蕃扞

京口謡

晉書五行志曰王恭鎮京口誅王國寶百姓為此謡按昔年食白飯言得志也今年食麥麩麥麩麤穢其精已去明將敗也天公將加譴讁而誅之也捻嚨喉氣不通死之祥也敗復敗丁寍之辭也恭尋死京都大行咳疾而喉並喝焉

昔年食白飯今年食麥麩天公誅讁汝教汝捻嚨喉嚨喉喝復喝京口敗復敗

孝武帝太元末京口謡

晉書五行志曰孝武帝太元末京口謡尋王恭起兵誅王國寶旋為劉牢之所敗故言拉颯棲也

黄雌鷄莫作雄父啼一旦去毛衣衣被拉颯棲

黄曇謠

晉書曰桓石民為荊州鎮上明百姓忽歌曰黄曇子曲終又曰——頃之而桓石民死王忱為荊州黄曇子乃是王忱字也忱小字佛大是大佛來上明也

黄曇英揚州大佛來上明

荊州童謠

晉書五行志曰殷仲堪在荊州時童謠未幾而仲堪敗桓玄遂有荊州

芒籠目繩縛腹殷當敗桓當復

安帝元興中童謠

宋書五行志曰晉安帝元興中桓玄既得志而有童謠及玄敗走諸桓悉誅焉郎君司馬元顯也

長干巷巷長干今年殺郎君明年斬諸桓此歌亦見晉書桓玄傳明字作後

安帝元興初童謠

宋書五行志曰晉桓玄既篡有此童謠及玄敗走至江陵五月中誅如其期焉時又有民謠云征鍾落地桓迸走征鍾至穢之服桓四體之下稱玄自下居上猶征鍾之廁歌謠下體之詠民口也而云落地墜地之祥迸走之言其驗明矣按帝紀桓玄篡位在安帝元興二年十二月也

草生及馬腹烏啄桓玄目

司馬元顯時民謠二首

宋書五行志曰司馬元顯時民謠詩此詩云襄陽道人竺曇林所作多所道行於世孟顗釋之曰十一口者玄字象也木亘桓也桓氏當悉走入關洛故云浩浩鄉也金刀劉也倡義諸公多姓劉娓娓美盛貌也

當有十一口當為兵所傷木亘當北度走入浩浩鄉

金刀旣以刻娓娓金城中

安帝義熙初童謠

晉書五行志曰安帝義熙初童謠時官養盧龍寵以金紫奉以名州養之已極而龍不能懷我好音舉兵內伐遂成釁敵也及敗斬伐其黨如草木之成積焉按列傳盧循小字元龍元興二年寇廣州逐刺史吳隱自攝州事號平南將軍安帝乃假循征虜將軍廣州刺史義熙中劉裕破循于豫章循走交州為刺史杜慧度所殺

官家養盧化成荻蘆生不止自成積

安帝義熙初謠二首

晉書五行志曰盧龍據有廣州民間有謠——後擁上流數州之地內逼京輦應天半之言旣復有謠言——龍後果敗不得入石頭

蘆生漭漭竟天半

蘆橙橙逐水流東風忽如起那得入石頭

永嘉中長安謠

晉書曰張寔軌之子也軌卒以寔涼州刺史進大都督劉曜逼遷天子寔遣太府司馬韓璞東赴國難璞次南安諸羌斷軍路寔擊破之斬級數千時焦崧陳安寇隴右東與劉曜相持雍秦之人死者十八九初永嘉中長安謠曰——至是驗矣

秦川中血沒腕一作䯗　惟有涼州倚柱觀一作看

西土謠

晉書曰張茂寔之弟太興三年寔既遇害州人推茂平西將軍涼州牧涼州大姓賈摹寔之妻弟也勢傾西土先是謠曰——茂以為信誘而殺之於是豪右屏迹威行涼域

手莫頭圖涼州

姑臧謠

晉書曰張駿寔之子茂卒駿嗣位大都督大將軍涼州牧西平公駿之立也姑臧謠曰——至是而收復河南之地

鴻從南來雀不驚誰謂孤鶵尾翅生高舉六翮鳳凰鳴

洪水謠 亦見崔鴻前秦錄

晉書曰苻洪字廣世畧陽臨渭氐人也先是隴右大雨百姓苦之謠曰——故因名洪自稱大單于三秦王死偽謚惠武帝

雨若不止洪水必起

苻生時長安謠二首

晉書曰苻生洪之孫嗣父健位僭稱帝初生夢大魚食蒲又長安謠曰——東海苻堅封也時為龍驤將軍第在洛門之東生不知是堅以謠言之故誅其侍中魚遵及其子孫時又謠曰——於是悉壞空城以禳之

東海大魚化為龍男便為王女為公問在何所洛門東

百里望空城鬱鬱何青青瞎兒不知法仰不見天星生闕一目

苻堅時長安謠

晉書載紀曰苻堅時長安有此謠堅以鳳凰非梧桐不棲非竹實不食乃植桐竹數十萬株于阿房城以待之沖小字鳳凰至是終為堅賊入止阿房城焉

鳳凰鳳凰止阿房

苻堅時長安謠

晉書曰秦之未亂也長安謠曰——秦人呼鮮卑為白虜慕容垂之起於關東歲在癸未

長鞘馬鞭擊左股太歲南行當復一作避虜

苻堅初童謠

晉書五行志曰苻堅初有此童謠及堅敗於泚水為姚萇所殺在僞位凡三十年

阿堅連牽三十年後若欲敗時當在江湖邊一作江淮間

苻堅時童謠

晉書載紀曰苻堅彊盛之時國有童謠——堅聞而惡之每征伐戒軍候云地有名新城者避之後因壽陽之敗其國大亂竟死於新城佛寺五行志曰時復有謠云魚羊田斗當

滅秦讖者以為魚羊鮮也田斗卑也堅自號秦言滅之者鮮卑矣其群臣諫堅令盡誅鮮卑堅不從及淮南初為慕容沖所攻又為姚萇所殺身死國滅云

河水清復一作且清苻詔死新城秦人稱其君曰詔

朔馬謠

晉書曰孝武太元十四年苻堅故將呂光僭即三河王位光徙西海郡人於諸郡至是謠曰｜｜頃之遂相扇動復徙之於西河

朔馬心何悲念舊中心勞燕雀何徘徊意欲還故巢

燕童謠

晉書曰慕容熙為政暴虐其將馮跋張興皆坐事奔亡結盟推慕容雲為主因熙出城閉門距守熙夜至龍城攻北門不尅為雲所執弒之時義熙二年也初童謠曰｜｜藁字上有草下有禾兩頭然則禾草俱盡而成高字雲父名拔小字秃頭三子而雲季也熙竟為雲所滅

一束藁兩頭然秃頭小兒來滅燕

大風謠

晉書載記曰慕容寶嗣位以慕容德為都督冀兗六州諸軍事鎮鄴會魏師入中山寶出奔于薊時有謠曰｜｜於是德之羣臣勸德僭號稱元

大風蓬勃揚塵埃八井三刀卒起來四海鼎沸中山頹惟有德人據三臺

諺語

石仲容

晉書曰石苞字仲容渤海南皮人也雅曠有知局容儀偉麗不脩小節故時人為之語曰

石仲容姣無雙

渤海

晉書曰歐陽建字堅石世為冀方頋族雅有理思才藻美贍擅名北州時人為之語曰

渤海赫赫歐陽堅石

貂不足

晉書曰趙王倫僭位諸黨皆登卿相並列大封其餘同謀者咸超階越序不可勝紀至於奴卒廝役亦加爵位每朝會貂蟬盈坐時人諺曰

貂不足狗尾續

四部司馬

魏略曰成都王穎伐長沙王乂慕兔奴為軍自稱四部司馬市郭人素諺語奴為尚故里語曰

三部司馬階下兵四部司馬尚長明欲知太平須石鼈鳴

江應元

晉書曰江統字應元陳留圉人也靜默有遠志時人為之語曰

嶷然稀言江應元

二王

晉書羊祜傳云王衍嘗詣祜陳事辭甚俊辨祜不然之衍拂衣而起祜顧謂賓客曰王夷甫方以盛名處大位然敗俗傷化必此人也步闡之後祜以軍法將斬王戎故戎衍並憾之每言論多毀祜時人為之語曰

二王當國羊公無德

衛玠

晉書曰瑯琊王澄有高名少所推服每聞衛玠言輒歎息絶倒故時人為之語曰

衛玠談道平子絶倒

慶孫越石

晉書曰劉輿字慶孫儁朗有才局與弟琨並尚書郭奕之甥名著當時京都為之語曰

洛中奕奕慶孫越石

洛中諺三首

洛中雅雅有三嘏　世說曰劉粹字純嘏宏字終嘏漢字冲嘏是親兄弟王安豐甥並是王安豐女壻宏真長祖也

洛中錚錚馮惠卿　惠卿名蓀是播子蓀與邢喬俱司徒李胤外孫及胤子順並知名時稱馮才清李才明純粹邢

洛中英英荀道明　晉書曰荀闓字道明有名稱京都為之語

王與馬

晉書曰元帝以王敦為揚州刺史加廣武將軍尋進左將軍都督征討諸軍事假節帝初鎮江東威名未著敦與從弟導同心翼戴以隆中興時人為之語曰

王與馬共天下

郗王諺

晉書曰王坦之字文度弱冠與郗超俱有重名時人為之語曰｜｜嘉賓超小字也

盛德絶倫郗嘉賓江東獨步王文度

同前

續晉陽秋曰超少有才氣越世負俗不循常檢為一代盛譽時人語曰

大才槃槃謝家安江東獨步王文度盛德日新郗嘉賓

一作揚州獨步王文度後來出人郗嘉賓

王僧珎

晉書曰王珉字季琰少有才藝善行書與兄珣並有名聲出珣右故時人為之語曰

法護非不佳僧珎難為兄　僧珎珉小字也

五樓

晉書載記曰慕容超時公孫五樓為侍中尚書專總朝政王公内外無不憚之尚書都令史王儼諂事五樓遷尚書郎出為濟南太守入為尚書左丞時人為之語曰

欲得侯事五樓

二梁

崔鴻前秦錄曰梁讜字伯言博學有儁才與第熈俱以文藻清麗見重一時人為之語曰

關東堂堂二中兩房未若二梁瓌文綺章

五龍一門

崔鴻前涼錄曰辛攀字懷遠隴西狄道人父奭尚書郎兄鑒曠弟寶迅皆以才識知名秦雍為之語曰

五龍一門金友玉昆

古詩紀卷之卌四　六一

秦州知州李宋督刊

伏羌縣儒學教諭周急校正

詩紀卷之四十四

監修者

興 膳　宏（こうぜん　ひろし）

1936年福岡縣生まれ。

京都大學大學院文學研究科博士課程修了。文學博士。

現在　京都大學名譽教授・京都國立博物館館長。

編　者

横 山　弘（よこやま　ひろし）

1938年北海道生まれ。

京都大學大學院文學研究科博士課程修了。

現在　奈良女子大學名譽教授。

齋藤　希史（さいとう　まれし）

1963年千葉縣生まれ。

京都大學大學院文學研究科博士課程中退。

現在　東京大學大學院總合文化研究科助教授。

嘉靖本古詩紀　㈠

平成十七年三月二十五日　發行

監　修　興　膳　宏

編　者　横　山　弘

　　　　齋　藤　希　史

原本所藏　京都大學文學部

發行者　石　坂　叡　志

印　刷　モリモト印刷株式會社

發　行　汲　古　書　院

〒102-0072 東京都千代田區飯田橋二－五－四

電　話　〇三（三二六五）九七六四

FAX　〇三（三二二二）一八四五

第一回配本

ISBN4-7629-2700-7 C3398

KYUKO-SHOIN, Co., Ltd. Tokyo